岭南维新思想述论

——以康有为、梁启超为中心

宋德华 著

中 华 书 局

图书在版编目(CIP)数据

岭南维新思想述论/宋德华著 . – 北京:中华书局,2002
ISBN 7 – 101 – 03291 – 5

Ⅰ.岭…　Ⅱ.宋…　Ⅲ.改革 – 思想史 – 中国 –
近代　Ⅳ.D092.5

中国版本图书馆 CIP 数据核字(2002)第 007710 号

责任编辑:凌 金 兰

岭南维新思想述论

——以康有为、梁启超为中心

宋 德 华 著

*

中华书局出版发行

(北京市丰台区太平桥西里 38 号　100073)

北京朝阳未来科学技术研究所印刷厂印刷

*

850 × 1168 毫米 1/32 · 16 1/2 印张 · 375 千字

2002 年 1 月第 1 版　2002 年 1 月北京第 1 次印刷

印数 1 – 3000 册　定价:26.00 元

ISBN 7 – 101 – 03291 – 5/K · 1421

目　录

导　　论

19世纪末叶,伴随着戊戌变法运动的兴起和发展,中国出现了颇有声势的维新思潮。这一思潮波及相当多的省份,而岭南堪称其主要发源地之一,岭南维新派则是此思潮的一批最重要的代表。所谓岭南维新思想,就是将岭南地域、岭南人物两个视角结合起来所构成的维新思想,它是中国近代维新思潮一个十分重要的组成部分。

自从梁启超的《戊戌政变记》等早期专门著述问世以来,学术界研究维新思潮的成果日渐丰富,其中很大部分与岭南维新思想相关(大批研究康有为、梁启超维新思想的著述可以说都是对岭南维新思想的研究)。但是,明确而集中地以岭南维新思想为研究对象的学术专著,在以往的研究成果中尚未见到。

本著原为广东炎黄文化研究会计划编纂的《岭南文化通志》的一种,按学界同人商定的体例,在写法上尝试性地采取了学术志的形式。以此种形式撰述的"岭南维新思想"与已有相关研究成果相比,其主要不同在于著述内容的系统全面性、史料的更为翔实性及表述上的某种特殊性。全书以维新领袖康有为、梁启超为中心,力图对岭南维新思想进行全方位的、比较详尽的述论,因此不但构筑了一个大致可以反映该思想全貌的著述体系,而且对此体系的各部分、各层次亦尽量给予具体细致的归纳和分析。为了突出学术志的特色,本书在史料的搜集、整理和辨析上下了较大的功夫,注重以史料说话,对重要的史料甚少主观剪裁取舍,对相近的史料除重复甚多者外亦多加采录,对相异甚至相反的史料则加以比较辨析,尽可能以史料的全貌见思想的全貌,也希冀以此为他人的进一步研究提供一个比较坚实的基础。这样在写作形式上,就不能不与学术论著的通常写法有显著的区别。虽然总的来说仍可称之为史论结合,实则议论极少,这并非刻意惜墨如金,而是为体例所限不得不然。

此外还应指出,尽管本书以史料的编排和陈述见长,而不像一般学术论著那样着重提出和充分论证研究者的新见解,但通观全书,不难看出作者的学术观点是十分明确的,而且在不少重要问题上,都提出了自己的看法(例如关于康有为新的思想体系形成于《新学伪经考》、《孔子改制考》的撰写之前,关于岭南维新派的议院观,关于"大同三世"说的演变等)。当然,这些意见要充分表达出来,还有待于写成专门的论文。

如同其他社会思想一样,岭南维新思想有它兴起的原因、发展的轨迹和历史作用,在对此思想本身的内容展开论述之前,有必要先对这些背景性的内容作一简要的分析。

一　兴起的原因

导致岭南维新思想兴起的具体因素很多,大致概括,有时势环境、思想文化和士人集结三大方面的原因。

(一)时势环境的影响

从宏观上看,中国近代维新思潮兴起的时势环境也就是岭南维新思想兴起的时势环境。这一时势环境最本质的内涵,是中国社会自鸦片战争以来所持续发生的深刻变动。两次鸦片战争彻底结束了清朝政府对外深闭固拒的历史,同时形成了两千年所未有的半殖民地半封建的社会变局;太平天国农民起义极大地冲击了清朝的统治,导致了汉族地方督抚势力的崛起和洋务运动的发生;持续 30 余年的洋务运动在相当广泛的领域里启动了中国近代化事业,但在任何领域都困难重重,未获成功,而与此同时,边疆危机、中法战争、中日甲午战争接踵而至,不断加剧了中国社会的内外矛盾和加深了中华民族的生存危机。作为对这些变动的反映,中国曾先后出现了经世致用思潮、洋务思潮和早期改良思潮,而维新思潮则是直接被甲午战败后中国面临的救亡图存的严峻形势所召唤出来的。岭南与全国一道经历了这些变动,而且还应该说,这一地区由于遭受外国资本主义入侵的时间最早(可追溯到鸦片战争之前),持续的过程最长,发生的各种联系最多,中国近代社会所发生的变动在这里也表现得尤为突出。这就为维新思潮在岭南发源提供了重要的客观条件。

当然,具体考察,这些变动对岭南维新派人物的刺激,可以有各种不同的表现形式。以康有为为例,在由普通士人走向维新思想家的心路历程中,他最深切的、足以令思想发生重大转折的现实感受大致上有这样几种:

一是在亲身经历中随处可见的普通民众的苦难。康有为在1889 年《与沈刑部子培书》中这样写道:“仆生于穷乡,坐睹族人、乡人困苦,年丰而无米麦,暖岁而无襦袴,心焉哀之。……十年讲求经世救民之学,而日日睹小民之难……所经之地,所阅之民,穷困颛愚,几若牛马,慨然遂有召师之责,以为四海困穷,不能复洁己拱手而谈性命矣。”[①] 过了两年,他又写信给沈子培说:“……曾誓

---

① 《康有为全集》第 1 集,上海古籍出版社 1987 年版,第 380 页。

大愿不忍众生之痛,而特来此浊世,则不能避痛苦……回视民物颠连困苦,是皆与吾同生于天者也。吾岂忍焉,则日以救民物为职志,而又弃己之行乐。……因是一不忍之念,先不忍其所生之国,而思救之,遂遭奔播以至于今矣。"① 这种对民众苦难的深切哀痛,康有为在后来的著述中还有更详尽的记载。

二是关乎国家和民族生死存亡的日益严重的外患内乱。表明康有为此类感受的文字极多,自从 1888 年开始代人草折和直接上书清帝以来,在 10 年时间里,他几乎是毫不间断地通过各种形式向朝廷或国人痛言中国已经和将要发生的巨大祸患,由于感受特别强烈,其言辞便也格外触目惊心。且看《上清帝第一书》中的一段:"窃见方今外夷交迫,自琉球灭、安南失、缅甸亡,羽翼尽蔺,将及腹心。比者日谋高丽,而伺吉林于东;英启藏卫,而窥川滇于西;俄筑铁路于北,而迫盛京;法煽乱民于南,以取滇、粤;教民会党遍江楚河陇间,将乱于内。臣到京师来,见兵弱财穷,节颓俗败,纪纲散乱,人情偷惰,上兴土木之工,下习宴游之乐,晏安欢娱,若贺太平。顷河决久不塞,兖豫之民,荡析愁苦,沿江淮间,地多苦旱,广东大水,京师大风,拔木百余,甚至地震山倾,皆未有之大灾也。……上下内外,咸知天时人事,危乱将至,而畏惮忌讳,箝口结舌,坐视莫敢发,臣所为忧愤迫切,瞻望宫阙而惓惓痛哭也。……国事蹙迫,在危急存亡之间,未有若今日之可忧也。"② 第一书上于甲午战争前 6 年,时局还不算特别严峻,随着甲午战争、德国强占胶州湾、瓜分狂潮等相继发生,中国一步步被逼上绝境,康有为的痛

---

① 《致沈子培书》,《康有为全集》第 1 集,上海古籍出版社 1987 年版,第 544～545 页。

② 汤志钧编:《康有为政论集》上册,中华书局 1981 年版,第 52～53 页。

楚便更加刻骨铭心,读上清帝第二书(即著名的"公车上书")、第五书、第七书及《京师强学会序》、《保国会序》、《京师保国会第一集演说》等等,人们都不难体验到险峻的时势在康有为心中掀起了多大的波澜。

　　三是与中国的落后形成鲜明对照的西方资本主义文明的先进性。对这一先进性的体认,有些来自直接的观察,"薄游香港,览西人宫室之瑰丽,道路之整洁,巡捕之严密,乃始知西人治国有法度,不得以古旧之夷狄视之","道经上海之繁盛,益知西人治术之有本";① 有些则来自对西方社会和文化发展的历史与现状的广泛了解,及中西之间的比较,"夫泰西诸国之相通,中国数千年来未有之变局也。曩代四夷之交侵,以强兵相陵而已,未有治法文学之事也。今泰西诸国,以治法相竞,以智学相上,此诚从古诸夷之所无也",② "泰西大国,岁入数十万万,练兵数百万,铁船数百艘,新艺新器岁出数千,新法新书岁出数万,农工商兵,士皆专学,妇女童孺,人尽知书。而吾岁入七千万,偿款乃二万万,则财弱;练兵铁舰无一,则兵弱;无新艺新器之出,则艺弱;兵不识字,士不知兵,商无学,农无术,则民智弱;人相偷安,士无侠气,则民心弱,以当东西十余造之强邻,其必不能禁其兼者,势也"。③ 康有为在维新运动中始终坚持以西方为榜样和向导(具体采纳日本的变政模式),正是因为他对西方的先进性有着深切的感受。

　　康有为的上述种种感受在其他岭南维新派人物身上,由于年

---

　　① 《康南海自编年谱(外二种)》,中华书局1992年版,第10、11页。
　　② 《上清帝第四书》,汤志钧编:《康有为政论集》上册,中华书局1981年版,第149页。
　　③ 《上清帝第五书》,汤志钧编:《康有为政论集》上册,中华书局1981年版,第203页。

龄、身世、个人经历、性格气质等的不同会有或大或小的差别,但质言之,他们都因受到时势环境的重大影响而产生维新思想,走上变法之路,则是一致的。

(二)思想文化条件

岭南维新思想作为一种反映和代表时代发展新方向、社会变革新要求的思想,首先是西学东渐的产物。晚清的西学东渐,从鸦片战争前天主教传教士在澳门、广州等地的宗教宣传及自然科学知识介绍等开始,逐渐呈扩大之势。到维新运动发轫之际,西学的传播已通过种种方式和渠道形成相当的规模,对士人阶层发生广泛影响,成为维新思想产生的一项必不可少的条件。关于岭南维新派因受西学影响而思想发生根本变化的具体情形,本书将在第五章中作专门的论述。

其次,如前所述,在维新思潮兴起之前,中国已先后出现过经世致用思潮、洋务思潮和早期改良思潮,它们的出现既是中国近代思潮渐次更新演变的必经阶段,又是维新思潮得以兴起的必要准备。特别是早期改良思潮,在许多方面与维新思潮具有非常密切的前后相继的关系,而著名的早期改良派代表人物容闳、王韬、何启、胡礼垣、郑观应等,几乎都是岭南人氏(江苏人王韬的变法主张亦主要通过在香港主编《循环日报》而发表),他们都是岭南维新思想的先驱者,为岭南维新思想提供了足资继承和借鉴的宝贵思想文化资料。近代思想的这种依次(或交叉)继承与发展的关系,学术界已作过较深入的探讨,故不赘述。

再次,是传统文化及其岭南特色对岭南维新思想兴起所构成的思想文化条件,这点以往较少论及,需着重加以说明。

所谓维新思想,从其时代特征来说,是以西方近代资本主义文化观念为主导、为核心的新思想,而从其历史脉络来看,其思想的更新则是在中国传统文化的基础之上发生的。如果没有传统文化的深厚功底，在当时特定的历史条件下由旧到新的转变也就失去了必要的前提。岭南维新思想的代表人物们都受过中国传统文化的长期熏陶，在确立维新思想之前，都堪称能得传统文化之大略要旨精华的佼佼者。

康有为其家族 13 世为士人，是个标准的诗礼之家。家族中当上大官的不多，但在文化事业和造诣上有成就者则可谓辈出。出身于这样的家庭，康有为所受的传统文化教养是非同寻常的。他的以文教为业的父辈都是对他耳提面命的良师，尤其是作为岭南醇儒的康有为祖父康赞修，对康有为的教诲更为经常。在祖父身边，年少的康有为"日闻其古贤哲之大义微言，日德古豪杰之壮节高行，浸之饫之，泳之游之"，[①]"连州公日夜摩导以儒先高义、文学条理，始览《纲鉴》而知古今，次观《大清会典》、《东华录》而知掌故，遂读《明史》、《三国志》"。[②]除家庭教育外，康有为从 6 岁起，还先后师从简凤仪、陈鹤桥、梁建修等多位先生，其中对康有为影响最大的是岭南近代名儒朱次琦。从朱先生那里，康有为学到"四行五学"，"四行者：敦行孝弟，崇尚名节，变化气质，检摄威仪。五学则经学、文学、掌故之学、性理之学、词章之学也"。他评价朱先生的学术特色是"壁立万仞，而其学平实敦大，皆出躬行之余，以末世俗污，特重气节，而主济人经世，不为无用之空谈高论"，概括朱先生的治学之道是"动止有法，进退有度，强记博闻，每议一事，论一学，贯串今故，能举其词，发先圣大道之本，举修己爱人之意，扫

---

①　《连州遗集叙》，《康南海文集》，台湾宏业书局 1976 年版，第 259 页。转引自马洪林著：《康有为大传》，辽宁人民出版社 1988 年版，第 23 页。

②　《康南海自编年谱(外二种)》，中华书局 1992 年版，第 4 页。

去汉宋之门户，而归宗于孔子"，感叹从学于朱先生"乃如旅人之得宿，盲人之睹明"。① 虽然康有为后来在思想和学术上超越了朱次琦，但从他在万木草堂讲学的内容和风格，在各类著述中显示的倾向和特色，以及他终生所信奉的理念、价值等等之中，不难看出朱先生在他身上所打下的传统文化的烙印。

梁启超受传统文化的哺育与康有为有相似之处。他"四五岁就王父及母膝下授四子书、《诗经》，夜则就睡王父榻，日与言古豪杰哲人嘉言懿行，而尤喜举亡宋亡明国难之事，津津道之。六岁后，就父读，受中国略史、五经卒业"，② 并先后受学于张乙星、周惺吾、吕拔湖、陈梅坪、石星巢等先生。15 岁起在广州五大书院之一的学海堂学习，舍弃帖括之学而从事于训诂词章之学，成绩优异，"季课大考，四季皆第一。自有学海堂以来，自文廷式外，卓如一人而已"。③ 18 岁面见康有为，原来所学的训诂词章之学被康氏作为"无用旧学"而"更端驳诘，悉举而摧陷廓清之"。此后，梁启超"决然舍去旧学"（即旧的训诂词章之学），退出学海堂，转而师从康有为。梁启超从康有为那里受到了维新思想的启蒙，而传统文化的学习仍然是其从师康门的一项重要内容，"先生（指康有为——引者注）为讲中国数千年来学术源流、历史政治、沿革得失，取万国以比例推断之……先生又常为语佛学之精奥博大……日课则宋元明儒学案、二十四史、文献通考等"。④

---

① 《康南海自编年谱（外二种）》，中华书局 1992 年版，第 6～7 页。
② 《三十自述》，梁启超著：《饮冰室合集》文集之十一，中华书局 1989 年版，第 15～16 页。
③ 林慧儒、陈侣笙：《任公大事记》，见丁文江、赵丰田编：《梁启超年谱长编》，上海人民出版社 1983 年版，第 22 页。
④ 《三十自述》，梁启超著：《饮冰室合集》文集之十一，第 16～17 页。

　　康、梁之外,其他岭南维新派重要人物如黄遵宪、陈千秋、麦孟华、徐勤、欧榘甲等,莫不在传统文化的学习上下过苦功,造诣甚深。

　　特别需要指出的是,中国传统文化在岭南这一特定区域的长期发展演变中,还形成了一些鲜明的区域性特色,这些特色的影响与岭南维新思想的兴起是有内在联系的。岭南传统文化较突出的特色有三点:

　　一是对正统文化的异端性。古代在岭南占统治地位的文化,也是以儒学为代表的官方正统文化,但与其他区域不同的是,岭南文化的发展还受到地理因素、移民因素和罪官因素的影响。这些因素通过经年的积淀,历代的流传,构成了岭南文化中的特殊成分。它们尽管并未改变岭南文化的基本性质,但却产生了一种“异端效应”。换言之,在岭南文化中,总是可以较多地听到一些与中原官方正统文化不甚和谐乃至很不和谐的声音。如明代中期岭南著名思想家陈献章敢于打破作为官方哲学的程朱理学的垄断,提倡“自得之学”;康有为之师朱次琦在清咸、同年间宋学和汉学高踞庙堂的学术氛围下,力主经世致用以纠宋学之空疏、汉学之繁琐;与朱次琦同时的另一位重要思想家陈澧亦不受汉学宋学的束缚,强调治经学不但可以整理、贯串和发明,而且可以“辩难”、“排击”等,都是这种不和谐的突出表现。①

　　二是对外来文化的吸纳性。岭南面对海洋,很早就成为中外贸易往来、中外文化交流的汇合之地。即使在清朝实行闭关政策后,广州也仍然是对外贸易的通商口岸,并且是全国唯一的一个。

---

　　① 参见丁宝兰主编:《岭南历代思想家评传》一书中的《陈献章评传》、《朱次琦评传》和《陈澧评传》,广东人民出版社1985年版。

长期的对外贸易和一定程度的开放,养成了岭南人一种不以外来人和外来事物为特别的怪异,不以走向世界为特别的棘途的心理,在文化上则形成了一种"宽容效应",对外来文化不是一概深闭固拒,而是有选择地加以吸纳。近代以来,岭南文化的这种特征并未消失,只是发生了一些重要改变。最大的改变有两点:其一是外来的客人已很不友好,激发了岭南人的自卫意识;其二是外来的文化已大为领先,唤起了岭南人的革新意识。因此,既要抵御列强又要学习西方,对侵略决不能宽容,对长处又必须吸纳,构成了岭南人对外态度的双重性。如果仅就对西方文化的态度而言,岭南近代文化对其吸纳显然多过抗拒。

三是注重功利的务实性。岭南的商品经济在珠江三角洲一带素称发达,加上前面提到过的作为中国海外贸易枢纽的地位,岭南就形成了重商、乐商的传统。在商品经济的环境中,岭南人的功利心较重,比较注重眼前,讲求实效,形成了一种"务实效应"。岭南人并非没有自己的理想,但从文化风气来说,岭南人的现实主义色彩要比理想主义的色彩更为浓厚。近代社会的变化,给岭南文化中的务实精神注入了新的活力,务实精神在西方列强侵略所造成的民族生存危机和外国资本主义入侵所卷起的商品经济大潮的双重砥砺下,被进一步发扬光大。而从理想方面来说,岭南人由于看到了西方富强的榜样,原来的追求也不断发生改变,昔日的官场梦、科场梦,逐渐为香港梦、欧美梦所代替。岭南文化的这些特色对岭南维新思想兴起所起的潜在的作用,是不应该忽略的。①

---

　① 参见拙文:《康有为与岭南文化》,载广东炎黄文化研究会编:《岭峤春秋·岭南文化论集(一)》,中国大百科全书出版社 1994 年版,第 376～384 页。

(三)士人集结的推动

当康有为于 1885～1887 年间撰写《人类公理》、《康子内外篇》、《教学通义》等著作,基本形成新的思想体系之时,① 岭南维新思想实际上已被奠定了兴起的基础。但维新思想家的个人先行,还不等于一种群体性思想的形成。从思想家个体发展到思想群体,士人的集结起了重要的推动作用。

这种集结大略可分为两个层面。

第一个层面是岭南人的集结。1888 年,急于将维新思想付诸实践的康有为以布衣身份独自上书清帝,请求变法,结果遭朝士围攻,"举国目为怪"。② 但回到岭南家乡,他却得到大批青年士人的敬重。最先是陈千秋前来受学,继而是梁启超入门拜师,随后应二人之请,康有为开设了著名的万木草堂进行讲学,受业弟子先后达80 余人。③ 在万木草堂这所以康有为的变法声名为号召力的非同一般的学堂里,康有为与年轻士子之间形成了一种互动的关系:一方面,康有为通过讲授各种学问、学术而传播维新思想,培养了大批维新运动的骨干,他们奉康有为为精神上的导师和领袖,深受其维新思想理论的影响;另一方面,他们又积极协助康有为编撰《新学伪经考》、《孔子改制考》、《春秋董氏学》等重要著作,与康有为讨论切磋思想和学术,接受并广为传播康有为的维新思想理论,在许多方面还能加以创造性的拓展。这种互动的结果,就使万木草堂成为维新思想者的汇聚之地,维新思想在这里涌动激荡,并从这里

---

① 参见本书第一章。
② 《清代学术概论》,梁启超著:《饮冰室合集》专集之三十四,第 61 页。
③ 据陈汉才编著:《康门弟子述略》附录《康门弟子一览表》,广东高等教育出版社 1991 年版,第 200～211 页。

出发,带着强大的张力而波及四方。

　　第二个层面是全国各地士人的集结。与岭南士人在万木草堂的集结相比,这一集结在形式和内涵上都有很大的不同。就形式而言,多种多样,有利用会试机会为上书朝廷而发动的集结,有通过开会合群(如强学会、保国会等)而组织的集结,有办报的集结,也有办学的集结;就内涵而言,这种集结与社会现实有更加密切的联系,而集结之人的成分更为复杂,集结的作用也颇不一致。但在岭南维新思想家(主要代表者为康、梁)与这一集结之间,同样存在着类似前述的互动关系:康、梁作为维新运动的主要领袖,是全国士人冲破束缚、多方集结的大力倡导者和积极组织者,他们的变法思想和实践活动对集结起来的士人产生了重大的影响;与此同时,全国士人在集结中表现出来的忧患意识、政治热情对康、梁又是很大的激励和鼓舞,他们发表的维新思想主张不但与康、梁互相呼应而且互相启迪,促使康、梁的维新思想不断发展。在这种互动中,岭南维新思想的内容越来越丰富,波及的领域也越来越宽广。

二　发展的轨迹

　　岭南维新思想从萌生、形成、高涨到逐渐消退,有一个较长时间的发展过程,留下了一道呈现出较为明显的阶段性的轨迹。从思想内容的基本特征着眼,可大致分为理性批判、变法中心和重新整合等三个时期。

(一)理性批判时期

　　这一时期从康有为撰写《人类公理》等著作开始,延至1895年的"公车上书",是岭南维新思想的孕育形成期。

在此期间,首先是康有为通过个人的潜心思考和著述,对古今中外各种思想文化资料进行了批判性的审视清理和有创造性的融会贯通,以西学的若干根本观念(如进化观念、平等观念、公理观念等)为引导或指导,冲破中国传统纲常礼教的束缚,创建了一个新的思想体系。这一思想体系的内容非常丰富,既有哲理层面对宇宙本原、天人关系、万物流变等诸多形而上问题的深入思考,又有思想和价值观念层面对人类社会政治、经济、法律、伦理道德等种种关系的全面探索,还有关于未来社会理想形态和无限发展远景的精心设计,在众多思想流派中可谓独树一帜。与岭南维新思想后来的发展相比,这一思想体系最突出的特点是理性化和批判性。前者是指康有为此时的思考探索虽然根源于中国社会现实的深刻刺激,但其思考探索的对象又在很大程度上限于比较抽象的思想理论领域,与社会现实保持了相当大的距离;他在书斋中构造的思想理论大都是大本大原式的,希望具有对整个人类社会的普适性,并能够将古往今来各种思想精华包容在内,以此解决求大道而获依归的根本问题。后者是指康有为以他所认定的新理论和新思想作为衡量的标准,对一切旧的思想文化观念特别是中国历来占统治地位的思想文化观念进行了批判,尽管这种批判还远不能说是彻底而科学的,但毕竟在根本的思想体系上实现了由旧到新的转变。通过理性化的思考探索和批判,康有为就为岭南维新思想打下了初步的然而又是坚实的思想理论基础,他所创建的新思想体系成为这一思想的核心。

其次,以康有为为主,并加上康门弟子的共同努力,对传统经学进行了批判性的改造。这一改造的实质,是要扫除传统的守旧观念乃至正统的儒家经义对维新思想的阻碍,进而逐渐把康有为新思想体系的内容与长期受人尊崇的孔学的形式(其实不仅仅是形式)结合起来,以孔子孔学的名义来为维新思想的传播开辟道路。这一改造的特点也是理性批判式的,具体表现为学术研究色彩非常浓厚的经典经义真伪的考订辨析:斥古文经学之伪,证今文经学之真,并对真孔子改制的微言大义加以种种阐释和论证。当然,无论是进行这种改造的康有为及其门弟子,还是敌视这种改造的守旧士人,都清楚这主要不是一场新的学术之争,而是一场严重的新旧思想之争。在新旧思想两军对垒,而守旧思想占据巨大优势的严峻局面下,改造经学虽然迂回隐晦,却毕竟使维新思想可以在某种合法的形式下得到公开的流布。(对经学的改造不限于1895 年前,这一工作即使在戊戌政变后还在继续。)

(二)变法中心时期

就个人而言,康有为早在 1888 年就开始了变法活动。但从思想的发展阶段来看,变法中心时期应从著名的"公车上书"算起,直到戊戌政变发生。这是岭南维新思想高涨奔涌的时期。

这一时期与上一时期的最大不同,就是随着时局的急剧变化,变法以救亡图存已经作为一项十分紧迫的任务摆在了中国人的面前,岭南维新派不可能再将主要的精力用于理性批判的远离现实的抽象思考之上,而是必须承担起变法维新的历史任务,解决变法维新面临的各项现实而具体的思想理论课题。正是由于有这种变化,岭南维新思想的内容也相应发生了显著的改变。这一改变集中表现在两大方面:

第一,形成了比较成熟完备的变法观。自"公车上书"正式拉开维新运动的序幕之后,波澜起伏、错综复杂的变法斗争不断向岭南维新派提出各种有关如何变法的问题。在通过上书上折、著书立说、撰文论述等多种形式作出回答的过程中,岭南维新派提出了一整套变法思想。其要者有作为变法指导思想的必变大变速变论、"君权变法"论和"变于下"论,有分为前后两个发展阶段的变法纲领,有由君主量权行事、官差分开等主张构成的变法策略,有涉及范围相当广泛的各项变法主张等等。这些思想成为整个戊戌维新思潮的主干内容之一。

第二,学习西方的思想不断深化。岭南维新派学习西方的思想早在理性批判时期就已确立,变法运动兴起后,他们对西方的学习逐渐从比较抽象的理论层面转到比较现实的关于社会发展变革的各项制度和举措层面。一方面,他们对中西之间从历史到现实的差别作了更加广泛深入的比较,以揭露中国存在的种种严重弊端,更加坚定向西方学习的立场和方向;另一方面,他们对西方富强之道加以系统的总结,以更加明确学习西方应从何处着手。特别是他们以日本作为学习西方取得成功而又容易由中国加以仿照的榜样,对日本如何学习西方、如何变政的经验作了相当详尽的考察,使学习西方具有更强的可操作性。

(三)重新整合时期

戊戌政变之后,岭南维新思想的发展进入了重新整合时期。所谓重新整合,包含两层意思,一是对原有的思想进行总结性整理,二是紧随形势的变化将维新思想推向新的发展阶段。

在"君权变法"已经完全失去了现实条件的情况下,岭南维新派对原有思想的总结性整理主要集中在理论思想方面,在某种程度上,仿佛又回到了理性批判的年代。其代表作,是康有为写成了酝酿已久的《大同书》,把在《人类公理》中只有粗略设计和在万木草堂只作过口说的大同理想,用一部篇幅宏大的专著精心表达出来。同时,又写成了《中庸注》、《春秋笔削大义微言考》、《孟子微》、《论语注》、《大学注》等一批重新阐释孔学的著作,继续完成康有为的维新思想与孔子之学相结合的工作(此项工作戊戌政变前仅开其端)。这些著作作为集大成者，自有其思想史上的重要意义和价值，但对于维新运动而言，它们只能算作思想的余波。

维新思想向新阶段的发展则表现在许多方面，其中有保皇思想和日益鲜明的立宪思想，有系统介绍西方政治、社会、人文等学说的启蒙宣传，有以新民说为代表的改造国民性思想，甚至还有与反清革命思想相呼应的"破坏"之论等等，呈现出比过去更加丰富的色彩。

限于篇幅，本书着重述论的是前两个时期的思想内容，对重新整合时期的思想只能选取一部分有密切关系者加以介绍。

三　历史作用

岭南维新思想所起的历史作用是多方面的。

第一，领时代潮流之先。

19世纪60~90年代，是中国近代的改革时代。洋务思潮提出了在器物及某些制度层面进行革新的观念和主张，但由于未能突破传统根本思想体系的束缚，因而很快显出滞后之态。岭南维新思想正是在中国近代化改革亟需纵深发展之际，显示了自己的领先性。这一思想以西方进化论和民权论为核心创建了新的思想体系，并据此对中国传统的纲常礼教和旧的经典大义进行了有力的冲击，进而提出了从根本上变法，建立西方式、日本式的近代化新国家的要求，这些无一不处在时代潮流发展的前沿，起了启蒙民众、推动改革的重大作用。

第二，广泛的辐射。

岭南维新思想虽然产生于偏远的岭南地区，其影响却辐射到全国。这种影响的发生是与岭南维新派的变法实践活动直接联系在一起的。他们通过策动上书、著书立说、报刊撰文、办学讲授、开会演讲等多种方式，在京师及上海、湖南等地广泛宣传维新变法思想，收到很大的成效。如康有为的多篇上皇帝书在各省士人中广为流传，他所著的《新学伪经考》、《孔子改制考》在思想界和学术界引起一次又一次的震动，梁启超鼓吹变法及兴民权的论文极受欢迎等等，就是其中突出的例子。岭南维新思想所表现出来的前所未有的先进性、批判性，在大批士人中引起了强烈的共鸣，促使他们不仅接受维新变法的思想，而且也成为维新变法思想的传播者，由此不断扩大了维新变法的思想阵营。

第三，深远的影响。

岭南维新思想是直接适应当时中国社会由洋务式近代化建设转变为各项制度（特别是政治制度）全面改革的需要而产生和发展的，具有强烈的现实性和时代性；与此同时，在严重的民族危机感和西学东渐大潮的催化下，这一思想又代表了一代知识分子在根本思想体系和文化观念上的极大觉醒，他们所作的思考和论述触及到中国社会及其文化的许多深层的核心东西，提出了不少也许要经过几代人的努力才能完成的历史任务，因此，具有深远的启迪性。例如，岭南维新派对中国传统思想文化以区分经学真伪这一形式所作的撼动神圣"大道"之根基的反省和批判，开了后人完全摆脱经学思想统治的先河；他们在变法这个大题目下所作的全方位、多视角、多层次的论述，对中国后来进行的各类改革都有借鉴的意义；他们关于中西文化必须会通互补、不可偏废的认识，有助于人们正确处理在一个很长的历史时期都会存在的中西文化关系问题；他们提出的把中国建成一个近代化强国的设想，乃至对美好大同世界的向往，都与后人的奋斗目标和理想境界有许多紧密相

连之处。这些都是十分宝贵的思想文化遗产,在历史上已经发生
而且将会继续发生有益的影响。

第一章　突破中学束缚的新思想体系

在岭南维新思想形成之前,以王韬、郑观应等人为代表的早期改良思想已经出现。早期改良思想由于引入西学、力倡变法而与中国传统思想文化有了很大的不同,但它存在一个根本性的弱点,就是主张"中学为体,西学为用",因而未能构成新的思想体系。岭南维新思想与早期改良思想的主要区别之一就在于,它在形成之初就进行了新思想体系的构建,从而得以突破中国传统思想文化体系的束缚,达到新的高度和深度。

新思想体系的构建者是岭南维新思想的主要代表人物康有为。大致从1878年开始,康有为用了近10年的时间进行"求道"、悟道即构建新思想体系的努力。到1885~1887年著《人类公理》、1886~1887年著《康子内外篇》,康有为构建的新思想体系已基本形成。此后,这一体系继续发展完善,到1901~1902年康有为撰成《大同书》,最后完全成熟。

康有为新思想体系的最大特点,是在西学的启迪和引导之下,将中西(中外)文化结合起来,构成一整套新的学说。其中,中国文化是其深厚的基础,而康有为从西方近代文化中所接受的新观念则成为其核心的精神。由于这个特点,这一思想体系的确呈现出

"不中不西、即中即西"① 的独特面貌,同时又明显具有对中国传统的封建主义思想文化的批判性和对中国未来新社会的指向性。在康有为新思想体系的主要内容中,这一特点得到了具体而充分的体现。这些内容有三个方面,即:哲理方面、人类各种关系的准则方面和社会理想方面。

第一节 崇尚新知的哲理思想

康有为探讨哲理的主要著作是《康子内外篇》。这部著作在研究广泛的哲理命题的时候,对西学新知识及其他新知识表现出高度的兴趣,并直接或间接地运用这些新知识来阐述新的哲理,从而使中国传统的哲理思想发生了重大的变化。《康子内外篇》的新哲理思想在康有为后来的著述中不断得到引用、扩充和发展,成为其新思想体系的理论支点。

一 新气质论

在中国哲学史上,"气"是一个用来说明世界万物的物质性本原的基本概念,被许多哲学家、思想家引用,形成了中国哲学唯物主义物质本原论的传统。与此相反,另一派哲学观点将世界万物的本原说成是精神性的天、道、理等,这派观点在中国哲学史上占据着统治地位。特别是宋明以来,程朱理学强调理在气先、以理为本,使中国哲学更朝唯心主义精神本原论一端偏斜。

---

① 《清代学术概论》,梁启超著:《饮冰室合集》专集之三十四,中华书局1989年版,第71页。

在世界本原这个最基本的哲学问题上，康有为非常明确地主张物质本原论而反对精神本原论。他认为："凡物皆始于气，有气然后有理。生人生物者气也，所以能生人生物者理也。……朱子谓理在气之先，其说非。"① 针对程朱的理气（理欲）观，《康子内外篇》中多处加以了辩驳。《理气篇》指出，程朱所言之理不能说是先于气、先于欲的天理，"若天地则光电热重相摩相化而已，何所谓理哉？……夫有人形而后有智，有智而后有理。理者，人之所立。贾谊谓立君臣尊上下，此非天之所为，乃人之所设。故理者，人理也。若耳目百体，血气心知，天所先与。婴儿无知已有欲焉，无与人事也。故欲者，天也。程子谓天理是体认出，此不知道之言也，盖天欲而人理也。"② 《人我篇》直接批评朱熹的性理之论"与佛之言精魂同，不知理与性，皆是人理人性，未受气以前，何所谓性理耶？此过尊之而不得其实者也"。《爱恶篇》从理气应统一于气质的角度

① 《万木草堂口说》，《康有为学术著作选》，中华书局1988年版，第65页。

② 康有为著：《康子内外篇（外六种）》，中华书局1988年版，第29页。康有为只是在辨析理气、理欲的先后关系时，才将"天理"称之为"人理"，而并不笼统反对"天理"的提法。他自己就多次使用过天理或类似的说法。例如《性学篇》："中国五帝三王之教，父子夫妇君臣兄弟朋友之伦，粟米蔬果鱼肉之食，《诗》、《书》、《礼》、《乐》之学，士农工商之民，鬼神巫祝之俗，盖天理之自然也"（同上书，第12页）；《湿热篇》："天地之理，阴阳而已。其发于气，阳为湿热，阴为干冷。湿热则生发，干冷则枯槁，二者循环相乘，无有终极也。无以名之，名之阴阳也"（同上书，第17页）；《万木草堂口说》："天地之大德曰生，生生之谓易。圣人只做得生生二字，天下之理只一生字。圣人扶阳而抑阴者，尊生而抑死也"（《康有为学术著作选》，中华书局1988年版，第76页）等。如果进一步探究，可发现康有为是将"理"分作两大部分，一部分是物质（气质）固有之理，一部分是精神所生之理。这一划分在《实理公法全书》中有一段比较完整的论述。

写道:"彼昧于理者,以仁智为理,以物为气质,谓理气有异,不知天下舍气质,岂有异物哉?"① 对物质本原论康有为在《万木草堂口说》中还联系孔子改制作了这样的概括:"孔子改制,其道皆本于天。元者,气之始,故以元统天,以天统君,以君统人。"② 可见,康有为在本原论上摆脱了程朱理学的束缚,重新确立了唯物主义气质论的地位。

康有为的气质本原论明显地继承了中国哲学以气为本的传统(其著述中所大量引用的中国典籍材料足以证明这点),但并未停留在旧气质说的水平之上。由于接受了许多西学的新知识并将其用于阐述新哲理,康有为就能开始克服旧气质论缺乏自然科学知识的基础,带有过多的笼统性、直观性及模糊性的缺陷,而对气质如何作为本原与世界万事万物相联系,作出比较清晰、确切和系统的说明。

按照康有为的解释,世界从气质的本原到衍生出万物是这样一个生生不息的过程:"夫天之始,吾不得而知也。若积气而成为天,摩励之久,热重之力生矣,光电生矣,原质变化而成焉,于是生日,日生地,地生物。"③ 在《湿热篇》中,康有为将此过程讲得更为具体:"于无极,无无极之始,有湿热之气郁蒸而为天。诸天皆得此湿热之气,展转而相生焉。近天得湿热之气,乃生诸日,日得湿热之气,乃生诸地,地得湿热之气,蒸郁而草木生焉,而禽兽生焉,已

---

① 康有为著:《康子内外篇(外六种)》,中华书局1988年版,第23、11页。

② 《万木草堂口说》,《康有为学术著作选》,中华书局1988年版,第102页。

③ 《理气篇》,康有为著:《康子内外篇(外六种)》,中华书局1988年版,第28页。

而人类生焉。人得湿热之气,上养其脑,下养其心。湿则仁爱生,热则智勇出。积仁爱智勇而有宫室饮食衣服以养其身;积仁爱智勇而有礼乐政教伦理以成其治。"①

对从气质到产生世界万事万物过程中一些特别有意义的环节,康有为还作过进一步的探讨。例如,关于人类的产生与地球绕日距离的关系:"地球人民之盛,视其绕日之远近。当其始,与日甚近,则热太甚,人不能当之,惟有大草大木盛焉,西人谥石质层,谓地下之煤为大木所化是也。绕日渐远,大禽大兽出焉,西伯利亚有巨兽骨是也。若夫人类之生,亦视地球之向日。昔者蒙古以至西伯利,道当赤道温带时,政教文物必尝一盛矣";② 关于"智"和"理"的产生对气质的依赖关系:"人之有大脑小脑也,脑气筋之有灵也,差不知其然也。天地之气,存于庶物,人能采物之美者而服食之,始尚愚也同,一二圣人少补其灵明而智生矣。合万亿人之脑而智日生,合亿万世之人脑,而智日益生,于是理出焉。"③

在以上这些论述中,康有为运用了近代物理学、天文学、地质学、考古学、生理学等方面的知识,提出了一些全新的见解,这对旧气质说是很大的突破。

在用气质本原解释世界的时候,康有为还试图将各国政教盛衰、性质和互相发生影响的不同归结为气质(具体化为地势、地气)所起的决定作用。

---

① 康有为著:《康子内外篇(外六种)》,中华书局 1988 年版,第 17～18 页。

② 《肇域篇》,康有为著:《康子内外篇(外六种)》,中华书局 1988 年版,第 31 页。

③ 《理气篇》,康有为著:《康子内外篇(外六种)》,中华书局 1988 年版,第 28 页。

首先,各国政教文物兴盛的迟早与得地气的先后密切相关。康有为以昆仑山作为"地顶",按照与昆仑山地域联系的远近一一论之:"以地球论之,政教文物之盛,殆莫先于印度矣。印度枕昆仑,中引一脉,敷散平原,周阔万里。欧洲及亚非利加为左翼,中国及南洋诸岛为右翼。印度居中,于昆仑为最近,得地气为最先,宜其先盛也。……中国在昆仑山为东龙,先聚气于中原,自汉以后,然后跨江以至闽粤,跨海以至日本,盖地球之运,固如是也。波斯、犹太于昆仑为西龙,故其文物次于中国。欧洲最远,故最迟,至罗马而乃盛也。"①

其次,各国政教性质如何,取决于所在地域的状貌。中国"地域有截(指四周地理环境多崇山险阻,闭塞难通——引者注),故古今常一统,小分而旋合焉",中国之学亦因此而为"义学",主张"尊君卑臣,重男轻女,分良别贱,尊中国而称夷狄"。印度、泰西则正好相反,"山川极散,气不团聚,故古今常为列国,即偶成一统,未几而散为列国焉。其师之教亦祀佛之说,而以平等为教,亦以地气为之也"。②

最后,各国政教的相互影响也是由地势的走向所决定的。以中国而言,"环境皆山,气无自出,故孔子之教,未尝远行。数千年未闻有如佛之高僧,耶稣之神父,投身传教于异域者,盖地势使

---

① 《肇域篇》,康有为著:《康子内外篇(外六种)》,中华书局1988年版,第30页。康有为说印度政教文物最先兴盛,是就地球的地理现状而言;根据墨西哥、秘鲁的考古发掘材料,他认为原来的"地顶"是在美洲,后来发生"田为沧海"的变化才使昆仑成为"地顶",因此,"墨西哥、秘鲁政教必先于印度也"。(同上书,第31页)

② 《地势篇》,康有为著:《康子内外篇(外六种)》,中华书局1988年版,第26~27页。

然"。儒教不能西行,佛法却能东来,是因为"印度之为国向南,襟带南海,海水东流,故能至中国也。中国之山川,皆奔趋向东,无一向西者,故儒教大行于日本,而无一字飞出于印度,盖亦山川为之也"。欧洲政教的东渐亦如此,"地中海之水,怒而欲出于海,近者里希勃斯开苏夷士河,地中海水泻而东来,泰西之政教盛行于亚洲必矣。亚墨利加洲山川面向于东,有朝宗欧洲之意,此欧洲之教政所以操柄风行于美洲也"。凡此种种,"皆非圣人所能为也,气为之也,天也"。① 如此直接地用气质来解释各国政教异同的原因,是旧气质论中所完全没有的。

康有为以气质作为世界的本原,但对气质本身究竟是什么,却未能予以新的说明,基本上是采用传统的说法,强调气质的"本原"、"始初"之意。例如说:"元者,气之始,故以元统天","元即气也"。② "《易》称'大哉乾元,乃统天'。天地之本,皆运于气。列子谓'天地空中之细物'。《素问》谓'天为大气举之'。何休谓'元者,气也'。《易纬》谓'太初为气之始'。《春秋纬》:'太一含元,布精乃生阴阳。'《易》:'太极生两仪。'孔子之道,运本于元,以统天地,故谓为万物本,终始天地。孔子本所从来,以发育万物,穷极混茫。如繁果之本于一核,萌芽未启;如群鸡之本于一卵,元黄已具。而核卵之本,尚有本焉。属万物而贯于一,合诸始而源其大,无臭无声,至精至奥。"③

康有为论述较多的是"气质"(或"元")的属性。对这些属性康

---

① 《地势篇》,康有为著:《康子内外篇(外六种)》,中华书局1988年版,第26~28页。

② 《万木草堂口说》,《康有为学术著作选》,中华书局1988年版,第102、106页。

③ 康有为著:《春秋董氏学》,中华书局1990年版,第124页。

有为前后的论述不尽一致,各有侧重,举其要者有:(1)爱恶及智的属性:"……智与爱恶为一物也。存于内者,智也;发于外者,爱恶也。岂徒禽兽?草木亦有爱恶,特愈微耳。……智无形也,见之于爱恶。其爱恶大者,见其智之大;其爱恶少者,验其智之少,皆气质为之也"。(2)相生的属性:"若积气而成为天,摩励之久,热重之力生矣,光电生矣,原质变化而成焉……物质有相生之性";① "元即气也,有气自有转运,自有力,亦动静起而形德成矣"。② (3)有电有神的属性:"夫浩浩元气,造起天地。天者一物之魂质也,人者亦一物之魂质也;虽形有大小,而其分浩气于太元,挹涓滴于大海,无以异也。孔子曰:'地载神气,神气风霆,风霆流形,庶物露生。'神者有知之电也,光电能无所不传,神气能无所不感。神鬼神帝,生天生地,全神分神,惟元惟人。微乎妙哉,其神之有触哉! 无物无电,无物无神。夫神者知气也,魂知也,精爽也,灵明也,明德也,数者异名而同实。有觉知则有吸摄,磁石犹然,何况于人;不忍者吸摄之力也。"③

在这些属性中,康有为还不能将一切物质都具有的反应特性与人所独有的意识区别开来,将纯粹的物质属性与人的精神世界区别开来,甚至在某种程度上将气质的属性与气质本身混为一谈。这样,他的新气质论就仍然没有科学地解决物质的哲学意义及物质与精神的关系等重大课题。

---

① 《爱恶篇》、《理气篇》,康有为著:《康子内外篇(外六种)》,中华书局1988年版,第11、28页。

② 《万木草堂口说》,《康有为学术著作选》,中华书局1988年版,第106页。

③ 康有为著:《大同书》,古籍出版社1956年版,第3页。

二　新人性论

重新认识人性,是康有为新哲理思想的又一重要内容。中国传统哲学论人性往往以伦理道德为基础(性善性恶论皆如此),康有为则从世界物质本原论出发,将气质作为人性的基础,用气质之性说明人类之性,并进而揭示人性所独有的特点及其功用,提出了一系列新的观点。

(一)将"爱恶"视为人的本性,肯定人欲的天然合理性。

"爱恶"是康有为阐述的气质重要属性之一,人既然是气质的产物,康有为认为也就具有爱恶之性,并通过人所特有的欲望情感方式表现出来:"人禀阴阳之气而生也。能食味、别声、被色,质为之也。于其质宜者则爱之,其质不宜者则恶之,儿之于乳已然也。见火则乐,暗则不乐,儿之目已然也。故人之生也,惟有爱恶而已。"爱恶的表现有程度的不同,"欲者,爱之征也。喜者,爱之至也。乐者,又其极至也。哀者,爱之极至而不得,即所谓仁也,皆阳气之发也。怒者,恶之征也;惧者,恶之极至而不得,即所谓义也,皆阴气之发也"。人的爱恶程度随着人本身的变化而变化,"婴孩沌沌,有爱恶而无哀惧……哀惧之生也,自人之智出也。魂魄足矣,脑髓备矣,知觉于是多焉,知刀锯水火之足以伤生也,于是谨避之。婴儿不知刀锯水火之足以伤生而不避也,禽兽亦然。圣人之知更多,故防害于未至,虑患于未然,曲为之防,力为之制。故其知愈多者,其哀惧愈多,其知愈少者,其哀惧愈少。其有无不能终穷也,以分数计之"。①

从以上见解出发,康有为对关于人性的各种传统说法进行了分析,着重辨析了两个在人性研究上带有理论普遍性的问题。

其一,人性与"欲"和"习"的关系。

康有为认为,人性(或人的性情)就等于人欲,即基于气质的"爱恶","其爱恶存者名为性,其爱恶发者名为情",此外再无别的什么性情;所谓"仁义"二字,如果用于表述人性,在本质上应与"爱恶"毫无区别。传统哲学中所说的作为"善"而与"恶"相对立的仁义,只是"积人事为之,差近于习,而非所谓性也","非天理也,人事之宜也……非情也,习也";习是后天的而性是先天的,因此习不是人性。康有为赞赏孔子"性相近,习相远"的说法,"言相近者,谓出于禽虫之外,凡为人者必相近也,不称善恶。至于习于善,习于恶,则人为之也,故相远也,其言至矣";对告子人性论的评价则是"意近是而言未至也。虽然,在诸儒中盖近理矣"。对爱恶之性与善恶之习的关系,康有为还形象地比喻道:"性则丝帛也,善则冕裳也。织之、染之、练之、丹黄之,又复制之,冕裳成焉,君子是也。弗练、弗织、弗文、弗色,中人是也。污之粪秽,裂为绉结,小人是也。"②将人先天具有的气质之性与人后天才形成的道德之习清楚地区别开来。

其二,人性有没有善恶。

---

① 《爱恶篇》,康有为著:《康子内外篇(外六种)》,中华书局1988年版,第9页。

② 《爱恶篇》,康有为著:《康子内外篇(外六种)》,中华书局1988年版,第11页。

从人性是人人都具有的天然之性,爱恶皆根植于人的本性之中这一抽象的意义来说,康有为是明确反对人性善恶论的:"爱恶皆根于心,故主名者名曰性情,造书者从心生。要知其生于心而已。"① "存者为性,发者为情,无所谓善恶也。……譬如附子性热,大黄性凉,气质之为之也。礼者法制其药性,凉热有分数,制法亦有轻重,要宜于人而已,何所谓善恶耶?" 他批评诸种人性善恶之说,如"孟子言性善,荀子言性恶,杨子言善恶混,韩子强为之说曰三品,程朱则以为性本善,其恶者情也",都是"不知性情者也"。②

但对于具体的人性来说,康有为又认为存在着差异,表现为爱恶程度的不同;对这种差异,康有为往往也用"善恶"之词进行表述:"抱爱质多者,其于人也,无所不爱,肫肫其仁,有莫释于其怀者焉,其弊也贪。抱恶质多者,其于物也,无所不恶,矫矫其义,有莫适其心者焉,其弊也激。其爱恶均而魂魄强者,中和之美质也。周子曰:'柔善为慈、为顺、为巽。柔恶为懦弱、为无断、为邪佞',此偏于爱质多者也。'刚善为义、为直、为断、为严毅、为干固。刚恶为猛、为隘、为强梁',此偏于恶质多者也";③ 人得湿热之气而生仁爱智勇,然而湿热有善恶,"湿热之善,则为仁爱智勇;湿热之恶,则为贪佞,为柔懦。热之恶,则为强梁,为狠戾,为多欲……为忌疾,

---

① 此处"心"当指作为人体器官的"心",亦兼指心之功能"知"(或智),与视爱恶为气质之性是一致的。

② 《爱恶篇》,康有为著:《康子内外篇(外六种)》,中华书局1988年版,第9~10页。

③ 康有为著:《康子内外篇(外六种)》,中华书局1988年版,第12页。

为浮纵。于是争夺相生,尚人以色,加人以势,暴虐骄慢而乱兴焉"。①

　　由此可见,康有为对人性善恶问题的看法是不彻底的。他只是反对笼统地、抽象地说人性先天就有善恶,而实际上却承认这部分人或那部分人的人性先天是有善恶之分的(有的抱爱质多,有的抱恶质多;有的得湿热之善,有的得湿热之恶);他在理论上将"欲"的先天性和"习"的后天性区别得清清楚楚,但当他说某些人生来就有懦弱、无断、邪佞、强梁、狠戾、忌疾、浮纵等"恶"的性情,并直接导致人的相互争夺和社会的动乱的时候,事实上又混淆了"欲"和"习"的界限。

　　根据这些论述,康有为一方面充分肯定人欲(即人先天的爱恶之性)的天然合理性:"《吕览》曰:'天使人有欲,人弗得节,天使人有恶,人弗得不除'。欲与恶所受于天也。……耳目百体,血气心知,无所先与。……故欲者,天也。""……人为形质则有欲,斯亦天之所予,无有禁也。故虽圣人,不能无声色之奉,宫室衣服之设,穷华极丽,以文其体,以事其身。……圣人知欲之本于天也,故为宫室、衣服、礼乐、妻妾、器物以事之。"人欲来源于"湿热之气",而"湿热者,天地之正气也,人皆有之,不可绝也"。② 另一方面,他反复强调人欲不可放纵,而必须加以节制,"是故圣人裁为礼者以节之,使一入于礼之中,以制其肌肤而束其筋焉。其出于礼者,则为刑以检柙之,俾有所畏而勿纵焉。为之师保以导之,设之朋友以摩之,

----

　　① 《湿热篇》,康有为著:《康子内外篇(外六种)》,中华书局1988年版,第18页。

　　② 《理气篇》、《人我篇》、《湿热篇》,康有为著:《康子内外篇(外六种)》,中华书局1988年版,第29、21～22、18页。

立之官司以纠之,造作语言以诱之,广设名誉以动之,明其丑恶而禁之,普为风俗以一之,皆不知变,然后加之刑罚以惩之"。①通过这两方面的结合,达到使人性完善从而使人更好地生存发展的目的。

(二)突出人性中"智"的独特性和重要性,将其置于与仁并称而超出于礼义之上的地位。

在以"爱恶仁义"解释人性之时,康有为碰到一个需要进一步解答的问题,即"爱恶仁义非惟人心有之,虽禽兽之心亦有焉",②那么,人与禽兽的差别在哪里呢? 他的回答是:"异于其智而已"。③

对此差异的表述,康有为有两种不甚一致的说法。一种是智为人所独有,禽兽无智。禽兽"惟无智,故安于禽兽耳。人惟有智,能造作饮食宫室衣服,饰之以礼乐政事文章,条之以伦常,精之以

---

① 《人我篇》,康有为著:《康子内外篇(外六种)》,中华书局 1988 年版,第 22 页。关于人欲既要舒发又不能放纵,康有为还从气的"湿热"与"干冷"的关系上进行了论述:湿热为阳气,干冷为阴气,"湿热则生发,干冷则枯槁,二者循环相乘,无有终极"。人若没有湿热之气,就根本不能生存,但如果湿热之气过盛(所谓"湿热之恶"),也会导致争乱。"圣人知此,故务温良恭俭,撙节退让,崇礼尚义,讲信修睦,以平其气而制其行。……夫所谓温良恭俭,撙节退让,讲信修睦,皆干冷之道也。……干冷非人道也,然以济湿热之病,则材适得其宜,而病得愈焉。圣人知其然也,故常任湿热之自然,而时以干冷为之节,此圣人之道也。"(《湿热篇》,同上书,第 17 ~ 18 页)

② 《爱恶篇》,康有为著:《康子内外篇(外六种)》,中华书局 1988 年版,第 11 页。康有为举例说:"鸟之反哺,羊之跪乳,仁也,即牛马之大,未尝噬人,亦仁也;鹿之相呼,蚁之行列,礼也;犬之卫主,义也。"(《仁智篇》,康有为著:《康子内外篇(外六种)》,中华书局 1988 年版,第 23 页)

③ 《爱恶篇》,康有为著:《康子内外篇(外六种)》,中华书局 1988 年版,第 11 页。

义理,皆智来也。苟使禽兽有智,彼亦能造作宫室饮食衣服,饰之以伦常政事礼乐文章,彼亦自有其义理矣。故惟智能生万理。"①另一种则是人和禽兽乃至草木都有智,但有大小多少之别。这一看法是在分析"智"与"爱恶"的关系时得出的:"无智则无爱恶矣,故谓智与爱恶为一物也。存于内者,智也;发于外者,爱恶也。岂徒禽兽?草木亦有爱恶,特愈微耳。……智无形也,见之于爱恶。其爱恶大者,见其智之大;其爱恶少者,验其智之少,皆气质为之也,何别焉?"②禽兽及草木智少,而人之智能"愈推而愈广,则其爱恶愈大而愈有节,于是政教礼义文章生焉,皆智之推也。故人之性情,惟有智而已"。③两种说法的不同,表明康有为对智的界定还是不严格的;尽管如此,两者得出的结论却基本相同,就是认为人之所以为人,就在于他具有物(禽兽和草木等)所不具有(即不能达到)的智,人的本质是智而不是欲(爱恶),从而深化了对人性的认识。

　　人的本性既然独特地本质地表现为智,那么,在康有为看来,

----

① 《仁智篇》,康有为著:《康子内外篇(外六种)》,中华书局 1988 年版,第 23～24 页。

② 《爱恶篇》,康有为著:《康子内外篇(外六种)》,中华书局 1988 年版,第 11 页。在后来写作的《大同书》中,康有为仍然认为人和物都有"觉知":"有觉知则有吸摄,磁石犹然,何况于人;不忍者吸摄之力也。故仁智同藏而智为先,仁智同用而仁为贵矣。""夫生物之有知者,脑筋含灵,其与物非物之触遇也即有宜有不宜,有适有不适。其于脑筋适且宜者则神魂为之乐,其与脑筋不适不宜者则神魂为之苦。况于人乎,脑筋尤灵,神魂尤清,明其物非物之感于身者尤繁赜、精微、急捷,而适不适尤著明焉。"(古籍出版社 1956 年版,第 3、5 页)

③ 《爱恶篇》,康有为著:《康子内外篇(外六种)》,中华书局 1988 年版,第 11 页。

智也就成为人类之所以能够进行各种创造活动的根本原因："人惟有智,能造作饮食宫室衣服,饰之以礼乐政事文章,条之以伦常,精之以义理,皆智来也。……故惟智能生万理。"人之所以有仁、义、礼、信,"皆由于智"。① 因此,他认为传统文化中仁义礼智信的顺序需要重新加以排列。他分析说:"或谓仁统四端,兼万善,非也。吾昔亦谓仁统义礼智信,与朱子言义者仁之断制,礼者仁之节文,信者仁之诚实,智者仁之分别同。既乃知人道之异于禽兽者全在智,惟其智者,故能慈爱以为仁,断制以为义,节文以为礼,诚实以为信。夫约以人而言,有智而后仁义礼信有所呈,而义礼信智以之所为亦以成为仁,故仁与智所以成终成始者也。……人道以智为导,以仁为归,故人宜以仁为主,智辅之。主辅既立,百官自举,义礼与信,自相随而未能已,故义礼信不能与仁智比也";"就一人之本然而论之,则智其体,仁其用也。就人人之当然而论之,则仁其体,智其用也"。② 这样,过去一直被列于仁义礼之后的智就与被当作最高道德境界的仁并列起来,其地位得到了极大的加强。康有为将智规定为人性的本质,因此,突出智的地位也就是突出了人性乃至人本身的地位。

康有为还将智的重要意义与人类历史联系起来,预测重智将成为社会发展的必然趋势和结果。他把中国历史分为四大时期,认为"上古之时,智为重;三代之世,礼为重;秦汉至今,义为重;后此之世,智为重",其是非得失的排列顺序是:智为上,礼次之,义为

---

① 《仁智篇》、《理气篇》,康有为著:《康子内外篇(外六种)》,中华书局1988年版,第23～24、28页。

② 《仁智篇》,康有为著:《康子内外篇(外六种)》,中华书局1988年版,第24页。

下。重智之所以为上，是因为它充满了符合人性的仁爱精神：
"前圣开物成务，制器尚象，利物前民，又以为不足，精其饮馔，
美其衣服，饰其宫室，华以礼乐，昼夜竭其耳目心思以为便民，
仁之至也"，而重义之所以为下，则是因为"秦汉以后，既不独
智以为养，又不范礼以为教，时君世主，以政刑为治，均自尊
大，以便其私，天下学士大夫相与树立一义其上者，砥节行，讲
义理，以虚言扶名义而已，民生之用益寡也，故曰义为下"。① 这种
鲜明的对比，是对秦汉以来不重视人性的君主专制统治及其仅存
"虚言"的封建义理的大胆否定，从"后此之世，智为重"的预见中，
则可见到康有为对人性重新获得在人类社会中的中心地位的期望
和向往。

　　虽然康有为对智十分重视，但他对智的认识和理解还是很不
够的，存在着明显的局限性。

　　其一表现在概念内涵的不确切。对于什么是"智"，康有为并
未作过完整、明确的定义。他有时称之为"神明"或"识"，有时又称
之为"知"或"知觉"，有时还称之为"灵"或"灵明"等。按照康有为
在著述中的使用，他所说的"智"其实就是指人的意识，限于当时的
认识，他对意识还不能作出科学的解释。他正确地认为，智像"爱
恶"一样，也是气质的产物，并多次提到智与特殊的人体器官——
人脑的联系，但同时又承认对这一联系还不能知其所以然，如说
"哀惧之生也，自人之智出也。魂魄足矣，脑髓备矣，知觉于是多
焉"，"人之有大脑小脑也，脑气筋之有灵也，差不知其然也"，"智也
者，外积于人世，内浚于人聪，不知其所以然，所谓受于天而不能自

————————————————

　　① 《仁智篇》，康有为著：《康子内外篇(外六种)》，中华书局 1988 年版，
第 25 页。

已也"等。①

其二表现在还不能摆脱圣人论的影响。当康有为只从人性的意义上论智的时候,智很清楚地是人与物的分界线,"人之性情,惟有智而已",因此结论自然是人皆有智,有人即有智。但当他将"智"与"理"联系起来,并进而阐述智和理产生的过程的时候,却将智的起点由一般的人变成了圣人。他写道:"天地之气,存于庶物,人能采物之美者而服食之,始尚愚也同,一二圣人少补其灵明而智生矣。合万亿人之脑而智日生,合亿万世之人之脑,而智日益生,于是理出焉。若夫今人于野番,其为愚,亦与禽兽无几何,虽智且不能言,而何有于万物哉?故理者,诸圣人所积为也。自羲、轩、神农以来,中国于是有智;欧洲自亚当、衣非以来,于是有智。虽阿墨利加洲、墨西哥、秘鲁之先,亦有礼乐文章宫室舆服之盛,特其后亡之耳。此外,无圣人者,则颛蒙日见矣。故上此之圣人者,其神识之聪明者也;中此之圣人者,其气质之清粹也。神识聪明,故足以开物成务;气质清粹,故足以修道立教。"② 以圣人作为智的标准,这不但会抹杀智作为人性所具有的普遍性,而且会导致对众人之智的轻视和用圣人去否定众人。

(三)确立人的中心地位,以人类相通相爱作为政教的最高境界。

在以人欲和人智为核心对人性进行论述辨析的基础上,康有为进一步将人的先天之性与人的后天之为结合起来,探讨人对他

---

① 《爱恶篇》、《理气篇》、《理学篇》,康有为著:《康子内外篇(外六种)》,中华书局 1988 年版,第 9、28、8 页。

② 《理气篇》,康有为著:《康子内外篇(外六种)》,中华书局 1988 年版,第 28 页。

人乃至整个人类应抱何种态度,其出发点和价值取向是人与人之间的相通相爱。

　　他认为人们由于"觉识"①不同,因而在与人相通相爱的程度上有很大的差别,有"仅爱其一身者",有"爱一家者",有"推而爱其乡族者",还有"推其爱而及于邦邑者",而只有尧、舜、禹、汤、周、孔、墨这样的圣人,才能相通相爱得更为深远,达到"以天下为一家,中国为一人,血气相通,痛痒相知"的境界。不仅如此,在发明了显微镜和望远镜的时代,还有"学者"比圣人们更胜一筹,"一涉想而周于天下焉,凡天之内,其想所及,即其爱所及……以天天为家,以地地为身,以人类为吾百体,吾爱之周之,血气通焉,痛痒觉焉"。② 这种与人类相通相爱的至高境界,康有为以为是束缚于传统思想文化之中的曲巷陋儒、京邑文儒和大人魁儒所不能达到且难以理解的。

　　对与人相通相爱的精神境界,康有为还给予了一个非常独特的、极具个人色彩的称谓:不忍人之心。所谓不忍人之心,小则表现为对亲身所接触之人世苦难的同愁共忧,"康子燕居……出而偶有见焉,父子而不相养也,兄弟而不相恤也,穷民终岁勤动而无以为衣食也,僻乡之中,老翁无衣,孺子无裳,牛宫马磨,蓬首垢面,服

------

　　①　所谓"觉识",相当于人的思想认识或精神境界,与康有为所说的"智"不同。"智"是先天性的,属于人性的范畴,而"觉识"是由后天的"习"和"学"造成的:"凡人度量之相越,岂不远哉!其相远之故,习半之,学半之。以其习学之殊,而觉识殊矣。夫与野人言论之异,此习为之也。学人与常人器抱之异,此识("识"似应为"学"——引者注)为之也。"(《觉识篇》,康有为著:《康子内外篇(外六种)》,中华书局1988年版,第18页)

　　②　《觉识篇》,康有为著:《康子内外篇(外六种)》,中华书局1988年版,第19页。

勤致死，而不曾饱糠核也。彼岂非与我为天生之人哉？而观其生，曾牛马之不若，予哀其同为人而至斯极也"；① 大则表现为对全人类乃至宇宙间一切可能的有生之类的同哀乐共忧患之感，即如康有为所言："吾既为人，吾将忍心而逃人，不共其忧患焉？而生于一家，受人之鞠育而后有其生，则有家人之荷担。……生于一国，受一国之文明而后有其知，则有国民之责任。……生于大地，则大地万国之人类皆吾同胞之异体也，既与有知，则与有亲。……其进化耶则相与共进，退化则相与共退，其乐耶相与共其乐，其苦耶相与共其苦，诚如电之无不相通矣，如气之无不相周矣。乃至大地之生番、野人、草木、介鱼、昆虫、鸟兽，凡胎生、湿生、卵生、化生之万形千汇，亦皆与我耳目相接，魂知相通，爱磁相摄，而吾何能恝然！彼其色相好，吾乐之；生趣盎，吾怡之；其色相憔悴，生趣惨悽，吾亦有憔悴惨悽动于中焉。……恒星之大，星团、星云、星气之多，诸天之表，目本相见，神常与游，其国之士女、礼乐、文章之乐与兵戎战伐之争，浩浩无涯，为天为人虽吾所未能覩，而苟有物类有识者，即与吾地吾人无异情焉。吾为天游，想像诸极乐之世界，想像诸极苦之世界，乐者吾乐之，苦者吾救之，吾为诸天之物，吾宁能舍世界天界绝类逃伦而独乐哉！"②

　　他把不忍人之心产生的根源归结为人的气质之性，"我有血气，于是有觉知，而有不忍人之心焉"，③ 同时又对不忍人之心得以产生的"习"和"学"的条件作了相当客观的分析："康子不生于他

---

　　① 《不忍篇》，康有为著：《康子内外篇（外六种）》，中华书局1988年版，第16页。

　　② 康有为著：《大同书》，古籍出版社1956年版，第3～4页。

　　③ 《不忍篇》，康有为著：《康子内外篇（外六种）》，中华书局1988年版，第15页。

天而生于此天,不生于他地而生于此地,则与此地之人物,触处为缘,相遇为亲矣。不生为毛羽鳞介之物而为人,则与圆首方足、形貌相同、性情相通者尤亲矣。不为边僻洞穴生番獠蛮之人而为数千年文明国土之人,不为牧竖爨婢耕奴不识文字之人而为十三世文学传家之士人,日读数千年古人之书,则与古人亲;周览大地数十国之故,则与全地之人亲;能深思,能远虑,则与将来无量世之人亲。"① 可见,不忍人之心是康有为从自己全部生活经历中获得的一种根本性的精神信仰和追求。尽管其中空想性、非理性的因素很多,但非常明显地是以对人和人性的极大关注作为中心的。

　　康有为还将自己的精神信仰和追求应用到十分现实的治国治民之道上,主张"以不忍人之心,行不忍人之政……为之君相,只以为吾民,无所利焉"。② 他认为现实社会中人民之所以生活得艰难困苦,并不是因为"天之故厄斯人",而是因为"政事有未修,地利有未辟,教化有未至",亦可说是"民上者之过",③ 对君主不能使人民像人一样地生活进行了批评。他用"不忍人之心"重新探求为君之道,提出一个中心论点,就是应以"兼爱"之心为之("兼爱者,仁之极也")。为此,君主就要做到"变气质之偏,绝嗜欲之原,胼手胝足而不为劳,监虏之辱、隶圉之服而不为苦。日思所以优民之形,逸民之生,与其臣相与讲求之"。君主如果做不到这点,相反还恣意纵欲,那么只会导致天下大乱,"以一人纵于万民之上者,民悁悁然侧目视之,久则愤起而不可遏,将欲禁其乱,安可乎? 故夫百姓侵其

　　① 　康有为著:《大同书》,古籍出版社 1956 年版,第 4～5 页。
　　② 　《阖辟篇》,康有为著:《康子内外篇(外六种)》,中华书局 1988 年版,第 2 页。
　　③ 　《不忍篇》,康有为著:《康子内外篇(外六种)》,中华书局 1988 年版,第 16 页。

上,臣僚夺其君。匹夫可以揭竿而谋富贵,夫亦君上纵欲有以启其乱萌也。是故严刑不能惩,重律不能警,历圣之经不足法,诸儒之训不足承,成党纵欲,得以自私"。① 这就是说,百姓之所以揭竿而起,臣僚之所以犯上作乱,根源都在于君主的纵欲;由于君主纵欲,神圣威严的刑、律、经、训于是都变成了无用之物。这与其说是强调君主个人行为的轻重,不如说是极大地突出了行兼爱之道的必要性。

肯定人欲的合理性而节之以礼,突出人智的重要性而归之于仁,追求人类的相通相爱而落脚于君主行兼爱之道,这构成了康有为新人性论的基本内容。

三　新发展论

以气质为基础的自然界和人类社会以何种状态存在,它们过去、现在和未来的演变如何,这也是康有为十分重视的哲理问题。在中国古代哲学中,关于万事万物不断变易、发展的思想非常丰富,尤其是朴素的辩证法思想更是中国古代哲学的一大特色,成为极为宝贵的文化遗产。然而,由于缺乏近代的自然科学知识,中国古代哲学的变易观、发展观也存在着很大的不足。它们往往以直观的体验和主观的臆测作基础,对变易和发展的阐释过于笼统、简单、随意,既未能揭示万事万物在变易发展中的普遍联系,又未能了解万事万物的变易发展是一个不断发生根本性质变的永恒过程,因此,变易发展的循环论、器可变而道不可变论等成为它们明显的局限。康有为继承了中国古代变易发展思想的积极成果,进

---

① 《人我篇》,康有为著:《康子内外篇(外六种)》,中华书局 1988 年版,第21～22 页。

而用西方近代自然科学知识加以改造和发展,在不少方面提出自己的创见,形成了颇有特色的新发展论。

(一)用进化的观点阐释自然和人类社会的演变。

在中国传统哲学思想中,没有以自然科学知识作基础的进化论观点,康有为通过钻研西学而接受进化论的影响之后,他对自然和人类社会的演变便有了新的理解,认识到宇宙的演变是一个万事万物互相紧密联系、以时间为顺序而先后生成出现的统一的过程。

最初宇宙中只有"气",经过气的不断运动于是生"日",生"地";地球上先生草木,继生禽兽,再生人类。① 在《万木草堂口说》中,康有为对世界的进化有不少具体的论述,如说"生物始于苔,动物始于介类,珊瑚即小虫所成","草木与人相去不远,观其骨节可知。人与禽兽之相近更不待言,不过有竖立横行之别耳","倒生最愚,横生始有知觉,立生者则有灵魂";"荒古以前生草木,远古生鸟兽,近古生人。人类之生,未过五千年";"地有八层,每一层五十里。第一层火质宛息土生蚘,二层生苔,三层鼻耳示生草木,四层生炭石,五层百邑土生兽,六层生鸟,七层生泥,八层生人,约每万年生一层"等。② 按照这种进化的观点,世界上就没有永远不变的东西,不仅自然是不断变化的,社会是不断变化的,而且历来被视为天经地义的纲常礼义也是必定要发生变化的:"中国之俗,尊君卑臣,重男轻女,崇良抑贱,所谓义也。……习俗既定以为义理,至于今日,臣下跪服畏威而不敢言,妇人卑抑不学而无所识,臣妇之道,抑之极矣,此恐非义理之至也,亦风气使然耳。物理抑之甚

---

① 见康有为著:《康子内外篇(外六种)》,中华书局 1988 年版,第 28、17 ~ 18 页。原文在本节第一点"新气质论"中已征引,故略。

② 《康有为学术著作选》,中华书局 1988 年版,第 76 ~ 77、85、88 页。

者必伸,吾谓百年之后必变三者:君不专,臣不卑,男女轻重同,良贱齐一。呜呼!是佛氏平等之学矣。"①

(二)将两个对立面之间的互相依存、互相斗争和互相转化作为万事万物发展的源泉或动力。

康有为仍用中国哲学传统的术语"阴阳"来表达高度抽象的两个对立面的概念,但在阐释两个对立面如何互相依存、互相斗争和互相转化时,运用新的知识增添了许多新的内容,其认识亦因思考角度的变化而得以深化。其"阴阳论"可略分为两个层面。

一是元气的层面,认为元气分为阴阳两端,它们之间的互动制约着宇宙万事万物的生存变化。康有为称阳气为湿热之气,阴气为干冷之气,"天地之理,阴阳而已。其发于气,阳为湿热,阴为干冷。湿热则生发,干冷则枯槁,二者循环相乘,无有终极也。无以名之,名之阴阳也"。宇宙万事万物,包括天、日、地、草木、禽兽、人类乃至人的仁爱智勇都是湿热之气生发出来的。但湿热之气亦有善有恶,其恶需要干冷之气来节制,如此才无弊端,才称得上圣人之道:"……湿热之善,则为仁爱智勇;湿热之恶,则为贪佞,为柔懦。热之恶,则为强梁,为狠戾,为多欲……为忌疾,为浮纵。于是争夺相生,尚人以色,加人以势,暴虐骄慢而乱兴焉。圣人知此,故务温良,撙节退让,崇礼尚义,讲信修睦,以平其气而制其行。佛氏知此,故务持戒绝欲,清净能忍,以平其气而伏其心。夫所谓温良恭俭,撙节退让,讲信修睦,皆干冷之道也。持戒绝欲,清净能忍,干冷之至也。夫湿热者,天地之正气也,人皆有之,不可绝也。然纵极之而无度量分界,则所伤实多,不可行于人,不能道也。夫干

———————

① 《人我篇》,康有为著:《康子内外篇(外六种)》,中华书局1988年版,第22~23页。

冷非人道也,然以济湿热之病,则材适得其宜,而病得愈焉。圣人知其然也,故常任湿热之自然,而时以干冷为之节,此圣人之道也。不明乎阴阳者,何足与也。"①

二是社会生活及治教的层面,认为可分为天理和人性人情之自然与逆人情悖人性两端(前者为阳,后者为阴),两者处于永恒的互动互补互生的演变之中。作为天理和人性人情之自然者,有"父子夫妇君臣兄弟朋友之伦,粟米蔬果鱼肉之食,《诗》、《书》、《礼》、《乐》之学,士农工商之民,鬼神巫祝之俗","此五者,人类未有能外之者也";作为逆人情悖人性者,则以佛为代表,人好食"佛则戒杀生不食肉焉",人好色"佛则戒淫以绝之","自六根、六尘、三障、二十五有,皆人性之具,人情所不能无者,佛悉断绝之。故佛者逆人情悖人性之至也"。康有为进而将孔教与佛教相比较,认为天下之教虽多,但归根结底只有孔、佛两教,"其立国家、治人民,皆有君臣父子夫妇兄弟之伦,士农工商之业,鬼神巫祝之俗,《诗》、《书》、《礼》、《乐》之教,蔬果鱼肉之食,皆孔氏之教也,伏羲、神农、黄帝、尧、舜所传也,凡地球内之国,靡能外之。其戒肉不食,戒妻不娶,朝夕膜拜其教祖,绝四民之业,拒四术之学,去鬼神之治,出乎人情者,皆佛氏之教也。耶稣、马哈麻一切杂教,皆从此出也"。孔、佛亦可称为阳教和阴教,"圣人之教,顺人之情,阳教也;佛氏之教,逆人之情,阴教也","天地之理,惟有阴阳之义,无不尽也,治教亦然"。那么,孔、佛二教,"谁是谁非,谁胜谁负"呢?康有为明确指出,不能够这样提出问题,二教无所谓是非胜负,正如"方不能有东而无西也,位不能有左而无右也,色不能有白而无黑也",它们只能

---

① 《湿热篇》,康有为著:《康子内外篇(外六种)》,中华书局1988年版,第17~18页。

共生共存,此消彼长,永无止绝。①

(三)认为事物发展所具有的"当然之理"是变动不居的,人们应"行其有定,观其无定,通之而已"。

康有为指出万物的发展"皆有所以然之理",但人们对此理要有确切的认识并不容易,因为它处于变动不居的状态之中,"内外有定而无定,方圆、阴阳、有无、虚实、消长,相倚者也,犹圣人之与佛也。义理有定而无定,经权、仁义、公私、人我、礼智,相倚者也,犹中国之与泰西也"。人们应抱的态度是:"行其有定,观其无定,通之而已。"所谓行其有定,就是在行动上遵守现在既有的规范,"先王制为君臣、父子、兄弟、夫妇、朋友,吾生于其中,则循其故常,君者吾君之,臣者吾臣之,父者吾父之,子者吾子之,兄弟、夫妇、朋友犹是也,衣服、宫室、正朔、文字、义理,犹之人也,所谓行也"。所谓观其无定,就是在学理上要毫无束缚地去进行探讨,追根究底,预测事物发展的必然趋势,"夫道要于可行,学出于不能,道之与学,相反而相成也。若夫上下百年,鉴古观后,穷天地造化之故,综人物生生之理,探智巧之变,极教治之道,则义理无定,有可得而言焉,观其变之动,知后之必有验也,求其理之原,知势之必有至也"。②

---

① 《性学篇》,康有为著:《康子内外篇(外六种)》,中华书局1988年版,第12~14页。

② 《理学篇》,康有为著:《康子内外篇(外六种)》,中华书局1988年版,第8页。梁启超在《康有为传》中写道:"先生(指康有为——引者注)教学者常言:'思必出位,(《论语》"君子思不出其位"。——原注)所以穷天地之变;行必素位,(《中庸》"君子素其位而行"。——原注)所以应人事之常。'是故其思想恒穷于极大极远,其行事恒践乎极小极近,以是为调和,以是为次第。"(《康南海自编年谱(外二种)》,中华书局1992年版,第265页)这段话所表明的正是"行其有定,观其无定"的思想。

（四）认为事物的发展终以不完善为结局，人不可期望过高或急功近利，应以知理循理而行为满足。

康有为以《易》经中"未济"的概念表达其事物发展终有缺陷的思想，列举很多事例说明"未济"之理，"……剥则有复，泰则有否，治乱相乘，有无相生，理之常也。然君子之于治，欲其尽之也，故艰难而缔构之。然尧、舜而有洪水，禹、启而有羿、浞，汤而有桀，武而有幽。孔子兴而诸子出，经学盛而老、庄鸣，心性昌而考据起，譬之大疾痿痹，虽有和缓、扁鹊、仓公，少瘳而已，其终亦不治之证也。天不能使人皆为圣贤，即使人皆圣贤，不能使无疾病贫夭。人之愿望无穷，则人之望治无已，然而徒唤奈何而已。况天之生，善人少而恶人多，风雨寒暑之不时，山川物质之不齐，人之气质，受成于地，感生于山川物质，触遇于风露寒暑，争欲相炽，心血相构，奈之何哉"。对此，"躁者"与"圣人"的态度是截然不同的，"躁者不知察此，急于一时以赴事功。事功有天焉，即天眷助之，其成也，于人之益无几矣。圣人知此，故知消息进退存亡之理，潜龙则发挥遁世无闷，乐行忧违，无入而不自得，盖知天下之故也"。康有为还引朱熹之语将"未济"之理说得更明白："朱子尝曰：'看来天下事终于不成，事何必求其成？'亦未济之理也。盖成则毁随之矣，亦安见其成之有？"①

第二节　注重人道的行为准则

所谓行为准则，是指人类社会生活各个领域中应当遵循的基

---

① 《未济篇》，康有为著：《康子内外篇（外六种）》，中华书局1988年版，第6~7页。

本规则。康有为对抽象的哲理思想的探讨与对比较具体的人类行为准则的重新研究,几乎是同时进行的。他对人类行为准则最初所作的全面阐述集中体现在《实理公法全书》一书中,[①]后来在大同口说和《大同书》等著作中得到进一步的发展。康有为所确立的人类行为准则有一个非常显著的特征,就是以人或人道作为中心和重心。围绕这一点,他阐述了每个个人所具有的基本权利、人与人之间的合理关系、人类群体生活所应贯彻的根本宗旨等重要问题。

一 自主之权与天赋人权

人类社会是由单个个人组成的共同体。在这个共同体中,每个人具有何种权利,是制定人类社会生活准则首先要解决的基本问题。对此,康有为在《实理公法全书》中提出了"人有自主之权"这一命题,用以高度概括个人所应拥有的根本权利。

人之所以有自主之权的理论根据是"人各合天地原质以为人"及"各具一魂",意即人的肉体和灵魂都是大自然所造就的各自独立的存在,因而每个人都应该是自主的,有自主的权利。[②]这一认

---

① 据学界研究,《实理公法全书》很可能是《康南海自编年谱》中所记《人类公理》、《公理书》二稿的修订本。(见《中国文化研究集刊》第 1 辑,复旦大学出版社 1984 年版,第 324 页"编者按";《康子内外篇(外六种)》"点校说明",中华书局 1988 年版,第 2～3 页;《康有为全集》第 1 集,上海古籍出版社 1987 年版,第 275 页"按")笔者赞同这一看法,但认为根据"自编年谱"前后文意分析,《人类公理》和《公理书》并非二稿,实为一稿,即《人类公理》。

② 《实理公法全书》,康有为著:《康子内外篇(外六种)》,中华书局 1988 年版,第 36 页。

识,已接近"天赋人权"的思想。

《实理公法全书》中所说的自主之权,具体体现于人伦关系的几个重要方面。

(1)夫妇方面,男女有两相爱悦的自主之权:"凡男女如系两相爱悦者,则听其自便,惟不许有立约之事。倘有分毫不相爱悦,即无庸相聚。其有爱恶相攻,则科犯罪者以法焉。"这是因为"天"既然生有一男一女,那么按照"人道"便应有男女之事,不需任何"立约"的约束,任何立约都"不合实理,无益于人道"。

(2)父母子女方面,父母"取天地之原质以造成子女",子女应报"父母一造之功",但双方作为单个的人都具有自主之权,相互关系不应越此权限,"公法于父母不得责子女以孝,子女不得责父母以慈,人有自主之权焉"。

(3)师弟方面,按照实理,"人各分天地原质以为灵魂,然后有知识,有知识然后能学",所以人在学习和掌握知识方面应是独立自主的,师弟之间虽有差等(知多与知少),但在自主权上是相同的,弟子可以从师学习,其身却不能为师所有。①

康有为提出的"人有自主之权"的命题随后不久即明确演变为"天赋人权"的观念,并从人伦关系领域进入范围更为广泛的社会政治领域。

在万木草堂所作的大同口说中,康有为谈到了"男女同权"的话题:"今泰西女权虽渐昌,然去实际犹远,即如参政权一事,各国之妇女有权投票者,不过美国及澳洲间有一二州耳,余皆无闻。自余各事,无一能平等者,若东方更不必论矣。大同之世,最重人权,

①　《实理公法全书》,康有为著:《康子内外篇(外六种)》,中华书局1988年版,第44页。

苟名为人,权利斯等。"①

在 1901～1902 年写成的《大同书》中,康有为仍着重围绕男女相互关系这一问题,从多方面论述了"天赋人权"的思想。

其一,强调人权的天赋性:"人者天所生也,有是身体即有其权利,侵权者谓之侵天权,让权者谓之失天职。男与女虽异形,其为天民而共受天权一也;人之男身,既知天与人权所在而求与闻国政,亦何抑女子攘其权哉,女子亦何得听男子独擅其权而不任其天职哉!"② 天生、天权、天民、天职,天与人成了一个不可分割的整体,而人借助于天则应当享有不可让与、不可剥夺的权利。

其二,指出天赋人权的核心内容是独立自主(自由)和平等,这方面的论述较多,如:"凡人皆天生,不论男女,人人皆有天与之体,即有自立之权,上隶于天,人尽平等,无形体之异也。……女子与男子,同为天民,同隶于天,其有亲交好合,不过若朋友之平交者尔;虽极欢爱,而其各为一身,各有自立自主自由之人权则一也","人人有天授之体,即人人有天授自由之权。故凡为人者,学问可以自学,言语可以自发,游观可以自如,宴飨可以自乐,出入可以自行,交合可以自主,此人人公有之权利也。禁人者,谓之夺人权,背天理矣"③ 等等。人由于隶属于天,所以人人都应是自己的主人,自己决定和选择自己的活动,而决不可附属、受制于他人。

其三,将对"天赋人权"的认识作为达到大同理想境界的前提和起点,并将"天赋人权"视作全部"大同之道"的精髓所在。对此,

---

① 梁启超著:《康有为传》,《康南海自编年谱(外二种)》,中华书局 1992 年版,第 262 页。

② 康有为著:《大同书》,古籍出版社 1956 年版,第 130 页。

③ 康有为著:《大同书》,古籍出版社 1956 年版,第 134、136 页。

《大同书》中写得非常明确:"故全世界人欲去家界之累乎,在明男女平等各有独立之权始矣,此天予人之权也;全世界人欲去私产之害乎,在明男女平等各自独立始矣,此天予人之权也;全世界人欲去国之争乎,在明男女平等各自独立始矣,此天予人之权也;全世界人欲去种界之争乎,在明男女平等各自独立始矣,此天予人之权也;全世界人欲致大同之世、太平之境乎,在明男女平等各自独立始矣,此天予人之权也;全世界人欲致极乐之世、长生之道乎,在明男女平等各自独立始矣,此天予人之权也;全世界人欲炼魂养神、不生、不灭、不增、不减乎,在明男女平等各自独立始矣,此天予人之权也;欲神气遨游、行出诸天、不穷、不尽、无量、无极乎,在明男女平等各自独立始矣,此天予人之权也。"去家界之累,去私产之害,去国之争,去种界之争,致大同之世、太平之境,致极乐之世、长生之道,这些正是大同社会所要实现的主要目标。书中进一步总结说:"吾采得大同、太平、极乐、长生、不生、不灭、行游诸天、无量、无极之术,欲以度我全世界之同胞而永救其疾苦焉,其惟天予人权、平等独立哉,其惟天予人权、平等独立哉!"① 由此可见,以平等独立为核心内容的"天赋人权"对于康有为所向往、所宣扬的大同的确极其重要。

　　像西方资产阶级启蒙思想家所宣传的天赋人权论一样,康有为的天赋人权说也有不彻底和局限性的地方。仅从表面上或从字面上看,天赋人权应指一切人的权利,只要具备是人这样一个条件,他(她)就应该享有一切天赋的权利。康有为在许多地方,也正是这样说的。但是,他并没有把这一观点始终贯彻到底。

　　例如,他在谈到清除人种差别问题时,认为黑色人种是人类中

----

　　① 　康有为著:《大同书》,古籍出版社1956年版,第252～253页。

的"恶种"，倘不能最终变为白种或黄种，就只有被进化的规律淘汰掉，而决不能像白种或黄种那样同享天赋的权利。他这样写道："夫大同太平之世，人类平等，人类大同，此固公理也。然物之不齐，物之情也。凡言平等者，必其物之才性、知识、形状、体格有可以平等者，乃可以平等行之。非然者，虽强以国律，迫以君势，率以公理，亦有不能行者焉。……黑人之身腥不可闻，则种界之难平，不独学识才能下者不能平等，即学识才能绝出，而以形色不同，(美国人)犹共挤之。故大同之世，白人、黄人才能、形状相去不远，可以平等。其黑人之形状也，铁面银牙，斜领若猪，直视若牛，满胸长毛，手足深黑，蠢若羊豕，望之生畏。此而欲窈窕白女与之相亲，同等同食，盖亦难矣。然则欲人类之平等大同，何可得哉！夫欲合人类于平等大同，必自人类之形状、体格相同始，苟形状、体格既不同，则礼节、事业、亲爱自不能同。"① 黑人虽然也是天生之人，但他们的"天赋"不但没有为其带来人权，反而只有通过后天的改造改变这一天赋，他们才能享有人权。

又比如，康有为所大声疾呼的女子的独立自主和平等也是有条件的："……女子所以能自立者，亦以其学问才识备足公民之人格，故许享有独立之权；若其未能备足公民之人格，则暂依附于夫以得养赡，亦人情也。且使女子欲求得独立之权，益务向学，则人才日增，岂不美哉！从上所论(即《大同书》戊部《去形界保独立》中所论，在该部分中康有为谈论天赋人权的文字最为集中——引者注)，专为将来进化计。若今女学未成，人格未具，而妄引妇女独立之例以纵其背夫淫欲之情，是大乱之道也。"② 女子光有"天赋"不

---

① 康有为著：《大同书》，古籍出版社 1956 年版，第 118 页。

② 康有为著：《大同书》，古籍出版社 1956 年版，第 167 页。

仅不能而且不许享有独立之权,只有当她们"学问才识备足公民之人格"后,她们的独立之权才是现实的,可见权利并不完全是甚至完全不是"天赋"的。

实际上,康有为所说的"天赋人权"是一种理想的人权,是人摆脱各种社会的压制和束缚及某种自然的限制(如人种的限制)之后所达到的一种完全解放、自由自在的生存状态。只有在这种极其理想并带有相当多的空想的状态中,人人才享有完全相等的权利。因此,尽管康有为反复强调人权的天赋性,但当其理想与社会现实出现巨大反差时,他便不惜一再削减"天赋"的意义和价值。

二　普遍的平等

在康有为所论的自主自立与天赋人权思想中,已经包含着"平等"的内容,两者之间,有着非常密切的联系。但它们又是有差别的,康有为在论述自主自立与天赋人权的同时,往往又专就平等进行许多阐释。比较而言,自主自立与天赋人权侧重于表明单个个人所具有的基本权利,而平等则侧重于体现人与人之间应有的合理关系。

在《实理公法全书》中,康有为提出了"人类平等是几何公理"的命题。因为"人各分原质以为人,及各具一魂",① 所以人生来就是平等的。康有为将平等看得很重要,在作为该书总纲的"总论人类门"部分中,共列举了4条实理(即所谓"几何公理"),其中讲平等的就占了2条。按照平等的准则,人与人在以下各个领域中

---

① 《实理公法全书》,康有为著:《康子内外篇(外六种)》,中华书局1988年版,第36页。

都应该是一种平等的关系：

1. 政治领域。平等表现为民与"君"的某种契约性质的关系，"民之立君者，以为己之保卫者也。盖又如两人有相交之事，而另觅一人以作中保也。故凡民皆臣，而一命之士以上，皆可统称为君"。这里所说的"君"，已不限于传统字义上的国君，而是扩展为"一命之士以上"的多君、众君，君只是"中保人"、"民之保卫者"的代名词而已。实行政治平等的具体方式是"立一议院以行政，并民主亦不立"，以示彻底地"权归于众"。所谓"民主"，康有为这里的理解是"民选之主"（如当时普遍称道的共和体制下的总统），认为此职的设立虽然也是"以平等之意，用人立之法者"，但弊在不精，不如直接以议院来"行政"（将立法与行政合一）。①

2. 人伦领域。康有为主张应该"长幼平等"，"长幼特生于天地间者，一先一后而已。故有德则足重，若年之长幼，则犹器物之新旧耳"，二者"均无可以偏重之实理"，应完全听其保持自然的状态，不应另施"人立之法"（如"长尊于幼"，或"幼尊于长"），以免妨碍平等。②

3. 人际领域。表现为"朋友平等"。这里所说的"朋友"，似非指通常意义上的亲朋好友，而是泛指社会生活和社会交往中人与人之间的关系。因为"天地生人，本来平等"，因而不能"屈抑朋友，名之曰仆婢，或以货财售彼之身，以为我有"。③

----

① 《实理公法全书》，康有为著：《康子内外篇（外六种）》，中华书局1988年版，第45页。

② 《实理公法全书》，康有为著：《康子内外篇（外六种）》，中华书局1988年版，第45～46页。

③ 《实理公法全书》，康有为著：《康子内外篇（外六种）》，中华书局1988年版，第46～47页。

4. 教化领域。康有为特别提出如何对待"古今圣贤者"的问题。其公法是:"圣不秉权,权归于众。古今言论以理为衡,不以圣贤为主,但视其言论何如,不得计其为何人之言论。"按语中进一步强调"天地只能生理……惟大道之权,归之于众则正,是几何公理所出之法,且最有益人道"。① 也就是说,古今圣贤在天地之理面前与众人处于平等地位,"大道"(可理解为康有为所说的"实理公法")的所有权应归于众人,圣贤只是众人中的一分子而已,只有"众权"而无"圣权"。

在酝酿和形成大同理想的过程中,康有为的平等思想有了很大的发展。一方面,他对平等的认识更贴近社会现实;另一方面,他对平等的审视和设计眼光更加宏大。在前述政治领域、人伦领域、人际领域和教化领域的平等的基础上,康有为进一步阐述了人类社会应普遍遵循的人民社会地位平等、政治权利平等、男女平等的法则,形成了比较完整的平等观。

1. 社会地位的平等。

社会地位平等的主张是针对等级(康有为又称之为"阶级")制度而提出的。等级制在世界各国有多种形式的表现,如印度的种姓制,各国古今的奴隶制,欧洲中世纪的大僧、贵族、平民、奴隶之别,中国蛋户、乐户、丐户、优倡、皂隶流品之贱等等。康有为认为,人本来应该是生而平等的:"人皆天所生也。同为天之子,同此圆首方足之形,同在一种族之中,至平等也","夫人类之生,皆本于天,同为兄弟,实为平等,岂可妄分流品,而有所轻重,有所摈斥哉"。之所以出现社会地位的种种不平等,"皆据乱世以强凌弱,以

---

① 《实理公法全书》,康有为著:《康子内外篇(外六种)》,中华书局 1988年版,第 43~44 页。

众暴寡，以智欺愚，以富轹贫，无公德，无平心，累积事势而致之也"。①

他依据大量历史事实指出，平等还是不平等，将带来两种截然不同的后果，如"印度人虽有二万万，除妇女严禁外，实一万万；而此一万万人者，除去诸劣下种外，仅婆罗门、刹帝利不过一二千万人耳。全国命之所寄在此一二千万人中，其余二万万人，虽有智勇，无能为役，此其国所以一败涂地而不可振救也。盖不平等之法，自弃其种族甚矣！……欧洲中世有大僧、贵族、平民、奴隶之异，压制既甚，故以欧人之慧，千年黑暗，不能进化。法大革命，实为去此阶级，故各国效之而收大效。……日本昔有封建，于是有王朝公卿，有藩侯，有士族，有平民，颇与春秋时相类；自维新后一扫而空，故能骤强。今埃及、突厥、波斯、俄罗斯有君主、大僧、世爵、平民、奴隶五等，故突厥弱，俄虽外强而中僵。美之人民至平等，既不立君主而为统领。自华盛顿立宪法，视世爵为叛逆，虽有大僧而不得入衙署，干公事。林肯之放黑奴也，动兵流血，力战而争之，故美国之人举国皆平民，至为平等，虽待黑人未平，亦升平世之先声矣，故至为治强富乐"。因此，"凡多为阶级而人类不平等者，人必愚而苦，国必弱而亡，印度是矣；凡扫尽阶级而人类平等者，人必智而乐，国必盛而治，如美国是也。其他人民，国势之愚智、苦乐、强弱、盛衰，皆视其人民平等不平等之多少分数为之，平之为义大矣哉"。②

根据平等之义，康有为主张对印度的种姓制"宜予淘汰删除，概为平等"，对埃及、突厥、波斯的奴俗"皆当一律铲除，以昭太平之

①　康有为著：《大同书》，古籍出版社1956年版，第44、45、110页。
②　康有为著：《大同书》，古籍出版社1956年版，第109～110页。

化";对各国存在的"世爵未除,大僧尚尊,皇族尚在"的问题,则有待于"数百年后,民权日盛,各国之为民主日多,必从美国之例,世爵亦除而禁之,视为叛逆矣。天演之哲学日明,耶、佛、回教日少日弱,新教日出,大僧日少而日衰,久必化为平等矣。各国既尽改为民主统领,亦无帝王,亦无君主,自无皇族,不待平而已平……全世界人类尽为平等,则太平之效渐著矣"。康有为还特意指出中国仍有奴制、贱业,"今宜发明公理,用孔子之义,引光武之制,将所有奴籍悉予除免,尽为良人,悉听于原地杂居,庶黄帝子孙同尽平等,而才杰之民得以奋兴",所有蛋户、乐户、丐户、优倡、皂隶等贱业之别"宜予蠲除,概为平民,一变至道,近于太平矣"。①

2．政治权利的平等。

集中表现为打倒和根除专制主义的君权,确立体现全体人民的意志、保护全体人民利益的民权。康有为所说的民权,主要有这样一些内涵:

(1)所有人民享受同样的政治权利。如规定"同为大同人,无疆界,权利即无别异","大地人民所在之地,权利同一";"人民各得有保身自立之权,自然无罪,不待侵夺","人民无罪,皆有公权";"权利皆一切自由";"无国,权利自由,但受公议法律之制限"等。②

(2)人民通过公议、选举议员及实行自治等方式对政治起决定作用。康有为设想,在理想的大同社会"无旧国,人民皆为世界公民,以公议为权","全地一切大政皆人民公议,电话四达,处处交通,人人直达","万几、百政、法律、章程,皆由大地大众公议",以此构成最广泛的政治基础;大同社会的政治管理机构为主要由议员

---

①　康有为著:《大同书》,古籍出版社1956年版,第112、114页。

②　康有为著:《大同书》,古籍出版社1956年版,第105~106页。

组成的"公政府",而"议员皆由人民公举,悉为人民","议员由各地公举其久居本地之人……三年一举,或每年一举,随时议定","议员但为世界人民之代表";自治方面以"太平世之农场即今之村落"为例,"其有事则开议,人人皆有发言之权,从其多数而行之。其应上告而整顿者,则大众列名而农长代表焉,每月必聚议场政而上之于农局"。① 通过这些方式,人民就能有效而充分地行使政治权利。

(3)公政府对政治事务的决策和管理均以民主的方式行事。如"公政府只有议员,无行政官,无议长,无统领,更无帝王,大事从多数决之";② "无各国,法律同出于公政府,公政府复散权于各界各度","各地亦有立法自治权,而全地法律归公政府之上下议院公议立法","议定法律而通行之世界,政事有变,可岁岁提议","无各国,只有公议院及各地公院,议员立法从人数多者";"公政府行政官即由上下议员公举";"人民得控其长于公议院","上议院得审判全地之事,所有权要重贵之人之事皆得科罪"等,③ 这些规定涉及了立法、行政及司法各个方面。

对理想的民权主义终将实现,康有为抱有很大的期望。在《大

---

① 康有为著:《大同书》,古籍出版社 1956 年版,第 91、95、256、260、267页。

② 康有为著:《大同书》,古籍出版社 1956 年版,第 91 页。这一规定与"大同合国三世表"中的其他规定颇有矛盾之处,如康有为同时写道:"全地皆为公政府,有行政官行政,有议员议政","无各国、各地,只有统领而统于公政府","无帝王、总统位号,人民平等,只有议长"(同上书,第 91～92、107 页)等。

③ 康有为著:《大同书》,古籍出版社 1956 年版,第 93～94、97、103～104页。

同书》中,他提出了"去国界合大地",使全地球全人类成为一个政治共同体的远大设想,这一设想的理论依据便是民权主义。

首先,民权的出现和发展是社会历史进步的大趋势,它使国家的联合成为易事,因此而成为"大同之先驱"。"民权进化自下而上,理之自然也。故美国既立,法之大革命继起而各国随之;于是立宪遍行,共和大盛……夫国有君权,自各私而难合;若但为民权,则联合亦易。盖民但自求利益,则仁人倡大同之乐利,自能合乎人心;大势既倡,人望趋之如流水之就下。故民权之起,宪法之兴,合群均产之说,皆为大同之先声也。若立宪,君主既已无权,亦与民主等耳;他日君衔亦必徐徐尽废而归于大同耳。""故今百年之中,诸弱小国必尽夷灭,诸君主专制体必尽扫除,共和立宪必将尽行,民党平权必将大炽。……自尔之后,大势所趋,人心所向,其必赴于全地大同、天下太平者,如水之赴壑,莫可遏抑者矣。"①

其次,民权的存在和强大,使国与国之间封建性的吞并和一统变得不可能。万国"联合之始……必自小联合始矣。小联合之体,其始两三国力量同等、利害同关之邦联之,其后全地大国成无数联盟国之体以相持焉。今者国事权在公民,利害至明,非若古者战国时之权在君相也,又不能以一二人之言议,因一二人之利害而变易之也。故均力均势,相持相等,无有一国能为混一之势。即强大如俄,专制猛进,而民义既明,数十年内,不为民主共和,亦必成君主立宪之体矣。……夫政体既改民权,则并吞之势自不能猛矣。且昔者俄之攻突厥也,始则英、法二国合纵拒之,后则英、法、德、奥、意五国合兵拒之,俄即不能得志,岂复虑有秦吞六国、一统天下之

① 康有为著:《大同书》,古籍出版社 1956 年版,第 70~74 页。

事乎"。① 各国的联合只能是在立宪和共和基础之上的联合,而不是相反。

最后,民权的确立和巩固,将彻底铲除君主专制的一切痕迹。"各君主经立宪既久,大权尽削,不过一安富尊荣之人而已。其皇帝、王、后等爵号虽为世袭,改其名称曰尊者或曰大长可也。或待其有过而削之,或无嗣而废之,无不可也。且至此时,平等之义大明,人人视帝王君主等名号为太古武夫屠伯强梁之别称,皆自厌之恶之,亦不愿有此称号矣。"②

当君主专制彻底扫除之后,康有为强调要特别防止其通过任何独尊的行为而重新复活,破坏平等;他把"禁独尊"列为大同之世的四大禁律(禁懒惰、禁独尊、禁堕胎、禁竞争)之一,指出:"太平之世,人人平等,无有臣妾奴隶,无有君主统领,无有教主教皇,孔子所谓'见群龙无首',天下治之世也。若首领独尊者,即渐不平等,渐成专制,渐生争夺,而复归于乱世。故无论有何神圣,据何职业,若为党魁,拥众大多共尊过甚者,皆宜防抑。故是时有欲为帝王君长者,则反叛平等之理,皆为大逆不道第一恶罪,公议弃之圜土。以一有帝王君长即不平等,即生争杀而反于乱世,几成一人之尊,必失公众太平之乐也。即有神灵绝出之人,以教主收众,亦当禁绝。盖教主虽仁智覆众,非出害人,而尊崇过甚,恐有摩西、摩诃末之伦假教主而为君主,则专制复成,平等必乱,又将复归于乱世也。然太平之世,人智浚发,欲为君主教主者甚难,必无是事;然不可不预防之。计其时人权甚分,极难拥众,惟医生之权最大而人身多托命焉。或有灵异绝出之人如拿破仑者,以其雄才大略,托医挟术以

---

① 康有为著:《大同书》,古籍出版社1956年版,第73页。
② 康有为著:《大同书》,古籍出版社1956年版,第80页。

讲道收众,则由地球医长为地球大统领,由地球大教主而为地球大皇帝,是秦始皇复出,而将挟权恃力,焚书坑儒以愚黔首,则太平之极复为据乱,其祸害不可胜言,此不可不立严律以预防之也。故凡有独尊之芽,宜众共锄之,不许长成。"① 对"独尊"进行如此周密的防范,表明了康有为对君主专制永远根绝的坚决态度。

3. 男女平等。

康有为对男女平等极为重视,《大同书》戊部"去形界保独立"专论妇女问题,篇幅几乎占到全书的1/7。妇女问题之所以如此重要,是因为妇女受到了极不平等的对待,她们虽然像男子一样同为人类,却享受不到同样的权利,而是被"抑之,制之,愚之,闭之,囚之,系之","不得自立,不得任公事,不得为仕宦,不得为国民,不得预议会,甚且不得事学问,不得发言论,不得达名字,不得通交接,不得预享宴,不得出观游,不得出室门,甚且斫束其腰,蒙盖其面,刖削其足,雕刻其身,遍屈无辜,遍刑无罪"。如此严重的不平等,古今数千年来却一直无人关注,号称仁人义士者亦熟视无睹,以为当然,无为之讼直者,无为之援救者,康有为认为这是"天下最奇骇、不公、不平之事,不可解之理",因而决意要"为过去无量数女了呼弥天之冤","为同时八万万女子拯沉溺之苦","为未来无量数不可思议女子致之平等大同自立之乐"。②

康有为主要从"公理"和"实效"两方面论述了女子应当与男子平等的理由。以"公理"言之,人之有男女,就像物理之有奇偶、阴阳,生物之有雌雄、牝牡一样,"固天理之必至而物形所不可少者",而男女既然同样为人,就必然具有相同的基本特征,"其聪明睿哲

---

① 康有为著:《大同书》,古籍出版社1956年版,第284～285页。

② 康有为著:《大同书》,古籍出版社1956年版,第126页。

同,其性情气质同,其德义嗜欲同,其身首手足同,其耳目口鼻同,其能行坐执持同,其能视听语默同,其能饮食衣服同,其能游观作止同,其能执事穷理同,女子未有异于男子也,男子未有异于女子也"。既然如此,女子也就应该像男子一样享受人所具有的各种权利,如天授自立之权、自由之权和作为国民的民权等。以"实效"言之,由于女子与男子有相同的天赋,因而在各种社会活动中都不会比男子逊色,"以女子执农工商贾之业,其胜任与男子同。今乡曲之农妇无不助耕,各国之工商既多用女子矣。以女子为文学仕宦之业,其胜任亦与男子同。今著作文词之事,中国之闺秀既多,若夫任职治事,明决果敏,见于史传者不可胜数矣"。因此,康有为认定男女应当平等("女子当与男子一切同之")"为天理之至公,人道之至平,通宇宙而莫易,质鬼神而无疑,亿万世以待圣人而不惑,亿万劫以待众议而难偏。男子虽有至辨之才,至私之心,不能诪张之、抑扬之者也"。①

此外,康有为还指出就人类自产生以来能够日趋于文明而大别于禽兽及野蛮者而言,女子所立之功最大。从火化、熟食、调味、和齐之食,到范金、合土、编草、削木之器,从织麻、蚕丝、文章、五采之服,到堂构、樊圃之园庭宫室,从记事、计数之文字书算,到音乐、图画,所有这些"世化至要之需,人道至文之具",其创始"皆自女子为之",女子对人道文明有此"殊功"却得不到平等,"是可忍也孰不可忍"!②

康有为批驳了那种认为女子由于身短于男、脑小于男因而天生不能与男子平等的观点,指出:"人之尊卑,在乎才智,不在身

---

①　康有为著:《大同书》,古籍出版社 1956 年版,第 126～127 页。

②　康有为著:《大同书》,古籍出版社 1956 年版,第 149 页。

体"，若必以身体之长短定贵贱，则男子中同样有身体短长之别，而未闻以此分贵贱，"且日本人以矮特闻，而今者变法而强，与强英联镳；若印度之高人，则徒供英人服役"，可见"才智之高下"才是决定人之贵贱的原因，"而独以短体抑女，岂公理所许乎"；而人的才智也不是脑的大小所能决定的，男子中会有"不辨菽麦"、"其蠢几与禽兽等"者，女子中亦会有"才智绝伦，学识超妙，过于寻常男子殆不可道里计"之人，因此不能"滥赏"一切男子而"滥刑"一切女子，必须男女平等对待。①

　　康有为进一步考察了男女不平等的历史根源，认为人类由本来崇尚女姓、皆以女系传姓转变为以男姓传宗，当初固然有"保人类而繁人种"的原因，出于迫不得已，然而，这一转变一开始就具有"男子挟强凌弱"的性质，并不合理；更重要的是，这一不合理的"礼俗教化"随后越来越朝着极端的方向发展："夫男子既以强力役女，又以男姓传宗，则男子遂纯为人道之主而女为其从，男子纯为人道之君而女为其臣。大势所压，旧俗所积，于是女子遂全失独立之人权而纯为男子之私属，男子亦据为一人之私有而不许女子之公开。既私属而私有之，则名虽为齐，实几与奴隶、什器、产业等矣……故畜养之，玩弄之，役使之，管束之，甚且骂詈随其意，鞭笞从其手，卖鬻从其心，生杀听其命。故以一家之中妻之于夫，比于一国之中臣之于君，以为纲，以为统，而妻当俯首听命焉。"这样，就由当初"本于繁衍人类之不得已"而抑女（"昔在据乱之时，以序人伦而成族制，故不得已忍心害理而抑之"），而最终使女子沦为了男子的私属，成为"伸男抑女"的根本原因。②

----

① 　康有为著：《大同书》，古籍出版社 1956 年版，第 150～151 页。
② 　康有为著：《大同书》，古籍出版社 1956 年版，152、154、155～156、161 页。

康有为指出,男子由于将女子作为私属私有而对其加以"幽囚","严禁出入、游观,更禁交接、宴会",以达到所谓"防淫"的目的,这对于"立国传种"是十分有害的。以"传种"言,"举数万万女子而幽囚之:一则令其不能广学识,二则令其无从拓心胸,三则令其不能健身体,四则令其不能资世用。夫以大地交通、国种并争之日,而令幽囚之人传种与游学之人传种相比较,其必不美而败绩失据,不待言也。夫少成为性,长学则难,而人生童幼,全在母教;母既蠢愚不学,是使全国之民失童幼数年之教也"。以"立国"言,"人之国,男女并得其用,己国多人,仅得半数,有女子数万万而必弃之,以此而求富强,犹却行而求及前也"。总之,压抑女子"言天理则不平,言人道则不仁,言国势则大损,言传种则大败"。[1]

因此,康有为大声疾呼对女子宜"解禁变法":"今当事穷之时,以天理、人心、国势、地运皆当变通之日,猥以形体少异之故,乃为囚奴无限之刑,此亦仁人所宜尽心拯救者耶!今当力矫旧弊,大挽颓风,男子当革世爵之贵,无倚势以凌人;救女当如救奴之风,同发兵以拯溺。"他所设计的拯救女子的计划是:"治分三世,次第救援:囚奴者,刑禁者,先行解放,此为据乱;禁交接、宴会、出入、游观者,解同欧美之风,是谓升平;禁仕宦、选举、议员、公民者,许依男子之例,是谓太平。"他还专立两章,分别提出了"女子升平独立之制"(共有11项具体内容)和关于"男女听立交好之约,量定期限,不得为夫妇"的规定(共有5项具体内容)。但对这些解救女子的计划或制度怎样落实,怎样由美好的愿望变为社会的现实,《大同书》中却并未提出可行的办法。书中只是强调不能"骤改","盖今旧俗尚多,骤改必多不便",女子欲求得独立之权,首先必须求得学问以备

① 康有为著:《大同书》,古籍出版社1956年版,第160~161页。

足公民之人格。康有为特别声明，妇女独立不是任何时候都可以宣扬的，"夏葛冬裘，各有时宜，未至其时，不得谬援比例。作者不愿败乱风俗，不欲自任其咎也"。① 由此可见，康有为所力倡的男女平等主要还是理想中的未来的平等，而不是中国社会现实中可以而且亟待付诸实施的平等。

三　兴爱去恶与去苦求乐

人类生活(包括每个个体的生活和作为群体的生活)所追求的根本目的是什么，是康有为确立人类行为准则所关注的又一个重要问题。

在《实理公法全书》中，康有为将这一根本目的表述为"兴爱去恶"，并以之作为公法原则，认为这一原则"最有益于人道"，如果不尽能兴爱去恶，则会导致"人道困苦"。② 在书中列举的许多具体事项中，都体现出兴爱去恶的原则，如"威仪"——"威仪者，所以表其爱者也。无威仪则吾虽甚爱重其人，亦不能骤达吾之意于彼也。……威仪之不及者宜有罚，所以杜人之生其恶也"，如"身体宫室器用饮食之节"——"所谓身体者，如须发之去留是也。如地球中纬度第若干，则其人之须发当如何，一经医士考明，则该纬度之人咸定于一。沐浴之宜多寡，诸如此类，几莫不然。若夫宫室器用饮食，则亦宜集医士考明之。……其花园、酒楼、博物院等项，当令其属之于公，勿据为一己之私，于是任其制度之新奇，以开民智而悦

---

① 康有为著：《大同书》，古籍出版社 1956 年版，第 161～162、167 页。
② 《实理公法全书》，康有为著：《康子内外篇(外六种)》，中华书局 1988 年版，第 36～37 页。

民心,惟以不伤生为限,制斯可矣"等等。①

此后,康有为"兴爱除恶"的思想进一步发展,逐渐形成了所谓"主乐派哲学"。梁启超记叙康有为的"主乐"思想写道:"凡仁必相爱,相爱必使人人得其所欲而去其所恶,人之所欲者何?曰乐是也。先生以为快乐者众生究竟之目的,凡为乐者固以求乐,凡为苦者亦以求乐也。耶教之杀身流血,可为极苦,然其目的在天国之乐也;佛教之苦行绝俗,可谓极苦,然其目的在涅槃之乐也;即不歆天国,不爱涅槃,而亦必其以不歆不爱为乐也,是固乐也。若夫孔教之言大同,言太平,为人间世有形之乐,又不待言矣。是故使其魂乐者,良宗教良学问也,反是则其不良者也;使全国人民皆乐者,良政治也,反是则其不良者也;而其人民得乐之数之多寡及其乐之大小,则为良否之差率。故各国政体之等级,千差万别,而其最良之鹄,可得而悬指也。墨子之非乐,此墨子所以不成为教主也,若非使人去苦而得乐,则宗教可无设也。"②

在《大同书》中,康有为对"去苦求乐"、"求乐免苦"的主张作了更为广泛、具体的发挥。

首先,去苦求乐是建立在人的本性(气质之性)需求之上:"夫生物之有知者,脑筋含灵,其与物非物之触遇也即有宜有不宜,有适有不适。其于脑筋适且宜者则神魂为之乐,其与脑筋不适不宜者则神魂为之苦。况于人乎,脑筋尤灵,神魂尤清,明其物非物之感入于身者尤繁赜、精微、急捷,而适不适尤著明焉。适宜者受之,

---

①　《实理公法全书》,康有为著:《康子内外篇(外六种)》,中华书局1988年版,第49、54页。

②　梁启超著:《康有为传》,《康南海自编年谱(外二种)》,中华书局1992年版,第252页。

不适宜者拒之,故夫人道只有宜不宜,不宜者苦也,宜之又宜者乐也。故夫人道者依人以为道。依人之道,苦乐而已,为人谋者,去苦以求乐而已,无他道矣。"①

其次,从人类社会生活的各个领域来看,人们的一切所作所为无非都是为了求乐去苦。在基本生存条件方面:当生民之初,人们以饥为苦,于是求食,以食之饱之饫之为乐;以风雨雾露之犯肌体为苦,于是求衣,以衣服蔽体为乐;以虫蛇猛兽侵害为苦,于是求居,以得居所以避侵害为乐;以不得人欲为苦,于是求偶,以满足人欲为乐。后来,"智者"将此食、衣、住、欲之乐由粗简而变得日渐精致,"食则为之烹饪、炮炙、调和则益乐,服则为之衣丝、加采、五色、六章、衣裳、冠履则益乐,居则为之堂室、楼阁、园囿、亭沼、雕墙、画栋杂以花鸟则益乐,欲则为之美男、妙女、粉白、黛绿、熏香、刮鬓、霓裳、羽衣、清歌、妙舞则益乐",而"益乐者,与人之神魂体魄尤适尤宜,发扬、开解、欢欣、快畅者也。其不得是乐者则以为苦,神结体伤,郁郁不扬者矣。其乐之益进无量,其苦之益觉亦无量,二者交觉而日益思为求乐免苦之计,是为进化"。② 在人伦方面,人之所乐者有父子、夫妇、兄弟之相亲、相爱、相收、相恤,不以利害患难而易心,反之则"号之曰孤寡鳏独,名之曰穷民,怜之曰无告,此人之至苦者也"。圣人因此"人情之所乐"而制定出"父慈,子孝,兄友,弟敬,夫义,妇顺"的家法作为纲纪,"此亦人道之至顺,人情之至愿矣,其术不过为人增益其乐而已"。在国政方面,人们为了保全"家室财产"之乐,因而有部落、国种之分,有君臣、政治之法,反之则"荡然如野鹿,则为人所捕虏隶奴,不能保全其家室财产,则陷

---

① 康有为著:《大同书》,古籍出版社 1956 年版,第 5 页。

② 康有为著:《大同书》,古籍出版社 1956 年版,第 293 页。

苦无量而求乐无所",圣人因此人情和人事时势之自然而"为之立国土、部落、君臣、政治之法,其术不过为人免其苦而已"。在人生终极愿望方面,人们"既受乐于生前,更求永乐于死后,既受乐于体魄,更求永乐于神魂",圣人"因人情之所乐而乐之,则为创出世之法,炼神养魂之道,长生不死之术,以求生("生"似应为"升"——引者注)天证圣之果",于是人们愿行种种苦行,欲以小苦短苦换来长乐大乐,"是尤求乐求免苦之至者也"。在德行操守方面,人们以"荣誉"、"敬礼"为乐,于是有众多孝子、忠臣、义夫、节妇、猛将、修士"履危难,蹈险艰,茹苦如饴,舍命不渝,守死善道,名节凛然","所乐有在,是故不以其所苦易其所乐也"。[①] 在圣人制器立教方面,"圣人者,制器尚象,开物成务,利用前民,裁成天地之道,辅相天地之宜以左右民,竭其耳目心思焉,制为礼乐政教焉,尽诸圣之千方万术,皆以为人谋免苦求乐之具而已矣,无他道矣"。因此,"能令生人乐益加乐、苦益少苦者,是进化者也,其道善;其于生人乐无所加而苦尤甚者,是退化者也,其道不善。尽诸圣之才智方术,可以二者断之"。[②] 康有为总结道:"故普天之下,有生之徒,皆以求乐免苦而已,无他道矣。……虽人之性有不同乎,而可断断言之曰:人道无求苦去乐者也。"[③]

本着去苦求乐的根本宗旨,康有为对墨子的非乐、节用,"印度九十七道出家苦行","犹太罗马及穆护教之抑女",清教徒的"苦行不食,栖山闭处",印度种姓制度的"严阶级,别男女"等,都有批评,特别是批评印度和中国的"国法""有尊君卑臣而奴民者矣",其"家

①　康有为著:《大同书》,古籍出版社 1956 年版,第 5～6 页。
②　康有为著:《大同书》,古籍出版社 1956 年版,第 293 页。
③　康有为著:《大同书》,古籍出版社 1956 年版,第 7 页。

法'""有尊男卑女而隶子弟者焉",这些立法当初因时势风俗之旧而定,后来"大势既成,压制既久,遂为道义焉",于是"始为相扶植保护之善法者,终为至抑压至不平之苦趣,于是乎则与求乐免苦之本意相反矣"。①

去苦求乐的根本宗旨对于康有为所具有的更重大的意义在于,它是康有为观察和评价人类社会状况的基本尺度,也是康有为欲以大同之道拯救人类的基本出发点。在康有为看来,整个人类社会还深陷于"苦道"之中(特别是中国及印度等落后国家,欧美"略近升平,而妇女为人私属,其去公理远矣,其于求乐之道亦未至焉"),"人道之苦无量数不可思议"。康有为将这些"不可穷纪"之苦粗略概括为6大类38种,计有:(1)人生之苦七,有投胎之苦,夭折之苦,废疾之苦,蛮野之苦,边地之苦,奴婢之苦,妇女之苦;(2)天灾之苦八,有水旱饥荒之苦,蝗虫之苦,火焚之苦,水灾之苦,火山及地震山崩之苦,屋坏之苦,舟船覆沉及汽车碰撞之苦,疫疠之苦;(3)人道之苦五,有鳏寡之苦,孤独之苦,疾病无医之苦,贫穷之苦,卑贱之苦;(4)人治之苦五,有刑狱之苦,苛税之苦,兵役之苦,有国之苦,有家之苦;(5)人情之苦八,有愚蠢之苦,仇怨之苦,爱恋之苦,牵累之苦,劳苦之苦,愿欲之苦,压制之苦,阶级之苦;(6)人所尊尚之苦五,有富人之苦,贵者之苦,老寿之苦,帝王之苦,神圣仙佛之苦。康有为指出,要把人类从所有这些苦难中拯救出来,"求其大乐",只有实行大同之道,因为大同之道"至平也,至公也,至仁也,治之至也,虽有善道,无以加此矣",② 可谓是登峰造极的去苦求乐之道。

---

① 康有为著:《大同书》,古籍出版社 1956 年版,第 7～8 页。
② 康有为著:《大同书》,古籍出版社 1956 年版,第 8～9 页。

为了解救上述人道之苦，康有为探究了"诸苦之根源"，认为皆因"九界"即国界、级界、种界、形界、家界、业界、乱界、类界、苦界等而起，因此救苦之道，也就在"破除九界"而已，[①] 而整部《大同书》亦正是以去"九界"作为大纲。按照康有为的设想，"九界既去则人之诸苦尽除矣，只有乐而已"。他对人类将会达到的"极乐"状态从居处之乐、舟车之乐、饮食之乐、衣服之乐、器用之乐、净香之乐、沐浴之乐、医视疾病之乐、炼形神仙之乐、灵魂之乐等 10 个方面作了生动的描绘，[②] 为人类去苦求乐的根本追求展示了一个极为完满同时也颇具空想性的远景。

四 对传统纲常礼教的否定和批判

康有为在阐明注重人道的行为准则时，对与之相对立的中国以纲常礼教为核心的传统价值观念等予以了明确的否定乃至尖锐的批判。

在《实理公法全书》中，康有为将不符合实理公法（因而也就"无益人道"）的制度或观念都列入"比例"之中加以否定，内容涉及世界各国，而以与中国关系密切者为多，其中不少为中国历朝所奉为纲常大道、圣经贤传的制度、观念，计有：(1)不自立的婚姻制和夫权观："凡男女之约，不由自主，由父母定之。立约者终身为期，非有大故不离异。男为女纲，妇受制于其夫。又一夫可娶数妇，一妇不能配数夫。"此"与几何公理不合，无益人道"。(2)父权制及其观念："子女自少为父母所养，及长亦无自主之权，身为父母所有"，

---

① 康有为著：《大同书》，古籍出版社 1956 年版，第 52 页。
② 康有为著：《大同书》，古籍出版社 1956 年版，第 294~301 页。

父母责子女以孝,子女责父母以慈。此与几何公理"更多不合"。(3)盲目尊崇圣贤观念:一为"圣权有限","凡奉此圣之教者,所有言论,既以合于此圣为主,亦略以理为衡",此"与几何公理不合";二为"圣权无限","凡奉此圣之教者,所有言论,惟以此圣为主,不以理为衡",此"与几何公理全背"。(4)旧的尊师之道:"弟子之从师者,身为其师所有,不能自立。"此"大背公理,无益人道,其弊甚大"。(5)君权制:"君主威权无限。"此"更大背几何公理"。① (6)主奴制:或"以一顺一逆立法……有彼能逆制人,而人不能逆制彼者","如此则必有擅权势而作威福者,居于其下,为其所逆制之人必苦矣";或"屈抑朋友,名之曰仆婢,或以货财售彼之身,以为我有",此"大背几何公理"。(7)旧礼节:"凡行礼则有跪足、叩首、哭泣等事,其仪节或繁或简,均未经医士考明其损益之处",此乃"立法之粗疏者"。(8)旧官制:"官制之疏陋者,用人则以为君者一己之私见,选拔其人而用之。"这与"其人皆从公举而后用者"的公法是相违背的。(9)旧祭礼:"凡祭则用祭物及仪文,亦限时限地。""此只是愚。明知阴阳相隔,此祭物、仪文本不能通于彼,乃仿用之,盖因智学未开之故。"②

　　在《大同书》中,康有为以列举、陈述、剖析"人道之苦"的形式,对君权制、夫权制、等级制等旧制度及为之服务的旧观念直接进行了批判。

　　1. 对君主专制及君臣之纲的批判。

---

　　① 《实理公法全书》,康有为著:《康子内外篇(外六种)》,中华书局 1988年版,第 37、40、42、44、45 页。

　　② 《实理公法全书》,康有为著:《康子内外篇(外六种)》,中华书局 1988年版,第 47、49、53、55~56 页。

康有为指出,君臣之纲被乱世人道所号为"大经",托为"义理",但其"非天之所立",而是"人之所为也"。这种人为的制度极为残暴:"……君之专制其国,鱼肉其臣民,视若虫沙,恣其残暴。……刘邦、朱元璋之流,以民贼屠伯幸而为帝,其残杀生民不可胜数,所谓'天下汹汹为吾两人'也。至于韩信、彭越之菹醢,李善长、蓝玉之诛戮,淫刑及于三族,党祸株连数万。甚至以一'则'字音近于贼,中其忌讳,杀文士百余。其他廷杖下狱,淫及忠贤,妻子辱于乐娼,亲族死于流放。又或以文字生狱,失言语之自由,笞逮随时,无身体之保护,一言之失,死亡以之。即使不然,而长跪白事,行道辟人。或强选秀女于良家,或苛派征役于士庶。妄定宫室、衣服、车马之标,若贾人不得乘车、衣丝,而缅甸、安南且禁其民瓦屋、曳屦焉。大抵压制之国,政权不许参预,赋税日以繁苛,摧抑民生,凌锄士气。务令其身体拘屈,廉耻凋丧,志气扫荡,神明幽郁,若巫来由之民,蠢愚若豕、卑屈若奴而后已焉。"在此残暴的压制下,"其民枯槁屈束、绝无生气。"①

2. 对夫权制及夫妇之纲和各种压迫妇女的旧礼教的批判。

首先,指出夫权使天下女子处于蒙冤受屈的悲惨境地:"夫所谓夫者,不过十余龄之男子,未必被教化、知礼义者也,又得兼有数女者也,而授以生杀、卖鬻、鞭笞、骂詈其妻之权,予以役使、管束之尊,其不能得当而偏抑冤惨于弱女令无所告诉者,不待言也。夫以普天下人皆为男女,即皆为夫妇,是使普天之下人惨状稽天、冤气遍地也。"②

其次,抨击夫权制下严女子之禁而纵男子之欲的极不合理。

---

① 康有为著:《大同书》,古籍出版社 1956 年版,第 43~44 页。
② 康有为著:《大同书》,古籍出版社 1956 年版,第 156 页。

　　一方面,为了所谓"防淫"而对女子交接异性定出非常严格的禁条,名为"谨夫妇",实则不制强力之男子,而专制微弱之女子,"于是以内属女,以外属男,外者极天地而无穷,内者域一室而有限,故为'内言不出,外言不入'之礼。又为'男女非有行媒不相知名,非受币不交不亲'之义;其甚至于'姑姊妹女子子(此处疑衍一"子"字——引者注)已嫁而返,男子不与同席而坐',则以古者同姓通婚之故而预防之;又曰'叔嫂不通问',则以古俗兄弟同妻之故而预绝之;于是男女之别,其严极矣"。不仅中国,印度、波斯、埃及、突厥尤为加严,"印则妇女以布蔽面,埃及则以锁加眉中,突厥则以白纱蔽面,波斯则以布笼身首如一亭然,仅露其目,盖亦同意。于是所谓'内'者,实囚之而已,推其所以然,皆因防淫乱之故也。故旧教之国皆以淫为极恶,故其礼俗皆以防淫为大闲。法、意、瑞士旧俗,女子下体有铁棝加锁,夫掌其匙焉"。除男女之别极严外,"其女子有再嫁者,不齿于人类,不收于父兄宗族,不理于邻里乡党;其妇女有犯奸之事,则不论和强,不论一再,国家特许本夫得杀之;其虽无实事,但偶涉不检而见疑者,或鞭笞,或骂詈,或逼缢,官皆不问也,人皆以为宜然也"。①

　　另一方面,男子纵欲则几乎不受任何限制,"君主则宫女万千,富人亦侍妾数千,乃至穷巷之氓亦皆兼备数妾,缘广嗣续,皆以为礼义宜然。若其狎娼挟妓,唐宋以来,名士贤德亦为寻常;今时虽禁于国律,欧美亦干犯清议,然男子之为此者固无少伤也"。②

　　康有为谴责道:"夫均是人也,均是淫也,以非常严酷之刑待女子,而以非常纵肆之欲待男子,其相反可谓极矣,有外夫则以为奸

---

　　①　康有为著:《大同书》,古籍出版社 1956 年版,第 156 页。
　　②　康有为著:《大同书》,古籍出版社 1956 年版,第 157 页。

而许杀之,有内妾则以为礼而公行之,其不公可谓至矣。"查其"立法之意",全在于维护以男子为主的宗族制和男子对女子的私属私有,因此男子得以纵欲(有妾以为"广嗣",外淫以为无损),而女子则需严防其"乱宗"不利于"男姓之传,族制之成",尤需严防其"不贞"有害于男子的私属私有。据此,康有为认为依据所谓防止淫乱争杀的理由而制定的"国法"和"礼义"其实是专门站在男子一边来压制女子的,女子"假令一切纵之若男子,或各有名分,或各听情愿,则亦何争乱相杀之与有"!"故法律云者,皆上承男女主从之旧俗,即礼义云者,亦上沿男强女弱、男姓女附之遗风耳,非公理也"。①

第三,特别强烈地谴责强迫妇女守寡及守贞的礼教风俗对人道的危害。

康有为指出,强迫妇女守寡及守贞是历来对妇女的种种压制进一步发展的结果,"既上承千万年之旧俗,中经数千年之礼教,下获偏酷之国法,外得无量数有强力之男党共守此私有独得至乐之良法,惟有协力维持,日筑之使高,凿之使深,加之使酷而已",因此,"古者妇人夫死而嫁,未闻议之,后则加以'从一而终'之义。始则称'烈女不事二夫',是惟烈女乃然;继则加以'饿死事小,失节事大'之义,于是孀守之寡妇遍地矣"。以其所在粤省乡族为例,记叙了众多寡妇"贫而无依,老而无告,有子而不能养,无子而为人所欺,藁砧独守,灯织自怜,冬寒而衣被皆无,年丰而半菽不饱"等种种惨状,直斥宋儒"好为高义,求加于圣人之上,致使亿万京垓寡妇,穷巷惨凄,寒饿交迫,幽怨弥天,而以为美俗"。②

---

① 康有为著:《大同书》,古籍出版社1956年版,第157页。
② 康有为著:《大同书》,古籍出版社1956年版,第158～159页。

他运用去苦求乐的基本准则分析道:"夫善为治教者,在使民乐其利而利其利,养其欲而给其求。《诗》之言治曰,'内无怨女',岂有以幽怨弥天、寒饿遍地为至治哉!……一切政教,无非力求乐利生人之事,故化之进与退,治之文与野,所以别异皆在苦乐而已。其令民乐利者,化必进,治必文,其令民苦怨者,化必退,治必野,此天下之公言,亦已验之公理也。寡妇无数,怨苦弥天,于独人享受有无量之苦,于公众大化并无丝毫之益矣。"并将守寡之害概括为4点:"一、苦寡妇数十年之身,是为害人;二、绝女子天与生育之事,是为逆天;三、寡人类孳生之数,是为损公;四、增无数愁苦之气,是为伤和。"其结论是:"以人权平等之义,则不当为男子苦守;以公众孳生之义,则不当以独人害公;以人道乐利之宜,则不当令女子怨苦;仅有独男抚子之微益而有逆天伤人害公之大患,万不可行者也。"①

比已嫁女子守寡更为无理而有害者是"未嫁之女守贞之事"。对此事此义康有为同样予以严厉的批判:"夫夫妇以胖合而亲,未尝交合,何义之有!乃缘区区之聘,即为许以终身。以为然诺钦,又非女子所自许也,义何取焉!而以一言之故,非因知己,即终身嫠守,茹苦食艰,上为事宗庙,侍舅姑,下为抚子孙,事叔伯,如斯高义,实天下古今所罕闻。而习俗既成,遂至尽人皆是……实为迫于风俗,并非出自人情"。②

3. 对等级制及尊卑贵贱观念的批判。

这一批判着重以世界各国的历史及现状为对象。康有为考察了"太古之世"以来,各种等级制——平民与奴隶,王族与众庶,贵

---

① 康有为著:《大同书》,古籍出版社 1956 年版,第 158～159 页。
② 康有为著:《大同书》,古籍出版社 1956 年版,第 159～160 页。

族与平民，"托体神天，驾王族而上之"的神族，"执业卑猥，凡民不肯与齿"的贱族，虽非贵族、但"超然自异于齐民"的士族，虽为平民、但又"几同奴贱之位"的佃族、工族——产生的过程（这一考察应该说还极为粗略），认为无非是出于私心，凭借武力或权势，"以强凌弱，以众暴寡，以智欺愚，以富轹贫"的结果。他列举世界各国如埃及、印度、波斯、欧洲、缅甸等地的等级制状况，得出了"大抵愈野蛮则阶级（指等级——引者注）愈多，愈文明则阶级愈少"的结论。对比世界各国，康有为认为"寡阶级"是中国的一大优点：中国太古春秋时仅贵族、平民两种等级，其后孔子首扫阶级之制，"讥世卿，立大夫不世爵、士无世官之义"，经秦汉之后，"贵族扫尽，人人平等，皆为齐民"；其后虽有九品之制的设立，晋代复有华腴寒素之分，"显官皆起自高门，寒族不得居大位"，然而至唐世以科举取士，"人人皆可登高科而膺朊仕"，"遂至于全中国绝无阶级，以视印度、欧洲辨族分级之苦，其平等自由之乐有若天堂之视地狱焉，此真孔子之大功哉"。①

康有为对等级制极为憎恶，抨击这一制度"以阶级之限人，以投胎为定位而不论才能也。不幸生一贱族，不许仕宦，不许学业，不通婚姻，不列宴游，甚且不通语言，长跪服事，或且卑身执役，呵叱生杀惟贵族命，虽圣贤豪英不能免焉。而贵族乳臭之子，据尊势，行无道，以役使诛戮，一切被其蹂抑，无所控诉。阶级压制之苦，岂可言哉！天下之言治教者，不过求人道之极乐，而全人生之极乐，专在人类之太平。今既有阶级，又有无数之阶级焉，不平谓何！有一不平即有一不乐者，故阶级之制，与平世之义至相碍者也。万义之戾，无有阶级为害之甚者，阶级之制不尽涤荡而泛除

---

①　康有为著：《大同书》，古籍出版社 1956 年版，第 44～46 页。

之,是下级人之苦恼无穷而人道终无由至极乐也。"①

第三节　追求民主的大同构想

康有为所构建的新思想体系中,还有一个重要的部分,就是对理想社会制度的设计,因为这些制度都属于康有为所说的"大同之世"的制度,我们不妨简略地称之为大同构想。大同构想与前文所叙的哲理思想和行为准则有密切的联系,哲理思想是大同构想的理论基础,行为准则是大同构想的价值取向,而大同构想则是前两者的全面体现。与哲理思想崇尚新知和行为准则注重人道完全一致,大同构想实质上是一套完整的民主制度。这一构想由于着眼于制度层面,因而有着更为丰富具体的内容,与社会生活也有着更为直接的关联。

一　大同构想的三个阶段

康有为的大同构想从开始酝酿产生到最后定型成熟,经历了一个长期发展的过程,呈现出明显的阶段性,大致可分为三个阶段。

(一)大同构想的奠基阶段

此阶段初步奠定了大同构想的理论基础,并对理想之世的社会制度作了广泛的思考和粗略的设计。

1878～1887年,康有为的思想发生了重要的演变,其实质内容是突破传统圣贤之道的束缚,重构新的思想理论体系,确立新的世

---

① 　康有为著:《大同书》,古籍出版社1956年版,第46页。

界观。演变的思想成果集中体现于 1885～1887 年间写成的《人类公理》(后修订为《实理公法全书》)、《康子内外篇》及《民功篇》、《教学通义》等 4 部早期著作之中。这一时期康有为的思想特点是着重进行理论的探讨。在《康子内外篇》中，阐明了一系列新的哲理思想；在《人类公理》(《实理公法全书》)中，以所谓"几何公理"、"实理"及"公法"的形式提出了许多新的理论观点和人类社会生活的基本准则(详见本章第一、二节)。这些理论和原则就成为康有为构想和设计未来新的社会制度的基石和出发点。

在着重于理论探讨的同时，康有为对未来社会制度也进行了广泛的思考和粗略的设计。据《康南海自编年谱》记载，在开始写作《人类公理》的前一年即 1884 年，康有为对"太平之世"的情形就作了种种的推测："以三世推将来，而务以仁为主，故奉天合地，以合国合种合教一统地球。又推一统之后，人类语言文字饮食衣服宫室之变制，男女平等之法，人民通同公之法，务致诸生于极乐世界。及五百年后如何，千年后如何，世界如何，人魂人体迁变如何，月与诸星交通如何，诸星、诸天、气质、物类、人民、政教、礼乐、文章、宫室、饮食如何，诸天顺轨变度，出入生死如何？奥远窅冥，不可思议，想入非无，不得而穷也。"在写作《人类公理》的过程中，继续揣度深思，"推孔子据乱、升平、太平之理，以论地球。以为养兵、学言语，皆于人智人力大损。欲立地球万音院之说，以考语言文字。创地球公议院，合公士以谈合国之公理，养公兵以去不会之国，以为合地球之计。其日所覃思大率类是，不可胜数也"。[①] 这

----

① 《康南海自编年谱(外二种)》，中华书局 1992 年版，第 12、15 页。

些思考的问题,有相当一部分成了后来写成的《大同书》的重要内容。①

　　但必须指出的是,此时康有为对上述问题的思考还停留在浪漫想象的阶段,还来不及作出确切而具体的回答,亦未见诸文字,也还没有将传统的"大同"等观念与自己的理想社会联系起来。康有为在"自编年谱"中,将写作《人类公理》称之为"既定大同"、"手定大同之制",② 反映的当是 1895 年他撰此年谱时的认识。因为,康有为只是在 1890 年开始将自己的新思想与今文经学相结合之后,才用"大同"的概念表述自己所向往的理想社会和理想制度,而在此之前,他将所闻之"道"还只称之为"公理"、"实理"或"公法"。当时他所撰写的其他著作中也偶尔谈及"大同",如《民功篇》:"孔子有元宗之才,尝损益四代之礼乐,于《王制》立选举,于《春秋》尹氏卒讥世卿,又追想大同之世,其有意于变周公之制而光大之矣。"③ 这里所说的"大同之世",仍在儒家理想社会的范围之内,从时间上说,是指过去曾经存在过的"盛世",与康有为所构想的以公理、公法为基础建立的未来理想社会是不同的。将此两个有某些共同特征的理想社会融为一体,是康有为大力宣扬今文经学之后的事。同样,康有为所说此时"推太平之世"、"以三统论诸圣,以三世推将来"、"推孔子据乱、升平、太平之理"等,就其所使用的今文经学概念而言,也都把后来才有的认识写前了。不过,康有

---

　　① 《大同书》乙部"去国界合大地"、丁部"去种界同人类"、戊部"去形界保独立"、辛部"去乱界治太平"、癸部"去苦界至极乐"等内容就与康有为此时思考的问题密切相关。

　　② 《康南海自编年谱(外二种)》,中华书局 1992 年版,第 13 页。

　　③ 《康有为全集》第 1 集,上海古籍出版社 1987 年版,第 68 页。

为把写作《人类公理》作为自己终于"闻道",亦即终于找到"安心立命之所"的标志,他对未来理想社会的情形作过细致深远的思考,是符合事实的。就实质内容而言,《人类公理》与康有为后来称之为"大同"的理想,也是一脉相承的。

从制度层面来看,康有为此时见诸文字的还只是一些粗略的设计,这就是《实理公法全书》中以"公法"形式而出现的若干制度性的规定。① 大致有:

1. 婚姻制度方面:"凡男女如系两相爱悦者,则听其自便,惟不许有立约之事。倘有分毫不相爱悦,即无庸相聚。其有爱恶相攻,则科犯罪者以法焉。"

2. 子女抚养制度方面:"凡生子女者,官为设婴堂以养育之,照其父母所费之原质,及其母怀妊辛苦之功,随时议成定章,先代其子女报给该父母。(原注:若不知其父,则母尽得之)及其子在堂抚养成立,则收其税以补经费。(原注:非必人税也,货税更能损富益贫)该子女或见其父母,公法于父母不得责子女以孝,子女不得责

---

① 《实理公法全书》在"凡例"中解释道:"凡天下之大,不外义理制度两端。……制度者何? 曰公法,曰比例之公法私法是也","凡一门制度,必取其出自几何公理,及最有益于人道者为公法"(康有为著:《康子内外篇(外六种)》,中华书局1988年版,第33页),将"公法"等同于"制度"。但书中同时又将"公法"解释为"法则"(同上书,第35页),并在《公法会通》一文中写道:"公法乃地球上古今众人各出其心思材力总合而成","惟公法之意,须令人讲求极熟,使其心深此理,自然乐行,直至反强其不行而不可,乃共行之,斯合公法二字之宏旨也,且如是方不愧为公法也"(同上书,第65页),表明"公法"又不限于通常所说的"制度",而是将制度与法则(即本章第二节所说的"基本准则")两者的内容结合在一起,《实理公法全书》所列各项公法的实例可以证明这一点,并且比较而言,这些实例更偏重于法则,而具体的制度性规定较少。下文所叙,便是公法中制度性较为明确的一些规定。

父母以慈,人有自主之权焉。”

3.政治制度方面:“立一议院以行政,并民主亦不立。”

4.历法制度方面:“以地球开辟之日纪元,(原注:合地球诸博学之士者,考明古籍所载最可信征之时用之)而递纪其以后之年,历学则随时取历学家最精之法用之。”

5.刑罚制度方面:“无故杀人者偿其命,有所因者重则加罪,轻则减罪。”①

6.官吏制度方面:“地球各国官制之最精者,其人皆从公举而后用者。”

7.身体宫室器用饮食制度方面:“凡身体宫室器用饮食之节,必集地球上之医学家考明之,取其制度之至精者。其节或分五等,或分三等。但所谓节者,其限制之界甚广,毋取太严。”

8.葬礼制度方面:“火葬、水葬、土葬,任格致家考求一至精之法。”

9.祭礼制度方面:“凡欲祭则以心祭,不用祭物,亦不用仪文,不限时,亦不限地。其前代有功之人,许后人择可立像之地,则立其像以寄遐思,有过之人亦可立其像以昭炯鉴。且器物皆可铭其像焉,若有所爱之亡故,亦许私铭其像于器物,以寄余爱。惟其人本无功,则不许僭用立像于地上之礼。其上帝及百神本无像之可立,皆不许立。”

10.公议制度方面:“凡论人者有二:一曰功,一曰过。功分为二途:一曰辟新智之功,一曰行善之功。过亦分为二途:一曰恶言之过,二曰行恶之过。每于一人之身,当事事分论其功过。功过二

---

① 以上引文见《实理公法全书》,康有为著:《康子内外篇(外六种)》,中华书局1988年版,第38、41、45、48、53页。

者当互见之。若其人无功亦无过，则概视为平常人而不论。论古人与今人，其例皆同。……"①

此外，还有关于威仪、安息日时、死节等方面的制度性规定。以上这些规定显然都非常简略，有些似乎还只能算作制定制度的原则。但若就康有为的大同构想来说，这些规定的提出是有重大意义的，因为其中大部分规定在后来所著的《大同书》中都可以见到某些相似的内容，实际是大同构想在许多方面的萌芽甚至雏形。

（二）大同"口说"阶段

所谓大同口说，是指康有为在万木草堂就大同构想而对少数门人弟子所作的讲解。② 这时康有为在第一次从事变法实践活动

----

① 以上引文见康有为：《实理公法全书》，康有为著：《康子内外篇（外六种）》，中华书局 1988 年版，第 53～56 页。

② 对此，梁启超作过多次记叙。在 1901 年撰写的《康有为传》中，梁启超对康有为的大同构想作了提纲挈领而又相当系统全面的介绍，然后写道："以上各条，略举大概。至其条理之分目，及其每条所根据之理论，非数十万言不能尽也。先生现未有成书，而吾自十年前，受其口说，近者又专驰心于国家主义，久不复记忆，故遗忘十而八九，此固不足以尽先生之理想。虽然，所述者，则皆先生之言，而毫不敢以近日所涉猎西籍，附会缘饰之，以失其真也。"（《康南海自编年谱（外二种）》，中华书局 1992 年版，第 262～264 页）1902 年又在《三十自述》一文中回忆说，万木草堂讲学之时，康有为"方著《公理通》、《大同学》等书，每与通甫（即陈千秋——引者注）商榷，辨析入微。余辄侍末席，有听受，无问难，盖知其美而不能通其故也。"（梁启超著：《饮冰室合集》文集之十一，第 16 页）1908 年梁启超在《南海先生诗集》手写本《大同书成题词》之下注道："先生演《礼运》大同之义，始终其条例，折衷群圣，立为教说，以拯浊世，二十年前，略授口说于门人弟子，辛丑、壬寅间避地印度，乃著为成书。启超屡乞付印，先生以方今为国竞之世，未许也。"（汤志钧编：《康有为政论集》上册，中华书局 1981 年版，第 548 页）这些记叙表明，此时大同构想以口说形式得到了充分的发展，已经基本成熟。

(以第一次上书清帝为中心)遭到失败的情况下,带着现实所提出的种种问题,重新转向理论研究。同时,由于受到廖平撰写的今文经学著作的启迪,康有为对今文经学的儒家学说开始予以高度重视,力图将这一学说与自己业已初步形成的新思想体系完美地结合起来。这样,康有为就不仅在思想理论上,而且尤其在大同构想上,有了进一步的发展。

思想理论的发展表现为其观点更为鲜明、集中,与中国社会现实更为贴近,而表述的方式中更多地使用了儒家今文经学的概念,梁启超将这些思想理论归纳为四大哲学,即所谓"博爱派哲学"、"主乐派哲学"、"进化派哲学"和"社会主义派哲学"。①

思想理论的发展,直接促进了大同构想的扩充和系统成型。梁启超评价说:大同学说"质而言之,则其博爱、主乐、进化之三大主义,所发出之条段也",其中进化论与大同构想的成熟关系更为密切,"先生独发明春秋三世之义,以为文明世界,在于他日……于是推进化之运,以为必有极乐世界在于他日,而思想所极,遂衍为大同学说";而大同构想的直接来源则是儒家的大同理想:"其论据之本,在《戴记·礼运篇》孔子告子游之语,其文曰:'大道之行也,天下为公,选贤与能,讲信修睦。故人不独亲其亲,不独子其子,使老有所归,壮有所用,幼有所长,鳏寡孤独废疾者皆有所养,男有分,女有归。货恶其弃于地也,不必藏于己;力恶其不出于身也,不必为己。故谋闭而不兴,盗窃乱贼而不作,故外户而不闭,是谓大

---

① 　梁启超著:《康有为传》,《康南海自编年谱(外二种)》,中华书局1992年版,第251~253页。其中"社会主义派哲学"与前三种"哲学"有层次的不同,实际上主要是社会制度,即康有为的大同构想。博爱、主乐和进化观的具体内容,已写入本章第一、二节。

同.'先生演绎此义,以组织所谓大同学说者,其理想甚密,其条段甚繁".① 这些评价明确指出了康有为的基本理论观点特别是经他重新阐释的儒家学说对大同构想成熟所起的作用,是很有见地的(康有为此时才开始用"大同"一词指称自己所构想的未来理想社会),但将大同构想的形成主要归功于儒家学说,则忽略了康有为在万木草堂讲学之前思想上所发生的重大转变.②

根据梁启超的介绍,康有为"口说"的大同学说可分为原理、世界的理想、法界的理想、理想与现实之调和及其进步之次第等4个部分。

在原理部分,指出欲求人类之乐,当先去其苦,欲去其苦,当先弄清"苦恼相"的种类及产生的原因。文中列举了5种"特别之苦",即夭折之苦,废疾之苦,鳏寡孤独之苦,奴隶之苦,妇女之苦;17种"普通之苦",即天然界之苦(如疠疫水旱等),战争离乱之苦(两国相战和本群内乱),不自由之苦(政府压制和家族压制),牵累之苦(家族牵累),相处不睦之苦(家族强合),弱不能与人平等之苦,贫无业之苦,交通不便之苦,劳作之苦,不得学问之苦,不得名誉之苦,爱恋之苦,仇敌之苦,疾病之苦,老羸之苦,死之苦,诸凡求而不得避而不得去者之苦,共计22种苦(《大同书》中为6大类38种苦,见本章第二节)。认为致苦的原因一曰天生,二曰人为,三曰

_____

① 梁启超著:《康有为传》,《康南海自编年谱(外二种)》,中华书局1992年版,第253页。

② 如前所述,康有为在90年代之前就基本上奠定了大同构想的理论基础,并对未来社会理想制度进行了广泛的思考和粗略的设计。应该说,这意味着大同构想已经产生(尽管还没有冠以"大同"之称)。

自作,总原因则是"妄生分别",因此,救苦的总方法"厥惟大同"。①

在世界的理想部分,分为三方面:

1.理想之国家。主张"第一须破国界",先依照人民自治的原则,将全球分为无数小政府,然后合为独一之大联邦,联邦与各小政府各有宪法。"联邦既成,则兵尽废,但有警察,而无海陆军,《礼运》所谓讲信修睦也。"

2.理想之家族。认为家为烦恼之根,故既破国界,不可不破家界。破家界的办法是:子女生下后,即养之于政府育婴院,教养之责皆由政府任之,而为父母者不与闻;人成年后,为社会尽责任若干年,年老则入于政府之公立养老院,尽养以终其余年。这样,"人人皆独立于世界之上,不受他之牵累,而常得非常最大之自由也"。夫妇之间"则以结婚自由、离婚自由为第一要义,政府一切不干涉,而惟限其年,若一夫多妻,一妻多夫,则所严禁也"。②

3.理想之社会。指出前述理想之国家即无国家,理想之家族即无家族,实际上是"以国家家族尽融纳于社会而已"。为建立理想社会,就要实行广泛的社会改良,其有特色者共计16项,包括:(1)进种改良。女子平日当受完全之教育,政府设各种旅馆于山水明秀之地为士女行乐之所,妇女怀孕后即入公立胎教院受完善之胎教,对查明有遗传恶种之患者则以药止产,"如是则种必日良矣"。(2)育婴及幼稚教育。孩童生后即移入公立育婴院由专通育婴之学的保姆护理,两三岁后移入幼稚园受幼稚教育。(3)教育平

① 梁启超著:《康有为传》,《康南海自编年谱(外二种)》,中华书局1992年版,第254~256页。

② 以上引文见梁启超著:《康有为传》,《康南海自编年谱(外二种)》,中华书局1992年版,第257~258页。

等。自6岁至20岁皆为受教育时期,无论何人,皆当一律。20岁以前,一切举动皆受先辈监督,分毫不许自由。(4)职业普及。20岁后皆可自由从事一项职业,得不到职业责在政府,若其人非稚非老非废疾而不执业则政府罚之。(5)劳作时刻减少。大同时每日只需操数刻之工,而所出物产百倍于今日,所受薪金十倍于今日,除此数刻之外则皆为行乐之时。(6)说教。每来复日必说教,政府有教院会通群教,择一最良之德育方案。设立教会及各人信教皆许自由。(7)卫生。政府以全力促进公众卫生之事的进步。(8)养病。有病需住院者皆入公立养病院公费治疗。养废疾院附属于养病院。大同之世无鳏寡孤独。(9)养老。养老基于社会报德之原理,人自21岁起为社会工作数十年,社会宜有以报之,故养老之典最重。公立养老院务极宏敞,起居饮食务极精良。分特别、普通两种,特别院由凡有功德在民、曾受公赏者居之,普通院由寻常老人居之。(10)土地归公。略仿井田之意,地球土地皆归公有,政府根据地力而随时制定税率,约十而税一,惟此一税,他皆除之。(11)公立事业。各项工矿交通事业虽听民间自设,政府亦常募公债以自办之,务使公业极多,百务毕举。(12)遗产处置。一半归公,其余则听本人处置。(13)奖励名实。大同之世,人爵不荣,但亦不可废。奖励惟有两途,一奖励知识即奖智,二奖励慈善即奖仁。凡能著新书、发明新理、制新器者皆谓之智人,仁人则种类繁多,如任政府而尽瘁有大功者、为教师能感化多人者、医生之名家者等。凡智人仁人皆受社会特别之优待。此外,特别奖励生育,因为大同之世生子无私利于己,而惟受其苦痛,为将来世界永续文明计,不可不立特别之优奖以为生子者劝。(14)刑措。大同之世少刑措,有两条特别之律,一是无业之罚,二是堕胎之罚。凡所用刑罚惟有苦工,余皆废之。(15)男女同权。大同之世,最重人权,苟名为人,权利斯等。(16)符号划一。语言文字、纪元、货币、律度、量衡等皆设法以渐划一,以省人之脑力。综合以上各项,理想的大同政府设有完备的官制(梁启超列有一表以示其大略)。①

在法界的理想部分,分"世间之法界"与"出世间之法界"两方面。前者言康有为的大同构想"既非因承中国古书,又非剿袭泰西今籍",其凭借者在于佛学。后者言康有为之哲学"以灵魂为归宿",认为大同之世人人无家,乃可言出世法,人先为社会做事20年以报恩,40岁以后则许脱离世务,"人人即享世俗之乐,则又当知器世虚假,躯壳无常,勇猛精进,竿头一步,尽破分别相,以入于所谓永生长乐之法界"。②

在理想与现实之调和及其进步之次第部分,言康有为认为理想与现实可以并存并行,应通过点滴的改良来逐渐实现理想:"先生教学者常言:'思必出位,所以穷天地之变;行必素位,所以应人事之常。'是故其思想恒穷于极大极远,其行事恒践乎极小极近,以是为调和,以是为次第。"③

大同"口说"表明,康有为的大同构想已经成熟和基本定型。

---

　　①　见梁启超著:《康有为传》,《康南海自编年谱(外二种)》,中华书局1992年版,第258~262页;官制表见第263页。

　　②　梁启超著:《康有为传》,《康南海自编年谱(外二种)》,中华书局1992年版,第264~265页。

　　③　梁启超著:《康有为传》,《康南海自编年谱(外二种)》,中华书局1992年版,第265页。

在大同口说中,几乎讲到了后来写成的《大同书》的所有重点。①

(三)撰写《大同书》阶段

《大同书》撰于1901～1902年,是康有为大同构想的著作化和体系化。与梁启超所介绍的大同口说相比,《大同书》在结构、条理及内容上都有明显的变化,显得更加系统、全面、周密和丰富,是大同构想的进一步完善。

《大同书》(今本)的10大部分,甲部论谋求大同之道的缘由,相当于全书的绪论;乙部论实现世界大同的基本步骤和大同进化每一阶段的社会制度概况,实为全书的总纲;丙部论人类平等问题;丁部论种族平等问题;戊部论男女平等和婚姻问题;己部论家庭问题和大同之世取代家庭的各类社会组织机构;庚部论经济制度问题;辛部论大同之世的社会管理制度和若干重要原则;壬部论人与其他生物之间的关系;癸部论大同之世人生所享之乐,兼作结语。《大同书》各部分的撰写都是将理论依据、现实问题分析和理想制度设计糅合在一起,而其中构成核心内容的是制度设计。概括起来,大同之世的制度设计可分为个人的设计、社会的设计和世界的设计三大方面(详后)。

《大同书》写成后,迟至1935年即著者康有为逝世后8年全书才出版面世。其间,《大同书》甲、乙两部曾刊载于1913年的《不忍》杂志,后于1919年印成单行本。以《大同书》手稿与出版的《大

---

① 《大同书》全书分为10个部分:甲部,入世界观众苦;乙部,去国界合大地;丙部,去级界平民族;丁部,去种界同人类;戊部,去形界保独立;己部,去家界为天民;庚部,去产界公生业;辛部,去乱界治太平;壬部,去类界爱众生;癸部,去苦界至极乐。大同口说未直接讲到的只有丙部和壬部,但大同口说中既列出奴隶之苦、弱不能与人平等之苦,分析致苦总原因是妄生分别,又主张大同之世人人平等,实际上也间接包含了"去级界平民族"的问题。

同书》(今本)相对照,可以看到该书自写成初稿后续有添补。这些添补为《大同书》增加了某些新的材料,但在思想观点上并无明显的改动。

通过以上三个阶段,康有为最终完成了其大同构想的演变。

二　大同理想制度的主要设计

前文已介绍了出现于《实理公法全书》中的一些非常简略的关于未来社会理想制度的规定和梁启超所回忆的大同口说的要点,而真正能够全面完整地展示康有为大同理想制度的,是《大同书》中的详尽设计及有关论述。这些设计可分为个人的设计、社会的设计和世界的设计三大方面。

(一)个人的设计

基本内容是废除家庭,使个人成为没有家庭而直接依赖于社会、服务于社会的独人(又称为“天民”)。

康有为考察了家庭制、家族制的起源,对其利弊作了历史的评价。

他认为在父母与子女之间,存在着天性自然之爱,这是“父子之道”之所以能够成立的根源。太古初民因男女杂交而只知有母不知有父,后来男女之间“有情好尤笃者两不愿离”,又有武力尤大之男子以强勇独据女子,“交久则弥深,据独则弥专”,于是产生了夫妇之道,而圣人为了避免“因争女而相杀”的祸患,又制成夫妇之义。由于夫妇定,于是有父子,有同父之兄弟,有族属,形成了家制族制。①

––––––––––––

①　康有为著:《大同书》,古籍出版社 1956 年版,第 168～170 页。

关于族制的利弊，康有为指出，其利在于能扩充爱力，合群繁种，"人因爱家族而推爱及国种，故愈强愈大，禽兽并父母兄弟而不识，故愈独愈弱，人禽之强弱在此也。其推爱力愈广，其团结愈远"。他举出中国族制最盛，因此人类最繁的例子："盖大地族制之来至远，而至文、至备、至久且大，莫如吾中国矣。故中国人数四五万万，倍于欧洲，冠于万国，得大地人数三分之一，皆由夫妇、父子族制来也。此皆孔子之为据乱制者也；善于繁衍其种族，团结其种类，无以过之，此孔子之大功也。故欧美人以所游为家，而中国人久游异国，莫不思归于其乡，诚以其祠墓宗族之法有足系人思者，不如各国人之所至无亲，故随地卜居，无合群之道，无相收之理也。盖就天合夫妇、父子、兄弟之道而推至其极，必若中国之法而后为伦类合群之至也。"① 族制的弊端在于，因族制而生"分疏之害"，"有所偏亲者即有所不亲，有所偏爱者即有所不爱。中国人以族姓之固结，故同姓则亲之，异姓则疏之；同姓则相收，异姓则不恤。于是两姓相斗，两姓相仇，习于一统之旧，则不知有国而惟知有姓，乃至群徙数万里之外若美国者，而分姓不相恤而相殴杀者比比也。盖于一国之中分万姓则如万国……故自宗族而外，捐舍之举，为一县者寡矣，为一省者尤寡矣，至于捐巨金以为一国之学院、医院、贫病院、孤老院者无闻焉；故其流弊，以一国而分为千万亿国，反由大合而为微分焉。故四万万人手足不能相助，至以大地第一大国而至于寡弱，此既大地万国之所无，推其原因，亦由族姓土著积分之流弊也"。②

关于家制的利弊，康有为指出，其利在于"有家为人类相保之

① 康有为著：《大同书》，古籍出版社1956年版，第171～172页。
② 康有为著：《大同书》，古籍出版社1956年版，第272页。

良法"，由于有家，人的身体赖以生育抚养，赖以长成，患难赖以保护，贫乏赖以求救，疾病赖以扶持，死丧赖以葬送，魂魄赖以安妥，"故自养生送死，舍夫妇、父子无依也"，"故夫妇父子之道，人类所以传种之至道也，父子之爱，人类所由繁挚之极理也，父子之私，人体所以长成之妙义也"，如果没有父母，则人生极苦。他认为父母养育子女极为辛劳，"父母之恩与昊天而罔极"，因此"立孝报德实为人道之本基也"。① 另一方面，家制的存在其弊端又是极为严重的。他这样描述道："故凡中国之人，上自簪缨诗礼之世家，下至里巷虫氓之众庶，视其门外，太和蒸蒸，叩其门内，怨气盈溢，盖凡有家焉无能免者。……其孝友之名愈著，则其闺闼之怨愈甚。盖国有太平之时而家无太平之日，其口舌甚于兵戈，其怨毒过于水火，名为兄弟娣姒而过于敌国，名为妇姑叔嫂而怨于路人。……都中国四万万之人，万里之地，家人之事，惨状遍地，怨气冲天。"② 造成这种家人之间无休止地互相争斗残害状况的原因：一是家人"意见"互不相同易起冲突；二是家人"人性不同"（"贤者千不得一，而不肖者十居其九"），强合在一起必然导致无穷无尽的争斗；三是有家则有私，有私则滋生出种种恶行而"害性害种"。康有为还特地将"有家之害"逐条列举，共举出 14 项。通过利弊分析所得出的结论是：家者仅为"据乱世人道相扶必需之具"（或者说"据乱世、升平世之要"），而为"太平世最阻碍相隔之大害也"，欲至太平大同之世，就必须去家。他辨析去家与佛教的出家是不同的，出家将绝人类之种并导致一切文明的毁灭，不但不可行，而且无此理，而去家

---

① 康有为著：《大同书》，古籍出版社 1956 年版，第 173、174 页。
② 康有为著：《大同书》，古籍出版社 1956 年版，第 183~184 页。

则"不忍绝父母夫妻以存人道",同时又有"天下为公之良法"。①

去家而"天下为公"的理论依据是:"人非人能为,人皆天所生也,故人人皆直隶于天。"其现实依据是:当今法国、美国、澳洲、日本私生子很多,将来"男女自由"后,私生子将更多,这证明子女只是父母情欲的产物(副产品),而合天下计之,贫贱者多不能教养子女,富贵者亦少能教养子女,多数人必愿将子女交付"公养"。② 其基本办法(制度)是:人人皆由公立政府公养、公教、公恤。对此康有为论证道:"夫人道不外生育、教养、老病、苦死,其事皆归于公,盖自养生送死皆政府治之,而于一人之父母子女无预焉。父母之与子女,无鞠养顾复之劬,无教养糜费之事。且子女之与父母隔绝不多见,其迁徙远方也并且展转不相识,是不待出家而自然无家,未尝施恩受恩,自不为背恩,其行之甚顺,其得之甚安。"③ 由此便可实现去家而至太平大同的目的。

政府公养、公教、公恤制度的具体设计是:

1.公养制,设人本院、公立育婴院和公立怀幼院。

人本院(即胎教之院):"凡妇女怀妊之后皆入焉,以端生人之本……不必其夫赡养"。④ 关于人本院的设想共42项,主要内容有:(1)关于人本院的设立。包括胎教之地和院址的选择,院数多寡,孕妇入院的时间等。(2)关于孕妇入院后的生活。包括孕妇的性生活、饮食、居室、衣服冠履、佩物、出游、交游之人等。(3)关于孕妇的教育。包括女师的仁智教育和女保医生的养生生育知识教

---

① 见康有为著:《大同书》,古籍出版社1956年版,第181～192页。
② 康有为著:《大同书》,古籍出版社1956年版,第192、193页。
③ 康有为著:《大同书》,古籍出版社1956年版,第193页。
④ 康有为著:《大同书》,古籍出版社1956年版,第192页。

育,女傅的德义教育,读书学习,音乐熏陶及禁止堕胎等。(4)关于孕妇生育前后的护理。包括产前的检查,接生,产后照料等。(5)关于新生子的登记和护理。主张新生子命名去父母之姓,而"以某度、某院、某室、某日数成一名"即可。① (6)关于对孕妇的尊崇奖励。认为"孕妇代天生人,为公产人,盖众人之母也",而怀胎生子乃一极苦难之事,因此公众宜为天尊之,为公敬之。"盖大同之世无他尊,惟为师、为长、为母耳。而师长无苦而母有苦,故尤宜尊崇其位,在大师大长之下而在寻常师长之上。"规定产母出院时,由官长及医生送行,"奏乐诵赞功词,赠以众母宝星"。(7)关于院管理、教导、医护等人员的设置。其中规定"凡女子,必须由人本院、婴幼院、医老院之保傅、看护人出身,乃得升上职;未充此职者,终身不得为君、为师、为长"。②

育婴院:"凡妇女生育之后,婴儿即拨入育婴院以育之,不必其母抚育。"③ 关于育婴院的设想共17项,主要内容有:(1)关于育婴院的设立。包括院址的选择,院的结构,院内的用具等。(2)关于院管理人员和看护人员的设置。其中规定看护者皆用女子,称之为"保";由于女保有代母之任,其责最大,人类所关,因而要"重其选",又由于"保母劬劳,人类赖以育成,其有大公德于公众",因而"宜有殊荣异礼以待之"。④ (3)关于婴儿的护理。包括婴儿的医护、学语、学歌、识物等。(4)关于为婴儿行定名礼。

怀幼院:"凡婴儿三岁之后,移入此院以鞠之,不必其父母怀

① 康有为著:《大同书》,古籍出版社1956年版,第208页。
② 康有为著:《大同书》,古籍出版社1956年版,第199、209页。
③ 康有为著:《大同书》,古籍出版社1956年版,第192页。
④ 康有为著:《大同书》,古籍出版社1956年版,第210页。

抱。"关于怀幼院(又写作"慈幼院")的设想与育婴院同,"慈幼者,自三岁至五岁入焉,如不设慈幼院,则总归于育婴院可也"。①

2.公教制,设蒙学院、小学院、中学院和大学院。②

蒙学院:"凡儿童六岁之后,入此院以教之。"③(后文分章叙述中无此院)

小学院:"凡儿童十岁至十四岁,入此院以教之。"(后文分章叙述中作"凡人自六岁即离育婴院而入于此,至十岁而止"。④)关于小学院的设想共 10 项,主要内容有:(1)关于管理和教导人员(称"女傅")的设置。规定"当选德性仁慈、威仪端正、学问通达、诲诱不倦者为之","女傅非止教诲也,实兼慈母之任"。⑤(2)关于院址的选择。(3)关于小学教育的设施和内容。包括场地、用具、图书、学习歌诗和各门功课、养身健乐等。

中学院:"凡人十五岁至十七岁,入此院以教之。"(后文分章叙述中年龄作 11 岁至 15 岁。⑥)关于中学院的设想共 13 项,主要内容有:(1)关于教育的内容。规定"可习高等普通学","以育德为重,可以学礼习乐矣"。(2)关于学校的纪律。主张中学生衣服饮食皆可自理,"可纯用礼律以绳之,不须再用保傅","食堂及起居出入,皆有部位,分班序列,俨如军队"。⑦(3)关于中学院管理人员

① 康有为著:《大同书》,古籍出版社 1956 年版,第 192、209 页。

② 康有为著:《大同书》,古籍出版社 1956 年版,第 192 页。此处设计与后文分章叙述有差异,分章中没有蒙学院,各院学习的年龄亦有变动。

③ 康有为著:《大同书》,古籍出版社 1956 年版,第 192 页。

④ 康有为著:《大同书》,古籍出版社 1956 年版,第 192、212 页。

⑤ 康有为著:《大同书》,古籍出版社 1956 年版,第 212~213 页。

⑥ 康有为著:《大同书》,古籍出版社 1956 年版,第 192、215 页。

⑦ 康有为著:《大同书》,古籍出版社 1956 年版,第 215、216 页。

和教师的设置。(4)关于院址的选择和各种设施、用具的配备。

大学院:"凡人十八岁至二十岁,入此院以教之。"(后文分章叙述中,年龄作16岁至20岁。①)康有为对大学院的宗旨专门作了一段论述,指出:"凡大学皆专门之学、实验之学。盖自十五岁前,于普通之学皆已通晓……此时之学,于育德强体之后,专以开智为主,人人各从其志,各认专门之学以就专科之师。其学政治、法律则为君、为长,学教育、哲理则为傅、为师,学贸易、种植则为农、为商,学一技、一能则为工、为匠,虽贵贱攸殊,高下迥异,而各禀天赋,各极人官,各听自由,各从所好,分业成能,通力合作,其于利物前民以供公众之用则一也。"关于大学院的设想共10项,围绕以上宗旨而展开,主要内容有:(1)关于学科的设置。规定大学分科"备极万有",与时递增,"至千万年后,其门目之多,牛毛茧丝不能比数",听学生自愿选择学习。(2)关于实验的重要性。规定各科虽有事于虚文,但必须"从事于实验",经实验有用而后可信,从而使学成皆为有用之才。(3)关于重智。规定大学之师"择其专学精深奥妙实验有得者为之",大学之教"以智为主",虽重体操,更重德性,但"所重则尤在智慧也"。(4)关于院舍的设置。规定不能统一并置一地,而要根据各学科的需要分别设于田野(农学)、市肆(商学)、作厂(工学)等地,以求"亲切而有用,征实而可信"。(5)关于各大学的设施和管理人员及管理制度。(6)关于学生的毕业和就业。规定成才者"荐于各业公所,而各业公所择而聘用之",其尤高才者由公家"特给学士荣衔,别给俸禄三年以成其绝学";"若无人延用,则俯就贱业;若贱业亦不可得,则就恤贫院,以苦工代食,为

---

① 　康有为著:《大同书》,古籍出版社1956年版,第192、217页。

人不齿"。①

3.公恤制,设医疾院、养老院、恤贫院、养病院、化人院。②

恤贫院:"凡人之贫而无依者入焉。"③ 康有为指出设恤贫院的目的是为了惩罚懒惰之人:"盖大同之世,既有公产,人不患无所养,则有恃无恐,然则人之大恶至于懒惰,乃入恤贫院,故必须重罚以惩之,以劝勤也。'民生在勤,勤则不匮',此大同之公理。"关于恤贫院的设想共17项,主要内容有:(1)关于工作。规定入院者须在官员监督下作"苦工","各就所能者为之,不能者教之"。(2)关于生活条件。规定入院者安息游观出游均有"时限","衣服粗恶,仅足饱暖,室宇低隘,但不污秽而已",院内各种设施、用具皆"薄具"。(3)关于奖惩。对工作"勤而精美者奖之,惰而粗者罚之",精勤寡过者可提前出院工作;"凡入恤贫院,皆别具衣服以耻之",多次入院者加重惩罚,由"罚作极苦之工"直至"移至圜土(牢狱——引者注)七日以辱之"。④ (4)关于管理人员的设置和对入院者的教育等。

医疾院:"凡人之有疾者入焉。"⑤ 关于医疾院的设想共19项,主要内容有:(1)关于病人。规定有疾者可停工入院公费医疗。(2)关于医院。包括院址的选择、医院构造和各种设施设备、各种药品等。(3)关于医生及看护人。包括医生的选取、奖罚、出诊、工作范围和看护人的选取、奖罚等。其中规定"自人本院、育婴院、慈

---

① 康有为著:《大同书》,古籍出版社1956年版,第217~220页。

② 康有为著:《大同书》,古籍出版社1956年版,第192页。后文分章叙述中首列"恤贫院",无"养病院","化人院"改作"考终院"。

③ 康有为著:《大同书》,古籍出版社1956年版,第193页。

④ 康有为著:《大同书》,古籍出版社1956年版,第220~221页。

⑤ 康有为著:《大同书》,古籍出版社1956年版,第192页。

幼院、养老院,监护皆以医者;其余世界中道路、宫室、饮食、衣服之事,皆归医者监察,人身之事统归于医";并特别规定要防止出现医生的专制:"盖大同之世无军兵,以开人智、成人德、保人身、延人寿、乐人生为政,而所以开人智、成人德者,其归宿亦终于保人身、乐人生而已,故保人身、乐人生之政尤重。故大同之世,医士最多,医才最出,医任最重,医选最精,医权最大。……故可号大同之世为医世界。……即为医世界,则医者之中或有枭桀,借医行教以为教主,抑借医行权以为君主,盖有之矣。既有教主君主,则必有争战,必有统一,如是则复归于乱世矣。大同破坏,即由于此,故不可不预防之,宜立医者结党之禁,宜立医者传教之禁。盖大同之世,既无国之争,无家之私,无军兵之拥,无一人无一学能拥大权者,惟有医者可防耳。故防女子之堕胎以绝人种,防医者之结党以复专制,则可久保大同。二者之防,乃大同世之特政也。"①(4)关于患有特殊疾病者的治疗。包括对盲、哑、跛躄、疯疾、五官废疾、传染病者等人的治疗。

养老院:"凡人六十以后不能自养者入焉。"② 关于养老院的设想共23项,主要内容有:(1)关于立院宗旨。规定"此院以安人之年老,务穷极人生之乐,听人自由欢快,一切无禁",认为其时人自无干犯法纪之理,如有偶犯则仍需科罪或"少加耻辱"。(2)关于护侍人的规定。指出:"大同之世,老者无子女,即以护侍人代之;故护侍人之于老人,如孝子之于父母,先意承志,怡声悦色,问所欲而敬进之,以得老人之欢为主。"(3)关于养老院地址的选择、设施和用具的配备等。规定设施用具"无不穷极美备","盖人一生之勤

---

① 康有为著:《大同书》,古籍出版社1956年版,第223~224页。
② 康有为著:《大同书》,古籍出版社1956年版,第193页。

动,至是休息,人道于是将终,不可不穷极其乐事也"。① (4)关于养老院中的差等待遇。规定养老者分为元老、大老、群老、庶老、老人、老年等六等,②其中一、二等为上等,三、四等为中等,五、六等为下等。上等之老在宫室、饮食、起居、衣服、玩乐之具等方面"穷极世界之珍美精异",其他一切待遇皆从优;中等之老"皆次一等";下等之老则"皆削减粗下矣",此等老人"虽为人身,少受公家教养,壮年无补于众,无劳无功,虚负公养,是实有罚,徒哀怜其老而恤之耳,无所报也,故宜一切减下"。康有为认为,"大同之世,专发同义,故于诸院皆无差别",何以养老院独有差等,其解释是"盖以尊贤,崇德,尚智,量功,以示众人壮年之奋勉,俾知所向往,知所愧戒,其亦不得已者乎","寓奖功之意以资劝戒,俾其壮者有所慕励而不怠惰也"。③ (5)关于养老院的管理和养老者的护理。(6)关于养老者讲道养魂积德。

考终院(即化人院):"凡人之死者入焉。"④ 关于考终院的设想共10项,主要内容有:(1)关于丧仪(入殓、焚化、悼唁等)的规定,按功德名誉的大小分为上、中、下三等。(2)关于哀悼和服丧,规定大同之世无复有私属之人,"宜夺哀以保其身",对死者"不必

---

① 康有为著:《大同书》,古籍出版社1956年版,第225、226页。

② 元老:"凡曾充全世界之大长官、大教主、总医长及有殊功、大德、高名为人所公推为元老者为之";大老:"凡曾为各职长官、各业总长、各学大教习及有功德、大名、硕学者为人所公推为大老者为之";群老(无具体规定);庶老:"凡有仁人、智人宝星者皆为庶老,不待公推";老人:"其未尝得有宝星者,则但曰老人而已";老年:"其曾犯刑罚、削名誉及不齿者,则曰老年"。(康有为著:《大同书》,古籍出版社1956年版,第226页)

③ 康有为著:《大同书》,古籍出版社1956年版,第226~227页。

④ 康有为著:《大同书》,古籍出版社1956年版,第193页。

哭泣";大同之制私人之事皆听自由,服丧不为定制。①(3)关于大学、中学、小学之童殇和恤贫院之人、狱囚死亡入殓、焚化的规定。(4)关于殊功异德者死后如得异术可保全尸体,则保尸而葬,墓上刻石像以昭敬异的规定。(5)关于为各类有功德之人立金石之像以供人瞻仰的规定。(6)关于死者事迹记载和遗产处理的规定。

以上从人本院到考终院共计10院,涵盖了每个个人的一生。康有为对此有一段概括:(每人)"由人本、育婴、慈幼三院养成,则入小、中、大学,学成则充看护人,一年则入农工商各场,有疾则入医院,老则入养老院,死则入考终院。"② 10院制构成了大同之世个人方面的完整制度。

(二)社会的设计

大同之世的社会制度由公有的经济制度、民主自治的政治制度、男女自主的婚姻制度、学校为本的教育制度、竞美奖智奖仁的激励制度和教戒为主的惩罚制度构成。

第一,公有的经济制度。

包括公农制、公工制、公商制、公通制、公辟(各类工程)制和公金行制。

1.公农制。

公农制与独农制相对。康有为指出独农制的弊端是:买卖田产使得地不均,有耕多耕少者,耕率不均,劳作不均,大田者或多荒芜,小区者难用机器,或且无田以为耕,饥寒乞丐,流离沟壑;田租贵使众多佃户生活困苦,终岁劳动不足事畜充饥,"甚者鬻子以偿租税,其困苦有不忍言者";独农制下,人们对农林牧渔产品生产多

---

① 　康有为著:《大同书》,古籍出版社1956年版,第230页。
② 　康有为著:《大同书》,古籍出版社1956年版,第256页。

少为宜和能否销售皆无从周知,无从预算,"于是少则见乏而失时,多则暴殄天物而劳于无用"。①

公农制的主要设计有:(1)规定"举天下之田地皆为公有,人无得私有而私买卖之"。(2)关于各级农业管理机构及管理人员("农官")的设置。规定全地公政府立农部而总天下之农田,各度分政府皆立农曹而分掌之,数十里皆立农局,数里立农分局(即"农场"),皆置吏以司之。农曹和农局有长、副长、参赞、史、府等官,农场有主、伯、亚、旅、府、史、胥等官,皆各有专职。(3)关于农夫及授田。规定农夫为学校之学农者,学之考验有成,则农局授田以耕,耕田之多寡根据时新之机器的耕田数量而定。其他从事林、牧、渔业者皆依此类推。(4)关于生产。规定实行计划生产,由农部根据各度地质物产情况、全国人民对食品用品的需求及意外水旱天灾需弥补之数等,核定农林牧渔的生产额,下之各度界小政府之农曹,各农曹及各农局再经统计决算而分之各地农场完成,其计划"极其琐细"。(5)关于产品分配。规定实行计划分配,凡农林牧渔的收成,先由商曹统计其度界内需用之数而截留其若干,其余归之公政府商部,由商部合收全球之农产而均输于各地,"以所有易所无,以有余补不足",并预留应付自然灾害所需之物。农人于各地商店购置农具、机器、化料应给工价。(6)关于农场劳动时间、工价和人员升迁。规定每日作工皆有时限,"世愈平çı,机器愈精,则作工之时刻愈少";农夫和渔、牧、矿工工价视其材之高下、阅历之浅深而略分十级,最下级者其俸亦足为其衣食之资;农夫等人其"才明智巧者"可拔迁至农曹各司,由学士和工、技师出身者可为各司

———————
① 康有为著:《大同书》,古籍出版社1956年版,第237~238、234~235页。

长贰并递迁为公政府各洲分政府农部官。(7)关于农场的各种设施。规定农场皆有公室、公园囿、公图书馆、戏院、音乐院、公饭厅、公商店等供农夫等人使用,公室公置之,不取值,衣食则由工金自费开支。还有公共讲堂由讲师于安息日讲古今道德品行贤豪之事及农业之事,以养其德性学识。(8)关于劳动纪律。规定"作工之时,坐作进退几如军令矣";农夫等人其告假不作工者听之,按日扣其工价,其太惰不作工及告假太多者逐之,凡累经逐者,削其名誉。①

　　2.公工制。

　　公工制与独工制相对。康有为指出独工制的弊端是:大资本家凭借机器尽夺小工,大制造厂、大铁道轮船厂、大商厂乃至大农家皆大资本家主之,小工千万仰之而食,被控制抑勒,于是富者愈富,贫者愈贫;随着机器日益发达,资本家的作场商场将扩张如一小国,不仅贫富不均远若天渊,而且资本家之间将互相激烈竞争,贻祸于人群;贫富不均导致工人联党与业主斗争,今不过萌蘖,后此必甚,"恐或酿铁血之祸";各地工价不同,资本家苦之,工人价贱者则无以足用,求工不得者更不能谋生,饥寒交迫则为盗贼;各种制造无计划,必然导致产品的有余或不足,从而使物价贵贱悬殊,贫富不均,人格不平,心术不正,特别是将导致物产的大量废弃浪费。②

　　公工制的主要设计有:(1)规定"大同世之工业,使天下之工必尽归于公,凡百工大小之制造厂、铁道、轮船皆归焉,不许有独人之

------

　　①　见康有为著:《大同书》,古籍出版社1956年版,第240~245页。
　　②　见康有为著:《大同书》,古籍出版社1956年版,第235~236、239~240页。

私业矣"。(2)关于各级工业管理机构及管理人员的设置。规定全地公政府立工部,各度分政府立工曹,根据地形之宜而立工厂;各工曹工厂皆有主、伯、亚、旅、府、史、胥、徒,皆以学校毕业者为之,其有成业证书者,授为学士、工师等称号,得为主、伯、府、史,累迁可至公政府、分政府之工部长,"皆专门为之,终身不移官,不贰事"。(3)关于生产。规定实行计划生产,先由商部以举国所需之物品什器之大数分之于各度精工擅长之地,定出各地各物品什器制造之数额,然后由工部核定,下之各工曹,工曹督各工厂如额而制之。(4)关于工艺讲习。规定工曹有各工讲习会,各工学士、技师入而讲习,其有所发明,皆于报布告之,其各厂亦然。(5)关于工厂劳动时间、工价、工人升迁及劳动纪律。其规定略如公农制。(6)关于工厂的规模、设施等。其规定略如公农制。(7)关于奖励新器。规定"凡能创新器者,给以宝星之荣名,如今之科第焉;赏以千万之重金,如今之商利焉"。①

除上述设计外,康有为还特别论及工人的社会地位,认为野蛮之世尚质故重农,太平之世尚文故重工,"太平之世无所尚,所最尚者工而已;太平之世无所尊高,所尊高者工之创新器而已","太平之世,工最贵,人之为工者亦最多,待工亦最厚"。②

3.公商制。

公商制与独商制相对。康有为指出独商制的弊端是:商业竞争过于激烈,使人生出各种巧诈之术,或造作假货,或妄索高价,或

---

① 见康有为著:《大同书》,古籍出版社1956年版,第246~248页。

② 康有为著:《大同书》,古籍出版社1956年版,第247、248页。"工"不仅指工厂的工人,"自出学校后,举国凡士、农、商、邮政、电线、铁路,无非工而已,惟医可与工对待耳"。(同上书,第248页)

同业互相倾轧;竞争必有胜败,败者富化为贫,忧患丛生,而有贫人以商骤富,不均已甚,富骄贫谄,坏人品格;商人各自经营,不能统一,势必导致货物或有余或不足,进而造成败家失业、饰欺作伪或暴殄天物等恶果。①

公商制的主要设计有:(1)规定"大同世之商业,不得有私产之商,举全地之商业皆归公政府商部统之"。(2)关于各级商业管理机构及管理人员的设置。规定全地公政府设商部,各度分政府设商曹,"其数十里间水陆要区立商局、各种商店,其数里间立商店"。② 其曹、局、店皆有主、伯、亚、旅、府、史、胥、徒,各有其职。(3)关于商业的计划性。规定"商部核全地人口之数,贫富之差,岁月用品几何,既令所宜之地农场、工厂如额为之,乃分配于天下"。(4)关于商业研究。规定"曹、局有商务考究会,各商学士入而考求,而以报发明布告之"。③ (5)关于商店的规模、货物品种、购物方式、物价、用人之数等。其中规定可用电话购物,送货上门;商店用人至少,以减少分利之人,并降低物价。(6)关于从商人员的食宿等。略同公农、公工制。(7)关于从商人员的出身和升迁。

4.公通制。

规定大同之世五种交通要政(铁路、电线、汽船、邮政、飞船)皆归于一,皆属于公;公政府各设专部以经营之,每度设总局,数里、数十里设分局,皆有主、伯、亚、旅、府、史、胥、徒之人管理;其用人皆出自学校,其才者可不断升迁,终身不贰事、不移官;从五政之人

---

① 见康有为著:《大同书》,古籍出版社 1956 年版,第 236～239 页。

② 康有为著:《大同书》,古籍出版社 1956 年版,第 249 页。此处关于商店的规定与下文"一市仅一商店,大市大店,小市小店。其商店之大,如今一都会百数十里,大者乃数百里"(同上书,第 249 页)的设想似明显不同。

③ 康有为著:《大同书》,古籍出版社 1956 年版,第 249 页。

工时与百工等,其在铁道、汽船者风尘波浪或太劳苦,岁许休息其半,照支工金。①

5.公辟制。

指出大同之世公政府日以开山、通路,变沙漠、浮海为"第一大事",用以满足人口日益增多而产生的各种需要。规定凡铁道等交通要政的岁入,尽以从事于工程;全地公政府立辟部以督之,每一工程皆立一局,皆有主、伯、亚、旅、府、史、胥、徒以任其事;其人皆出身于学校,一切法政皆与工部之工曹、工局、工厂同;其局之大者,役徒百数十万人,"凡全地有无工无养之人,皆可充此工以养之"。②

6.公金行制。③

主要设计有:(1)规定"凡全地之金行皆归于公,无有私产"。④(2)关于各级金行机构及人员。规定全地公政府设金行部(即度支部),各度分政府设总金行,各地方自治局设分金行,各工厂、作厂、农场皆有小金行;各金行皆有主、伯、亚、旅、府、史、胥、徒,皆自学校计学出身,其学士累迁可至金行部总长,其主、伯、亚、旅皆选商业富人充之,各业大富人充之亦可。⑤(3)关于金行的收入和支出。规定全地商店和铁道等交通要政之所入皆归于总金行,分配于各度及各地各厂之金行,以应农、工、商和各交通要政之需及人本院

① 康有为著:《大同书》,古籍出版社 1956 年版,第 263~264 页。
② 康有为著:《大同书》,古籍出版社 1956 年版,第 264、266 页。
③ "金行"即银行,因大同之世多以金为币,故名。
④ 康有为著:《大同书》,古籍出版社 1956 年版,第 269 页。
⑤ 康有为对此解释道:"其时富人必由造出新器而后得富,则皆聪智人也,又必多有仁人徽章而后举之。盖大同之世,权至大者莫如金行,故不能不郑重之。"(康有为著:《大同书》,古籍出版社 1956 年版,第 270 页)

等 10 院之用;其人民储金亦收之而予之息;其地方自治之收费用费亦归焉,而听自治局公议而公用之。(4)关于用币。规定金币用二品,上币金,下币银,或者只用金一品,皆有纸币代之。

第二,民主自治的政治制度。

包括公议制、公举制和地方自治制。

1.公议制。

公议制是关于人民行使政治权力及议院和政府政治决策方式的制度。其主要设计有:(1)规定公议是人民的基本权力,"人民皆为世界公民,以公议为权";大政皆由人民公议决定,"万几、百政、法律、章程,皆由大地大众公议","全地一切大政皆人民公议,电话四达,处处交通,人人直达","公政府名虽总统,其实无权……而事权实在公众,公政府诸长虽有责任而实极小,不过以高誉盛德坐领职司,为名誉之事而已"。① (2)关于议员和议院。规定议员"为世界人民之代表",通过在议院进行公议而行使立法等权力;全地公政府设上议院和下议院,上议院"议全地法律职规大政,并掌大裁判、政教、文艺、评论之事",下议院"但有书记,无议员,传电话于各度,合全地各度之人公议之,一切法律、规则、财政,以此为极";各度分政府亦设上议院和下议院,上议院"凡大政掌之,而专主职规、法律、行政、裁判、评论之事;各地评事不断者,则此院公评之",下议院"无选议员,凡人皆预议,但有书记之人,传电话于全境内人众合而公议之"。② (3)规定行政决策亦以公议的方式为之,全地公

---

① 　康有为著:《大同书》,古籍出版社 1956 年版,第 91、260、256、260 页。
② 　康有为著:《大同书》,古籍出版社 1956 年版,第 94～96、262～263、259 页。

政府不设总统，而设会议院，"凡有官联之事及公共大政，二十部公议之，从其多数，随时随事举议长，不为定位"，各度分政府亦设会议院，"凡十四曹官职之事则会议之，从其多数取决，而民曹为之长"。(4)规定凡大小政府议员公议时，"虽许慷慨陈词，抑扬透辟，而辞辑辞怿，皆有脊伦，言笑晏晏，皆有程度，而择善从之"，无如今政党议员互攻激刺、大笑喧哗、失礼无节等野蛮举动。①

　　2.公举制。

　　公举制是关于各种公职人员产生方式的制度。其主要设计有：(1)关于公举议员。规定"议员皆由人民公举，悉为人民"，"议员由各地公举其久居本地之人"，"上议员以每界每度举之，下议员以人民多寡出之"，②"议员各地三年一举，或每年一举，随时议定"，"各国议员有事故病疫，由其本地公民再行公举"；③全地公政府上议员"全地各度各举一人"，各度分政府上议员"公举度内之元老、文学、仁智之人为之，其人数视其度内人数多少，随时议定，略以数百为度"。④(2)关于公举全地公政府行政管理人员。规定全地公政府各部之长不能由一人选派，皆需"由各度本曹之主数千人公举之，从其多数"，"选举之日，以电话立问立复，皆从其多者而用之，无有竞争喧哗之事，更无有互攻刺杀之事"；铁路、邮政、汽

----

①　康有为著：《大同书》，古籍出版社1956年版，第259～262页。

②　康有为著：《大同书》，古籍出版社1956年版，第95页。康有为在《大同书》辛部第四章、第五章又规定全地公政府和各度分政府下议院均不设议员，见该书第259、263页。

③　康有为著：《大同书》，古籍出版社1956年版，第95、96～97页。所谓"各国议员"，当指各度分政府议员。

④　康有为著：《大同书》，古籍出版社1956年版，第259、262页。

船、电线、飞船分局① 之员,由曹主分派,然亦必由众公举而曹主乃择之,总局主、亚由全地各局主公举,必由上智、至仁出身,无其人乃得用大智、大仁者为之。(3)关于公举各度分政府行政管理人员。规定凡各曹各司之职皆由地方自治局和本曹公举,终身不贰事,不移官,公举的具体规则是:"如一曹之主,则各地方自治之各局主、伯、府、史及本曹之伯、亚、府、史、旅皆同举焉,或听胥、徒并选举之,从其多数。其伯、亚、府、史则以下递举而听主用之。其旅、胥以下由徒公举,而听伯、亚、府、史之用。"② (4)规定各部各度被举之人必须让三让再,及再三为大众所推乃得受之,以弘让德而镇嚣争,其有不让者则为丑德,清议所不容。(5)关于其他公职人员的公举。规定全地公政府设公报院,由全地各度公举数人,"掌公共交互查报全地之事,报告全地,还报本部";各度分政府设公报馆,由全地公政府派来一人,会同在度内公举之人,"掌考查、布告度内各情于公政府及各处政府暨本境人民,俾彼此、上下、四旁交通联互"。③

3.地方自治制。

地方自治是关于人民自己管理和决定政务的制度。其主要设计有:(1)规定"大同之世,全地皆为自治",④ 可分为三个层次:农场之地和工厂之地的自治,地方自治局的自治,各度分政府的自治。农场之地以农场为中心,而附近商店、邮局、电局和飞船、铁路

---

① 康有为著:《大同书》,古籍出版社 1956 年版,第 260 页。此处分局即各度总局,电线原文作"电船",飞船原文作"汽球",皆误。见同上书,第 263～264 页。

② 康有为著:《大同书》,古籍出版社 1956 年版,第 263 页。

③ 康有为著:《大同书》,古籍出版社 1956 年版,第 259、263 页。

④ 康有为著:《大同书》,古籍出版社 1956 年版,第 256 页。

之站皆从之,为一聚落,即今之村落;工厂之地以工厂为中心,而附近商店、邮电局和铁路、飞船皆从之,为今之市镇;地方自治局以农局为中心,将附近诸多机构包括在内。(2)关于农场之地的自治。规定"农场主主之,而商店长,邮、电、飞船局长,铁路站长佐之……其有事则开议,人人皆有发言之权,从其多数而行之。其应上告而整顿者,则大众列名而农长代表焉,每月必聚议其场政而上之于农局"。(3)关于工厂之地的自治。规定"工厂主主之……各局长佐之。其有事开议,人人皆有发言权,自其长亲入议堂外,其余皆自各处电话发来而史以书记之,月必聚议其厂政,从其多数行之。其应上告而整顿者,与农场同,告则直上于各度小政府之工曹焉"。(4)关于地方自治局的自治。规定有主、伯、亚、旅、府、史、胥、徒以任其地政,其曹有道路、警察、卫生、讲道、评事、测候等司;其人皆由议院举之,其公举主、伯、府、史皆取其地有智人、仁人之徽章多者举之,无仁智之徽章不得被举;议院岁以数月开之,公议本局之立法诸事,"院局之长咸入一堂,听人人提议,而以电话询于各场厂局,院司之众,人人皆有发言之权而从其多数"。[1] (5)关于各度分政府的自治。指出"一度之地"是设立自治政府的最佳选择,若以一乡落数十里之地为一政府则太小,若以洲或国置一大自治政府则太大,皆有弊端,惟一度之地,"以之上通全地公政府,下合人民,大小得宜,多寡适当,故可立为自治之小政府也。每度约为英里之一百,其时铁道极多而极捷,数刻而度内可通,电话汽船如蛛网交织,其短缩视度界之地如今中国一大城耳,有事公议,电话一通,数刻咸集,此公议便一也"[2] (关于各度分政府机构的设置见后文)。

---

① 康有为著:《大同书》,古籍出版社 1956 年版,第 267～268 页。

② 康有为著:《大同书》,古籍出版社 1956 年版,第 256 页。

　　第三，男女自主的婚姻制度。

　　大同之世的婚姻制度以男女平等、自主、独立自由为基础，实行"合约"婚姻制。其主要设计是：(1)关于合约的订立。规定"男女婚姻，皆由本人自择，情志相合，乃立合约，名曰交好之约，不得有夫妇旧名"，合约如两国之和约，无轻重高下之殊，男女双方当如两友之交而已。(2)关于合约的期限。规定"男女合约当有期限，不得为终身之约"。其理由是凡人必性情不同，无论何人，但可暂合，断难久持，若必强之，势必反目；凡人之情，见异思迁，惟新是图，惟美是好，必随交往的扩大、时间的推移而舍旧谋新；男女平等独立之后，强合终身更加只会"苦难人性"。假如果有"永远欢合者"，可频频续约，相守终身。订约期限不许过长，亦不得过短，可续订更订，"一切自由，乃顺人性而合天理"，"不特无怨女旷夫之叹，更可无淫情奸案之事"。合约期限的具体规定是："久者不许过一年，短者必满一月，欢好者许其续约"。(3)规定"立媒氏之官"，"凡男女合婚者，随所在地至媒氏官领收印凭，订约写券，于限期之内誓相欢好"。①

　　第四，学校为本的教育制度。

　　大同之世的教育制度建立在自育婴院、慈幼院(又作怀幼院)至小学院、中学院和大学院教育的基础之上。② 其主要设计有：(1)关于学校教育的重要地位。规定大同之世"以开人智为主，最重学校。……人人皆自幼而学，人人皆学至二十岁"。(2)关于教育内容。规定学校所教"时时公议改良"，就其"公理"言之，则"德教、智教、体教之外，以实用教为最重，故大学科专行之。至于古

---

　　① 康有为著：《大同书》，古籍出版社1956年版，第164~167页。
　　② 关于育婴等院教育的设计见前文"公养制"和"公教制"。

史,则略备博学者之温故而已,为用甚少……若名理之奥,灵魂之虚,则听学者自为之,或开学会而讲求之,非公学之所急,即不待公学之教之也"。(3)关于教育管理机构。规定"公政府有学部以统之,各度小政府亦立学曹以司学务,皆有主、伯、亚、旅、府、史、胥、徒以司其事";"其学官皆自各学校教习出,转推至学部长";"若学部长欲议改良学制,则合各度学校而公议之,公议皆以电话从其多数而行之"。①

第五,竞美奖智奖仁的激励制度。

1.竞美制。

竞美的目的是为了保持"公众进化",使各种公益事物和事业不断得到改良。其主要设计是:(1)规定竞美由各度分政府主持,竞美的内容包括各项公益事物和公益事业(如养人十院、公屋、公园等等)如何进一步发展,臻于尽善尽美。(2)关于竞美费用的来源。规定全地公政府允许各度分政府于本境商场售货及本境铁道、汽船、飞船、邮政收费酌加,各度境内小汽船、电车皆归于本度分政府专利自办,以此作为"兴起、改良、增进各事业之费";凡收费、加费皆由各度本境人公议,从其多数而行之。如果收费、加费超出度界范围,则由全地人民公议而定。(3)关于对竞美的奖励。规定全地公政府民部对于各度中的"尤为日新进上者",赠徽章于其度,公奖其公民,于岁中列表,等其高下而荣异之,或合各度行赛会,赛其高下。②

2.奖智制。

奖智的目的是为了保持"独人进化",使人智在"人人皆作工而

---

① 康有为著:《大同书》,古籍出版社1956年,第278页。

② 康有为著:《大同书》,古籍出版社1956年版,第271-272页。

无高下,工钱虽少有差而相去不能极远"的大同之世仍能"日出新异"。其主要设计有:(1)关于奖励的科目。规定分为四科:一是新书科,二是新器科,三是新见科,四是新识科,"其制新器,著新书,发新见,若力不足,则公助之或公出资优养其人为之"。(2)关于奖励的方式等级。规定分为奖名和奖实两种方式,"名者荣衔也,实者金钱也;其理之精奥伟大者其名高,其事之切实益人者其实厚"。名誉之奖分智人、多智人、大智人、上智人、哲人、圣人六等,凡创新者皆谓之智人,每创新一次则得一次智人徽章,积十次则为多智人,其创新之卓绝者则为大智人,积十次卓绝之创新则为上智人,其尤卓绝者则为哲人,其卓绝而不可思议者则为圣人,"圣人则旷年累世而后一遇其人而得为之,大约圣、哲之号多于死后公推焉"。金钱之奖的赏金分等甚多,"可至千百等,以益于人用之多少为差;然虽至下等者,赏金亦必极多,俾其人富而更易创也。略以千金为至下位,自此等而上之千级,凡至百万焉。大智又有岁赏焉,亦自千金至百万之千级以为岁俸,终其身而后止"。[①] (3)关于评奖的机构。规定全地公政府设奖智院,每州设奖智分院,各度分政府设奖智局。

3.奖仁制。

奖仁的目的是为了鼓励人们博施济众、爱人利物的善行美俗。其主要设计有:(1)关于评奖的机构。规定全地公政府设奖仁院,各州设奖仁分院,各度分政府设奖仁局,"司施舍慈惠之事而奖其

---

① 康有为著:《大同书》,古籍出版社1956年版,第272~273页。康有为强调指出,能否获得奖励,其差别是巨大的:"苟得名号,则佩戴圆章,荣尊于世,领获巨金,行乐于时,富贵迫人,迥非畴昔,有若今者之考试求科第者焉,其得则如今登第,有若升天,其失则如今下第,有若堕渊。"(同上书,第274页)这种差别与大同之世的人人平等是何种关系,康有为没有予以说明。

位号"。(2)关于奖励的称号和等级。规定分为仁人、上仁人、大仁人、至仁人、至大仁人、大人天人六等,"凡有仁惠之事,皆公赠仁人之号,差其仁惠之大小以为之等。凡其等高下,论次数为序,以多为贵;积领十次则为上仁人,积领五十次者为大仁人,积领百次者为至仁人,其或公德殊绝者则为大仁人,积领大仁十次则为至大仁人,其尤殊绝者则为大人天人,此两号待之公议,不常赠"。(3)关于奖励的人员及赏金。规定奖励人员为凡人本院、育婴院、慈幼院、养老院、医疾院之看护人,领有完业无过执照者;产母;医院医生积岁无过者;十院执事人及诸学教习完课无过者;为官积岁有功者;施舍者①等等。其赏金可自百千至百万,"皆视其功以为差"。②

　　此外,还规定:(1)可以仁智并奖,设善人、贤人、上贤人、大贤人、哲人、大人、圣人、天人、神人九等。(2)尚德不尚爵,"凡议事之位则以职为序,其宴会公集之位次悉以仁智之等为序"。(3)奖励的限制,"虽有神圣,尊之亦有限制,以免教主合一,人民复受其范围,则睿思不出而复愚矣"。(4)对古人的尊崇,"即前古之教主圣哲,亦以大同之公理品其得失高下,而合祠以崇敬之,亦有限制焉","凡有功于人类、波及于人世大群者乃得列。若其仅有功于一国者,则虽若管仲、诸葛亮之才掞而不得与也","凡有功于民者皆可尊之"。③

---

　　①　"当大同之世,人人皆不饥寒,人人皆少疾病,人人皆入学校,虽欲施甚难。其所施舍者,多赠学校之图书,多赠人本院、育婴院、慈幼院、恤贫院、养老院、医疾院之费用,多建园林,多置乐院,多修桥梁,多通道路而已,而以辟山凿荒为功德之尤大者。"(康有为著:《大同书》,古籍出版社1956年版,第276页)

　　②　康有为著:《大同书》,古籍出版社1956年版,第276页。

　　③　康有为著:《大同书》,古籍出版社1956年版,第277页。

第六，教戒为主的惩罚制度。

康有为指出，乱世之所以有犯罪、诉讼、刑罚之事，是因为有君长、父子兄弟宗族、夫妇、爵位、私产等争乱之源，大同之世消除了所有这些根源，因而也就不再有一切犯罪、诉讼和刑罚。[①]大同之世可能有的只是"过失"，或为"失职误事"，或为"失仪过语"，对此可"皆归其本司依例教戒，或少加罚镪极矣"；对人们之间发生的"争论"，则"公请评事人定其曲直，不须设理官也"。因此，大同之世"百司皆有而无兵刑两官"，不立刑而但有"各职业之规则"。[②]大同之世还有"宪法"和"法律"，[③] 其具体内容康有为没有阐明。

除各业规则之外，大同之世还立有四条禁律：

1. 禁懒惰。目的是防止因人太逸乐不作工而使"百事隳坏，机器生锈，文明尽失……举大同之世复还于乱世"。规定"有惰工者，计日罚镪，若过经月则削名誉，再久则不得充上职，其人入恤贫院，则作苦工。苟非富逾巨万、银行有凭者，久不作工，皆当议罚"；如有出家之人，亦当先报公家教养 20 年，"故四十岁以前，不许出家

---

① "大同无邦国故无有军法之重律，无君主则无有犯上作乱之悖事，无夫妇则无有色欲之争，奸淫之防，禁制、责望、怨怼、离异、刑杀之祸，无宗亲兄弟则无有望养、责善、争分之狱，无爵位则无有恃威、怙力、强霸、利夺、钻营、佞谄之事，无私产则无有田宅、工商、产业之讼，无尸葬则无有墓地之讼，无税役、关津则无有逃匿、欺吞之罪，无名分则无欺凌、压制、干犯、反攻之事。除此以外，然则尚有何讼，尚有何刑哉！"（康有为著：《大同书》，古籍出版社 1956 年版，第 283 页）

② 康有为著：《大同书》，古籍出版社 1956 年版，第 283 页。此处设想大同之世无刑措与下文立"四禁"的内容有不完全相符之处，"四禁"之中是有刑罚规定的。

③ 康有为著：《大同书》，古籍出版社 1956 年版，第 92～94 页。

修炼,过兹以后,乃听自由"。①

2.禁独尊。目的是防止因有人独尊而导致"渐不平等,渐成专制,渐生争杀,而复归于乱世"。规定"无论有何神圣,据何职业,若为党魁,拥众大多共尊过甚者,皆宜防抑",其中包括:有欲为帝王君长者,皆为大逆不道第一恶罪,"公议弃之圜土";有神灵绝出之人以教主收众,亦当禁绝;有灵异绝出之人托医挟术以讲道收众,其祸害不可胜言,不可不立严律以预防之;"故凡有独尊之芽,宜众共锄之,不许长成"。②

3.禁竞争。规定大同之世除了可以"竞仁竞智"之外,其他一切竞争都在严禁之列,"凡有争气、争声、争词、争事、争心者,则清议以为大耻,报馆引为大戒,名誉减削,公举难预焉。若其弄兵乎,则太平世人决无之;若有创兵器之议者,则反太平之义,亦以大逆不道论,公议弃之不齿焉"。③

4.禁堕胎。目的是防止因男女平权,自由大行,妇女不愿生子,争相堕胎,从而导致人种灭绝的危险。规定"禁堕胎乃第一要义矣,当以为无上第一大禁,视之与杀生长之人尤加重焉,严著以为律,俾人知畏","堕胎之禁应以为刑律第一重律";有犯此者,"重则监禁终身,充当苦工,谥为不仁,剥削名誉,虽贵太上,罚之无赦;轻则以有胎之月数为监禁之年数,即出监禁,别异冠服,戴堕胎之

---

① 康有为著:《大同书》,古籍出版社 1956 年版,第 284 页。

② 康有为著:《大同书》,古籍出版社 1956 年版,第 284 ~ 285 页。

③ 康有为著:《大同书》,古籍出版社 1956 年版,第 286 页。康有为对达尔文的学说进行了批判:"其妄谬而有一知半解如达尔文者,则创天演之说,以为天之使然,道人以竞争为大义,于是竞争为古今世界公共之至恶物者,遂揭日月而行,贤者皆奉之而不耻,于是全地莽莽,皆为铁血,此其大罪过于洪水甚矣!"(同上书,第 285 页)

章,人皆不齿,所有为师、为长尊荣之职皆不许允,所有合众、宴会、公议之事皆不得预";其医生密为堕胎之方,药肆密卖堕胎之药,"皆为祸首,罪比杀人",同样予以严惩,悬为厉禁。①

(三)世界的设计

大同之世的世界注重全球的统一。其主要设计有:

1.分全球为百度。规定举全地经纬各分为百度,赤道之北50度,赤道之南50度,东西百度,共一万度,② 其中全球陆地共计5238度。

2.实现全地通同。设想"大同之世,铁道横织于地面,汽球飞舞于天空,故山水齐等,险易同科,无乡邑之殊,无僻闹之异",除"生人养人之地"宜避开寒热两带之地,"皆择温带之地为之"外,农工商之所在则不择地,无所不届。③ 规定全世界纪元皆以大同纪年,不得以教主及君主私自纪年,以归统一,其前时皆以大同前某年逆数之;④ 全地度量衡皆同,不得有异制异名;全地数目皆以10进位,以取简便易通;全地语言文字皆同一,不得有异言异文;凡定历,皆以地为法。⑤

---

① 康有为著:《大同书》,古籍出版社1956年版,第206页。

② 康有为著:《大同书》,古籍出版社1956年版,第254页。"一万度"之度当指经纬交织所划分出的一万个区域,即《大同书》中所说的"方度"(同上书,第81页)。

③ 康有为著:《大同书》,古籍出版社1956年版,第255页。

④ 主张大同元年从1901年开始(康有为著:《大同书》,古籍出版社1956年版,第90页)。

⑤ 改某年某月某日为"大同第几周某游第几转,或不书游曰某转,或书某周某复某转,三者皆可也"(同上书,第87页)。所谓"周",指地球绕日一周;"游",指春分至冬至分为春、夏、秋、冬四游;"转",指地球自转一次;"复",指一个星期。

3.全地设大同公政府。其政体分为 24 个部院进行管理。其中部 20 个,即民部、农部、牧部、渔部、矿部、工部、商部、金部、辟部、水部、铁路部、邮部、电线部、船部、飞空部、卫生部、文学部、奖智部、讲道部、极乐部;院四个,即会议院、上议院、下议院、公报院。①

4.各度分别设一自治政府。其政体分为 18 个曹、院、馆。其中曹 14 个,即民曹、农曹、矿曹、工曹、商曹、金曹、辟曹、水曹、通曹、医曹、文曹、道曹、智曹、乐曹;院三个,即会议院、上议院、下议院;馆一个,即公报馆。

以上个人的设计、社会的设计和世界的设计,基本上构成了康有为的大同理想制度。

三　实现大同的渐进之路

大同构想从开始酝酿到最后成熟,都是一种理想的追求和设计。对于怎样实现这一理想,康有为的基本主张是要循序渐进,并对渐进各个阶段的情形进行了描述。这种描述在康有为大同构想发展过程中前后既有联系,又有较大差异。

(一)从"比例"到"公法"的进化

在大同构想的第一阶段,② 康有为将理想社会的各项制度(或社会规范)称之为"公法",而将未达此理想阶段的制度或规范称之为"比例",比例与比例之间亦有阶段性(或"等次")的差别,越

---

① 康有为著:《大同书》,古籍出版社 1956 年版,第 258～259 页。"奖智部"后文又作"奖智院"(同上书,第 273 页)。

② 康有为大同构想的发展可分为三个阶段,参见本节第一点。

是排在后面的比例,离理想状态就越远。从多个比例到公法,构成了一个从落后发展到先进的进化序列,康有为后来提出的所谓"三世进化"论,就是从这个序列演变出来的。现将此进化序列列表如下。①

从比例到公法进化表

门　类	公　　法	比　　例
总论 人类门	人有自主之权。 以平等之意,用人立之法。 以互相逆制立法,凡地球古今之人,无一人不在互相逆制之内。 以兴爱去恶立法。 重赏信罚诈之法。 制度咸定于一,如公议以某法为公法,改公共行用,则不许有私自行用诸比例之法者。	人不尽有自主之权。 以差等之意,用人立之法。 以一顺一逆立法,凡使地球古今之人,有彼能逆制人,而人不能逆制彼者。 所立之法,不尽能兴爱去恶。 赏信罚诈之法有未善处。 制度不定于一。

①　据《实理公法全书》,康有为著:《康子内外篇(外六种)》,中华书局1988 年版,第 35～59 页。书中康有为皆先列公法,再列比例,本表仍照此顺序。又,各门类所列比例的数目并不相同,有些则未列出比例。

门　类	公　法	比　例
夫妇门	凡男女如系两相爱悦者，则听其自便，惟不许有立约之事。倘有分毫不相爱悦，即无庸相聚。其有爱恶相攻，则科犯罪者以法焉。	**比例（一）** 凡男女相悦者则立约以三月为期，期满之后，任其更与他人立约。若原人欲再立约，则须暂停三月，乃许再立。亦许其屡次立约，至于终身。其有数人同时欲合立一约者，询明果系各相爱悦，则许之，或仍不许。 **比例（二）** 凡男女立约久暂，听其自便。约满则可更与他人立约，亦可再与原人换约，其有数人同时欲合立一约者，询明果系各相爱悦，则许之，或仍不许。 **比例（三）** 凡男女立约，必立终身之约，又有故乃许离异。又一人不得与二人立约，男女各有自主之权。 **比例（四）** 凡男女之约，不由自主，由父母定之，立约者终身为期，非有大故不离异。男为女纲，妇受制于其夫，又一夫可娶数妇，一妇不能配数夫。 **比例（五）** 禁人有夫妇之道。

门　类	公　法	比　例
父母子女门	凡生子女者,官为设婴堂以养育之,照其父母所费之原质,及其母怀妊辛苦之功,随时议成定章,先代其子女报给该父母。(若不知其父,则母尽得之。)及其子在堂抚养成立,则收其税以补经费。(非必人税也,货税更能损富益贫。)该子女或见其父母,公法于父母不得责子女以孝,子女不得责父母以慈,人有自主之权焉。	比例(一) 　　子女少时为父母所养,及长成则令其人有自主之权。 　　比例(二) 　　子女自少为父母所养,及长亦无自主之权,身为父母所有。 　　比例(三) 　　凡子女其始由父母养育者,及既从师,则为其师之徒,身为其师所有,与父母不复相识。
师弟门	圣不秉权,权归于众。古今言论,以理为衡,不以圣贤为主,但视其言论何如,不得计其为何人之言论。(原注:此公法是论所以待古今圣贤者) 　　凡师之于弟子,人有自主之权。(原注:此公法是言师弟之伦)	比例(一) 　　圣权有限。凡奉此圣之教者,所有言论,既以合于此圣为主,亦略以理为衡。 　　比例(二) 　　圣权无限。凡奉此圣之教者,所有言论,惟以此圣为主,不以理为衡。 　　弟子之从师者,身为其师所有,不能自立。

门 类	公 法	比 例
君臣门	立一议院以行政,并民主亦不立。	比例(一) 民主。 比例(二) 君民共主,威权有限。 比例(三) 君主威权无限。
长幼门	长幼平等,不以人立之法施之。	比例(一) 长尊于幼。 比例(二) 幼尊于长。
朋友门	朋友平等。	以人立之法,屈抑朋友,名之曰仆婢。或以货财售彼之身,以为我有。
礼仪门 1.上帝称名	气化 原质 大主宰	上帝 造化主……(下略)
2.纪元纪年用历	以地球开辟之日纪元,(合地球诸博学之士者,考明古籍所载最可信征之时用之。)而递纪其以后之年,历学则随时取历学家最精之法用之。	比例(一) 以圣纪元而递纪其以后之年,倒纪其以前之年。 比例(二) 以君纪元。 比例(三) 以事纪年。

门　类	公　法	比　例
3.威仪	凡行礼则有拱手、揖、握手、接吻、去帽、举手、点首、搂抱等事。大凡仪节不论繁简，总以发交医士考察其所立之法，行之而于身体有益否，其最有益之法则，推之为公法。	凡行礼则有跪足、叩首、哭泣等事，其仪节或繁或简，均未经医士考明其损益之处。
4.安息日时	凡立安息之日与时，视民众之贫富以为定，民富则增多安息之日，民贫则减少安息之日，其每日安息之时，亦民富则增，民贫则减。	比例（一） 凡七日则以一日为安息。 比例（二） 不立安息日时。
刑罚门命　案	无故杀人者偿其命，有所因者重则加罪，轻则减罪。	
教事门总论教事	教与治，其权各不相涉。	比例（一） 行教者可侵政权。 比例（二） 教事以行政者主之，教士应得之权，行政之人得以无理相制。
治事门1.官制	地球各国官制之最精者，其人皆从公举而后用者。	官制之疏陋者，用人则以为君者一己之私见，选拔其人而用之。

门　类	公　　法	比　　例
2.身体宫室器用饮食之节	凡身体宫室器用饮食之节，必集地球上之医学家考明之，取其制度之至精者。其节或分五等，或分三等。但所谓节者，其限制之界甚广，毋取太严。	
3.葬	火葬、水葬、土葬，任格致家考求一至精之法。	
4.祭	凡欲祭则以心祭，不用祭物，亦不用仪文，不限时，亦不限地。……（下略）	凡祭则用祭物及仪文，亦限时限地。
论人公法	凡论人者有二：一曰功，一曰过。功分为二途：一曰辟新智之功，一曰行善之功。过亦分为二途：一曰恶言之过，二曰行恶之过。每于一人之身，当事事分论其功过。……（下略）	
论死节	（略）	
论为道受苦	（略）	

　　怎样从"比例"进化到"公法"呢？康有为明确指出应遵循从排在最后的比例逐一变为排前的比例直至变为公法这样的"次序"："公法最有益于人道，固不待言，然行事亦当有次序也。假如某国

执政之人,深知公法之美,甚欲变法,然其国现时所用之法,仅在比例之末,则转变之始,当变为彼例之首者,俟再变乃至直用公法,庶无骤变而多伤之患也。"对公法的讲求可以无所禁忌,但公法的实行必须不违现有的"律例",不可"骤举","凡讲求万身公法之人,身在某国,则行事即不得违犯某国之律例","地球上各国之民,倘有多人将公法讲求既熟,欲联为一会,举公法一二端以行之者,倘其事绝不违该国之律,则公法许之。……惟公法之意,须令人讲求极熟,使其心深此理,自然乐行,直至反强其不行而不可,乃共行之,斯合公法二字之宏旨也,且如是方不愧为公法也。故有骤举公法以强人,至其事决裂而多伤者,则公论当转议其过"。[1] 这与《康子内外篇》中所说的"行其有定,观其无定"是完全一致的。(参见本章第一节第三点)

(二)"大同三世"说的形成

在大同构想的第二阶段,康有为力图将自己的新思想与儒家今文经学结合起来,并且尽可能用今文经学的概念来表达和发挥自己新的思想观点,因此,从比例到公法的进化思想就逐渐变成了"大同三世"说。

所谓"大同三世",在今文经学中本来不是合在一起的概念。"大同"一词出自儒家经典《礼记》"礼运"篇,是对三代之前"天下为公"的理想社会状态的概称,与之紧密联系而又相反的概念为"小康",是对三代及其以后"天下为家"的社会状态的概称。[2] "三世"

---

[1] 《实理公法全书》,康有为著:《康子内外篇(外六种)》,中华书局 1988 年版,第 64~65 页。

[2] "大同"、"小康"的具体内涵参见本书第二章第三节对《礼运注》的评述。

则是今文经学中逐渐发展起来的一种带有社会进化意义的历史观。最初,《春秋公羊传》解释《春秋》某些经文时,认为孔子采取了一种"所见异辞,所闻异辞,所传闻异辞"(即根据事情发生远近不同的三个时段分别给予不同的记载。"所见"最近,"所闻"较远,"所传闻"最远)的撰写方法。到了董仲舒著《春秋繁露》,便进一步提出《春秋》是将书中所记鲁国十二世的历史(从鲁隐公到鲁哀公)分为"所见"、"所闻"、"所传闻"三等,分别采取不同的写法,"于所见微其辞,于所闻痛其祸,于所传闻杀其恩,与情俱也"。真正确定"三世"的社会历史意义的是东汉的今文经学家何休。他在《春秋公羊解诂》一书中对前辈的说法有了很大的发展:"于所传闻之世,见治起于衰乱之中,用心尚粗粗,故内其国而外诸夏,先详内而后治外,录大略小,内小恶书,外小恶不书;大国有大夫,小国略称人,内离会书,外离会不书是也。于所闻之世,见治升平,内诸夏而外夷狄,书外离会,小国有大夫。……至所见之世,著治太平,夷狄进至于爵,天下远近大小若一,用心尤深而详,故崇仁义,讥二名。"何休以社会的治理程度为标准,认为所传闻之世尚属"衰乱",所闻之世进至"升平",所见之世以"太平"为理想,三世既迥然有别,又随着时间的推移不断向前发展,治理的程度亦即文明教化的程度不断提高。这样,经过何休的阐释,单纯标示时间远近的所传闻世、所闻世、所见世就被既标示历史发展阶段,又标示文明发展程度的衰乱世(后亦称"据乱世"、"乱世")、升平世、太平世所取代,形成了今文经学的"三世说"。①

　　康有为用今文经学的观念表达其社会历史发展的渐进思想,

———————————

　　①　参见汤志钧著:《康有为与戊戌变法》,中华书局1984年版,第37～38页。

起初是分别对三世说和大同小康说进行阐述。在《万木草堂口说》中，他对《春秋》三世之义作了意思大致相近的两种解释：一是按人类文明发生的进程区分三世，"以天下分三等：一等为混沌洪濛之天下，一等为兵戈而初开礼乐之天下，一等为孔子至今文明大开之天下，即《春秋》三世之义也"；二是紧密结合中国历史和儒学观念说明三世的涵义，"《春秋》分三世：有乱世，有升平世，有太平世。乱世无可得言，治升平世分三统：夏、商、周，治太平世亦分三统：亲亲、仁民、爱物"。① 对大同、小康的论述较多，或者从内涵上指明大同的核心是"公"和"仁"，而小康的核心则是"家"和"礼"，"夫子（指孔子——引者注）言礼，专言小康，不论大同"，"天下为家，言礼多而言仁少；天下为公，言仁多而言礼少"，"孟子多言仁少言礼，大同也；荀子多言礼少言仁，小康也"；或者分别以尧舜和文王作为大同、小康的代表，"孔子法尧、舜、文王，于《尚书》、《春秋》托之，故有两种治法。行文王之法，小康也；法尧、舜之道，大同也"，"孔子两种学问，尧、舜谓之大同，文、武谓之小康"；并进一步阐释大同，"美国人所著《百年一觉》书是大同影子，《春秋》大小远近若一是大同极功"，"《公羊》何注及董生言，人人有士君子之行。此句最宜着眼，大同之世全在此句。反复玩味，其义无穷"。② 这些阐述以社会分阶段进化发展为基本精神，扩充丰富了三世和大同、小康概念的内涵，但在表述时，使用的大致上还是今文经学固有的术语和理念。在《孔子改制考》中，康有为除了继续使用今文经学的语言外，

---

① 《万木草堂口说》，《康有为学术著作选》，中华书局 1988 年版，第 99、100 页。

② 《万木草堂口说》，《康有为学术著作选》，中华书局 1988 年版，第 132、158、170、133 页。

还在区分文王之道与尧舜之道时突出地标明了新的政治理念,这就是将文王作为拨乱升平世君主制的代表,而将尧舜作为太平世民主制的代表,"孔子拨乱升平,托文王以行君主之仁政,尤注意太平,托尧、舜以行民主之太平"。① 这样,不论是三世,还是大同、小康,就被赋予了新的思想意义和时代意义。

在撰著《春秋董氏学》一书时,康有为开始将三世说与大同、小康说糅合起来,将"升平"等同于"小康",将"太平"等同于"大同"。② 在《礼运注》中,康有为进一步对"太平世大同之道"与"升平世小康之道"③ 作了许多重要的阐述,其要点有三:一是用很多新的思想观念解释古老的大同之道,如"一切平等","人理至公","夫天下国家者,为天下国家之人公共同有之器","平等自立","女子虽弱,而巍然自立,不得陵抑","凡隶天之下者皆公之,故不独不得立国界……并不得有家界……有身界","公者,人人如一之谓,无贵贱之分,无贫富之等,无人种之殊,无男女之异"等等。二是将中国二千年来的社会定性为"小康之世"(亦即升平世),将中国二千年来的儒学(连同"三代之道")定性为"小康之道"(亦即拨乱之道)。三是认为孔子生当乱世,为了使社会循序发展,故"多为小康之论,而寡发大同之道",先欲完成拨乱升平的历史任务,而当今中

① 康有为著:《孔子改制考》,中华书局1958年版,第284页。该著中列有《孔子改制法尧舜文王考第十二》专章,有关文王为君主、尧舜为民主的论述很多,参见本书第二章第二节。《万木草堂口说》中亦曾谈及君主、民主:"中国君主始于夏启,以前皆民主。"(《康有为学术著作选》,中华书局1988年版,第209页)但其着眼点似乎与《孔子改制考》所言不同。

② 参见汤志钧著:《康有为与戊戌变法》,中华书局1984年版,第102页。又见本书第二章第三节第一点。

③ 《礼运注》,《康有为学术著作选》,中华书局1987年版,第239页。

国已小康升平,要进化就必须弃旧更新,发明大同之道,朝太平之治的方向迈进。① 至此,康有为的"大同三世"说已基本完成属于康氏本人的社会发展论内容与今文经学"三世"和"大同小康"表述形式的结合。

戊戌政变之前,与力主必变、全变、速变的变法实践相一致,康有为的"大同三世"说着重强调的是一个变字,即从中国已经实现的"升平世小康之道"进一步向"太平世大同之道"变更发展。这点除了在《礼运注》中有明确的阐述外,还在其他著述中有突出的体现。《日本书目志·自序》一开篇就以"变易"作为三世之义的主旨:"圣人譬之医也,医之为方,因病而发药。若病变,则方亦变矣。圣人之为治法也,随时而立义,时移而法亦移矣。孔子作'六经',而归于《易》、《春秋》。易者,随时变易。穷则变,变则通。孔子虑人之守旧方而医变症也,其害将至于死亡也。《春秋》发三世之义,有拨乱之世,有升平之世,有太平之世,道各不同。一世之中,又有天地文质三统焉,条理循详,以待世变之穷而采用之。呜呼! 孔子之虑深以周哉!"② 撰于1898年1月的《孔子改制考·叙》言变更为痛切,通篇都在大声疾呼要遵照孔子的"改制之义"、"三世之说",在中国实现"太平之治、大同之乐"。为了表明求变的必要,康有为甚至对所谓"小康之世"大加抨击,认为由于伪古文经学对孔子之道的压制、摧残,两汉之后"非惟不识太平,并求汉人拨乱之义亦乖剌而不可得,而中国之民遂二千年被暴主、夷狄之酷政"。③

(三)"大同三世"说的变化

---

① 以上参见本书第二章第三节第二点。
② 《康有为全集》第3集,上海古籍出版社1992年版,第583页。
③ 康有为著:《孔子改制考》,中华书局1958年版,第2页。

在大同构想的第三阶段(即戊戌政变之后的阶段),随着时局的变化和康有为政治实践及政治思想的新发展,"大同三世"说发生了一些重要的改变。

戊戌政变后,首先,康有为为首的维新派因遭受镇压而与慈禧太后把持的清廷处于十分尖锐的对立之中,相对温和的"君权变法"实践演变为较为激进的保皇勤王自立斗争,君主立宪明确成为维新派的政治纲领;其次,此时资产阶级革命运动正在兴起,革命派以推翻满清、建立民主共和为目标,这是主张保皇、君宪的康有为所坚决反对的;再次,走出国门之后,康有为通过游历、考察欧美等地,对世界各国的国情(特别是政治制度)有了更多的了解,极大地开拓了视野,丰富了知识,有利于大同构想的进一步完善;最后,从大同构想本身来说,第三阶段亦是其成熟阶段,此时康有为撰写了完全属于其个人创作的著作《大同书》,又撰写了《中庸注》、《春秋笔削大义微言考》、《孟子微》、《论语注》、《大学注》等更详备地推阐发明"孔子之道"(太平大同之治是孔子之道的最高理想境界)的著作,"大同三世"说因而也变得更加完备。在这些因素的共同作用下,"大同三世"说发生了以下四点变化:①

其一,重新确定三世的内涵,将"升平"与"小康"分开另作解释,这是最主要的变化。

戊戌政变前,康有为糅合《春秋》的"三世"与《礼运》的"大同"、"小康",确定三世的内涵分别是:乱世(或称据乱世、拨乱世)——文教未明;升平世——即小康之世,渐有文教,实行君主制;太平世——即大同之世,文教全备,实行民主制。这些涵义与孔子的两种

---

①　表明这种变化的史料很多,因戊戌后的维新思潮不是本书评述的重点,为省篇幅,仅列举部分史料予以说明。

治世之道又是交叉在一起的：一种是治乱世使之升平的小康之道，一种是治太平之世的大同之道（所谓"两种治法"、"两种学问"，见前文所引）。康有为认为，孔子生于文教未明的乱世，而孔子之后的两千年，中国已经是渐有文教、实行君主制的升平小康之世，按三世进化之义，接下来就应朝文教全备、实行民主制的太平大同之世发展。在这些阐释中存在两个互相紧密联系的问题：一是有专治乱世的小康之道和专治太平世的大同之道，却没有专治升平世的"孔子之道"，或者说，小康之道是用来治乱世的，怎么又能用来治升平世呢？二是正如乱世不可能马上变为升平小康世一样，升平小康世也不可能马上变为太平大同世，那么，在实现太平大同之前，用什么治道（显然不应是民主制）来代替君主制的小康之道呢？可见，康有为此时所确定的三世内涵还是不够完善的。

　　戊戌政变后，康有为对原来不完善的三世内涵作了许多修补漏洞的工作，主要的办法就是将"升平"从"小康"中完全分离出来。为此，他提出孔子的治世之道不是只有大同和小康两种，而是有三种分别与三世相对应，"时当乱世，则出其拨乱之法；时当升平，则出其升平之法；时当太平，则出其太平之法"，① "时当乱世，则为乱世学；时当升平太平，则为升平太平之学"，② 并对孔子三种学问（据乱之学、升平之学和太平之学）传承的情况进行梳理，认为"子贡传太平之学……有子传升平之学……曾子传据乱世之学"。③ 按此三分法，小康被明确地归属于乱世（或称据乱世、拨乱世），如说"后世不述孔子本仁之旨，以据乱之法、小康之治为至，泥

---

①　《中庸注》，《康有为学术著作选》，中华书局1987年版，第229页。

②　康有为著：《论语注》，中华书局1984年版，第1页。

③　《孟子微》，《康有为学术著作选》，中华书局1987年版，第168页。

而守之,自隘其道","孔子发明据乱小康之制多,而太平大同之制少,盖委曲随时,出于拨乱也。……据乱之制,孔子之不得已也",① "荀卿传《礼》……故仅有小康据乱世之制",甚至更明白地说"《礼运》记孔子发大同小康之义,大同即平世也,小康即乱世也"。② 小康既然属于乱世,它与升平就不再是等同的概念。

为了进一步划清两者的界限,康有为引用《孟子·离娄下》中关于"平世"、"乱世"的说法,认为三世亦可分为二世,乱世是一世,而升平和太平可合称为"平世",③ 并鲜明地列出乱世与平世之间的根本差异:"《春秋》要旨分三科:据乱世,升平世,太平世,以为进化,《公羊》最明。孟子传《春秋公羊》学,故有平世乱世之义,又能知平世乱世之道各异。……盖乱世各亲其亲,各私其国,只同闭关自守。平世四海兄弟,万物同体,故宜饥溺为怀。大概乱世主于别,平世主于同;乱世近于私,平世近于公;乱世近于塞,平世近于通,此其大别也。孔子岂不欲即至平世哉?而时有未可,治难躐级也。……故独立自由之风,平等自主之义,立宪民主之法,孔子怀之待之平世,而未能遽为乱世发也。以乱世民智未开,必当代君主治之,家长育之,否则团体不固,民生难成。未至平世之时,而遽欲去君主,是争乱相寻,至国种夷灭而已。……故君主之权,纲统之役,男女之别,名分之限,皆为乱世法而言之。至于平世,则人人平等有权,人人饥溺救世,岂复有闭门思不出位之防哉?若孔子生当

---

① 《中庸注》,《康有为学术著作选》,中华书局1987年版,第208、225页。

② 《孟子微》,《康有为学术著作选》,中华书局1987年版,第1、22页。

③ 在《孟子微》、《论语注》等著作中,有许多"乱世"与"平世"的对称之语。"平世"有时单指太平之世,有时单指升平之世,但更多的时候包括升平、太平二者。

平世,文明大进,民智日开,则不必立纲纪限名分,必令人人平等独立,人人有权自主,人人饥溺救人,去其塞,除其私,放其别,而用通同公三者,所谓易地则皆然,故曰'礼时为大'。"①

　　除综论"平世"与"乱世"的差别外,康有为还单就"升平"的内涵作了很多论述,这里不拟一一列举,其中,"升平"与"小康"最核心、最关键的一个差别就在于,小康是实行君主制,而升平是实行君主立宪(亦称君民共主等)制,如说"当升平世,而仍守据乱,亦生大害也。譬之今当升平之时,应发自主自立之义,公议立宪之事,若不改法则大乱生",②"此孟子特明升平授民权、开议院之制,盖今之立宪体,君民共主法也,今英、德、奥、意、日、葡、比、荷、日本皆行之……升平之善制也","此明君民共主之义。……今大地中,三法并存,大约据乱世尚君主,升平世尚君民共主,太平世尚民主矣",③"升平世则行立宪之政,太平世则行共和之政","政在大夫,盖君主立宪。有道,谓升平也。君主不负责任,故大夫任其政",④"其为《春秋》,分据乱、升平、太平三世。据乱则内其国,君主专制世也;升平则立宪法,定君民之权之世也;太平则民主,平等大同之世也"⑤ 等。

　　这样,三世的内涵就被重新确定为:乱世——实行小康之道,君主制;升平世——实行君主立宪制;太平世——实行大同之道,民主制。新旧相比,新三世的乱世将原来的乱世和升平世合并到

---

　①　《孟子微》,《康有为学术著作选》,中华书局 1987 年版,第 21～22 页。

　②　《中庸注》,《康有为学术著作选》,中华书局 1987 年版,第 223 页。

　③　《孟子微》,《康有为学术著作选》,中华书局 1989 年版,第 20、104 页。

　④　康有为著:《论语注》,中华书局 1984 年版,第 17、250 页。

　⑤　《答南北美洲诸华商论中国只可行立宪不可行革命书》,汤志钧编:《康有为政论集》上册,中华书局 1981 年版,第 476 页。

了一起,新三世的太平世与原先基本一样,而新三世的升平世则完全是重新规定的。通过这种改变,康有为就填补了大同三世说原来存在的一个重要漏洞,更重要的是,他把升平规定为君主立宪,这就实现了大同三世说与戊戌政变后维新派新的政治纲领相结合,从而使前者为后者服务的目的。

三世的内涵改变后,孔子之后两千年的中国社会自然就不再属于升平世,而是属于乱世,对此康有为说得很清楚:“汉世家行孔学,君臣士庶,劬躬从化,《春秋》之义,深入人心。拨乱之道既昌,若推行至于隋唐,应进化至升平之世,至今千载,中国可先大地而太平矣。不幸当秦汉时,外则老子、韩非所传刑名法术君尊臣卑之说,既大行于历朝,民贼得隐操其术以愚制吾民,内则新莽之时,刘歆创造伪经……于是三世之说,不诵于人间,太平之种,永绝于中国,公理不明,仁术不昌,文明不进,昧昧二千年,瞀焉惟笃守据乱世之法以治天下。”[1]“若无伪古学之变,公羊不微,则魏晋十六国之时,即可进至升平,则今或至太平久矣。……观于大地列国之变而日新,进而愈上,而中国忽诸,不能不叹息痛恨于贼歆之作伪,而祸我二千年之中国也。”“我国从前尚守孔子据乱之法为据乱之世,然守旧太久,积久生弊,积压既甚,民困极矣。今当进至升平。”[2]“举中国之百亿万群书,莫如《孟子》矣。……吾中国之独存此微言也,早行之乎,岂惟四万万神明之胄赖之,其兹大地生民赖之!吾其扬翔于太平大同之世久矣!……嗟哉!吾中国幸有孟子言,吾

---

[1] 《春秋笔削大义微言考序》,汤志钧编:《康有为政论集》上册,中华书局1981年版,第468～469页。参见《孟子微》,《康有为学术著作选》,中华书局1987年版,第10页。

[2] 康有为著:《春秋笔削大义微言考》卷一,万木草堂丛书刻本。转引自《中华文史论丛》第一辑,中华书局1962年版,第258、257页。

何为犹遇兹浊乱世哉？吾民何为不能自立而遭兹压乱哉？孟子之义，其犹晦冥霾瘽哉！……仅知其介介之义，而不知其肫肫之仁；仅知证其直指之心，而不知推其公同之理。不窥其门，不测其涯，士尽割地，国皆失日，冥沉黑暗，邈邈数千年。"① "刘歆欲篡孔子圣统，必先攻改制之说。故先改《国语》为左氏《传》，以夺口说之《公》、《穀》。《公》、《穀》破而微言绝、大义乖。故自晋世《公》、《穀》废于学官，二家有书无师，于是孔子改制之义遂湮，三世之义几绝。孔子神圣不著，而中国二千年不蒙升平太平之运，皆刘歆为之。"②

新三世说将两千年来的中国社会称为"乱世"与旧三世说将其称为"升平世"只有名称的不同，并无实质的差别，因为无论是称"升平世"还是"乱世"，其内涵并没有发生变化，两者指的是同一个实行小康之道和君主制，其存在已经完全违背社会发展的趋势，必须加以改变的中国社会，只不过原来将"升平"与"小康"混为一谈，故称之为"升平小康之世"，将"升平"与"小康"分开并重新加以解释之后，属于"小康"的两千年中国社会便只能称之为"乱世"了（参见前述）。如果要说有差别的话，也只在于称"升平世"时，其批评小康、力主变革的语气略显平和一些，而到了称"乱世"（甚至称"浊乱世"）时，其批评和言变的语气就变得相当激愤了。③

其二，一方面针对中国处于"乱世"的现实，强调必须向前发展，朝"升平世"进化，另一方面又针对民主革命思想的冲击，强调

---

①　《孟子微》，《康有为学术著作选》，中华书局 1987 年版，第 5 页。

②　康有为著：《论语注》，中华书局 1984 年版，第 87～88 页。

③　戊戌政变之前和之后康有为对以君主制为核心的小康之道同样都持批判态度。事实上，在政变前所写的《孔子改制考·叙》中，康有为的语气就已经非常激愤，虽然还未对"升平"重加解释，但已将两千年的中国社会视为乱世。（见《孔子改制考》，中华书局 1984 年版，第 1～2 页）

进化必须循序渐进,不可超越"升平"直达"太平"。

既要向前发展又应循序渐进,本是康有为"大同三世"说的题中应有之义。但在戊戌政变前,康有为面对的主要问题是中国极为落后的现实和守旧思想对于维新变法的巨大阻碍,因此,"大同三世"说着重主张的是必变,而对渐变较少论及(参见前述)。而戊戌政变后,原有的问题并未得到解决,又出现了民主革命思想兴起的新问题,于是,"大同三世"说就十分明显地变成了"双刃剑",一面用来对付守旧,一面用来对付革命。在这两方面康有为都有不少的言论,仅略举数例如下。

对付守旧方面,如说"我国从前尚守孔子据乱之法为据乱之世,然守旧太久,积久生弊,积压既甚,民困极矣。今当进至升平。……若守旧法,泥古昔,以为孔子之道尽据乱而止,是逆天虐民而实悖乎孔子者也。……孔子之志实在大同太平,其据乱小康之制,不得已耳",[①] "一孔之士,溺于所习,蔽于一隅,滞于一方,笃守刘歆伪经之旧学,近世拨乱之旧法,以为孔子之道止于如此,则是断削孔子之道而小之,甘于割鬻大道而害群生,其罪甚于洪水猛兽矣",[②] "孔子道主进化,不主泥古,道主维新,不主守旧,时时进化,故时时维新。《大学》第一义在新民,皆孔子之要义也。孟子欲滕(指滕文公——引者注)进化于平世,去其旧政,举国皆新,故以仁政新之。盖凡物旧则滞,新则通;旧则板,新则活;旧则锈,新则光;旧则腐,新则鲜。伊尹曰:'用其新,去其陈,病乃不存。'天下不论何事何物,无不贵新者。孟子言新子之国,盖孔门非常大义,可

---

① 《春秋笔削大义微言考》卷一,万木草堂丛书刻本。转引自《中华文史论丛》第一辑,中华书局 1962 年版,第 259 页。

② 《中庸注》,《康有为学术著作选》,中华书局 1987 年版,第 228 页。

行于万世者也"① 等。

对付革命方面,有比较间接的,如说"夫言皆有为,药必因病,如裘葛制之,因冬夏而衣之。无以据乱说为升平说,泥执之,则不能进化,而将退于野蛮。又无以太平说为据乱,误施之,则躐等而行,将至大乱",② "人道进化皆有定位,自族制而为部落,而成国家,由国家而成大统。由独人而渐立酋长,由酋长而渐正君臣,由君主而渐为立宪,由立宪而渐为共和。由独人而渐为夫妇,由夫妇而渐定父子,由父子而兼锡尔类,由锡类而渐为大同,于是复为独人。盖自据乱进为升平,升平进为太平,进化有渐,因革有由,验之万国,莫不同风"③ 等;有比较直接的,如说"若夫民主大国,惟美与法……若我中国万里地方之大,四万万人民之众,五千年国俗之旧,不独与美迥绝不同,即较于法亦过之绝远。以中国之政俗人心,一旦乃欲超跃而直入民主之世界,如台高三丈,不假梯级而欲登之;河广十寻,不假舟筏而欲跳渡之,其必不成而堕溺,乃必然也。夫孔子删《书》,称尧、舜以立民主,删《诗》,首文王以立君主;系《易》,称见群龙无首,天下治也,则平等无主。其为《春秋》,分据乱、升平、太平三世。据乱则内其国,君主专制世也;升平则立宪法,定君民之权之世也;太平则民主,平等大同之世也。孔子岂不欲直至太平大同哉,时未可则乱反甚也。今日为据乱之世,内其国则不能一超直至世界之大同也;为君主专制之旧风,亦不能一超至民主之世也。……盖今日由小康而大同,由君主而至民主,正当过渡之世,孔子所谓升平之世也,万无一跃超飞之理。凡君主专制、

①　《孟子微》,《康有为学术著作选》,中华书局1987年版,第86~87页。

②　《孟子微》,《康有为学术著作选》,中华书局1987年版,第65页。

③　康有为著:《论语注》,中华书局1984年版,第28页。

立宪、民主三法,必当一一循序行之,若紊其序,则必大乱,法国其已然者矣"① 等。

比较而言,在康有为此时所撰写的考注孔子经义的著作中,主张向前发展、反对守旧不变,仍是"大同三世"说主要的一面,而反对民主革命的言论多见于其政论性的文章之中。

其三,极力扩大"大同三世"说的涵盖面,以"大同三世"概论整个人类和各个国家的演变发展,使之成为一种既有固定的模式,又有无所不包的丰富内容的进化观。

戊戌政变前,康有为将从比例到公法的进化思想改变为"大同三世"说,主要目的是为维新变法运动服务,因此,立说以中国的历史和现实为基点,很少言及世界。戊戌政变后,在继续关注中国的同时,康有为很大一部分注意力转移到了对世界各国的观察和比较,加上此时其酝酿、发育多年,以人类理想社会为思考对象的大同构想已完全成熟,于是"大同三世"说的基点就被移置到世界的历史和现实之上,增添了许多前所未有的新内容。

表明这一变化的最有代表性的著述是《大同书》。该著最重要的内容是对未来大同之世、太平之世的理想状况进行描述,而为了显示理想与历史、现实之间的巨大反差,衬托大同社会的无限美好,书中又处处以"乱世"景观作为"大同"的对照物,并以"升平"作为从乱世向大同的过渡。尽管"三世"的名称和进化的次序未变,三世中所包含的内容却极大地超出了原有的范围,其立说完全以人类和世界作为出发点。例如,作为全书的主干,康有为将人类苦难的根源归为"九界":"一曰国界,分疆土、部落也;二曰级界,分

---

① 《答南北美洲诸华商论中国只可行立宪不可行革命书》,汤志钧编:《康有为政论集》上册,中华书局1981年版,第475~476页。

贵、贱、清、浊也;三曰种界,分黄、白、棕、黑也;四曰形界,分男、女
也;五曰家界,私父子、夫妇、兄弟之亲也;六曰业界,私农、工、商之
产也;七曰乱界,有不平、不通、不同、不公之法也;八曰类界,有人
与鸟、兽、虫、鱼之别也;九曰苦界,以苦生苦,传种无穷无尽,不可
思议",而救苦之道,即在破除九界,"第一曰去国界,合大地也;第
二曰去级界,平民族也;第三曰去种界,同人类也;第四曰去形界,
保独立也;第五曰去家界,为天民也;第六曰去产界,公生业也;第
七曰去乱界,治太平也;第八曰去类界,爱众生也;第九曰去苦界,
至极乐也"。① 此九界所列,都是整个人类和世界的共同问题,即
国家存废问题、民族平等问题、种族平等问题、男女平等问题等等。
九界存在之苦,康有为皆视之为"乱世"之苦,九界破除之乐,康有
为皆称之为"大同"、"太平"之乐,而破除九界的过程,也就是一个
不断从"乱世"经过"升平世"而走向"太平世"的三世进化过程。这
方面的论述,书中随处可见,但较为集中的说明,则可见于书中所
列出的"人类进化表":②

人类进化表

据乱世	升平世	太平世
人类多分级。	人类少级。	人类齐同无级。

① 康有为著:《大同书》,古籍出版社 1956 年版,第 52～53 页。

② 见康有为著:《大同书》,古籍出版社 1956 年版,第 122～125 页。书
中还有一个极为详尽的"大同合国三世表",但其中所言"三世",是所谓大同
之据乱世、升平世、太平世,属于"三世三重"说的内容,本书将在下文叙及。

据乱世	升平世	太平世
有帝,有王,有君长,有言去君为叛逆。	无帝王、君长,改为民主统领,有言立帝王、君长为叛逆。	无帝王、君长,亦无统领,但有民举议员以为行政,罢还后为民,有言立统领者以为叛逆。
以世爵、贵族执政,有去名分爵级者,以为谬论。	无贵族执政,虽间存世爵、华族,不过空名,无政权,与齐民等。	无贵族、贱族之别,人人平等,世爵尽废,有言立贵族、世爵者,以为叛逆。
有爵,有官,殊异于平民。	无爵,有官,少异于平民,而罢官后为民。	民举为司事之人,满任后为民,不名为官。
官之等级极多。	官级稍少。	官级极少。
有天子、诸卿、大夫、士。	有统领、大夫、士三等。	只有大夫、士二等。
有皇族,极贵而执权。	皇族虽未废而仅有空名,不执权。	无皇族。
有大僧,为法王、法师、法官。	削法王,犹为法师、法官、议员。	无大僧。
族分贵贱多级,仕宦有限制,贱族或不得仕宦。	虽有贵贱之族而渐平等,皆得仕宦。	无贵贱之族,皆为平民。
族分贵贱,职业各有限制,业不相通。	虽有贵贱之族,而职业无限,得相通。	职业平等,各视其才。

据乱世	升平世	太平世
女子依于其夫,为其夫之私属,不得为平人。	女子虽不为夫之私属而无独立权,不得为公民、官吏,仍依于其夫。	女子有独立权,一切与男子无异。
一夫多妻,以男为主,一切听男子所为。	一夫一妻,仍以男为主而妻从之。	男女平等,各有独立,以情好相合,而立和约,有期限,不名夫妇。
族分贵贱,多级数,不通婚姻。	族虽有贵贱而少级,婚姻渐通。	无贵贱之族,婚姻交通皆平等。
种有黄、白、棕、黑、贵贱之殊。	棕、黑之种渐少,或化为黄,只有黄、白,略有贵贱而不甚殊异。	黄、白交合化而为一,无有贵贱。
黄、白、棕、黑之种,有智愚迥别之殊。	棕、黑之种渐少,或化为黄,略有智愚而不甚悬绝。	诸种合一,并无智愚。
黄、白、棕、黑之体格、长短、强弱、美恶迥殊。	棕、黑之种渐少,或化为黄,只有黄、白,虽有长短、强弱、美恶而不甚悬绝。	诸种体格合一,皆长,皆强,皆美,平等不甚殊。
白、黄、棕、黑之种不通婚姻。	棕、黑之种甚少,各种互通婚姻。	诸种合一无异,互通婚姻。
主国与属部人民贵贱迥殊。	主国与属部人民渐平等,不殊贵贱。	无主国属部,人民平等。

据乱世	升平世	太平世
有买卖奴婢。	放免奴婢为良人，只有仆。	人民平等，无奴婢，亦无雇仆。

将此表与大同构想第一阶段的"从比例到公法进化表"相比较，可以看出两者在根本精神（人类的平等和进化）及若干重大问题（人类齐同、政治民主制度、男女平等、废除奴婢等）的主张上完全一致，亦可看出前者在视野的广阔性和内容的丰富性方面对于后者的进一步发展。由于这种涵盖面的变化，三世等概念就离今文经学的原义越来越远，而完全成为康有为任意表达或整合自己思想主张的一种特殊性用语。

其四，提出"三世三重"说，表现了对人类和世界进化差异性、不平衡性及无限多样性的新认识，但对三世等概念的任意套用和无限推演，又使"大同三世"说从理论上走向繁琐主义和神秘主义。

戊戌政变前，"大同三世"说主要立足于解决中国的问题，还是一种比较简单的进化模式。戊戌政变后，康有为欲用此模式装载人类和世界进化的极为丰富复杂的内容，便不得不对模式本身作一定的修整，为此，提出了"三世三重"说。此说见于康有为的多种著述。

《中庸注》在注解经文"王天下有三重焉，其寡过矣乎"时，首先提出"三世三重"说，并作了比较详细的解释："孔子世，为天下所归往者，有三重之道焉。重，复也。如《易》卦之重也。……三重者，三世之统也；有拨乱世，有升平世，有太平世。……每世之中，又有三世焉。则据乱亦有乱世之升平、太平焉，太平世之始亦有其据乱、升平之别。每小三世中，又有三世焉，于大三世中，又有三世焉。故三世而三重之,为九世,九世而三重之,为八十一世。展转三重,可至无量数,以待世运之变,而为进化之法。此孔子制作所以大也。盖世运既变,则旧法皆弊而生过矣,故必进化而后寡过也。孔子之法,务在因时。当草昧乱世,教化未至,而行太平之制,必生大害;当升平世,而仍守据乱,亦生大害也。譬之今当升平之时,应发自主自立之义,公议立宪之事,若不改法则大乱生,孔子思患而预防之,故制三重之道,待后世之变通,以去其弊,此孔子立法之至仁也。……若推三重之道于三世、九世、八十一世,至无量不可算数,不可思议之世,则无所不有,如天之大矣。人情蔽于所习,安于一统一世之制,见他制即惊疑之,此所以多过也。若知孔子三重之义,庶几不至悲忧眩视乎?"① 接着,又列举大量事实,对世界各国在文明进化程度上的差异作了具体分析,以显示"三世三重"说的正确性:"盖尝论之,以古今之世言之,有据乱、升平、太平之殊,不可少易;而以大地之世言之,则亦有拨乱、升平、太平之殊,而不可去一也。即以今世推之,中国之苗猺狪獞,南洋之巫来由吉宁人,非洲之黑人,美洲之烟剪人,今据乱世之据乱矣;印度、土耳其、波斯颇有礼教政治,可谓据乱之升平矣;若美国之人人自主,可谓据乱之太平矣。今治苗猺黎獞、非洲黑人之法,必设以酋长,别其男女,教之读书,粗定法律,严其争杀,道之礼让斯可矣。若遽行美国之法,则躐等而杀争必多,待进化至于印度、波斯,乃可进变于美国也。……而美国风俗之弊坏,宜改良进化者,其道固多。若所以教中国之苗人,非洲之黑人,则教据乱之法,尚不能去也。将来太平之世,各种未齐,亦必有太平之据乱者存,此亦无如何者也。故

_____

① 《中庸注》,《康有为学术著作选》,中华书局1987年版,第222~224页。

今者,大地之中,三世之道并行,法则悖矣,而治世之意各得其宜,则未尝小悖也。中国之苗猺狪獞,番黎狆狄,与我神明之胄并育一也,各用其据乱升平之道而不相害。美洲之土人与白人并育一也,各用其据乱升平之道而不相害。非洲黑人与白人并育一也,各用据乱升平之道而不相害。……惟其道能错行代明,并育不害,并行不悖,此孔子所以与天地同大也。……一孔之士,溺于所习,蔽于一隅,滞于一方,笃守刘歆伪经之旧学,近世拨乱之旧法,以为孔子之道止于如此,则是断削孔子之道而小之,甘于割鬻大道而害群生,其罪甚于洪水猛兽矣。"①

在《春秋笔削大义微言考》中,大致重复了《中庸注》中的一些说法:"一世之中有三世焉。……故三世可重为九世。《中庸》曰,王天下有三重焉,其寡过矣乎。必有三重之法,而后变通而无弊也。由九世可变通之至八十一世,由八十一世可推至无量数不可思议之世。"又说:"此三世者,同时并见。则为苗猺番黎、非洲黑人为据乱之乱世,土耳其、波斯、印度为据乱之升平,而美国已至据乱之太平,故一世中有三世焉。将来人种既合,地球既一,终有未尽进化之人种,故至太平世亦有太平世之据乱、太平世之太平焉。故三世可重为九世。……必有三重之法,而后变通而无弊也。"②

在《孟子微》中,康有为对"三世三重"说的要义——进化、行仁、维新等,作了进一步的发挥:"凡世有进化,仁有轨道,世之仁有大小,即轨道大小,未至其时,不可强为。孔子非不欲在拨乱之世

_____

①　《中庸注》,《康有为学术著作选》,中华书局1987年版,第227～228页。

②　《春秋笔削大义微言考》卷一,万木草堂丛书刻本。转引自《中华文史论丛》第一辑,中华书局1962年版,第261、262页。

遽行平等、大同、戒杀之义,而实不能强也。可行者乃谓之道,故立此三等以待世之进化焉。一世之中又有三世,据乱之中有太平,太平之中有据乱。如仅识族制亲亲,据乱之据乱也;内其国,则据乱之太平矣。中国夷狄如一,太平之据乱也,众生若一,太平之太平也。一世之中有三世,故可推为九世,又可推为八十一世,以至于无穷。孔子之仁,亦推于诸星诸天而无穷。孟子先发亲亲、仁民、爱物三等之凡例于此,其余学者可推之,自内以及外,至于无穷无量数焉可也!"又说:"三世之中,各有三统,又可分为三世,因时而行之。三统又称三建、三微,《春秋》作新王改制,托于夏、商、周以为三统。……此三统之变,不过一世之制,其范围如此。若推三世九世至无量世,无量统,则不可思议矣。孔子道主进化,不主泥古,道主维新,不主守旧,时时进化,故时时维新。"①

在《论语注》中,康有为则直接引证孔子答子张之语"殷因于夏礼,所损益,可知也;周因于殷礼,所损益,可知也。其或继周者,虽百世可知也",赞颂"三世三重"说的"微妙"、"精深":"孔子之道有三统、三世,此盖借三统以明三世,因推三世而及百世也。……孔子之为《春秋》,张为三世:据乱世则内其国而外诸夏,升平世则内诸夏外夷狄,太平世则远近大小若一。盖推进化之理而为之。孔子生当据乱之世,今者,大地既通,欧美大变,盖进至升平之世矣。异日,大地大小远近如一,国土既尽,种类不分,风化齐同,则如一而太平矣。孔子已预知之。然世有三重:有乱世中之升平、太平,有太平中之升平、据乱。故美国之进化,有红皮土番,中国之文明,亦有苗猺獞黎。一世之中可分三世,三世可推为九世,九世可推为

---

① 《孟子微》,《康有为学术著作选》,中华书局 1987 年版,第 11~12、85~86 页。

八十一世,八十一世可推为千万世,为无量世。太平大同之后,其进化尚多,其分等亦繁,岂止万世哉? 其理微妙,其事精深,子张欲知太平世后之事,孔子不欲尽言,但以三世推之,以为百世可以知也。百世为三千年,于今近之,故曰百世以俟圣人而不惑。……此为孔子微言,可与《春秋》三世,《礼运》大同之微旨合观,而见神圣及运世之远。"①

在《大同书》中,康有为运用"三世三重"说,为实现"去国界合大地"的目标而设计了一个"大同合国三世表",②其中所言"三世"就不是常规的三世(不是通常所言从君主专制经君主立宪而到民主共和的三世),而是"三重"意义上的三世,即大同世之中的三世,康有为称之为"大同始基之据乱世"、"大同渐行之升平世"和"大同成就之太平世"。表中以三世互相对照的形式,列出了104项从"据乱"向"太平"逐渐进化的情况,从中可清楚地看出三世进化既是一个统一的进程,但世界各国在进化中又存在着明显的差异性和不平衡性。③

从以上著述看,"三世三重"说是针对人类和世界更为复杂的进化历程而提出来的。该说的基本精神仍然是强调必须循序进化、不断变革,反对守旧不变,而又增加了对人类和世界进化的差异性、不平衡性及无限多样性的新认识,得出三世之义可"并育不

---

①　康有为著:《论语注》,中华书局1984年版,第27~28页。

②　见康有为著:《大同书》,古籍出版社1956年版,第90~107页。

③　吴泽在《康有为公羊三世说的历史进化观点研究》一文中已提及这种不平衡性:"他这样地按'三世三重之道'解释世界各国社会历史发展不平衡的情况,或无不可。"但又认为"三重之道"的主旨是"宣传其点点滴滴的改良主义",对殖民地、半殖民地国家民主革命特别是中国民主革命"起有麻痹毒害作用"。见《中华文史论丛》第一辑,中华书局1962年版,第262页。

害,并行不悖"的新结论。① 正如梁启超所说:"先生(指康有为——引者注)以为万物并育而不相害,道并行而不相悖,春秋三世,可以同时并行,或此地据乱而彼地升平,或此事升平而彼事太平,义取渐进,更无冲突。凡法律务适宜于其地与其时,苟其适宜,必能使其人日以发达,愈发达,愈改良,遂至止于至善,故不可以大同之法为是,小康之法为非也;犹佛言大乘不废小乘也。"② 但是,康有为企图用"三世"等古老的术语概论人类和世界古往今来乃至将来进化的极为复杂的进程和极为丰富的内容,以此证明孔子之道(在很大程度上是康子之道)无所不容、无所不能的真理普世性,这本身就是很不科学的。因此,"三世三重"说在表现出一定合理性的同时,其无限分解三世(分三世为九世、八十一世乃至无量世)的推演之法却使"大同三世"说变得支离破碎、扑朔迷离,从理论上走向繁琐主义和神秘主义。

---

① 所谓"新结论"是相对而言,实际上早在大同构想的第一阶段,康有为就已大致具有这一认识。参见前述。

② 梁启超著:《康有为传》,《康南海自编年谱(外二种)》,中华书局1992年版,第265页。

第二章 疑古用古的学术观

在新思想体系产生的过程之中和产生之后，如何对待以经学为核心的中国传统文化，是岭南维新思想家遇到的一个重要问题。以康有为为主要代表，首先是有意识地将传统文化作为培育新思想、服务于新思想的基本养料，一方面对经学等传统文化中不合时宜、陈旧落后的东西进行质疑和批判，另一方面积极挖掘和发挥经学等传统文化中仍然具有生命力的内容，从而力图达到改造、重构传统文化的目的；其次，为了打破旧文化原有的统治局面，建立新思想的主导地位，进一步提出了新学伪经之说和阐明了孔子改制之义，在否定长期占有统治地位的古文经学的真实性和真理性的同时，力图将孔子视为维新派新思想的载体，以使维新派能够借用孔子的权威和遗产，也使孔教因与维新派新思想相连接而获得新的生命；最后，康有为在戊戌年前后还直接对多部儒家经学著作进行了考注，着重阐发这些著作中所蕴含的微言大义，以此作为孔教与维新派新思想相结合的范式。康有为服务于维新目的的疑古用古的学术观对其他岭南维新派人士产生了重大影响，在相当一段时间内得到认同，但也引起了守旧派人士思想上与学术上的非议。戊戌政变后，疑古用古的学术观逐渐发生了某些偏重于维护孔教而削减维新派新思想斗争锋芒的变化。

第一节　研究传统文化的新思路

康有为研究传统文化以提出新学伪经说为界,可分为前后两大阶段。在提出新学伪经说之前,他曾对包括古文经籍(所谓"伪经")在内的中国传统文化进行过广泛深入的学习和研究。开始时是按传统的方式治学,随后与产生新的思想体系的过程相一致,他在治学的目的和方法上渐与以往传统有了很大的不同,并由此获得了显著的思想成果。

一　以求道之心和经世之念治学

康有为很早就开始了学习生涯。到 1878 年,曾先后师从多人,其中影响较大者为祖父康赞修先生和著名学者朱次琦先生。这一时期,康有为刻苦攻读群书,主要在知识和学术方面打下了深厚的基础。他自己总结道:"十一龄知属文,读《会典》、《通鉴》、《明史》。十五后涉说部、兵家书,于时曹不知学,而时有奇特之想。将近冠年,从九江朱先生游,乃知学术之大,于是约己肆学,始研经穷史,及为骈散文词,博采纵涉,渔猎不休,如是者六七年。"① 从治学目的和方法上看,基本上没有超出传统的范围。

从 1878 年冬起,康有为对过去所走的治学道路进行了反思,在治学目的和方法上有了很大的改变,逐渐以"求道"和"经世"作

---

① 《与沈刑部子培书》,《康有为全集》第 1 集,上海古籍出版社 1987 年版,第 380 页。关于此一时期治学的情况,康有为在自编年谱中还有不少详细的记载,见《康南海自编年谱(外二种)》,中华书局 1992 年版,第 4~8 页。

为治学的主要目的,治学的方式也随之发生变化。康有为记述道:
"二十四五乃翻然于记诵之学,近于谀闻,乃弃小学、考据、诗词、骈
体不为。于是内返之躬行心得,外求之经纬业务,研辨宋、元以来
诸儒义理之说,及古今掌故之得失,以及外夷政事、学术之异,乐
律、天文、算术之琐,深思造化之故,而悟天地人物生生之理,及治
教之宜,阴阖阳辟,变化错综,独立远游,至乙酉之年(即 1885 年
——引者注)而学大定,不复有进矣","十年讲求经世救民之
学"。① 在自编年谱中,可以看到关于这一转变的更加具体的记
载:1878 年(21 岁),"至秋冬时,四库要书大义,略知其概,以日埋
故纸堆中,汩其灵明,渐厌之。日有新思,思考据家著书满家,如戴
东原,究复何用? 因弃之。而私心好求安心立命之所,忽绝学捐
书,闭户谢友朋,静坐养心……自以为圣人,则欣喜而笑。忽思苍
生困苦,则闷然而哭。……至冬,辞九江先生,决归静坐焉。此《楞
严》所谓飞魔入心,求道迫切,未有归依之时多如此";1879 年,入
西樵山,居白云洞,"专讲道佛之书","于时,舍弃考据帖括之学,专
意养心。既念民生艰难,天与我聪明才力拯救之,乃哀物悼世,以
经营天下为志,则时时取《周礼》、《王制》、《太平经国书》、《文献通
考》、《经世文编》、《天下郡国利病全书》、《读史方舆纪要》纬划之。
俯读仰思,笔记皆经纬世宙之言";1881 年,"日读唐宋史为课,补
温北魏宋齐梁书,兼涉丛书传记经解。读宋儒之书,若《正谊堂
集》、《朱子全集》尤多。苦身力行,以明儒吴康斋之坚苦为法,以白
沙之潇洒自命,以亭林之经济为学。于是,弃骈散文不复从事焉。
……是时,读书日以寸记,专精涉猎,兼而行之";1883 年,"读《东

---

① 《与沈刑部子培书》,《康有为全集》第 1 集,上海古籍出版社 1987 年
版,第 380 页。

华录》、《大清会典则例》、《十朝圣训》及国朝掌故书……是时绝意试事，专精问学，新识深思，妙悟精理，俯读仰思，日新大进"；1884年，"早岁读宋元明学案、《朱子语类》……读佛典颇多……秋冬独居一楼，万缘澄绝，俯读仰思，至十二月，所悟日深……合经子之奥言，探儒佛之微旨，参中西之新理，穷天人之赜变，搜合诸教，披析大地，剖析今故，穷察后来……安身立命，六通四辟浩然自得。……日日以救世为心，刻刻以救世为事，舍身命而为之"；1885年，"从事算学，以几何著《人类公理》。……以为吾既闻道，既定大同，可以死矣"。①

　　从求道和经世的目的出发，康有为所治之学逐渐形成了两大中心，一是义理之学，一是经世之学（或曰政事、制度之学）。他在《实理公法全书》中概括道："凡天下之大，不外义理制度两端。义理者何？曰实理，曰公理，曰私理是也。制度者何？曰公法，曰比例之公法私法是也。"② 后来在《长兴学记》中，他将学者应治之学分为义理之学、经世之学、考据之学、词章之学四大类，亦仍然是以前二学作为中心。③他解释"义理之学"为："义者，人事之宜；理者，天道之条。本于天，成于势，积于人，故有天命之理，有人立之义。

---

　　① 《康南海自编年谱(外二种)》，中华书局1992年版，第8～13页。在此转变过程中，康有为还开始攻读西书，讲求西学，所得甚多。

　　② 康有为著：《康子内外篇(外六种)》，中华书局1988年版，第33页。

　　③ 康有为这样写道："三曰考据之学。无征不信，则当有据；不知无作，则当有考，百学皆然。经学、史学、掌故之学，其大者也。琐者为之，务碎义逃难，便辞巧说，则博而寡要，劳而鲜功。贤者识其大，是在高识之士，凡义理经世，不关施行，徒辨证者，归考据类。""四曰词章之学。孔子曰：'言之无文，行之不远。'故四科之列，文与学并"，"夫义理即德行也，经世即政事也。言语文学，亦发明二者"。(《长兴学记》，《康有为学术著作选》，中华书局1988年版，第12、16页)

天命之理,天下共之,凡人道所不能外者也;人立之义,与时推移,如五行之运迭,相重轻者也",①解释"经世之学"为:"……孔子作《春秋》,专以经世也……今本之孔子,上推三代,列为沿革,至其损益,则自汉至国朝,各有得失。荀子欲法后王,故经世之学,令今可行,务通变宜民。虽舜、禹复生,无以易此。"②

对治义理之学和经世之学的要义,梁启超在遵康有为之嘱所写的《学要十五则》中作了具体的阐释:"学者不求义理之学,以植其根柢,虽读尽古今书,只益其为小人之具而已,所谓借寇兵而赍盗粮,不可不警惧也。故入学之始,必惟义理是务。读《象山》、《上蔡学案》,以扬其志气;读《后汉》《儒林》、《党锢传》、《东林学案》,以

---

① 《长兴学记》,《康有为学术著作选》,中华书局1988年版,第11页。这一解释在《实理公法全书》中的表述是:"有虚实之实。如出自几何公理之法则,其理较实;出自人立之法则,其理较虚。又几何公理所出之法,称为必然之实,亦称为永远之实。人立之法,称为两可之实","有几何公理之公。……所谓一定之法也。从几何公理所推出一定之法,乃公法之一端,盖几何公理所出之法甚少,不足于用,此所以不能无人立之法。……有公推之公。盖天下之制度,多有几何公理所不能逮。无几何公理所出之法,而必凭人立之法者,本无一定,则惟推一最有益于人道者,以为公法而已"(康有为著:《康子内外篇(外六种)》,中华书局1988年版,第35页),这里是将义理(所谓"几何公理")与制度(所谓"公法")联在一起来谈的;在《康子内外篇·理学篇》中的表述是:"夫万物之故,皆有所以然之理。天固与之具……学也者,穷物理之所以然,裁成辅相,人理之当然而已。然当然之理,未易言也。内外有定而无定……义理有定而无定……然则人何就何去?曰:行其有定,观其无定,通之而已。……若夫上下百年,鉴古观后,穷天地造化之故,综人物生生之理,探智巧之变,极教治之道,则义理无定,有可得而言焉,观其变之动,知后之必有验也,求其理之原,知势之必有至也。"(同上书,第8页)

② 《长兴学记》,《康有为学术著作选》,中华书局1988年版,第11~12页。康有为说"本之孔子",已含有提出伪经说之后的思想。

厉其名节;熟读《孟子》,以悚动其神明。大本既立,然后读《语类》及群《学案》以养之。凡读义理之书,总以自己心得,能切实受用为主,既有受用之处,则拳拳服膺,勿使偶失,已足自治其身,不必以贪多为贵也。"又说:"古人通经,皆以致用,故曰不为章句,举大义而已,又曰存其大体,玩经文。然则,经学之以明义为重,明矣。国朝自顾亭林、阎百诗以后,学者多务碎义,戴东原、阮云台承流,益畅斯风,斤斤辨诘,愈出愈歧,置经义于不问,而务求之于字句之间。于是,《皇清经解》之书,汗牛充栋,学者尽数十寒暑,疲力于此,尚无一心得。所谓博而寡要,劳而少功也。康先生划除无用之学,独标大义,故用日少而蓄德多。……治经之外,厥惟读史。……分为六事:一曰政,典章制度之文是也;二曰事,治乱兴亡之迹是也;三曰人,为贤为恶,可法戒者是也;四曰文……五曰经义……六曰史裁……"①

　　通过治义理之学和经世之学,康有为于 1888 年前基本上形成了包括前述新哲理、新准则和新制度构想在内的新的思想体系。在这一体系中,已包含着对传统文化的批判、改造和融合吸收(参见第一章)。除此之外,康有为还以新的治学方式及正在形成的新的思想体系直接对儒学经典、经义和中国历史重新阐释,写下了《民功篇》和《教学通义》两部重要著作,前者可视为侧重于"义理"之作,后者可视为侧重于"经世"之作,是康有为提出伪经说之前集中体现其疑古用古学术观的代表作。

----

　　① 《长兴学记》,《康有为学术著作选》,中华书局 1988 年版,第 48、47页。

二　《民功篇》和《教学通义》

(一)《民功篇》

《民功篇》撰于 1886 年,① 是康有为对中国上古从伏羲氏到禹等先王的民功事迹进行详细考察及加以论述的著作。所谓民功,即"有功于民",体现于为民制作"宫室、衣服、杂器、礼乐、法制之具"及为民兴利除弊诸多方面,② 与军功相对。该著围绕"民功"而作,赞美先王建树的民功业绩,总结后世民功不兴的历史教训,揭示先王民功业绩中所蕴含的义理并据以反省批判现实,形成了颇具特色的民功论。

第一,指出诸先王皆以民功为毕生业绩,并因此而受到民众拥戴和后世尊崇。

康有为对从伏羲到禹等先王的民功业绩一一进行了陈述和赞颂,如伏羲氏为首出之圣,"创作八卦,包象蕴教,开物成务,民物之理备矣。而所作不过作甲历,制嫁娶,造琴瑟,教佃渔而已,余事尚有待风气既开,人智不能自已。百年至黄帝,而民治大齐,民蒙其泽,利其用以赠万事,世羲之神功远矣。上世贵智齐类,熙熙无所雄卑,能制作则民推戴之,首创惟羲,盖为六地民功之基";神农氏民功至大,事迹至奇,"凡民患无食,悉材用器赂不备悉疾病,神农

---

①　《康南海自编年谱》中未提著《民功篇》。此处撰写时间据《康有为全集》编者所考。见该书第 1 集,上海古籍出版社 1987 年版,第 11 页。

②　《民功篇》,《康有为全集》第 1 集,上海古籍出版社 1987 年版,第 78、66 页。

备民材用，备民疾病，一身为帝、为农、为工、为商、为医，于是为神"；①黄帝为各种制作、制度之祖，"宫室舟车、衣服文字、历数伎乐、什器礼治，皆创于黄帝。其佐臣皆神灵，统一中国自黄帝。中国有人民四千年，皆用黄帝制度乐利，实万王民功之魁"，黄帝"神其利器尚象，利用出入，民咸用之，子孙散布于方州，治法永轨于万世，以上掩羲、农，下启尧、舜，当为中国圣而王者第一人也。至今祀绵四千，制度皆用黄帝遗法。尧、舜因而治加盛，孔子因而教加精，然考论民功，未有若黄帝之盛且远也"；②尧于历象之学"创为闰月，定时以成岁功……所以便民利用"，"勤于驱兽之政，凡以安民衍人"，"知子丹朱之不肖，不足授天下，于是乃权授舜，则天下得其利"；舜修正度量衡和礼法，浚川治水，"讫汉、唐千年而无水患，浚之为利也"；③尧舜之世为民功业绩的高峰，"夫制作之事，萌芽于羲、农，黄帝成之，至尧、舜而极盛，上下百余年间，日月无几，而文明美善，广大周悉如此，回视狉榛时，几若中朝人之视野蕃也"。④总之，"凡古王者皆有功于民，以为民主，以嬗鸣号"。⑤

---

①　《民功篇》，《康有为全集》第1集，上海古籍出版社1987年版，第20～21页。"悉材用器贿不备悉疾病"一句，"悉"疑为"患"字之误。

②　《民功篇》，《康有为全集》第1集，上海古籍出版社1987年版，第24～25、33页。

③　《民功篇》，《康有为全集》第1集，上海古籍出版社1987年版，第43、45、47、50～51页。

④　《民功篇》，《康有为全集》第1集，上海古籍出版社1987年版，第67页。至于禹，康有为一方面肯定其"精力竭于治水之事，心思尽于唐、虞之治"，另一方面又指出"及其即位，齿已垂耄，性又俭救……左右之才臣渐寡，不复能大有所为，以求加尧、舜之上"。（同上书）

⑤　《民功篇》，《康有为全集》第1集，上海古籍出版社1987年版，第21页。

康有为认为,先王的民功业绩体现了"圣人"的应有之德:"天地之大德曰'生',人之大德曰'仁',吉凶与民同患,备物致用,作成器以为利,谓之圣人,《易》于开物成务,兴神以前民用者,谆谆言之,诚重之也。古圣所以竭其心思耳目,繁为宫室、衣服、杂器、礼乐、法制之具,美益求美者,诚爱民之至,不敢自息也。"①

第二,考察后世民功逐渐衰歇的历史过程,从君主失德自私、愚民守旧等多方面查找原因。

康有为对民功由盛而衰的演变过程作了系统的阐述:民功业绩萌芽于伏羲、神农,黄帝成之,至尧、舜而极盛,"及夏、殷至周为三代,称中国极治,号为至文,然仅能不失唐、虞之法,未有加焉。②惟有增肉刑,加兵制,重世及,国义日详,而民事渐衰息矣。至秦变法,夸军功,重国守,自私其天下,而未尝有二帝、三王忠民之心。汉、唐二千年悉用秦制,至元尤以军容入关。于是,军功盛而民功绝,民性日愚,民生日蹙,君子盖不忍闻之矣"。他评论道:"故自羲、农至尧、舜,所谓踵事增华,才子克家,大其门闾者也。夏、商至周,保家之子,不失旧物,然其弊也,已剥圮而不修,污败而不新矣。汉、唐居三代之裔国,承先圣之遗法,乃递弃而师暴秦,则无异舍华屋而即陋室,被衣冠而坐涂炭矣。"③

①　《民功篇》,《康有为全集》第 1 集,上海古籍出版社 1987 年版,第 66 ~ 67 页。

②　康有为对周公特别加以称赞:"惟有周公圣知才美,独能润色其治,广大纤悉,几几乎尧、舜而上之。孔子……许周公之文与尧同美,盖尧、舜之后,踵事加美,为元宗之子者,一周公而已。"(《民功篇》,《康有为全集》第 1 集,上海古籍出版社 1987 年版,第 68 页)

③　《民功篇》,《康有为全集》第 1 集,上海古籍出版社 1987 年版,第 66、67 页。

康有为认为,黄帝、尧、舜仅以百年时间便能大变草昧之俗,而后世"圣贤豪杰、喆君英相相望,其智过于太古,其才多于三古,而又竭数千年讲求之",然而民功业绩却不逮先王,并"去之愈甚",原因何在? 他从多方面加以总结,大致有:其一,传子则固守祖法。禹时已开始实行传子之法,"则所以守祖宗之法者必坚,必待易姓而后能润色改革之","即积久弊生,子孙不敢变祖宗之法",加之"子孙不肖多,而贤者少,贤者已不得通变宜民之道,愚者日益增其败常紊典之事"。其二,过尊先王则不敢创新。"……德制既盛,则尊之太至,以为尺寸不可逾……周公之治,非特无人以为可以逾越,惟以守其一二为难。……推尊一三代之治,以为若天之不可几。"其三,暴秦对先王之法的破坏。"……秦以力征经营天下,以首级为武赏,破坏先王之法籍,焚先圣之《诗》、《书》,而自肆其尊己自私之法,以愚天下黔首,于今二千年,使民不蒙先王之泽。盖自生民以来,中国之祸,未有若秦之酷毒者也。虽刘渊之入晋,耶律之入唐,金、元之灭宋,方之贬矣。"其四,后世因自尊自私之道而从秦。"后世莫不恶秦之无道,而阳詈之而阴师之者,以其自尊自私之道,甚便于己,是借以愚其民也。故甘舍尧、舜、周公而从秦也。从秦既笃既久,以为时制之宜,只知君国为重乃大,以民为轻,于是,二千年来,民功遂歇绝息灭于天下。"其五,学者治学无方,只知依据"遗经坠礼"盲目推尊三代之治,而"未尝深求生民治教所以然之故",因此民功不兴。其六,有圣君而无贤臣。康有为举清朝为例,"我朝圣祖仁皇帝,神武睿知,以尧、舜之圣德,兼周公之才艺,若变法图治,可以驾乎三代之上,而当时大臣无风后、力牧之神灵,亦无稷、契、伊、周之才气,仅有庸佞之李光地托身义理者立于其间,其心思非有负荷罪生迫切之念,其常识非有开辟宇宙恢廓之量,嫿婳于身家爵位之私,步趋于宋儒时下之见,灶下之婢,穷乡之

学,井中之蛙,床下之木,卑污愚陋,岂足与论生民所托命哉？有君
无臣,自古所叹。"其七,与天运相关。康有为认为民功业绩的盛衰
"虽曰人事,盖有天焉"："方其盛也,天变之急,非人心所能料,人灵
之敏,天若纵之,不为限焉,黄帝、尧、舜百年而大治是也。及运会
之衰,天若束之,人若迷之,受缚而不自觉,久迷而不自知,气敝力
尽,羸老待时。呜呼！往复岂无其期耶?"①

　　第三,着重对先王民功事迹中所蕴含的义理或所体现的先王
德行进行揭示,并据以反省批判现实。

　　这些揭示及反省批判实际上表达了康有为的政治思想观点,
其要义有：

　　1.应以天下为公器,以至德之人继帝位,以仁爱为天子之学。
康有为引述先王事迹指出："马氏宛斯曰：'五帝之世,以公天下为
心,非至德不足以治天下,非得至德之人不敢授以天下。'是以高
辛、高阳咸起支考,又必试以官职,询事考言,乃登大位。故曰：'五
帝官天下。'官天下者,以天下为公器,惟贤是择。少昊之后,无足
嗣帝位者,而颛顼有至德。颛顼之后,无足嗣帝位者,而喾有至德。
有至德者登大位,以其贤也,非以其亲也。故近不嫌于传子,黄帝、
少昊是已；外不妨于异姓,尧、舜是也。""尧知子丹朱之不肖,不足
授天下,于是乃权授舜,则天下得其利,而丹朱病。授丹朱则天下
病,而丹朱得其利。尧曰：'终不以天下之病而利一人。'而卒授舜
以天下。"② 在天子之学方面,"帝喾之学,以博爱人、博利人为高,

---

　　① 《民功篇》,《康有为全集》第1集,上海古籍出版社1987年版,第67
~69页。
　　② 《民功篇》,《康有为全集》第1集,上海古籍出版社1987年版,第37、
47页。

普施利物,不于其身。尧加意穷民,痛万姓之罹罪,忧众生之不遂,盖以仁为众学。不于其身,奚有其子? 以利天下为重,史谓之其仁如天也"。昔葛天氏之乐有"八阕之歌","首重载民,次以草谷,与《洪范》、《食货》之义相合。至于敬天常,依地德,总物极,则务民义至矣。'民气郁阏','筋骨瑟缩',则待宣畅也。至于周时,戈版羽龠,为国子日习之业,外以作其威仪,内以固其肌肤之会,筋骸之节,故其民乐而寿,和而强"。而后世"学日败坏,其有志者仅能以义理养性,自余惟事纵欲,筋骨不固,威仪不肃,寿命不长,职由于此。《乐记》曰:'君子乐得其道,小人乐得其欲。'义虽精深,似不("不"疑为衍字——引者注)尚不知先王阴纳期民于仁义之隐也。乐学亡,舜学绝,甚至歌场、乐坊、舞事亦散,则先王之泽,渐然扫地而尽,耗矣哀哉! 民体不康,智不长,其血玄黄。天地之大德曰生,岂伊先王所以宇世长旽,倘亦仁者所宜垂精留神乎"。①

2.要宜民安国就必须变祖宗成法,否则难免遭致亡国之祸。康有为列举《易》经所载"神农氏没,黄帝、尧、舜氏作。通其变,使民不倦;神而化之,使民宜之。……穷则变,变则通,通则久。是以自天佑之,吉无不利",《鹖子》所载"黄帝十岁知神农之非,而改其政"等材料,加按语写道:"故《易》特有'通变'、'宜民'之美,以炎、黄、尧、舜皆出一家,而能变政以利民,故可美也。……夫法久则弊必生,令久则诈必起,若代逾百年,时代贸迁,人皆知非而必泥祖宗之成法,不通变以宜民,百政壅阏,民气郁塞,下不蒙德,国受其灾,必待易姓者改纪其政,而祖宗实不血食。汉不知通变,自改其政,而亡于女寺;唐不知通变,自改其政,而亡于藩镇;宋不知通变,自

---

① 《民功篇》,《康有为全集》第1集,上海古籍出版社1987年版,第47、19~20页。

改其政,而亡于夷狄;元、明不知变,自改其政,而亡于盗贼。嗟夫!
使汉、唐、宋、元、明之君臣,知师黄帝、尧、舜,早自变改,虽至今存
可也。后之人舍黄帝、尧、舜之圣而不师,而甘蹈汉、唐、宋、明之覆
辙,明知其非而乐循之,祸不旋踵矣。《诗》曰:'殷鉴不远,在夏后
之世。'安知厥归哉?夫乐倡守祖宗之成法者,援率由之美名也,必
以是为美者,则黄帝、尧、舜之自变其政,孔子美之皆非也。后王不
师黄帝、尧、舜、孔子以宜其民而安其国家,事其祖考,而乐拾率由
之单字偏义,以自求于危亡。岂王者祖宗所乐有是臣乎哉?不深
通《易》之大义,而与鄙儒谋国,如其亡,如其亡!"① 这是康有为写
于《上清帝第一书》之前,以历史教训和经书大义为依据的关于必
须变法的一段相当完整、相当重要的文字。

3.天子应知贤用贤,破除资格限制和谗谤干扰。康有为引友
人陈庆笙谓孝廉之选始于"尧之举舜"之语,认为"其精于经义也
……圣之知圣,越绝千古,此其为圣之盛也。夫此其为治之至也"。
批评后世与先王的作法恰好相反:"后世患不知贤,知贤矣,则有资
格以限之。至于发敝齿落,乃登大位,则精气类陨,不足任事矣";
"夫后世即有贤圣拔出,科举格之,冗散滞之,年劳绌之,若无彭祖
之寿,太公之年,而望预闻政事,不可得也。使舜生其间,其不以田
间老也几希";"传天下,大事也;用才臣,难事也。疑谤并至,易惑
也。尧能诛谗去谤,独断而授之,无私天下之心,而极知人之明也。
后世用监军,设监司,既用一人而频掣其肘,岂足以为治乎"?因
此,必须改变后世用人之法,"不变敝法,而望希尧、舜之治,犹却行

---

① 《民功篇》,《康有为全集》第 1 集,上海古籍出版社 1987 年版,第 25
~26 页。

而求进,北辕而之楚也"。①

4.天子应有好善之心,以至诚求言,而不应闭塞贤路。康有为引荀子、孟子、孔子对舜的赞美之语指出:"盖天下莫不传舜之好善,明目达聪,无所壅遏,下情咸达,择善而从,天下之士,莫不乐奔告矣。燕昭好士,汉武好言,而章奏满于公车,才俊集于金台,岂况舜之至诚乎?若苟无好善之心,非独闭塞贤路也;即使下诏求之,大臣犹仰体意旨而粉饰,小臣望风而裹足矣。"后世与舜相反,"不独无大舜好善之心,且无辟门制扇立木之迹,又何望耶"!②

5.君臣关系应如宾友,而不能尊君抑臣,否则下情必然壅隔,成为政治死症。"古者君臣以养民为事,所以辨上下者,以临长百姓,而轻重布之,先王非有赖焉。故其朝也,君南面而立,臣北面而朝之;臣北面而拜,君答拜之。所辨者,南北面而已。皋陶作歌,帝乃拜其昌言,辟门明目,其君臣相与,几若宾友,此所以下情罔伏,无有郁怨闭阏之患,唐、虞所以致治也。垂及商、周,此义未忘。"而商周之后,"几若宾友"的君臣关系逐渐变化,"至申不害以奸诡贱困之人,媚其时主,以久富贵,倡为尊君抑臣之论,而秦乃得大变先王之制,以自尊大,于是君臣隔绝矣。然汉制,皇帝见丞相,坐为之起,乘车为之下舆,犹有礼敬大臣之意。至隋、唐而又一变矣,然君臣犹得共坐以谋事。迄宋范质,以周宰相嫁于艺祖,便佞无耻,曲为恭谨,以自容悦,辞不敢坐,于是并坐鼓簧之义废矣。然犹得立侍,故宋大臣多能力争天子之庭。暨元以戎功之盛控世,乃以军容

---

① 《民功篇》,《康有为全集》第 1 集,上海古籍出版社 1987 年版,第 48~49 页。

② 《民功篇》,《康有为全集》第 1 集,上海古籍出版社 1987 年版,第 62 页。

人国,群臣皆长跪白事。于是,臣下见上,战栗畏谨,不敢一言,有对而无论,有唯而无议。大臣如是,小臣可知,于是下情大有壅隔之患。譬如痛膈,血气不能通于上焦,饮食不能降于下腹,则元首虽清明,必将患绝而死。此则申不害、范质辱人贱行之所贻祸,而秦皇、元祖自尊之流毒也。"①

6. 天子应纡尊降贵,出巡以了解民间疾苦,兴利除弊。康有为引文中子之言:"舜一岁而巡四岳,兵卫少而征求寡也",认为当时之所以有统一的度量衡和五礼,就是舜亲自出巡修正的结果。后世与此相反,"今一国之市量衡不同,士庶之家,吉凶殊礼,废坠极而有司不举,修正无闻,作伪日繁,俗日乖薄,其亦异于舜矣。所以然者,以天子深处九重,不知草野利弊,不知小民疾苦,不出巡故也。……若后世则方伯出巡,日费千金,使天子敷出,则卤簿之繁,供亿之重,又病民矣。……后世天子重如大神,尊如天帝,上下隔绝,是以度量多舛,五礼败坏,郡国殿最不宝。欲法舜者,其在纡尊降贵,而后周行郡国田野,其有此乎?"②

7. 人道应以求美为准则,去朴陋而求繁盛。"人道求美,所谓治者极矣而已。自轩辕制作日变,太古朴陋,冕裳初制,至唐、虞百年,已有日、月、山、龙、宗彝、藻、火之会编;伶伦戏竹,遂有六律、五声、八音之繁会。求美也,治世所以异于太古,中国所以异于夷狄者也。"后儒却"点歌舞之淫,而绝声乐之事,矫奢靡之习,而以敝车羸马为贤","此不明人道之所以然,而为矫枉之过也"。康有为还

① 《民功篇》,《康有为全集》第 1 集,上海古籍出版社 1987 年版,第 58 ~ 59 页。

② 《民功篇》,《康有为全集》第 1 集,上海古籍出版社 1987 年版,第 50 页。

指出:"儒者莫不非墨,而非乐、尚俭,则固见尊于儒矣,此大惑也。先圣曰:'矫太古朴陋之俗。'而后儒力欲复之。文治所以不修,而儒者之陷于庄、墨而不自知也。"①

8.祭祀应依经义典法行之,破除各类惑民、愚昧的习俗。康有为指出上古祭祀曾存在混乱、愚陋现象,而"后圣通于幽明之故,鬼神之情状,然以义制之,绝地天通,然后秩其功德,追其祖考,定祭典法。《老子》曰:'以道治天下者,其鬼不神。'此之谓也。……中国屡阅神圣,祭法大定,经义至明"。后世却旧俗不改,"巫觋异道,惑我愚民,大为猴王、马王、牛王、真武、观音、金花之祀,庙宫遍于宇内,香帛塞衢路,牲豚酒黍之费,过于大官。即若士夫通古今,明物类,辨义理者,以其科第之微,奉一不神不鬼之文昌,轻佻奇诡之魁星。凡郡邑之公馆,必舍其先贤、先师而严供之,岁时严衣冠而鞠脬拜献之。文昌且有秩于祀典,立宫于郡邑之学。举国若狂,其愚与生番无异,而又非无所知识也。其悖礼伤教,可恨甚矣!夫颛顼生太古之时,而能制鬼神之义,绝人神之杂,后儒学于群圣,积数万千年之讲明,而反惑之,是谁之咎欤?"②

9.国土应该固守,决不能轻易割让与人。此点直接针对清朝割"蟠木"之地给俄国而发。所谓"蟠木"之地,即"今吉林、黑龙江之老林窝集也"。康有为指出:"蟠木"之地在上古时"颛顼承黄帝之威灵,舟车、文字,已能遍服之,其德远矣";国朝自雅克萨定盟之后,"实抚有蟠木全境。……万里天险,谁能飞渡,且其材木之多,

---

① 《民功篇》,《康有为全集》第 1 集,上海古籍出版社 1987 年版,第 57 页。

② 《民功篇》,《康有为全集》第 1 集,上海古籍出版社 1987 年版,第 38 ~ 39 页。

用不胜用,则亦我之天府也"。而当今用事者"上不念祖宗缔造之艰,下不察天险美材之用,轻以蟠木割与强俄"。康有为感慨道:"昔也日辟国百里,今也日蹙国百里,诗人叹之,况蹙国万里者哉?且自厥初生民以来,宁有以方地万里坐割与人者乎?……不早为计,而待俄人铁路纵横于蟠木之间,恐蟠木之区,动静之物,小大之神,不独非我有,并非我所能望见也。"①

10.治水应采浚川之法。康有为指出:"圣舜浚川,高哉厥识。……大哉舜乎!讫汉、唐千年而无水患,浚之为利也。"而今天下治水患却皆以筑堤为事,堤日益增,水日益高,展转无已时,救补无善术,其根本原因就在于"不浚而防,厥患愈亟","若使合修堤之费而浚川,财至足也;合被灾之人而谋浚,才至足也;购机器以取泥,法至巧也;救生民于垫溺,德至厚也",因此,"修舜之功,仁人之事也"。②

11.封赏应以民功大小为准则,而不应以军功取代民功。"……考古经义,禹以平水土为天子,稷以稼封,皋陶以刑封,伯夷以礼封,益以工封,夔以乐封,契以教封,垂及周陈胡公以陶封,非子以养马封,鬻子以师封,若此者,皆以有功于民封,而三古数千年未闻以军功封者。惟太公为近于军功之封,而太公为文王之师,虽微军功,亦当近比鬻熊得有封国。是则由太古至周衰二千年,无以军功膺上赏备大封者,此义甚明,经义至详,可按也。"后世却专重军功不重民功,"自秦立首功,以杀人为得爵之质,此盗贼夷狄之行

　　①　《民功篇》,《康有为全集》第1集,上海古籍出版社1987年版,第39、40页。

　　②　《民功篇》,《康有为全集》第1集,上海古籍出版社1987年版,第51页。

也。而汉仍不改，立十九级之爵，极至封侯，所以诱臣民为杀人之事者至厚矣。汉高祖之令，曰：'群臣非军者不侯。'后世因之，以至于今。……噫！何其嗜杀人之重，而视生人之轻乎？首尾倒置，本末横决甚矣。"①

此外，书中还有两处叙及"男女之别"为"中国立教之大义"，其中写道："男女之别，严于颛帝，实起于黄帝。盖自黄帝辨姓，尊男抑女，以男为主。颛顼修黄帝之法，而益谨之。自此百世，妇人不以才显，不预外事。盖自伏羲首画阴阳，已寓坤道无成之教。黄帝制礼，始于谨夫妇，为宫室，别内外，为中国立教之大义也。"② 联系当时慈禧太后"垂帘听政"，光绪帝权力不显的政治现实，此项大义似乎别具深意。

（二）《教学通义》

《教学通义》亦撰于 1886 年，与《民功篇》为姊妹篇，都是以正在形成的新世界观作指导，针对严重的社会现实问题而对中国历史和传统文化所作的比较系统全面的总结借鉴式的批判。《民功篇》侧重于政治史及政治思想史，而《教学通义》侧重于教化史和学术史。

康有为书中所说的"教学"含义颇广，并不限于学校教育意义上的教学。对此含义，书中有一段集中的论述："今推虞制，别而分之，有教、有学、有官。教，言德行遍天下之民者也；学，兼道执登于士者也；官，以任职专于吏者也。下于民者浅，上于士者深；散于民

---

① 《民功篇》，《康有为全集》第 1 集，上海古籍出版社 1987 年版，第 78 页。

② 《民功篇》，《康有为全集》第 1 集，上海古籍出版社 1987 年版，第 38 页。

者公,专于吏者私。先王施之有次第,用之有精粗,而皆以为治,则四代同之。微为分之,曰教、学;总而名之,曰教。后世不知其分擘之精,于是合教于学,教士而不及民;合官学与士学,教士而不及吏;于是三者合而为一。而所谓教士者,又以章句词章当之,于是一者亦亡,而古者教学之法扫地尽矣。二千年来无人别而白之,治之不兴在此。今据虞制别教学,铆擘条理,推求变坏,知所鉴观,以反其本,则教学有兴。"又说:"礼教伦理立,事物制作备,二者人道所由立也。礼教伦理,德行也;事物制作,道艺也。后圣所谓教,教此也;所谓学,学此也。"① 概言之,"教学"在人员上包括了民众的教与学、士人的教与学、官吏的教与学,在内容上则涵盖了政治思想教化、道德观念教化、学术研究、工艺技术传授等各方面,构成了各个层次的文化进行传播、延续和发展的完备的网络。

康有为撰写《教学通义》是为了解决"今天下治之不举"的严重问题,②解决的办法为遵循"善言古者,必切于今;善言教者,必通于治"的原则,"师古"而修"教学"。为此,书中"上推唐、虞,中述周、孔,下称朱子,明教学之分,别师儒官学之条,举'六艺'之意,统而贯之,条而理之,反古复始,创法立制",对"教学"制度作了追源探流、透析重建的工作,以期达到"王者取法,必施于世,生民托命"

---

① 《教学通义》,《康有为全集》第 1 集,上海古籍出版社 1987 年版,第 84~85 页。

② 这些问题具体表现为"朝无才臣,学无才士,阃无才将,伍无才卒,野无才农,府无才匠,市无才商","上无礼,下无学,朝不信道,工不信□。君子犯义,小人犯礼"。(《教学通义》,《康有为全集》第 1 集,上海古籍出版社 1987 年版,第 80 页)

的目的。① 其主要内容有以下三大方面：

第一，系统考察从伏羲到周公教学制度形成发展的历史，勾勒先王教学之制的基本面貌，着重阐述周公教学之制，将其作为教学制度的理想模式。

康有为认为，教学起源于人类之智所特有的思辨性，由于"善于辨思"，人类一出现便开始产生礼义的萌芽和进行衣食住行方面的制作，于是，"老者传之幼者，能者告其不能，此教之始也。幼者学于长者，不能者学于能者，此学之始也"。就教学的内容而言，则可分为礼教伦理即"德行"和事物制作即"道艺"两大部分。从伏羲到黄帝，教学制度"无可考"，但德行、道艺不断发展，传至尧舜，便使教学达到了"至盛"。②

康有为将虞舜教学之制作为"立教设学"的正式开端。其大致设计为：(1)立公教，"凡民与国子皆尽学之"。公教分为"崇行之教"和"德艺之教"。前者用以教民，由司徒负责（"舜命契为司徒"），"敬敷五教，使民父子有亲，君臣有义，夫妇有别，长幼有序，朋友有信"；后者用以"教胄"（胄为帝王或贵族后裔），由乐官负责（"命夔典乐"），"教胄子直而温，宽而栗，刚而无虐，简而无傲。诗言志，歌咏言，八音克谐，无相夺伦，神人以和。所谓乐德乐语"。(2)设私学。以稷教稼穑，夷典三礼，垂作工，益作虞。私学"或世其业，或学其官，而后传之也"（或专门从事某一行为业，或专门担任某一行的官职，历代相传）。康有为指出以上"公教"与"私学"的

----

① 《教学通义》，《康有为全集》第 1 集，上海古籍出版社 1987 年版，第 80～81 页。

② 《教学通义》，《康有为全集》第 1 集，上海古籍出版社 1987 年版，第 83、84 页。

不同,"二千年来无人别而白之",现据虞制而加以区别,"钜擘条理,推求变坏,知所鉴观,以反其本,则教学有兴"。①

周公教学之制是康有为论述的重点。他赞颂道:"周公兼三王而施事,监二代以为文,凡四代之学皆并设之……盖黄帝相传之制,至周公而极其美备,制度、典章集大成而范天下……"他特别强调周公实行公学、私学之分:"公学者,天下凡人所共学者也;私学者,官司一人一家所传守者也。公学者,幼壮之学;私学者,长老之学。公学者,身心之虚学;私学者,世事之实学。公私必相兼,私与私不相通。"② 以此作为总纲,书中将周公教学制度分为公学、国学和私学三个部分:

1.公学。

公学为所有人之学,"自庶民至于世子莫不学之。庶民则不徒为士,凡农、工、商、贾必尽学之"。学习的内容有四:一是幼学。20岁以前皆谓之幼学,学《尔雅》以释训诂,学《少仪》以习礼节,"六艺"莫不兼习,"惟《礼》乃及二十后始学之"。二是德行学。有"六德"即智、仁、圣、义、中、和,"六行"即孝、友、睦、姻、任、恤。三是艺学。即礼、乐、射、御、书、数。四是国法。为本朝之政令、教治、戒禁。人从6岁开始就学,学至30岁才"任事","士人则分任六官,民家则各择九职",进入"私学"阶段。③

公学的实施从幼学到艺学由大司徒主持,其下执掌各级教学

<hr>

① 《教学通义》,《康有为全集》第1集,上海古籍出版社1987年版,第84、85页。

② 《教学通义》,《康有为全集》第1集,上海古籍出版社1987年版,第85~86页。

③ 《教学通义》,《康有为全集》第1集,上海古籍出版社1987年版,第86~87页。

之事的有乡大夫、州长、党正、司谏、乡师等。乡大夫每三年进行"大比",考察乡人的德行、道艺,将其贤者、能者举荐给司徒,被选取者为"选士"(可分任六官),其余则为民,由司谏颁以农、圃、薮、牧、商、贾等各类职事。国法之学的实施则由六官、布宪之官、小司徒、乡师及乡大夫、州长、党正、族师、闾胥等人执掌,其方式为悬法(张贴布告,"悬法于象魏,使万民观象")、宣示("以木铎徇于市朝")、读法,尤以读法为多,"统计读法百数十次,繁复谆复,惟恐民之不详知"。①

实施公学的结果,使民"内则崇德厉行,外则修其道艺……五礼、六乐、六书、九数之学,后世巨儒者学未能识其器,未能习其数,而周之民盖莫不兼通之";士民一体,农、工、商、贾无不从士出身,"故其民释耒耡则习礼乐之容,振削牍则通论说之用,与朝廷之士殆无以异";民通本朝政典,"当时之民于本朝政典盖耳熟能详,而民之聪敏有学者,自能考求本朝掌故,耳目易接,濡染易深,几于无人不通矣……故师儒之学能说本朝之教典,官吏之学能行王朝之政典,士夫之学以周为从,庶民之学以吏为师,民无异心,官无异学,此其所以治也"。②

2.国学。

国学是公学的一个特殊部分。其授学对象为"天子、世子、公卿、大夫、元士之嫡子,与凡民之俊秀"(诸嫡子又称之为"国子"、

---

① 《教学通义》,《康有为全集》第1集,上海古籍出版社1987年版,第88~91页。

② 《教学通义》,《康有为全集》第1集,上海古籍出版社1987年版,第89、90、91页。

"国之贵游子弟")。① 授学内容分为两部分：

其一为小学，专教国子。小学由师氏、保氏掌教，师氏教以"三德"、"三行"，保氏教以"六艺"、"六仪"。康有为认为师氏、保氏之教"亦犹教万民之德行、道艺耳"，因为德行、道艺为"通学"，"凡人所不可缺……皆人道所必然"，在这点上国子与庶民没有什么区别。不同之处在于国子为将来卿士之储，故"语德较精"，"其行与凡庶稍异"，"当官任政，礼义为繁，故但增'六仪'之教"。②

其二为大学，既教国子，亦兼教俊秀。大学由大司乐掌教，以乐学为教，教以乐德、乐语、乐舞。康有为指出，大学之所以专崇乐学，是为了"养德"："变化气质，涵养性情，德也"，"德成为上，行成次之，名物、度数为下"。而大学教国子及俊秀之所以需"专以养德为事"，是因为这些人身负重任，必须通过养德改变偏颇的气质性情，而使之臻于完美："凡教于典乐者，皆修于行，通于艺，英敏特达之人，将备公卿庶官之选，为国政民命之所托者也。凡天下贵人才士，皆有蹞踔过人之质，多豪宕、偏激、矜岸之气者也。且人之所以为人，血气成之，刚柔宽猛，静躁缓急，毗阴毗阳，各有所偏，虽性行高美之贤，未有能免之者也。……夫以国政民命所托之重如彼，矫激傲慢之偏如此，此先圣之所深患也。思矫其患，防其偏，计无有出于乐也。安之绹缦，作之金石，动之干羽，以和其血气，动其筋骸，固其肌肤，肃其容节。……动心而有谐焉，发言而有律焉，举足

---

① 《教学通义》，《康有为全集》第 1 集，上海古籍出版社 1987 年版，第 97、105 页。

② 《教学通义》，《康有为全集》第 1 集，上海古籍出版社 1987 年版，第 97 页。三德为至德、敏德、孝德，三行为孝行、友行、顺行；六艺为五礼、六乐、五射、五驭、六书、九数，六仪为祭祀之容、宾客之容、朝廷之容、丧纪之容、军旅之容、车马之容。（见同上）

而有节焉,浸之濡之,涵之润之,待其涣然释,怡然顺,体与乐和,志与气平,蔼然而中和,琅然而清明,刚柔缓急,悉剂其称,则学之成也。此先王舍弃百学而独教乐之微恉也。"①

3.私学。

私学是继公学之后的职业化的专精之学。接受公学教育的人可分为三类,不同类别的人完成公学教育后接受私学有不同的规定:第一类为"卿大夫、元士之嫡子",朝廷内务管理之官皆由他们担任,"以为亲卫,既世其官,世其业,皆有专学";第二类为"士大夫之庶子及贤能宾兴于王者,及虽不预宾兴而以曲艺进第者",他们由司马、司士根据其才能、志向、所博之学而分别授予各种官职;第三类为"不预宾兴"的庶民,他们受田、给役,由司徒颁给各类职事,"或为农、圃;或为虞、衡、薮、牧;或为商、贾、百工;或学他艺及世事,若医、巫、祝、卜之属;或习服事,如府、史、胥、徒之伦。……数者各择一业,视志所好,博学而致其精,无有方所焉。如为农、圃,则博极农、圃之学;为百工,则博极百工之学;若厌其业,则又舍去"。不是所有之民皆能授职,"其下者为闲民,盖弃材矣"。②

私学的最大特点是官学一体,专官即掌专学,"以官为师,上而为官,下而为府、史、胥、徒者业焉,终身迁转不改"。书中列举了约25类专官专学,如礼官礼学、乐官乐学、兵官兵学等等,莫不如此。康有为总结道:"既各有专官,各有专学,则各致其精,各不相知,如

---

① 《教学通义》,《康有为全集》第1集,上海古籍出版社1987年版,第102~104页。与此基本相同的论述,又见于《民功篇》,同上书,第53~55页。

② 《教学通义》,《康有为全集》第1集,上海古籍出版社1987年版,第92、96页。

耳、目、鼻、口各不相通，而皆有专长。其他不能，不以为愧，不知，不以为耻。材智并骛，皆足以致君国之用。"①

康有为认为，实行由公学、国学和私学构成的教学制度是周公之治臻于至美至盛的保证："周公之制……天下人士习游于其中，术业日精，而养民经国之法亦美备。其法人与天祭，器与道合，粗与精均，贯上下合，事物无不周遍。此周公所以位天地，育万物，尽人性，智周天下，道济生民，范围而不能过，曲成而无有遗。"② 然而，周公之制尽管极其美备，却未能继承留传下来，相反，至汉代已遭到完全破坏。

一方面，私学遭破坏，集中表现为官守尽失，孔子六经之学取代了周公"百官之学"。康有为指出：周穆王时，虽风俗稍浇，学犹未废，但"自夷、懿以降，王迹日夷，官守渐失"；春秋时，《诗》、《书》、《礼》、《乐》、《易》、《春秋》六者大业，其时已难见如是，况其余官散湮日尽，固也"，"诸侯专恣，如行私政，周公之道器已散，列国官制、军制无一同者，一切文字、政法，已各有变政，国异家殊。……虽有汲汲鲁中叟，弥缝补其淳，然已破碎不完"；战国时，"周已垂亡，故府尽湮，官守不备，扫地尽矣"。失官之后，孔子搜拾文、武、周公之道，以六者（即《诗》、《书》、《礼》、《乐》、《易》、《春秋》）传其徒，其徒尊之，奉为"六经"，至董仲舒、公孙宏时请立学官，"皆以'六艺'儒家为学，遂为二千年之大法"，"后世遂以'六经'为学，而治亦因之。周公避位，孔子独尊，以'六经'出于孔子也。然自是周

公百官之学灭矣"。① 康有为进一步分析道,汉人极尊"六经",以
为尽先圣之大道,而不知"六经"学官仅为天子之一官,即司徒之
官,而实际上两者还不能相等,"司徒之官,于民治无不备,后世仅
存司徒中师、保之官而已。然且'三德'不明,'六艺'尽失,'六仪'
已散,'八刑'不举,仅得先王师、保之半官以治天下。故二千年来
民彝未大泯,而养民治国之治荡矣无存,则失官之故也"。②

另一方面,失官使公学亦遭破坏。表现为公学以德行为学,取
士辨官均有记载其人贤能的文书,以"六艺"教士,"则各有专书以
肄之矣",而战国时,"务巧诈,讲词辨,俗尚大非,册籍尽去,盖贤能
之书已随守官之学而同亡矣","至于'六艺'同时离散……周之'六
艺'尽亡矣";公学原来向士民公布宣示的国法"藏于秘府",除任校
书之职者外均不得见,"盖周之法亦亡矣"。正因为私学、公学俱
亡,所以"六经"益重,"此残经之所昌于后世也"。③

第二,比较孔子与周公,指出孔子之学存在重大缺陷,同时对
其与周公之制的继承发展关系和在后世的影响作了全面的分析。

康有为认为,孔子在两个方面是不如周公的。一是周公得有
"天位",而孔子身为布衣,"绌于贱卑"。因此,周公能"以天位而制
礼,故范围百官万民,无不曲备",教与治紧密结合,而孔子"以布衣
之贱,不得位而但行教事,所教皆英才之士,故皆授以王、公、卿、士

---

① 《教学通义》,《康有为全集》第 1 集,上海古籍出版社 1987 年版,第
112～113、115、121 页。

② 《教学通义》,《康有为全集》第 1 集,上海古籍出版社 1987 年版,第
115 页。

③ 《教学通义》,《康有为全集》第 1 集,上海古籍出版社 1987 年版,第
116～117 页。

之学,而未尝为农、工、商、贾、畜牧、百业之民计","但与讲礼、乐、诗、书之道,道德义理之精,自无暇及农、医琐细之业","坐谈高义,舍器言道",教与治截然分离。二是周公有丰富的文化遗产可以继承,"……承黄帝、尧、舜之积法,监二代之文,兼三王之事,集诸圣之成,遭遇其事,得位行道,故能创制显庸,极其美备也",百官之学皆发达,而孔子"……生丁春秋之末造,天子失官,诸侯去籍,百学放黜,脱坏大半矣",尽管孔子勤勤恳恳地加以搜求,备极艰难,所得"不过先王一官一守破坏之余",远远不能跟周公的"百官之学"相比。①

　　与此同时,孔子之学与周公之制之间又存在着继承发展关系。就继承而言,孔子所修"六经"有五经(除《春秋》外)"皆出于周公",意即皆以周公典章为本,而孔子所作的是编修的工作。在教学制度上,孔子《诗》、《书》、《礼》、《乐》之学"可为公学",《春秋》之学"近于大学",而《论语》之学"纯乎其为师氏之学"。② 就发展而言,孔子所修"六经"虽然言治不宜于用,但言道则讲之日精,"此则全为孔子之学,而不得属之周公",《论语》亦"全乎孔子之学也";特别是《春秋》一书,"孔子感乱贼,酌周礼,据策书,明制作,立王道,笔则笔,削则削,所谓微言大义于是乎在","与周公之礼绝异",为孔子"继尧、禹、周公之事业,以为天子之事"的"改制之书","故谓后世皆《春秋》之治,诚所谓继周者也"。③

---

　　① 《教学通义》,《康有为全集》第 1 集,上海古籍出版社 1987 年版,第 118 页。

　　② 《教学通义》,《康有为全集》第 1 集,上海古籍出版社 1987 年版,第 119、120、121 页。

　　③ 《教学通义》,《康有为全集》第 1 集,上海古籍出版社 1987 年版,第 121、122、124～125、126 页。

　　康有为还分析了孔子之学对后世的影响。

　　一方面,孔子之学在诸多领域影响甚大:孔子修《诗》、《书》、《礼》、《乐》,"实为后世教学以词章教士之祖……后世之学统出于孔门,发轫于此";《论语》"为后世学之大宗。驱天下而纳之,自童呆至耆儒老师咸习之。至宋益盛。后世百治不举,而人心风俗犹有善者,赖此而已";《春秋》之学"专以道名分,辨上下,以定民志",此大义自汉之后日明,"君日尊,臣日卑",自明至清朝五百年中"无人臣叛逆之事","综计国朝三百年中,惟有三乱:康熙时曰三藩,嘉庆时曰教匪,咸丰时曰发逆。自尔之外,天下塞晏。仰视《春秋》,二百年中,弑君亡国,士大夫失家被戮,列国交伐,庶民死于征役之事,岁岁踵接,不可胜数,其治乱忧乐相去万里。此皆《春秋》所致,孔子之功所遗贻也",而且《春秋》之学还在日本大行其道,日本"人士咸有《春秋》之学,莫不助王,而睦仁复其故统,盖所谓《春秋》之力、孔子之道,至是而极大矣","故谓后世皆《春秋》之治,诚所谓继周者也"。①

　　但另一方面,孔子之学又影响有限,并日趋衰落。首先,孔子之学由于无"官守之学",教治分离,因而传布不广,"惟治既不兴,则教亦不遍,且无以辅教,而孔子义理之学亦寝亡矣。今中国圆颅方趾四万万人,而荷担《论语》,负任道统,日以教为事者,竟寡其人,孔子之道亦可云衰矣",或者"名虽尊孔子,而实非孔子之学矣"。其次,"六经"经孔子搜辑订正后曾灿然复明,加上七十弟子分传其业,子孙世其家学,曾使孔道大明,儒风弥畅,但"不幸遭秦

－－－－－－－－－－

　　① 《教学通义》,《康有为全集》第1集,上海古籍出版社1987年版,第119、122、125~126页。

禁儒业,天下弃学,高、惠、文、景皆不好儒,中间百年,于是孔门大明之'六经'复成残缺矣";"六经"之中,惟《易》以卜筮不禁,《诗》以讽诵得全,《春秋》以口说流行,"孔子之《六经》实有三经存于后世而已"。将此三经与周公教学之制相比较,《易》非教学者之书,《春秋》为卿士之业,"先王学官之业,实存《诗》一经而已"。康有为据此认为:"后世所以不及三代,实出事势之无可如何。大业崩坠,生民失托,谨以叔孙礼乐、萧何律为治数千年矣,岂非天之不佑吾民乎!"①

作为今后的理想,康有为主张将周公之制与孔子之学以"内圣外王"的模式结合起来:"今复周公教学之旧,则官守毕举。庄子所谓百官以此相齿,以事为常,以衣食为主,蕃息畜藏,老幼孤寡为意,六通四辟,小大精粗,其运无乎不在,外王之治也;诵《诗》、《书》,行《礼》、《乐》,法《论语》,一道德,以孔子之义学为主,内圣之教也。二者兼收并举,庶几周、孔之道复明于天下。"②

第三,依据先王(主要是周公)教学制度的精意,针对后世各种严重的弊端,提出全面改革的主张。

在系统考察古代教学制度演变的基础上,康有为对照先王之制的基本精神,对后世及现实教学制度存在的弊端进行了反省和

---

① 《教学通义》,《康有为全集》第 1 集,上海古籍出版社 1987 年版,第 122~124 页。

② 《教学通义》,《康有为全集》第 1 集,上海古籍出版社 1987 年版,第 122 页。

批判,提出了多项改革的主张。① 其中,带有根本性或总体性的改革主张有 3 项,比较具体的改革主张有 8 项。

前 3 项主张是:

1.立学。

所谓立学,就是遵照先王教学之制的基本精神,重新建立有治国治民之实用的教学制度。康有为概括先王教学制度的基本精神是:"古者道与器合,治与教合,士与民合。公学务于有用,则凡民皆遍习而不限。以员专学,以吏为师,则入官有所专习,而世守其业。大学则世家名士所游,惟执礼学乐以养其和容,此才智所以盛、民治所以兴也。"其突出的特点是注重教学的有用性,"古人之治教,务使学者诵一王之典,以施于用而已","夫礼、乐、射、御、书、

---

① 按《教学通义》所列篇目的编码,这些主张共有 20 项,但实际上其中仅存篇目而缺正文的有 2 项(分别为六艺(下)第二十和谏救第三十一),篇目正文俱缺的有 7 项(第二十一至二十七),现有正文留存的只有 11 项,即:立学,从今,尊朱,幼学,德行,读法,六艺上,六艺中,敷教,言语,师保。(见《教学通义》、《论幼学》,《康有为全集》第 1 集,上海古籍出版社 1987 年版,第 82、517 页)按,在《康有为全集》第 1 集中,编者是将《论幼学》另编成篇,署时为"一八九一年前",置于《广艺舟双楫》之后,而《教学通义》"幼学第十五"下则注明"正文阙"。查康有为在《教学通义》目录之后注有"幼学、官乐、乐、书、数、谏救共六篇在另卷,未写过此"(同上书,第 82 页),可知幼学篇已经同时写成,但登在另卷。从现收入书中的《论幼学》看,其文章结构、行文风格与《教学通义》各篇目甚为一致,其内容引《内则》言"古者言幼学,莫详如此"(同上书,第 517 页),言后世幼童诵《诗》、《书》、《论语》、《孝经》、《易》是"学非所用,用非所学"(同上书,第 518 页),言朱子所编《小学》"近于古六德、六行之书,不为幼学计也","若朱子于幼学留意,为编一书,五百年人才必不止是也"(同上书,第 519 页)等,与《教学通义》有关篇目的内容完全契合。据此似可认为《论幼学》即为《教学通义》中写在"另卷"的"幼学第十五"篇,其写作时间亦应订正为 1886 年。

数者,凡人类不得已必然之公学,得之而后有用。有生失之,则无以为用,无以为生"。①

而后世却与此相反,抛弃了教学对国计民生的有用性,"徒使通经学古广为调说,高为论议,而不许施之于用。……所用者在此,所尊高者在彼,此儒术所以诮迂疏而无用","……儒者无家国之任,惟高陈大道……是用者不学,学者不用也"。汉代设学,号称极盛,"然实浮华相扇,空说经文……去古远甚",晋杂庄、老,六朝加以佛学,"淫于词章,盖不足论"。② 尤其是实行科举制之后,教学更为无用,"进士之试,始于隋炀,其去道益远,其所以成就人才者益非","所谓进士者,不过为淫哇之诗赋而已。……尔后千岁,为经义,为诗赋,虽有小变,而皆取士以文辞,士皆骛于文以为学,学既奇谬而文亦不工";今沿宋、明之旧,以科举选士,"士皆溺于科举,得者若升天,失者如坠渊,于是驱天下之人习哇滥之文。……久而自为童生至其得第,并'六经'之文而不能诵之。不知古今,不通艺学,伈伈然若聋瞽,然可长驱登高,等为公卿。后生师摹,争相仿效,谬种相传,滔滔不绝,沛若江河,泛弥天下。学官不讲,则广设书院以奖翼之;进士不足,则多为举人、拔贡、优贡以选举之;然亦不过多增呐唔求爵禄之肆而已。上者既无古人德行、道艺之教,下之并无后世章句文史之学,聚天下而为臭诟亡耻、嗜利无知之骏徒,国家其谁与立"? 无用之学盛行,"惟养民教民之学,则无复几微少存者"。因此,人才的极其缺乏,成了"今日学之大患","患专

---

① 《教学通义》,《康有为全集》第 1 集,上海古籍出版社 1987 年版,第 127、128、134 页。

② 《教学通义》,《康有为全集》第 1 集,上海古籍出版社 1987 年版,第 128、129 页。

官无才吏,专学无才士;患田无才农,城无才工,市无才商,山无才虞,百艺技巧无才奸,国家无所籍("籍"似为"藉"之误——引者注)以为治"。要救此大患,惟有实行改革,"由今之学,不变今之法,而欲与之立国牧民,未之有矣"。①

2.从今。

所谓从今,就是教学要以时王时制为中心,为搞好现实之治服务,反对教治分离,好古贱今。康有为认为,古代教学是紧密围绕时王之制来进行的:"古之王者,创业垂统,安定其民,上出其宪章以为教,下奉其宪章以为学,皆一朝之法令、典章也。创之于君,存之于官,守之者师儒,诵习奉行者士民。"这样做的结果,是使"上之法令易知,下之情意易通,其学之之势至易,其施于用也至便","此先王所以致治也"。并进一步指出,在这种做法中,贯穿着彻底变法的精神,"周制以时王为法,更新之后,大势转移,大周之通礼会典一颁,天下奉行,前朝典礼废不可用,人皆弃之如弁髦土梗。且三代时,新王变更礼制,下及杯勺、颜色、体制,无不变更……又其政令数("数"似为"教"之误——引者注)学皆掌于官,故移风易俗自出于一,前朝典礼自无所容,不待焚而自废";而时王之制(周制)之所以能"镕铸一时,范围百代",又是因为时王们(文、武、周公)能超越前人,他们"义理精纯,训词深厚,而制度美密,纤悉无遗,天下受式,遏越前载,人自无慕古之思也"。②

后世则与先王之制相反,一方面,时王本身在学术上"空无所

----

① 《教学通义》,《康有为全集》第1集,上海古籍出版社1987年版,第131、133～134页。

② 《教学通义》,《康有为全集》第1集,上海古籍出版社1987年版,第135～136页。

有",对先王之制采取的是"阴绝之而阳尊之"的态度,所谓杂用王霸者,是"以今霸为治,以古王为教",于是"教学与吏治分途二千年矣";另一方面,学者们"好古贱今",治学完全脱离现实,"师儒士夫专以通经学古为贤,于是有训诂考据之学,说'尧典'二字以二万言,'仲尼居'三字以数万字。大则三雍七庙之制,小而深衣车戈之考,连篇累牍,可汗牛马。积岁穷年,至于白首。……然质之先圣教学之原,王者经世之本,生民托命之故,则无一当焉。虽以巨学耆儒,问以国故而不通,询以时事而不知,考以民生而不达",今天下人士多迂愚而无用,"殆亦高言学古为之累也"。在这种情况下,欲求治才,"何异北行而之楚,缘木而求鱼",欲求时制损益今故,变通宜民,"不亦远乎"? 因此,必须讲求"从今"之学,"今言教学,皆不泥乎古,以可行于今者为用。……朱子曰:'古礼必不可行于今,如有大本领人出,必扫除更新之。'至哉! 是言也"。①

3.尊朱。

所谓尊朱,是要以朱熹作为学者治学的榜样。康有为认为先王之学自汉代以来逐渐废坠亡灭,"自变乱于汉歆,佛、老于魏晋六朝,词章于唐,心性于宋、明,于是先王教学之大,六通四辟,小大粗精,无乎不在者,废坠亡灭二千年乎! 无人得先王学术之全,治教之密,不独无登峰造极者,既登麓而造趾者,盖已寡矣"。只有朱熹与众不同,在治学上取得了非凡的成就:"惟朱子学识闳博,独能穷极其力,遍躐山麓,虽未遽造其极,亦庶几登峰而见天地之全,气力富健又足以佐之,盖孔子之后一人而已。其学原始要终,外之天地鬼神之奥,内之身心性命之微,大之经国长民之略,小之度数名物

---

① 《教学通义》,《康有为全集》第 1 集,上海古籍出版社 1987 年版,第136~137 页。

之精，以及词章、训诂，百凡工技之业，莫不遍探而精求，以一身兼备之。讲求义理，尽其精微而致其广大，撮其精粹而辨其次序。……吏治精绝，文章诗赋书艺又复成家。外及阴阳、书画、方技，莫不通贯，真兼万夫之禀者也。……其学行于当时……一言一话法于世，自孔子而后，未之有此也。"①

但朱子亦有不足之处，主要是"于孔子改制之学，未之深思，析义过微，而经世之业少，注解过多"，"孔子改制之意隐而未明"。②这实际上就提出了以孔子改制之学补充朱子之学的思想。

后8项主张是：

1.搞好幼学。

幼学是古代公学的起点。康有为指出，古代幼学之教"其事至切实，一则为学世事之基，使长不失职；一则为人义之始，使长可为人。乃人道之必然，理势之至顺者也"。而秦汉之后，"经学以虚名相传，人道之宜，则未有留意者。于是，二千年来，竟无一书为养蒙计者"。后世不教幼童宜学的知识礼仪，而教诵读《诗》、《书》、《论语》、《孝经》、《易》，文义高远，不周于用，"外之不能通世事，内之不能益情性"，"学非所用，用非所学……责其有效，岂不慎乎"？③

今欲搞好幼学之教，宜做好3事：一是修《幼仪》一书，分事亲、事长、处众、使下、见客等20类，"各以古经冠首，次采后儒之说。其人事日新，前儒未及者，亦取今时礼节，附之隶条下"，"多为韵

---

①　《教学通义》，《康有为全集》第1集，上海古籍出版社1987年版，第137~138页。

②　《教学通义》，《康有为全集》第1集，上海古籍出版社1987年版，第138~139页。

③　《论幼学》，《康有为全集》第1集，上海古籍出版社1987年版，第517、518页。

语,以便讽诵,庶几幼学有基,进而讲德行道艺,乃有序尔"。① 二是编"幼雅之例",以通今为义,酌采《尔雅》、《广雅》、《急就》、《释名》之例,分天文、地理、人伦、王制、族姓等15类,"造之成句,以便诵读;画之成图,取易审谛;注古今之异,使知迁革;皆取实物,举目可识,凑耳易了。由今通古,由浅识深,进而讲'六艺'群书,通世事,当不复阂隔"。三是选诗讽诵,"自三百篇外,凡汉、魏以下诗歌乐府暨方今乐府,皆当选其厚人伦、美风化、养性情者,俾之讽诵,和以琴弦,以养其心,其于蒙养,亦不为无益也"。②

2.讲求德行。

康有为指出,先王皆重德行,"人人宜学者,莫如德行,人人宜讲者,莫如德行,至易至简,化民成俗,莫善如此,莫捷如此"。讲求的办法是,以朱子《小学》作为德行之书的蓝本,"汰其高深,别其体例,叙'六德'为统宗,以诸法拊("拊"似为"附"之误——引者注)之,分'六行'为门目,缀嘉言善行于其下,以经为经,以儒先之言行为传,兼明祸福之报,以耸天下之民",将此书"颁之于乡学,令民皆讽诵,州里僻壤广设学堂,朔望与圣谕、国律同讲,民无有不听。不听者以为无教,人共摈之"。③

3.向民庶宣示国法。

康有为指出古代以"悬法"、"读法"的方式向民庶宣示国法的好处是:"凡国之政令、禁律,民熟知之,上下之情交通无阂,故下易

---

① 《论幼学》,《康有为全集》第1集,上海古籍出版社1987年版,第520、519页。

② 《论幼学》,《康有为全集》第1集,上海古籍出版社1987年版,第520页。

③ 《教学通义》,《康有为全集》第1集,上海古籍出版社1987年版,第140页。

知而令易行,民服习其政,莫不远罪而奉法,治化所由易成也",而后世没有读法的作法,"民冥然远绝于教化,及陷于法,从而加诛,是岂治民之意哉"?改进的办法是从《清会典》、《清通礼》、《清律例》中摘出"切于民事者"和"一切不应为之事载于律例者",刊成一书,与康熙圣谕十六条一体宣讲,"其有不备,量加增修,简易宜民,务使宣布。远方山谷,骏男稚女,咸令周知,犯禁自少,俗化自美"。①

4.修定礼制。

康有为比较周代礼制与后世礼制,指出前者"美备"而后者"疏粗"、"销亡极矣",之所以如此,皆"有司之责,而亦学士尊古之过也"。康有为引朱熹之语,认为今修定礼制的原则是:"必不从古之礼","夏、商、周之礼不同,百世以下有圣人作,必不踏旧本子,必须斩新别做",并进一步论述道:"夫新王改制,修定礼乐,本是常事,而二千年中,不因创业之未暇,则泥儒生之陋识,有王者作,扫除而更张之,亦何足异乎?朱子谓:'不知迟速在何时?'此晦盲否塞至于今日,此其时也。"又云:"朱子曰:'古礼必不可行于今日。'不独古今异宜,文为须称,实则三古异时,周、孔异制,诸经乖互,理不可从,后师附会,益加驳杂。……然则欲行古礼,徒增聚讼,终无是也。而使天下学士穷老尽气,钻研斗于不可行之学,精于是业者,措之尚不适于用,甚非王者教士治民之宜也。……惟有酌古今之宜,定质文之中,存尊卑隆杀之数,使人人可行。总会百王,上下千古,定为一书,立于学官,行于天下,习于士民;督于有司。至古之礼经,藏于秘府,分存名山,但以待博学好古之士,专门名家之人,

---

① 《教学通义》,《康有为全集》第1集,上海古籍出版社1987年版,第141、142页。

不复立学,不复试士。庶几耳目一而风俗同,士习为有用之学,从今之道,彬彬之风,炳然将同于三代矣。"① 这集中体现了康有为对古代礼制、礼学乃至经学的基本态度。

修定礼制的具体做法有三:一是"将国朝《会典》、《通礼》广加增备,及公私仪式定为一书,颁发郡县,立于学官,自穷乡远方杜("杜"似为"社"之误——引者注)学义学咸令诵读。岁时饮酒,乡老学师率其子弟会而习礼,择其精熟,上名于教官,而后许入学试吏;其有公私仪式不从官书者,以违制论。有司时时举罚之,则国礼之行遍于遐壤,风一道同,庶几复周时六礼防民之义也"。② 二是编修《礼案》一书。其目的是供"专习礼科者"和欲考知古今、得以推礼制损益之故的"士人之通博者"采用,"俾学者有所考求,而不致庞杂于耳目,烦劳其心思,白首而不能言,穷老而无所用"。编修的办法是:采集经传,"分四代之古礼,别周、孔之异制,下及汉、唐二千年来礼制之因革沿革,定为一书,谓之《礼案》"。为此,首先就要"辨古今之学"和"辨今古礼"。关于古今之学,康有为明确指出:"古学者,周公之制;今学者,孔子改制之作也。"关于今古礼,他认为先当别其书:"周公之制,以《周礼》为宗。而《左》、《国》守之。孔子改制之作,《春秋》、《王制》为宗,而《公》、《穀》守之。"次当考今古礼之有无同异:"某礼于古为某,于今为某;某礼为今古同有,某礼为今古同无;某礼为名异而实同,取之郑康成'三礼'注,其编次不从原文,颇得行礼之节次。"虽然康有为明确划分今古学、今古礼

① 《教学通义》,《康有为全集》第 1 集,上海古籍出版社 1987 年版,第 142~143、144~146 页。

② 《教学通义》,《康有为全集》第 1 集,上海古籍出版社 1987 年版,第 143~144 页。

的界限,但对二者没有是非的取舍,而是主张二者并存,"其古学之殊者,存之以沿革之,增改;其汉儒之说者,别之为先师之推例。旁推诸子,下搜汉注,尊周、秦之古说,别汉师之附会。会其诸儒之捃合今古者,则据经以正之;后儒之各有依据者,分类而从之。条秩不紊,分数斯明,然后按《通考》之例,斟酌而增改之,悉归部伍,约束分明,二千年纷如乱丝之礼,皆可治也。以是存案,不亦清乎"。① 三是将三《礼》(《仪礼》、《周礼》、《礼记》)古经"存于秘府,藏于名山,听天下藏书家藏之,不以试士,以一耳目,齐风俗"。②

5.对射御的取舍。

射、御为古代"六艺"的两项内容。康有为认为,射者在古代为尽人共学之艺,今日则为"极无用之物",但"推古人之意,不在器而在义也。射之义在武备,今之武备在枪炮,则今之射即烧枪也,则烧枪为凡今男子所宜有事也。……师古人之意,不师其器也"。御者为今之驾驶,非尽人宜学者,"当以图画补之,为尽人所宜学"。③

6.教化民众。

康有为指出黄帝时即开始"教民",以"敷教"的方式教民与以学校教士是"绝不相混"的两件事。而后世不知两者之别,教士虽存,教民却"尽亡",以致中国众多民人"亘数千年不被教化",滇、黔、粤间异教(耶稣教)流行,豫、陕、燕、齐之民亦少识字者,"皆无教故也"。康有为强调教民比教士更加重要,教民为"人心风俗之

---

①　《教学通义》,《康有为全集》第1集,上海古籍出版社1987年版,第146~148页。

②　《教学通义》,《康有为全集》第1集,上海古籍出版社1987年版,第151页。

③　《教学通义》,《康有为全集》第1集,上海古籍出版社1987年版,第151~152页。

所寄,国家治乱之所关","视学校选举之政,未巨有宏于兹者也";"选举止及于士,敷教下逮于民。士之与民,其多寡可不待计也。而士大夫多轻视之,此所谓本末舛决,目不见丘山者也。乱国之政不务本,亡国之政不务实,其以此夫"!①

今日教民的方案是:"今为敷教之书,上采虞氏之五伦,下采成周之六德、六行,纯取经文切于民质日用,兼取鬼神祸福之根,分门列目,合为一经,详加注释,务取显明。别取儒先史传之嘉言懿行为之传以辅之。以诸生改隶书院,以教官专领敷教事,学政领之,统于礼部。每州县教官分领讲生,隶之义学,以敷教讲经为事,以大清通礼、律例、圣谕之切于民者,以幼稚书数之通于世事者辅之。常教则为童蒙。朔望五日敷宣,则男女老孺咸集。……务使愚稚咸能通晓,推行日广,远方山谷,务使遍及,苗黎深阻,一体推行。……下美风俗,上培国命,为政孰大于是。讲生开一善堂,于德行、道艺宜许之以彰瘅之事,以劝风化。其大者上之教官转达学政,有所奖罚,兴行自易,此谏救让罚之义也。"②

7.统一言语。

康有为认为文章至孔子后始成,"古者惟重言语",其言语皆有定礼、定名和专学,讲求统一,因而"天下同风,无有阂隔之患,无有无用之学,其容貌辞气,其文足观也,其实足既也。言者宣也,上下相宣而无有不治矣",而自秦、汉之后,"言语废而文章盛,体制纷

---

① 《教学通义》,《康有为全集》第1集,上海古籍出版社1987年版,第153~154页。

② 《教学通义》,《康有为全集》第1集,上海古籍出版社1987年版,第154页。

纭,字句钩棘",文与文不同,言与文不同,学人与常人言不同。①

今欲统一言语,"……当编书名之书达于四方,凡天地、鬼神、人伦、王制、事物,酌古准今,定为雅名,至于助词皆有定式,行之天下。先行于善堂义学,自远方山谷属国……咸使周遍通晓,操此为言,行之直省藩部,罔有不通。上德易宣,下情易达,商贾易通,情伪易悉,无有阂塞之患、辱国之事,此亦为政之先务也。书名既定,凡公私文牍、传记、序伦,百凡文体皆从定式。……一切名号断从今式,不得引古,俾学士、野民咸通其读,则民智日开,学问益广",文体、文句皆有制度,不得随意。②

8. 设立师保。

所谓师保,指"教训德义"③ 之人。康有为指出古代天子重师保之设,有三公、三少(即太师、太傅、太保、少师、少傅、少保),"明孝、仁、礼、义以道习之","皆选天下端士孝悌博有道术者为之,与之居处出入,逐去邪人,不见恶行。故日见正事,闻正言,行正道,左视右视,前后皆正人";"又有司过之史,亏膳之宰,进善之旌,诽谤之木,敢谏之鼓,瞽夜诵诗,工诵正谏,士传民语,其习之之严且谨者如此"。他引述古史诸多记载而下一总的结论道:"总会古哲,莫不以得师保而治,无师保而乱,披艺按谱,其效至明也。"并认为后世虽寡闻严立师保之义,亦"皆有魁垒骨鲠、议论通古今之人置

---

① 《教学通义》,《康有为全集》第1集,上海古籍出版社1987年版,第155、157～158页。

② 《教学通义》,《康有为全集》第1集,上海古籍出版社1987年版,第159页。

③ 《教学通义》,《康有为全集》第1集,上海古籍出版社1987年版,第163页。

于左右"，使君主得以"日闻正言，自黜邪事"，迁善而远恶。①

而今日官吏皆无师保，天子则"其尊愈甚"，虽有师保，却"仅言
'六艺'，崇阶闳殿，尊如天帝，懔若大神，鞠跪而对，点首而退"，元
老大臣在君主面前亦只得"逡遁隐缩，胸藏万策，不敢一言"，"皆古
所谓与奴隶处者也"。在这种情形下，"必皆上圣之资，不待辅弼而
后可。不然，挟斯为治，何异缘木而求得鱼，北辕而求之楚哉"！因
此，师保之设，"凡有官君子所不可少者也"。②

以上民功论和新教学论既是康有为运用新思想体系对中国历
史和传统文化所作的系统借鉴、剖析，在相当大的程度上又是对其
新思想体系所作的历史和文化的论证，更重要的是，其中已经包含
了后来维新运动中康有为将要提出的若干变法思想和主张的基本
内容。

第二节　古文经学与今文经学的重释

1888 年上清帝第一书之后，康有为鉴古用古的学术观逐渐采
取了新的表现形态，即提出了新学伪经说和孔子改制说。③ 1890
年 4 月，陈千秋拜见离京返粤不久的康有为时，康即告之以"孔子
改制之意……诸经真伪之故……尧舜三代之文明，皆孔子所托"等
语。这一年，康有为撰写了《王制义证》、《毛诗伪证》、《周礼伪证》、

---

① 《教学通义》，《康有为全集》第 1 集，上海古籍出版社 1987 年版，第
160 ~ 162 页。

② 《教学通义》，《康有为全集》第 1 集，上海古籍出版社 1987 年版，第
163 页。

③ 在《教学通义》中康有为已提到"孔子改制"（见本章第一节），但尚未
将其与"伪经"对称，与后来的改制说有很大区别。

《说文伪证》、《尔雅伪证》等辨伪之书。次年,康有为著《长兴学记》作为万木草堂的学规,其中对辨析新学伪经和讲求孔子改制之学的要旨作了明确而详细的说明。同年 8 ~ 9 月,在陈千秋、梁启超的协助下,刻成《新学伪经考》。1892 年由康有为开始编撰《孔子改制考》,历时多年,1898 年由上海大同译书局刊行。①

①　见《康南海自编年谱(外二种)》,中华书局 1992 年版,第 19 ~ 20 页,及《长兴学记》,《康有为全集》第 1 集,上海古籍出版社 1987 年版,第 560 ~ 565 页。康自编年谱还于光绪十四年(1888)条下记载:"既不谈政事,复事经说,发古文经之伪,明今学之正";于光绪十八年(1892)条下记载:"是书(指《孔子改制考》——引者注)体裁博大,自丙戌年(即 1886 年——引者注)与陈庆笙议修改《五礼通考》,始属稿,及己丑(即 1889 年——引者注)在京师,既谢国事,又为之。"(《康南海自编年谱(外二种)》,中华书局 1992 年版,第 16、21 页)据此,似乎康有为早在 1886 年或 1888 年就已开始提出了新学伪经说和孔子改制说。但一些重要的史实表明,康有为以真伪区别今文经与古文经不会早于 1888 年。这些史实有:(1)康有为 1886 年撰写了《教学通义》这部重要著作,该著立论所依据的儒学经典主要就是古文经的《周礼》。梁启超曾评价说:"有为早年,酷好《周礼》,尝贯穴之著《政学通义》("政学"为"教学"之误——引者注),后见廖平所著书,乃尽弃其旧说。"(《清代学术概论》,梁启超著:《饮冰室合集》专集之三十四,中华书局 1989 年版,第 56 页)在该著中,虽然多处提及孔子改制,并有专章("春秋第十一")论"《春秋》为孔子改制之书"(《康有为全集》第 1 集,上海古籍出版社 1987 年版,第 125 页),但这时所说的孔子改制与"周公经纶之迹"或"孔子宪章祖述,缵承先王"的说法(引同上,第 121、122 页)并不矛盾,换言之,孔子改制这种今文经学的主张在该著中与诸多占主导地位的古文经学的主张是并存不悖的。这与后来以否定新学伪经为前提的孔子改制说有很大的不同。(2)据《康南海自编年谱》,康有为 1888 年 12 月 10 日拟上书清帝而受阻不达后,听从沈曾植"勿言国事,宜以金石陶

　　伪经说和改制说与民功论和新教学论相比,有了很大的不同:后者不否认古文经的真实性,将其与今文经并存并用,前者却称

遣"的劝告,"日以读碑为事,尽观京师藏家之金石凡数千种",为撰写书法理论著作《广艺舟双楫》做准备,并应于次年 9～10 月离京之时已撰成该著的初稿(《广艺舟双楫》"自叙"云:该著"作始于戊子(即 1888 年——引者注)之腊……归欤于己丑之腊,乃理旧稿于西樵山北银塘乡之澹如楼"。见《康有为全集》第 1 集,上海古籍出版社 1987 年版,第 401 页)。此时康有为未完全"不谈政事",仍代屠仁守草拟了以"请停颐和园工"等 4 事为主要内容的奏折,但他对朝廷变法之事已极为失望,准备返粤"专意著述……将教授著书以终焉"(见《康南海自编年谱(外二种)》,中华书局 1992 年版,第 16～18 页)。这些史实与康有为所说上第一书不达后"既不谈政事,复事经说,发古文经之伪,明今学之正"显然很不协调。事实上,撰于 1895 年(部分撰于 1898 年)的康自编年谱有些记述是不准确的,甚至有故意提前某些后来才做的事情的时间的情况,上述辨伪经、明今学即是一例。(3)在现存康有为撰于 1889 年前的著作中,均无将今文经与古文经以真伪加以对立的文字。直至康有为 1889 年离京前写给友人的一封信中,对"三代之学"、"先王之教治"仍称颂不已,写道:"昔皋陶论九德,后夔教胄,箕子论三德,皆知变化气质。三代之学不教人博闻强识,而惟以戈戕〔戟〕、诗书、琴瑟、干羽和习之,有旨哉。后世礼乐既亡,嗜欲群攻之,所余毫厘义理,又为训诂、词章所蠹,纵论及此,不能不慨然而追思三代也。……周之国子属于乐正,意深矣。令吾生于三代时,吾气质岂若是哉? 于是益念先王之教治不容已也。"(《与沈刑部子培书》,《康有为全集》第 1 集,上海古籍出版社 1987 年版,第 383～384 页)这与康有为 1886 年在《教学通义》及《民功篇》中的说法(见上引书,第 55～56、108、140～141 页)是完全一致的。(4)史学界比较一致地认为,康有为由今文经古文经并用转变为独尊今文经,否定古文经,直接原因是由于受到廖平的影响,而这一影响发生的时间则为 1890 年春。

古文经为"伪经",将其排除在可以接受和借鉴者之外;后者并尊周公和孔子,且对周公更多赞颂,前者则独尊孔子,不尊周公;后者以先王事迹为楷模,以先王之制为理想之制,前者却认为这些事迹和制度并非客观存在的事实,而只是孔子为了改制所作的假托,等等。之所以发生这种显著的改变,其原因是多方面的,此处不拟详论。需着重指出的是,由于康有为并不是经学家,他对经学态度的改变并不意味着他由某个经学流派进入到另一个经学流派,而是表明了他作为思想家对经学文化资源不同方式的利用。大致上说,他所提出的伪经说和改制说与民功论和新教学论的不同主要只是形式上的;在实质内容上,前者继承了后者的基本思想观点,并沿着同一方向作了积极的发展。

一　新学伪经说

在中国经学发展史上,从汉代开始,出现过用两种不同文字写成的儒学经籍。一种是用当时所通行的文字(隶书)写成,被称为今文经;一种是用先秦的古文写成,被称为古文经。所谓伪经,是康有为对儒学古文经籍作出的一种判定。他认为,古文经籍根本不是先秦留存下来的原本,更与孔子所作的经籍无关,而是汉代刘歆出于帮助王莽篡夺政权、建立新朝的政治目的而蓄意编造出来的。因此,古文经绝非孔子的真经,而只不过是伪经(也叫做"新学",意即服务于王莽一朝的经学),应该从儒学经籍中彻底清除出去。在康有为之前,清代学者已经对儒学经籍(其中主要是古文经籍)作了不少辨伪的工作。①这些工作客观上为康有为提出伪经说做好了学术上的准备。但是,清代学者的辨伪限于治经的范围,是为了使经籍更为真实可靠和经学在学术上更加严谨,而康有为并不是清代学者辨伪工作的直接继承者。他所提出的伪经之说有着极为特殊的思想内容。

在提出新学伪经说之前,康有为对古文经与今文经是一视同仁的,即都作为前圣先贤们留存的儒学文化典籍。一方面,他看到古文经与今文经之间存在着不少差异和矛盾,以礼制为例,指出"礼家殊说,诸经皆是。若《王制》、《周礼》、《左传》、《孟子》,牴牾尤甚",并具体列举了 12 项今、古文典籍中的"牴牾"之处,以为"凡若此者,修礼何依焉",明确提出欲考定古代礼制,"决诸经之讼,平先儒之争",首先必须"辨古今之学",辨古今之礼,辨古今之书,并在《教学通义》中对古今之学、礼、书的界限作了清晰的划分。② 仅就此两大壁垒的划分而言,与《新学伪经考》中的有关内容已没有差别。但另一方面,康有为区别古今并不是为了是此非彼或厚此薄彼,他对古今文经实际上都有颂扬和批评。他有一段关于"三礼"(即古文经的《周礼》和今文经的《仪礼》、《礼记》)及《戴记》(属今文经)得失的论述是颇有代表性的:"学《礼》莫要于《戴记》矣。《仪

---

① 如阎若璩(1636~1704)辨东晋《古文尚书》和《孔安国尚书传》之伪,胡渭(1633~1714)辨"易图"之伪,刘逢禄(1776~1829)辨刘歆对《左传》的伪饰,魏源(1794~1857)辨马融、郑玄的伪古文,特别是廖平(1852~1932)辨古文家渊源之伪撰和古文家师说的不可据及清代汉学与刘歆、王莽之学的密切关系等。(见汤志钧著:《近代经学与政治》,中华书局 1989 年版,第 51~52、73~74、116~118、187~189 页)

② 《教学通义》,《康有为全集》第 1 集,上海古籍出版社 1987 年版,第 145~148 页。

礼》虽为古经,而琐屑不见先王制度之大。《周礼》制度精密,朱子称为盛水不漏,非周公不能作,而不能知礼之本原,且于家礼、乡礼无所考,修身善世之义未及著。大哉《戴记》,天道人事,圣德王道,无不备矣。其精者,为孔子之粹言;其驳者,亦孔门后学之师说。学者通制度,识义理,未有过于此书者也。孔仲达、王荆公之废《仪礼》,固必不可,然其尊尚《戴记》则有高识,正不得谓其舍本而取末。惜其不兼合《大戴》而并注之,此则令甲之所限、利禄之锢人耶。但《礼记》庞杂揉乱,次序既乖,篇章错误,今古不辨,制度互淆,学者终身寻之不能得其门户秩序,非垂经训以教士之意也。故自更生、康成,已更录目,孙炎、魏徵并为《类礼》。欲学《礼记》,必自《类礼》始矣。"这表明他对古文经和今文经都怀有尊崇之心,但对两者的现状都还很不满意。不满意的原因在于两者的现状都还不能符合"教学化民"的需要:"夫所尊乎经教者,欲以教学化民也。尊经则欲其整齐而有条理,化民则欲其易简而易通晓也。篇简错乱则非所以为尊,文义庞杂则非所以为教,以为愚儒守古则可,以为教学便民,则大非也。"[1]

　　与此同时,康有为对古文经学与今文经学的主张也是兼采并用的,如他一方面尊周公甚于尊孔子,另一方面又多处谈到孔子改制之义。(参见本章第一节第二点)康有为仅在《教学通义》中有两处提到过刘歆:一处言"刘歆立三雍,增置诸古文博士";一处言"自变乱于汉歆,佛、老于魏晋六朝,词章于唐,心性于宋、明,于是先王

────────────

[1]　《教学通义》,《康有为全集》第 1 集,上海古籍出版社 1987 年版,第 149 页。

教学之大,六通四辟,小大粗精,无乎不在者,废坠亡灭二千年乎",① 皆未涉及经之真伪问题。

据现有文献,康有为最早斥刘歆之伪的文字见于《郑康成笃信谶纬辨》。② 该文写道:"若谶书,《隋志》谓三十篇,自初起至于孔子九圣所增衍,实不知刘歆、王莽所伪作,以盗天下,易圣经,张衡所谓起于哀、平间者也。其书与纬皆相刺谬,与今学悖驰,《隋志》所谓文辞浅俗,颠倒舛谬,疑世人造为之。……自古学大行于六朝,二千年来,无能别今学、古学之真伪者,徒见纬之怪玮,因与谶并为一谈而攻之。"这里所谓刘歆之伪,专指其以古学伪作之谶书,变乱今学之纬书,尚未拓展为对整个古文经及古文经学的抨击。因此,文中对作为古文经学集大成者的郑康成还多有维护,认为"郑君之学,揉合今古,故并注谶纬","郑君之注纬,宜也。其注谶,为时所惑也。……宋、明攻郑学,则以康成信谶纬为毁訾。近时尊郑,则又欲并其信纬之美而回护之。二家聚讼,如一丘之貉,皆未足知郑学,更不足知学之本原也"。③ 这与《新学伪经考》等著作中大攻郑氏颇不相同。

在为万木草堂学生制定的学规《长兴学记》中,康有为首次全

---

① 《教学通义》,《康有为全集》第 1 集,上海古籍出版社 1987 年版,第129、137 页。

② 据《康有为全集》第 1 集,该文撰于"1891 年前"。在定稿于 1890 年 1 月的《广艺舟双楫》中,康有为写道:"古文为刘歆伪造,杂采钟鼎为之。余有《新学伪经考》,辨之已详。"(《康有为全集》第 1 集,上海古籍出版社 1987 年版,第 402 页)按说此处辨伪更早。但查其实际,康有为正式提出新学伪经说应在受廖平影响之后。《广艺舟双楫》虽撰成较早,但出版时间为 1891 年。此年 5~6 月刊行了《长兴学记》,8~9 月出版了《新学伪经考》,新学伪经说已全面提出。《广艺舟双楫》中仅有的一段辨伪文字疑为此年出版时加入。

③ 《康有为全集》第 1 集,上海古籍出版社 1987 年版,第 531 页。

面提出了新学伪经说的基本要点:(1)"六经"完整留存于西汉,并无缺失:"汉兴,《诗》三百五篇传齐、鲁、韩三家;《书》二十八篇,在伏生;《礼经》十七篇,在高堂生,其《记》八十五篇,皆经之记也;《乐》散见于《诗》、《礼》,无经;《易》未经焚烧,传于田何,为全书,无异论;《春秋》传公羊、谷梁,皆立博士,去圣不远,人无异说。洙泗经学,虽不光大,未有失也。"(2)伪经自刘歆始,至郑康成而集其大成,汉代后经学皆为歆学,孔子之经名存而实亡。"至刘歆挟校书之权,伪撰古文,杂乱诸经,于是有《毛诗》、《周官》、《左氏春秋》,伪经增多,杜林、卫宏传之,二郑、马融扇之,郑康成兼揉今古,尽乱家法,深入歆室,甘效死力,加以硕学高行,徒众最盛。三国、六朝、隋、唐,尽主郑学,于是伪古文盛行,皆在刘歆笼中。宋儒时多异论,而不得其故,亦为歆所丰蔀。国朝经学最盛,顾、阎、惠、戴、段、王盛言'汉学',天下风靡。然日盘旋许、郑肘下而不自知。于是,二千年皆为歆学,孔子之经虽存而实亡矣。"(3)歆学与孔学完全背道而驰,决不可以之求道:"诸儒用力虽勤,入蔀愈深,悖圣愈甚,犹之楚而北辙,缘木而求鱼,可谓之'新学',不可谓之'汉学',况足与论夫子之学哉! 既无学识,思以求胜,则大其言曰:'欲知圣人之道,在通圣人之经;欲通圣人之经,在识诸经之字。'于是古音、古义之学,争出竞奏,欲代圣统矣。以此求道,何异磨砖而欲作镜,蒸沙而欲成饭哉!"(4)西汉之学皆可施行,而歆学为无用之学:"西汉之学,以《禹贡》行河,以三百五篇谏,以《洪范》说灾异,皆实可施行。自歆始尚训诂,以变异博士之学,段、王辈扇之,乃标树'汉学',耸动后生,沉溺天下,相率于无用,可为太息也。"(5)只有扫除歆之伪学,求得六经本义大义,孔子之学才能复明于天下。"今扫除歆之伪学……由西汉诸博士考先秦传、记、子、史，以证'六经'之本义。先通《春秋》，以知孔子之改制，于是，《礼学》咸有条理，不至若郑康成之言'八祎''六天'，而礼可得而治矣。礼学既治，《诗》、《书》亦归轨道矣。至于《易》者，义理之宗，变化之极，孔子天人之学在是，精深奥远，经学于是终焉。皆著其大义，明义理之条贯，发经世之实效，开二千年之蔀，庶几孔子之学复明于天下。"①

　　康有为新学伪经说的代表作为《新学伪经考》。该著以辨斥古文经和古文经学之伪为中心内容，对《长兴学记》中业已表述的论点作了详尽的发挥和进一步的扩充，围绕这些基本论点而对若干重要典籍进行了系统、细致的辨析，在始终保持辨伪的学术批判性的同时，也鲜明地表现出辨伪的思想批判性及现实批判性。

　　该著的主要内容可归纳如下：②

　　(一)将古文伪经与孔子真经截然对立起来，阐明撰写该著的目的就是要彻底扫除伪经，恢复真经的地位和大义。

　　康有为指出始于刘歆、成于郑玄的古文经学在汉代之后一直占据着统治地位，"阅二千年岁月日时之绵暧，聚百千万亿衿缨之问学，统二十朝王者礼乐制度之崇严，咸奉伪经为圣法，诵读尊信，

---

　　①　《康有为全集》第 1 集，上海古籍出版社 1987 年版，第 564～565 页。
　　②　梁启超曾对《新学伪经考》的"要点"作过极为简明扼要的概括："一、西汉经学，并无所谓古文者，凡古文皆刘歆伪作；二、秦焚书，并未厄及'六经'，汉十四博士所传，皆孔门足本，并无残缺；三、孔子时所用字，即秦汉间篆书，即以'文'论，亦绝无今古之目；四、刘歆欲弥缝其作伪之迹，故校中秘书时，于一切古书多所羼乱；五、刘歆所以作伪经之故，因欲佐莽篡汉，先谋湮乱孔子之微言大义。"(《清代学术概论》，梁启超著：《饮冰室合集》专集之三十四，中华书局 1989 年版，第 56 页)这段话指出了古文经的性质、证伪的主要依据、刘歆作伪的手法和目的等。以下归纳，除将上述要点作为基础之外，还将补充笔者认为重要的若干内容。

奉持施行,违者以非圣无法论,亦无一人敢违者,亦无一人敢疑者",①由此造成的结果,是使孔子之真经遭受严重的压制和毁损,"于是夺孔子之经以与周公,而抑孔子为传;于是扫孔子改制之圣法,而目为断烂朝报。'六经'颠倒,乱于非种;圣制埋瘗,沦于雰雾;天地反常,日月变色。以孔子天命大圣,岁载四百,地犹中夏,蒙难遭闵,乃至此极,岂不异哉"! 不仅如此,伪经的统治还导致了后世"任奄寺,广女色,人主奢纵,权臣篡盗"等"大祸","是上为圣经之篡贼,下为国家之鸩毒者也"。对此颠倒了的真伪,康有为表示要重新将其颠倒过来,"提圣法于既坠,明'六经'于暗昒,刘歆之伪不黜,孔子之道不著,吾虽孤微,乌可以已!⋯⋯不量绵薄,摧廓伪说,犂庭扫穴,魑魅奔逸,雰散阴豁,日戬星呀,冀以起亡经,翼圣制,其于孔氏之道,庶几御侮云尔"。②

(二)驳斥伪经得以存在的前提,考证虽经秦始皇焚书,六经并未亡缺。

康有为认为,刘歆为了编造伪经,蓄意提出了秦始皇焚书使"诸经残缺"的"伪说",此说"学者习而熟之,以为固然,未能精心考校其说之是非","故其伪经得乘虚而入,蔽掩天下"。康有为根据《史记》的记载力证刘歆之说实为"妄言":一方面,焚书并未危及六经,"焚书之令,但烧民间之书,若博士所职,则《诗》、《书》、百家自

　　① 《新学伪经考》,《康有为全集》第 1 集,上海古籍出版社 1987 年版,第 572 页。所谓二千年"无一人敢疑"是不准确的,康有为自己在该著中就举了不少"敢疑"的例子,如说"歆伪诸经,唯《周礼》早为人窥破,胡五峰、季本、万斯同辨之已详,姚际恒亦置之《古今伪书考》中矣"。(同上书,第 650 页)
　　② 《新学伪经考》,《康有为全集》第 1 集,上海古籍出版社 1987 年版,第 572 页。

存。夫政、斯焚书之意，但欲愚民而自智，非欲自愚。若并秘府所藏、博士所职，而尽焚之，而仅存医药、卜筮、种树之书，是秦并自愚也，何以为国？……夫博士既有守职之藏书，学者可诣吏（按康有为的解释："吏，即博士也。"——引者注）而受业，《诗》、《书》之事，尊而方长，然则谓'秦焚《诗》、《书》，"六艺"遂缺'，非妄言而何"？另一方面，坑儒亦未断绝儒术，"秦虽不尚儒术，然博士之员尚七十人，可谓多矣。且召文学甚众，卢生等尊赐甚厚，不为薄也。坑者仅咸阳诸生四百六十余人，诬为'妖言传相告引'，此亦汉钩党之类耳。钩党杀天下高名善士百余人，然郡国不遭党祸之士，尚不啻百亿万也。伏生、叔孙通即秦时博士，张苍即秦时御史。自两生外，鲁诸生随叔孙通议礼者三十余人，皆秦诸生，皆未尝被坑者。其人皆怀蕴'六艺'，学通《诗》、《书》，逮汉犹存者也。然则以坑儒为绝儒术者，亦妄言也。"①

综而言之，康有为归纳"六经不缺"有八证："其一，博士所职'六经'之本具存，七十博士之弟子当有数百，则有数百本《诗》、《书》矣，此为'六经'监本不缺者一；其二，丞相所藏，李斯所遗，此为'六经'官本不缺者二；其三，御史所掌，张苍所守，此为'六经'中秘本不缺者三；其四，孔氏世传，'六经'本不缺者四；其五，齐、鲁诸生'六经'不缺者五；其六，贾祛、吴公传，'六经'读本不缺者六；其七，藏书之禁仅四年，不焚之刑仅城旦，则天下藏本必甚多，若伏生、申公之伦，天下'六经'读本不缺者七；其八，经文简约，古者专经在讽诵，不徒在竹帛，则口传本不缺者八。"康有为断言："有斯八

---

① 《新学伪经考》，《康有为全集》第 1 集，上海古籍出版社 1987 年版，第 574～578 页。

证,'六艺'不缺,可以见孔子遗书复能完,千岁蔀说可以祛,铁案如山,不能摇动矣。"①

(三)定西汉人之说为经学之真,以此作为证伪的基准。

康有为指出自刘歆之后的经学都是靠不住的,古文经学固然皆刘歆之窜乱伪撰,就是"凡今所争之汉学、宋学者,又皆歆之绪余支派也"。总之是"经歆乱诸经,作《汉书》之后,凡后人所考证,无非歆说。征应四布,条理精密,几于攻无可攻,此歆所以能欺给二千年,而无人发其覆也"。因此,欲证歆之伪,惟有回到西汉,"取西汉人之说证之,乃知其伪乱百出"。②

在《新学伪经考》中,康有为最为看重亦引证最多的"西汉人之说"是司马迁的《史记》。③康有为评述说:"……司马迁《史记》,统'六艺',述儒林,渊源具举,条理毕备,尤可信据也。察迁之学,得于'六艺'至深:父谈既受《易》于杨何,迁又问《书》故于孔安国,闻《春秋》于董生……其于孔门渊源至近。……其预闻'六艺',至足信矣。……以其说与《汉书》相校,真伪具见。孔子'六经'之传,赖是得存其真。史迁之功,于是大矣。"但《史记》也不是完全靠得住

---

① 《新学伪经考》,《康有为全集》第1集,上海古籍出版社1987年版,第584～585页。

② 《新学伪经考》,《康有为全集》第1集,上海古籍出版社1987年版,第585页。又云:"吾采西汉之说,以定孔子之本经;亦附'新学'之说,以证刘歆之伪经。"(同上书,第573页)

③ 几乎可以说,一部《新学伪经考》,就是以《史记》之真来考证刘歆古文经学之伪。除司马迁外,康有为还提到董仲舒和刘向:"汉大儒领袖当时传书今日者,自史迁外,董仲舒、刘向而已。孔子改制,统于《春秋》。仲舒传《公羊》,向传《穀梁》,皆博极群书,兼通'六艺',得孔子之学者也。然考孔子真经之学,必自董子为入门,考刘歆伪经之学,必以刘向为亲证,二子各有宜焉。"(《康有为全集》第1集,上海古籍出版社1987年版,第989页)

的,因为"其书多为刘歆所窜改",只是"大体明粹"。①康有为依据《史记》而立孔子经学之真,共列出了八大经学"存案":

1.孔子传经存案:"史迁所述'六经'篇章恉义、孔氏世家传授、齐鲁儒生讲习如此,'六经'完全,皆无缺失,事理至明。史迁去圣不远,受杨何之《易》于父谈,问《书》故于安国,闻《春秋》于董生,讲业齐、鲁之都,亲登孔子之堂,观藏书、礼器,若少有缺失,宁能不言邪?此为孔子传经存案,可为铁证。"②

2.无古文经之存案:"古文诸伪经,皆托于河间献王、鲁共王,以史迁考之,寥寥仅尔。若有搜遗经之功,立博士之典,史迁尊信'六艺',岂容遗忽?若谓其未见,则《左氏》乃其精熟援引者,天下遗文古事靡不毕集太史公,不容不见矣。……此为无古文之存案,并《儒林传》考之,古文经之出于伪撰,'铁案如山摇不动,万牛回首丘山重'矣。"③

3.《诗》学存案:"申公为荀卿再传弟子,高祖至鲁,已能从师而见。辕固生至景帝时罢归,年九十余,当秦时,年已二十余矣。韩生为文帝博士,必为当时耆儒。三家盖皆读秦焚前书者。齐、鲁诸儒生千百,而三家所传,'其归一也',其为孔子之传确矣。三家之

① 《新学伪经考》,《康有为全集》第1集,上海古籍出版社1988年版,第585～586页。康有为检索出《史记》被刘歆所"窜改"的内容共计6项32条,其中包括:六经之传3条(同上书,第600页),古文8条,诗书6条,礼2条,易3条,春秋9条并附《宋世家赞》1条(同上书,第603～615页),"凡所引《史记》窜入诸条,皆确凿无可疑者"(同上书,第615页)。

② 《新学伪经考》,《康有为全集》第1集,上海古籍出版社1987年版,第588页。

③ 《新学伪经考》,《康有为全集》第1集,上海古籍出版社1987年版,第589页。

外,史公无一字。此为孔子《诗》学存案,而后有舍三家而言《诗》者,其真伪可引此案决之。"①

4.《书》学存案:"伏生当孝文时,年九十余,计当焚书时,年已六七十矣。从始皇三十四年焚书之时上推,鲁灭于楚,当庄襄王元年,仅三十七年,正值春申君为相之时。荀卿自齐归春申君,伏生当其时已二三十岁矣,上距孟子亦不过数十年。齐、鲁诸儒生千百,而治《尚书》者唯伏生为首,藏书之禁仅数年,藏书之刑仅城旦,不能害矣。然则伏生之《书》为孔子之正传确矣。此为孔子《书》学存案。而后有舍伏生而言《书》者,其真伪可引此案决之。"②

5.《礼》学存案:"《礼》以高堂生为最本,而高堂生传《礼》凡十七篇。《孔子世家》所言诸儒习《乡饮》、《大射》在其中,《王制》所言冠、昏、丧、祭、乡、相见在其中,《礼运》、《昏义》所言冠、昏、丧、祭、射、乡、朝、聘在其中。孔子传十余世不绝,诸生以时习《礼》其家,其为孔子之传确矣。此为孔子《礼》学存案。而后有舍高堂生之《礼》而言《礼》者,其真伪可引此案决之。"③

6.《易》学存案:"《易》不经焚,为完书,上自商瞿为嫡派,下至田何、杨何。太史迁为杨何再传弟子,其为孔子之传尤确矣。此为孔子《易》学存案。而后有舍田何、杨何而言《易》者,其真伪可引此

　　①　《新学伪经考》,《康有为全集》第1集,上海古籍出版社1987年版,第591页。

　　②　《新学伪经考》,《康有为全集》第1集,上海古籍出版社1987年版,第592~593页。

　　③　《新学伪经考》,《康有为全集》第1集,上海古籍出版社1987年版,第593页。

案决之。"①

7.《春秋》学存案:"《春秋》但有《公》、《榖》二家。胡母生,孝景时为博士,且以老归矣,其传《春秋》必在秦前。上述《春秋》云'学者多录焉',则齐、鲁诸生传《春秋》之盛可知。其为孔子之传确矣。此为孔子《春秋》学存案。而后有舍《公》、《榖》,而言《春秋》者,其真伪可引此案决之。"②

8."六经"之序存案:"史迁述'六艺'之序,曰:'《诗》、《书》、《礼》、《乐》、《易》、《春秋》。'凡西汉以前之说皆然。……皆以《诗》、《书》为称首,无以《易》为先者,更无以《书》先《诗》者。《王制》:'冬、夏教以《诗》、《书》。'《秦本纪》:'天下敢有藏《诗》、《书》、百家语者,悉诣守尉杂烧之。有敢偶语《诗》、《书》者,弃市。'举《诗》、《书》者至繁,诚不胜数,聊举数条例之,从无异说。此为孔门'六经'之序存案,可为铁证。其有舍史迁《儒林传》,而颠倒其序者,其真伪可引此案决之。"③

根据以上"存案",康有为对"六经"(实为"五经",《乐经》无单独经文)的真伪作了总结性的鉴别:"凡《诗》三百五篇。……传之有鲁、齐、韩三家,无所谓《毛诗》者。其《书》,上纪唐、虞之际,无《舜典》,但有伏生今文二十八篇。……以《鲁共王世家》考之,无所

①　《新学伪经考》,《康有为全集》第1集,上海古籍出版社1987年版,第594页。

②　《新学伪经考》,《康有为全集》第1集,上海古籍出版社1987年版,第595页。

③　《新学伪经考》,《康有为全集》第1集,上海古籍出版社1987年版,第595～596页。康有为又指出,在《史记》的《外戚世家》、《滑稽列传》、《太史公自序》等篇章中,皆有颠倒六经之序的文字,但"此则行文无定之笔,于传经体式次叙无关者也"。(同上书,第596页)

谓'壁中《古文尚书》'者。其《礼》，唯有高堂生所传十七篇，而无《逸礼》三十九篇、《周官》五篇，及《明堂阴阳》、《王史氏记》也。其《易》，则伏羲画八卦，文王重六十四卦，孔子系之辞，无以为周公作，亦无《说卦》、《序卦》、《杂卦》三篇。亦无《十翼》之说。传授人自商瞿至田何，再传至杨何，无所谓古文《费氏》也。其《春秋》，唯有《公羊》、《穀梁》二家，无所谓《左氏传》也。经师皆先秦之遗民，去圣不远。经次与《经解》相合，证应无分。据以考孔子全经，具著于是。人共熟读，无由窜乱。故能条章明秩，如日中天，诚经学之象魏，先圣之护法，学士之瑰宝。"确立孔子真经之后，"……据之以攻古学，若发矇焉，知《毛诗》、《古文尚书》、《逸礼》、《周官》、《费氏易》、《左氏春秋》，皆伪经也。于以洗二千年歆、莽之伪氛，复孔圣传授之微言，皆赖于此"。康有为强调辨伪首先立真有重大意义，"学者知其真者，乃能辨其伪者，悟于此义，思过半矣"。①

（四）从史籍记载、经说本身、作伪手法和作伪目的等方面直接辨刘歆古文经学之伪。

在史籍记载方面，康有为重点考辨的是本出自刘歆之手的《汉书》。指出："古学惑人最甚，移人最早者，莫若《汉书》。自马融伏东阁受读后，六朝、隋、唐传业最盛。二千年来，学者披艺受学，即便诵习，先入人心，积习生常，于是无复置疑者，古学所以坚牢不可破也。"《汉书》人们多以为班固所撰，但据葛洪《西京杂记》及刘知几《史通·正史篇》，"乃知《汉书》实出于歆，故皆为古学之伪说，听

---

① 《新学伪经考》，《康有为全集》第 1 集，上海古籍出版社 1987 年版，第 599~600 页。

其颠倒杜撰,无之不可"。① 对《汉书》,康有为考辨的有《艺文志》、《河间献王鲁共王传》、《儒林传》和《刘歆王莽传》等4篇,分别考辨"《六艺略》之作伪"、"伪造河间得书、共王坏壁"、"伪造源流"及"王莽以伪行篡汉国,刘歆以伪经篡孔学,二者同伪,二者同篡"等事。② 除《汉书》外,康有为单独考辨的史籍还有3种:一是《后汉书·儒林传》,指出:"此《传》皆今学,中有云'习古学'者,多汉、魏间古学者所诬乱,今辨正焉。"二是《经典释文》,指出:"元朗生当隋、唐,今学尽亡,耳濡目染,师友讲授,皆伪古学,盖五百余年矣。习非成是,不足纠绳,唯其书甚重于世,经学家所共钻仰,不可使留伪说以惑众听也。"三是《隋书·经籍志》,指出:"《隋志》与《经典释文》并出隋、唐时,伪古学一统久矣。今学亡绝,独尊伪古固宜,然纷纭谬乱,盖已多矣。抑自《汉志》之后,诸史无志,借以考经籍之源流,舍是莫之焉。故唐、宋以来,钻仰无尽,恐其惑乱学者耳目,并纠绳焉。"然该志亦有其功,"序《说卦》、《序卦》、《杂卦》为河内后得,述《月令》、《明堂》、《乐记》为马融所增,因是得知《易》之伪书,《记》之窜乱,则《隋志》尚为功过相比者也"。③

在经说本身方面,康有为考辨了刘歆所持的各项经学主张,其要点有:

1.关于《易》经。指出《易》学为刘歆乱伪之处有三:"其一,文王但重六爻,无作上、下篇之事,以为周公之作,更其后也;其二,

---

① 《新学伪经考》,《康有为全集》第1集,上海古籍出版社1987年版,第698页。

② 《新学伪经考》,《康有为全集》第1集,上海古籍出版社1987年版,第690、698、703、723页。

③ 《新学伪经考》,《康有为全集》第1集,上海古籍出版社1987年版,第775、789、818页。

《易》但有上、下二篇,无十篇之说,以为孔子作《十翼》,固其妄也;其三,《易》有施、孟、梁丘,并出田何,后有京氏为异,然皆今文之说,无《费氏易》,至有高氏,益支离也。"此外,刘歆还伪作《序卦》、《杂卦》二篇。代表刘歆《易》学主张的为《费氏易》,"西汉但有施、孟、梁丘、京氏《易》,费氏、高氏突出于哀、平之世,西汉诸儒无见之者。传之者王璜,即传徐敖《古文尚书》之人,其为歆所假伪付嘱,至易见也。……今自马融、郑玄、荀爽、虞翻及王辅嗣注,皆费氏说……则今之《易》亦歆伪学也"。①

2. 关于《书》经。考辨刘歆之伪说有4点:一是认为《书》经不完备。本来伏生所传之《书》"为孔子所传之全经确矣",而"歆欲以古文乱今学,故云'凡百篇而为之序','秦燔书禁学','汉兴亡失,求得二十九篇',明《书》之不备,所以便其作伪也"。二是伪称《古文尚书》出于孔子壁中。康有为详辨"壁中古文之事",指出"其伪凡十"。② 三是篇数之伪。《古文尚书》比伏生之《书》多出16篇,康有为考辨后得出结论:"……十六篇皆歆所偷窃伪造至明也。"四是《书序》之伪。指出"《序》与十六篇同出无疑。欧阳、大小夏侯皆不言《序》,后汉古文大行,注《尚书》者遂皆注《序》,则《序》出于歆之伪古文明矣"。③ 为了详辨《书序》之伪,康有为属门人陈千秋撰写专篇对《书序》进行考辨,并编《尚书篇目异同真伪表》附之于后。

3. 关于《诗》经。列出《毛诗》之伪15项,而"其他说义征礼,与

---

① 《新学伪经考》,《康有为全集》第1集,上海古籍出版社1987年版,第623、625~626页。

② 《新学伪经考》,《康有为全集》第1集,上海古籍出版社1987年版,第627~628页。

③ 《新学伪经考》,《康有为全集》第1集,上海古籍出版社1987年版,第631~632页。

今文显悖者凡百千条,详《毛诗伪证》"。①

4.关于《礼》经。首先列举4证,证明《礼经》(即高堂生所传之《仪礼》)十七篇,"自两汉诸儒无以为不全者"。次辨《逸礼》之伪:"《逸礼》之说,西汉无言之者。刘歆为《七略》,修《汉书》,于是,杂窜古文诸经于《艺文志》、《河间献王》、《鲁共王传》中。然《史记·河间献王》、《鲁共王传》俱无此事,其为窜伪易明。"《逸礼》伪说对后世影响很坏,"自尔之后,为歆伪说所惑,咸以《礼》十七篇为不备,而咸惜《逸礼》之不存。……于是人人视十七篇为残阙不完之书。……自宋、明后,遂废《礼经》,不以试士,天下士人于是无复诵习者。颠倒悖谬,率天下而侮圣黜经,遂千年矣"。② 再次辨《礼记》本为孔门七十子后学谈礼之言论的汇集,"俾便于考据,如后世之为类书然","既非孔子制作,亦无关朝廷功令",只不过是七十子根据孔子大义所作的"依例推致",不能算为礼经本身,而刘歆却利用这些材料"伪造典礼"、"痛抑今学","乘机窜伪,因间窃发","此如卓、操之伺隙盗篡,唯正名讨除之而已"。复次辨《周礼》(即《周官》、《周官经》)之伪:"至《周官经》六篇,则自西汉前未之见,《史记·儒林传》、《河间献王传》无之。其说与《公》、《穀》、《孟子》、《王制》、今文博士皆相反。《莽传》所谓:'发得《周礼》,以明因监。'故与莽所更法立制略同,盖刘歆所伪撰也。"③ 特别指出《周礼》在诸伪经中地位尤为重要,"歆欲附成莽业而为此书,其伪群经,乃以证

　　①　《新学伪经考》,《康有为全集》第1集,上海古籍出版社1987年版,第640页。

　　②　《新学伪经考》,《康有为全集》第1集,上海古籍出版社1987年版,第641、646~647页。

　　③　《新学伪经考》,《康有为全集》第1集,上海古籍出版社1987年版,第648~650页。

《周官》者。故歆之伪学,此书为首。……盖歆为伪经,无事不力与今学相反,总集其成,则存《周官》",《周礼》自称为周公所作亦大有目的,"今学全出于孔子,古学皆托于周公,盖阳以周公居摄佐莽之篡,而阴以周公抑孔子之学,此歆之罪不容诛者也",而《周礼》的内容并不是刘歆本人的创作,"其本原出于《管子》及《戴记》。……歆既多见故书雅记,以故规模弥密,证据深通。后儒生长其下,安得不为所惑溺也"?最后辨《司马法》一书"言车乘与今学不同,与《周官》合,盖亦歆之伪书"。①

5.关于《乐》经。指出:"《乐》本无经,其仪法篇章,散见于《诗》、《礼》,所谓'以音律为节'是也。"刘歆言河间献王等人作《乐记》,"考《史记·礼乐志》、《河间献王世家》、《儒林传》皆无此事,则亦歆所伪托而已","是《乐记》出于歆无疑矣"。②

6.关于《春秋》经。指出伪《左氏春秋》像伪《周官》一样在伪经中占有重要地位,"歆遍造伪经,而其本原莫重于伪《周官》及伪《左氏春秋》。而伪《周官》显背古义,难于自鸣,故先为伪《左氏春秋》,大放厥词"。③康有为对伪《左氏春秋》(即《春秋左氏传》)进行考辨的要点是:其一,据《史记·儒林传》等,"《春秋》只有公羊、穀梁二家,无左氏……左丘明所作,史迁所据,《国语》而已,无所谓《春秋传》也","要之《左氏》即《国语》,本分国之书,上起穆王,本不释经,与《春秋》不相涉"。其二,刘歆知道《春秋》及《公羊传》、《穀梁传》

---

①　《新学伪经考》,《康有为全集》第1集,上海古籍出版社1987年版,第651~652页。

②　《新学伪经考》,《康有为全集》第1集,上海古籍出版社1987年版,第653~655页。

③　《新学伪经考》,《康有为全集》第1集,上海古籍出版社1987年版,第661页。

对于"孔子制作之学"的重要性,为了通过"夺《公》、《穀》"而"夺孔子之经","求之古书,得《国语》与《春秋》同时,可以改易窜附。于是毅然削去平王以前事,依《春秋》以编年,比附经文,分《国语》以释经,而为《左氏传》",又"作《左氏传微》以为书法"。① 其三,刘歆既为《左氏微》以作书法,又"录《铎氏微》、《张氏微》在《虞氏微传》之上,皆以为《春秋》说。而西汉人未尝称之,盖亦邹、夹之类,皆歆所伪作,以旁证《左氏微》者。其意谓中秘之《春秋》说尚多,不止《左氏春秋》为人间所未见,谲见寡闻未窥中秘者,慎勿妄攻也,其术自谓巧密矣"。其四,《左传》因经、传不相附合,"疑其说者自来不绝",如班固、范升、李育、何休、王接、林黄中、朱熹、陆淳、陈澧等,而且《左传》多伤教害义之说,不可条举,言其大者,无人能为之回护"。②

7.关于《论语》。指出:"《鲁论》(《论语》分《鲁论》、《齐论》两种——引者注)由张禹传至东汉,包氏、周氏之说犹其真派,然已杂合齐、鲁,乱家法矣。至郑康成杂合今古,真伪遂不尽可考"。而据王充所载,刘歆伪篡《论语》超过21篇,今本《论语》则"必有伪文",如"巧言、令色、足恭,左丘明耻之,丘亦耻之;匿怨而友其人,左丘明耻之,丘亦耻之"一章,"必歆伪窜"。由于刘歆遍窜群经,证成伪说,因而"不复可条辨也"。③

8.关于《孝经》。指出《孝经》本为"孔门真传之书",考董仲舒

---

① 《新学伪经考》,《康有为全集》第1集,上海古籍出版社1987年版,第659、667、659页。

② 《新学伪经考》,《康有为全集》第1集,上海古籍出版社1987年版,第662、664~666页。

③ 《新学伪经考》,《康有为全集》第1集,上海古籍出版社1987年版,第669页。

《春秋繁露》、《吕氏春秋》、陆贾《新语》、刘向《说苑》等书,"皆有援据"。但《孝经》并非出于孔子,亦非七十子遗书;《困学纪闻》引晁氏云:"当是曾子弟子所为书",其说"殆亦近之"。《孝经古》则为刘歆所伪造,"托之孔安国,亦犹伪造《古文尚书》之故智耳";孔氏《孝经古文说》亦为刘歆伪作。①

　　9.关于《尔雅》。他提出了《尔雅》为刘歆所伪作的数条证据:(1)"《尔雅》不见于西汉前,突出于歆校书时,《西京杂记》又是歆作,盖亦歆所伪撰也。"(2)"……歆《与杨雄书》称说《尔雅》,尤为歆伪造《尔雅》之明证。"② (3)"孙氏星衍《尔雅·释地四篇·后叙》云:'《尔雅》所纪,则皆《周官》之事。……'观此说,知《尔雅》与《周官》符合,其同为伪书易明矣。"至于《尔雅》有与真经籍《周易》、《丧服传》、《春秋元命包》相合之处,则是刘歆"网罗其真以证成其伪,然后能坚人信"。③ 康有为着重指出刘歆伪造《尔雅》的目的是为了以训诂之法证实其伪经:"歆既伪《毛诗》、《周官》,思以证成其说,故伪此书,欲以训诂代正统","盖歆既遍伪群经,又欲以训诂证之而作《尔雅》,心思巧密,城垒坚严,此所以欺绐百代者欤"! 自此"经学遂变为训诂一派,破碎支离,则歆作俑也"。此外,刘歆作《尔雅》后,复作《小尔雅》、《古今字》,以清朝宋翔凤《小尔雅训纂》"逐条按之,无一字出于古文伪经之外者,盖与《尔雅》同为刘歆伪撰;

《古今字》当亦出于一手"。①

　　10.关于小学。首先指出小学不能与"六经"并列："小学者,文史之余业,训诂之末技,岂与'六经'大道并哉！'六艺'之末而附以'小学',伪《尔雅》、《小雅》(即《小尔雅》——引者注)、《古今字》本亦小学,而附入《孝经》,此刘歆提倡训诂,抑乱圣道,伪作古文之深意。"② 然后着重考辨刘歆所作古文字之伪,从两个方面入手。一方面,考察周代以来真字、正字演变的源流。指出《史籀篇》"为周时真字","……自春秋至战国,绝无异体异制,凡史载笔,士载言,藏天子之府,载诸侯之策,皆籀书也,其体则今之《石鼓》及《说文》所存籀文是也。……孔子之书'六经',藏于孔子之堂,分写于齐、鲁之儒皆是"。籀文至秦渐变为秦篆,以《苍颉篇》为代表,"此为周、秦相传之正字也"。③ 秦篆与籀文相比较,"不过体势加长,笔画略减,如南北朝书体之少异。……不同者无几";随后"汉人承之而加少变,体在篆、隶间",由"篆多隶少"变为"隶多篆少","盖自秦篆变汉隶,减省方折,出于风气迁变之自然"。总之,"……自孔子时之文,三变至今日而犹存,未尝有人改作之……则汉儒之文字即孔子之文字,更无别体也","子思谓'今天下书同文',则许慎'诸侯力政,不统于王,分为七国,文字异形',江式表谓'其后七国殊轨,文字乖别,暨秦兼天下,丞相李斯乃奏罢不合秦文者',卫恒《四体书势》谓'及秦用篆书,焚烧先典而古文绝',皆用刘歆之伪

---

①　《新学伪经考》,《康有为全集》第1集、上海古籍出版社1987年版,第673、674、676页。

②　《新学伪经考》,《康有为全集》第1集,上海古籍出版社1987年版,第679页。

③　《新学伪经考》,《康有为全集》第1集,上海古籍出版社1987年版,第683、681页。

说,而诞妄之譬言也"。① 另一方面,考察刘歆伪作古文字的源流。指出刘歆伪造古文字"本于钟鼎","汉自武、宣后,郡国山川往往出彝鼎,士人渐有好之。……歆既好博多通,多搜钟鼎奇文以自异,稍加窜伪增饰,号称'古文',日作伪钟鼎,以其古文刻之,宣于天下以为征应";既"以伪文写伪经",又"别为《八体六技》以惑诱学士,昭其征应"。② 刘歆伪造古文,"散之于私人"后,便"假借莽力,征召贵显之,以愚惑天下","两次诏求古文、奇字,集之王庭,天下学者耳目咸为所涂,几以为真壁中古文矣"。刘歆所伪造的古文字集中见于杨雄的《苍颉训纂》、杜林的《苍颉故》和许慎的《说文解字》。后世古文"皆述歆、慎之余波。于是,《说文》、《字林》、《三苍》、《尔雅》盛行,为'小学'之轨则。唐世立之于学官,以课试天下之士,于是歆、慎之学统一天下,尊无二上矣"。康有为考辨的结论是:"实无古文。"③

在采用手法方面,康有为对刘歆作一总的概括是"由于总校书之任,故得托名中书,恣其窜乱"。他分析道:"古今总校书之任者,皆有大权,能主张学术,移易是非,窜乱古书。"征之今,若纪昀、戴震,都是借校书之权而行己之私的例证。因此,"校书者心术若坏,何所不至"! 以刘歆言之,"……挟名父之传,当新莽之变,前典较书之任,后总国师之权;加汉世书籍,皆在竹帛,事体繁重,学者不从大师,无所受读,不如后世刻本流行,挟巨金而之市,则捆载万

---

① 《新学伪经考》,《康有为全集》第1集,上海古籍出版社1987年版,第683、684~685、686~687页。

② 《新学伪经考》,《康有为全集》第1集,上海古籍出版社1987年版,第687~688页。

③ 《新学伪经考》,《康有为全集》第1集,上海古籍出版社1987年版,第680、689~690页。

卷,群书咸备也。若中秘之藏,自非马迁之为太史,则班嗣之有赐书,杨雄之能借读,庶或见之,自余学者无由窥见。故歆总其事,得以恣其私意,处处窜入"。① 具体来说,刘歆作伪手法有5种情况:(1)伪造古文经籍,如《左氏春秋》、《周官》等;(2)伪造古文字(包括伪造钟鼎等);(3)羼乱今文经传和各种古籍(以上各项辨伪见前述);(4)伪造古事,最突出的是"伪造河间得书、共王坏壁",对此事之伪康有为有专篇考辨;(5)伪造古文经师授源流,对此康有为亦有专篇考辨。②

在作伪目的方面,康有为指出刘歆有两方面的目的。一方面是学术上的目的,即"以伪经篡孔学",此目的在先:"……歆之伪《左氏》在成、哀之世,伪《逸礼》、伪《古文书》、伪《毛诗》,次第为之,时莽未有篡之隙也,则歆之畜志篡孔学久矣","歆以其非博之学,欲夺孔子之经,而自立新说,以惑天下"。③ 另一方面是政治上的目的,即以伪经为王莽篡汉服务,"遭逢莽篡,因点窜其伪经,以迎媚之"。"莽素重歆,故莽一朝典礼皆歆学也","歆《周官》、《尔雅》事事称周公,以揣合莽意,奖翼篡事也","莽一切典礼,皆歆主之","凡莽措施,皆出于歆之伪《周礼》,莽盖为歆所欺者"。④ 康有为具体举出了很多这方面的例子。以上两方面目的又交互产生作用,

---

① 《新学伪经考》,《康有为全集》第1集,上海古籍出版社1987年版,第619、621页。

② 见《新学伪经考》,《康有为全集》第1集,上海古籍出版社1987年版,第698～702页。

③ 《新学伪经考》,《康有为全集》第1集,上海古籍出版社1987年版,第723、659页。

④ 《新学伪经考》,《康有为全集》第1集,上海古籍出版社1987年版,第723、729、730、731、735页。

"歆既奖成莽之篡汉矣,莽推行新学,又征召为歆学者千余人诣公车,立诸伪经于学官,莽又奖成歆之篡孔矣","盖歆之所以得行伪学者,皆莽为之。命曰'新学',岂不然乎"!然相比之下,学术方面对后世影响更大,"至于后世,则亡新之亡久矣;而歆经大行,其祚二千年,则歆之篡过于莽矣"。①

康有为还指出刘歆编造伪经对后世造成了严重的祸害,如:伪经有"羞用百二十品"之说,"人主相承以为先圣经义宜然,于是,后宫至万数千人,饮食度支岁费千万,以此亡国者接踵,皆歆启之";伪经有"三夫人,九嫔,二十七世妇,八十一御妻"之说,于是"以为经法宜然,后宫众多,掖庭充满。隋之宫人万计,唐宗之宫女三千,纵恣无厌,怨旷充塞,皆歆作俑之罪也"等。这种恶果也是刘歆始料未及的,"歆之伪经,不过始则邀名,继则媚势,岂知流祸遂至于此哉"!因此,"学者不正其心术,而以博闻强识造说立端,其祸等于洪水猛兽,可不惧乎"!②

除上述方面之外,康有为还分析了伪古文经之所以取代今文真经的地位而盛行于后世的两个重要原因。

其一,今文经学本身出现了严重的弊病。自汉武帝立"五经"博士之后百余年间,今文经学盛极一时。然而其弊病亦开始出现,"一经之说,至于百余万言,五字之文,至于二三万字,繁冗至此,其去丁将军之《易说》仅举大谊,申公之《诗训》犹有阙疑,滋蔓支离,抑已甚矣!扬雄《法言》曰:'今之学也,非独为之华藻也,又从而绣

---

① 《新学伪经考》,《康有为全集》第1集,上海古籍出版社1987年版,第730、723页。

② 《新学伪经考》,《康有为全集》第1集,上海古籍出版社1987年版,第736、741页。

其鞶帨.'……盖为通人所厌久矣。歆窥见此恉,造作古文而扫除今学,杜、贾扇其风,马、郑扬其波。迄汉、晋之间,今学尽灭,下逮唐、宋,扫地无余,昔之数百万言者,穿穴于遗文中仅得万一,虽歆伪乱之罪固不容诛,亦禄利之徒不知大谊,繁其章条,穿求崖穴,有以贻口实而借寇兵也。嗟夫! 西汉学者诳诳自尊之时,岂知百余年间之亡灭哉"? 康有为进而将汉代今文经学亡灭时的情形与清代相比较,认为同样的弊病正在治经者中重现,"今之学者,尊圣人之经而不求之经纬天人、体察伦物之际,而但讲'六书',动成习气,偶涉名物,自负《苍》、《雅》,叩以经典大义,茫乎未之闻也。徐幹《中论》曰:'凡学者大义为先,物名为后,大义举而物名从之。然鄙儒之博学也,务于物名,详于器械,考于诂训,摘其章句,而不能统其大义之所极,以获先王之心,此无异乎女史诵诗,内竖传令也。故使学者劳思虑而不知道,费日月而无成功。'……迂滞若是,欲不亡灭,其可得乎? 此亦识者所为远念也"。①

其二,伪经传授者皆为通博之人,有很大的学术影响力。以伪经创始人刘歆言之,"盖歆以博闻强识绝人之才,承父向之业,睹中秘之书,旁通诸学,身兼数器,旁推交通,务变乱旧说而证应其学。训诂文字既尽出于歆,天文、律历、五行、谶记、兵法又皆出之,众证既确,墙壁愈坚。……故虽以马、郑之雅才好博,兼综术艺者,尊信最坚,赞扬最力,岂非以其旁兼诸学、征应符合故乎? 自魏、晋至唐,言术艺之士皆征于歆。……此所以范围二千年,莫有发难者也"。② 而刘歆所传授之人"皆一时之通学","观传古学诸人,扬雄

---

① 《新学伪经考》,《康有为全集》第 1 集,上海古籍出版社 1987 年版,第 722 页。

② 《新学伪经考》,《康有为全集》第 1 集,上海古籍出版社 1987 年版,第 731 页。

则称'无所不见',杜林则称'博洽多闻',桓谭则称'博学多通',贾逵则'问事不休',马融则'才高博洽',自余班固、崔骃、张衡、蔡邕之伦,并以宏览博达,高文赡学,上比迁、向者"。正是由于博学,这些人便不愿死守今文经之章句,而敢于开创和发展新学派,"尽舍旧学而新是谋……因笑章句之徒固陋无知","(桓谭)博学多通,遍习'五经',皆诂训大义,不为章句……以其博洽,故不守章句。实则章句皆今学,为古学者攻之,故不守也";"通训诂不为章句,乃刘歆新开之学派也"。① 也正是由于有了这批通博之才,古文经才得以"行于九州暨海外,而今学亡矣","从古学者多博洽,人皆信之,此古学所以盛也"。康有为评价道:"夫得才者兴,广士者强,觇晋文之从者而知其得国,睹燕昭之得士而知其夺齐。"②

(五)斥刘歆作伪经之罪。

康有为将刘歆伪造古文经之罪集中归结为5点:

其一,"倒乱孔子'六经'之序"。孔子手定的六经之序为《诗》、《书》、《礼》、《乐》、《易》、《春秋》,而"歆以《易》为首,《书》次之,《诗》又次之。后人无识,咸以为法,自是《释文》、《隋志》宗之,至今以为定制"。③

其二,"以己伪经加孔子真经上,悖谬已极"。"如《易经》本上、下二篇,而云:'《易经》十二篇。'此歆所增改者也。'《尚书古文经》四十六卷,《经》二十九卷。'上《古文经》者,歆作也;下《经》者,博士

---

①　《新学伪经考》,《康有为全集》第1集,上海古籍出版社1987年版,第750～751、758、752页。

②　《新学伪经考》,《康有为全集》第1集,上海古籍出版社1987年版,第751、758、751页。

③　《新学伪经考》,《康有为全集》第1集,上海古籍出版社1987年版,第691页。

传孔子之《经》也。'《春秋古经》十二篇,《经》十一卷。'上《古经》,歆伪也;下《经》,博子传孔子之《经》也。'《论语古》二十一篇,《齐》二十二篇,《鲁》二十篇。'《论语古》,歆伪也;齐、鲁《论》者,七十子所传也。'《孝经古孔氏》一篇,《孝经》一篇。'《古孔氏》者,歆伪定也;《孝经》者,博士所传孔门之旧也。"①

　　其三,"诬毁篡圣"。刘歆伪作《毛诗》、《逸礼》、《周官·大司乐章》及《乐记》、《左氏传》,而对真正传孔子之学的博士进行诋毁,"斥三家《诗》'取杂说非本义','《士礼》不备,仓等推而致于天子','制氏《乐》仅知其铿锵鼓舞,而不能言其义','公、穀二家口说失真',诋之唯恐不至,而盛称其伪作之书。后人无识,竟为所惑,孔子真经微而几亡,伪经盛行",此为"大罪"。②

　　其四,以训诂形声之学毁灭"六经"微言大义之学。"六经"本皆由孔子笔削,"包括天人,至尊无并",《论语》、《孝经》亦不能与"六经"并称,作为文史之末技的"小学"更不能与经并列,而刘歆"伪作古文以写伪经,创为训诂以易经义,于是以《论语》、《孝经》列'六艺',又以伪作之《尔雅》、《小尔雅》厕'《孝经》家',自是'六经'微言大义之学亡,孔子制作教养之文绝。自后汉以来,训诂形声之学遍天下,涂塞学者之耳目,灭没大道"。③

　　其五,欲夺孔子之席,"非圣无法"。"'六经'笔削于孔子,礼、乐制作于孔子,天下皆孔子之学,孔子之教也。歆思夺之,于《易》

　　① 《新学伪经考》,《康有为全集》第1集,上海古籍出版社1987年版,第691页。

　　② 《新学伪经考》,《康有为全集》第1集,上海古籍出版社1987年版,第691～692页。

　　③ 《新学伪经考》,《康有为全集》第1集,上海古籍出版社1987年版,第692页。

则以为文王作上、下篇,于《周官》、《尔雅》以为周公作。举文王、周公者,犹许行之托神农,墨子之托禹,其实为夺孔子之席计",此亦为"大罪"。①

(六)对孔子之学的地位和内容等进行论述。

《新学伪经考》一书以考辨刘歆古文经之伪为中心内容,故直接论述孔子之学的文字不多。但就书中涉及孔子之学的有关论述看,仍然有其重要性。

一是论孔子之学具有独尊的地位。指出"孔子之学,秦时已立博士",至汉代元帝时,"天下仰流,百川赴海,共归孔子之学,则天下混一,诸家息灭,无复'儒'、'墨'之可对言,亦无九流之可并立",孔子被"尊为一统共主",其七十弟子及后学孟子、荀子等皆列尊位。"至于向、歆之世,则天下之受成于孔学者,久以'六经'为学,教出于一,既无异论,亦无异学,凡义理、文字、书册莫不统焉。"②强调"儒家"即孔子,"七十子后学者,即孔子之学也……七十子之书与孔子不能分为二学也","盖孔子改制后,从其学者皆谓之'儒'。故'儒'者,譬孔子之国号,如高祖之改国号为汉,太宗有天下之号为唐,艺祖有天下之号为宋"。因此,儒为"正统",理应"独尊",而决不能与"诸子"、"九流"并列。③

二是论孔子之学涵盖所有的学问。认为"孔子之道,范围天下,子思所谓'上律天时,下袭水土','譬如天地之无不持载,无不

---

① 《新学伪经考》,《康有为全集》第1集,上海古籍出版社1987年版,第692页。

② 《新学伪经考》,《康有为全集》第1集,上海古籍出版社1987年版,第693~694页。

③ 《新学伪经考》,《康有为全集》第1集,上海古籍出版社1987年版,第696、693、695页。

覆帱,譬如四时之错行,如日月之代明'";如"九流"之中,唯道、墨与儒显然争教,其他若农家、名家、法家、阴阳家乃至纵横家、小说家等何尝不"兼纳"于儒家之中。基于此,康有为痛斥刘歆"特自伪《周官》,欲托身为周公以皋牢一切,故兼收诸子,以为不过备我学一官、一职之守,因痛抑孔子,以为若而人者,亦仅备一官守,足助顺阴阳、明教化而已,阳与之,实所以夺之者至矣!唐人尊周公为先圣,而以孔子为先师,近世会稽章学诚亦谓周公乃为集大成,非孔子也,皆中歆之毒者"。①

据《康南海自编年谱》记载,康有为撰写《新学伪经考》前后,还著有《毛诗伪证》、《周礼伪证》、《说文伪证》、《尔雅伪证》、《魏晋六朝诸儒杜撰典故考》等辨伪之作,今皆不见其稿。

二　孔子改制说

康有为在提出新学伪经说之前,已经提出了孔子改制的观点。

1886年撰写的《民功篇》写道:"孔子有元宗之才,尝损益四代之礼乐,于《王制》立选举,于《春秋》尹氏卒讥世卿,又追想大同之世,其有意于变周之制而光大之矣。"②

同年撰写的《教学通义》专章论述了孔子以《春秋》改制的事迹:"诸经皆出于周公,惟《春秋》独为孔子之作,欲窥孔子之学者,必于《春秋》。《春秋》者,孔子感乱贼,酌周礼,据策书,明制作,立

---

①　《新学伪经考》,《康有为全集》第1集,上海古籍出版社1987年版,第695~696页。

②　《民功篇》,《康有为全集》第1集,上海古籍出版社1987年版,第68页。

王道，笔则笔，削则削，所谓微言大义于是乎在。传之于子夏。……《公羊》、《榖梁》，子夏所传，实为孔子微言，质之经、传皆合。《左氏》但为鲁史，不传经义。今欲见孔子之新作，非《公》、《榖》不可得也。……讥世卿、明助法，讥丧昏娶，定百里之封，逮三等之爵，存三统之正，皆孔子制作之微文，与周公之礼绝异。孔子答颜子问'为邦'而论四代，答子张问'十世'而言'继周'。孟子述舜、禹、汤、文、周公而及孔子，则曰：'王者之迹熄而《诗》亡，《诗》亡而后《春秋》作。'其辟许行，亦以孔子作《春秋》，继尧、禹、周公之事业，以为天子之事。孔子亦曰，'知我'以之，'罪我'以之。良以匹夫改制，无征不信，故托之行事，而后深切著明。庄子曰：'《春秋》经世先王之志。'且尊孔子为先王。《淮南子》：'殷继夏，周继殷，《春秋》继周，三代之礼不同。'直以孔子为一代矣。故自周汉之间，无不以《春秋》为孔子改制之书。《王制》者，素王之制也。……尊孔子者，不类后人尊孔子之道德，而尊孔子能制作《春秋》，亦可异矣。《春秋》既改制度，戮当世大人，自不能容于世，故以微文见义，别详口授，而竹帛不著焉，亦其势也。"① 这些论述的要点在康有为后来撰写的《孔子改制考》中又以极为相似的语言重新表达出来。

　　但是，由于此时康有为还未提出新学伪经说，所以属于今文经学的孔子改制论与属于古文经学的尊崇周公论是并存不悖的，改制亦限于《春秋》一经，尚未扩展至"六经"，更不具备后来改制说所包含的其他极为丰富的内容，而且有的关于改制的核心论点与后来的改制说还存在着重大的差异。如《教学通义》中概括《春秋》之

---

① 《教学通义》，《康有为全集》第 1 集，上海古籍出版社 1987 年版，第 124～125 页。

学的"大义"是"专以道名分,辨上下,以定民志";认为自汉代之后,"《春秋》日明,君日尊,臣日卑。依变言之,凡有三世:自晋至六朝为一世,其大臣专权,世臣在位,犹有晋六卿、鲁三家之遗风,其甚者则为田常、赵无恤、魏鳌矣。自唐至宋为一世,尽行《春秋》讥世卿之学,朝寡世臣,阴阳分,嫡庶辨,君臣定,篡弑寡,然大臣犹有专权者。自明至本朝,天子当阳,绝出于上,百官靖共("靖共"似为"端拱"之误——引者注)听命于下,普天率土,一命之微,一钱之小,皆决于天子。……故五百年中,无人臣叛逆之事。……综计国朝三百年中,惟有三乱:康熙时曰三藩,嘉庆时曰教匪,咸丰时曰发逆。自尔之外,天下塞晏。仰视《春秋》二百年中,弑君亡国,士大夫失家被戮,列国交伐,庶民死于征役之事,岁岁踵接,不可胜数,其治乱忧乐相去万里。此皆《春秋》所致,孔子之功所遗贻也。且《春秋》之显孔子之功,非徒施于中国,又莫大于日本焉。日本……凡所为封建、兵刑、用人、行政皆自将军出,历六百七十六年,其天皇守府,而卒不敢易名号、废其君。今王睦仁卒得起而废之。人士咸有《春秋》之学,莫不助王,而睦仁复其故统,盖所谓《春秋》之力、孔子之道,至是而极大矣。故谓后世皆《春秋》之治,诚所谓继周者也。"①这里"君尊臣卑"的《春秋》大义与后来改制说的始于拨乱(托文王以行君主之仁政)、终于太平(托尧舜以行民主之政)的"微言大义"在性质上迥然不同,其对"三世"演变、君权日尊的称道与同时所著《民功篇》中对尊君抑臣的批判② 亦显相矛盾。

①　《教学通义》,《康有为全集》第 1 集,上海古籍出版社 1987 年版,第 125～126 页。

②　见《民功篇》,《康有为全集》第 1 集,上海古籍出版社 1987 年版,第 58～59 页。

　　此外,《教学通义》还在论朱熹之学时指出朱子学问博大精深,"盖孔子之后一人而已",但"惟于孔子改制之学,未之深思,析义过微,而经世之业少,注解过多",以致"孔子改制之意隐而未明"。①

　　康有为将孔子改制与斥刘歆之伪联系起来的最早文献是撰于1891年前的《孟子诗亡然后春秋作解》。该文解释孟子所云"王者之迹熄,而《诗》亡。《诗》亡,然后《春秋》作"一语时指出:"至东迁之末,天子不省方,诸侯不朝觐,陈诗之典废,而庆让之权亡,于是天下无王。天下无王,斯赖素王。故孔子改制而作《春秋》……王迹既亡,孔子抱救世之心,不能不以衮钺代黜陟。改制作而救衰败,不可以已矣!然孔子作《春秋》,改制之意,褒贬当世威权大人有势力者,不可著见,但有口说,不传于竹帛。《公羊》、《穀梁》传之,为王者改制之意。……自刘歆伪窜《左氏春秋》,于是,二传渐废,孔子作《春秋》以继王迹之微言大义不可得见,而孔子学亦亡。今略考定焉,庶几存其意焉。"② 文中限于斥刘歆对《左传》的伪窜,尚未深究全部古文经学,这从文中同时引述了《说文》、《汉书·食货志》、《汉书·艺文志》(这些后来都被视为古文经学的要籍)的材料作为论据可以清楚地看出来。而在对孔子改制本身内容的阐述上,该文与《教学通义》中的有关论述大致相同(但已不言"君尊臣卑"的《春秋》大义)。

　　在《长兴学记》中,康有为的孔子改制说已与新学伪经说完整地结合起来,从而开始全面具备了以往改制论所没有的作为古文经学对立物的意义,改制之义也由《春秋》一经推广至"六经",指

---

　　① 《教学通义》,《康有为全集》第1集,上海古籍出版社1987年版,第138～139页。

　　② 《康有为全集》第1集,上海古籍出版社1987年版,第533～534页。

出："盖'六经'皆孔子作也。《诗》、《书》、《礼》、《乐》,孔子借先王之书而删定之;至《易》与《春秋》,则全出孔子之笔。故孔子教人,以《诗》、《书》、《礼》、《乐》,而《易》、《春秋》,身后始大盛也。孔子之为万世师,在于制作'六经',其改制之意,著于《春秋》。孔子早而从周,晚莫道不行,思告后王,于是改制,与颜子论四代,子张言十世是也。盖周衰礼废,诸子皆有改作之心,(康有为自注:棘子成之恶文,老、庄之弃礼,墨子之尚俭,皆是。)犹黄梨洲之有《明夷待访录》,顾亭林之有《日知录》,事至平常,不足震讶。必知孔子改制'六经',而后知孔子之道所以集列圣之大成,贤于尧舜,法于后王也。……二千年来,行三年丧,夏时选举,同姓不婚之制,皆孔子之法。则春秋实统二千年为一代也。必知《春秋》为改制,而后可通'六经'也。……至刘歆挟校书之权,伪撰古文,杂乱诸经,于是有《毛诗》、《周官》、《左氏春秋》,伪经增多……二千年皆为歆学,孔子之经虽存而实亡矣。"[1]

康有为对孔子改制进行全面系统的考证和论述见于《孔子改制考》。该著篇幅巨大,共分 21 卷,引用了非常丰富的史料,主要以史料本身来证明论点,而由康有为根据史料写的说明、评论文字并不太多。考证孔子之学(或孔子之道、孔子之教)皆为改制之作是该著的中心内容。围绕这一中心,书中对孔子改制的各个方面进行了详尽的考证,并将康有为自己的社会政治思想观点和学术思想观点灌注于考证之中。概括起来,该著的主要内容有以下 5 个方面:

(一)提出孔子改制得以成立的历史认识论和历史进化论前提。

---

[1] 《康有为全集》第 1 集,上海古籍出版社 1987 年版,第 563～564 页。

　　在历史认识论方面，康有为力图证明孔子所热衷于宣扬的一切上古事迹实际上都是"茫昧无稽"的。

　　以事理言之，"人生六七龄以前，事迹茫昧，不可得记也。开国之始，方略缺如，不可得详也。况太古开辟，为萌为芽，漫漫长夜，舟车不通，书契难削，畴能稽哉"？以世界史例之，"……印度婆罗门前，欧西希腊前，亦已茫然，岂特秘鲁之旧劫，墨洲之古事，黯芴渺昧，不可识耶"？①

　　中国古史茫昧无稽的表现有三：其一，"夏、殷无征"。据《论语》、《礼记》、《史记》、《白虎通》等书记载，"则孔子时夏、殷之道，夏、殷之礼，不可得考至明。……可征者仅有《夏时》、《坤乾》二书，自此外皆无存。此可为夏、殷礼制全亡无征之据"。其二，"周籍已去"。据《孟子》一书记载，孟子作为当时的"大贤巨儒"，对周朝掌故"乃亦不闻其详。又著去籍之故，出于诸侯恶其害己。可知成周之书籍亦不传。……又与滕文公言田制，自当征引会典、会要乃足为据，乃一字不能引出，仅引一《诗》言为证，则当时绝无掌故之书，无可引据，与去籍之说正合。此可存为周籍已去不可闻之据"；据《列子》一书记载，"……三王之事亿不识一，亦可为三代无征之证"。② 其三，三代前之古事更无可考。杨朱云太古之事已灭，若存若亡，若觉若梦，"可为三古茫昧之据"；"后世一代之兴，名贤名士传述充栋，功绩典章志略弥满，而五帝时人与政无一传者，可见茫昧极矣"；"伏羲实无可稽考……大约开辟之始，传闻有伏羲其人，如泰西之称亚当。孔子系《易》，托为人元，而亚当于埃及古音，即为'人'之称。则伏羲之究为何如，亦不得而知也"；"黄帝之言，

---

① 康有为著：《孔子改制考》，中华书局 1958 年版，第 1 页。
② 康有为著：《孔子改制考》，中华书局 1958 年版，第 2、3 页。

皆百家所托。……东西南朔言黄帝、尧、舜风教皆殊，盖事迹已远，皆百家所托，故言人人殊。韩非所谓尧、舜不可复生，谁使定尧、舜之真也。见于他说皆百家所托。其实黄帝、尧、舜之事，书缺有间，茫昧无稽也"；"高辛前靡得而记，则伏羲、神农、黄帝、颛顼茫昧无稽，而百家所称出于假托，可见矣"，等等。① 欲对这些茫昧无稽的古史事迹进行考古是不可能的，"而谯周、苏辙、胡宏、罗泌之流，乃敢于考古，实其荒诞；崔东壁乃为《考信录》以传信之，岂不谬哉"！②

正因为古史茫昧无稽，诸子（包括孔子）便得以纷纷对古代事迹进行假托，"或为神农之言，或多称黄帝，或法夏，或法周，或称三代；皆由于书缺籍去，混混茫茫，然后诸子可以随意假托"。例如孔子所言的"三代文教之盛"，"实由孔子推托之故。故得一孔子而日月光华，山川煜耀。然夷考旧文，实犹茫昧，虽有美盛，不尽可考焉"，"三代文明，皆借孔子发扬之，实则茫昧也"。③ 既然可以随意"假托"，那么进一步通过假托（即托古）的方式进行改制也就具备了前提基础（书中另有专章考证孔子何以托古改制、怎样托古改制）。

在历史进化论方面，康有为指出经过两千年的"积人积智"，终于造就了孔子这样一位"范万世"、"合大道"的神圣教主。

书中从人智是世界长期进化的产物说起："凡物积粗而后精生焉，积贱而后贵生焉，积愚而后智生焉，积土石而草木生，积虫介而

---

① 康有为著：《孔子改制考》，中华书局 1958 年版，第 3～5 页。

② 康有为著：《孔子改制考》，中华书局 1958 年版，第 1 页。以今日学术界所取得的成就来看，三代乃至三代之前的史迹并非完全"茫昧无稽"，而考古也是大有可为的。

③ 康有为著：《孔子改制考》，中华书局 1958 年版，第 5、1、6 页。

禽兽生，人为万物之灵，其生尤后者也。洪水者，大地所共也。人类之生皆在洪水之后，故大地民众皆芨萌于夏禹之时。积人积智，二千年而事理咸备。于是才智之尤秀杰者，蜂出挺立，不可遏靡……"在中国，便出现了春秋战国时期"诸子并起创教"的繁盛局面，创教者有子桑伯子、原壤、棘子成、管子、晏子、少正卯、许行、白圭、陈仲子、墨家、道家、法家、名家、阴阳家、纵横家、兵家等等，他们"各因其受天之质，生人之遇，树论语，聚徒众，改制立度，思易天下……然皆坚苦独行之力，精深奥玮之论，毅然自行其志，思立教以范围天下者也"；在外国，"印度则有佛婆罗门及九十六外道并创术学，波斯则有祚乐阿士对创开新教，泰西则希腊文教极盛，彼国号称同时七贤并出，而索格底集其成"。孔子既是创教诸子中的一子，又是"其尤神圣者"。其他诸子皆有欠缺，"惟其质毗于阴阳，故其说亦多偏蔽，各明一义，如耳目鼻口不能相通"，只有孔子能"积诸子之盛"，令"众人归之"，"集大一统，遂范万世。《论衡》称孔子为诸子之卓，岂不然哉？天下咸归依孔子，大道遂合，故自汉以后无诸子"。正是由于具备了这样的历史前提（所谓"……大地诸教之出，尤盛于春秋战国时哉"，"万年古今之会，大地学术之变"），孔子便能够以神圣教主的资格进行"改制"。①

　　针对古文经学否定孔子为创教之主的观点，康有为作了"儒教为孔子所创"的专章考证。首先，对古文经学之说进行了驳斥："伪《周官》谓儒以道得民，《汉艺文志》谓儒出于司徒之官，皆刘歆乱教、倒戈之邪说也。汉自王仲任前，并举儒、墨，皆知孔子为儒教之主，皆知儒为孔子所创。伪古说出，而后劯塞掩蔽，不知儒义。以孔子修述《六经》，仅博雅高行，如后世郑君、朱子之流，安得为大圣

----

①　康有为著：《孔子改制考》，中华书局 1958 年版，第 9～10 页。

哉！章学诚直以集大成为周公,非孔子。唐贞观时,以周公为先圣,而黜孔子为先师,乃谓特识,而不知为愚横狂悖矣。神明圣王,改制教主,既降为一抱残守阙之经师,宜异教敢入而相争也。”随后,依次从孔子自明创儒大义,孔子弟子后学发明创儒大义,异教非儒专攻孔子知儒为孔子所特创,孔子创儒后其服谓之儒服、其书谓之儒书、诸弟子传其口说谓之儒说、从其教者谓之儒生等方面进行了考证,“……发明儒为孔子教号,以著孔子为万世教主”。①

(二)阐明“孔子为制法之王”的深刻含义,将孔子素王之道与历朝君王之道对立起来,大立孔子的尊威,以此作为孔子改制的政治基础。

所谓“制法之王”,即“素王”,意为没有王者之位,但有王者之道,能为王者立法。康有为指出,孔子为制法之王本来早已为人知,“自战国至后汉八百年间,天下学者,无不以孔子为王者,靡有异论也”,而“自刘歆以《左氏》破《公羊》,以古文伪传记攻今学之口说,以周公易孔子,以述易作,于是孔子遂仅为后世博学高行之人,而非复为改制立法之教主圣王,只有师统而不为君统,诋素王为怪谬,或且以为僭窃,尽以其权归之人主。于是天下议事者,引律而不引经,尊势而不尊道,其道不尊,其威不重,而教主微。教主既微,生民不严不化,益顽益愚,皆去孔子素王之故。异哉! 王义之误惑不明数千载也!”②

为了清除“误惑”,康有为对王者之义进行了辨析(言明“王者之正名出于孔氏”):“何谓之王? 一画贯三才谓之王,天下归往谓之王。天下不归往,民皆散而去之,谓之匹夫。以势力把持其民谓

---

① 康有为著:《孔子改制考》,中华书局 1958 年版,第 164～165 页。
② 康有为著:《孔子改制考》,中华书局 1958 年版,第 195 页。

之霸。残贼民者谓之民贼。夫王不王,专视民之聚散向背名之,非谓其黄屋左纛,威权无上也。"又云:"孟子大义云:'民为贵。'但以民义为主,其能养民、教民者则为王,其残民、贼民者则为民贼。周自幽、厉后,威灵不能及天下,已失天子之义。……孟子谓'三代之失天下也以不仁'。盖自周至幽、厉,孔子以为周亡。"①

据此王义,康有为极为鲜明亦极为尖锐地将"天下归往"的素王孔子与历代天下并不归往的君王对立起来:"然今中国圆颅方趾者四万万,其执民权者二十余朝,问人归往孔子乎?抑归往嬴政、杨广乎?既天下义理制度皆从孔子,天下执经释菜俎豆莘莘皆不归往嬴政、杨广而归往大成之殿、阙里之堂,共尊孔子。孔子有归往之实,即有王之实,有王之实而有王之名,乃其固然。"②

在辨析王义的基础上,康有为"遍考秦、汉之说,证明素王之义",除考证孔子为素王之外,还考证孔子为新王、文王、圣王、先王、后王、王者及"托王于鲁",其目的是"庶几改制教主,尊号威力,日光复荧,而教亦再明"。③

(三)多方考证孔子改制的确定无疑性,以证明改制是贯穿于孔子之教各种义理制度之中的根本精神。

---

① 康有为著:《孔子改制考》,中华书局1958年版,第195、196页。

② 康有为著:《孔子改制考》,中华书局1958年版,第195页。康有为虽然只提到嬴政、杨广,实际上是将其作为历代君主的代表。早在《民功篇》中康有为就指出:"自秦立首功,以杀人为得爵之质,此盗贼夷狄之行也。而汉仍不改,立十九级之爵,极至封侯,所以诱臣民为杀人之事者至厚矣。……后世因之,以至于今。……后世奄四代不师,而乐于师暴秦盗贼之行……夫以中国礼义之邦,尧、舜治法之美,而今生民涂炭至此……孟子曰:'民为贵,社稷次之。'……知此义者,孟子而后,其绝矣乎?绝之者盖二千年矣。"(《康有为全集》第1集,上海古籍出版社1987年版,第78~79页)

③ 康有为著:《孔子改制考》,中华书局1958年版,第196页。

康有为指出,自从今文经学废没、古文经学盛行之后,对孔子改制之说"人多疑之",后世风俗更是以改制为禁忌,"法密如网,天下皆俯首奉法,无敢妄作者"。然而,改制在春秋战国时期却是一个十分普遍的现象,"吾今不与言孔子,请考诸子,诸子何一不改制哉"? 书中分别考证了墨子、管子、晏子、棘子成、原壤、老子、杨子、宋钘、尹文、慎到、惠子、许子、白圭、驺子、公孙龙、邓析、林既、商君、申子、韩非子等20人的改制,然后联系到孔子,以为"诸子之改制明,况大圣制作之孔子,坐睹乱世,忍不损益,拨而反之正乎"?① 又云:"凡大地教主,无不改制立法也,诸子已然矣。中国义理制度皆立于孔子,弟子受其道而传其教,以行之天下,移易其旧俗。"②

为了证明孔子确有改制,康有为从诸多方面进行了考证:

1.考证孔子改制的微言大义

康有为认为,最能证明孔子改制微言大义的著作是董仲舒《春秋繁露》中的"三代改制"篇:"孔子作《春秋》改制之说,虽杂见他书,而最精详可信据者,莫如此篇。称《春秋》当新王者凡五,称变周之制,以周为王者之后,与王降为风,周道亡于幽厉同义。故以春秋继周为一代。至于亲周、故宋、王鲁,三统之说亦著焉,皆为公羊大义。其他绌虞、绌夏、五帝、九皇、六十四民,皆听孔子所推,姓姚、姓姒、姓子、姓姬,皆听孔子所象。白黑、方圆、异同、世及,皆为孔子所制。虽名三代,实出一家,特广为条理以待后人之行,故有再、三、四、五、九之复。博厚配地,高明配天,游入其中,乃知宗庙之美,百官之富,别有世界,推之不穷。……此盖孔门口说相传非常异义,不敢笔之于书,故虽公羊未敢骤著其说。至董生时,时世

---

① 康有为著:《孔子改制考》,中华书局1958年版,第34页。
② 康有为著:《孔子改制考》,中华书局1958年版,第214页。

殊易,乃敢著于竹帛。故《论衡》谓孔子之文传于仲舒也。苟非出自醇实如董生者,虽有此说,亦不敢信之矣。幸董生此篇犹传,足以证明孔子改制大义。""董生……大言炎炎,直著宗旨。孔门微言口说,于是大著。孔子为改制教主,赖董生大明。"实际上不仅董子,而且汉初先师对《春秋》有改制之说都"共传共知"。①

此外,康有为还考证"孔子与弟子商定改制大义",阐明"……继周者《春秋》也。百世以俟圣人,由百世之后,等百世之王,以《春秋》治百世也。百世之后,穷则变通,又有三统也"为"改制之微言";考证"孔子弟子后学发明改制大义",指出"荀子所言,与孟子告齐宣王、《中庸》九经之义相出入,盖同为孔子所嫡传者也。然伪经一出,而凡百制度遂归周制,其知为儒制者盖亦寡焉。荀子以为儒者为之,又曰:此儒者之所谓曲辨。孔子为儒教之祖,改制之义,不昭然若揭哉";考证"据异教攻儒,专攻制度,知制为孔子所改",如据道家攻儒之说,而"益知《采齐》、《肆夏》、羽旄、干戚、纶组、节束为孔子所定之礼矣",据墨子攻儒之说,则知"弦歌、揖让、久丧之礼,皆为孔子所改,必非先王之旧矣",等等。②

康有为还具体列出了多项孔子改制的微言大义,如:

(1)仁之义:"孔子之仁,以父母为本,实儒教宗旨……","孔子之道,仁而已矣。仁始于父母,故孝弟为仁之本,仁极于天下,故井田为仁之极"。③

(2)夫妇之义:"孔子之道:造端夫妇。……婚姻以时,所以慎乎情欲之感也。若旧制尊男抑女,则有过时不及时者矣。组纴织

① 康有为著:《孔子改制考》,中华书局 1958 年版,第 219、198、221 页。
② 康有为著:《孔子改制考》,中华书局 1958 年版,第 221、223、227 页。
③ 康有为著:《孔子改制考》,中华书局 1958 年版,第 201、436 页。

纴,黼黻文章,二十然后可通,孔子改制而重女学如此。"

(3)正名之义:"孔子……改制亟以正名为先。《春秋》正名分,《王制》诛乱作,咸著斯恉。于是荀子《正名》、董子《深察名号》皆发明孔子大义,而惠施、公孙龙辈始不得以倍谲诡辨之言惑乱天下,盖二千年之治,皆孔子名学治之也。"

(4)仁义之义:"仁以爱人,义以正我,古今之公理,推之东西南北而皆准者也。"

(5)失民不君之义:"汤、武革命,顺天应人。圣人上奉天,下爱民,岂其使一人肆于民上?《春秋》义,失民则不君。孟子述其大义,故以为诛残贼……"

(6)革新之义:"远者必忘,故当近;旧者必坏,故当新。史佚之告成王,愿王近于民。《康诰》之戒康叔,作新民。《大学》且欲其日日新。伊尹曰:用其新,去其陈。后世疏远斯民,泥守旧法,故致败亡。此论政极精之论……"①

(7)命之义:"命为孔子一大义。《论语》:'死生有命。''赐不受命。''不知命无以为君子。'《六经》称命尤多。"

(8)久丧之义:"孔子立义本父子,故制三年丧,教人敦厚,故久丧为传教第一义。"

(9)上下有等之义:"孟子无君子莫治野人,无野人莫养君子,上下有等,孔子之义也。"

(10)诛民贼之义:"《书》称'抚我则后,虐我则仇。'《孟子》称'残贼之人谓之一夫。'《礼》称'刑人于市,与众共之。'则为民贼者,人人皆得而僇之也。夫天生民而树之君,使司牧之,勿失其性,故

---

① 以上引文见康有为著:《孔子改制考》,中华书局 1958 年版,第 303、303~304、323、310、354 页。

尧、舜兢兢于天禄永终,四海困穷,以见天命之不易假也。此为孔子非常异议……"

(11)奉天治民之义:"孟子:'天与贤则与贤,天与子则与子。'王者奉天治民,视民心之向背而验天命之所归,不得私相转授,擅以天下与人者。"

(12)五德终始之义:"五德终始,亦是儒家三统义,不得以邹衍黜之。"①

2.考证孔子所改的各项制度。②

(1)冠服之制:"当时凡入儒教者必易其服,乃号为儒,可望而识,略如今僧道衣服之殊异矣","儒者创为儒服,时人多有议之者。亦以为行道自行道,无须变服之诡异。岂知易其衣服而不从其礼乐丧服,人得攻之;若不易其服,人得通于礼乐丧服之外,人不得议之。此圣人不得已之苦心。故立改正朔、易服色之制。佛亦必令去发、衣袈裟而后皈依也","举鲁国皆儒服,则当时实事矣。……汉世用孔子之制。缁布冠即玄,即章甫。孔子所创之儒冠,至是行于天下"。

(2)亲迎之制:"古未尝有亲迎之礼,尊男卑女,从古已然。孔子始发君聘于臣,男先下女,创为亲迎之义。……后世行亲迎之礼,是用此制。通于此制而后敬之如宾,夫妇之道乃不苦。……孔子最重父子。然夫妇不重,则父子不亲,故特制亲迎之礼以重其事……"

---

①　以上引文见康有为著:《孔子改制考》,中华书局1958年版,第356、357、397、410、447页。

②　孔子所改制度与孔子改制微言大义为表里关系。有其制即寓其义,有其义亦通过其制体现出来,康有为往往将两者一并论述。

(3)立嗣之制:"孔子三统,虽有世有及,而《春秋》之制,尊尊多义节,法夏法文,笃世子,立嗣予孙。《公羊》明大居正之义,《仪礼》有承重之服,与《檀弓》此条,皆明世嫡,至今制袭爵犹行之,名分既定,民无争心。立子,旧制也。立孙,孔子所改之制也。"①

(4)丧葬之制:"薄葬、厚葬、殉葬,皆旧制出。……皆非儒者礼义之法式也。以此证丧礼之制,为孔子所改定,无疑矣","孔子传教,盖以三年丧为第一义。父子天性,人心同具,故易于感动","惟儒者丧亲乃服三年,然则非儒者不为三年丧可知";别葬与合葬,别葬为旧制,"合葬是孔子定制";"丧奠脯醢,盖孔子所改之制,而有子述之。遣车视牢具,盖旧制也"。②

(5)建国之制:《王制》谓周朝有一千八百国,《孝经纬》云此不合事理,"则周时必无此制而为孔子所改者明矣。百里亦孔子之制"。

(6)削封建行大一统之制:《春秋》开端发大一统之义,孟、荀并传之。李斯预闻斯义,故请始皇罢侯为郡县,固《春秋》义也。有列侯则有相争,故封建诚非圣人意也。"

(7)授时之制:"何氏(指何休——引者注)言春言狩者,变周之春以为冬,去周之正而行夏之时,此说与《论语》颜渊问为邦之说同。……然则历学亦孔子所改定者。"

(8)制土籍田之制:"盖制土籍田,实为孔子定制。但世多是古而非今,故不得不托先王以明权,且以远祸矣。井田,孔子之制也。"

---

① 以上引文见康有为著:《孔子改制考》,中华书局1958年版,第228~231页。

② 康有为著:《孔子改制考》,中华书局1958年版,第233~236页。

(9)选举之制:"世卿之制,自古为然,盖由封建来者也。孔子患列侯之争,封建可削,世卿安得不讥。读《王制》选士、造士、俊士之法,则世卿之制为孔子所削,而选举之制为孔子所创,昭昭然矣。选举者,孔子之制也。"

(10)刑罚之制:"舜命皋陶,明于五刑,宥过无大,刑故无小,《虞书》详言之。成王命康叔,敬明乃罚,杀越人于货,愍不畏死,罔不憝,《康诰》详言之。……此实为孔子托先王以明改制之证也。"

(11)姓氏之制:"《繁露·三代改制质文篇》知殷德为阳德,以子为姓;周德为阴德,以姬为姓。又曰:'非圣人其谁知之?'然则姓者,孔子所定也。……姓者,孔子之制也。"

(12)礼乐之制:"礼者所以治人之魄也,乐者所以治人之魂也,魂魄治则内外修,而圣人之能事毕矣。礼乐为孔子之制作,故曰'丘已矣夫。'"[①]

此外还有"男女远别之制"、"不征山泽,不言钱币"之制等等。[②] 对孔子所改制度,康有为指出:"若冠服、三年丧、亲迎、井田、学校、选举,尤其大而著者。"又云:"亲亲、尊贤、丧服、亲迎,皆《六经》礼义之大者,所谓三代同文。""孔子大义微言,条理万千,皆口授弟子。若传之于外,道引世人,大率以三年丧、亲迎、立命三者。"[③]

3.考证六经皆孔子改制所作。

前面考证孔子改制微言大义和所改各项制度主要围绕于《春

①　以上引文见康有为著:《孔子改制考》,中华书局1958年版,第236~239页。

②　康有为著:《孔子改制考》,中华书局1958年版,第303、340页。

③　康有为著:《孔子改制考》,中华书局1958年版,第214、176、352页。

秋》一经。此点则由《春秋》扩展至儒教的全部经典六经,证其皆为孔子改制的产物。

康有为指出,六经为孔子制作在汉代之前是没有疑义的,"汉以前咸知孔子为改制教主,知孔子为神明圣王。……孔子之为教主,为神明圣王,何在? 曰:在《六经》。《六经》皆孔子所作也,汉以前之说莫不然也",而"以《诗》、《书》、《礼》、《乐》、《易》为先王周公旧典,《春秋》为赴告策书,乃刘歆创伪古文后之说也。歆欲夺孔子之圣而改其圣法,故以周公易孔子也,汉以前无是说也"。重新考证六经为孔子改制之作有两重意义:一是关系孔子的神圣地位,"学者知《六经》为孔子所作,然后孔子之为大圣,为教主,范围万世而独称尊者,乃可明也",如果《诗》、《书》、《礼》、《乐》、《易》皆伏羲、夏、商、文王、周公之旧典,于孔子无与,"则孔子仅为后世之贤士大夫,比之康成、朱子尚未及也,岂足为生民未有范围万世之至圣哉"? 二是关系孔子的"致太平之功","知孔子为教主、《六经》为孔子所作,然后知孔子拨乱世致太平之功,凡有血气者,皆日被其殊功大德,而不可忘也"。①

康有为对六经逐一作了考证,得出以下结论:

(1)关于《诗》:《诗》为旧名,旧有三千余篇,今三百五篇皆为孔子所作,传于齐、鲁、韩三家。"古诗三千,孔子间有采取之者,然《清庙》、《生民》皆经涂改,《尧典》、《舜典》仅备点窜,既经圣学陶铸,亦为圣作;况《六经》同条,《诗》、《春秋》表里,一字一义,皆大道所托,观墨氏所攻及儒者所循,可知为孔子之辞矣。"②

(2)关于《书》:《书》为旧名,旧有三千余篇,百二十国。今二十

① 康有为著:《孔子改制考》,中华书局 1958 年版,第 243～244 页。
② 康有为著:《孔子改制考》,中华书局 1958 年版,第 244～245 页。

八篇为孔子所作,传于伏生。其中《尧典》、《皋陶谟》、《弃稷谟》、《禹贡》、《洪范》,"皆孔子大经大法所存",其文词"皆整丽谐雅",与《易·乾坤卦》辞略同,"皆纯乎孔子之文也","况《尧典》制度巡狩语词与《王制》全同,《洪范》五行与《春秋》灾异全同,故为孔子作也。其殷《盘》、周《诰》、《吕刑》聱牙之字句,容据旧文为底草,而大道皆同,全经孔子点窜,故亦为孔子之作"。①

(3)关于《礼》:《礼》为旧名,"三代列国旧制,见予所著《旧制考》。今十七篇,孔子作,高堂生传本是也,即今《仪礼》。今文十七篇皆完好,为孔子完文,汉前皆名为《礼》,无名《仪礼》,亦无名《士礼》者。自刘歆伪作《周官》,自以为《经礼》,而抑孔子十七篇为《仪礼》,又伪天子巡狩等礼三十九篇,今目为逸礼,而抑《仪礼》为《士礼》。辩详《伪经考》"。②

(4)关于《乐》:《乐》为旧名,"郑、卫之声,倡优侏儒,犹杂子女。是今六代之乐,黄帝《咸池》、尧《大章》、舜《大韶》、禹《大夏》、汤《大濩》、文王《象》、武王《武》皆孔子作,制氏所传是也。孔子新作雅乐,故放郑声。郑声之名为郑,如今昆曲弋阳腔之以地得名也,盖当时所风行天下者,非徒一国之乐"。③

(5)关于《易》:《易》为旧名,"孔子卜得阳《豫》,又得《坤》、《乾》,是今上下二篇孔子作。杨何、施、孟、梁丘、京所传本是也。卦象爻象之辞皆散附本卦,伪古本分之,抑为十翼,乱孔子篇数之次第者也。《系辞》,《太史公自序》称为大传,则传而非经。《说卦》

---

① 康有为著:《孔子改制考》,中华书局 1958 年版,第 245～246 页。
② 康有为著:《孔子改制考》,中华书局 1958 年版,第 248 页。
③ 康有为著:《孔子改制考》,中华书局 1958 年版,第 253 页。

出宣帝河内老屋,与《序卦》、《杂卦》皆伪书,非孔子作"。①

(6)关于《春秋》:《春秋》旧名,"墨子云'百国《春秋》',公羊云'不修《春秋》',《楚语》'教之《春秋》',是今十一篇孔子作,公羊、穀梁所传,胡母生、董子所传本是也。《春秋》为孔子作,古今更无异论。但伪古学出,力攻改制,并铲削笔削之义,以为赴告策书,孔子据而书之而善恶自见。杜预倡之,朱子尤主之。若此,则圣人为一誊录书手,何得谓之作乎"?②

在分别考证"六经"为孔子所作的基础上,康有为引述《庄子·天下篇》对孔子及孔子所作"六经"的大义作出总的评价,认为:"……《天下篇》遍论当时学术,自墨子、宋钘、田骈、慎到、关尹、老聃、惠施,庄周亦自列一家,而皆以为耳目鼻口仅明一义,不该不遍一曲之士,不见纯体而裂道术……所以尊孔子者云配神明,醇天地,育万物,和天下,泽及百姓,明于本数,系于末度,六通四辟,小大精粗,其运无乎不在。又开篇称为'神明圣王'。自古尊孔子、论孔子,未有若庄生者。……后世以《论语》见孔子,仅见其庸行;以《春秋》见孔子,仅见其据乱之制;以心学家论孔子,仅见其本数之端倪;以考据家论孔子,仅见其末度之一二。有庄生之说,乃知孔子本数、末度、小大精粗无乎不在,信乎惟天为大,固与后儒井牖之见异也。云:'《诗》以道志,《书》以道事,《礼》以道行,《乐》以道和,《易》以道阴阳,《春秋》以道名分。'朱子谓其以一字断语,如大斧斫下,非知之深安能道得。《六经》之大义,《六经》之次序,皆赖庄生传之。"③

---

① 康有为著:《孔子改制考》,中华书局 1958 年版,第 257 页。
② 康有为著:《孔子改制考》,中华书局 1958 年版,第 260 页。
③ 康有为著:《孔子改制考》,中华书局 1958 年版,第 264 页。

（四）明确指出托古为孔子改制的必然形式，着重强调托古始自文王、终于尧舜的意义，从而搭建起孔子改制从历史、现实到理想的桥梁。

康有为在证明尽言先王古迹的"六经"皆为孔子改制所作之后，进一步考证了孔子改制何以要采取托古形式这一显然必须解答的问题。他指出改制而必然托古，其原因有三。

其一，为了俯顺人们的"荣古贵远"之情："荣古而虐今，贱近而贵远，人之情哉！耳目所闻睹，则遗忽之；耳目所不睹闻，则敬异之，人之情哉！""盖当时人情皆厚古而薄今，儒者之说，又迁远而难于信，故必借古人以为据，然后使其无疑而易于人……"① 康有为举出许多因托古而使人"敬异"的例子："慧能之直指本心也，发之于己，则捻道人、徐遵明耳；托之于达摩之五传迦叶之衣钵，而人敬异矣，敬异则传矣。袁了凡之创功过格也，发之于己，则石奋、邓训、柳玭耳；托之于老子、文昌，而人敬异矣，敬异则传矣。汉高之神丛狐鸣，摩诃末西奈之天使，莫不然。"周末诸子百家亦皆托古，"皆曰吾上祖述尧、舜、禹、汤、文、武云云，则当时诸子纷纷托古矣"，"盖当时诸子纷纷创教，竞标宗旨，非托之古，无以说人"。诸子托古尤喜采用寓言的形式，"《庄子》一书所称黄帝、尧、舜、孔子、老聃，皆是寓言。……然此实战国诸子之风，非特《庄子》为然，凡诸子皆然。所谓亲父不为其子媒，亲父誉之，不若非其父者也。故必托之他人而为寓言。寓言于谁？则少年不如耆艾，今人不如古人，耆古之言则见重矣。耆艾莫如黄帝、尧、舜，故托于古人以为重，所谓重言也。凡诸子托古皆同此"。②

---

①　康有为著：《孔子改制考》，中华书局 1958 年版，第 48、273 页。
②　康有为著：《孔子改制考》，中华书局 1958 年版，第 48～49 页。

其二，为了使民信从："子思曰：'无征不信，不信民弗从。'欲征信莫如先王。……故一切制度托之三代先王以行之"，"孔子以布衣而改乱制，加王心，达王事，不得不托诸行事以明其义"。康有为认为，托古虽然与事实不符，但"圣人但求有济于天下，则言不必信，惟义所在。……若谓圣人行事不可依托，则是以硁硁之小人律神化之孔子矣"。①

其三，为了避祸："布衣改制，事大骇人，故不如与之先王，既不惊人，自可避祸。"②

基于这些原因，孔子改制便无不托古，反之，孔子凡言古王、古事、古制、古语、古史等则无不为改制之托。康有为对此作了很多具体的考证，如："夏、殷、周三统皆孔子所托，故曰'非主假周'也"，"三年之丧为孔子增改之制，托于三代圣王以行之"，"……孔子托古以定乐制。不然，凡乐律音曲恒易失传，难以传之五百年者。孔子去黄帝、顼、喾已二千余载，尧、舜、夏、商亦千余载，乌得有闻《韶》忘味之理乎？其托无疑矣"，"……三代以上茫昧无稽，《列子》所谓若觉若梦若存若亡也。虞、夏之文，舍《六经》无从考信，韩非言尧、舜不复生，将谁使定儒、墨之诚？可见《六经》中先王之行事，皆孔子托之以明其改作之义"，"黄帝、伏羲皆茫渺无可考……然则三皇五帝之事，《列子》所谓若存若亡，若觉若梦，安有上世之遗书，黄白之帝冠，黄帝观凤凰衔图，伏羲之龙身牛首，瑰璃诡琐，如此之实迹耶？其为称托何疑"，等等。总之，"一切皆托"。③

---

① 康有为著：《孔子改制考》，中华书局 1958 年版，第 267～268 页。

② 康有为著：《孔子改制考》，中华书局 1958 年版，第 267 页。

③ 康有为著：《孔子改制考》，中华书局 1958 年版，第 269、272、275、279、281、208 页。

　　在孔子所托诸古中,康有为特别强调对文王和尧舜的假托,设专章进行了考证。一方面,指出孔子及孔子后学所言的文王尧舜其实都是孔子或孔子之道的代称,"文王但假为王法,非真王也。又云:法生不法死,与后王共之。生文王为谁? 非孔子而何"? "周文王之时,无礼坏乐崩,然则此文王非孔子而何? 故《礼经》三百,威仪三千,皆孔子所制","孔子之道托之尧、舜,故孟子言必称之。凡孟子之尧、舜,即孔子也",既然如此,托古的微言大义才是重要的,而"不必其为尧、舜、文王之事实也"。① 另一方面,着重对孔子托文王、尧舜的微言大义进行了阐释。其中心内容是将文王、尧舜分别作为拨乱与太平、君主与民主两个不同历史阶段、两种不同治道的代表,"……《六经》中之尧、舜、文王,皆孔子民主君主之所寄托","《春秋》始于文王,终于尧、舜。盖拨乱之治为文王,太平之治为尧、舜","《春秋》据乱,未足为尧、舜之道;至终致太平,乃为尧、舜之道","《春秋》、《诗》皆言君主,惟《尧典》特发民主义",这一区别为"孔子之圣意,改制之大义,《公羊》所传微言之第一义也"。②

　　举例言之,托于文王之道的内涵有:(1)"托文王以立战法,所谓杀人之中又有礼焉。既不能寝兵,亦不能不为立义也。"(2)"托文王为人伦之至。"(3)"文王之政,即孔子井田学校之仁政也。"(4)"(文王)养老亦孔子之仁政。"(5)"(文王)灵台亦孔子三《雍》之制。"③

　　托于尧舜之道的内涵有:(1)"(《尧典》)自钦若昊天后,即舍嗣

---

①　康有为著:《孔子改制考》,中华书局 1958 年版,第 290、291、294、285页。

②　康有为著:《孔子改制考》,中华书局 1958 年版,第 285、288、285 页。

③　康有为著:《孔子改制考》,中华书局 1958 年版,第 292、293、298、299页。

而巽位，或四岳共和，或师锡在下，格文祖而集明堂，辟四门以开议院，六宗以祀，变生万物，象刑以期刑措，若斯之类，皆非常异义托焉，故《尧典》为孔子之微言，素王之巨制，莫过于此。"(2)"孔子之道，务民义为先，亲贤为大，尧、舜之道也。"(3)"孔子之道在仁，孝弟也者，其为仁之本，故尧、舜之道，孝弟而已。"(4)"孔子祖述尧、舜，孟子言必称尧、舜，尤多托以为人道之极，故随事皆称焉。"(5)"《春秋》乱世讨大夫，升平世退诸侯，太平世贬天子。"(6)"《韶乐》托之于舜，有揖让之盛德，民主之大公，尤孔子所愿望……"(7)"什一是孔子改定之制，孔子托之尧、舜者……"①

康有为认为，孔子更为重视的是尧舜之道，"尧、舜为民主，为太平世，为人道之至，儒者 以为极者也"，"孔子拨乱升平，托文王以行君主之仁政，尤注意太平，托尧、舜以行民主之太平"。然而在孔子之道中，两者(文王之道与尧舜之道)又是精神相通、施行有序的统一体，"……其恶争夺而重仁让，昭有德，发文明，《易》曰'言不尽意'，其义一也。特施行有序，始于粗粝而后致精华，《诗》托始文王，《书》托始尧、舜，《春秋》始文王终尧、舜，《易》曰'言不尽意'，圣人之意，其犹可推见乎？"康有为因而指责后儒对孔子之道往往持一孔之见，"限于乱世之识，大鹏翔于寥廓，而罗者犹守其薮泽，悲夫"！②

(五)回顾总结孔子改制从开始创教到终于一统的发展历程，对改制之难、诸教之争、传教之苦、一统之荣等重要问题进行考证和论述，以期激励人们勇敢而坚定地大力弘扬孔子之道。

---

① 康有为著：《孔子改制考》，中华书局1958年版，第288、294、294、296、212、255、310页。
② 康有为著：《孔子改制考》，中华书局1958年版，第283～284页。

1.关于改制之难。指出:"孔子以布衣改周之制,本天论,因人情,顺时变,裁自圣心,虽游、夏不能赞一辞。然人情多安旧习,难与图始,骤予更革,鲜不惊疑;虽以帝王之力,变法之初,固莫不衔撅惊蹙者,况以一士之力,依托古先,创立新法者哉? 后世尊用孔子之制,视为固然。吾考其时,虽高弟子犹彷徨有惑言,况时人耶?"对孔子改制,当时既有弟子据旧制问难,又有时人据旧制问难,或者仍据旧制行事,或者别创新制,经孔子及其弟子后学多方努力,方才确立了孔子所改之制。康有为对这些史实逐一进行了考证,"以著改制之难"。①

2.关于诸教之争。认为诸子创教后互争互攻、"自信而攻人,自大而灭人"是一种很自然的现象,"……诸子互攻,固宜然哉"。②康有为考证了墨攻诸子、老攻诸子、儒道攻诸子、名法家交攻、名家攻纵横家、法家攻杨学等"诸子互攻"的情形,又着重对"诸子攻儒"和"儒攻诸子"作了专章考证,指出:一方面,诸子攻儒是一种"篡统"行为,"当战国时,孔道未一,诸子并起,不揣德量力,咸欲篡统。……诸子自张其教,阴疑于阳者也",其中以墨老攻儒尤盛,而欲"自创新教,锐夺孔席以自立"的墨子尤为"儒之劲敌","攻儒者亦未有过墨者矣",但诸子攻儒皆遭失败,"……圣道至中,人所归往,偏蔽之道,入焉而败";③另一方面,儒攻诸子则是攘除异端,"兴国者必平僭伪,任道者必攘异端。异说鬼琐怪伟,足以惑世诬民,充塞大道。为儒之宗子,为儒之将帅,张皇六师,无害寡命以推行大道,固守圣法,岂得已哉",其作用是"摧陷廓清",使"道日光大",

---

① 康有为著:《孔子改制考》,中华书局 1958 年版,第 301～302 页。
② 康有为著:《孔子改制考》,中华书局 1958 年版,第 102 页。
③ 康有为著:《孔子改制考》,中华书局 1958 年版,第 311、371、311 页。

"战国则遍行天下,后世则一统大教"。① 由儒与诸子(尤其是墨老)的一胜一败、一盛一衰,康有为得出士人从教必须"善择"的结论:"仕非其主,功名夭枉,况事师从教,垂于万世者乎! 颜、冉、由、赐之徒,俎豆莘莘,乐舞铿锵,烹牛莘羊,既苾既芬,翼翼瞀宗,万方严宏,龙衮缝掖,衙衙振振,若诸子后世可述者,其有几人哉? 拾遗补坠……皆当时之误于攀龙鳞、附凤翼者,盖湮没暗汶于草土不齿数者久矣。士青云之附,岂可不善择耶?"② 康有为虽将诸子说成是必须攘除的"异端",但也指出儒与诸子在教义内容上有许多共同点,最明显的就是儒教与战国时并称显学、"实中分天下"的墨子都具有"仁爱"的理念:"夫原儒、墨所以最盛者,岂不以行仁兼爱哉? 人道莫不赖于仁,固非为我之私所可比矣……"尽管墨与儒争的结果是天下"咸归孔子",墨学逐渐衰微,但汉代仍以墨翟与孔子并称,"项羽虽败,汉人独立本纪,岂非兼爱尚同之遗烈耶? 凡教之光大于世者,未有不出于仁爱"。③

3.关于传教之苦。指出儒教之所以能盛行于天下,与孔子弟子后学不屈不挠地传教是分不开的,"夷考其时,服儒衣冠传教者充塞天下,弥满天下,得游行教导于天下,不知禄爵,不择人主,惟以行教为事,所至强聒其君相,诱道其士民,立博士,开黉舍,虽经焚坑不悔,此儒教所由光被哉",而"后生受其成,不知前哲传教之苦,仅以闭户洁身为事……其不肖者困于禄位,知有国而不知有教,欲不微也得乎",主张"后儒"应该取法前哲。④

---

①　康有为著:《孔子改制考》,中华书局 1958 年版,第 389 页。
②　康有为著:《孔子改制考》,中华书局 1958 年版,第 115 页。
③　康有为著:《孔子改制考》,中华书局 1958 年版,第 412 页。
④　康有为著:《孔子改制考》,中华书局 1958 年版,第 430 页。

4.关于一统之荣。指出儒教一统是个"自近而至远"的过程，首先"行于鲁国……举国而为儒"，随后遍传天下，而战国秦汉时尤盛，至汉武帝时由于"罢黜百家专崇儒教"而终于形成了"儒教一统"的局面。① 汉武帝后，两汉皆"特尊孔子加崇异礼"，崇尚儒术而盛行孔子之制，而且不少制度还沿袭至今，如："孔子制度，至孝武乃谓大行，乃谓一统……自此至今，皆尊用孔子"；"古无学校选举……只有世卿。……自孔子讥世卿，立科举，田野之秀乃有登进。《春秋》虽改制而未行，至汉武乃始创行之，迄今二千年，虽少有变更，大端仍自汉武始"；"明帝从孔子衣服之制，直至明世犹用之。今蟒袍朝服，尚有藻火粉米，亦衮之余也"；"以孔子之学立学官，选举自此始，遂至于今"等。② 但后世亦有不如两汉之处，如："《春秋》汉之经，汉家善政皆出其中；盖汉人政事皆法孔经，非同后世仅资考据也"；③"校官奏乐，帝御埙篪，极行孔子之礼乐矣。后世校官弟子，岂能望清光乎"；"贤良文学皆七十子后学，皆能据儒术以折时宰，直节謇謇，群才汸汸，无败类者，人才之盛极矣！今对策欲求一人明道言事不可得，何古今相去之远哉"等。④

《孔子改制考》编撰成书后，康有为于1898年1月为该书写了

---

① 见康有为著：《孔子改制考》，中华书局1958年版，第422、430～449页。

② 康有为著：《孔子改制考》，中华书局1958年版，第450、451、453、457页。

③ 康有为著：《孔子改制考》，中华书局1958年版，第456页。又云："后世以法律治天下，几等于秦。经义仅供帖括文章之用，无关治事。则通学大儒，与笔帖式同矣。"（同上书，第190页）"至于今日，身为儒而口不谈道，若与俗人同。则教之尽失，而仍以教托之，悲夫！"（同上书，第191页）

④ 康有为著：《孔子改制考》，中华书局1958年版，第462、470页。

一篇"叙"，其中心之点在于阐明追求"太平之治、大同之乐"是其孔子改制说的根本宗旨。

首先，康有为读孔子"遗言"，所忧思的核心问题就是人类何以不见"太平之治、大同之乐"："嗟夫！使我不得见太平之(泽)〔治〕，被大同之乐者，何哉？使我中国二千年，方万里之地，四万万神明之裔，不得见太平之治，被大同之乐者，何哉？使大地不早见太平之治，逢大同之乐者，何哉？"

其次，指出太平之治、大同之乐是孔子改制所追求的终极目标："天既哀大地生人之多艰，黑帝乃降精而救民患，为神明，为圣王，为万世作师，为万民作保，为大地教主。生于乱世，乃据乱世而立三世之法，而垂精太平；乃因其所生之国而立三世之义，而注意于大地远近大小若一之大一统。乃立元以统天，以天为仁，以神气流形而教庶物，以不忍心而为仁政。合鬼神山川、公侯庶人、昆虫草木一统于其教"，[①] 而当务之急是"先爱其圆颅方趾之同类，改除乱世勇乱战争角力之法，而立《春秋》新王行仁之制"。此制的要义在于"随时立法，务在行仁，忧民忧以除民患而已。……不过其夏葛冬裘，随时救民之言而已"，因此这一制度是随着"世运"的改变而改变的，所谓"始于粗粝，终于精微"，其最终所要达到的是这样一种境界："教化大行，家给人足，无怨望忿怒之患，强弱〔口口〕之难，无残贼妒疾之人。民修德而美好，被发衔哺而游，毒蛇不螫，猛兽不搏，抵虫不触，朱草生，醴泉出，凤凰麒麟游于郊(椒)〔陬〕，囹圄空虚，画衣裳而民不犯。"这正是用传统文化语言表述的典型的

---

① 这种"一统"正是太平之治、大同之世的重要特征。《孔子改制考》："《春秋》言太平，远近大小如一。地球一统之后，乃有此。时烦恼忧悲已无，不食土性盐类质，养生日精……"(中华书局1958年版，第184页)

太平、大同境界。

　　再次,认为两汉之后"太平之治、大同之乐"的理念湮没无闻,两千年皆为暴主、夷狄之酷政:"夫两汉君臣、儒生,尊从《春秋》拨乱之制而杂以霸术,犹未尽行也。圣制萌芽,新歆遽出,伪《左》盛行,古文篡乱。于是削移孔子之经而为周公,降孔子之圣王而为先师,公羊之学废,改制之义湮,三世之说微,太平之治,大同之乐,暗而不明,郁而不发。我华我夏,杂以魏、晋、隋、唐佛老、词章之学,乱以氐、羌、突厥、契丹、蒙古之风,非惟不识太平,并求汉人拨乱之义亦乖剌而不可得,而中国之民遂二千年被暴主、夷狄之酷政。耗矣,哀哉!"朱熹虽对儒学有所发明,但"多言义而寡言仁,知省身救过而少救民患,蔽于据乱之说而不知太平大同之义"。纵观历史,康有为不由得感叹:"大昏也,博夜也,冥冥汶汶,霢雾雱雱,重重锢昏,皎日坠渊。万百亿千缝披俊民,趺趺脉脉而望,篝灯而求明,囊萤而自珍,然卒不闻孔子天地之全,太平之治,大同之乐。悲夫!"

　　最后,康有为宣称自己重新发现了孔子太平大同之道:"天哀生民,默牖其明,白日流光,焕炳莹晶。予小子梦执礼器而西行,乃睹此广乐钧天,复见宗庙百官之美富。门户既得,乃扫荆榛而开涂径,拨云雾而览日月,非复人间世矣。"他"不敢隐匿大道",于是与门人数辈编撰了《孔子改制考》,其中"编检尤劳"的陈千秋、曹泰已去世多年,[①]"然使大地大同太平之治可见,其亦不负二三子铅椠之劳也夫",而"见大同太平之治也,犹孔子之生也"。[②]

　　实质上,康有为反复陈说的归之于孔子名下的太平大同之道不是别的,正是他自己所建构的新的思想体系(见本书第一章);重

---

①　陈千秋、曹泰分别逝世于1895、1894年。

②　见康有为著:《孔子改制考》,中华书局1958年版,第1~2页。

新发现孔子的意义在于联结康子与孔子,形成新的"统绪",借用孔子来为康子服务。

第三节　孔子之道的重建

用《新学伪经考》否定古文经学的地位价值和用《孔子改制考》证明孔学皆为改制之作,对于重建孔子之道来说,只是作了前提性的奠基工作。要完成重建的任务,还必须对今文经学的典籍作一番彻底的重新审视、重新解释,并大力加以推阐发挥,以便使孔子之道现有的、潜在的乃至可以推导出来的全部内容得以展现。为此,康有为继续撰写了《春秋董氏学》、《礼运注》、《论语注》、《孟子微》、《中庸注》、《春秋笔削大义微言考》等著作。其中,撰于戊戌政变前的为《春秋董氏学》和《礼运注》,这两部著作对于了解康有为怎样重建孔子之道,有着重要的意义。①

一　融孔子、董仲舒和康有为
为一体的《春秋董氏学》

按照今文经学的观点,六经之中最能代表孔子改制之作的是《春秋》一书,而对《春秋》之义解释得最好的是《春秋公羊传》。西汉董仲舒是专治《春秋公羊传》的今文经学大师,又以《春秋繁露》

---

①　就重建孔子之道而言,撰于戊戌政变后的《论语注》等与《春秋董氏学》、《礼运注》是一个整体(虽然因时局变迁的关系,某些观点前后发生了明显的变化),本书由于篇幅的限制,略去了对《论语注》等的介绍。

一书建立了一套推阐公羊学的颇为博大而完备的理论体系，因此，发明董氏之学便成为康有为重建孔子之道的首选，以求"因董子以通《公羊》，因《公羊》以通《春秋》，因《春秋》以通《六经》，而窥孔子之道"。①

《春秋董氏学》编成于1896年，次年由上海大同译书局刻印出版。该书发明董氏之学，是将《春秋繁露》一书的主要内容分为春秋恉、春秋例、春秋礼、春秋口说、春秋改制、春秋微言大义（上、下）、传经表、董子经说等8个部分，列出187个小题（另有12个附题），编成一个纲目明晰的体系，并加上150余条按语（其中有17条为康有为弟子徐勤所写）进行诠释、评点和论说，可视为康有为对董氏思想学说的重新整合与借助董氏发挥康氏孔子改制思想的结合。书中春秋恉即《春秋》于文与事中所表达的"义"，亦即编撰《春秋》的基本宗旨；春秋例即编撰《春秋》的特殊体例；春秋礼即《春秋》一书中由孔子所改定的礼制；春秋口说即《春秋》经文及《春秋公羊传》之外由董氏所传的孔子口说；春秋改制即《春秋》一书中所体现的孔子改制之义；春秋微言大义即董氏从"元气阴阳之本，天人性命之故，三统三纲之义，仁义中和之德，治化养生之法"等方面所构筑阐发的一整套"孔子之道"；传经表即董氏后学者传承的"统绪流别"；② 董子经说即董氏本人对经籍的评说。从这种整合中可以看出康有为勾勒的以董氏思想学说为素材的"孔子之道"的基本轮廓，就其实质而言，它依然只是西汉今文经学大师董仲舒的学说。康有为的发挥主要见于其自序和按语，它们显露了康氏编撰该书所要着重阐发的若干重要观点，这些观点不仅强化了前述

---

①　康有为著：《春秋董氏学》，中华书局1990年版，第2页。

②　康有为著：《春秋董氏学》，中华书局1990年版，第123、209页。

孔子改制说,而且使其大为扩充和具体化了。

(一)断言董仲舒是孔子之道最好的传人,了解董氏之学是了解孔子之道的最佳途径。

康有为从孔子之道在六经,六经统一于《春秋》,《春秋》之传在《公羊》的今文经学观出发,引述多种记载证明董氏在《春秋》公羊学传承上无人可以取代的重要地位:"《春秋纬》:'孔子曰:乱我书者董仲舒。'乱者,理也。太史公曰:'汉兴,唯董生明于《春秋》。'两汉博士,《公羊》家严彭祖、颜安乐皆其后学。刘向称董仲舒为王者之佐,虽伊、吕无以加。即刘歆作伪,力攻《公羊》,亦称为群儒首。朱子通论三代人物,独推董生为醇儒。其传师说最详,其去先秦不远。然则,欲学《公羊》者,舍董生安归?"[①]

更为重要的是,董氏集中于《春秋繁露》一书中所言的种种非常异义可怪之说、"微言奥义",并非董氏自己的思想主张,而是传承的孔子口说,"吾以董子学推之今学家说而莫不同,以董子说推之周秦之书而无不同。若其探本天元,著达阴阳,明人物生生之始,推圣人制作之源,扬纲纪,白性命,本仁谊,贯天人,本数末度,莫不兼运。信乎! 明于《春秋》,为群儒宗也。然大贤如孟、荀为孔门龙象,求得孔子立制之本,如《繁露》之微言奥义,不可得焉。董生道不高于孟、荀,何以得此? 然则,是皆孔子口说之所传,而非董子之为之也"[②]。因得此传承,孔子的微言大义不仅没有绝没,而且展示得清清楚楚,"(孔子微言大义)荟萃其全者,莫如《春秋》家,明于《春秋》者,莫如董子。自元气阴阳之本,天人性命之故,三统

①　康有为著:《春秋董氏学》,中华书局1990年版,第1页。
②　康有为著:《春秋董氏学》,中华书局1990年版,第2页。又见该书第95~96页。

三纲之义,仁义中和之德,治化养生之法,皆穷极元始,探本混茫。孔子制作之本源次第,借是可窥见之。如视远筒浑仪而睹列星,晶莹光怪,棋列而布分也;如绘大树根本干支,分条布叶,郁荣华实可得而理也。孔子之道,本暗智湮断久矣,虽孟荀命世亚圣,犹未能发宣,江都虽醇儒,岂能逾孟越荀哉?有道者,高下大小,分寸不相越。苟非孔子之口口相传,董子岂能有是乎!此真孔子微言大义之所寄也","至于汉世,博士传五经之口说,皆孔门大义微言,而董子尤集其大成"。①

康有为还将朱熹与董仲舒两大"教主"相比较,极力贬朱而颂董:"由元明以来,五百年治术言语,皆出于朱子,盖朱子为教主也。自武章,终后汉,四百年治术言议,皆出于董子,盖董子为教主也。二子之盛,虽孟荀莫得比隆。朱子生绝学之后,道出于向壁,尊《四书》而轻《六经》,孔子末法无由一统,仅如西蜀之偏安而已。董子接先秦老师之绪,尽得口说,《公》《穀》之外,兼通五经,盖孔子之大道在是。虽书不尽言,言不尽意,圣人全体不可得而见,而董子之精深博大,得孔子大教之本,绝诸子之学,为传道之宗,盖自孔子之后一人哉!"② 这样,就在董子之学与孔子之道之间划上了一个完全的等号。当然,在这段引文中还要特别注意"书不尽言,言不尽意,圣人全体不可得而见"的说法,这等于说,光有董氏的文本话语,"孔子之道"仍然是不完整的,这就为康有为继续发明、重新阐释孔子之道——实际上是将康氏之学也置入其中,制造了一个必要的依据。

(二)重申只有懂得改制之义才能读懂《春秋》,进而才能理解

---

① 康有为著:《春秋董氏学》,中华书局1990年版,第123、208页。

② 康有为著:《春秋董氏学》,中华书局1990年版,第208~209页。

整个孔子之道。

在《孔子改制考》一书中,考证孔子是改制者,因而孔子之道也就是改制之道,是全书的中心论点所在(参见本章第二节第二点)。在《春秋董氏学》中,康有为围绕如何才能读懂集中体现孔子之道的《春秋》经,重申了《孔子改制考》的中心观点。他明确指出,不知改制之义不能解《春秋》,而董氏传承改制之说,堪称打开《春秋》宝库的金锁匙:"《春秋》一书,自刘歆伪相斫书以来,微言灭尽。……朱子谓,《春秋》不可解。夫不知改制之义,安能解哉? 圣人举动与贤人殊,适道学立,未可与权,言不必信,惟义所在,况受天显命,为制作主,当仁不让。圣人畏天,夫岂敢辞? 故《春秋》专为改制而作。然何邵公虽存此说,亦难征信。幸有董子之说发明此义,俾《大孔会典》、《大孔通礼》、《大孔律例》,于二千年之后犹得著其崖略。董子醇儒,岂能诞谬若是? 非口传圣说,何得有此非常异义耶! 此真《春秋》之金锁匙,得之可以入《春秋》者。夫《春秋》微言暗绝久矣,今忽使孔子创教大义如日中天,皆赖此推出。然则,此篇(指《春秋繁露》——引者注)为群书之瑰宝,过于天球河图亿万无量数矣。"①

对"改制之义",康有为强调的有这样几点:

一是孔子具有神圣的地位。如代天发言:"杨子曰:'圣为天口。'孔子之创 制立义,皆起自天数。盖天不能言,使孔子代发之。故孔子之言,非孔子言也,天之言也;孔子之制与义,非孔子也,天之制与义也。天之制与义,游、夏自不能赞一辞,余子安能窥测?

---

① 康有为著:《春秋董氏学》,中华书局 1990 年版,第 110 页。参见该书第 112 页按语"孔子受命制作",第 119 页按语"《春秋》一书"。

但观其制作服从而已。"① 又如既为素王，又为文王："《论语》：'文王既没，文不在兹。'孔子已自任之。王愆期谓，文王者，孔子也，最得其本。人只知孔子为素王，不知孔子为文王也。或文或质，孔子兼之。王者，天下归往之谓。圣人天下所归往，非王而何？犹佛称为法王云尔。"②

　　二是《春秋》一书托事言义，其事其文皆为假托。之所以假托，是出于改制的需要，"孔子受命制作，以变衰周之弊，改定新王之制，以垂后世，空言无征，故托之《春秋》"。这种假托看似怪异，实则像代数一样自然无奇："诡名诡实之名，骤读之似甚奇，然《春秋》以寓改制。其文犹代数，故皆称托，不过借以记号耳。数不能直叙，代以甲子天元，天下无有怪甲子天元之诡者，又何疑于《春秋》乎！"③ 假托之大者，有托于鲁，"缘鲁以言王义。孔子之义，专明王者之义，不过言托于鲁以立文字。即如隐、桓，不过托为王者之远祖，定哀为王者之考妣，齐、宋但为大国之譬，邾娄、滕侯亦不过为小国先朝之影。所谓其义则丘取之也。自伪《左》出，后人乃以事说经，于是周、鲁、隐、桓、定、哀、邾、滕皆用考据求之。痴人说梦，转增疑惑。知有事而不知有义，于是孔子之微言没，而《春秋》不可通矣。尚赖有董子之说得以明之。不然诸侯来曰朝，内出言如，鲁无鄙疆，董子何愚若此？所谓辞之重，意之复，必有美者存焉"；④ 托于夏、商、周，"盖《春秋》之作，在义不在事，故一切皆托，

---

　　① 康有为著：《春秋董氏学》，中华书局1990年版，第111页。参见该书第175页按语"多爱少严"。

　　② 康有为著：《春秋董氏学》，中华书局1990年版，第112页。参见该书第113页按语"孟子曰"。

　　③ 康有为著：《春秋董氏学》，中华书局1990年版，第112、38页。

　　④ 康有为著：《春秋董氏学》，中华书局1990年版，第27～28页。参见该书第28页按语"《诗》有三《颂》"，"借鲁以行天下法度"。

不独鲁为托,即夏商周之三统,亦皆托也";① 托于三世,"三世为孔子非常大义,托之《春秋》以明之。所传闻世为据乱,所闻世托升平,所见世托太平。乱世者,文教未明也;升平者,渐有文教小康也;太平者,大同之世,远近大小如一,文教全备也"② 等。

　　三是孔子改制的"微言"与"大义"两者不同,董氏之学多言大义而少有微言。其不同之处在于"大义多属小康,微言多属太平。为孔子学,当分二类乃可得之,此为《春秋》第一大义"。③ 对董氏之学,康有为虽未从全体上作出微言与大义的区分,而是笼统地称之为"如《繁露》之微言奥义,不可得焉","其大义与微言不能分析","此真孔子微言大义之所寄也"④ 等,但亦在若干关键之处明确指出董氏之学中大义甚多,而微言甚少。例如,康有为评《春秋繁露》"王道"篇:"此篇总揽《公羊》之义,举要无遗,如肉贯串,虽非微言所在,而大义懍懍如日星矣。"评《春秋繁露》"三代改制"篇中的"三统"说:"三统三世,皆孔子绝大之义。每一世中,皆有三统,此三统者,小康之时,升平之世也。太平之世别有三统,此篇(即"三代改制"篇——引者注)略说,其详不可得闻也。"又总论董氏"书不尽言,言不尽意,圣人全体不可得而见",⑤ 联系前论,实际上主要是指孔子关于太平世的"微言"在董氏之学中还太少。

　　四是《春秋》之旨意赖董氏发明之,而孔门后学对改制之义皆有推补之权。康有为评《春秋繁露》"俞序"篇时指出董氏对《春秋》

---

　　① 康有为著:《春秋董氏学》,中华书局 1990 年版,第 28 页。
　　② 康有为著:《春秋董氏学》,中华书局 1990 年版,第 28～29 页。参见该书第 21 页按语"《春秋》义分三世"。
　　③ 康有为著:《春秋董氏学》,中华书局 1990 年版,第 29 页。
　　④ 康有为著:《春秋董氏学》,中华书局 1990 年版,第 2、1、123 页。
　　⑤ 康有为著:《春秋董氏学》,中华书局 1990 年版,第 25、120、209 页。

的发明:"《俞序》得《春秋》之本……《春秋》体天之微,难知难读,董子明其托之行事,以明其空言,假其位号,以正人伦;因一国以容天下,而后知素王改制,一统天下,《春秋》乃可读。……《春秋》言微,孔子未能自序,赖后学发明之。后学明于《春秋》者,莫如董子……"又举例论推补之权:"《艺文志》讥后苍以士礼推于天子。不知孔子改制,举其大纲,其余条目皆任弟子之推补。故孔门后学皆有推补之权,观此可明。"① 对于孔子之道这种需发明、可推补的特征,康有为还在多条按语中论及。如论三统之制,"孔子创义,皆有三数,以待变通。……由三统推之,四复,五复,九复,穷变通久,至万千统可也";论"文质"更替,"天下之道,文质尽之。……汉文而晋质,唐文而宋质,明文而国朝质。然皆升平世质家也,至太平世,乃大文耳。后有万年,可以孔子此道推之"等。② 康有为编撰《春秋董氏学》,就正是对孔子之道的发明和推补。

(三)重点论述《春秋》微言大义,从而具体阐发康有为各个方面的思想观点。

与论述《春秋》微言大义相并列,《春秋董氏学》中有论《春秋》之礼的专章,但该章按语少而简单,主要指出礼为"改制之著者",董氏于孔子之礼"尽闻三统,尽得文质变通之故,可以待后王而致太平",③ 依次提到的礼制则有正朔之三统,建筑之三统,乐器之三统,冠礼之三统,冠礼字子之三统,昏礼之三统,丧礼之三统,刑之三统等,都限于对董氏之说的简单评点,甚少进一步的发挥。

---

① 康有为著:《春秋董氏学》,中华书局1990年版,第2~3、39页。

② 康有为著:《春秋董氏学》,中华书局1990年版,第120~121、121~122页。

③ 康有为著:《春秋董氏学》,中华书局1990年版,第40页。

康有为特别看重的是对《春秋》微言大义的论述,不仅篇幅上占了两个专章,而且所加按语在全书各章中数量最多,其内容则涉及哲理、人伦、道德、政治、文教等各个方面,相当广泛而具体地表露了康有为在孔子之道(或春秋董氏学)这一名义下承袭发扬旧说或独自另有新见的思想观点。

第一,哲理方面。

1.论元气。

康有为引证《易》、《列子》、《素问》、何休、《易纬》、《春秋纬》等的有关论述,指出元气为万物之本:"天地之本,皆运于气。……孔子之道,运本于元,以统天地,故谓为万物本,终始天地。孔子本所从来,以发育万物,穷极混茫。如繁果之本于一核,萌芽未启;如群鸡之本于一卵,元黄已具。而核卵之本,尚有本焉。属万物而贯于一,合诸始而源其大,无臭无声,至精至奥。"①

元气既统万物而为一,又化为"十端"而衍生万物,"孔子系万物而统之元,以立其一,又散元以为天地、阴阳、五行与人,以之共十,而后万物生焉,此孔子大道之统也。十端之义,后世不闻矣夫,则孔子之道毁矣"。"十端"说本为董仲舒所提出,该说将人与天并列(各为一端),以为"人之元"在天地之前,这种不合常理、牵强附会的"极奇之论",康有为要将其列入孔子之道,就必须特别作出解释:"岂知元为万物之本,人与天同本于元,犹波涛与沤同起于海,人与天实同起也。然天地自元而分别为有形象之物矣,人之性命虽变化于天道,实不知几经百千变化而来,其神气之本由于元,溯其未分,则在天地之前矣。人之所以最贵而先天者,在参天地为十端,在此也。精奥之论,盖孔子口说,至董生发之,深博与华严性海

---

① 康有为著:《春秋董氏学》,中华书局 1990 年版,第 124 页。

同。幸出自董生,若出自后儒,则以为剿佛氏之说。"并进而强调"佛言魂,耶言天,皆孔子所固有,不必因其同而自绝也。理本大同,哲人同具"。①

此外,康有为还试图阐释元气"若虚而实"、浸润万物的状态:"天地之间,若虚而实。气之渐人,若鱼之渐水。② 气之于水,如水之于泥。故无往而不实也。人比蟭螟,硕大极矣,不能见纤小之物。若自至精之物推见,则气点之联接极粗。人怒则血赤冲面,声能辟易人,气点感动,流通相敫,乃自然之势。董子此说,穷极天人之本,今之化学家岂能外之哉。"③

2.论阴阳。

康有为认为,凡物皆有阴阳,阴阳之义是孔子根据天道而总结出来的合于万事万物的至理:"孔子原本天道,知物必有两,故以阴阳括天下之物理,未有能出其外者。就一身言之,面背为阴阳;就一木言之,枝干为阴阳;就光言之,明暗为阴阳;就色言之,黑白为阴阳;就音言之,清浊为阴阳;就气言之,冷热为阴阳;就质言之,流凝为阴阳;就形言之,方圆为阴阳。推此仁义公私,经权常变,以观天下之物,无一不具阴阳者,不独男女、牝牡、雌雄、正负、奇耦也。孔子穷极物理,以为创教之本,故系《易》立卦,不始太极,而始乾坤,阴阳之义也。"④

元、太极、太一与阴阳之间是不可见与可见的关系,"元与太

---

①　康有为著:《春秋董氏学》,中华书局 1990 年版,第 126 页。

②　"气之渐人,若鱼之渐水"这句话,董氏的说法是"天地之间,有阴阳之气常渐人者,若水常渐鱼也"(见康有为著:《春秋董氏学》,中华书局 1990 年版,第 128 页),是以水喻气,以鱼喻人,可见康有为正好弄反了。

③　康有为著:《春秋董氏学》,中华书局 1990 年版,第 128 页。

④　康有为著:《春秋董氏学》,中华书局 1990 年版,第 127 页。

极、太一,不可得而见也,其可见可论者,必为二矣,故言阴阳而不言太极"。周敦颐① 关于阴阳有"动静互根"说,此说尚不完善,"动静互根,专主天地车轮终而复始之义,不知生物之始,一形一滋,阴阳并时而著。所谓天道之常,一阴一阳,凡物必有合也。有合为横,互根为从,周子尚未知之也"。②

3. 论天与人。

引述《穀梁》"夫物,非阴不生,非阳不生,非天不生,三合然后生。故谓母之子也可,天之子也可。尊者取尊称,卑者取卑称"之语,指出天为万物之祖,人人皆为天之子:"人人为天所生,人人皆为天之子。但圣人姑别其名称,独以王者为天之子,而庶人为母之子。其实人人皆为天之子也,孔子虑人以天为父则不事其父,故曰:天者,万物之祖也。父者,子之天也;天者,父之天也,则以天为祖矣。所以存父子之伦也。"③

人生于天、以天为祖与人同时又生于祖、父的关系是:"盖性命知觉之生,本于天也;人类形体之模,本于祖父也。若但生于天,则不定其必为人类形体也,若但生于祖父,则无以有此性命知觉也。"由此关系,便既要"享帝"(祭献上天),又要"享亲"(祭献先人),既爱物又亲亲,立等差而行仁:"故仁人享帝而郊之,报性命知觉之本也;孝子享亲而禘之,报气类形体之本也。享帝,则凡在生物皆吾同胞,圣人所以爱物,而治及山川草木昆虫也;享亲,则凡在宗族皆吾同气,圣人所以亲亲,而推及九族也,百姓万国也。若但父天,则

---

① 周敦颐(1017~1073),北宋哲学家。

② 康有为著:《春秋董氏学》,中华书局 1990 年版,第 127 页。参见该书第 136、138 页按语。

③ 康有为著:《春秋董氏学》,中华书局 1990 年版,第 129 页。

众生诚为平等,必将以父母侪于万物,则义既不平,无厚薄远近之序,事必不行。若但父父,则身家诚宜自私,必将以民物置之度外,仁既不广,将启争杀之祸,道更不善。墨道施由亲始,已有差等。故以天为祖,立差等而行之,实圣人智通神明,仁至义尽也。"①

4.论天与人性人道。

人的一切皆与天相通:"人类化于天,人性生于天。故人道即法天道,天人分合本原贯通。"② 人由于取法天地之"德貌",所以"人为贵",③ "人,上与天参,下与物绝,气动大化,知深如神。知自贵于物,而后安处,善乐循理,此圣人之微旨也"。人不但通天、法天,而且继天:"鸿濛开辟之始,鸟兽榛狉,山河莽莽。圣人作,而后田野、道路、舟车、都邑、宫室、服物、采章、礼乐出。作成器以为天下利,垂教义以为万世法,所谓继天也。继者,天所继而续之,天所缺而补之,裁成辅相之极则也。"④

5.论天与孔教。

康有为比较老子与孔子,指出前者以道为本,其教不仁,后者以天为本,其教贵仁:"诸教皆有立教之根本。老子本道,天地为不仁,以万物为刍狗,此老子立教之本。故列杨传清虚之学,则专以自私,申韩传刑名之学,则专以残贼,其根本然也。孔子本天,以天为仁,人受命于天,取仁于天,凡天施、天时、天数、天道、天志皆归之于天。故尸子谓'孔子贵仁'。孔子立教宗旨在此,虽孟荀未能

---

① 康有为著:《春秋董氏学》,中华书局1990年版,第129页。参见该书第7页按语。

② 康有为著:《春秋董氏学》,中华书局1990年版,第142页。

③ 康有为著:《春秋董氏学》,中华书局1990年版,第143页。董氏的原文是"是以圣人为贵也",见同上书,第142页。

④ 康有为著:《春秋董氏学》,中华书局1990年版,第144~145页。

发之,赖有董子而孔子之道始著也。"①

孔教的一切义理、制度和举措都是在辨明天道的基础上,依天而行,如"明阴阳出入实虚,辨五行本末顺逆,小大广狭,志仁道义。予夺生杀当四时,置吏以能若五行,任德远刑若阴阳,孔子穷天人之本,为王政之施,此其根核矣","多爱少严,养生谨终,就天之制。盖制度皆本于天,非孔子所自创,不过孔子代天言耳","君臣之道,法于天地。凡孔子一切创法立制之本皆是,则是天道,非孔子道矣"。②

6.论阴阳类应、天人感应。

阴阳类应、天人感应是董仲舒《春秋繁露》中的核心观念之一,充满神秘主义的色彩,康有为为其辨解道:"阴阳类应,穷致其道,能止雨致雨,其理微妙,故疑于神。以有形推无形,以可数著不可数,圣人所以通昼夜,知鬼神,合天人。至诚前知,圣人之道固有如是者。董子行义至高,岂为诞说以惑人哉!"③

7.论命。

指出命之说在《论语》、《中庸》、《孟子》中皆有,"《六经》中言命者,不可更仆。盖命为孔子一大义,使人安分循理,迁善去恶"。对董仲舒所主张的"天子受命于天,诸侯受命于天子,子受命于父,臣妾受命于君,妻受命于夫"的天命观、受命观、顺命观,康有为亦认为是孔门大义:"《礼》《丧服传》:'君者,天也;父者,天也;夫者,天也。'又曰:'妇人无二天。'《论语》:'畏天命。'于天以道受命,于人

---

① 康有为著:《春秋董氏学》,中华书局 1990 年版,第 130 页。参见该书第 173、174 页按语。

② 康有为著:《春秋董氏学》,中华书局 1990 年版,第 141～142、175、177页。

③ 康有为著:《春秋董氏学》,中华书局 1990 年版,第 198 页。

以言受命,臣子大受命,与《穀梁》同,此孔门大义也。"①

8.论性。

康有为对以往论性各说进行评价,认为"性善,性恶,无善无恶,有善有恶之说皆粗",而董仲舒所说"天有阴阳之施,身亦两有贪仁之性","可谓精微之论也"。他对《易经》所说"一阴一阳之谓道,继之者善也,成之者性也"作出这样的解释:"然《易》意阴阳之道,天也;继以善,教也;成其性,人也。止之内,谓之天性,天命之谓性也。率性之谓道,修道之谓教。止之外,谓之人事,事在性外,所谓人之所继天而成于外也。"孔教亦有性善说,但有其特定的含义:"……性善之说,孔门固有之。盖既以为人副天数,自贵于物,则不能不以性为善矣。但所异者,此善即孟子所谓善端,荀子所谓质朴。其加之纲纪礼文,所谓圣人之善,乃所谓教以继之成之也。"②

他进而指出圣人之为道,就是要合于民性人情,因其所利所好而导之,"《中庸》谓:'率性之谓道。'圣人之为道,亦但因民性之所利而利导之。因孔窍尤精,圣人所以不废声色,可谓以人治人也","引天性之所好,而压其情之所憎,率性为之,道不可离。既不可离,故唱而民和,动而民随。吾向谓,凡道民者,因人情所必趋,物性所不能遁者,其道必行。所谓言虽约,说必布。人之为道而远人,不可以为道"。③

第二,人伦道德方面。

1.论仁。

---

① 康有为著:《春秋董氏学》,中华书局 1990 年版,第 146、147 页。
② 康有为著:《春秋董氏学》,中华书局 1990 年版,第 149、152 页。
③ 康有为著:《春秋董氏学》,中华书局 1990 年版,第 152、153 页。

　　按照康有为的概括,《春秋》全书都是围绕仁与不仁这一核心问题而写作的:"以仁为天心,孔子疾时世之不仁,故作《春秋》。明王道重仁而爱人,思患而豫防,反复于仁不仁之间,此《春秋》全书之旨也。"仁之所以如此重要,因为它是孔教的根本:"尸子曰:'孔子本仁。'凡圣人立教,必有根本。老子以天地为不仁,孔子以天地为仁,此宗旨之异处。取仁于天而仁,此为道本。故孟子曰:'道二,仁与不仁而已矣!'凡百条理,从此出矣。"①

　　仁的涵义很多,有孝弟之义,"仁莫先父子,故谓尧舜之道,孝弟而已。是以制三年丧,而作《孝经》";有爱民之义,"仁莫大于爱民,所谓'孝子不匮,永锡尔类'。是以制井田,而作《春秋》";有爱人类之义,"类,为孔子一大义。圣人之杀禽兽者,为其不同类也。蚑虫生于人,而人不爱之,子则爱焉,同类不同类之别也。故圣人之仁,以爱人类为主。'孝子不匮,永锡尔类',锡及人类也。盖圣人之仁虽极广博,而亦有界限也。界限者,义也,不得已而立者也";有大同之义,"至山川草木,昆虫鸟兽,莫不一统。太平之世,大小远近若一。大同之治,不独亲其亲,子其子,老有所终,壮有所用,鳏寡孤独废疾者有养,则仁参天矣","后世不通孔子大道之原,自隘其道,自私为我,已遁为老学,而尚托于孔子之道,诬孔子哉!孔子之道衰,自大义不明始也"。② 董仲舒解释仁字:"何谓仁? 仁者恻怛爱人,谨翕不争。好恶敦伦,无伤恶之心,无隐忌之志,无嫉妒之气,无感愁之欲,无险诐之事,无辟违之行。故其心舒,其志平,其气和,其欲节,其事易,其行道,故能平易和理而无事也。如

---

① 康有为著:《春秋董氏学》,中华书局1990年版,第2~3、154页。

② 康有为著:《春秋董氏学》,中华书局1990年版,第145、154页。

此者,谓之仁。"康有为评价说:"此发仁之义最详博,可以此定之。"①

同时,仁在程度上有大仁小仁之分:"孔子之道,最重仁。人者,仁也。然而,天下何者为大仁,何者为小仁? 鸟兽昆虫无不爱,上上也;凡吾同类,大小远近若一,上中也;爱及四夷,上下也。爱诸夏,中上也;爱其国,中中也;爱其乡,中下也。爱旁侧,下上也;爱独身,下中也;爱身之一体,下下也。可为表表之。推远庖厨之义,孔子不杀生之意显矣。但孔子因民性情、孔窍之所利,使道易行耳。不爱鸟兽昆虫,不足谓仁,恶杀昭昭哉! 后世不通孔子三世之义,泥乱世升平之文,反割放生为佛教,宜孔子之道日隘也。"②

此外,行仁就要坚守义理而不计利害:"孔子言义理而不计利害。行一不义,杀一不辜,而得天下,不为。有能为君辟土地,战必克,古之所谓民贼。孔门莫大之义也。"与仁相比,礼、文、让三者皆为末,仁才是本:"礼文让皆以仁为体,故孔子本仁。后世渐知礼文,而忘仁质,是逐末而忘本,买椟而还珠,失孔子之意矣。"③

2.论智。

人之所以贵于物是因为有智("智"与"知"通):"心,有知者也;体,无知者也。物无知而人有知,故人贵于物。知人贵于物,则知心贵于体矣。""先知而后行",为"天然之理"。作为士,智是突出的特征:"通古今,别然否,曰士。然而,士以智为先矣。"在孔子那里,仁与智是一体的,"孔子多言仁智,孟子多言仁义。然禽兽所以异

① 康有为著:《春秋董氏学》,中华书局 1990 年版,第 155 页。

② 康有为著:《春秋董氏学》,中华书局 1990 年版,第 155～156 页。参见该书第 185 页按语"仁不仁之大小等差"。

③ 康有为著:《春秋董氏学》,中华书局 1990 年版,第 156、157 页。

于人者,为其不智也,故莫急哉。(董仲舒有"莫近于仁,莫急于智"之语——引者注)然知而不仁,则不肯下手,如老氏之取巧;仁而不知,则慈悲舍身,如佛氏之众生平等。二言管天下之道术矣。孔子之仁,专以爱人类为主;其智,专以除人害为先,此孔子大道之管辖也"。①

3.论礼。

董仲舒认为:"礼者,继天地,体阴阳,而慎主客,序尊卑、贵贱、大小之位,而差内外、远近、新旧之级者也。"康有为非常赞赏这一说法,并加以阐释:"董子非礼学专家,而说理即精。大道只有仁义,仁者人也,义者我也。礼者,所以治人我对立。人我对立,则有条理,自然有尊卑、贵贱、大小、内外、远近、新旧。礼者,所以为其位级。言礼者,简易直当莫尚于此。"他还评价董氏论礼的另一段话说:"非礼勿言,非礼勿动,乃与颜子同说。"②

4.论德。

康有为所论之德有信德,"贵信贱诈","宋襄之败,而《春秋》美之,左氏乃讥宋襄,何其好恶与圣人相反也";有恕德,"己所不欲,勿施于人。己欲立而立人,推心加彼。理明道顺,终身可行,故仲弓可南面,三王大过人";有正德,"乾道变化,各正性命。位有正当,既为人位,则以仁义羞耻为正位矣"。③

康有为论述最多的是中和之德,认为此德屡见于儒家经典,为孔子大道之本:"《诗》中和且平,《乐》贵中声,贵克谐,《易》以二五中爻为贵,以相和应为亨。天产作中,地产作和。礼之用,和为贵,

① 康有为著:《春秋董氏学》,中华书局1990年版,第160~162页。
② 康有为著:《春秋董氏学》,中华书局1990年版,第162、163页。
③ 康有为著:《春秋董氏学》,中华书局1990年版,第164页。

其节文皆要于中。《中庸》所谓：'中也者，天下之大本；和也者，天下之达道也。'取春秋而不取冬夏者，为中和也。此孔子大道之本，养身参天皆在此矣。"中和堪称"圣德"，"德音润泽，美阳芬香，盛德也。上通天畅中和之极，其与畸行异矣"。①　中和之德还可体现在阴阳四时、男女之道、师道之中。②

5.论格物。

这是人在物的包围之中如何提升道德修养境界的一种方法，"志轻理而不重物者，无之有也；外重物而不内忧者，无之有也。以己为物役，重己役物，外物动神，渐靡入人。习忘为性，浸渍至微，纯知节欲，则纯想即飞生于天上也。遗物不与变，与物迁徙而不自知，蜩蜕浊秽，则出泥不染，入水不濡，入火不热，铁轮虽旋，圆明自在，天道之极也"。③

第三，政治方面。

1.论权势。

认为权势既是孔子创制的根据，又是产生道、理、礼的基础："孔子创制，皆本权势。明善至美不本为制，以权势者，天也，气也。圣人受形于气，受理于天，斟之酌之，因其大小多少以为宜。吾故曰：势生道，道生理，理生礼。势者，道之父，而礼之曾祖也。"④

2.论王道。

①　康有为著：《春秋董氏学》，中华书局 1990 年版，第 166 页。
②　见康有为著：《春秋董氏学》，中华书局 1990 年版，第 133、176、177页。
③　康有为著：《春秋董氏学》，中华书局 1990 年版，第 167 页。
④　康有为著：《春秋董氏学》，中华书局 1990 年版，第 169 页。这一重权势的思想，康有为早在 10 年前所撰的《康子内外篇·势祖篇》中作过专门的表述。(见《康子内外篇(外六种)》，中华书局 1988 年版，第 25 页)

认为"王"字为孔子所创,"孔子重王,三画连中通天地人,殆亦孔子所创矣"。王、君的涵意与独夫、民贼是正好相反的,"王者,往也;君者,群也。能合人者,皆君王哉,此孔子之大义也。若人皆欲分散,是谓独夫矣。天道自然之名,非强加之也,可以算喻之";"凡合人群者,皆为君,自大夫士有采邑者皆是",而"止爱其身,无臣民之用,故为独夫。虽在位,而如无位;虽未亡,而以为亡矣",君若残害其民,"直谓之贼。……《易》曰:'汤武革命,顺乎天而应乎人。'孟子曰:'闻诛一夫纣耳,未闻弑君也。'此孔子之大义也"。①

对董仲舒所言"五帝三皇之治天下,不敢有君民之心"进行阐发:"盖圣人以为吾亦一民,偶然在位,但欲为民除患,非以为尊利也。此为孔子微言,后世不知此义,借权势以自尊,务立法以制下,公私之判,自此始矣。"而封禅亦为孔子之制,"孔子发明三统,著天命之无常。三代以上,七十二君,九皇,六十四民,变更多矣。使王公戒惧,黎民劝勉,新王受命,特祀封禅,盖为非常之巨典。今学不明久矣,王道未足以知之。"②

3.论尊贤能。

"从古治国,皆在尊贤使能,未闻尊资使格也。而以崔亮停年,孙丕扬制签,奉为不易之圣制,坏孔子之道,而自号为中国圣人之治法,则谬矣。"古代用人以德以贤为序,"后世则耆老,在位但以资以齿序,异哉"。③

4.论变法。

---

① 康有为著:《春秋董氏学》,中华书局1990年版,第180、184~185页。参见该书第180页按语"天下归往谓之王"。

② 康有为著:《春秋董氏学》,中华书局1990年版,第181页。参见该书第122页按语"三王五帝"。

③ 康有为著:《春秋董氏学》,中华书局1990年版,第188、189页。

主张变法应逊顺而勿强骤,"变法欲逊顺而说,勿强骤之。圣人之道为千万世,不以期月,故王民皥日迁善远罪。'不知不识,顺帝之则'也"。①

第四,民事方面。

1.论教化。

应以教化作为防止奸邪的堤防:"夫万民之从利,如水之走下,不以教化堤防之,不能止也。是故,教化立而奸邪皆止者,其堤防完也;教化废而奸邪并出,刑罚不能胜者,其堤防坏也。"②

2.论欲望。

应将民人与圣人区别开来,使民有欲,而圣人无欲:"君子议道自己,而制法以民。使民有欲,顺天性也,不得过节,成人理也。若夫为己,则遗物蜕秽,以无欲为贵。欲为民者,有欲;欲为圣人者,无欲也。"③

3.论同民欲,除民患。

同民欲:"孟子乐以天下,忧以天下,乐货勇色园囿池沼皆与民同。同民所欲,孔子之至义也。"除民患:"天下无利也,但有患而已。至于其极患,犹未尽,故竭圣人之聪明才力,以除民患而已。佛氏三藏但欲除烦恼,孔子《六经》但以除民患。"④

第五,徐勤⑤关于"夷狄"的按语。

在《春秋董氏学》"春秋微言大义第六下"中,有康有为弟子徐勤围绕"夷狄"一题所撰的17条按语,这些按语所表达的思想观点

①　康有为著:《春秋董氏学》,中华书局1990年版,第190页。
②　康有为著:《春秋董氏学》,中华书局1990年版,第172页。
③　康有为著:《春秋董氏学》,中华书局1990年版,第172页。
④　康有为著:《春秋董氏学》,中华书局1990年版,第190、191页。
⑤　徐勤(1873~1945),字君勉,号雪庵,广东三水人,康有为弟子。

与康有为的主张是完全一致的,可约分为四层意思:

1.划分夷夏的标准是看教化的程度如何,教化好便可由夷进夏,教化差就会由夏退夷:"《春秋》之义,尊礼重信。故能守乎礼信则进之,违乎礼信则黜之,其名号本无定也。""《春秋》之义,最重信义。郑伐丧背盟,无信义之甚,故夷狄之,与晋伐鲜虞同。""《春秋》之义,唯德是亲。中国而不德也,则夷狄之;夷狄而有德也,则中国之。无疆界之分,人我之相。"①

2.所谓内与外、中国与夷狄的区分是相对的:"引之鲁,则谓之外;引之夷狄,则谓之内。内外之分,只就所引言之耳。若将夷狄而引之于诸地、诸天、诸星之世界,则夷狄亦当谓之内,而诸地、诸天、诸星当谓之外矣。内外之限,宁有定名哉? 此庄子所谓,自其大者视之,则万物皆一也。""以《春秋》大一统之义律之,则举天下皆中国也,何中国夷狄之有? 何小夷大夷之有? 此其晰言之者,盖传闻之世,治尚粗粗,故不能不略分差等也。"②

3.随着社会由据乱、升平向大同发展,夷狄与华夏的界限终将消除,"盖未至升平之世,中国政治未及夷狄","此言爱及四夷者,盖升平之世,教化大洽,夷狄丕变,故亦在王者胞与之内。此《繁露》所谓天覆无外,地载兼爱者也","《春秋》内其国而外诸夏,内诸夏而外夷狄。乃忽云远夷之君,内而不外,则外而变内,是天下无复有内外之殊矣。圣人大同之治,其在斯乎"。③ 按语斥责将华夷之限绝对化、凝固化的观念:"《春秋》无通辞之义,《公》《穀》二传未有明文,惟董子发明之。后儒孙明复、胡安国之流不知此义,以为

①　康有为著:《春秋董氏学》,中华书局 1990 年版,第 203、204、206 页。
②　康有为著:《春秋董氏学》,中华书局 1990 年版,第 203、204 页。
③　康有为著:《春秋董氏学》,中华书局 1990 年版,第 205、207 页。

《春秋》之旨最严华夷之限,于是尊己则曰神明之俗,薄人则曰禽兽之类;苗猺狪獞之民则外视之,边鄙辽远之地则忍而割弃之。呜呼! 背《春秋》之义以自隘其道,孔教之不广,生民之涂炭,岂非诸儒之罪耶! 若无董子,则华夏之限终莫能破,大同之治终未由至也。"①

4.消除华夏内外之别,实现大同之治是一个循序渐进的过程:"盖至治著大同,远近大小若一,而无内外之殊者,理之所必至者也。先近致远,详内略外,等差秩然者,势之所不能骤变者也。盖圣人只能循夫理而顺夫势而已。《易》曰:'地势坤。'周子曰:'天下势而已。'其即此义也。"②

二　阐释孔子大同论文本依据的《礼运注》

康有为在重建孔子之道时,将其基本涵义明确分为两个既互不相同,又前后相继的部分。两部分的提法有多种,或称文王之道与尧舜之道,拨乱之道与太平之道,③ 或称大义与微言,小康之道与大同之道。④ 前者(文王之道、拨乱之道、大义、小康之道)是孔子之道中的现实主张部分,为今文经学所固有,在许多典籍中显而易见,后者(尧舜之道、太平之道、微言、大同之道)则是孔子之道中的未来理想部分,实质上是康有为欲借孔子来表达自己新思想的

---

①　康有为著:《春秋董氏学》,中华书局1990年版,第203页。

②　康有为著:《春秋董氏学》,中华书局1990年版,第204页。

③　参见康有为著:《孔子改制考》"孔子改制法尧舜文王考第十二"诸按语。

④　参见康有为著:《春秋董氏学》,中华书局1990年版,第29、25、120页按语。

部分,这部分在现存的典籍中当然如凤毛麟角。这本来是重建孔教的一道难题。但令康有为欣喜的是,尽管众多经传中皆无可以直接而明确地印证孔教未来理想的材料,在儒家经典《礼记》中却恰好有《礼运》一篇,其中独一无二地记载了孔子对"大同"之道的一段相当精辟的论述,①讲的正是三代之前尧舜之世的太平景象(按照孔子托古改制的观点,远古应视为未来的倒影),这对康有为要用孔子的语言来阐发孔子之道的未来理想,乃是求之不得的。

《礼运》篇这种极为重要的价值,康有为在《礼运注》"叙"中讲得很清楚:

首先,对于表达孔子的"微言真传"而言,《礼运》是儒学典籍中最有价值的文献,孔子大道赖此文献而大放光明。康有为回顾孔子诞生以来二千五百年的历史,指出孔学虽被"立于学官,著为国教",其精义却并未为人所了解,其原因是"人好其私说,家修其旧习,以多互证,以久相蔽,以小自珍,始误于荀学之拘陋,中乱于刘歆之伪谬,末割于朱子之偏安,于是素王之大道暗而不明,郁而不发,令二千年之中国,安于小康,不得蒙大同之泽"。求之儒学各流派,宋学"拘且隘",汉学"碎且乱",从今文经学中"得《易》之阴阳之变,《春秋》三世之义,曰:'孔子之道大,虽不可尽见,而庶几窥其藩矣。'",但仍觉"其弥深太漫,不得数言而赅大道之要也",相比之下,惟有《礼运》,才使孔子大道的真实面目豁然显现。康有为赞叹道:"孔子三世之变,大道之真,在是矣;大同小康之道,发之明而别之精,古今进化之故,神圣悯世之深,在是矣;相时而推施,并行而不悖,时圣之变通尽利,在是矣。是书也,孔氏之微言真传,万国之无上宝典,而天下群生之起死神方哉!……天爱群生,赖以不泯,

---

① 《礼运》中所记孔子之语,实际上为后来儒家学者所托。

列圣呵护,幸以流传,二千五百年至予小子而鸿宝发见。辟新地以殖人民,揭明月以照修夜,以仁济天下,将纳大地生人于大同之域,令孔子之道大放光明,岂不异哉!"

其次,对《礼运》大同之道进行发明,是使中国摆脱小康之道的束缚,由小康之世进一步向前进化的现实需要。康有为对中国二千年来的历史和儒学从性质上作了个总的判断:"吾中国二千年来,凡汉、唐、宋、明,不别其治乱兴衰,总总皆小康之世也。凡中国二千年儒先所言,自荀卿、刘歆、朱子之说,所言不别其真伪精粗美恶,总总皆小康之道也。"其原因,就在于儒学经传所发明的皆为小康之道而非大同之道,"其故,则以群经诸传所发明,皆三代之道,亦不离乎小康故也"。就是孔子本人,虽极为关注大同,但因时势未至的缘故,仍多言小康,而少言大同,"夫孔子哀生民之艰,拯斯人之溺,深心厚望,私欲高怀,其注于大同也至矣。但以生当乱世,道难躐等,虽默想太平,世犹未升,乱犹未拨,不能不盈科乃进,循序而行。故此篇(指《礼运》篇——引者注)余论及它经所明,多为小康之论,而寡发大同之道,亦所谓知其不可而为之者耶"。而中国面临的现实问题是,已经小康,需求进化,这样就非弃旧更新,发明大同之道不可,"泥守旧方而不知变,永因旧历而不更新,非徒不适于时用,其害且足以死人。今者,中国已小康矣,而不求进化,泥守旧方,是失孔子之意,而大悖其道也,甚非所以安天下乐群生也,甚非所以崇孔子同大地也。……窃哀今世之病,搜得孔子旧方,不揣愚妄,窃用发明,公诸天下,庶几中国有瘳,而大地群生俱起乎"。①

---

① 《礼运注》,《康有为学术著作选》,中华书局1987年版,第235~237页。

《礼运注》的写作时间，依该书"叙"中所标示，是在"光绪十年"即 1884 年，但据汤志钧考证，此系康有为"倒填年月"，实际应在 1897 年左右。① 此说甚是。该书写作方式，是对《礼运》原文逐段或逐句加注，注文中除小部分知识性的解词释义外，大多为对孔子之道具体内容的阐述和发挥。像在《孔子改制考》、《春秋董氏学》等书中的作法一样，《礼运注》亦将孔子之道的基本涵义分为互不相同、前后相继的两部分，前一部分称小康之道，后一部分则称大同之道："孔子之道有三世，有三统，有五德之运，仁智义信，各应时而行运。仁运者，大同之道；礼运者，小康之道。拨乱世以礼为治，故可以礼括之。礼者，犹希腊之言宪法，特兼该神道，较广大耳。"或者重复过去的提法："禹、汤、文、武、周公，皆小康之道"，"孔子于民主之治，祖述尧舜；君主之治，宪章文武"。② 与此相对应，康有为的注文亦可概括为大同论、小康论及礼治（或礼制）论等三个主要问题（礼治与小康本为一个问题，但因侧重点有不同，故分列）。

（一）关于大同

大同之道显然是康有为作注的重点，也是他借孔子之道表述自己业已成熟的关于未来社会理想设计的最恰当的称谓。

在《礼运》中，孔子论大同之道是这样一段话："大道之行也，与三代之英，丘未之逮也，而有志焉。大道之行也，天下为公，选贤与能，讲信修睦。故人不独亲其亲，不独子其子。使老有所终，壮有所用，幼有所长，矜寡孤独废疾者，皆有所养。男有分，女有归。

① 　见汤志钧：《康有为"礼运注"成书年代考》，载《戊戌变法史论丛》，湖北人民出版社 1957 年版。

② 　《礼运注》，《康有为学术著作选》，中华书局 1987 年版，第 238、243 页。

货,恶其弃于地也,不必藏于已;力,恶其不出于身也,不必为已。
是故谋闭而不兴,盗窃乱贼而不作,故外户而不闭。是谓大同。"①
围绕这段话,康有为力抒己见,指出了以下数点:

1.孔子常怀大同之志,但因生非其时,故虽有所言,却不愿详
谈。"孔子以群生同出于天,一切平等,民为同胞,物为同气,故常
怀大同之志,制太平之法,而生非其时,不能遽行其大道。适遇蜡
祭,诸侯大夫皆草笠野服,至平之服矣;飨农息民,下及禽兽昆虫,
草木水土,以告岁功,至平无差等,乃太平之礼,至仁之义,故触其
大同之思。而时当乱世,鲁虽用已,未能行己之大道,故触事发叹
也。""子游以孔子言大同之道为非常异议,故欲孔子极言之。……
孔子以未当太平时,未能行大同之道,虽蓄于心者,不能忍于一叹,
而其详则不欲言矣。故下只就三代之英言之。""大道者何? 人理
至公,太平世大同之道也。三代之英,升平世小康之道也。孔子生
据乱世,而志则常在太平世,必进化至大同,乃孚素志,至不得已,
亦为小康。而皆不逮,此所由顾生民而兴哀也。"②

2."天下为公,选贤与能"——大同之道的君臣之公理。"天下
为公,选贤与能者,官天下也。夫天下国家者,为天下国家之人公
共同有之器,非一人一家所得私有,当合大众公选贤能以任其职,
不得世传其子孙兄弟也,此君臣之公理也。"③

3."讲信修睦"——大同之道的朋友之公理。"讲信修睦者,国
之与国际,人之与人交,皆平等自立,不相侵犯,但互立和约而信守

---

① 《礼运注》,《康有为学术著作选》,中华书局 1987 年版,第 239 页。
② 《礼运注》,《康有为学术著作选》,中华书局 1987 年版,第 238～239、
243、239 页。
③ 《礼运注》,《康有为学术著作选》,中华书局 1987 年版,第 239 页。

之,于时立义,和亲康睦,只有无诈无虞,戒争戒杀而已,不必立万法矣,此朋友有信之公理也。"①

4."故人不独亲其亲,不独子其子。使老有所终,壮有所用,幼有所长,矜寡孤独废疾者,皆有所养"——大同之道的父子之公理。"父母固人所至亲,子者固人所至爱,然但自亲其亲,自爱其子,而不爱人之亲,不爱人之子,则天下人之贫贱愚不肖者,老幼矜寡孤独废疾者,皆困苦颠连,失所教养矣。夫人类不平,则教化不均,风俗不美,则人种不良,此为莫大之害。即中于大众而共受之,且人人何能自保不为老幼矜寡孤独废疾乎?专待之于私亲而无可待也,不如待之于公而必可恃也。故公世,人人分其仰事俯畜之物产财力,以为公产,以养老慈幼恤贫医疾,惟用壮者,则人人无复有老病孤贫之忧。俗美种良,进化益上,此父子之公理也。"②

5."男有分,女有归"——大同之道的夫妇之公理。"分者,限也;男子虽强,而各有权限,不得逾越。峃(康有为自注:"归",旧本作"峃")者,巍也;女子虽弱,而巍然自立,不得陵抑。各立和约而共守之,此夫妇之公理也。"③

6."货,恶其弃于地也,不必藏于己;力,恶其不出于身也,不必为己"——大同之道的两项禁律。"更有二禁,世有公产,则巧者仰人之养,而不谋农工之业;惰者乐人之用,而不出手足之力,以公成其私,而以私坏公,则大道隳矣。故不作业、不出力之人,公众所恶。然将已刑措,但恶之以示不齿,而人耸劝矣。然化俗久美,传

① 《礼运注》,《康有为学术著作选》,中华书局1987年版,第239页。
② 《礼运注》,《康有为学术著作选》,中华书局1987年版,第239~240页。
③ 《礼运注》,《康有为学术著作选》,中华书局1987年版,第240页。

种改良,人人自能去私而为公,不专己而爱人,故多能分货以归之公,出力以助于人。"①

7."是故谋闭而不兴,盗窃乱贼而不作,故外户而不闭。是谓大同"——此乃去国界、家界、身界,将一切私产化为公产之后所必然出现的大同景象。"然人之恒言曰:天下国家身,此古昔之小道也。夫有国有家有己,则各有其界而自私之,其害公理而阻进化甚矣。惟天为生人之本,人人皆天所生而直隶焉,凡隶天之下者皆公之,故不独不得立国界,以至强弱相争,并不得有家界,以至亲爱不广,且不得有身界,以至货力自为。故只有天下为公,一切皆本公理而已。公者,人人如一之谓,无贵贱之分,无贫富之等,无人种之殊,无男女之异。分等殊异,此狭隘之小道也;平等公同,此广大之道也。无所谓君,无所谓国,人人皆教养于公产,而不恃私产,人人即多私产,亦当分之于公产焉,则人无所用其私,何必为权术诈谋以害信义?更何肯为盗窃乱贼以损身名?非徒无此人,亦复无此思,内外为一,无所防虞。故外户不闭,不知兵革,此大同之道,太平之世行之。惟人人皆公,人人皆平,故能与人大同也。"②

(二)关于小康

在《礼运》中,小康是与大同相反的一种社会状况。"今大道既隐,天下为家,各亲其亲,各子其子,货力为己。大人世及以为礼,城壑沟池以为固,礼义以为纪,以正君臣,以笃父子,以睦兄弟,以和夫妇,以设制度,以立田里,以贤勇智,以功为己,故谋用是作,而兵由此起。禹、汤、文、武、成王、周公,由此其选也。此六君子者,未有不谨于礼者也。以著其义,以考其信,著有过,刑仁讲让,示民

---

① 《礼运注》,《康有为学术著作选》,中华书局 1987 年版,第 240 页。
② 《礼运注》,《康有为学术著作选》,中华书局 1987 年版,第 240 页。

有常。如有不由此者,在执者去,众以为殃。是谓小康。"① 康有为在诠释小康之道时,采取了将乱世之道、小康之道和大同之道三者相比较的方式,肯定小康比乱世文明,但与大同相比,又弊端重重,远离公理人道。这种比较约有以下要点:

1.家庭方面的比较——乱世不知父子,小康自私所亲,大同锡类推仁以平天下。"孔子自慨当时至公太平之道隐而未明,郁而未发,天下皆自私其家,君主不能公天下,乃以天下为一家私有之物。今虽明父慈子孝之义,亦异于乱世野蛮不知父子者,然仅自私所亲,不能锡类推仁以平天下也。虽能作力运货,百业兴于文明,然只自营己私,不能为公,故无公产公功以兴公益,贫愚老疾者不得齐于人类,俗弊种坏,富贵者亦不得免焉。"②

2.国家方面的比较——乱世人为帝而家为王,小康全托之一家一人之子孙,大同让贤选能。"天子、诸侯、大夫,世之大人也,不能让贤选能,始以武力得国家,后则私据之,或世传子孙,或兄终弟及,造作礼典,定为名义,以绝奸雄觊觎盗篡之端,以免岁月易朝争杀之祸,较之乱世,人为帝而家为王,争杀无已者,民生易保焉。然以天下国家之重任,不公选天下之贤,而全托之一家一人之子孙。夫人之生子,安得尽贤? 苟所生非贤,则国民涂炭,种族灭绝,危险莫甚矣。此盖古者定乱不得已之举,然非良法,非公理也。"③

3.民生方面的比较——乱世不知设险自卫,小康因有国界而遂成杀祸,大同没有国界。"国土互峙,上下相疑,于是筑城凿池以备不虞,而保民保境,较之野蛮不知设险自卫者,自为少智矣。然

---

① 《礼运注》,《康有为学术著作选》,中华书局 1987 年版,第 241 页。

② 《礼运注》,《康有为学术著作选》,中华书局 1987 年版,第 241 页。

③ 《礼运注》,《康有为学术著作选》,中华书局 1987 年版,第 241 页。

因有国界,遂成杀祸,限禁人民,阻兵攻劫,至有屠灌全饿之惨,其伤民甚,其去道亦远矣。"①

4.礼义方面的比较——乱世无礼无义,小康礼义太严,导致暴殄压制之患、奸诈争斗之风,大同人性善、人心仁。"立礼以为防,修义以为限,纪而纲之,进人道于修明,较之乱世无礼无义,自为文明矣。然人性未善,人心未仁,不能耻格,犹有诈伪奸欺而待于防限,至不能防禁,则溃决而无如何矣。"具体而言,一方面,礼义有其利,"国定君臣之义,俾天泽不得妄干,较之乱世名分不明篡争日见者,自为安息。家有父子、兄弟、夫妇之亲,俾人道得以相保,较之乱世人伦不明、淫逆横作者,自为正义。制度者,律法也,因人情而制之,上下得所率由,自胜于野蛮无法度者。田里者,分田制禄也,临长百姓,而轻重布之,令君子野人皆得所养,自胜于乱世无口分世业者";但另一方面,礼义又有其弊,"……名分太严,则有暴殄压制之患;性情强合,则失自立自由之本;不能耻格,则出法令而奸诈生;不立公产,则授田里而私争起。世野蛮,必尚勇,世巧诈,必尚智。兼之则进矣。然不以仁为贤,而徒以勇智为贤,仍是乱世之风。野蛮必惰率作,能趋事赴功则进矣。然不能忘名,而以功名自伐,仍是自私之种"。②

根据以上比较,康有为将小康之道归结为一个"私"字:"凡此一切,义非不整齐开明,然皆自营其私,故诈谋不能止而日作,兵伐不能止而日兴也。"既然小康之道的弊端如此之多,孔子为什么不

————————

① 《礼运注》,《康有为学术著作选》,中华书局1987年版,第241页。大同没有国界,见前述大同之道。

② 《礼运注》,《康有为学术著作选》,中华书局1987年版,第241~242页。

直接实行大同之道呢? 康有为特地对此作出解释,是因为从乱世不得骤然超越到太平世,必须先经升平世,行小康和礼运,若强行大同,只能带来大害:"然圣人不能为时,虽蒿目忧其患,而生当乱世,不能骤逾级超,进而至太平。若未至其时,强行大同,强行公产,则道路未通,风俗未善,人种未良,且贻大害。故只得因其俗,顺其势,整齐而修明之。故禹、汤、文、武、周公之圣,所为治化,亦不出此,未能行大道也,不过选于乱世之中较为文明而已。其文明之法,皆在隆礼。由礼而谨修之,故于五德之运,未能至仁运、智运,而仅当礼之运而已。不独未能至仁运、智运也,即义运、信运亦未之至……礼运之世,乃当升平,未能至大同之道,然民得以少安。若失之,则祸乱繁兴,故次于大同,而为小康也。"①

(三)关于礼治

《礼运》中除了关于大同和小康的记载外,更多的是记叙与礼有关的种种问题。对此记叙康有为作一总的评价说:"发明制作之礼,不过为拨乱世。其志虽在大同,而其事只在小康也。"② 康有为关于礼治(或礼制)的注文,主要论及了以下几个问题:

1.礼的起源。

指出礼起源于饮食和敬神:"人生须养,故人道之始,未有衣服、宫室,猎鸟兽之肉,采草木之实,先谋饮食。礼因人道而设,故亦以饮食之礼为始。……太古民愚,故尤尚鬼。今考埃及、叙利亚、印度、波斯及各野番之先,皆以事鬼神为至重。……盖先民朴略,其生时只有饮食、敬神二者,而礼即起于是也。"③

① 《礼运注》,《康有为学术著作选》,中华书局 1987 年版,第 242 页。
② 《礼运注》,《康有为学术著作选》,中华书局 1987 年版,第 244 页。
③ 《礼运注》,《康有为学术著作选》,中华书局 1987 年版,第 246 页。

　　敬鬼神时有招魂之礼,此为"至古之俗",而实为"孔子之礼"。祭祀鬼神是一种"灵魂之礼",这种礼之所以能够存在和延续,不可废弃,是因为有"知气"的存在和活动:"知气者,灵魂也,略同电气,物皆有之,而团聚尤灵而有知,亦曰性。养之久者,团聚不散,尤为灵明者,则为精气,为神明,亦曰明德,其义一也。盖人之死者,体魄而已,若魂气有知,浮游在上,固未尝死也,季札所谓'魂气无不之'是也。其生取精多、用物宏者,则魂强而为精灵;其抱养一、修炼通者,则魂清而为神明。其取精不多而未尝抱养者,则散为异物,或多历年岁,而尽就澌灭。其抱养固者,知气不散,可附入他体,而神识不昧。其抱养愈固,不为事物所恋摇,仁智交修,增益其魂灵之光大者,则知气之流行愈久,随附百体,频历生死,益增神灵,绝无障碍。其灭之久渐,视其修之深浅及中经事物摇夺与否。或有摇夺,旋即隙落。……然精气凭虚,终有尽时,少不修养,立归澌灭。……孔子知知气虽可不死,而亦终灭,故一听之人之自养,而先修其生。所谓'未知生,焉知死'也。然魂气未死而有知,可为灵厉,故孔子仍尊鬼神,而未尝尽去之,但不语怪耳。……古有招魂礼,后世可行也。凡祭祀鬼神,皆是灵魂之礼,若无知气,则祭礼可废也。或知知气之不灭,而但尊神而蔑鬼,虽能扫弃淫祀,未为尽物性也。况念亲敬祖,义不忍忘者乎?"[①]

　　进而指出奉行祭祀鬼神上帝之礼在世界各国无不如此,只不过各有其特点,"事鬼神上帝,乃大地生人之公理。……但有遍祀鬼神上帝者,埃及、印度、希腊、波斯、罗马各国皆是;有事鬼神而不事上帝者,佛教也;有但事上帝而不事鬼神者,基督教也。此皆后

---

　　① 《礼运注》,《康有为学术著作选》,中华书局 1987 年版,第 246～247 页。

来之变,若大地之始,则无不兼祀鬼神上帝者也"。并认为在中国祭礼仪式中,已包含着伦理道德的规范,"……陈设祭具,已有正君臣,笃父子,睦兄弟,齐上下,夫妇有所之义。《祭统》所谓,祭有'十伦'。以庙中之礼,可推以正天下也"。[①]

2. 礼与人道的关系。

指出礼是为人而设的,必须从人的本性出发,"人有天生之情,人有天立之义,人有天然定利患,必深知其故,然后能顺而治之"。[②] 为此,制礼应做到这样几点:

一要合于人情,"就一人言之,喜、怒、哀、乐、爱、恶、欲之七情,受天而生,感物而发。凡人之同,不能禁而去之,只有因而行之",而人之七情又可分为欲恶二端,"喜、乐与爱,皆欲之属;怒、惧、哀,皆恶之属",制礼者对此欲恶既要宣达又要节制,"故圣人因人情之所欲恶而悉代宣达之,又虑欲恶之无尽而为品节之,此礼所由生也。禁酒戒杀,仁之至也,然未能骤行,故许其饮酒食肉,而节之以一饮百拜,无故不杀之义,而杀心少。戒淫立约,义之至也,然未能骤行,故许行昏礼,或一夫一妻,或一夫多妻,而淫乱少息也。慎终追远,为之致哀;分田制禄,为之定分,而倍薄争夺之风可以少止。此制礼者,穷人情之大本,不得已之苦心也";[③] 而且,人情还是一切圣人之道的基础,"……人情为田,道不离人,故圣人一切皆因人情以为教。人非田不食,圣人非人情无以为道也。故礼以为开垦,

① 《礼运注》,《康有为学术著作选》,中华书局 1987 年版,第 248～249 页。

② 《礼运注》,《康有为学术著作选》,中华书局 1987 年版,第 250～251 页。

③ 《礼运注》,《康有为学术著作选》,中华书局 1987 年版,第 251～252 页。

则不芜乱;义以为下种,则不恶;学以耡耕,则不杂。仁以收获积聚,乐以饮食欢娱,人道至于乐而至矣。① 故道终乎顺,而其始不能不以礼正之,以见圣人制礼似严,而实本乎人情而不能已也"。②

二要处理好个人与众人的关系,"如使一人独生,则听其自由可也,然人非独生,礼为众设。若听一人之自由,必侵犯众人之权限,不可行也,故不能不治之以节,饰之以文"。③

三要遵循人伦之义,"凡为人即有是伦,有其伦即有其义。父之义在生,故尚慈;子之义在报,故尚孝;兄之义在友,故尚良;弟之义在恭,故尚弟;夫之义在宜,故尚义;妇之义在从,故尚听;老之义在怀幼,故尚惠;幼之义在敬老,故尚顺;君之义在安人,故尚仁;臣之义在尽心,故尚忠。其名分地位各有所宜,故其道义事为各有所合。此为人道之义,自一人、一家、一国施之者也"。④

四要为人类兴公利、除公患,"其他国与国交,人与人交,平等而可絜矩,至公而可互行者,则信睦为凡人之公利,争杀为凡人之公患。故讲信修睦,尚让禁夺,实为人道之公理,可行之天下"。⑤

3.礼与天道的关系。

指出人之所以为人而"贵于万物",是因为人与天地、阴阳、鬼神、五行等密切相关,这是制礼的又一项重要依据。

---

① "学以耡耕"以下,《礼运注》原标点为:"则不杂仁。以收获积聚乐,以饮食欢娱人,道至于乐而至矣。"按《礼运》被注原文为"修礼以耕之,陈义以种之,讲学以耨之,本仁以聚之,播乐以安之",礼、义、学、仁、乐是并列的五事,可见原标点显然有误,现改正。

② 《礼运注》,《康有为学术著作选》,中华书局 1987 年版,第 263 页。

③ 《礼运注》,《康有为学术著作选》,中华书局 1987 年版,第 251 页。

④ 《礼运注》,《康有为学术著作选》,中华书局 1987 年版,第 251 页。

⑤ 《礼运注》,《康有为学术著作选》,中华书局 1987 年版,第 251 页。

康有为对《礼运》中所说"故人者,其天地之德,阴阳之交,鬼神之会,五行之秀气也"、"故人者,天地之心也,五行之端也,食味、别声、被色而生者也"等语完全认同,并逐句作了充分的阐释,① 进而得出概括性的结论:"人既为天地、阴阳、五行所生,四时、日、星、月所关涉,鬼神所会;礼为人设,即当法天地、阴阳、五行、鬼神、四时、日、星、月而制之。……礼上法天地,天地为本也。礼皆分上下,辨东西,立宾主,合男女,阴阳为端也。喜怒刑赏,授时行令,皆顺四时,四时为柄也。中星考岁,支干记日,日星为纪也。分月令以行政,月以为量也。祭祀祈祷,临于左右上旁,鬼神为徒也。制器尚象,利用厚生,皆金、木、水、火、土,五行为质也。② 制作既成,是为礼义,凝结为器,而捧持行之,礼义为器也。礼既成定,然当随时变通,因人情之大顺而耕获之,人情为田也。礼既大行,人物蕃滋,则物效灵应,四灵为畜也。"又说:"天地为万物之本,本天地为政教,故物可举而兴劝;人情与阴阳相通,法阴阳为教,故人情不隐而可睹。举事必顺四时,四时为柄,故事可劝;事以日与星为候,故兴作有序列。按月程课,故功有艺;人畏鬼神,故事不欺伪而可守。器用以生克相制,故事可复;礼义成为典章法度,故事行有考。……顺人情,则人归之,则为人之主也。畜养四灵,羽毛鳞介之属,各从其长而蕃孳,则饮食不胜用也。"③

康有为还进一步由天地、阴阳、鬼神等追溯到元气,阐明元气

---

① 《礼运注》,《康有为学术著作选》,中华书局 1987 年版,第 252~256页。

② "祭祀祈祷"以下,《礼运注》原标点为"临于左右,上旁鬼神","皆金、木、水、火、土五行为质也",揆之前后文,似有不妥,现酌改。

③ 《礼运注》,《康有为学术著作选》,中华书局 1987 年版,第 256、257页。

不但是人之本,而且是礼之本:"太一者,太极也,即元也。无形以起,有形以分,造起天地,天地之始,《易》所谓乾元统天者也。天地阴阳,四时鬼神,皆元之分转变化,万物资始也。其元气之降于人,为性灵明德者曰命,天命之谓性也。此天之分与人者,实分官职于天,当尊其德性,以修其道教也。人之本乃在天元,故礼之本亦出于太一,其本原之深远微妙,非孔子孰能知而制之?夫人非人能为,天所生也。天为生之本,故万物皆出于天,皆直隶于天,与人同气一体。报本反始,故大礼必祀天,制作必法天,生杀必称天,仪礼必象天,盖不忘本也。"①

4.礼的施行和功能。

对此问题,康有为从多方面作了阐释。

其一,当礼行之于上时,有助于国家依礼法行事,而王者则可以无为而治:"王者在庙、在朝、在学、在宫,皆有亲贤正直博闻者夹辅之以行礼,王者但居中守正,无为而治也。此明国既立宪,一切皆有百官本礼法而行,王者如天之安静居所,而众星自拱也。此言礼行于上。"当礼行之于下时,可使人知畏敬,咸循法度:"盖大地太古皆尚多神……孔子已淘汰之殆尽,仅留天、社、祖宗而已,此外非有功德于民,御大患,捍大灾,皆不祀。此欧美铸像崇奉,义同不忘。至山川五祀,孔子何为不除去之?盖山川为物怪所聚,门、户、雷、灶、行,为人身所切,耸以鬼神,著其监司功过,而后动人知畏敬,不敢妄为,以迁善远罪。……生当乱世,此真圣人不得已之苦

---

① 《礼运注》,《康有为学术著作选》,中华书局1987年版,第259页。在这段论述中,"元气"与"天"的概念显然是混淆不清的,"天"有时是"元气"的一部分,有时又似乎等同于元气。这种概念的模糊性、不准确性,正是中国传统哲学思想的特点之一,康有为的思想同样具有这一特点。

心欤！若人性皆善,无谴可司,山川尽开,无怪可聚,则是二者亦可并废。……人念所生,则俗尚孝慈;人畏神遣,则咸循法度,此礼达于下之效也。"①

其二,礼的最大功用在于养人:"然人道莫大于养,礼为人设,故礼之义在养人而已。至行其养之之道有六,而礼有十七焉。一曰货,盖货为养生之本,聚人之源,取天拾地,择精用宏,揭百物之华,以供文明之美,故货最重焉。……二曰力,官僚吏徒各出力以任职,士农工商各出力以成物,百事赖运动之力,故礼以有事为荣。然货力皆争夺之物,斗杀之本,故以货力为体,必以辞让为用焉行之,则彬彬矣。……凡此三者(指货、力、辞让——引者注),人道赖以生成者,礼之质也。若夫养生送死,事上治下交友,则有饮食、冠昏、丧祭、射乡、朝聘之仪。凡此九者,人道赖以文美,礼之华也,皆人道所不可阙者。孔子因人情而饰之从之,则为文明;去之,则为野蛮,在此矣。"②

其三,礼义最有益于人的处世、卫生及养生送死、奉事鬼神:"人道最难于外交,少有不善,患害随之,故讲信修睦,处世之利也。然信近于义,然后可复;睦近于礼,乃远耻辱,故礼义最为处世之端也。人道又最难于内治,少有不修,邪慢人之,故养气练身,卫生之要也。然养肌肤之会,必得欣喜、欢爱、中正、和平;筋骸之束,必待敬慎、肃恭、严威、俨恪,故礼义为卫生之大端也。饮食、衣服、宫室、器械、度量、事为、祭祀、丧葬,皆曲为之制,以便人道,此礼为养生送死,事鬼神之大端也。……礼之切于人道而不可已如此,惟圣

---

① 《礼运注》,《康有为学术著作选》,中华书局 1987 年版,第 257～259 页。

② 《礼运注》,《康有为学术著作选》,中华书局 1987 年版,第 260 页。

人知之,故极制作之精,致践履之笃。若去礼者,则坏其国,丧其家,亡其身。览观古今,可不畏哉?"①

其四,礼帮助人保持事物的秩序,维护各自的名分和权益,以居安去危求乐:"凡事有大有细,有深有茂,有连有动,易于滞乱。有礼以序之,分数极明,则不多积而不滞;时地各宜,则并行而不悖……各得分理,故各合事宜,此所以得至顺也。人道爱恶相攻,利害相争,无非危境,有礼以顺之,然后能持危,盖以见礼之急也。……名分不同,礼亦异数。下不能太丰,但使足养生送死;上不能太杀,期足备币帛饔飧。夫圣人岂不欲人类平等哉,然而时位不同,各有其情,各有其危。礼者,各因其宜,而拱持其情,合安其危,而人己各得矣。夫天生人必有情欲,圣人只有顺之,而不绝之。然纵欲太过,则争夺无厌,故立礼以持之,许其近尽,而禁其逾越。尽圣人之制作,不过为众人持情而已。夫与人必生危险,常人日求自安,不知所以合之。然自保太过,侵人太甚,故立礼以合之,令有公益,而各得自卫。故尽圣人之经营,不过为众人保险而已,故立礼律者,令众人各得其分,各得其乐,而不相侵,此礼之大用也。天与人各有自由,圣人则听而顺之。……圣人之礼,无往非顺乎天地,顺乎人情,顺乎时宜。"②

5. 礼的因时而变及所达目的。

康有为一再强调,礼虽有种种规定,但不是固定不变的,相反,因时而变是礼的一个根本特征,"夏葛冬裘,随时而异尚;征诛揖让,因时而异功。礼以时为大,孔子为时中之圣,尤在变通尽利,以

① 《礼运注》,《康有为学术著作选》,中华书局 1987 年版,第 262 页。

② 《礼运注》,《康有为学术著作选》,中华书局 1987 年版,第 265~266页。

宜民也"，① "义为事宜，只是空理，礼者乃行其节文也。无节文，则义不能见。然节文者，因时因地而制，非能永定。若时地既变，若狐貉而居，不能施于南洋之域；太牢而祭，不能行于骆驼之乡，则不协于事宜，反为非义。在所变矣，故礼无定，而义有时。苟合于时义，则不独创世俗之所无，虽创累千万年圣王之所未有，益合事宜也。如人道之用，不出饮食、衣服、宫室、器械、事为，先王皆有礼以制之，然后世废尸而用主，废席地而用几桌，废豆登而用盘碟，千年用之，称以文明，无有议其变古者而废之。后此之以楼代屋，以电代火，以机器代人力，皆可例推，变通尽利，实为义之宜也。② 拘者守旧，自谓得礼，岂知其阻塞进化，大悖圣人之时义哉！此特明礼是无定，随时可起，无可泥守也"。③

同时，礼义本身不是目的而是工具，其目的是要达到仁、乐、顺，"……治国不能不以礼义，而礼义无定，当随时讲而行之，而归宿于仁、乐、顺。盖人道全在仁、乐、顺，而礼义乃其桥梁舟车也。但启行前往，舍桥梁舟车无至到之日，而桥梁舟车虽当随地制宜，亦非安居之所也"。④

_____

① 《礼运注》，《康有为学术著作选》，中华书局 1987 年版，第 259 页。引文中"尤在变通尽利，以宜民也"，原标点为"尤在变通，尽利以宜民也"。按"变通尽利"似为固定搭配词组，不宜断开，现酌改。参见后注。

② "以机器代人力"以下，《礼运注》原标点为："皆可例推变通，尽利实，为义之宜也。"按"变通尽利"似为康有为所用的一个固定搭配的词组（参见前注），不宜断开，现改之。

③ 《礼运注》，《康有为学术著作选》，中华书局 1987 年版，第 263～264 页。

④ 《礼运注》，《康有为学术著作选》，中华书局 1987 年版，第 264 页。

第三章　成熟完备的变法观(上)

——变法指导思想

前述岭南维新派所建构的新思想体系(见第一章),已奠定了其变法思想的理论基础,而对中国传统学术文化所作的清理和批判(见第二章),又直接导致了若干重要变法观念的产生。随着康有为1888年率先上书清帝请求变法和1895年"公车上书"拉开全国性变法运动的序幕,岭南维新派的变法思想迅速发展,形成了成熟完备的变法观。其主要内容可略分为变法指导思想、变法方略和变法主张等三个部分。由于内容较多,拟用两章的篇幅进行介绍。

本章介绍变法指导思想。在要不要变法、按照什么基本原则和基本方式变法等带有根本性、全局性的问题上,岭南维新派形成了一系列贯穿始终的指导思想。概括起来,主要有必变大变速变思想、君权变法思想、"变于下"思想和兴民权思想。

第一节　必变大变速变论

中国近代变法之论的提出并不始自维新派。早在鸦片战争前后,变法论就是其时经世致用思潮的重要内容之一。随着洋务运动的开展和西学东渐的深化,早期改良派的变法思想渐具规模,渐成体系,在社会思潮中渐居主导地位。岭南维新派继承并大力发展了以往的变法思想,其发展的一个显著标志就是对变法的必要性、彻底性和紧迫性有了更加自觉而清晰的认识,从而在很大程度上拓展和更新了变法的内涵,使之提升到一个新的高度。

一　必变论

所谓必变,就是必须变法。对此必要性,岭南维新派从现实和理论两个层面进行了阐述。

在现实层面上,岭南维新派首先指出西方列强日益加紧的侵略已对中国造成了极为严峻的生存危机,只有变法,中国才能避免被吞并瓜分的厄运。这一方面的论述极多,仅以康有为先后写下的一些有代表性的文字为例。

早在1888年的《上清帝第一书》中,康有为就对"方今外夷交迫"的情状作了清醒的描述:"……自琉球灭、安南失、缅甸亡,羽翼尽翦,将及腹心。比者日谋高丽,而伺吉林于东;英启藏卫,而窥川滇于西;俄筑铁路于北,而迫盛京;法煽乱民于南,以取滇、粤……国事蹙迫,在危急存亡之间,未有若今日之可忧也",提出必须"变成法","变法则治可立待也"。①

甲午战争失败后撰写的《上清帝第二书》对列强的紧逼表示了更深的危机感:"……甲午以前,吾内地无恙也,今东边及台湾一割,法规滇、桂,英规滇、粤及西藏,俄规新疆及吉林、黑龙江,必接踵而来,岂肯迟迟以礼让为国哉? 况数十国之逐逐于后乎? 譬大病后,元气既弱,外邪易侵,变症百作,岂与同治之时,吾国势犹盛,

---

① 汤志钧编:《康有为政论集》上册,中华书局1981年版,第53、59页。

外夷窥伺情形未洽比哉！……此举人等所为日夜忧惧，不惮僭越，而谋及大计也。"康有为所谋"大计"最重要的一条就是"变法成天下之治"，法之所以不能不变，是因为"方今当数十国之觊觎，值四千年之变局，盛暑已至而不释重裘，病症已变而犹用旧方，未有不喝死而重危者也。……言率由而外变相迫，必至不守不成；言无为而诸夷交争，必至四分五裂"，因此"非变通旧法，无以为治"。①

在同年所作的《京师强学会序》中，康有为结合世界诸多"守旧之国"兴亡史，将中国在列强包围之下若不变法只有沦亡一途的悲惨前景描绘得异常清晰而可怖："俄北瞰，英西睒，法南瞵，日东眈，处四强邻之中而为中国，岌岌哉！况磨牙涎舌，思分其余者，尚十余国。辽台茫茫，回变扰扰，人心皇皇，事势儳儳，不可终日。昔印度，亚洲之名国也，而守旧不变，乾隆时英人以十二万金之公司，通商而墟五印矣。昔土耳其，回部之大国也，疆土跨亚、欧、非三洲，而守旧不变，为六国执其政，剖其地，废其君矣。其余若安南，若缅甸，若高丽，若琉球，若暹罗，若波斯，若阿富汗，若俾路芝，及为〔国〕于太平洋群岛、非洲者，凡千数百计，今或削或亡，举地球守旧之国，盖已无一瓦全者矣。"中国若守旧不变，"倏忽分裂，则桀黠之辈，王、谢沦为左衽；忠愤之徒，原、却夷为皂隶。伊川之发，骈阗于万方；钟仪之冠，萧条于千里。三州父子，分为异域之奴；杜陵弟妹，各衔乡关之戚。哭秦庭而无路，餐周粟而匪甘。矢成梁之家丁，则螳臂易成沙虫；觅泉明之桃源，则寸埃更无净土。肝脑原野，

_____

① 汤志钧编：《康有为政论集》上册，中华书局 1981 年版，第 115、116、122～123 页。

衣冠涂炭。嗟吾神明之种族,岂可言哉! 岂可言哉!"①

　　1897年德国强占胶州湾事件发生后,康有为面对"外衅危迫,分割洊至"的险恶时局,再次上书清帝,用极为惊心动魄的语言发出瓜分在即、国亡在即,变法乃为求生存的惟一出路的疾声呼吁:"……万国报馆议论沸腾,咸以分中国为言。若箭在弦,省括即发……瓜分豆剖,渐露机牙,恐惧回惶,不知死所。……二万万膏腴之地,四万万秀淑之民,诸国眈眈,朵颐已久;慢藏诲盗,陈之交衢;主者屡经抢掠,高卧不醒;守者袖手熟视,若病青狂;唾手可得,俯拾即是,如蚁慕膻,闻风并至,失鹿共逐,抚掌欢呼。其始壮夫动其食指,其后老稚亦分杯羹,诸国咸来,并思一脔。昔者安南之役,十年乃有东事,割台之后,两载遂有胶州,中间东三省、龙州之铁路,滇粤之矿,土司野人山之边疆,尚不计矣。自尔之后,赴机愈急,蓄势益紧,事变之来,日迫一日。教堂遍地,无刻不可起衅,矿产遍地,无处不可要求。骨肉有限,剥削无已。且铁路与人,南北之咽喉已绝;疆臣斥逐,用人之大权亦失。浸假如埃及之管其户部,如土耳其之柄其国政;枢垣总署,彼皆可派其国人;公卿督抚,彼且将制其死命;鞭笞亲贵,奴隶重臣,囚奴士夫,蹂践民庶,甚则如土耳其之幽废国主,如高丽之祸及君后;又甚则如安南之尽取其土地人民,而存其虚号,波兰之宰割均分,而举其国土;马达加斯加以挑水起衅而国灭,安南以争道致命而社墟。蚁穴溃堤,衅不在大。职恐自尔之后,皇上与诸臣,虽欲苟安旦夕,歌舞湖山而不可得矣,且恐

---

　　①　汤志钧编:《康有为政论集》上册,中华书局1981年版,第165～166页。梁启超在《变法通议》中,亦对"大地万国,上下百年间,强盛弱亡之故"进行了阐述,以大量史实说明"守旧不变"必弱亡、发愤维新必强盛的道理。(见梁启超著:《饮冰室合集》文集之一,中华书局1989年版,第2～3页)

皇上与诸臣,求为长安布衣而不可得矣。"病在膏肓,火延眉睫,"图保自存之策,舍变法外别无他图"。书中提出了如何变法的三策,认为"凡此三策,能行其上,则可以强,能行其中,则犹可以弱,仅行其下,则不至于尽亡","若徘徊迟疑,因循守旧,一切不行,则幅员日割,手足俱缚,腹心已刲,欲为偏安,无能为计;圈牢羊豕,宰割随时,一旦窬割,亦固其所。……沼吴之祸立见,烈晋之事即来,职诚不忍见煤山前事也",① 将外患深重、中国不能不变法的必要性阐发到了极致。

特别值得注意的是,岭南维新派在历陈西方侵略的严重态势之时,并未仅将西方列强视为企图灭亡中华的大敌,而是同时亦将其看作新时代的代表,认为中国不仅因为遭受侵略面临生存危机而必须变法,而且更因为远远地落后于侵略者、落后于新的时代而必须变法。

康有为以西方入侵为界限,将历史划分为前后两大时代,他先是将此两大时代称为"平世"与"敌国并立之世",认为对此两世有不同的治法:"昔汉臣魏相专主奉行故事,宋臣李沆谓凡人士上利害,一切不行,此宜于治平之世也,若孙叔敖改纪,管仲制国,苏绰立法,此宜于敌国并立之世也。"② 随后,对今昔两种不同的时势及治法作了针对性更强的对比和毫不含糊的选择:"窃以为今之为治,当以开创之势治天下,不当以守成之势治天下;当以列国并立之势治天下,不当以一统垂裳之势治天下。盖开创则更新百度,守

---

① 《上清帝第五书》,汤志钧编:《康有为政论集》上册,中华书局 1981年版,第 201~203、208~210 页。

② 《上清帝第一书》,汤志钧编:《康有为政论集》上册,中华书局 1981年版,第 59 页。

成则率由旧章;列国并立则争雄角智,一统垂裳则拱手无为。言率由而外变相迫,必至不守不成;言无为而诸夷交争,必至四分五裂。"①《上清帝第四书》着重分析了列强入侵对于时代格局的改变和对中国旧的治法的巨大冲击:"夫泰西诸国之相逼,中国数千年来未有之变局也。曩代四夷之交侵,以强兵相陵而已,未有治法文学之事也。今泰西诸国,以治法相竞,以智学相上,此诚从古诸夷之所无也。……若使地球未辟,泰西不来,虽后此千年率由不变可也。无如大地忽通,强敌环逼……以此闭关之俗,忽当竞长之时,绨绤宜于夏日,雨雪忽至,不能不易重裘,车马宜于陆行,大河前横,不能不觅舟楫……若引旧法以治近世,是执旧方以医变症,药既不对,病必加危。"②

在康有为看来,以泰西为代表的新的时世和治法与中国自古以来的旧时世和治法之间的优劣差异是极为明显的,他对此进行了相当广泛的比较:"泰西大国,岁入数十万万,练兵数百万,铁船数百艘,新艺新器岁出数千,新法新书岁出数万,农工商兵,士皆专学,妇女童孺,人尽知书。而吾岁入七千万,偿款乃二万万,则财弱;练兵铁舰无一,则兵弱;无新艺新器之出,则艺弱;兵不识字,士不知兵,商无学,农无术,则民智弱;人相偷安,士无侠气,则民心弱,以当东西十余新造之强邻,其必不能禁其兼者,势也。"③又说:"夫今日当大地忽通、万国竞长之时,迥非汉唐宋明一统之旧,各国治法、文学、技艺、制造、财富、武备之盛,迥非匈奴、突厥愚犷

---

① 《上清帝第二书》,汤志钧编:《康有为政论集》上册,中华书局1981年版,第122~123页。

② 汤志钧编:《康有为政论集》上册,中华书局1981年版,第151页。

③ 《上清帝第五书》,汤志钧编:《康有为政论集》上册,中华书局1981年版,第203页。

之风。以地言,则英俄倍我;以新政言,则自英人倍根变法至今五百年,政艺日新,而我今始用之,其巧拙与彼有一与五百之比;以财富言,英人匀算人有二万七千镑,而吾民鸠形菜色,不及十金,今镑价值银十一员,是英人人有三十万员,是吾贫富较彼有一与三万之比,英美赋税皆七十万万,而吾仅七千万;以兵言,则泰西强国皆数百万,铁舰百数,而吾无一劲兵,无一铁舰,则不在比数之列。"根据这些比较,"故当今日而思图存,舍变法外更无他巧……臣民想望,有不可不变之心,外国逼迫,有不能不变之势,然则今日之国是,莫有出于尽革旧习、变法维新者矣"。① 总之,变法势在必行。

其次,中国本身存在着极其严重的积弊,只有通过变法才能加以清除,从而重新获得生机。在岭南维新派论及时事的各种著述中,都有对这些积弊的无情揭露,涉及的范围极为广泛,使用的言词亦极为尖锐,略举数种如下:

1.康有为《上清帝第一书》言"今天下法弊极矣",其表现为"六官万务所集也,卿贰多而无所责成,司员繁而不分委任,每日到堂,拱立画诺,文书数尺,高可隐身,有薪炭数斤之微,银钱分厘之琐,遍行数部者,卿贰既非专官,又多兼差,未能视其事由,劳苦已甚,况欲整顿哉? 故虽贤智,亦皆束手,以为周公为今冢宰,孔子为今司寇,亦无能为,法弊至此,求治得乎? 州县下民所待治也,兵刑赋税教养合责于一人,一盗伏,一狱误,一钱用而被议矣,责之如是其重,而又选之极轻,以万余金而卖实缺焉。禄之极薄,以数百金而责养廉矣,其下既无周人虞衡牧稻之官,又无汉人三老啬夫之化,

---

① 康有为:《外衅危迫,分割洊至,急宜及时发愤,大誓臣工开制度新政局折》,《杰士上书汇录》,故宫博物院藏本。凡引自该"汇录"的折名皆为引者酌定。

而求其教养吾民,何可得哉? 以故外省奉行文书,皆欺饰以免罪,京朝委成胥吏,率借例以行奸。他若吏部以选贤才也,仍用签除,武举以为将帅也,乃试弓石,翰林以储公卿也,犹讲诗字,其他紊于法意,而迂于治道,舛乱肴决,难遍以疏举","今之法例,虽云承列圣之旧,实皆六朝、唐、宋、元、明之弊政也"。①

2. 在《上清帝第二书》中,康有为对"法弊"的表现作了进一步的补充,由官制、吏治扩展至工农商学兵各方面:"伏念国朝法度,因沿明制,数百年矣。物久则废,器久则坏,法久则弊,官制则冗散万数,甚且鬻及监司,教之无本,选之无择,故营私交贿,欺饰成风,而少忠信之吏。学校则教及词章诗字,寡能讲求圣道,用非所学,学非所用,故空疏愚陋,谬种相传,而少才智之人。兵则绿营老弱,而募勇皆乌合之徒。农则地利未开,而工商无制造之业。其他凡百积弊,难以遍举。而外国奇技淫巧,流行内地,民日穷匮,乞丐遍地,群盗满山,即无外衅,精华已竭,将有他变。"《上清帝第三书》更是一言以蔽之曰:"夫中国二千年来,以法治天下,而今国势贫弱,至于危迫者,盖法弊致然也。……若非大变讲求,是坐待自毙也。"②

3. 梁启超在《变法通议》中承接康有为的思路,对清朝的"积弊"、"法弊"有更为具体生动的描述:"中国立国之古等印度,土地之沃迈突厥,而因沿积弊,不能振变,亦伯仲于二国之间,以故地利不辟,人满为患。河北诸省,岁虽中收,犹道殣相望。京师一冬,死者千计。一有水旱,道路不通,运赈无术,任其填委,十室九空。滨

① 汤志钧编:《康有为政论集》上册,中华书局1981年版,第57~58页。
② 汤志钧编:《康有为政论集》上册,中华书局1981年版,第122、140页。

海小民,无所得食,逃至南洋美洲诸地,鬻身为奴,犹被驱迫,丧斧
以归。驯者转于沟壑,黠者流为盗贼。教匪会匪,蔓延九州,伺隙
而动。工艺不兴,商务不讲,土货日见减色,而他人投我所好,制造
百物,畅销内地,漏卮日甚,脂膏将枯。学校不立,学子于帖括外,
一物不知。其上者考据词章,破碎相尚,语以瀛海,瞠目不信。又
得官甚难,治生无术,习于无耻,曾不知怪。兵学不讲,绿营防勇,
老弱癖烟,凶悍骚扰,无所可用。一旦军兴,临事募集,半属流丐。
器械窳苦,饷糈微薄。偏裨以上,流品猥杂,一字不识,无论读图,
营例不谙,无论兵法。以此与他人学问之将、纪律之师相遇,百战
百败,无待交绥。官制不善,习非所用,用非所习,委权胥吏,百弊
蝟起。一官数人,一人数官,牵制推诿,一事不举。保奖蒙混,鬻爵
充塞,朝为市侩,夕登显秩。宦途雍滞,候补窘悴,非钻营奔竞,不
能疗饥。俸廉微薄,供亿繁浩,非贪污恶鄙,无以自给。限年绳格,
虽有奇才,不能特达。必俟其筋力既衰,暮气将深,始任以事。故
肉食盈廷,而乏才为患。"文中感叹道:"法弊如此,虽敌国外患,晏
然无闻,君子犹或忧之,况于以一羊处群虎之间,抱火厝之积薪之
下而寝其上者乎?"①

　　4.麦孟华② 在《论中国宜尊君权抑民权》一文中,则以中西对
比的方式,对中国的各种弊端作了十分鲜明的揭示:"西国民间一
户一口,年岁生死,皆上之官,为簿稽之,其匿报者课之以罪,中国
则自生自死自养自息,国家莫得而过问也。西国产业将遗子孙,则
必籍其多寡,告其所在,达于有司,纳遗嘱税,然后传与其人,中国
则任意授受,国家莫得而稽也。西国生年八岁皆入小学,溺爱废学

---

　　① 梁启超著:《饮冰室合集》文集之一,中华书局 1989 年版,第 3~4 页。
　　② 麦孟华(1874~1915),字孺博,号蜕庵,广东顺德人,康有为弟子。

者,罪其父母,中国则惰窳顽犷不识字者十居七八,国家莫得而劝也。西国入官皆经学校,非有成就不能自通,中国则朝为市奴,夕挂金紫,国家莫得而节制也。西国币制定自朝廷,若者为镑,若者为罗卜,若者为佛郎,举国如一,莫敢殊异,中国则十八行省币货各异,币式各异,民间自安其所习,国家莫得而整齐也。西国钞引,惟得铸造而布诸境内,中国则各省票号各埠钱庄自为之,而自行之,国家莫能而查禁也。西国凡新构房屋必官查验,核其工料之良窳,以防塌伤,其历年已久之房屋,必随时查勘,令其拆修,中国则任意筑樏,虽有破绽,国家莫得而督责也。西国途道必宽敞整洁,弃秽于路厥有常刑,中国则都会康庄溲溺狼籍,丐殍载道,国家莫得而驱逐也。西国医生必由医院学成,领有凭照方许执业,中国则学书不成改而业此,庸医充斥,杀人如麻,国家莫得而刑也。西国邮递官中掌之,中国则民局遍地,国家莫得而统一也。西国商务厥有市官,苦窳之器,不鬻于市,其有新制,领凭专利,禁止他商,无敢仿造,中国则奸商充牣,展转冒效,百物滥劣,国家莫得而主持也。西国凡铁路所经,堂庙庐墓皆必析避,开采矿产四山皆遍,无敢阻挠,中国则旧党鼓噪,箝于大计,国家莫得而惩也。西国山林设虞掌之,渔务设司辖之,斧斤以时,数罟不入,中国则麓泽无主,民间任意蹂躏,国家莫得而知也。西国律度衡量皆由官定,物磅银磅画一通行,中国则库平、漕平、市平、工部尺、市尺,户异其制,人用其私,国家莫得而厘订也。……凡百庶政,罔不类是,千舌万笔,匪可殚论。"①

5.到撰写《上清帝第五书》时,康有为对清廷迟迟不肯变法已

①　中国近代史资料丛刊:《戊戌变法》第3册,神州国光社1953年版,第111~112页。

是"忧思愤盈","中夜屑涕,仰天痛哭",书中用了弱、昧、乱、亡四字来概括中国社会极为衰败的现状:弱——"……吾岁入七千万,偿款乃二万万,则财弱;练兵铁舰无一,则兵弱;无新艺新器之出,则艺弱;兵不识字,士不知兵,商无学,农无术,则民智弱;人相偷安,士无侠气,则民心弱,以当东西十余新造之强邻,其必不能禁其兼者,势也"。昧——"……中朝诸臣,狃承平台阁之习,袭簿书期会之常,犹复以尊王攘夷,施之敌国,拘文牵例,以应外人,屡开笑资,为人口实。譬凌寒而衣绤绤,当涉川而策高车,纳侮招尤,莫此为甚。咸、同之时,既以昧不知变而屡挫矣;法、日之事,又以昧不知变而有今日矣。……公卿台谏督抚,皆循资格而致,既已裹足未出外国游历,又以贵倨未近通人讲求。至西政新书,多出近岁,诸臣类皆咸、同旧学,当时未有,年耄精衰,政事丛杂,未暇更新考求;或竟不知外国情状,其蔽于耳目,狃于旧说,以同自证,以习自安。故贤者心思智虑,无非一统之旧说;愚者骄倨自喜,实便其尸位之私图。有以分裂之说来告者,傲然不信也;有以侵权之谋密闻者,蕾然不察也;语新法之可以兴利,则瞋目而诘难;语变政之可以自强,则掩耳而走避;老吏舞文,称历朝之成法,悚然听之者,盖十而六七矣;迂儒帖括,诩正学之昌言,瞿然从之者,又十而八九矣。无一事能究其本原,无一法能穷其利弊,即聋从昧,国皆失目。……夜行无烛,瞎马临池,今日大患,莫大于昧。"乱——"自台事后,天下皆知朝廷之不可恃,人无固志,奸宄生心。陈涉辍耕于陇上,石勒倚啸于东门,所在而有,近边尤众,伏莽遍于山泽,教民遍于腹省,今岁广西全州、灌阳、兴安、东兰、那地、泗城、电白已见告矣。匪以教为仇雠,教以匪为口实,各连枝党,发作待时。加以贿赂昏行,暴乱于上,胥役官差,蠹乱于下,乱机遍伏,即无强邻之逼,揭竿斩木,已可忧危。"亡——"顾见举朝上下,相顾嗟呀,咸识沦亡,不待中智;

群居叹息,束手待毙,耆老仰屋而咨嗟,少壮出门而狼顾;并至言路结舌,疆臣低首,不惟大异于甲申,亦且迥殊于甲午;无有结缨誓骨,慷慨图存者。生机已尽,暮色凄惨,气象如此,可骇可悯,此真自古所无之事!夫至于公卿士庶,偷生苟活,候为欧洲之奴隶,听其犬羊之刲缚;哀莫大于心死,病莫重于痹痨;欲陨之叶,不假于疾风,将痿之华,不劳于触手;先亡已形……”康有为引《仲虺之诰》中“兼弱攻昧,取乱侮亡”一语,问道:“吾既自居于弱昧,安能禁人之兼攻?吾既日即于乱亡,安能怨人之取侮?”惟一的办法就是“发愤维新”,“若皇上赫然发愤,虽未能遽转弱而为强,而仓猝可图存于亡,虽未能因败以成功,而俄顷可转乱为治”。①

在理论层面上,岭南维新派主要依据万物变化论、历史变迁论和中国传统变易论阐明必须变法的道理。

其一,万物变化论方面。康有为早在1888年开始上书清帝之前,即对宇宙、世界及人类的变化(或进化)作过不少论述,随后又在万木草堂对诸弟子宣讲万物皆变的观点(见本书第一章第一节第三点)。在撰于1895年的“朝考卷”《变则通通则久论》中,康有为对无时无刻不在变动的“天道”作了更集中的阐发:“天不能有阳而无阴,地不能有刚而无柔,人不能有常而无变。……夫天不变者也,然朝夕之晷,无刻不变矣,况昼夜之显有明晦,冬夏之显有寒暑乎?如使天有昼而无夜,有夏而无冬,万物何从而生?故天惟能变通而后万物成焉。且如极星,所谓不动者也,然唐、虞时在二十四度,今则二十三度二十九分耳;日至,所谓定时也,然高冲卑冲,终无实测焉。若夫风云虹霓珥朓蚀流,日月星辰无刻不变,故至变者

① 汤志钧编:《康有为政论集》上册,中华书局1981年版,第203~205、208页。

莫如天。夫天久而不弊者,为能变也。地不变者也,然沧海可以成田,平陆可以为湖,火山忽流,川水忽涸,故至变者莫如地。夫地久而不弊者,为能变也。夫以天地不变且不能久,而况于人乎?且人欲不变,安可得哉!自少至老,颜貌万变,自不学而学,心智万变,积微成智,闷若无端,而流变之微,无须臾之停也。"① 梁启超也大致相同地写道:"法何以必变?凡在天地之间者,莫不变。昼夜变而成日,寒暑变而成岁。大地肇起,流质炎炎,热熔冰迁,累变而成地球。海草螺蛤,大木大鸟,飞鱼飞鼍,袋兽脊兽,彼生此灭,更代迭变,而成世界。紫血红血,流注体内,呼炭吸养,刻刻相续,一日千变,而成生人。借曰不变,则天地人类,并时而息矣。故夫变者,古今之公理也。"②

其二,历史变迁论方面。岭南维新派对历史极为熟悉,因而此方面的论述更多。如康有为写道:历史"千年一大变,百年一中变,十年一小变","三代之文明不得不变太古,秦汉之郡县不得不变三代,此千年之大变者也。……魏文口分世业,府兵之制,至唐之中叶,不能不变为两税彍骑,两税之后不能不变为一条鞭,彍骑之后不能不变为禁军。汉试士诸生,家法文吏笺奏,隋、唐不能不变为诗赋,宋不能不变为经义。肉刑之制,汉文不能不变为杖笞,隋文不能不变为徒流,此百年之变也。若夫时有不宜,地有不合,则累朝律例典礼,未有数十年不修改者,此十年之变也","若泥守不变,非独久而生弊,亦且滞而难行"。③ 梁启超写道:"贡助之法,变为

① 汤志钧编:《康有为政论集》上册,中华书局 1981 年版,第 110 页。

② 《变法通议》,梁启超著:《饮冰室合集》文集之一,中华书局 1989 年版,第 1 页。

③ 《变则通通则久论》,汤志钧编:《康有为政论集》上册,中华书局 1981 年版,第 110~111 页。

租庸调,租庸调变为两税,两税变为一条鞭。井乘之法,变为府兵,府兵变为旷骑,旷骑变为禁军。学校升造之法,变为荐辟,荐辟变为九品中正,九品变为科目。上下千岁,无时无变,无事不变,公理有固然,非夫人之为也。"他针对"守古"之说指出:"……自太古上古中古近古以至今日,固已不知万百千变,今日所目为古法而守之者,其于古人之意,相去岂可以道里计哉!"他还以清朝建立以来各项典章制度的演变作为"善变"的例子:一方面是清朝变前代之法,如变服色、变文字、变历法、变赋法、变役法、变刑法等;另一方面是"本朝变本朝之法",如由"崇德以前,以八贝勒分治所部"变为"世祖入关,始严天泽之分,裁抑诸王骄蹇之习",由"累朝用兵……多用满蒙"变为"逮文宗而兼用汉人",由只用"八旗劲旅"变为"三十年来,歼荡流寇,半赖召募之勇以成功",由"内而治寇,始用坚壁清野之法"变为"长江水师"和"防河圈禁",由"外而交邻,始用闭关绝市之法"变为"通商者十数国"和"命使者十数国"等,以此驳斥祖宗之法可守不可变的论调。①

其三,中国传统变易论方面。此方面岭南维新派引用较多的古人思想言论有:(1)孔子——"昔孔子之作六经,终以《易》、《春秋》,《春秋》发明改制,《易》取其变易,天人之道备矣。……孔子改制,损益三代之法,立三正之义,明三统之道以待后王,犹虑三不足以穷万变,恐后王之泥之也,乃作为《易》而专明变易之义,故参伍错综,进退消息,观其会通,以行其典礼。圣人盖深观天道以著为人事,垂法后王,思患而豫防之,孔子之道至此而极矣","法《易》之变通,观《春秋》之改制,百王之变法,日日为新,治道其在是矣"。

---

① 《变法通议》,梁启超著:《饮冰室合集》文集之一,中华书局1989年版,第1、4~5页。

(2)伊尹——"伊尹曰:用其新去其陈,病乃不存,此道家养生之术,治身如此,治国何独不然。"(3)董仲舒——"董仲舒曰:为政不能善治,更张仍可为理。譬病症既变而仍用旧方,陆行既尽而不舍车徒,盛暑而仍用重裘,祁寒而仍用缔绤,非惟不适,必为大害。"①(4)《诗》——"《诗》曰:周虽旧邦,其命维新。言治旧国必用新法也。其事甚顺,其义至明。"(5)《易》——"《易》曰:穷则变,变则通,通则久。"②

对于必须变法,梁启超从总体上作了一段精彩的概括:"要而论之,法者天下之公器也,变者天下之公理也。大地既通,万国蒸蒸,日趋于上,大势相迫,非可阏制。变亦变,不变亦变。变而变者,变之权操诸己,可以保国,可以保种,可以保教。不变而变者,变之权让诸人,束缚之,驰骤之,呜呼,则非吾之所敢言矣。"希望国人作出正确的抉择,而不要蹈犹太人被"迫逐"、非洲人被奴役的覆辙。③

二　大变论

所谓大变,就是要彻底变法,从根本上变法,而不能只变枝节,或者只变其一,不变其二。

---

① 《变则通通则久论》,汤志钧编:《康有为政论集》上册,中华书局 1981 年版,第 110～111 页。又见《变法通议》,梁启超著:《饮冰室合集》文集之一,中华书局 1989 年版,第 2 页。

② 《变法通议》,梁启超著:《饮冰室合集》文集之一,中华书局 1989 年版,第 1～2 页。

③ 《变法通议》,梁启超著:《饮冰室合集》文集之一,中华书局 1989 年版,第 8 页。

康有为对必须彻底变法的问题始终予以高度重视,十年间(1888～1898)不断作出论述,其思想愈来愈完善深刻。《上清帝第一书》开始对洋务式变法的弊端进行批评:"今天下非不稍变旧法也,洋差商局学堂之设,开矿公司之事,电线机器轮船铁舰之用,不睹其利,反以蔽奸。夫泰西行之而富强,中国行之而奸蠹何哉?上体太尊而下情不达故也。……夫太尊则易蔽,易蔽则奸生,故办事不核实,以粉饰为工,疾苦不上闻,以摧抑为理,至于奸蠹丛生,则虽良法美意,反成巨害,不如不变之为愈矣。""上体太尊而下情不达",这在康有为看来正是事关变法自强之"根本"的大问题。至《上清帝第二书》,则明确提出了彻底变法的核心主张即"当以开创之势治天下,不当以守成之势治天下;当以列国并立之势治天下,不当以一统垂裳之势治天下。盖开创则更新百度,守成则率由旧章;列国并立则争雄角智,一统垂裳则拱手无为"。① 此后在多篇上书上奏(特别是戊戌年所上奏折)中,康有为就为什么必须彻底变法作了进一步的阐明。

首先,中国积弊太深,如不大变全变将毫无成效,难救危亡。《上清帝第四书》指出:"曩言今当以开创治天下,不当以守成治天下,当以列国并争治天下,不当以一统无为治天下。诚以积习既深,时势大异,非尽弃旧习,再立堂构,无以涤除旧弊,维新气象。若仅补苴罅漏,弥缝缺失,则千疮百孔,顾此失彼,连类并败,必至无功。夫夏屋坏于短棁,金堤败于蚁穴,况欲饰粪墙,雕朽木,而当雷电风雨之交加,焉有不倾覆者哉?"书中再次批评清廷办洋务因不变根本而弊端百出:"近者设立海军、使馆、招商局、同文馆、制造局、水师堂洋操、船厂,而根本不净,百事皆非,故有海军而不知驾

---

① 汤志钧编:《康有为政论集》上册,中华书局 1981 年版,第 122 页。

驶,有使馆而未储使才,有水师堂洋操而兵无精卒,有制造局船厂而器无新制,有总署而不通外国掌故,有商局而不能外国驰驱,若其徇私丛弊,更不必论。故徒糜巨款,无救危败,反为攻者借口,以明更张无益而已。"主张皇上"召问群臣,讲明国是,反复辨难,显露事势,确知旧习之宜尽弃,补漏之无成功",如此则"大体既立而后措施不失,议论著定而后耳目不惊,先后缓急,乃可徐图,摧陷廓清,乃可用力"。①又在《上清帝第六书》中写道:"……今日之国是莫有出于尽革旧习、变法维新者矣。自同治、光绪以来,总署、使馆、同文馆、招商局、制造局、税务司、船政厂、电线、铁路之设皆采用新政,非祖宗之旧法矣,皇上与诸臣审时度势、图谋自强,亦因知法之不能不变矣。徒以根本未变,大制未新,少袭皮毛,未易骨髓,譬犹夏屋朽坏,岌岌将倾,而粉饰补漏、糊裱丹青,思以支拄,狂风暴雨之来,求不覆压,岂可得哉?"②

　　其次,变法之事互相关联,欲变此则必变彼,否则皆难成功。比如欲救贫弱,莫如开矿、制造、通商、练兵、选将、购械,而"科举不改,积重如故,人孰肯舍所荣而趋所贱哉"?必须"稍改科举,而以荣途励著书制器寻地办工之人,大增学校,而令乡塾通读史、识字、测算、绘图、天文、地理、光电、化重、声汽之学";欲改科举、精学业,又必须开学会,因为"凡讲一学,必集众力以成之,固为集思广益,观善相摩,亦以购书购器,动费巨万,非众擎则不举",故外国有天文之会、地理之会、矿学之会、农学之会、商学之会、史学之会、教会等,"会若不开,则学亦不成";欲开学会,又必须改官制,因为"学至

---

①　汤志钧编:《康有为政论集》上册,中华书局 1981 年版,第 152 页。
②　康有为:《外衅危迫,分割洊至,急宜及时发愤,大誓臣工开制度新政局折》,《杰士上书汇录》,故宫博物院藏本。

精微,事至繁重,谁为考授,谁为兴举,乡里纤悉,势必责成于县令,而县令上有层累之督抚、司道、本府以临之,则控制殊甚,下惟杂流之典史、巡检、胥差以佐之,则辅理无人。任之极轻,捐纳军功亦可得,待之极贱,抱道怀德不肯为,甚至冗员千数,望差如岁,廉耻衰贸〔丧〕,才识庸鄙,以此而欲其遍开新学,鼓舞人士,大劝农工,兴利启源,岂可得哉"? 即使官制已改、诸学遍立,还必须去君主之"独尊",密切君主与臣民的关系,这样变法自强最终才有保障,"上下不交,宿弊不去,蠹在根本,终难自强。……天地既交,万物萌动,根本既净,堂构自立,百度昭举,自强可致矣"。①

第三,新旧两大时代、新旧两种治法截然相反,变法只能全部用新,不能丝毫照旧。康有为对此说得很坚决:"既以今为列国竞长之时,则必以列国竞长之法治之,而不可参以分毫大一统之旧。如治病然,或凉或热,病症既变,用药全反,若犹参用旧方,医必不效,终归死亡而已。故辨症贵真,趋时贵急,皇上既辨明今日为诸国竞长之时,则请尽去昔日一统闭关之旧,即以救割地瓦解之患矣。"② 又说:"中国自汉唐宋明之后皆为大一统之时,及今欧亚美澳之通遂为诸国竞长之世。一统竞长二者之为治,如方之有东西,色之有黑白,天之有晴雨,地之有水陆,时之有冬夏,器之有舟车,毫发不同,冰炭相反。伏承圣训,裘葛不能两存……故当泛海之时则乘巨舰,虽有金车之美亦必舍之;当盛暑之时则衣绤綌,虽有狐白之裘亦必弃之,则今日之宜全用诸国竞长之法而不能毫厘用一

---

① 《上清帝第四书》,汤志钧编:《康有为政论集》上册,中华书局 1981年版,第 154～158 页。

② 康有为:《译纂〈日本变政考〉成书,乞采鉴变法折》,《杰士上书汇录》,故宫博物院藏本。

统闭关之法至明。"康有为对"一统"与"竞长"两种截然相反的治法作了鲜明的对比:"夫治一统之世以静,镇止民心,使少知寡欲而不乱;治竞长之世以动,务使民心发扬,争新竞智,而后百事皆举,故国强。治一统之世以隔,令层级繁多堂阶尊严,然后威令行;治竞长之世以通,通上下之情,通君臣之分,通心思,通耳目,通身体,咸令无阻阂,而后血脉流注而能强。治一统之世以散,使民不相往来,耕田凿井,不识不知;治竞长之世以聚,令人人合会讲求,然后见闻广,心思扩,有才可用。治一统之世以防弊,务在防民而互相牵制;治竞长之世以兴利,务在率作兴事,以利用成务。"据此而请求皇上"尽涤旧制,尽除旧俗,不留毫厘以累新政,摧陷廓清比于武事",强调"行歧道者不至,骑墙者不下,此为变法辨门径之始也。皇上已深知变法而臣犹为此言者,以方今不变固害,小变仍害,非大变全变骤变不能立国也"。① 在距离戊戌政变不到一个月所上的一份奏折中,康有为再次向皇上发出必须彻底变法的呼吁:"既以诸国并立之势治天下,则当全去旧日一统之规模;既以开创维新之势治天下,则当全去旧时守成之面目。百度庶政,一切更始,于大东中开一新国,于二千年成一新世,如新宫之作金碧辉煌,如新衣之服色样整洁,分毫旧料皆弃而勿用,然后国势巩固,民气昌丰。……故不变则已,一变则当全变之,急变之。"②

　　梁启超则于《变法通议》中专设《论变法不知本原之害》一篇,对洋务新政只变枝节不变根本、只变局部不变全局的弊端作了详

---

　　① 康有为:《推行新政,请御门誓众开制度局折》,《杰士上书汇录》,故宫博物院藏本。

　　② 康有为:《恭谢天恩,并陈编纂群书,以助变法折》,《杰士上书汇录》,故宫博物院藏本。

尽深入的剖析,阐明了变法必须"改弦更张"、"挈其领而握其枢"的观点,指出:洋务新政创行三十余年来,之所以"屡见败衄,莫克振救",其原因在于"前此之言变者,非真能变也,即吾向者所谓补苴罅漏,弥缝蚁穴,漂摇一至,同归死亡,而于去陈用新、改弦更张之道,未始有合也"。文中分析道:"今之言变法者,其荦荦大端,必曰练兵也,开矿也,通商也,斯固然矣。然将率不由学校,能知兵乎?选兵不用医生,任意招募,半属流丐,体之羸壮所不知,识字与否所不计,能用命乎?将俸极薄,兵饷极微,伤废无养其终身之文,死亡无恤其家之典,能洁己效死乎?图学不兴,厄塞不知,能制胜乎?船械不能自造,仰息他人,能如志乎?海军不游弋他国,将卒不习风波,一旦临敌,能有功乎?如是则练兵如不练。矿务学堂不兴,矿师乏绝,重金延聘西人,尚不可信,能尽利乎?如是则开矿如不开。商务学堂不立,罕明贸易之理,能保富乎?工艺不兴,制造不讲,土货销场,寥寥无几,能争利乎?道路梗塞,运费笨重,能广销乎?厘卡满地,抑勒逗留,朘膏削脂,有如虎狼,能劝商乎?领事不报外国商务,国家不护侨寓商民,能自立乎?如是则通商如不通。其稍进者曰:欲求新政,必兴学校,可谓知本矣。然师学不讲,教习乏人,能育才乎?科举不改,聪明之士皆务习帖括以取富贵,趋舍异路,能俯就乎?官制不改,学成而无所用,投闲置散,如前者出洋学生故事,奇才异能,能自安乎?既欲省府州县皆设学校,然立学诸务,责在有司,今之守令,能奉行尽善乎?如是则兴学如不兴。自余庶政,若铁路,若轮船,若银行,若邮政,若农务,若制造,莫不类是。盖事事皆有相因而至之端,而万事皆同出于一本原之地,不挈其领而握其枢,犹治丝而棼之,故百举而无一效也。"①

---

① 梁启超著:《饮冰室合集》文集之一,中华书局1989年版,第8~9页。

　　至于怎样才算彻底变法,或者说怎样才算抓住了变法的根本,岭南维新派根据各自的思考,有几种不同的说法。康有为先是在《上清帝第四书》中将君主去"独尊","纡尊降贵,与臣民相亲"视为变法自强的"根本"。① 深入研究日本明治维新史后,他对日本"改定国宪"高度重视,认为:"购船置械,可谓之变器;设邮便,开矿务,可谓之变事矣,未可谓之变政;改官制,变选举,可谓之变政矣,未可谓之变法。日本改定国宪,变法之全体也。总摄百千万亿政事之条理,范围百千万亿臣民之心志,建斗运枢,提纲絜领,使天下载载从风,故为政不劳而易举。"② 随后又在上奏论统筹全局时指出:"今之言变法者,皆非变法也,变事而已。言兵制,言学校,言铁路矿务,无论如何,大率就一二事上变之,而不就本原之法变之,故枝枝节节,迄无寸效。皇上既统筹全局,臣谓下手之始,宜先变法。将内政外交一切法度尽行斟酌改定,使本末精粗小大内外皆令规模毕定,图样写就,然后分先后缓急之序,次第举行,选天下通达之才与之分任,然后有效也。故必变定法度,而后徐图举事也。"③ 梁启超对"变法之本"的概括相当简要:"吾今为一言以蔽之曰:变法之本在育人才,人才之兴在开学校,学校之立在变科举,而一切要其大成,在变官制。"④ 欧榘甲⑤ 则另备一说,认为"发明经学"才是变法最重要

----

①　汤志钧编:《康有为政论集》上册,中华书局1981年版,第157~158页。

②　康有为:《日本变政考》卷七按语,故宫博物院藏本。

③　康有为:《推行新政,请御门誓众开制度局以统筹大局折》,《杰士上书汇录》,故宫博物院藏本。

④　《变法通议》,梁启超著:《饮冰室合集》文集之一,中华书局1989年版,第10页。

⑤　欧榘甲(1868~1912),字伊厂,号云樵。广东归善(今惠阳)人。康有为弟子。

之事,至于格致、制造、炮械舟车,或变学校科举、变官制农法、兴女学、重译书、复民兵,或史也、掌故也、舆地也、算也、商也、交涉也,尚在其次,其理由是:"中国之坏,自人心始;人心之芜,自学术始;学术之谬,自六经不明始;六经不明,未有变法之方也。六经明则学术正,学术正则民智开,民智已开,人心自奋,热力大作,士气日昌,爱力相迸,国耻群励,以此凌厉九州可也,况变法乎?故谓今日欲救中国,宜大明孔子六经之义于天下。"①

三　速变论

所谓速变,就是要迅速变法,不能犹豫徘徊、拖延不决,而应当机立断、雷厉风行。

康有为在每次上书上奏请求皇上大变之时,几乎都讲到要速变。之所以需速变的原因主要是两条:一是外部强敌逼迫,二是内部动乱威胁。两者之中前者更为重要。随着外患的日益加深,康有为请求速变的呼声也愈加强烈。

早在《上清帝第一书》中康有为就提出:"故从臣之言,及今亟图,犹为可治……否则恐数年后,四夷逼于外,乱民作于内,于时乃欲为治,岂能待我十年教训乎?恐无及也。"呈《上清帝第二书》时,瓜分狂潮已现端倪,要求速变的语气更为急切:"及今为之,犹可补牢。若徘徊迟疑,苟且度日,因循守旧,坐失事机,则诸夷环伺,间不容发,迟之期月,事变必来。后欲悔而改作,大势既坏,不可收拾,虽有圣者,无以善其后矣。"相隔仅两月之久的《上清帝第四书》

---

①　《论中国变法必自发明经学始》,中国近代史资料丛刊:《戊戌变法》第3册,神州国光社1953年版,第149页。

以对短期之患和长期之患的预言补充道:"若狃于俗说,不能扫除,则举事无人,百弊丛积,稍变一二,终难补葺,而民日以贫,兵日以弱,士日以愚,国日以蹙。强夷环逼于外,会匪蔓延于内,五年之间,江、浙、闽、广、滇、桂恐不能保,十年之内,皖、楚、辽、藏、蒙、回亦虑变生。二十年后,败坏非所敢知矣。……皇上果何择焉。"上第四书两年之后,康有为再撰《上清帝第五书》,面对朝廷"泄沓如故,坐以待亡"的可悲局面,书中再次强调:"宗社存亡之机,在于今日;皇上发愤与否,在于此时。若徘徊迟疑,因循守旧,一切不行,则幅员日割,手足俱缚,腹心已剖,欲为偏安,无能为计;圈牢羊豕,宰割随时,一旦脔割,亦固其所。……若皇上少采其言,发愤维新,或可图存,宗社幸甚,天下幸甚!"①　随后所撰《上清帝第六书》又重申必须速变之意:"若惑于庸人之论,不为全局之谋,徘徊迟疑,苟且度日,旧弊未去,变法不全,则责言日闻,幅员日割,手足既缚,腹心亦剖,虽欲偏安,无能为计矣。时乎时乎,岂容再误,宗社存亡之机在于今日,皇上图存与否在于此时。"②

康有为关于必须迅速变法的一段最详尽的论述见于《恭谢天恩,并陈编纂群书,以助变法折》,折中从总结波兰因迟迟不肯变法以致终于被人"分灭"的惨痛历史教训入手:"臣近编泰东西各国变政之书,至于纂波兰分灭之记,考其亡国惨酷之由,因变法迟延之故。其始两次经俄、普分割,国主才臣并欲变法,而守旧之贵族大臣阻之。及经第三次分割后,举国君臣上下咸欲变法,抑可谓不可

---

①　汤志钧编:《康有为政论集》上册,中华书局 1981 年版,第 60～61、135、160～161、209 页。

②　康有为:《外衅危迫,分割洊至,急宜及时发愤,大誓臣工开制度新政局折》,《杰士上书汇录》,故宫博物院藏本。

得之机会,非常之人心矣。而俄人恐其变法即可自强,俄使挟兵围其议院,勒令废新法而守旧章,不四年而波亡矣。臣编书至此,未尝不废书而流涕也。"接着,回顾了清廷变法之机一失再失的坎坷历程:"自失琉球、割安南后,我之弱已形矣,当时汲汲变法,犹可及图,实为变法第一机会",而朝廷不变法,于是"不数年而有东事赔款二万万而割台湾、辽东矣,此为第一失机";"……乙未和议成后,若能如俄彼得、日本睦仁翻然大变,至今三年,规模略具,犹可自立,此变法第二机会也",而朝廷又不变法,于是"不二年遂有胶州、旅顺、大连湾、威海、九龙、广州湾之事。于是政权在人,拱手听命,轮船、铁路、商务,惟所占据矣,此为第二失机"。指出现在皇上明确下诏宣布变法是"第三次机会",必须"全变之、急变之",如果仍然犹疑不决,变法无方,便会"失此第三机会",则"一旦强敌借端要挟,无可言者,恐至是吾君臣上下同心欲变而各国遏其兵力,抑令守旧,将为波兰之续,虽欲变而不能矣"。折中还认为群臣之所以"寝薪为安、处堂为乐",看不到变法的迫切性,就是因为"多未一考波兰之事,不远观外国危亡之辙故耳","若使熟知波事,知覆巢之下,更无完卵,贵臣大家蹂践酷毒,能不动心乎"? 于是再次强调:"夫天下已形之分灭者波兰是也,无形之分灭者埃及、安南是也。今即未遽见波兰之事,政权与人,铁路矿务与人,在中国人以为犹未分灭,在泰西人则以为已分灭矣。"① 将能否速变与国家是否会遭"分灭"之祸紧密地联系在一起。

---

① 《杰士上书汇录》,故宫博物院藏本。

第二节　君权变法论

所谓"君权变法"，就是运用或依靠君主的权力，实行自上而下的变法，也就是维新派自己所说的"变于上"。在整个戊戌变法时期，岭南维新派所主要倡导并力求使其实现的是君权变法，君权变法既是他们进行维新活动的指导思想，又是他们所设计所向往的变法基本模式。

一　理论与事实依据

对由中国历史和传统文化所造就的"势"（或"时势"）的认识是岭南维新派主张君权变法的理论依据。

早在《康子内外篇》中，康有为就对此作过十分明确的论述。他认为，强弱相别、强弱相欺是人与人、人与物之间的基本格局，"有以力为强弱，有以智为强弱。富贵贫贱之相役，大小上下之相制，众寡健羸之相乘，斯所谓以力为强弱也。……何义之有哉？以强制弱而已。……知有己而不知有人，徇利而忘义，恃强而欺弱。呜呼！然此亦安足诧哉？人之食鸡犬，驭牛马，强凌弱而已。何也？人之智强而牛马鸡犬之智弱也。使牛马鸡犬之智强，人且称臣、称父、称祖孙、称伯侄矣，岂止争献纳、定和约而已哉？如虎狼之食人，以强凌人，由是道也，非不仁也"。因此，强弱之"势"是一切道理、义礼的孕育者："势生理，理生道，道生义，义生礼。势者，人事之祖,而礼最其曾玄也。"① 对于"君师"而言,欲以"阖辟之术"(文中又称为"开塞之术")像驱策"群羊"一样驱策民众,"势"是尤为重要的,"……欲驱之,不能不依于势,无其势不能为也。明于时势,通于人心,顺而导之,曲而致之,而才智足以操驭焉,则若决江河之堰,放湖堤之波,积巨石大木于高山之上,惟其意所欲为,无不如志矣"。那么,此"势"究为何物呢? 就是中国君主的独尊之权。康有为写道:"匹夫倡论,犹能易风俗,况以天子之尊,独任之权,一颦笑若日月之照临焉,一喜怒若雷雨之震动焉。卷舒开合,抚天下于股掌之上,但精神能运之,气魄能镇之,则意指所属,顾盼自定。故居今日地球各国之中,惟中国之势独能之。非以其地大也,非以其民众也,非以其物产之丰也,以其君权独尊也。"这种独尊的君权是由中国悠久的历史和文化传统所造成的:"其权之尊,又非势劫之,利诱之,积于二帝、三王之仁,汉、唐、宋、明之义,先圣群贤百千万人、百千万年讲求崇奖激励而成之。故民怀旧俗而无外思,臣慕忠义而无异论,故惟所使也。"只要将君主独尊之权与"阖辟之术"结合起来,就能达到治国安邦、求富求强、御侮雪耻等一切目的:"故挟独尊之权,诚知阖辟之术,则人才之乏不足患,风俗之失不足患,兵力之弱不足患。一二人谋之,天下率从之,以中国治强,犹反掌也,惟此时之势为然。""知此道(即权、术结合之道——引者注)而天下之才不可胜用也;天下虽无才,而吾可激而厉之,养而成之。是故以之顾问,而聪明辩智足以拓吾之见闻;以之使令,而干局才敏足以应吾之指挥。百务百司,翘首企足,洗涤濯被以赴事。人主欲垦地,则地无不垦矣;欲兴水利,则水利无不开

_____

① 《势祖篇》,康有为著:《康子内外篇(外六种)》,中华书局1988年版,第25~26页。

矣;欲富农,则农足矣;欲阜商,则商兴矣;欲精百工、利器械,则百工器械无不精矣;欲开一切之学校,明一切之礼乐,则学校礼乐无不修明矣;欲炼水陆之兵师,则无不炼矣。运百里于指掌,抚小民如子孙,使天下愿为吾民者,靡有饥寒乞丐僵仆愚蒙者。民富矣,而后风俗可厚;内治修矣,而后外交可恃,此欧洲大国之所畏也。三年而规模成,十年而本末举,二十年而为政于地球,三十年而道化成矣。于以雪祖宗之愤耻,恢华夏之声教,存圣伦于将泯,维王教于渐坠,威乎威乎,千载一时也。"①

以上理论依据在后来康有为给皇帝的上书上奏中又以大致相似的意思进行了宣扬,如说中国君权有"莫强之势":"……中国地方二万里之大,人民四万万之多,物产二十六万种之富,加以先圣义理人人之深,祖宗德泽在人之厚,下知忠义而无异心,上有全权而无掣肘,此地球各国之所无,而泰西诸国之所羡慕者也。以皇上之明,居莫强之势,有独揽之权,不欲自强则已耳,若皇上真欲自强,则孔子所谓欲仁仁至、孟子所谓王犹反手。盖惟中国之势为然。"② 或以"爵赏"为例证明君权的威力:"夫爵赏者,奔走天下之具,人主操之以控天下,如牧者之驱群羊,视鞭所指,南北东西,莫不如意。齐桓公好紫而一国皆紫,楚灵王好细腰而宫中饿死,城中广袖城外全帛,风行草偃,有必然者。故科举尚八股,则士人日夜呼唔,高吟低唱,皆八股矣;词馆尚楷法,则士人日夜伏案弄笔调铅,皆白折矣。推八股白折之勤勤,皆能为量天缩地之精奇也,视

① 《阖辟篇》,康有为著:《康子内外篇(外六种)》,中华书局 1988 年版,第 1～2、5～6 页。

② 《上清帝第四书》,汤志钧编:《康有为政论集》上册,中华书局 1981年版,第 153 页。

在上者意之所注耳。"① 总之,在岭南维新派看来,既然君权如此强大,以君权变法也就是中国变法的最好方式。

岭南维新派主张君权变法的事实依据是俄、日两国凭借君权进行变法所取得的成功。

欧榘甲对此作过专门的论述,指出"变之自上者何? 俄日是也"。他概述俄国君权变法的历史过程说,俄国变法之前,"民族各为风气,道路灌莽,农工惰窳,商业武备,无可言者"。彼得即位后毅然仿西变法,"览欧西制作,自耻不如,环顾臣僚,懵昧无识,乃涤童昏之气,退庸懦之臣,迁新都,改军制,遣门阀子弟于各国,传习诸术,择国中少年游意大利、荷兰、日耳曼,学造船航海。自变姓名,游欧洲各制造厂,与工人合作,讲地理、法律、政治诸学,归乃兴工场,务耕种,立黉舍,令民通各国语言文字,修水陆道路以通行旅,参西律以成新律,设矿局以开利源,立医院以疗民疾。凡百新政,俄皇皆躬自亲之"。变法使俄国成为世界强国,"……灭波兰,削土耳其,创瑞典,割波斯,迩俄之国,蚕食殆尽。铁路通吾东三省,且已俯瞰神京矣。……君臣一心,雄略远震,通波罗的海、黑海以及太平洋。寰球之内,称强国者,必曰英俄,彼得为之也"。又概述日本君权变法的基本做法说,明治天皇睦仁在日本"内讧绵挛,外伺蓼扰"的情况下,坚决实行变法,"乃与公卿誓曰,万机决于公论,上下一心,文武一途,使庶民各遂其志,一洗旧习,一从公道,求智识于海内。于是敕百官大励廉节,毋营私利;置集议院;撤诸关;废虐刑;废藩为县,领以亲王;遣使欧美,博问兴国之策;定学制,分学区;开地方官议会;设女子师范学校"。变法的结果是日本"国势

---

① 康有为:《请以爵赏奖励新艺新法新书新器新学折》,《杰士上书汇录》,故宫博物院藏本。

勃兴,士气昌大,三十年中,夺我琉球,割我台湾,竞商务于欧美大洲,通电线于太平洋,以扼全球之吭,骎骎争霸天下焉"。因此,中国的出路就在于像俄日一样变法,"夫邻我者莫如俄日,迫我者莫如俄日,宜取法者亦莫如俄日。不取法于俄日,必见歼于俄日"。①

康有为将中国国情与俄日加以比较,认为中国完全具备采法俄日"以君权变法"的条件。中国与俄国有诸多相同,"职窃考之地球,富乐莫如美,而民主之制与中国不同;强盛莫如英、德,而君民共主之制,仍与中国少异。惟俄国其君权最尊,体制崇严,与中国同。其始为瑞典削弱,为泰西摈鄙,亦与中国同。然其以君权变法,转弱为强,化衰为盛之速者,莫如俄前主大彼得,故中国变法莫如法俄,以君权变法莫如采法彼得"。② 而对照日本,中国在君主独尊上有更大的优势:"皇上乾纲独揽,既无日本将军柄政之患,臣民指臂一体,又无日本去封建藩士之难,但……取日本更新之法斟酌草定,从容行之,章程毕具,流弊绝无,一举而规模成,数年而治功著,其治效之速非徒远过日本,真有令人不可测度者。天下万里皆皇上之地,臣民四万万皆皇上之人,操纵阖辟,教化导养,何求不得,其事至易,其效至速,其功至奇。"③

---

① 欧榘甲:《变法自上自下议》,《知新报》一,澳门基金会、上海社会科学院出版社 1996 年版,第 283 页。

② 康有为:《译纂〈俄彼得变政记〉成书,可考由弱致强之故折》(即《上清帝第七书》),《杰士上书汇录》,故宫博物院藏本。

③ 康有为:《译纂〈日本变政考〉成书,乞采鉴变法折》,《杰士上书汇录》,故宫博物院藏本。

二　以变法为实质

君权变法的起点是君权，归宿是变法。也就是说，它一方面希望君主"乾纲独断"，即充分运用君主独尊的权力，另一方面它所主张"独断"的根本之事又完全是按照维新派的设计进行变法（就其实质而言）。君权与变法，二者是不可分割地联系在一起的。对岭南维新派来说，鼓吹君权变法的过程，也就是不断批评君主未能变法的现状，督促君主痛下变法的决心，并随时局的发展对君主提出越来越高的变法要求的过程。

起初，着眼于唤起君主的"欲治之心"："臣所大忧者，患我皇太后皇上无欲治之心而已。……窃见与强夷和后，苟幸无事，朝廷晏安，言路闭塞，纪纲日隳。顷奇灾异变，大告警厉，天心之爱至矣，不闻有怵惕修省之事，上答天心。……而徒见万寿山、昆明湖土木不息，凌寒戒旦，驰驱乐游，电灯火车奇技淫巧，输入大内而已，天下将以为皇太后皇上拂天变而不畏，蓄大乱而不知，忘祖宗艰大之托，国家神器之重矣。……夫诸苑及三山，暨圆明园行宫，皆列圣所经营也，自为英夷烧毁，础折瓦飞，化为砾石，不审乘舆临幸，目睹残破，圣心感动，有勃然奋怒，思报大仇者乎？若有此也，臣欲銮驭日临之也，然亦未闻有兴发耸动之政焉。天下则以为皇太后皇上无欲治之心也。……如使皇太后皇上忧危惕厉，震动人心，赫然愿治，但如同治、光绪初年之时，本已立则末自理，纲已举则目自张，风行草偃，臣下动色，治理之效，必随圣心之厚薄久暂而应之。"[①]

---

① 《上清帝第一书》，汤志钧编：《康有为政论集》上册，中华书局1981年版，第56～57页。

随后,激励皇上要自强不息,排除干扰,坚定变法的决心:"自古非常之事,必待大有为之君。自强为天行之健,志刚为大君之德。《洪范》以弱为六极,大《易》以顺为阴德。《诗》曰:'天之方侪,无为夸毗。'说者谓夸毗体柔之人也。伏惟皇上英明天亶,下武膺运,历鉴覆辙,独奋乾纲,勿摇于左右之言,勿惑于流俗之说,破除旧习,更新大政,宗庙幸甚! 天下幸甚!"① 并进一步强调皇上必须"讲明国是",彻底变法,坚决摆脱庸臣们的牵制:"……惟知之极明者,行之自极勇,然非天下之至明,不能洞见也。皇上真有发强刚毅之心,真知灼见之学,扫除更张,再立堂构,自有不能已者,故愿皇上先讲明之,则余事不足为也。若犹更化不力,必是讲明未至,以为旧习可安,不必更张太甚,是虽有起死之方,无救庸医之误矣。……尝推皇上有忧危之心而不能赫然愤发、扫除更张者,大半牵于庸臣无动为大之言,容悦谨媚之习。……诗说谓与师处者帝,与友处者王,与奴隶处者亡。皇上日与容悦之臣处,惟有拜跪唯诺,使令趋走而已,安有不致今日之事哉!……夫中国人主之权雷霆万钧,惟所转移,无不披靡。昔齐桓公好紫,举国皆服;秦武王好勇士,举国尚斗。今以楷法诗文驱天下,而人士皆奔走风从。然则抚有四万万人,何施而不可,何欲而不得哉? 又视皇上所措而已。……伏乞皇上讲明理势之宜,对较中外之故,特奋乾断,龚行天健,破积习而复古义,启堂构而立新基,无为旧俗所牵,无为庸人所惑……"②

---

① 《上清帝第二书》,汤志钧编:《康有为政论集》上册,中华书局1981年版,第136页。

② 《上清帝第四书》,汤志钧编:《康有为政论集》上册,中华书局1981年版,第153、161页。

接着，《上清帝第五书》向皇上提出"择法俄日以定国是"的变法上策，"愿皇上以俄国大彼得之心为心法，以日本明治之政为政法而已"；《上清帝第七书》认为俄彼得大帝"变法自强"的举动"为千古英主之所无，故其创业遂为大地万里之雄霸"，皇上若效法彼得，亦将"神武举动，绝出寻常，雷霆震声，皎日照耀，一鸣惊人，万物昭苏，必能令天下回首面内，强邻改视易听，其治效之速，奏功之奇，有非臣下所能窥测者"；康有为代监察御史杨深秀所拟的《请定国是而明赏罚折》还力主皇上运用大权赏擢开新者而罢斥守旧者："且赏罚者，人主之大柄，所以操纵奔走天下者也。皇上有赏罚之大柄而不用……故曰欲行维新之政，而未见毫厘之效也。故从古行新法之时，未有不大用赏罚也。今开新者力任艰巨，未见赏擢，守旧者废格诏书，未见罢斥。开新者事劳而势逆，守旧者事逸而势顺，是驱天下人守旧而已。昔赵武灵王之罢公叔成，秦孝公之罢甘龙，日本之君睦仁变法之罢幕府藩侯，俄彼得变法之诛近卫大臣，此皆变法已然之效也。皇上欲推行新政，速见实效，请查核内外大臣奉行甲午以来新政之谕旨，若学堂，若武备，若商务农工，何者举行，何者废格，嘉奖其举行者，罢斥其废格者，明降谕旨，雷厉风行。如此而新政不行，疆土不保者，未之有也"，[①] 等等。

除直接上书皇帝鼓动变法外，岭南维新派还撰文要求臣属们痛改闭塞守旧、无所作为之过，大力促成君主的变法："中国图治久矣，卧薪尝胆，布于纶音，创巨痛深，旰哉天语。而左右贵近，炀蔽汶暗，无能周知外事，翊赞圣聪；畿内外吏，又复忘君父之大仇，无能愤扬国耻，力任新政。是以高拱深宫，独立无助，是皆有官守者

---

① 汤志钧编：《康有为政论集》上册，中华书局1981年版，第208、218～219、221、245页。

之过也。曹翙不忘汶阳,范蠡不忘会稽,卒能沼吴返地,克济大计;伊藤井上之徒,首倡革政,日人哗然,卒用大治。在位者,诚勿为身家之谋,共怀晋宋之辱。其年届悬车,则自行告退,毋妨贤路;其识仍故辙,则急自被濯,无误朝廷。大辟公府,以延天下之士;广集众议,以上天子之听。流涕痛哭,不计利害。圣聪既达,四门斯辟。降至尊以交国人,振长策而御宇内。本先圣经世之义,采泰西殖民之规。阳开阴阖,乾端坤倪。良法美意,耳目焕然。遣使臣与列邦公会,立二十年太平之约;选学士与列邦教会,明《春秋》太平之制。《易》曰:首出庶物,万国咸宁。《诗》曰:周虽旧邦,其命维新。其是之谓乎? 此变之自上之策也。"①

为了实行自上而下的变法就要充分运用独尊的君权,但君权本身如果不对其原有的"独尊"作一番改造,就不可能倾听到来自维新派的变法呼声,更不可能真正按照维新派的设计进行以学习西方为基调的彻底变法。因此,岭南维新派在力主"以君权变法"、"乾纲独断"的同时,又着重提出了抑君尊的主张,进一步表明了"君权变法"是要以君权服务于、服从于变法的思想。②

1888年康有为开始上书清帝,就明确提出了抑君尊的要求。书中从总结办洋务的教训入手,认为君主"太尊"是洋务活动不见成效的原因:"今天下非不稍变旧法也,洋差商局学堂之设,开矿公司之事,电线机器轮船铁舰之用,不睹其利,反以蔽奸。夫泰西行

---

① 欧榘甲:《变法自上自下议》,《知新报》一,澳门基金会、上海社会科学院出版社1996年版,第283页。

② "乾纲独断"与抑君尊之间是存在着矛盾的。矛盾的根源在于维新派既要借用君权,又要改造君权,而这两者都要依靠君主自身来实现。君主既要为了发动变法而保持独尊的权力,又要为了按照维新派的设计变法而放弃权力的独尊。只有出现了维新派理想的这种君主,矛盾才能解决。

之而富强,中国行之而奸蠹何哉?上体太尊而下情不达故也。君上之尊宜矣,然自督抚司道守令乃下至民,如门堂十重,重重隔绝,浮图百级,级级难通。夫太尊则易蔽,易蔽则奸生,故办事不核实,以粉饰为工,疾苦不上闻,以摧抑为理,至于奸蠹丛生,则虽良法美意,反成巨害,不如不变之为愈矣。"改变君主"太尊"的办法是"通之而已","通之之道,在霁威严之尊,去堂陛之隔,使臣下人人得尽其言于前,天下人人得献其才于上"。①

　　以后,康有为多次上书清帝,对中国如欲变法自强,则必须破除君主之"独尊"、改变上下严重隔绝状况的主张作了相当全面、颇有锋芒的论述。

　　其一,指出上下隔绝是中国变法自强首要的、根本的障碍:"夫中国大病,首在壅塞,气郁生疾,咽塞致死;欲进补剂,宜除噎疾,使血通脉畅,体气自强。今天下事皆文具而无实,吏皆奸诈而营私。上有德意而不宣,下有呼号而莫达。同此兴作,并为至法,外夷行之而致效,中国行之而益弊者,皆上下隔塞,民情不通所致也。""……上下不交,宿弊不去,蠹在根本,终难自强。""尝考中国败弱之由,百弊丛积,皆由体制尊隔之故。"②

　　其二,列举上下严重隔绝特别是君主与臣民严重隔绝的种种表现。有知县与民之隔,"今之知县,品秩甚卑,所谓亲民者也,而书吏千数人盘隔于内,山野数百里辽隔于外,小民有冤,呼号莫达,书差讹索,堂署森严,长跪问讯,刑狱惨酷,乃至有人命沉冤,鬻子

　　① 《上清帝第一书》,汤志钧编:《康有为政论集》上册,中华书局 1981年版,第 59～60 页。

　　② 《上清帝第二书》、《上清帝第四书》、《上清帝第七书》,汤志钧编:《康有为政论集》上册,第 134、156、219 页。

待质,而经年不讯者";有督抚与民之隔,"若夫督抚之尊,去民益远,百县之地,为事更繁,积弊如山,疾苦如海,既已漫无省识,安能发之奏章。况一省一人,一月数折,闭塞甚矣,何以为治";有枢臣与群臣之隔,"枢臣位重事繁,又复远嫌谢客","枢臣位尊体重,礼绝百僚,卿贰大臣,不易得见,至与群僚益复迥隔"。① 更为突出的是君主与臣民的隔绝:一方面,只有极少数人才能与君主保持联系,绝大多数人皆被隔绝,"夫以一省千里之地,而惟督抚一二人仅通章奏,以百僚士庶之众,而惟枢轴三五人日见天颜","皇上九重深邃,堂远廉高。自外之枢臣,内之奄寺外,无得亲近,况能议论","京师百僚千万,非无人才,而惟九卿台谏,方能上达,故直省民数虽四万万,而达官仅数十,余皆隔绝,是虽有四万万人,而实俱弃之。……东阁不开,咨谋无人,自塞耳目,自障聪明,故有利病而不知,有才贤而不识,惟有引体尊高,望若霄汉而已。比之外国君主,尊隔过之";② 另一方面,就是有幸得见君主之人,也因君威而不能真正与君主沟通,"小臣引见,仅望清光;大僚召见,乃问数语。天威俨穆于上,匍匐拳跪于下,屏气战栗,心颜震播,何以得人才而尽下情哉! 每日办事,召见枢臣,限以数刻,皆须臾决,伏跪屏气,敬候颜色,未闻反复辨难,甚少穷日集思"。总之,"……君与臣隔绝,官与民隔绝,大臣小臣又相隔绝,如浮屠百级,级级难通,广厦千间,重重并隔"。③

① 《上清帝第四书》、《上清帝第七书》,汤志钧编:《康有为政论集》上册,中华书局1981年版,第156、219～220页。

② 《上清帝第二书》、《上清帝第四书》、《上清帝第七书》,汤志钧编:《康有为政论集》上册,中华书局1981年版,第134、156、219～220页。

③ 《上清帝第四书》、《上清帝第二书》,汤志钧编:《康有为政论集》上册,中华书局1981年版,第156、134页。

其三,剖析君主太尊导致的各种严重弊端。一是不能广用人才,难以治理好天下。君主太尊使君主所用之人限于"督抚枢轴"等极少数重臣,"夫天下万物之繁,封圻千里之广,使督抚枢轴皆是大贤,然是数人者,心思耳目所及必有未周,才力精神之运必有不逮,以之运骤〔筹〕四海,措置百务,已狭隘不广矣。况知人之哲,自古为难,唐帝失之于共兜,诸葛失之于马谡,任用偶误,一切乖有〔方〕,而欲倚之以扶危定倾,经营八表,岂不难乎!天下人民四万万,庶士亿万,情伪百端,才智甚广,皇上仅寄耳目于数人,而数人者又畏懦保禄,不敢竭尽,甚且炀灶蔽贤,壅塞圣听,皇上虽欲通中外之故,达小民之厄,其道无由";"天下甚大,事变甚微,皇上虽圣,岂无缺失,而限时以言事,拳跪以陈辞,虽有才贤,不能竭尽。当此时变,岂能宏济艰难哉!夫以无益之虚文,使人不能尽其才,甚非计也"。① 二是使臣下深存忌讳不敢言事,导致君主的壅塞无知,"尊严既甚,忌讳遂多。上虽有好言之诚,臣善为行意之媚,乐作太平颂圣之词,畏言危败乱贼之事,故人才隔绝而不举,积弊日深而不发。至中国败坏之由,外夷强盛之故,非不深知,实不敢言。昔黎庶昌奉使日本,有所条陈,但请亲王出游,总署不敢代递,其他关切皇上之事,皆知之而不言,言之而不达,达之而不动,动之而不行","皇上虽天亶聪明,而深居法宫,一切壅塞,既未尝遍阅万国以比较政俗之得失,并未遍见中国而熟知小民之困穷,所见惟宫妾宦官,所遇皆窳败旧物,谐媚日接于耳目,局束自困其心灵,外国宫室、桥梁、道路、器艺、军械之瑰奇新丽,孰从而知之?故欲坐一室

---

① 《上清帝第二书》、《上清帝第四书》,汤志钧编:《康有为政论集》上册,中华书局1981年版,第134、156~157页。

而知四海,较中外而求自强,其道无由。"① 三是由于隔绝才贤、忌讳壅塞而带来巨大祸患:"夫天子所以为尊者,威棱远憺,四夷宾服,德泽流溢,海内乂安,上播祖宗之灵,下庇生民之命,盛德成功,传于后世,乃可尊耳。若徒隔绝才贤,威临臣下,以不见不动为尊,以忌讳壅塞为乐,则近之有土地不守、人民不保之患,远之有徽钦蒙尘、二世瓦解之祸,人情安于所习,蔽于所见,而祸败一来,悔无可及。职曩言皇上尊则尊矣,实则独立于上,皇上何乐此独尊,良为此也。"康有为总结道:"夫使内示尊于奴隶,而外受辱于强邻,与内交泰于臣民,而外扬威于四海,孰得孰失,不待皇上之明,无不能辨之者。"②

　　其四,引证儒家典籍和中国历史事迹,作为君主必须破隔绝、抑独尊的理论依据和史实依据。典籍记述如:"夫先王之治天下,与民共之。《洪范》之大疑大事,谋及庶人为大同,《孟子》称进贤杀人,待于国人之皆可。盘庚则命众至庭,文王则与国人交。《尚书》之四目四聪,皆由辟门,《周礼》之询谋询迁,皆合大众。尝推先王之意,非徒集思广益,通达民情;实以通忧共患,结合民志","夫天地交则泰,天地不交则否,自然之理也";历史事迹如:"历观自古开国之君,皆与民相亲,挽辂可以移驾,止辇可以受言,所以成一代之治也。自古危败之君,并与其臣相隔绝,隋炀之畏闻盗贼,万历之久不视朝,所以致国祚之倾也。伏读太宗文皇帝圣训,谓明主自视如天,臣下隔绝,是以致败。我国上下相亲,是以能强。呜呼! 明

<hr>

① 《上清帝第四书》、《上清帝第七书》,汤志钧编:《康有为政论集》上册,中华书局 1981 年版,第 157、220 页。

② 《上清帝第四书》,汤志钧编:《康有为政论集》上册,中华书局 1981年版,第 157 页。

室之所以亡,我朝之所以兴者,尽在此矣。……夫太宗文皇帝,我朝之文王也。窃愿皇上师之,纡尊降贵,与臣民相亲,而以明季太尊为戒。"①

其五,要求皇上师俄彼得大帝变政之榜样,鉴缅甸越南亡国之覆辙,改变君权太尊的"体制"。以彼得而言,"考彼得之能辟地万里、创霸大地者,岂有他哉? 不过纡尊降贵、游历师学而已。以欲变法自强之故,而师学他国,非徒纡尊降贵,且不惜易服为仆隶,辱身于工匠焉。凡强敌之长技,必通晓而摹仿之,凡万国之美法,必采择而变行之。此其神武独授,破尽格式,操纵自在,动作非常,以发扬神智,丕变国俗。其举动为千古英主之所无,故其创业遂为大地万里之雄霸。……盖虚骄尊大者祸之媒,卑飞敛翼者击之渐,人主不患体制不尊,而患太尊,天下不患治安之无策,而患不取,此所以危败接踵也"。以缅甸、越南而言,"昔缅甸势弱将亡,觐见英使,英使不跪,尚须以黄布作帷,遮其下体。安南国权已削,而下僚尚不得见主并递条陈。观缅甸、安南之所以亡,考俄之所以霸,以皇上之圣,鉴观得失,果何择焉"。中国的问题在于,"今明知法敝不能不变,而卒不能变者,大率为体制所拘,与天下贤士不接,不能大变也"。康有为进而联系中国种种丧权辱国的遭遇分析道:"夫威权者实也,体制者虚也,皇上既自强之后,鞭笞四夷,大地内外,悉主悉臣,欲崇体制,何求不得? 若土地听人割据,疆臣为人勒逐,铁路听人兴筑,矿产听人搜求,至自筑铁路自借款自通商而不可得,俯首听命,惟敌所为,无复自主之权,亦无保国之术,虽我待藩属如朝鲜越南,尚未限禁至是。既迥非

① 《上清帝第二书》、《上清帝第四书》,汤志钧编:《康有为政论集》上册,中华书局 1981 年版,第 134~135、157~158 页。

祖宗一统之旧，且并非泰西平等之邦，若仍用旧时体制，以为尊崇，是甘蹈越南、缅甸之覆辙，而反句践、武丁、帝舜之良图，窃为皇上不取也。"① 这表明如果不改变君主太尊的旧体制，也就谈不上"以君权变法"。

其六，建议君主允许士民庆祝万寿，以达到君民相亲相爱、相保相救的目的。戊戌六月，适逢光绪帝生日。康有为特上一折，提出应允许直省职官以外的士民也广为庆祝。他阐明这样做的道理是："夫人情以相交接而后亲，以相亲而后相爱、相为、相赒、相救。故昔文王与国人交，视民如子；史佚告成王曰，愿王近于民。孔子言尊君而即言亲上，言明德即言亲民。"如果"徒以隔绝为尊崇，未知亲爱为大义"，就会使"君臣之情邈不相关，忠爱之心无自触发……徒以尊名建天下之上，而无情意入民之心，至有缓急而以大义责之，殆无及也"。中国应学习泰西各国允许士民参加君主寿辰庆典，以便表示"君民相亲之意"，做到"以国为一家，天下为一人，亿兆为一心，联结通洽以致富强"。②

对于"独尊"、"太尊"的君主，康有为着重强调要抑君尊，而对君主之外的人特别是广大民众来说，康有为则大力宣扬要"尊君权"，护纲常，以此"维持人心激厉忠义"，作为"变法之本"，③ 这是"以君权变法"的又一方面。

---

① 康有为：《译纂〈俄彼得变政记〉成书，可考由弱致强之故折》，《杰士上书汇录》，故宫博物院藏本。

② 康有为：《万寿庆辰，乞许士民庆祝并刊贴新政诏书折》，《杰士上书汇录》，故宫博物院藏本。

③ 康有为：《请商定教案法律，厘正科举文体折》，《杰士上书汇录》，故宫博物院藏本。

在戊戌年闰三月由康有为策动的第二次公车上书活动① 中，由康门大弟子麦孟华、梁启超等人领衔，有832名各省举人签名，递给清廷一份公呈，② 其中提出要通过保圣教而安人心："伏惟孔子道参天地，德在生民，列代奉之以为教，我朝列圣，尤加尊崇。今天下人知君臣父子之纲，家知孝悌忠信之义，庙祀皇皇，至巨典也……自胶旅之事，习知吾国势极弱，尚不敢遽加分灭者，盖犹畏吾人心也。顷乃公毁先圣先贤之像，是明则蔑吾圣教，实隐以尝吾人心。若士气不扬，人心已死，彼即遍毁吾郡邑文庙，复焚毁吾四书六经，即昌言攻我先师，即到处迫人入教，若人咸畏势，大教沦亡，皇上孤立于上，谁与共此国者？……割胶不过失一方之土地，毁像则失天下之人心，失天下之圣教，事之重大，未有过此。"③

此后，康有为又专就尊孔保教事上奏，对固守纲常、维持人心的必要性作了更为充分的论述："夫天之生民，有身则立君以群之，有心则尊师以教之，君以纪纲治大群，师以义理教人心。然政令徒范其外，教化则入其中。故凡天下国之盛衰，必视其教之隆否。教隆则风俗人心美而君坐收其治，不隆则风俗人心坏而国亦从之。此古今所同轨，万国之通义也。汉臣贾谊谓立君臣、等上下，此非

---

① 此次活动的中心内容是抗议德国人毁坏山东即墨县文庙，请求朝廷与德国方面严正交涉，惩办肇事者，赔偿损失。

② 孔祥吉认为："这份广东举人领衔公呈很可能出自康有为之手笔。或者由康有为授意，由其弟子草拟，最后由康审定，都有可能。"见孔祥吉著：《戊戌维新运动新探》，湖南人民出版社1988年版，第323页。

③ 中国第一历史档案馆藏：广东举人麦孟华、梁启超等832名举人《圣像被毁，圣教可忧，乞饬驻使责问德廷严办，以保圣教而安人心公呈》。转引自孔祥吉著：《戊戌维新运动新探》：湖南人民出版社1988年版，第321～322页。

天之所为,乃圣人之所设。中国圣人实为孔子,孔子作《春秋》而乱臣惧,作六经而大义明,传之其徒,行之天下,使人知君臣父子之纲,家知仁恕忠爱之道。不然,则民如标枝,人如野鹿,贼心乱性,悍鸷狠愚,虽有刑政,将安所施?故今天下生民四万万,父子相亲,夫妇相保,尊君亲上,乐事劝功,自非敌国外患之来,皇上得以晏安无为,与二三耆老大臣垂衣裳而治之。此非法令之所能为,实孔子大教有以深入人心,而皇上坐收其报也。若大教沦亡,则垂至纲常废坠,君臣道息,皇上谁与同此国哉?方今割地频仍,人心已少离矣。或更有教案生变,皇上与二三大臣何以镇抚之耶?臣愚窃谓今日非维持人心、激励忠义不能立国,而非尊崇孔子无以维人心而厉忠义,此又变法之本也。"①

当有人指责康有为"不建言请开议院"即不以民权变法时,康有为特地撰写了《答人论议院书》,重申只能以君权变法,"中国惟有以君权治天下而已"。其理由一是中西国情不同,"夫议院之议,为古者辟门明目达聪之典。泰西尤盛行之,乃至国权全畀于议院,而行之有效。而仆窃以为中国不可行也。盖天下国势民情,地地不通,不能以西人而例中国。泰西自罗马教亡后,诸(国)并立,上以教皇为共主,其君不过如春秋之诸侯而已。其地大者,如吾中国两省;小者,如丹、荷、瑞、比,乃如吾一府。其臣可仕他国,其民可游外邦。故君不尊而民皆智,其与我二千年一统之大,盖相反矣。故中国惟有以君权治天下而已";二是有利于破除守旧者的阻挠,"顷圣上聪明神武,深通中外之故,戒守旧之非,明定国是,废弃八股,举行新政,日不暇给,皆中旨独下,不假部议,一诏既下,天下风

①　康有为:《请商定教案法律,厘正科举文体折》,《杰士上书汇录》,故宫博物院藏本。

行,虽有老重大臣,不敢阻挠一言,群士不敢阻挠一策,而新政已行矣。若如足下言,则定国是,废八股,开学堂,赏新书、新器,易书院,毁淫祠诸事,足下所欢忻(欣)鼓舞、喜出望外者也,然下之九卿翰詹科道会议,又下之公车诸士会议,此亦西人之上、下议院也。三占从二,然后施行,试问驳者多乎? 从者多乎? 方今士大夫能知变法维新,以保危局者,百不得一,其稍有所知者,亦皆模棱两端,然已(已)不可见矣。虽以圣上之毅然变法,然犹腹诽者众,泄沓如故。门人梁启超前被召对,直言八股守旧之士,乃敢诽皇上为奏(秦)始皇之焚书坑儒者。皇上笑而言曰:彼等误以为废八股即废四书也。圣明天亶,一言中的。然以此辈充议员,凡此新政必阻无疑,然则议院能行否乎? 不待言矣。故今日之言议院,言民权者,是助守旧者以自亡其国者也";三是中国之民尚无自主的能力,"夫君犹父也,民犹子也。中国之民,皆如童幼婴孩,问一家之中,婴孩十数,不由父母专主之,而使童幼婴孩自主之,自学之,能成学否乎? 必不能也。敬告足下一言:中国惟以君权治天下而已。若雷厉风行,三月而规模成,二年而成效著。泰西三百年而强,日本三十年而强,若皇上翻然而全变,吾中国地大人众,二年可成";四是光绪帝为千载难逢的明君,"……况圣上天锡勇智,千载罕逢,有君如此,我等但夙夜谋画,思竭涓埃以赞圣明足矣"[1]。这里,康有为所尊的是"毅然变法"、"翻然而全变"的君权,与前面所说要求君主"纡尊降贵"以变法,虽有言词上的差别,但"以君权变法"的根本精神是一致的。

---

① 《国闻报》,光绪二十四年五月二十八日。转引自孔祥吉著:《戊戌维新运动新探》,湖南人民出版社1988年版,第61~62页。

三　对君权现状认识不足

康有为把"以君权变法"的希望，全部寄托在愿意变法的光绪帝身上，但光绪帝虽名为皇帝，实际上却并没有"独尊"、"独断"的权力，实权完全掌握在不愿支持维新派变法的慈禧太后手里。(这实际上就使"君权变法"的设想失去了一个最重要的前提。)对于这一点及其阻碍变法的严重性，康有为虽逐渐有所觉察，但一直未能予以足够的认识。

在很长时间里，他都把君主(光绪帝)等同于至高无上的君权，相信"上有全权而无掣肘……居莫强之势，有独揽之权"。[①] 1895年康有为初次面见翁同龢之前，尚"未知上之无权"，见面之时，翁告之以宫廷密事："上实无权，太后极猜忌，上有点心赏近支王公大臣，太后亦剖看，视有密诏否？ 自经文芸阁召见后，即不许上见小臣"，康有为于是"乃始知宫中事，然未知其深"[②]。此后仍然认为能否变法，"顾视皇上志愿何如耳。若皇上赫然发愤，虽未能遽转弱而为强，而仓猝可图存于亡，虽未能因败以成功，而俄顷可转乱为治"，[③] 甚至在上书中责问道："夫以二万万方里之地，四万万之民，皇上抚而用之，何求不得，谁为束缚其手足耶"？[④] 继续要求光

---

① 《上清帝第四书》，汤志钧编：《康有为政论集》上册，中华书局 1981年版，第 153 页。

② 《康南海自编年谱(外二种)》，中华书局 1992 年版，第 29 页。

③ 《上清帝第五书》，汤志钧编：《康有为政论集》上册，中华书局 1981年版，第 208 页。

④ 康有为：《外衅危迫，分割洊至，急宜及时发愤，大誓臣工开制度新政局折》，《杰士上书汇录》，故宫博物院藏本。

绪帝革"虚文之体制","保实有之威权"。① 1898 年 6 月光绪帝在
召见康有为时,面对康发出的为何变法"久而不举,坐致割弱"的责
问,暗示是因为慈禧太后的"掣肘"("上以目睨帘外,既而叹曰:"奈
掣肘何?"),康有为"知上碍于西后,无如何",但仍要求"就皇上现
在之权,行可变之事,虽不能尽变,而扼要以图,亦足以救中国
矣"。② 在此后所上的一奏折中,康有为仍然写道:"以中国二万里
之大,四万万民之众,以皇上圣明所洞照,就皇上权力所能至,此雷
霆万钧之力,势之所发,罔不披靡,如牧者之驱羊,东西惟鞭所指,
惟皇上自断之自审之,无为庸人所乱,无为谣言所动。"③ 即使到
了政变前夕,康有为已清楚地看到"上无权","日夜忧危",却还连
日草折"请仿日本立参谋本部,选天下虎罴之士,不二心之臣于左
右,上亲擐甲胄而统之。又请改维新元年以新天下耳目,又请变衣
服而易旧党心志,又请迁都上海,借行幸以定之,但率通才数十人,
从办事,百官留守,即以弃旧京矣。……借行幸举之,则定天下于
无形,精选参谋部之兵,才武之将,以师兵铁舰为营卫,居于上海通
达之地,以控御天下,其于新政最便"。④

　　直至光绪帝发出给维新派的"密诏",非常明白地告知"朕
亦岂不知中国积弱不振,至于阽危,皆由此辈所误;但必欲朕一
旦痛切降旨,将旧法尽变,而尽黜此辈昏庸之人,则朕之权力实
有未足。果使如此,则朕位且不能保,何况其他",并"不胜十

---

　　① 《上清帝第七书》,汤志钧编:《康有为政论集》上册,中华书局 1981
年版,第 221 页。

　　② 《康南海自编年谱(外二种)》,中华书局 1992 年版,第 42~43 页。

　　③ 康有为:《恭谢天恩,并陈编纂群书,以助变法折》,《杰士上书汇录》,
故宫博物院藏本。

　　④ 《康南海自编年谱(外二种)》,中华书局 1992 年版,第 57 页。

分焦急翘盼之至"地希望维新派"妥速筹商"变法良策,① 康有为才"跪诵痛哭",急急忙忙地"经画救上之策","乃属谭复生(谭嗣同字复生——引者注)入袁世凯所寓,说袁勤王,率死士数百扶上,除旧党",但结果"知袁不能举兵扶上,清君侧,无如何,乃决行"。② 戊戌政变随即发生,"以君权变法"的设想以失败划上了句号。

第三节　"变于下"论

所谓"变于下",是相对于"变于上"(即"以君权变法")而言,意为在下层即地方上和士绅中开展变法活动。岭南维新派之所以在主要倡导"变于上"的同时,又倡导"变于下",一是因为"以君权变法"的活动从一开始就进行得很不顺利,遇到重重阻碍;为了给"以君权变法"创造条件,也为了能在君权变法难以实行之时用其他变法方式对挽救日益严重的民族危机有所裨益,于是维新派又在下层进行了积极的活动。二是因为随着变法运动的开展,岭南维新派既需要组织起变法的基本队伍,以造成强大的变法声势,又对开民智、开绅智,广泛进行思想启蒙工作的重要性有了日益明确的认识,因而始终没有中断在下层的变法活动。

"变于下"从实践上看,主要包括立学会、设学堂、办报刊等活动,而从思想上分析,岭南维新派则主要宣传了以下重要主张。

---

① 赵炳麟:《光绪大事汇鉴》卷九。转引自汤志钧著:《戊戌变法史》,人民出版社1984年版,第418~419页。

② 《康南海自编年谱(外二种)》,中华书局1992年版,第59页。

一　"变于下"的必要性

对这一必要性,岭南维新派从多方面进行了论述。

麦孟华以日本和英国为例,将"变于上"与"变于下"相比较,认为两者都能导致国家的富强:"……变法之道有二:变之自上者,其效易而速;变之自下者,其效迟而大。日本二十年前,其守旧与我同。睦仁削去侯封,改用西法,十余年间,蔚为强国。此变之自上者也。嘉庆以前,英犹守旧之国也。道咸之间,民间立会,讲求农学,英廷仅贷金钱以给之;教会诸人,分建学塾,国帑止拨二万以助之;其余一切工艺机器,皆民自兴创。今则农部商部,设为专官,学校之费,岁逾百万,富强著效,遂冠欧洲。此变之自下者也。"中国如果不能"变于上",则必须通过"变于下"来改变国家衰弱的状况,"上不变法以新民,下不得不兴利以自卫。诚能急为经营,善其纬画,十年而后,百弛毕张,民势既强,国体亦振,英之成效,亦可睹矣。若犹痹眒荼蓉,则犷民内讧,强邻外瞰,四万万生民之命,数千年孔子之教,二帝三王历代文明之古国,必有不忍言者。与其仰司牧之代更化,无宁自更化以济司牧之穷;与其赠它族以勃改革,无宁亟改革以拒它族之逼。……顾炎武曰:天下兴亡,匹夫之贱,与有责焉。是固保种族存国教之先务欤,其亦海内魁桀之所宜有事者欤。"①

他对民众不敢和不愿"变于下"的思想及心理状况进行了分析,指出中国虽"君权素尊",难以自治,但亦未"尽夺民权",倒是民

---

① 麦孟华:《民义自叙》,中国近代期刊汇刊:《强学报·时务报》第2册,中华书局1991年版,第1732~1733页。

众因受禁阻遏抑而自甘放弃一切权力，不敢任事，"……尽推其权而委之曰：吾无权，吾无权，无权非所以任事也。于是游惰酣嬉，百废不举，栋折榱坏，坐受压毙。是亦犹家主责仆役以恭顺，而为之仆者，乃饥不敢食，寒不敢衣，而曰主之令我，固如是也"。这种民众的自弃比君主的压制更有害，"故夫中国之敝，民生之困，上之钤压其下者，害其一，下之待给于上者，害其十；上之陵坠不事者，害其一，下之委惰不事者，害其十。上欲愚民，不能使民不自智也；上欲仆民，不能使民不自立也。若夫民自委惰，则己之身家，视为上事；大害迫身，待上而去；大利委地，待上而兴；甘受困苦，习为固然。小民身家，宁不自爱，而固漠然坐视，无亦曰抚字者牧民之责哉。夫它人之爱吾身，与己之自爱也孰愈，它人之谋吾身，与己之自谋也孰审，虽骏竖而知之矣。况夫高拱肉食之司牧，未必果其爱我而代谋也。乌乎，是则恶可久恃矣"，"故上而任事也，则不识不知，顺受帝力，相望焉可也；上而不任事也，而犹偃仰安坐，侧身待衣，翘首待食，则是保母既去，而婴孩犹呱呱以索乳哺，其不馁而致毙也几何矣。"①

欧榘甲也明确指出"变于上"与"变于下"是两种变法之道，"……变之之道有二：一曰变之自上，一曰变之自下。变之自上者何，俄日是也"，"变之自下者何，泰西诸国是也"。他对欧洲诸国特别是英国"变于下"所取得成效赞赏不已："当美、法之民之大变也，全球震荡，民智豁开。欧洲诸国人人知有自主之权，人人知有当为之事，而哗然而起，英民尤甚。故学校之盛，以英为最。其幼学堂也，一万二千七百十三所，自五岁至十三岁，皆入塾读书，百人中识

---

①　麦孟华：《民义总论》，中国近代期刊汇刊：《强学报·时务报》第 2 册，中华书局 1991 年版，第 1733～1734、1736 页。

字者七十余人。虽英廷助以国帑,而经费则民自捐给也。其于农也,立农学会,刊农学报,制农学新具,创农学新法,每年所产,值一千兆两。虽英廷助以国帑,而化学格致,则民自为考究也。纺织之厂,七千二百九十四所,出口之数,价值四垓八京磅。虽英廷助以国帑,而火轮自来机器,则出于民之心思材力也。自余若铁路,若轮舟,若电线,若枪炮、煤铁、乳油、羊毛、毡绒等类,莫不创合公司,招集巨股,讲求新法,售于外地。他若义堂、善局、善会,皆由英之人士倡之,以保贫穷,以救疾苦。国无无告之民,人有仰给之乐。迨其后民气日昌,民权日重。且以十三万金之商会而墟印度,以二十五万金之教会而踞太平洋诸岛,属地占全球之一,商务为五洲之冠。……《书》曰:民为邦本,本固邦宁。此之谓也。"

他认为中国目前"上之变法"不如"俄日君臣一心,以图新政","下之变法"不如泰西诸国多有成效,上望之于下,下待之于上,上下失望,而外人则欲乘机替代、取消中国的国权,在这种情况下,"变于下"显得至为重要,"……国势危甚,民宜发愤昌言,合群进力,自务其义,以救君父也。夫上能变,则宜待之上,上不能变,则下宜自为之。非背上也,崦嵫已迫,雨雪其旁,毋宁自变焉,以塞狡谋而杜众口,或有补于上乎。瑞士一小国耳,处群虎之中,而莫敢搏噬者,以民气固结,莫可瑕疵也。然则萃中国之士农工商,各群于会,各联其气,各精其业,各奋其心,各充其智,各竭其力,谓他日震烁地球可也。不自为政,而百姓亦复不率劳焉,夫复何望哉"。[①]

他还进一步对中国民众不能像欧美之民那样变法的原因进行了反省:"中国之不变,非在上者之咎也,吾民之过也。欧米之致

---

① 欧榘甲:《变法自上自下议》,《知新报》一,澳门基金会、上海社会科学院出版社 1996 年版,第 283、298、299～300 页。

治,亦非其上者之能也,其民为之也。人徒观其今日之乐耳,孰知其百年前之民之困苦乎?夫其百年前之情形,岂有异于我今日哉?……夫吾在上者之于民也,未尝禁之使不得变也,而时又非不能变也,而竟柔脆枯槁,甘滋他族,集诟无耻,以待奴隶,无人焉振兴文学,撢求政治,崇工艺之宏规,发农商之大业,以御外侮,以图自存者,何也?曰:未能通知大地变法,皆民为之之故。"① 将中国不能变法图强归咎于民众的不觉悟,康有为、梁启超等人也发表过类似的观点(参见本节第四点)。这种观点虽有片面性,但其目的不是为君主无所作为进行开脱,而是希望用偏激的词句打动人心,引起人们对变法紧迫任务的关注。

二　兴学开智论

岭南维新派认为要变法图强,兴学开智是一项根本性的举措。其理论依据是"智强"论,即认为人与物、人与人、国与国的强弱之别从根本上说是由智愚程度造成的,智则强,愚则弱,而智与学紧密相联,强智必须贵学。

康有为指出:"夫强者有二:有力强,有智强。虎豹之猛而扼于人,虎豹不能学问考论即愚,人能学问考论则智,是智胜也。至于天人鬼物,昆虫草木,莫不考论,则益智,故贵学。美人学会繁盛,立国百年,而著书立说多于希腊、罗马三千年,故兵仅二万,而万国莫敢谁何,此以智强也。"他联系中国现状分析道:"吾中国地合欧洲,民众倍之,可谓庞大魁巨矣,而吞割于日本,盖散而不群、愚而

---

① 欧榘甲:《论大地各国变法皆由民起》,中国近代期刊汇刊:《强学报·时务报》第4册,中华书局1991年版,第3389页。

不学之过也。今者思自保,在学之群之。"① 又说:强学会"专为中国自强而立,以中国之弱,由于学之不讲、学之未修,故政法不举。今者鉴万国强盛弱亡之故,以求中国自强之学"。②

梁启超运用三世进化论,对智强、贵学的主张作了更多的阐述和发挥:"吾闻之,春秋三世之义,据乱世以力胜,升平世智力互相胜,太平世以智胜。草昧伊始,蹄迹交于中国,鸟兽之害未消,营窟悬巢,乃克相保,力之强也。顾人虽文弱,无羽毛之饰,爪牙之卫,而卒能槛絷兕虎,驾役驼象,智之强也。数千年来,蒙古之种,回回之裔,以虏掠为功,以屠杀为乐,屡蹂各国,几一寰宇,力之强也。近百年间,欧罗巴之众,高加索之族,借制器以灭国,借通商以辟地,于是全球十九归其统辖,智之强也。世界之运,由乱而进于平,胜败之原,由力而趋于智。……智恶乎开? 开于学。"③ 他对中国现有之"学"的状况极为不满,指出:"自吾中国道术废裂,舍八股八韵大卷白折之外,无所谓学问。自其就傅之始,其功课即根此以立法,驱万万之童孺,使之桎梏汩溺于味根串珠对偶声病九宫方格之中,一书不读,一物不知,一人不见,一事不闻,闭其脑筋,瘫其手足,窒其性灵,以养成今日才尽气敝之天下。……抑士夫之所谓学问者,既惟是光方乌钓渡挽是讲是肆是切是磋。此学也,农学之无救于馁,工学之无救于窳,商学之无救于困也。然天下之学既无有出此之外者,则彼农也,工也,商也,以为学也者,固非吾人所当有

---

① 《上海强学会后序》,汤志钧编:《康有为政论集》上册,中华书局1981年版,第171、172页。

② 《上海强学会章程》,汤志钧编:《康有为政论集》上册,中华书局1981年版,第173页。

③ 《变法通议》,梁启超著:《饮冰室合集》文集之一,中华书局1989年版,第14页。

事焉耳。于是乎普天下皆不学。"因此，"今言变法，必自求才始，言求才，必自兴学始"。①

对于开智兴学，梁启超特别强调要"开民智"，"……言自强于今日，以开民智为第一义"，② 而欲开民智，又要从"教小学"（幼学）抓起，"……教小学教愚民，实为今日救中国第一义"，"国恶乎强，民智斯国强矣。民恶乎智，尽天下人而读书而识字斯民智矣"。③ 这一点，是与梁启超关于新民、培养新一代真正具有有用之学的国民的思想紧密联系在一起的。他认为今日中国国民处于孟子所说的"无教"的状况，"孟子不云乎，逸居而无教，则近于禽兽。今夫举一国之子弟，而委诸蠢陋野悍迂谬猥贱之学究之手，欲不谓之无教焉，不可得也。夫以数千年文明之中国，人民之众甲大地，而不免近于禽兽，其谁之耻欤"。而国家的兴亡恰恰与每个人都有重要关系，"顾亭林曰，天下兴亡，匹夫之贱，与有责焉已耳。人人以为吾无责也，其亡忽焉也，人人以为吾有责也，其兴浡然也"。因此，变法就不只是"肉食者之事"，而且是每个人的事，唤起人人对天下兴亡的责任是应该去做而且也可以做到的事情，"若夫吾有子弟，吾自诲者，肉食者曰可，不能助我，肉食者曰否，不能阻我，转圜之间，天下改观，夫孰为无责而孰为有责矣乎"。这样做的依据就是立国必须新民，"《康诰》曰，作新民。国者民之积也。未有其民不新，而其国能立者。彼法国、日本维新之治，其本原所自，

---

① 《蒙学报演义报合叙》，梁启超著：《饮冰室合集》文集之二，中华书局1989年版，第56页。

② 《变法通议》，梁启超著：《饮冰室合集》文集之一，中华书局1989年版，第14页。

③ 《蒙学报演义报合叙》、《沈氏音书序》，梁启超著：《饮冰室合集》文集之二，中华书局1989年版，第56、1页。

昭昭然矣"。① 对号称已有学问的士大夫层梁启超不抱什么希望，
"……今之士大夫，号称知学者，则八股八韵大卷白折之才十八九
也。本根已坏，结习已久，从而教之，盖稍难矣。年既二三十，而于
古今之故，中外之变，尚寡所识，妻子仕宦衣食，日日扰其胸，其安
能教，其安能学"；其希望寄托在新一代身上，"故吾恒言他日救天
下者，其在今日十五岁以下之童子乎"。② 为此，他进一步提出：
"故善为教者，必使举国之人，无贵贱无不学。学焉者，自十二岁以
下，其教法无不同。入学之始，教之识字。慧者及八岁，钝者及十
岁，中西有用之字皆识矣。……然后按前者所列之功课表，而以授
之。慧者及十二岁，钝者及十五岁，则一切学问，大纲节目，略有所
闻矣。自此以往，其有欲习专门者，可更入中学大学，研精数载，以
求大成。其欲改就他业者，亦既饫道义，濡文教，大之必不为作奸
犯科之事，小之亦能为仰事俯畜之谋。于此而犹有为盗贼为奸细
者乎，无有也；犹有为游手为饿殍者乎，无有也。衣食足，礼义兴，
以此导民，何民不智，以此保国，何国不强。"③

三　合群论

对"合群"主张的宣扬在岭南维新派的言论中是十分突出的，
"合群"的宗旨贯穿于"变于下"的各种实践活动之中。

---

① 《变法通议》，梁启超著：《饮冰室合集》文集之一，中华书局 1989 年
版，第 60 页。
② 《蒙学报演义报合叙》，梁启超著：《饮冰室合集》文集之二，中华书局
1989 年版，第 56 页。
③ 《变法通议》，梁启超著：《饮冰室合集》文集之一，中华书局 1989 年
版，第 60 页。

　　康有为最初在京师组织强学会,就是出于破立会之例禁、开合群之风气的考虑。他在《康南海自编年谱》中这样写道:"中国风气,向来散漫,士夫戒于明世社会之禁,不敢相聚讲求,故转移极难。思开风气,开知识,非合大群不可,且必合大群而后力厚也。合群非开会不可,在外省开会,则一地方官足以制之,非合士夫开之于京师不可,既得登高呼远之势,可令四方响应,而举之于辇毂众著之地,尤可自白嫌疑。故自上书不达之后,日以开会之义,号之于同志。"①在为京师强学会、上海强学会所作的序文中,康有为对合群之义围绕讲求学业、成就人才、广立学会等方面作了若干阐述:"盖学业以讲求而成,人才以摩厉而出,合众人之才力,则图书易庀,合众人之心思,则闻见易通。《易》曰:'君子以朋友讲习。'《论语》曰:'百工居肆以成其事,君子学以致其道。'";②"天下之变,岌岌哉!夫挽世变在人才,[成人才]在学术,讲学术在合群,累合什百之群,不如累合千万之群,其成尤速,转移尤巨也。……士大夫所走集者,今为上海,乃群天下之图书器物,群天下之通人学士,相与讲焉。尝考泰西所以富强之由,皆由学会讲求之力,传称'以文会友,以友辅仁',记称'敬业乐群',其以开风气而成人才,以应天子侧席之意,而济中国之变,殆由此耶";③"夫物单则弱,兼则强,至累重什百千万亿兆京陔之则益强。荀子言物不能群,惟人能群,象马牛驼不能群,故人得制焉。如使能群,则至微之蝗,群飞蔽天,天下畏焉,况莫大之象马而能群乎?故一人独学,不如群人

---

①　《康南海自编年谱(外二种)》,中华书局1992年版,第29~30页。

②　《京师强学会序》,汤志钧编:《康有为政论集》上册,中华书局1981年版,第166页。

③　《上海强学会序》,汤志钧编:《康有为政论集》上册,中华书局1981年版,第169页。

共学;群人共学,不如合什百亿兆人共学。学则强,群则强,累万亿兆皆智人,则强莫与京"。① 梁启超曾向康有为问"治天下之道",康回答道:"以群为体,以变为用,斯二义立,虽治千万年之天下可已。"②

梁启超对"合群"的论述见于《论学会》、《说群序》等文,其中提出了以下重要论点:

1."群者,天下之公理也"。指出合群之理体现于天地间一切事物之中,如地与诸行星、日与诸恒星相吸相摄,"六十四原质相和相杂",物之群,身之群等等,"是故横尽虚空竖尽劫,劫大至莫载,小至莫破,苟属有体积有觉运之物,其所以生而不灭存而不毁者,则咸恃合群为第一义"。③

2.合群为万物生存最善之道,世界的发展必然是"群术"战胜"独术",最后达到"天下群"即"大同"的境地。梁启超将"群"与"独"进行对比,指出:"道莫善于群,莫不善于独。独故塞,塞故愚,愚故弱;群故通,通故智,智故强。星地相吸而成世界,质点相切而成形体,数人群而成家,千百人群而成族,亿万人群而成国,兆京陔秭壤人群而成天下。无群焉,曰鳏寡孤独,是谓无告之民。虎豹狮子,象驼牛马,庞大傀硕,人槛之驾之,惟不能群也。非洲之黑人,印度之棕色人,美洲南洋澳岛之红人,所占之地,居地球十六七,欧

---

① 《上海强学会后序》,汤志钧编:《康有为政论集》上册,中华书局 1981 年版,第 171~172 页。

② 《说群序》,梁启超著:《饮冰室合集》文集之二,中华书局 1989 年版,第 3 页。

③ 《说群序》,梁启超著:《饮冰室合集》文集之二,中华书局 1989 年版,第 3 页。

人剖之钤之,若槛狮象而驾驼马,亦曰惟不能群之故。"① 他将"独术"的核心归结为一个"私"字:"何谓独术?人人皆知有己,不知有天下。君私其府,官私其爵,农私其畴,工私其业,商私其价,身私其利,家私其肥,宗私其族,族私其姓,乡私其土,党私其里,师私其教,士私其学。以故为民四万万,则为国亦四万万。夫是之谓无国。"与此相反,"善治国者,知君之与民,同为一群之中之一人,因以知夫一群之中所以然之理,所常行之事,使其群合而不离,萃而不涣,夫是之谓群术"。按照三世进化论,"据乱世之治群多以独,太平世之治群必以群。以独术与独术相遇,犹可以自存,以独术与群术相遇,其亡可翘足而待也"。泰西善用群术,因而有百年以来的勃兴,但"有国群,有天下群。泰西之治,其以施之国群则至矣,其以施之天下群则犹未也"。所谓"天下群",也就是大同之世(或大同之道):"《易》曰:见群龙无首吉。《春秋》曰:太平之世,天下远近大小若一。《记》曰:大道之行也,天下为公,选贤与能,不独亲其亲,不独子其子。货恶其弃于地也,不必藏于己;力恶其不出于身也,不必为己。是谓大同。其斯为天下群者哉。"②

3. 群与群之间存在着剧烈的竞争,合群之力强则存,合群之力弱则亡。认为按照世界上两种力即"吸力"与"拒力"不增不减、迭为正负、此消彼长的原理,"……有能群者必有不能群者,有群之力甚大者,必有群之力甚轻者,则不能群者必为能群者所摧坏,力轻者必为力大者所兼并"。地球上出现生物以来,物种不断变迁,"苟

----

① 《变法通议》,梁启超著:《饮冰室合集》文集之一,中华书局 1989 年版,第 31 页。

② 《说群序》,梁启超著:《饮冰室合集》文集之二,中华书局 1989 年版,第 4 页。

究极其递嬗递代之理,必后出之群渐盛,则前此之群渐衰",兽之群不敌人之群,野蛮之群不敌文明之群,"世界愈益进,则群力之率愈益大,不能如率则灭绝随之"。因此,合群之力的大小与生死存亡息息相关,"若丹麦若荷兰若比利时若瑞士等,以弱小之国,逼处欧洲群雄之间而亦能自存,则其能群之力不弱于诸大国也。若夫处必争之地,而其合群之力不足以自完,则日剥月蚀,其究必至于断其种绝其育,若土耳其之回族,印度之棕人,美洲之红苗,其已然之效也"。①

4.群之道以群心智为上,而群心智又以立学会为最要之事。指出:"群之道,群形质为下,群心智为上。群形质者,蝗虫蜂蚁之群,非人道之群也。"群心智之事很多,欧人所行者有三,"国群曰议院,商群曰公司,士群曰学会",而"议院公司,其识论业艺,罔不由学。故学会者,又二者之母也"。中国之所以讲求新法三十年而"一无所成",就是因为没有学会而致使"人才乏绝,百举具废",而西人"有一学即有一会",有农学会、矿学会、商学会、工学会、法学会等等,"乃至于照像丹青浴堂之琐碎,莫不有会。其入会之人,上自后妃王公,下及一命布衣,会众有集至数百万人者,会资有集至数百万金者。会中有书以便翻阅,有器以便试验,有报以便布知新艺,有师友以便讲求疑义。故学无不成,术无不精,新法日出,以前民用,人才日众,以为国干。用能富强甲于五洲,文治轶于三古"。因此,"今欲振中国,在广人才,欲广人才,在兴学会",先设总会,再广立分会,"一省有一省之会,一府有一府之会,一州县有一州县之会,一乡有一乡之会,虽数十人之寡,数百金之微,亦无害其为会

---

① 《说群序》,梁启超著:《饮冰室合集》文集之二,中华书局1989年版,第5~6页。

也。积小高大,扩而充之,天下无不成学之人矣。遵此行之,一年而豪杰集,三年而诸学备,九年而风气成",各类人才不可胜用,"以雪雠耻,何耻不雪,以修庶政,何政不成"。①

欧榘甲对合群也有集中的论述。他对比中西,认为群与不群是强弱之别的原因,"……泰西之强也,民群强之也;中国之弱也,民不群弱之也"。中国由于不群,虽然人众土广,亦无士、无农、无工、无商,"非无士也,士而不群,故无学会以通声气,无图籍以扩见闻,无教会以御外侮,无游历以广尊亲,外士荧荧,吾士尘尘,与无士同也;非无农也,农而不群,故无农会以相比较,无农报以稽土物,无新机以利刈播,无化学以速滋生,外农勤勤,吾农盹盹,与无农同也;非无工也,工而不群,故无工局以讲制造,无工器以辟心思,便日用则无妙制,御漏卮则无巧式,外工裳裳,吾工芒芒,与无工同也;非无商也,商而不群,故无商会以厚财力,无商学以规巨利,资小而取微,势分而志轧,外商夥夥,吾商焦囚,与无商同也。夫以中国之大,成为无人之境,等于灭亡之野,岂不痛哉"。中国欲思振作,就应合群;欲思合群,就应开会,"学会者士之群也,农会者农之群也,工会者工之群也,商会者商之群也"。他还提出了在各直省、各府县、各乡间开大、中、小三级学会、农会、工会、商会的具体设想,以此作为"变之自下之策"。②

为了给合群开会找到足够的历史依据,徐勤编撰了《二十四朝儒教会党考》一书,在该书"序例"中,他把合群开会说成是圣人之

---

① 《变法通议》,梁启超著:《饮冰室合集》文集之一,中华书局1989年版,第31~34页。

② 欧榘甲:《变法自上自下议》,《知新报》一,澳门基金会、上海社会科学院出版社1996年版,第298~299页。

大义："抑百千万亿人之聪明材力,而逞其一人之私智,私之极也;聚百千万亿人之聪明材力,而成其合群之公义,公之极也。圣人知其然也,为之立君,君者群也;为之立王,王者往也;为之立师,师者众也;为之定父子之义,子者孳也;为之定朋友之伦,朋者党也;为之定宗族之杀,族者凑也。纲常之大,政教之要,莫不缘会党之义以自立。……上自圣贤,外至异教,无不贵会党而尊尚之。"又把会党的设立说成是自古皆有之事:"夫孔子之时,门人七十,弟子三千,徒侣六万,岂非会之首、党之魁哉! 斯义既立,风流播荡,子张居陈,澹台子羽居楚,子夏居西河,子贡终于齐,孟子之从者数百人,荀卿之徒布天下,此即所谓传教之会党也。两汉三世,经学最盛,甘露石渠之故事,白虎之议奏,此即所谓经学之会党也。汉之党锢,宋之庆元元祐,明之东林复社,此即所谓变政之会党也。"他抨击自汉末至明末屡兴党锢之祸,导致了后世的禁学禁会之风,"自是之后,谬种流传,相从吠响,习非成是,易为风尚。且从而倡言曰,今日只当著书,不当讲学。又曰聚徒讲学,标榜之风,先王不取。于是儒教之名,等于异学,会党之目,至干例禁。上则守思不出位之言,而泯其苟全之志;下则明独善其身之义,而甘为无告之氓。复老氏老死不相往来之术,踵暴秦愚制黔首之法。沦鳏寡孤独之惨,成晦盲否塞之世","时至今日,大义昧没,君子无党,小人有党,国成孤立,教亦徒存",由此使国势日益衰弱,"虽海禁未开,中外未接,而国势之危、吾教之衰,已弗可言矣。况强敌环伺,异教逼迫,有瓜分之议,夺席之势,乌得而不为人弱也"。他表示编撰此书的目的,就是要"释天下之忌讳,破群志之狐惑,以救中国而翼圣道"。[①]

四　人人发愤知耻救亡论

这一主张是前述"合群"之论在时局新变化之下的引申发展。1897年,发生德国强占胶州湾的事件,列强对中国的瓜分活动骤然加剧,此后,"……旅顺、大连、威海、广州湾继割矣。自今岁(即1898年——引者注)元旦来,春分以前,失地失权,乃至两日而一事"。① 面对此严重局势,在朝廷仍然不能毅然变法的情况下,岭南维新派宣扬了发愤知耻以救亡的思想。

康有为在宣传中,首先对中国面临的民族危机作了惊心动魄的描绘:"举四万万圆颅方趾聪明强力之人,二万万方里膏腴岩阻之地,而投之不测之渊,掷之怒涛之海,悬诸绝岸之下,施以凌迟之刑,羁以牛马之络,刲之缚之割之鬻之,而是四万万之人者,寝于覆屋之下,锁于漏舟之中,跃于炎炎薪火之上",② "如笼中之鸟,釜底之鱼,牢中之囚,为奴隶,为牛马,为犬羊,听人驱使,听人割宰,此四千年中二十朝未有之奇变。加以圣教式微,种族沦亡,奇惨大痛,真有不能言者也"。③ 梁启超亦写道:"敌无日不可以来,国无日不可以亡。数年以后,乡井不知谁氏之藩,眷属不知谁氏之奴,血肉不知谁氏之俎,魂魄不知谁氏之鬼。……今夫西人不欲分裂

---

① 《保国会序》,汤志钧编:《康有为政论集》上册,中华书局1981年版,第230页。

② 《保国会序》,汤志钧编:《康有为政论集》上册,中华书局1981年版,第230页。

③ 《京师保国会第一集演说》,汤志钧编:《康有为政论集》上册,中华书局1981年版,第237页。

中国斯亦已矣,苟其欲之,如以千钧之弩溃痈,何求不得,何愿不成。"① 面对这种险恶的局面,惟一的办法就是人人发愤救亡。

他们对朝野上下种种不能发愤救亡甚至对国耻外患麻木不仁的情形进行了分析和批判。

康有为指出,对割地失权之事,"薄海臣民,多有不知者,或依然太平歌舞,晏然无事,尚纷纷求富贵,求保举,或乃日暮途远,倒行而逆施之",这种状况对国受外侮负有重大的责任,"孟子曰:'国必自伐,然后人伐之。'故割地失权之事,非洋人之来割胁也,亦不敢责在上者之为也,实吾辈甘为之卖地,甘为之输权。若使吾四万万人皆发愤,洋人岂敢正视乎? 而乃安然耽乐,从容谈笑,不自奋厉,非吾辈自卖地而何? 故鄙人不责在上而责在下,而责我辈士大夫,责我辈士大夫义愤不振之心,故今日人人有亡天下之责,人人有救天下之权者"。②

梁启超着重揭露和谴责了两种对救亡图存十分有害的表现。

一是不知耻。指出甲午战后,"和议既定,偿币犹未纳,戍卒犹未撤,则已以歌以舞,以遨以嬉,如享太牢,如登春台。其官焉者,依然惟差缺之肥瘠是问;其士焉者,依然惟八股八韵大卷白折之工窳是讲。即有一二号称知学之英,忧时之彦,而汉宋有争,儒墨有争,彝夏有争,新旧学有争,君民权有争。乃至兴一利源,则官与商争,绅与民又争;举一新政,则政府与行省争,此省与彼省又争;议一创举,则意见歧而争,意见不歧而亦争。……而其心之热力,久

---

① 《南学会叙》,梁启超著:《饮冰室合集》文集之二,中华书局 1989 年版,第 65~66 页。

② 《京师保国会第一集演说》,汤志钧编:《康有为政论集》上册,中华书局 1981 年版,第 240 页。

冰消雪释于亡何有之乡,而于国之耻,君父之难,身家之危,其忘之也,抑已久矣。曾不知支那股分之票,已骈阗于西肆,瓜分中国之图,已高张于议院。持此以语天下,天下人士犹瞪目莫之信。……及今犹不思洗常革故……而犹禽视息息,行尸走肉,毛举细故,瞻前顾后,相妒相轧,相距相离,譬犹蒸水将沸于釜,而鯈鱼犹作莲叶之戏,燎薪已及于栋,而燕雀犹争稻粱之谋,不亦哀乎"。①　又撰《知耻学会叙》,更为鲜明而愤激地写道:"呜呼!吾不解今天下老氏之徒,何其多也。越惟无耻,故安于城下之辱,陵寝之蹂躏,宗祐之震恐,边民之涂炭,而不思一雪,乃反托虎穴以自庇,求为小朝廷以乞旦夕之命;越惟无耻,故坐视君父之难,忘越镝之义,昧蓥纬之恤,朝睹烽燧,则苍黄瑟缩,夕闻和议,则歌舞太平。官惟无耻,故不学军旅而敢于掌兵,不谙会计而敢于理财,不习法律而敢于司李,瞽聋跛疾,老而不死,年逾耄颐,犹恋栈豆,接见西官,栗栗变色,听言若闻雷,睹颜若谈虎,其下焉者,饱食无事,趋衙听鼓,旅进旅退,濡濡若驱群豕曾不为怪。士惟无耻,故一书不读,一物不知,出穿窬之技,以作搭题,甘囚虏之容,以受收检,抱八股八韵,谓极宇宙之文,守高头讲章,谓穷天人之奥。商惟无耻,故不讲制造,不务转运,攘窃于室内,授利于渔人,其甚者习言语为奉承西商之地,入学堂为操练买办之才,充犬马之役,则耀于乡间,假狐虎之威,乃轹其同族。兵惟无耻,故老弱羸病,苟且充额,力不能胜匹雏,耳未闻谭战事,以养兵十年之蓄,饮酒看花,距前敌百里而遥,望风弃甲。民惟无耻,百人之中,识字者不及三十,安之若素;五印毒物(即鸦片——引者注),天下所视为疬命为鸩,乃遍国嗜之,男妇老

---

① 《南学会叙》,梁启超著:《饮冰室合集》文集之二,中华书局1989年版,第65~66页。

弱,十室八九,依之若命;缠足陋习,倡优之容,天刑之惨,习之若性。嗟乎,之数无耻者,身有一于此罔不废,家有一于此罔不破,国有一于此罔不亡。"认为有耻并不可怕,可怕的是有耻而不知耻,"惜乎吾中国知之者尚少,方且掩匿弥缝其可耻者,以冀他人之不我知,而未闻有出天下之公耻,以与天下共耻之者也";因此,愿以知耻号召于天下,"愿吾侪自耻其耻,无责人之耻。贤者耻大,不贤耻小,人人耻其耻而天下平。自讳其耻,时曰无耻;自诵其耻,时曰知耻。启超请诵耻以倡于天下"。①

　　二是束手待亡。表现为虽忧瓜分惧为奴,但"……求其所以振而救之之道,则曰天心而已,国运而已。谈及时局,则曰一无可言,语以办事,则曰缓不济急。千臆一念,千喙一声,举国戢戢,坐待刲割"。梁启超抨击道:"吾中国之亡,不亡于贫,不亡于弱,不亡于外患,不亡于内讧,而实亡于此辈士大夫之议论、之心力也。"好比患病,"今中国病外感耳,病噎隔耳,苟有良药,一举可疗,而举国上下,漫然以不可治之一语,养其病而待其死亡。昔焉不知其病,犹可言也。今焉知其病而相率待死亡,是致死之由,不在病而在此辈之手,昭昭然也"。又说:"盖天下无论何种人,皆可教皆可用,惟此死心塌地,一齐放倒,知其不可而不为者,虽圣贤末由而化之。且此辈者,岂惟自行放倒而已,其见有他人实心忧天下者,则相与目笑之,鼻訾之,或摭拾言语举动之小小过节,微词以诋排之,阻挠之,以佐其饱食群居,好行小慧之谈资以为快。嗟乎,痛哉! 吾壹不知我中国人若此辈者,何其多也。"指出,中国兴亡与否并非定数,而在人为,"今数万里之沃壤,固犹未割也,数万万之贵种,固犹

---

　　① 　梁启超著:《饮冰室合集》文集之二,中华书局 1989 年版,第 67~68页。

未絷也,而已俯首帖耳,忍气吞声,死心塌地,束手待亡,斯真孟子所谓是自求祸也。……夫天下事可为不可为,亦岂有定哉! 人人知其不可而不为,斯真不可为矣。人人知其不可而为之,斯可为矣"。①

至于怎样发愤救亡,他们提出了一些虚实交织的设想:

其一,增加心之热力。"盖万物之生,皆由热力……故凡物热则生,热则荣,热则涨,热则运动,故不热则冷,冷则缩则枯则干则夭死,自然之理也。今吾中国以无动为大,无一事能举,民穷财尽,兵弱士愚,好言安靖而恶兴作,日日割地削权,命门火衰矣冷矣枯矣缩矣干矣将危矣,救之之道,惟增心之热力而已。……若热如萤火如灯则微矣,并此而无之则死矣。若如一大火团,至百二十度之沸度,则无不灼矣。若如日之热,则无所不照,无所不烧,热力愈大,涨力愈大,吸力愈多,生物愈荣,长物愈大,故今日之会,欲救亡无他法,但激厉其心力,增长其心力,念兹在兹,则爝火之微,自足以争光日月,基于滥觞,流为江河,果能四万万人人人热愤,则无不可为者,奚患于不能救。"②

其二,万众一心自振自保。梁启超分析道,列强是否实施对中国的瓜分之谋,与中国能不能自振自保直接相关,"……吾苟确然示之以可以自振可以自保之机,则其谋可立戢,而其祸可立弭"。所谓自振自保之机,"即吾向者所谓齐万而为一,而心相构而力相摩,而点相切而线相交,盖非是而一利不能兴,一弊不能革,一事不

---

① 《保国会演说词》,梁启超著:《饮冰室合集》文集之三,中华书局 1989 年版,第 27 ~ 28 页。

② 《京师保国会第一集演说》,汤志钧编:《康有为政论集》上册,中华书局 1981 年版,第 240 ~ 241 页。

能办,虽日呼号痛哭,奔走骇汗,而其无救于危亡一也"。这里所说的"齐万而为一",也就是要通过设立学会而使全国上下从各方面凝为一体,这样才能称得上有国,才能求得自强。对此,梁启超写道:"敢问国。曰有君焉者,有官焉者,有士焉者,有农焉者,有工焉者,有商焉者,有兵焉者。万其目,一其视;万其耳,一其听;万其手,万其足,一其心,一其力;万其力,一其事。其位望之差别也万,其执业之差别也万,而其知此事也一,而其忠此事也一,而其治此事也一。心相构,力相摩,点相切,线相交。是之谓万其涂,一其归。是之谓国。"倘若与此相反,君、官、士、农、工、商、兵各不相接,则无法成为一国,"使其国千人也,则为国者千;使其国万人也,则为国者万。呜呼! 不得为有国焉矣"。而今日的中国,正是"躯万也,心万也,力万也,位望万也,执业万也",不能统一的国家。那么,怎样"齐万而为一"呢? 就要立学会。"吾乃远稽之三代,乃博观于泰西,彼其有国也,必有会。君于是焉会,官于是焉会,士于是焉会,民于是焉会。旦旦而讲之,昔昔而摩厉之。虽天下之大,万物之多,而惟强吾国之知。夫能齐万而为一者,舍学会其曷从与于斯。"梁启超认为,由于中国之大,积弊之久,要一下子实现全国的联合("欲一旦联而合之"),是很困难的。所能做的事是仿效日本的榜样,先从数省做起,"此数省者,其风气成,其规模立,然后浸淫披靡以及于他省。苟万夫一心、万死一生以图之,以力戴王室,保全圣教,噫,或者其犹可为也"。在数省中,梁启超尤其寄希望于湖南:"湖南天下之中,而人才之渊薮也。其学者有畏斋、船山之遗风,其任侠尚气,与日本萨摩长门藩士相仿佛。其乡先辈若魏默深、郭筠仙、曾劼刚诸先生,为中土言西学者所自出焉。两岁以来,官与绅一气,士与民一心,百废具举,异于他日。其可以强天下而保中国者,莫湘人若也。"他设想,以湖南为基地,"先合南部诸省而讲之,庶几官与官接,官与士接,士与民接,省与省接,为中国热心之起点,而上下从兹其矩絜,学派从兹而沟通,而数千年之古国,或尚可以自立于天地也"。①

　　其三,人人"行其分内所得行之事"。认为"使吾四万万人者,咸知吾国处必亡之势,而必欲厝之于不亡之域,各尽其聪明才力之所能及者,以行其分内所得行之事,人人如是,而国之亡犹不能救者,吾未之闻也"。所谓行分内所得行之事,就是上与下、疆臣与政府(朝廷)、州县与督抚、士民与有司互不推诿怪罪,而是皆以真心忧国忧天下,"如真忧之,则必无以办事望人焉,以望诸己而已;必无以办事责人焉,以责诸己而已。各有不可诿之责分,各有可得为之权限","愿我士我大夫,皆移其责望人之心,以自望自责,则天下事之可为者,未有量也"。②

五　振士气论

　　岭南维新派在主张人人发愤知耻救亡的同时,特别强调发挥士人的作用,他们以大振士人之气,作为中国变法图强的重要依托。

　　徐勤指出,一国能不能变法,"……观于一国之士气而知之矣"。他以日本为例,说明士气强盛对于国家大政的演变有着重大影响,"日本古昔皆封建之制,其环列小诸侯,以数百计,门下食客,充积于国中,轻生死,尚任侠,甚有战国之风。方其幕府之专肆也,则倡尊王之说以倾之;强邻之要挟也,则倡攘彝之说以拒之。立锁国之党,数幕府之罪。至于刺大老,攻使馆,杀朝臣,虽伏尸流血,幽锢流窜,不可胜计,而其激愤之志,爱国之诚,不因此而小渝也。故武门之权,上不能夺,而处士可以削之;神武之统,上不能定,而处士可以安之。易旧俗,变西法,开国会,定自主诸政事,上不能成,亦惟处士可以倡之。呜呼!何士气之昌耶,何士权之重耶,何国家与处士关系之切耶"。对比之下,"吾观于日本,而吾心惧矣;吾观于中国,而吾心伤矣"。①

　　刘桢麟② 对中国士气何以不振的原因进行了追究,认为儒教是力主保持气节、弘扬士气的,"孔子曰,志士仁人,有杀身以成仁,无求生以害仁。曾子曰,士不可以不弘毅,任重而道远,死而后已。儒者立教之初,其宗旨莫不以救天下为主,而其责必属之于士。盖士气者风俗之引线,而气节者又士气之起点",毁坏士气的罪魁祸首是老、杨二氏之学,"自老、杨二氏之学出,首倡为己之说,老子一书,皆为自私自利之学,一则曰知其雄守其雌,再则曰不敢为天下先,而杨氏至于拔一毛以利天下不为。此风一倡,深入人心,其流毒遂至于后世。……虽以汉武时儒学昌明,罢黜百家,终不能断老、杨之根蘖,而其教且以不传而愈大。至于今日世变日亟,种族难保,而人心颓靡,畏难苟安。其稍上者,阅历既久,热血销磨,断不肯鬻身以殉世;其下者,则借口于不可为,而乘借便利,但图饱其欲壑。故天下之破败决裂,坐是以成者,盖非一朝一夕之故,而儒

---

① 　徐勤:《论日本自强之故》,《知新报》一,澳门基金会、上海社会科学院出版社 1996 年版,第 154 页。
② 　刘桢麟,字孝实,广东顺德人。康有为弟子。

者遂以无用闻于天下，而不知实老、杨之学有以播之种而灌之毒也"。他以"三言"即"以爱国为种核，以士气为萌芽，以合群为培植"向士人发出呼吁，认为"必使人人有破釜沉舟之志，有卧薪尝胆之谋。士气一倡，人心自合。天下之势，散则必败，合则必成。《书》曰，予有臣三千，惟一心。此武王所以诛纣也"，如若不然，则"吾恐四百兆衣冠之种，其不沦陷者几希矣"。①

康有为之女康同薇发表了《论中国之衰由于士气不振》的专文，对士气与国政的关系作了系统的论述：

1. 士人对国家的强弱兴废、教化风俗具有举足轻重的作用。文章一开头便写道："重矣哉士之于国也。强弱系焉，兴废系焉，教化系焉，风俗系焉。"以此相衡，有三种人是不配称之为士的，一是"不知先王之道，不穷天人之化，不明政治之故，不达诸教之理，不审各国之势，不究物理之微，不谙古今之变者，非士也"，二是"睹奸凶乱国，王室凌迟，兆庶涂炭，四邻交逼，上下穷困，盗贼迭起，社稷将亡，而不疾首痛心，握腕痛哭，思振之者，非士也"，三是"睹圣教式微，礼乐废坏，外教纷布，内民托庇，人之视我为野番，以我为无教，而不深引愧耻，痛自激励，思救之者，尤非士也"。真正之士则应"……仰观造化，俯察宗教，综览今古，横审中外，以圣人之学，治天生之民"。因此，"……国家隆替，视士气之昌微，奸佞乘权，因士气之衰靡。盖士之是非，众所绳准也，岂不重哉"。

2. 古今中外的历史都证明士气振则国强，不振则国弱。文章提出的基本观点是："夫历往古，观来今，兴废之迹，得失之端，未有不由士者。……夫才者国之基也，士者才之宅也。士盛则其国强，

――――――――――

① 刘桢麟：《论中国守旧党不如日本》，《知新报》一，澳门基金会、上海社会科学院出版社 1996 年版，第 185～186 页。

士寡则其国蹶,近征外国,莫不皆然。"以中国而言,周文王"以多士而兴",而秦始皇因焚书坑儒二世而亡,东汉桓、灵二帝因抄锢贤人、害杀良士而虚汉朝社稷,宋之元祐党争、庆元党禁和明之东林党狱、复社之禁皆因"士气抑塞",而使"国运朽败"。以外国而言,美、英、德、日、比利时等国皆因振士气而强盛,土耳其、波斯、印度等国皆因士气不振而遭到列强侵略。文中特别赞颂日本高昂的士气对国家发生巨变所起的作用:日本士人在幕府"方且厉其威棱,大索严锢"的情况下,不畏镇压,"……人心益横,士气益张,伏萧斧,触密网,至不可胜数。前者骈戮,后者辈起,一往不顾,视死如归。用能使公卿悚变,幕府危惧,革八十国封建之积势,收千余年已坠之神柄,使神武坠绪,亡而复存,明治维新,肇有端略,皆诸士之功也。于是日本维新政治,更正条约,颁定宪法以张国法,开国会以伸民气。变政仅二十余年,而挫割四千余万方里、四百余兆人民之中国,威振海外,名振英法。推原所自,岂非士气之振致之哉"。

　　3.中国的衰弱是由于士气不振,此风源远流长,至今为烈,致使中国变法数十年而无成效。作者对于日本能够强盛而中国却"颓弱废病"的原因,"尝独居深念,穷思其故",认为不是因为船不坚、炮不利无以助强,土地僻小不足自立,物产薄劣不足自供,草昧不辟无以称文明,而是"士气不振也,苟安幸免,心私志散,以酿成此不痛不痒世界耳"。中国士气不振之风自汉代以来,历朝历代皆有,"汉初道杂,黄老乱真,发点之始,痼毒既剧。逮及晋世,崇尚释道,清谈之误,因此亡国。有唐继起,士节扫地,奔走权门,恬不为怪。宋儒独善,自谋既优,流风所畅,为害亦烈"。而自明迄今,士习之弊更有多种表现:"贞逸自高者,则绝世离群,山林深密也;风流自命者,则沈酗诗酒,驰逐声歌也;迂阔远事者,则委于国运,安于朝廷也;考据之家,则禽鱼草木,嚼之愈甘,贾马杜郑,旋其肋下。尤其下者,皓首词章,终老帖括。举凡民生之疾苦,郡国之利病,种族之存亡,宗教之兴替,不啻楚弓得失,渺不相关。……此中国所以变法数十年而不强也。更有无赖学子,于中国之学,懵然未尝问津,于是彝其语,西其服,压人以气,大于夜郎,而英法之文,率未上口,格致之学,犹未窥径,猎其皮毛,失其窾要……此中国所以变法数十年而益弱也。"士气如此弊坏,即使有一二志士欲求振作,也是"……大心未就,而谣诼旋加,锐气而前,无聊而返"。

4.中国士人负有振作救国的重大责任,必须奋起改变无所作为的状况。指出士人安于现状是没有出路的,"若夫安其故常,绝无振作,好虚谈,远实学,贱农工,恶商贾,善藏畏事,图自私自利之计,就缚制艺,无利民便国之事,甘心为印人之续,俯首就奴隶之贱,殷鉴不远。窃为天下贤士伤之"。然而事在人为,士人能够而且应该为国而奋起,"公车上书,激动全国,强学立会,开发天下,士气一振,群然景从,已然之效也。《春秋》之义,责备贤者。反不讨贼,赵盾等于弑君;邻国不救,齐桓引为大耻。以此律之,则中国弱危之弊,不能无咎于士君子也。若夫斗筲之量,无识之人,斯固无与于责焉矣。夫合天下之士气,乃心王事,日、美之所以兴隆也;士与国离,自私自利,波斯、土耳其、印度之所以衰颓也。宁孰乐焉"。①

① 《知新报》一,澳门基金会、上海社会科学院出版社1996年版,第346~347页。

六　办报以去塞求通

　　著名的《时务报》创刊之始,梁启超便在其第一册上发表了《论报馆有益于国事》一文,对办报以去塞求通作了专门论述。

　　文中首先指出通塞与否关系到国家的强弱:"觇国之强弱,则于其通塞而已。血脉不通则病,学术不通则陋。道路不通,故秦越之视肥瘠,漠不相关;言语不通,故闽粤之与中原,邈若异域,惟国亦然。上下不通,故无宣德达情之效,而舞文之吏,因缘为奸;内外不通,故无知己知彼之能,而守旧之儒,乃鼓其舌。中国受侮数十年,坐此焉耳。"而要去塞求通,办报是一个有效的办法。梁启超形容中国当时好比是无耳目、无喉舌的废疾之人,"今夫万国并立,犹比邻也;齐州以内,犹同室也。比邻之事,而吾不知,甚乃同室所为,不相闻问,则有耳目而无耳目。上有所措置,不能喻之民,下有所苦患,不能告之君,则有喉舌而无喉舌","其有助耳目喉舌之用,而起天下之废疾者,则报馆之为也"。

　　他认为报馆于中国古代有征,在西方国家尤为兴盛,但中国今日办报欲照西人之法行之,"其势则不能也"。因为中西国情差别很大(西优而中劣):"西国议院议定一事,布之于众,令报馆人入院珥笔而录之,中国则讳莫如深,枢府举动,真相不知,无论外人也。西国人数物产民业商册,日有记注,展卷粲然,录副印报,与众共悉,中国则夫家六畜,未有专司,州县亲民,于其所辖民物产业,末由周知,无论朝廷也。西人格致制造专门之业,官立学校,士立学会,讲求观摩,新法日出,故亟登报章,先睹为快,中国则稍讲此学之人,已如凤毛麟角,安有专精其业,神明其法,而出新制也。坐此数故,则西报之长,皆非吾之所能有也。"

那么,中国办报应实行何种方针呢? 文中提出的设想是:"曰广译五洲近事,则阅者知全地大局,与其强盛弱亡之故,而不至夜郎自大,坐瞀井以议天地矣。详录各省新政,则阅者知新法之实有利益,及任事人之艰难经画,与其宗旨所在,而阻挠者或希矣。博搜交涉要案,则阅者知国体不立,受人嫚辱,律法不讲,为人愚弄,可以奋厉新学,思洗前耻矣。旁载政治学艺要书,则阅者知一切实学源流门径,与其日新月异之迹,而不至抱八股八韵考据词章之学,枵然而自大矣。准此行之,待以岁月,风气渐开,百废渐举,国体渐立,人才渐出,十年以后,而报馆之规模,亦可以渐备矣。"①

随后岭南维新派创办《知新报》,开宗明义,仍然强调去塞求通是办报的宗旨。指出盲、聋、哑三病"此古今之达忧,天下之大患",而今中国四万万人正遭此祸殃;闭塞之弊为害甚大,"……眼目不明,口耳不灵,则木僵之人也;情意不孚,箴讽不闻,则寄生之君也;声气不群,时势不谙,则闭化之民也;因革不通,中外不审,则缀疣之国也",而今日中国正受此弊害。览观世界,塞而不通给印度、土耳其等国造成被欧洲强国奴役的"大祸",开而通之则为欧美、日本诸国带来富强的"大福"。要去塞求通,办报不失为最可行而又最有效的办法。其一,报纸信息量极大,传播速度极快:"小之可观物价,琐之可见土风。清议流传,补乡校于未备;见闻通辟,穷宇内之大观。至若外国农务商业、天文地学、教会政律、格致武备,各有专门,竞标宗旨。习其业者,随而购阅,发有新义,即刊报章,耳目咸通,心思愈扩,无阂民情,有裨政教。朝夕可达,均邮电之捷;闻见相助,同赛会之益。是以欧美两洲,类分二千三百余种;欧洲诸国,

————————

① 梁启超著:《饮冰室合集》文集之一,中华书局 1989 年版,第 100～102 页。

日售千四百余万张。且日本国报,有报王之称;瑞士开会,敦嘉客之请,可谓隆矣。诸国盛强,新闻报之力也。"其二,报纸对去塞求通、强国智民所起作用极重大极明显:"报者,天下之枢铃,万民之喉舌也。得之则通,通之则明,明之则勇,勇之则强,强则政举而国立,教修而民智。故国愈强,其设报之数必愈博,译报之事必愈详,传报之地必愈远,阅报之人必愈众,治报之学必愈精,保报之力必愈大,掌报之权必愈尊,获报之益必愈溥。胥天下之心思知虑,眼目口耳,相依与报馆为命如室家焉。是以英之霸也,太晤士报日五六十万,甲海外焉;日之兴也,朝日报日十五六万,名亚东焉。"然而,中国办报之数、销报之量、阅报之人等与欧美诸邦相比,有霄壤之别,因此"安得不为人弱哉"。表示《知新报》继《时务报》而起,为去塞求通,将在报刊内容上作进一步的努力:"《春秋》经世,振先王之雅言;百二宝书,译环球之近事。异闻必录,不袭陈言;利病备陈,无取深讳。倡提圣学,无昧本原;采译新书,旁搜杂事。审其技艺,穷其新理,则明者势不抱曲学而愈愚矣;察其土俗,知其形势,则通者势不泥旧章而解蔽矣;明其律法,谙其机权,强者势不执成法而振弱矣。"如此则"三病(指盲、聋、哑——引者注)之祸,亦已祛矣,岂不懿与"。[①]

第四节　兴民权论

在前述岭南维新派构筑的新思想体系中,对民权思想的肯定是十分明确的(参见本书第一章)。因此,"兴民权"也成为岭南维

---

①　吴恒炜:《知新报缘起》,《知新报》一,澳门基金会、上海社会科学院出版社 1996 年版,第 1、10、18 页。

新派变法的重要指导思想之一。但是,由于受其整个思想理论体系的制约,由于"变于上"和"变于下"分别是其选择的变法基本模式及补充形式,所以,"兴民权"在戊戌维新时期并未作为一种独立的、希望立即付诸实施的现实变法主张而提出来,而是与"变于上"和"变于下"的主张交织在一起,呈现出种种颇为复杂的表达形式。

一　议院观

"兴民权"思想与"变于上"的主张相联系,是集中通过岭南维新派议院观的演变而逐渐明确表达出来的。

康有为最早在《实理公法全书》中提出立议院的设想:"立一议院以行政,并民主亦不立。……此法权归于众,所谓以平等之意用人立之法者也,最有益于人道矣。"① 这是一个完全体现民权,既排除了君权,并且连"民主"(即"民之主"如总统之类)的形式也不要的理想的议院。但是,当岭南维新派开始以代人上折和自身上书等方式鼓动君主和朝廷实行自上而下的变法之后,在较长的一段时间内(大约从 1888 年至 1895 年),他们所谈及的议院并不是上述理想的民权议院,而是一个以"通下情"等为主要职能,对君权既有限制同时又和睦相处并起辅佐作用的议院。

康有为将议院制理解为一种"通下情"的政治制度,最初见于他写给曾纪泽的一封信,信中写道:"今泰西之言治道,可谓盛矣。其美处在下情能达。……令长之权必大矣,不畏其虐民乎? 得无

---

① 《康子内外篇(外六种)》,中华书局 1988 年版,第 45 页。本书将《实理公法全书》大致算作 1885~1887 年间的作品,理由见第一章第二节所作的注。

有议院绅以制令长耶？如此则事又难行。且一邑之中，人才有限，其议绅未必皆贤。仆观于吾乡团练之局，推举各绅督董乡事，甚类泰西议院之制。然偏私不公，立党相倾排者，比比皆是，则亦岂能为治耶？……又英国之政不在君而在相，英国属地四十岛埠，如令人人能自达于议院，而英相揽其成，则一日之间，条陈奏议，岂可胜数，如何而览之决之？不览则下情塞，览之则日力、目力、精神俱有限也，岂能给本国之臣僚，属岛之政事，外国之交涉哉？仆于此事瞢焉，深思之而不得其故。"① 从中可见康有为对议院如何通下情还有很多疑问，知其然而不知其所以然（甚至对其"然"也知之不多）。

　　此后，康有为再次谈到西方议院通下情等功用，语气中已不含什么猜疑的成分。他写信给洪良品说："泰西自罗马之后，分为列国，争雄竞长，地小则精神易及，争雄则人有愤心，故其君虚己而下士，士尚气而竞功，下情近而易达，法变而日新。……泰西……政事皆出于议院，选民之秀者与议，以为不可则变之，一切与民共之……"②《上清帝第四书》中写得更加明确："尝考泰西所以致强之由……一在设议院以通下情也。筹饷为最难之事，民信上则巨款可筹，赋税无一定之规，费出公则每岁摊派。人皆来自四方，故疾苦无不上闻；政皆出于一堂，故德意无不下达；事皆本于众议，故权奸无所容其私；动皆溢于众听，故中饱无所容其弊。……《洪范》称大同逢吉，决从于卿士庶人。孟子称进贤杀人，待于国人大夫，则

　　①　《与曾劼刚书》，《康有为全集》第1集，上海古籍出版社1987年版，第348～349页。

　　②　《与洪右臣给谏论中西异学书》，《康有为全集》第1集，上海古籍出版社1987年版，第536～537页。

彼族实暗合经义之精,非能为新创之治也。"①

　　直到《上清帝第四书》,康有为没有直接提出过在中国设议院的要求。但他是主张学习西方议院制通下情等精髓的(在他看来,这本就是中国的"经义之精"),因而作为一种间接的、中国化式的"议院"制,康有为设计了一种以"通下情"为宗旨的"议郎"制。

　　这一设想最先出现在《上清帝第一书》中:"周有土训诵训之官,掌道地图地慝方志方慝,汉有光禄大夫太中大夫议郎专主言议。今若增设训议之官,召置天下耆贤,以抒下情,则皇太后皇上高坐法宫之中,远洞万里之外,何奸不照,何法不立哉? 以皇太后皇上明目达聪,宜通下情久矣。"②

　　七年之后,在《上清帝第二书》中,康有为正式提出"议郎"制,并对此制作了颇为全面的论述。首先,引传统经史作为理论和历史根据:"夫先王之治天下,与民共之。《洪范》之大疑大事,谋及庶人为大同,《孟子》称进贤杀人,待于国人之皆可。盘庚则命众至庭,文王则与国人交。《尚书》之四目四聪,皆由辟门,《周礼》之询谋询迁,皆合大众。尝推先王之意,非徒集思广益,通达民情;实以通忧共患,结合民志。昔汉有征辟有道之制,宋有给事封驳之条。"其次,提出对"议郎"制的具体设计:"伏乞特诏颁行海内,令士民公举博古今、通中外、明政体、方正直言之士,略分府县,约十万户,而举一人,不论已仕未仕,皆得充选,因用汉制,名曰议郎。皇上开武英殿,广悬图书,俾轮班入直,以备顾问。并准其随时请对,上驳诏

　　① 《上清帝第四书》,汤志钧编:《康有为政论集》上册,中华书局1981年版,第149~151页。

　　② 《上清帝第一书》汤志钧编:《康有为政论集》上册,中华书局1981年版,第60页。

书,下达民词。凡内外兴革大政,筹饷事宜,[①] 皆令会议于太和门,三占从二,下部施行。所有人员,岁一更换。若民心推服,留者领班,著为定例,宣示天下。"最后,阐明实行"议郎"制的作用是:"上广皇上之圣聪,可坐一室而知四海;下合天下之心志,可同忧乐而忘公私。皇上举此经义,行此旷典,天下奔走鼓舞,能者竭力,富者纾财,共赞富强,君民同体,情谊交孚,中国一家,休戚与共。以之筹饷,何饷不筹?以之练兵,何兵不练?合四万万人之心以为心,天下莫强焉!"《上清帝第三书》中重申了以上论述,并强调"所谓通下情而合其力者此也"。[②]

随后不久,康有为又撰《上清帝第四书》,将原来"议郎"制的设想分成了内容有明显变化的两项建议。一是"开门集议":"令天下郡邑十万户而推一人,凡有政事,皇上御门令之会议,三占从二,立即施行,其府州县咸令开设,并许受条陈以通下情。"此项建议将议郎制的设立从朝廷扩展至府州县。二是"辟馆顾问":"请皇上大开便殿,广陈图书,每日办事之暇,以一时许亲临燕坐,顾问之员轮二十员分班侍值,皇上翻阅图书,随宜咨问,访以中外之故,古今之宜,经义之精,民间之苦,吏治之弊,地方之情,或霁威赐坐,或茶果颁食,令尽所知,能无有讳避,上以启圣聪,既广所未闻,下以观人才,即励其未学。令天下人才皆在左右,宰县奉使皆在特简,问其方略,责以成功,许其言事,严其赏罚,则人皆踊跃发愤,仰酬知遇,治天下可运之掌矣。其顾问之员,一取于翰林,文学侍从,人才较

---

① 此句标点似应作"凡内外兴革大政筹饷事宜",意即专指"筹饷",而非分成"兴革大政"和"筹饷事宜"二事。参见下引《上清帝第四书》的有关内容。

② 汤志钧编:《康有为政论集》上册,中华书局 1981 年版,第 134、147 页。

多,闲散日甚,宜令轮值;一取于荐举,用世宗宪皇帝之法,令大臣翰詹科道,下及州县,各荐人才,凡有艺能,皆得荐举,贵搜草泽,禁荐显僚,或分十科,俾无遗贤,虽或滥竽,必有异才,宜令轮值,其不称旨者,随时罢去,其荒谬者,罚其举主;一取于上书,其条陈可采,召对称旨者,与荐举人并称,待诏亦令轮值;一取于公推,众议之员,郡县分举,各熟情势,自多通才,亦令轮值。"① 此项建议除仍将"议郎"作为顾问之员外,还在顾问队伍中增加了从翰林、荐举者和上书者中产生的人员,并对君主所顾问之事列举较详。

书中再次明确地指出:"广顾问以尽人才,置议郎以通下情……征议郎则易于筹饷,而借民行钞皆可图。"并针对那种可能出现的"必谓天泽当严,官制难改,求言求才,徒增干进之士,开院集议,有损君上之权",反对设"议郎"制等改革的论调,辩驳道:"夫君贵下施,天宜交泰,冗官宜革,掣权非时,既已言之。若夫大考以诗赋超擢,馆选以楷法例授,同为干进,抑何取焉? 况进言荐举之士,必多倜傥之才,遗大投艰之时,贵有非常之举。我圣祖仁皇帝开鸿博之科,正当滇乱之日,乃知圣人之宏谟,固非常人所识度也,岂可以一二滥竽而阻非常之盛举哉? 至会议之士,仍取上裁,不过达聪明目,集思广益,稍输下情,以便筹饷,用人之权,本不属是,乃使上德之宜,何有上权之损哉?"② 后又在《日本变政考》的按语中写道:"惟中国风气未开,内外大小,多未通达中外之故,惟有乾纲独断,以君权雷厉风行,自无不变者。但当妙选通才,以备顾问。若各省贡士,聊广见闻而通下情,其用人议政,仍操之自上,则两得之

---

① 汤志钧编:《康有为政论集》上册,中华书局 1981 年版,第 158 页。
② 汤志钧编:《康有为政论集》上册,中华书局 1981 年版,第 159~160 页。

矣。"① 这都表明设立"议郎"制等是为了广求人才、通达下情,而不是以"民权"制约君权。

1895 年之后,随着变法运动的深入和变法思想的发展,岭南维新派逐渐跳出以"通下情"为议院主要功用的巢臼,为议院制注入新的政治思想内容,并愈来愈明确地将议院制与"民权"挂起钩来。

梁启超在《变法通议》中宣扬"合群"论,认为"国群曰议院"。② 又撰《古议院考》,一方面挑明议院与民权的关系,"问议院之立,其意何在,曰:君权与民权合,则情易通,议法与行法分,则事易就,二者斯强矣","议院者,民贼所最不利也";但另一方面又仍将西方议院制与中国经史进行大量的比附(所谓"推本于古"),认为"议院之名,古虽无之,若其意则在昔哲王所恃以均天下也。其在《易》曰,上下交泰,上下不交否。其在《书》曰,询谋佥同;又曰,谋及卿士,谋及庶人。其在《周官》曰,询事之朝,小司寇掌其政,以致万人而询焉……其在《记》曰,与国人交止于信;又曰,民之所好好之,民之所恶恶之,此之谓民之父母……其在《孟子》曰,国人皆曰贤,然后察之;国人皆曰不可,然后察之;国人皆曰可杀,然后杀之。《洪范》之卿士,《孟子》之诸大夫,上议院也;《洪范》之庶人,《孟子》之国人,下议院也。……故虽无议院之名而有其实也",如汉代"议员之职"就有谏大夫、博士、议郎等三种,这种"国家有议论之官"的制度起源于秦汉之前,"盖必于三代明王遗制,有所受之矣。滕文公欲行三年之丧,而父兄百官皆不悦,此上议院之公案也;周厉无道,国

---

① 康有为著:《日本变政考》卷一按语,故宫博物院藏本。

② 《变法通议》,梁启超著:《饮冰室合集》文集之一,中华书局 1989 年版,第 31 页。

人流之于彘,此下议院之公案也。郑人游于乡校,以议执政,子产弗禁;汉昭帝始元六年,诏公卿问贤良文学,民所疾苦,遂以盐铁事相争议,辨论数万言,其后卒以此罢盐铁。是虽非国家特设之议员,而亦阴许行其权也"。[①]这些比附所引用的经史材料与前述康有为论议院制(包括"议郎"制)"通下情"之功用所引的材料是十分相似的。不过,由于梁启超毕竟注意到议院具有"民权"的性质,所以,他并不同意中国立即开设议院:"问今日欲强中国,宜莫亟于复议院。曰:未也。凡国必风气已开,文学已盛,民智已成,乃可设议院。今日而开议院,取乱之道也。故强国以议院为本,议院以学校为本。"[②]

《古议院考》发表后,其中将西方议院制与中国经史相比附的观点受到严复的批评。梁启超于是致书严复,一方面,表示《古议院考》只是"游戏之作"、"塞责"之文,"实则启超生平最恶人引中国古事以证西政,谓彼之所长,皆我所有,此实吾国虚愊之结习",承认中国历古并无代表民权的议院和比附之说的"讹谬"。另一方面,根据严复关于论议院应"以权为断"(即"议院在权之论")的思路及《春秋》"三世"说,进一步认为不仅"中国历古无民主",而且西国古代亦无民主,因为"以启超所闻,希腊罗马昔有之议政院,则皆王族世爵主其事。其为法也,国中之人可以举议员者,无几辈焉;可以任议员者,益无几辈焉。惟此数贵族展转代兴,父子兄弟世居要津相继相及耳。至于蚩蚩之氓,岂直不能与闻国事,彼其待之且

---

① 梁启超著:《饮冰室合集》文集之一,中华书局 1989 年版,第 94~95 页。在此之前发表的《变法通议·论不变法之害》中已提到:"汉制,博士与议郎议大夫同主论议,国有大事则承问,即今西人议院之意。"(同上书,第 7 页)

② 《古议院考》,梁启超著:《饮冰室合集》,文集之一,中华书局 1989 年版,第 96 页。

将不以人类。彼其政也,不过如鲁之三桓,晋之六卿,郑之七穆,楚之屈景,故其权恒不在君而在得政之人",而"后之世家不察,以为是实民权。夫彼民则何权欤";正如"周厉无道,流之于彘而共和执政;国朝入关以前太宗与七贝勒朝会燕飨皆并坐,饷械房掠皆并分,谓之八公","此等事谓之君权欤,则君之权诚不能专也;谓之民权欤,则民权究何在也"。因此,中西这些史迹"皆多君之世,去民主尚隔两层。……故民主之局,乃地球万国古来所未有,不独中国也"。①

从历史发展趋势来说,梁启超是愿意力倡民权的:"不特中国民权之说即当大行,即各地土番野猺亦当丕变,其不变者即澌灭以至于尽,此又不易之理也。……国之强弱悉推原于民主,民主斯固然矣。"但从中国现状来说,他又主张先借助于君权:"……中国今日智极塞,民情极涣,将欲通之,必先合之。合之之术,必择众人目光心力所最趋注者而举之以为的则可合。既合之矣,然后因而旁及于所举之的之外以渐而大,则人易信而事易成。譬犹民主,固救时之善图也。然今日民义未讲,则无宁先借君权以转移之。"② 这与《古议院考》一文中不主张立即开设民权议院的态度是一致的。

康有为重新认识议院制是与他对日本明治维新史进行比较深入的考察研究紧密地联在一起的。自从《马关条约》签订后,康有

---

① 《与严幼陵先生书》,梁启超著:《饮冰室合集》文集之一,中华书局1989年版,第108~109页。关于"多君之世"等的划分,该书中写道:"《春秋》之言治也有三世。曰据乱,曰升平,曰太平。启超常谓据乱之世则多君为政,升平之世则一君为政,太平之世则民为政。凡世界必由据乱而升平而太平,故其政也,必先多君而一君而无君。"(同上书,第108页)

② 《与严幼陵先生书》,梁启超著:《饮冰室合集》文集之一,中华书局1989年版,第109~110页。

为出于寻求切实可行的变法维新之路的迫切需要,开始"大搜日本群书",在其女同薇的协助下,进行翻译汇集、加工编纂的工作。①经过近三年的努力,到1898年初上清帝第五书之前,编写成了"专明日本变政之次第"②的《日本变政考》一书。随后,将此书加上序、跋和按语,应旨先后两次进呈光绪帝。这部书的编写,使康有为"得见日本变法曲折次第",③对于"议院"制度亦有了比较全面、深入的了解,其议院观较之以前发生了重要的变化。

第一,议院具有代表"民权"的性质。

这一点,是从多方面体现出来的。

在议院与"民"的关系上,议院出自民选,赋有变"人主之治"为"民选议院"之治的意义:"日本变法,以民选议院为大纲领。夫人主之为治,以为民耳。以民所乐举乐选者,使之议国政,治人民,其事至公,其理至顺。《孟子》进贤杀人皆归之国人,《洪范》谋及庶人,即此义也。副岛诸臣开诚布公,予国人以选官之权,使民知国与己相维系,必思合力保卫之。万民一志,其势自强。"④

在议院与君主的关系上,君犹"脑"也,议院犹"心"也,"脑有所欲为必经心,心斟酌合度,然后复于脑,发令于五官四肢也。苟脑欲为一事,不经心议决,而率然行之,未有不失过也"。⑤君主应在

---

①　康有为著:《日本变政考》序,故宫博物院藏本。

②　《上清帝第五书》,汤志钧编:《康有为政论集》上册,中华书局1981年版,第208页。

③　康有为著:《日本变政考》序,故宫博物院藏本。

④　康有为著:《日本变政考》卷六按语,故宫博物院藏本。

⑤　康有为著:《日本变政考》卷十一,故宫博物院藏本。此系康有为所译伊藤博文演说词中的一段。参见黄彰健著:《戊戌变法史研究》,台湾商务印书馆1970年版,第217、219页。

议院的指挥下发号施令,议院显然比君主更重要。

在议院与政府的关系上,"立法属议院,行政属内阁政府。议院不得权过政府,但政府不得夺议院之权。……此宪法之主义也"。议院掌握立法权,并受到"宪法"的保障。凡有政事提出,皆由议院主持议决:"日本有议院以议事,故以议院受建白之书,与众议员共决之,登日志,公评之,则下情可通,而众议皆集矣。"① 同是"通下情",这里所显示的是议院的而不是君主的权力。

此外,康有为还将议院直呼为"民权":"日本外交,参用民权,故其国势大振,能与泰西各国更定条约,渐复本国自主之权。盖民权之收效,如是其可贵也。然必自大开民智始。民智不开,遽用民权,则举国聋瞽,守旧愈甚,取乱之道也。故立国必以议院为本,议院又必以学校为本。"②

但与此同时,康有为并不将议院的"民权"与君权相对立,而是强调两者(君与民)的互保互爱:"昔先王治天下,无不与民共之。《传》言文王与国人交,《洪范》之谋及庶人,虞廷之明目达聪皆由辟门,《周礼》询谋询迁皆会大众,凡此皆民选议院之开端也。三代以下,其君日尊,其民日卑,上下不交,于《易》为否。天下多乱而少治,难存而易亡,皆古义不明驯至之弊。推原其故,厥有二旨,天下之事日众,愈私则愈难办矣。天下之人亦日众,愈疏则愈离矣。知国事之不可私也,而公之。智效其思,政无不立;能效其力,法无不行。弊愈去也,利愈兴也。虽万世有治而无乱可也。知国人之不可疏也,而亲之。君之保民如保其子女,民之爱君如爱其父母,互相爱也,互相保也,虽万年长存而不亡可也。此民选议院之良制,

---

① 康有为著:《日本变政考》卷十一、卷四按语,故宫博物院藏本。
② 康有为著:《日本变政考》卷十一按语,故宫博物院藏本。

泰西各国之成法,而日本维新之始基也。""自古君民之间,有相亲爱之道,无可疑忌之理。《书》曰:民可近,不可下;《记》曰:在亲民。""人主爱民如保赤子,则人民之忠君爱国,亦如为其父母,为其身家矣。人民合其大众,合其亿万,各出其心力以为其君,其国谁得而攻之、削之!"① 力图将议院的"民权"与君权相调和或相融合,正是康有为议院观的鲜明特色之一。

第二,设"民权"议院必须以民智已开为前提。

当民智未开时,反对立即设议院;当民智已开之后,议院决不能禁。对此,康有为作了一段颇为完整的论述:"凡先王所以勤勤恳恳为亲民之政者,非独养其生也。盖亦有以开其智焉。其民智愈开者,则其国势愈强,英美诸国是矣。民智之始何基乎? 基于学校。民智之成何验乎? 验于议会。夫学校与议会,相联络、相终始者也。故学校未成,智识未开,遽兴议会者,取乱之道也。学校既成,智识既开,而犹禁议会者,害治之势也。夫议会之终不能禁,犹学校之必不能废也。夫谓议会之终不能开,皆导君以疑忌其民者也。夫君者,民之父母,其爱民也如子女。夫父母之爱其子女,而欲开其智也,必为之延师入塾焉,则学校之说也。及其学之成也,必自能作书焉,自能任事焉,则议会之说也。今知学校既不能废,而谓议会必不能开,则是父母为子延师就塾,而欲其终身不能作一书办一事也,岂情理哉?"②

"民权"性质的议院设立与否要依"民智"开启的程度而定,但用以"通下情"的议院可以先行设立:"然民智未开,蚩蚩自愚,不通古今中外之故,而遽使之议政,适增其阻挠而已。令府州县开之以

---

① 康有为著:《日本变政考》卷六、卷七、卷十按语,故宫博物院藏本。
② 康有为著:《日本变政考》卷七按语,故宫博物院藏本。

奉宣德意、通达下情则可。日本亦至二十余年始开议院。吾今于开国会尚非其时也。""国议院未可开,若州县村乡议会则诚不可不开,以达民情也。其于兴农商,筹饷需,实治本也。"①

对于一些人希望立即开设"议院"的主张,康有为一再表示坚决反对。百日维新期间,他专门写了《答人论议院书》刊于《国闻报》,阐述了"民权"议院何以不能开设的三点理由:

一是中西国情不同,西方能"盛行"议院制而中国只能"以君权治天下":"夫议院之议,为古者辟门明目达聪之典。泰西尤盛行之,乃至国权全界于议院,而行之有效。而仆窃以为中国不可行也。盖天下国势民情,地地不通,不能以西人而例中国。泰西自罗马教亡后,诸(国)并立,上以教皇为共主,其君不过如春秋之诸侯而已。其地大者,如吾中国两省;小者,如丹、荷、瑞、比,乃如吾一府。其臣可仕他国,其民可游外邦。故君不尊而民皆智,其与我二千年一统之大,盖相反矣。故中国惟有以君权治天下而已。"

二是守旧者众,设议院新政必受阻挠,不如以君权变法更为可行。自皇上"明定国是"以来,举行新政,日不暇给,"一诏既下,天下同行,虽有老重大臣,不敢阻挠一言,群士不敢阻挠一策,而新政已行矣",若"下之九卿翰詹科道会议,又下之公车诸士会议,此亦西人之上、下议院也。三占从二,然后施行,试问驳者多乎? 从者多乎"?"方今士大夫能知变法维新,以保危局者,百不得一,其稍有所知者,亦皆模棱两端,然已不可见矣。虽以圣上之毅然变法,然犹腹诽者众,泄沓如故。……八股守旧之士,乃敢诽皇上为秦始

---

① 康有为著:《日本变政考》卷六、卷八按语,故宫博物院藏本。康有为认为各州县省议员应选"富民"担任,"取其富则不贪私也"。(同上书,卷十一按语)

皇之焚书坑儒者。……然以此辈充议员,凡此新政必阻无疑,然则议院能行否乎?不待言矣。故今日之言议院,言民权者,是助守旧者以自亡其国者也。……泰西三百年而强,日本三十年而强,若皇上翻然而全变,吾中国地大人众,二年可成。况圣上天锡勇智,千载罕逢,有君如此,我等但夙夜谋画,思竭涓埃以赞圣明足矣。"

三是君如父母,民如童幼婴孩,民尚需由君作主:"夫君犹父也,民犹子也。中国之民,皆如童幼婴孩,问一家之中,婴孩十数,不由父母专主之,而使童幼婴孩自主之,自学之,能成学否乎?必不能也。敬告足下一言:中国惟以君权治天下而已。若雷厉风行,三月而规模成,二年而成效著。"①

此外,康有为还两次阻人"开议院"之议:一次是"内阁学士阔普通武尝上疏请开议院,上本欲用之,吾于《日本变政考》中,力发议院为泰西第一政,而今守旧盈朝,万不可行,上然之";另一次是"于时复生、暾谷又欲开议院,吾以旧党盈塞,力止之"。②

第三,开设"民权"议院是"君权变法"取得成功后的结果。

在《上清帝第五书》中,康有为就建议将变法之后开"国会"作为国家的一项大政方针予以宣布:"伏愿皇上因胶警之变,下发愤之诏……明定国是,与海内更始,自兹国事付国会议行……"③

在《日本变政考》中,康有为对议院制需待变法已成之后方能

---

① 《答人论议院书》,《国闻报》光绪三十四年五月二十八日。转引自孔祥吉著:《戊戌维新运动新探》,湖南人民出版社1988年版,第61~62页。

② 《康南海自编年谱(外二种)》,中华书局1992年版,第56页。谭嗣同字复生,林旭字暾谷。

③ 《上清帝第五书》,汤志钧编:《康有为政论集》上册,中华书局1981年版,第207页。关于这段史料的理解,史学界有不同的意见,较详细的讨论参见拙文《维新派的政治纲领及其他》,《华南师范大学学报》1990年第4期。

大行其道这一点讲得更为明确:日本变法"至今三十年,举国移风,俗化蒸蒸,万法毕新,工出新器,商通运学,农用机器,人士莘莘,皆通大地之故,兼六艺之学,任官皆得通才,以兴作为事,人主与群臣议院,日日讨论,孜孜不已,盖新政成矣";"日本亦至二十余年始开议院。吾今于开国会尚非其时也";"日本变法二十四年,而后宪法大成,民气大和,人士知学,上下情通,而后议院立。礼乐莘莘,其君亦日益尊,其国日益安,此日本变法已成之效也"。①

由于这些变化,"兴民权"思想就通过岭南维新派的议院观得到一定程度的体现。在"以君权变法"模式的制约下,这种体现具有双重性:一方面,"君权变法"与"兴民权"是相对立的,反对立即将民权付诸实施;另一方面,"君权变法"又与"兴民权"有一致性,为日后民权的盛行创造着条件。正如梁启超评价康有为的民权思想与"君权变法"的关系时所说:"中国倡民权者以先生为首,(梁启超自注:知之者虽或多,而倡之者殆首先生。)然其言实施政策,则注重君权,以为中国积数千年之习惯,且民智未开,骤予以权,固自不易,况以君权积久,如许之势力,苟得贤君相,因而用之,风行雷厉,以治百事,必有事半而功倍者。故先生之议,谓当以君主之法,行民权之意,若夫民主制度,则期期以为不可,盖独有所见,非徒感今上之恩而已。"② 戊戌政变的发生,标志着"君权变法"的失败,岭南维新派"以君主之法,行民权之意"的设想未能得到实现。

---

① 康有为著:《日本变政考》序、卷六按语、卷十二按语,故宫博物院藏本。

② 《南海康先生传》,梁启超著:《饮冰室合集》文集之六,中华书局1989年版,第85页。

二　民主大势论

按照康有为的大同三世说,从据乱世、升平世到太平世亦即从君主制到民主制是人类社会历史发展的一个必然趋势。(参见本书第一章第三节第三点)这一论点,康门弟子作了进一步的阐释,民主是历史发展大势成为他们的共识。

梁启超写了《论君政民政相嬗之理》一文,充分肯定民政之世是人类社会不可避免、不可逆转的历史发展趋势。

文中他将康有为确立的"《春秋》张三世之义"具体阐释为"三世六别",即:多君为政之世(多君世),别分为酋长之世和封建及世卿之世;一君为政之世(一君世),别分为君主之世和君民共主之世;民为政之世(民政世),别分为有总统之世和无总统之世。多君世为据乱世,一君世为升平世,民政世为太平世。认为这是由"公理"所决定的人类社会发展的一个十分确定而不可改变的顺序,"未及其世,不能躐之;既及其世,不能阏之"。①

因此,他不同意严复的两个论点。一个论点是欧洲历史上一君治民之制、世族贵人共和之制和国民为政之制三种制度可以不按确定的先后顺序而"相为起灭",希腊罗马之时的国民为政之制"虽其时法制未若今者之美备,然实为后来民治滥觞"。指出:一个国家"既能行民政者,必其民之智甚开,其民之力甚厚。既举一国

---

① 梁启超著:《饮冰室合集》文集之二,中华书局1989年版,第7、10页。梁氏的这种划分以君主的多少和有无为标准,注重的是"政体"即政权构成的形式,而对同一政体之下政权可以有实质性的差别则未能明确指出,所以他说:"今日之天下自美法等国言之,则可谓为民政之世;自中俄英日等国言之,则可谓为一君之世。"(同上书,第11页)

之民而智焉而力焉,则必无复退而为君权主治之理。此犹花刚石之下,不得复有煤层,煤层之下,不得复有人迹层也";希腊罗马曾经出现的国民为政之制"终疑其为偶然之事,且非全体……其与今之民政殆相悬也"。另一个论点是:"……天演之事,始于胚胎,终于成体。泰西有今日之民主,则当夏商时含有种子以为起点,而专行君政之国,虽演之亿万年,不能由君而入民。"指出:"至疑西方有胚胎而东方无起点,斯殆不然也。日本为二千年一王主治之国,其君权之重,过于我邦,而今日民义之伸不让英德,然则民政不必待数千年前之起点明矣。盖地球之运,将入太平,固非泰西之所得专,亦非震旦之所得避。吾知不及百年,将举五洲而悉惟民之从,而吾中国亦未必能独立而不变,此亦事理之无如何者也。"梁启超比较中西政制的历史特点,强调三世必须循序渐进而又必然殊途同归于民政:"凡由多君之政而入民政者,其间必经一君之政,乃始克达。所异者西人则多君之运长,一君之运短,中国则多君之运短,一君之运长(梁启超自注:此事就三千年内言之)。至其自今以往,同归民政,所谓及其成功一也。此犹佛法之有顿有渐而同一法门。"①

　　徐勤回顾古今中外人类社会发展史,认为主要有三大变化:一是"洪水以前,鸟兽相迫,昆仑地顶,人类自出。黄帝之子孙,散居于中土;亚当之种族,漫衍于欧东。创文字,作衣冠,立君臣,重世爵,由大鸟大兽之世,而变为土司之世";二是"周秦之世,地运顿变,动力大作。争夺相杀,而民贼之徒遍于时;兼弱攻昧,而强有力者尊于上。嬴政无道,驱黔首以为囚;罗马暴兴,合欧西而一统。

---

　　①　《论君政民政相嬗之理》,梁启超著:《饮冰室合集》文集之二,中华书局1989年版,第10～11页。

由土司之世，而变为君主之世"；三是"百余年间，智学竞开，万国杂
沓。盛华顿（应为华盛顿——引者注）出，而民主之义定；拿破仑
兴，而君主之运衰；巴力门立，而小民之权重。由君主之世，而变为
民主之世"。由此比较亚、欧、美三洲，得出的结论是"结地球之旧
俗者亚洲也，开地球之新化者欧洲也，成地球之美法者美洲也"。
指出认清这种演化大势是十分重要的："欲平天下之政，定天下之
制，经天下之民，易天下之俗，而不审古今之变，中外之势，是犹治
河而不知溯源，理财而不谙会计，医者而不辨状脉，治兵而不识行
阵者也。"①

　　刘桢麟在《地球六大罪案考总序》一文中一面谴责亚力山大、
秦始皇、摩哈默（即穆罕默德——引者注）、成吉思汗、明太祖、拿破
仑等六人杀人愚民、遗毒后世的罪行，一面以大量的事实指明君主
专制之压力虽重，民主之大势仍然不可阻挡，"压力重则拒力生，热
质凝则火山爆，君权尊则民变速。泰西诸邦，数十年来，陡生动力，
民气顿开。乾隆四十年，美则背英而为民主矣。道光二十九年，英
则争议院而为君民共主矣。同治九年，法则倡国会而弃其虐我者
矣。道光二十八年，德则民年二十四而有举官之权矣。道光二十
八年，意则合众国而民成自主之势矣。同治元年，俄则民有公议局
之设矣。光绪十九年，巴西则逐其君而易其政矣。由是弛私会之
禁，弛报馆之禁，弛外交之禁，弛限教之禁；释随夫，赎黑奴，广学
艺，减税课，轻刑律，立善会，兴医学；兵而老者则有院以养之，穷无
归者则有院以育之，不率教者则有院以诱之；妇女则有教，犯人则
有教，聋瞽则有教；君臣变而为递嬗，仆婢变而为雇役，男妇变而为

---

　　①　徐勤：《地球大势公论总序》，《知新报》一，澳门基金会、上海社会科
学院出版社1996年版，第10页。

平等。虑战祸之害民也,则设万国太平之会以弭之,虑两国之构争也,则立凭公调处之约以和之。举千百年虐民愚民之具,一旦毅然摧陷而廓清之,而益智开化,趋高趋远,尚靡有忨焉。吁! 穷则变,变则通,通则久。彼其威权无限,霸道弱民者,至是而亦莫如之何也。……今五洲之大,十五万万之众,大地既通,莫可遏制,其平权齐等,文明大启,蒸蒸日趋于上者,固所在然矣"。由此,他对澳洲、非洲、亚洲诸多国家依然"守旧闭化,蒙黭惨怛",不随民主大势而变迁的现状痛心不已,大声疾呼要声讨前述专制六君之罪状,拯受害国家之"悬溺"。①

三　公私权限论

受中国传统文化观念的影响,岭南维新派在阐释民与君、民主与专制的对立之时,常常表述为公与私的对立,以对公天下的追求和对私天下的批判来表明其民权意识。

刘桢麟把"大同之世"和"先王"作为公的典范加以称颂,而把"据乱之世"和"后世"作为私的代表进行斥责:"大同之世尚仁,据乱之世尚力。先王之治天下也以公,后世之治天下也以私,先王之于民也欲其智,后世之于民也欲其愚。古今魁桀雄武之流,乘时而起,欲以利其天下,厚其权力,尊其禄位,顺其臂指,据他人之自有,而不使其知,攘他人之所共,而悉归于独者,盖比比然矣。"尤其是"……污君独夫民贼,纵一人之怒,而屠毒千万人之生灵,顾百年之图,而愚弱千万年之世界。此其祸虽洪水猛兽不能比,此其罪虽更

① 《知新报》一,澳门基金会、上海社会科学院出版社 1996 年版,第 74 页。

仆擢发不能数,此其心虽孝子贤孙不能讳"。如亚力山大等君主就是这样的污君独夫民贼,他们皆"……极其自私自利之心,至于锢人聪明,箝人论议,制人作为,斫人气节,败人风俗,荼毒遍天下,以及于后世。夫固自以为子孙帝王万世之业,道未有善于此者也"。①

黎祖健② 在《驳龚自珍〈论私〉》一文中,对传统的为公论作了多方引证,并将其与"民主之意"交织在一起。

一是指出中国文化从来崇公恶私:"吾闻天下之义,莫善于同,莫不善于独,莫善于公,莫不善于私。孔子言大同,墨子言尚同。同也者,教主之宏旨也。无告之穷民号曰独,残贼之匹夫号曰独。独也者,人类之恶谥也。《礼运》言天下为公,《白虎通》言通正为公。公也者,群善之总汇也。韩非子谓自营为私,许慎谓奸邪为私。私也者,万恶之起点也。"

二是辨明《春秋》有三世之义,乱世、升平世皆为私,孔孟所不取,太平世为公,才是理想之世:"天下之治分三等。《春秋》之义,有乱世,有升平世,有太平世。乱世尚力之世也,升平世小康也,太平世大同也。乱世尚力,故英辟悍主,恃其兵力,彝人之国,覆人之宗,灭人之祀,戮人之君臣、父子、兄弟、夫妇、师弟、朋友,告之太庙,镌之金石,侈然犹自以为功。……此秦政、成吉思汗、亚历山大、拿破仑之流,孟子所殊其徽号,谓之残,谓之贼,谓之匹夫者也。即曰小康之世,天下为家,各亲其亲,各子其子,货力为己,大人世及以为礼,城郭沟池以为固,亦无非为庇子孙、保国家之计。然孔

---

① 刘桢麟:《地球六大罪案考总序》,《知新报》一,澳门基金会、上海社会科学院出版社 1996 年版,第 65、73 页。

② 黎砚诒,字祖健,广东番禺人,康有为弟子。

子即断之曰,谋乱是作,兵由此起,且仅目之为小康,而不足与言大同。若大同之世,天下为公,选贤与能,讲信修睦。故人不独亲其亲……斯其为公天下者哉。"

三是认为孔子尚让(禅让、让贤),有民主之意:"让者,孔子之所重也。其许尧舜以大同,谓其能让也;称泰伯文王为至德,谓其能让也;托隐公为《春秋》始受命王,谓其能让也。吾观孔子之尚让,有民主之意焉。故《易》曰,见群龙无首吉。今试合天下公理家,列地球帝皇表为九等,则尧舜、华盛顿之伦,必居第一等。何也? 为其公天下也。秦政、朱元璋、拿破仑之流,必居第九等。何也? 为其私天下也。故孟子曰,民为贵,社稷次之,君为轻。墨子曰,选天下之贤者,立以为天子。庄子曰,臣妾不足以相治,必递相为君臣。《传》曰,天生民而牧之君。又曰,岂其使一人肆于民上。《白虎通义》,天子者,爵称也。董子《繁露》,天下归往谓之王,能群天下谓之君,斯义甚著。吾意百年以后,地球必尽变为民主之国也。"

四是澄清孟子攻墨子兼爱之说为过激之言,孔子其实并不否定兼爱:"孟子之时,儒墨交攻。……孟子欲卫大道,遂并其兼爱而攻之,有激之言也。孔子之教弟子曰,泛爱众。子贡问博施济众,孔子告以何事于仁,必推之于尧舜。诚以舜尧为大同之君,地球民主之鼻祖也。《春秋》之义,太平世天下大小远近若一。张横渠《西铭》言乾父坤母,天地之塞吾其体,天地之帅吾其性,民吾胞物吾与,天下疲癃残疾茕独鳏寡,皆吾兄弟之颠连而无告,正与孔子之泛爱,尧舜之博济,《礼运》之大同,《春秋》之太平,其义吻合。是则兼爱孔子未尝以为非也。"①

---

①　以上引文见《知新报》一,澳门基金会、上海社会科学院出版社1996年版,第250～251页。

　　梁启超则明确地将公私观与权利二字联系起来,要求讲明公私之义,赋予人人自主之权,以成"全权之国"。

　　他首先指出"先王"与"后世"之间存在着"公"与"私"、"务治事"与"务防弊"的重大区别:"先王之为天下也公,故务治事;后世之为天下也私,故务防弊。"两相比较,务治事者利存可掩小弊,务防弊者"一弊未弭,百弊已起"。防弊的结果是:"自秦迄明,垂二千年,法禁则日密,政教则日夷,君权则日尊,国威则日损。上自庶官,下自亿姓,游于文网之中,习焉安焉,驯焉扰焉,静而不能动,愚而不能智。历代民贼,自谓得计,变本而加厉之。"他强调"防弊"根源于一个"私"字:"防弊之心乌乎起? 曰:起于自私。"①

　　那么,何谓公私之义呢? 梁启超对此围绕"自主之权"这一核心作了阐释:"请言公私之义。西方之言曰:人人有自主之权。何谓自主之权? 各尽其所当为之事,各得其所应有之利,公莫大焉。如此则天下平矣。防弊者欲使治人者有权,而受治者无权,收人人自主之权,而归诸一人,故曰私。""权"与国家的强弱紧密相关:"地者积人而成,国者积权而立。故全权之国强,缺权之国殃,无权之国亡。何谓全权? 国人各行其固有之权。何谓缺权? 国人有有权者,有不能自有其权者。何谓无权? 不知权之所在也。"他特别对"无权"加以解释道:"无权恶乎起? 曰:始也欲以一人而夺众人之权,然众权之繁之大,非一人之智与力所能任也。既不能任,则其权将糜散堕落,而终不能以自有。虽然,向者众人所失之权,其不能复得如故也。于是乎不知权之所在。"他认为,防弊者"始于争权,终于让权"。所谓"让权",就是从君主起,层层对所任之事不负

────────────

① 《论中国积弱由于防弊》,梁启超著:《饮冰室合集》文集之一,中华书局1989年版,第96、99页。

责任,"一部之事,尚侍互让;一省之事,督抚互让;一君之事,君国民互让"。他评论道:"争固不可也,让亦不可也。争者损人之权,让者损己之权。争者半而让者半,是谓缺权。举国皆让,是谓无权。夫自私之极,乃至无权。"根据这种奇特的争权——让权——无权论,梁启超得出的结论是必须改变专重"防弊"的统治方法:"吾请以一言蔽之曰:因噎而废食者必死,防弊而废事者必亡。"①

在另一篇文章里,梁启超从另一角度即法律学的角度提出了公私权限的问题,主张讲求法律之学,划定君民上下之权限,不断增进社会文明之程度。梁启超所说的"法律之学",是包括所有治国治群之法在内的广义的法学:"法者何,所以治其群也。大地之中,凡有血气者,莫不有群,即莫不有群之条教部勒。"他认为,大抵其群智愈开力愈大者,其法(所谓"条教部勒")也愈繁,而其法析之愈分明、守之愈坚定者,其族其种也愈强,"人之所以战胜禽兽,文明之国所以战胜野番,胥视此也"。他对中国之法与泰西之法的历史和现状进行比较,指出:孔子的莫大功德就在于作《春秋》以为律法,"有治据乱世之律法,有治升平世之律法,有治太平世之律法,所以示法之当变,变而日进也",但秦汉以来,"此学中绝",于是法律日简且一成不变,"于是所谓条教部勒者荡然矣";反观泰西,"自希腊罗马间,治法家之学者,继轨并作,赓续不衰,百年以来,斯义益畅,乃至以十数布衣,主持天下之是非,使数十百暴主,戢戢受绳墨,不敢恣所欲,而举国君民上下,权限划然,部寺省署,议事办事,章程日讲日密,使世界渐进于文明大同之域,斯岂非仁人君子心力之为乎"。他对作为划分"中国"与"夷狄"之标准的"礼义"二字重

①　《论中国积弱由于防弊》,梁启超著:《饮冰室合集》文集之一,中华书局1989年版,第99～100页。

新加以定义："礼者何？公理而已。义者何？权限而已。"认为以此而论,泰西明公理、讲权限,而"今吾中国聚四万万不明公理不讲权限之人,以与西国相处,即使高城深池,坚革多粟,亦不过如猛虎之遇猎人,犹无幸焉矣。乃以如此之国势,如此之政体,如此之人心风俗,犹嚣嚣然自居于中国而夷狄人,无怪乎西人以我为三等野蛮之国,谓天地间不容有此等人也"。因此,"今日非发明法律之学,不足以自存矣"。他进而断言"法律"为文明的根源,"其法律愈繁备而愈公者,则愈文明;愈简陋而愈私者,则愈野番而已",而文明程度最高的法律则是"吾圣人大同之世"的"所谓至繁至公之法律",表示"吾愿发明西人法律之学,以文明我中国,又愿发明吾圣人法律之学,以文明我地球"。①

此外,康有为在进行保国会活动时亦曾以公天下的观念宣扬民权主张:"……今日人人有亡天下之责,人人有救天下之权者",②"从知天下为公产,应合民权救我疆"。③

四　重民论

大量引述和在某种程度上重新阐释中国传统的重民思想,以此尽力提升民众的地位,显示民众的作用,抨击专制君主对民众的

---

① 《论中国宜讲求法律之学》,梁启超著:《饮冰室合集》文集之一,中华书局1989年版,第93~94页。

② 《京师保国会第一集演说》,汤志钧编:《康有为政论集》上册,中华书局1981年版,第240页。

③ 《胶旅割后,各国索地,吾与各省志士开会自保,末乃合全国士大夫开保国会,集者数千人。累被飞章,散会谢客,门可罗雀矣》,汤志钧编:《康有为政论集》上册,中华书局1981年版,第242页。

漠视和压迫,是岭南维新派表达其兴民权思想的又一方式。

刘桢麟把人的自然平等作为重民论的理论依据:"夫人生霄壤之间,被灵于天,分形于地,首同圆,足同方,体同支,哌哌者皆造物之息也,孳孳者皆黄帝之礽也,非有彼疆此界之域,阳尊阴卑之殊,我强尔弱之异。"指出先王正是因为知道此理,所以事事以民为重,"故其立国也,有分土,无分民;其为国也,用民不过三日。其征诛也,以救民;其王天下也,以保民。平其等曰与国人交,亲其类曰为民父母。彼岂不知名分之界,威权之力,利禄之路,党徒之夥,可以牢阱天下之心,奴隶天下之膝,囚虏天下之体,使之不我悖,不我去,而后快于心也。然而不为也,岂非恶伤其同类哉!孟子曰,民为贵。又曰,民为邦本。荀子曰,民不归,国无与立。宁抑君而伸民耶。民之多寡,系夫国之蹙兴;民之智蒙,关夫国之强弱。古之人其于民也,井田以育其家,学序以智其心,贡举以荣其身,什一以薄其赋,时使以纾其力,询访以通其气,登拜以植其节。爱之也如彼,敬之也如此。匪惟爱敬之,又恐其不给焉,故老弱则存问之,残疾则手抚之,札荒则同纳之,死亡则亲吊之。凡有便于民、利于民者,未尝顾惜而不为也。此所以民气厚,而国日治。三代盛平,胥是道也"。他感叹后世"公理亡,私义出",以致"弱为肉,强为食,坐使靦然颜面,而屈颈贴耳,委体寄生于强有力者之宇下,诚足哀矣。呜呼,既屈辱之矣,又从而屠戮焉,胡为其忍之哉"。①

欧榘甲在《论大地各国之法皆由民起》一文中,对重民思想作了更广泛的论述,其要义有以下数点:

1.古王者以天视民,以民视己,不敢专权,因而受人尊重:"大

---

①　刘桢麟:《地球六大罪案考总序》,《知新报》一,澳门基金会、上海社会科学院 1996 年版,第 65 页。

哉民之生乎,与天地相终始矣。《易》曰:'吉凶与民同患。'《书》曰:
'天聪明,自我民聪明;天明畏,自我民明威。'古之有天下者,以天
视民,以民视己。惴惴然无敢撄其心,而必同其患;不敢逞一己之
智,而禀其民之聪明;不敢专一人之权,而奉其民之明威。贬威损
重,若后世所谓建空名于万姓之上者然,而后之人奉为古先哲后。"

2.古王者与民同乐,与民同好:"孟子曰:'与民偕乐故能乐。'
又曰:'鼓乐田猎,与民同乐。文王之囿,与民同之。好勇好货好
色,与民同之。'"当今世爵故家、万乘之君,享尽荣华富贵,并非不
可,但应同时顾及民生民情,"……一妃匹之合,必使民无怨旷,一
府库之储,必使民有仓粮。下至麋鹿鱼鳖之微,园囿池台之奉,必
俟民之欢乐喜色而后得,任民之刍荛雉兔而无禁"。

3.孟子主张大政大礼、大兵大刑皆听命于国人,根本原因就在
于重民则国强,弃民则国亡:"……孟子又曰:'左右诸大夫皆曰贤,
未可,国人皆曰贤,然后用;左右诸大夫皆曰不可,勿听,国人皆曰
不可,然后去;左右诸大夫皆曰可杀,勿听,国人皆曰可杀,然后
杀。'夫人主尊于天下者,以能操赏罚之柄,莫敢谁何耳,皆听命于
国人,则是议政之权,操之自下也。不宁惟是,梁惠图雪耻,而以施
仁于民告;齐宣欲专霸,而以保民而王告;滕文问为国,而以民事不
可缓告。……书之重,辞之复,绝不为国君别筹外交之方、强兵之
术,而于此贫弱小民,所奴隶指使,夙昔视之如犬马土芥,无如我何
者,而为之谋养生送死无憾,为之谋五亩之宅,墙下树桑,狗彘鸡
豚,其时勿失,设学校以教之,明人伦以道之,如是而后可谓之君,
而后可谓之新国也。思之思之,鬼神来告之,乃懔然曰:国之强,其
在重民乎;国之亡,其在弃民乎。"

4.有民众才成君国,君国与民应亲如家人,同忧共患,合为一
体:"今夫合质点而成体,合族类而成国,合众民而成君。君也者,

民之积也，君与民一体也。故能群民谓之君，民所归往谓之王。然圣人立之君王之号，犹虑其尊卑隔绝，重门哤狘，视民如路人也，爰又亲之以父母之称。父母者，子之饥也食之，子之寒也衣之，子之愚也教之，不能衣食与教，无为父母矣，如是者其家必毁。君者民之所好好之，民之所恶恶之。拂其好恶，而自安于般乐怠敖，民何仰矣，如是者其国必亡。语曰：国所与立，惟民是依。故夫不重其民，是自戕其嗣，自斫其体，自破其家，自伐其国也。"

5.不重民起于有天下者之私，他们用各种方式压制摧残民志民气，使奴民和被奴成为当然，以致外患猝至，毫无抵御之力："……不重民，恶乎起？曰：起于有天下者之私。用老氏之术，愚其民以使之易治，密网以束之，垒例以绳之，纤利以缠绵之，虚荣以颠倒之，积其岁月以枯曝之，禁言时事以锢蔽之。于是跰跞蛮驾之伦，咸屏息慴伏，不敢轻议国事，以触文法，而志无所泄，乃自放于曼声冶色、考据词章，以销精荡华，颓然而已矣。薄海承流，如鱼戢戢，则陇亩之上，无有俯仰扼腕，辍耕太息者，遂若太平矣。抑或不戢，称天戈以芟夷殄灭之，使无遗孽。其民之气既散，益块然干槁，厌缄老洫，安于醉生梦死，不可复阳矣。子孙既世而王，则天潢之胄，世禄之家，狃于世奴其民，以为分之当然，而彼为民者，亦谓有生已来，固已如此，何须想望天日。教化陵夷，纪纲废骢，群盲同室，大启戎心，而外患猝至，乃如摧枯拉朽，莫能御矣。"①

与以上内容相似的引述和阐释在其他岭南维新派人物的论著中还有不少，不一一具引。

---

①　以上引文见中国近代期刊汇刊：《强学报·时务报》第4册，第3385～3387页。

五　男女平等平权论

这一主张主要是围绕兴女学、去缠足二事而展开的。梁启超在《变法通议》中专列"论女学"一章对兴女学之事详加论述,其后又撰写了《倡设女学堂启》;对去缠足之事则撰有《戒缠足会叙》、《试办不缠足会简明章程》等文。在这些文章中,他紧密联系兴女学、去缠足二事,阐发了男女应当平等平权的思想。

关于兴女学,他指出妇女历来之所以不能受学,处于与男子不平等的地位,完全是"强有力者"有意压制的结果,正如"民"被"君"以强力压制一样:"善夫诸教之言平等也(梁启超自注:南海先生有孔教平等义)。不平等恶乎起?起于尚力;平等恶乎起?起于尚仁。等是人也,命之曰民,则为君者从而臣妾之。命之曰女,则为男者从而奴隶之。臣妾奴隶之不已,而又必封其耳目,缚其手足,冻其脑筋,塞其学问之途,绝其治生之路,使之不能不俯首帖耳于此强有力者之手。久而久之,安于臣妾,安于奴隶,习为固然,而不自知。于其中有人焉,稍稍自疑为臣妾为奴隶之不当者,反群起而哗之。以故数千年来之男子无或以妇学为治天下所当有事,而数千年之妇人,盖无有奋然自张其军,以提倡其同类者也。非不才也,压力使然也。"而美国、日本之所以女学大兴,则是因为"男女平权之论,大倡于美,而渐行于日本"。至于到了太平世,则男女完全平等,"国人无男无女,皆可各执一业以自养,而无或能或不能之别,故女学与男学必相合"。①

————————

① 《变法通议》,梁启超著:《饮冰室合集》文集之一,中华书局 1989 年版,第 42~43 页。又见《倡设女学堂启》,同上书文集之二,第 20 页。

关于去缠足,他以男女同受于天、女子绝不应受男子之欺凌的"天然之公理"作为依据,着重对妇女所受的各种奴役和痛苦(不限于缠足)进行了有力的控诉:"眼耳鼻舌手足受诸天,受诸父母……男女中分,人数之半,受生于天,受爱于父母,匪有异矣。……人类之初起,以力胜者也。……男子之强悍者相率而倡扶阳抑阴之说,尽普天下之女子而不以同类相待。是故尘尘五洲,莽莽万古,贤哲如鲫,政教如海,无一言一事为女子计。其待女子也,有二大端:一曰充服役,二曰供玩好。由前之说,则豢之若犬马;由后之说,则饰之若花鸟。禀此二虐,乃生三刑。非洲、印度以石压首,使成扁形,其刑若黥。欧洲好细腰,其刑若关木。中国缠足,其刑若斫胫。三刑行而地球之妇女无完人矣。"他对缠足的抨击更加不遗余力:"缠足不知所自始也。要而论之,其必起于污君独夫民贼贱丈夫,苟以恣一日之欲,而敢于冒犯千世之不韪。……以此残忍酷烈轻薄猥贱之事,乃至波靡四域,流毒千年。……匪直不可闻于邻国,乃真所谓失其本心,岂人之性恶耶,所习者然耳。且中国之积弱,至今日极矣,欲强国本,必储人才……今不务所以教之,而务所以刑戮之倡优之,是率中国四万万人之半,而纳诸罪人贱役之林,安所往而不为人弱也。"他预言,随着历史的发展(所谓"三世"的更替),对妇女的奴役压迫必将消灭:"吾闻之,《春秋》之义,以力陵人者,据乱世之政也。若升平世太平世,乃无是矣。地球今日之运,已入升平,故陵人之恶风渐销而天然之公理渐出。非洲之压首,欧洲之细腰,今其地好义之士,各合群力,思所以豁去之,殆将变矣。"而中国的缠足恶习,"三十年后"亦必将革除。[①]

———————————

　①　《戒缠足会叙》,梁启超著:《饮冰室合集》文集之一,中华书局 1989年版,第 120～122 页。

六　权智关系论

在民权问题上,岭南维新派还有一个基本观点,就是欲兴民权,必须先开民智。前述议院观中对此已略作说明(参见本节第一点),而这一观点最集中的表达,可见于梁启超撰写的《论湖南应办之事》一文。

该文首先综论权智关系,提出了权生于智、权与智相倚的核心观点:"权者生于智者也。有一分之智,即有一分之权;有六七分之智,即有六七分之权;有十分之智,即有十分之权。是故国即亡矣,苟国人之智,与灭我之国之人相等,则彼虽灭吾国,而不能灭吾权,阿尔兰(即爱尔兰——引者注)之见并于英人是也。今英伦人应享利益,阿尔兰人无不均沾也。即吾民之智,不能与灭我之国之人相等,但使其智日进者,则其权亦日进,印度是也。印度初属于英,印人只能为第六七等事业,其第五等以上事业,皆英人为之。……近则第二等以下事业,皆印人所为矣。其智全塞者,则其权全亡,非洲之黑人、美洲之红人、南洋之棕人是也。此数种者,只见其为奴为隶,为牛为马,日澌月削,数十年后,种类灭绝于天壤耳,更无可以自立之时矣。夫使印度当未亡之时,而其民智慧,即能如今日,则其畜为第二等人也久矣;使其有加于今日,则其为第一等人也亦已久矣。是故权之与智相倚者也。"

接着,文中就如何兴民权,提出了三个互相紧密联系的观点:

1.欲兴民权,必以广民智为第一义:"昔之欲抑民权,必以塞民智为第一义;今日欲伸民权,必以广民智为第一义。……大局之患,已如燎眉。不欲湖南之自保则已耳,苟其欲之,则必使六十余州县之风气同时并开,民智同时并启,人才同时并成,如万毫齐力,万马齐鸣,三年之间,议论悉变,庶几有济。而必非一省会之间,数十百人之局可以支持,有断然矣。"要做到此点,最好的办法是"朝廷大变科举"和"州县遍设学堂",但此二者今日皆难以实现。以官绅之力所能办到的有二事:"一曰全省书院官课师课改课时务也。……官课师课全改,耳目一新,加以学政所至,提倡新学,两管齐下,则其力量亚于变科举者无几矣";"二曰学堂广设外课,各州县咸调人来学也",外课重在开风气,"……广其识见,破其愚谬,但与之反复讲明政法所以然之理,国以何而强,以何而弱,民以何而智,以何而愚,令其恍然于中国种种旧习之必不可以立国。然后授以东西史志各书,使知维新之有功;授以内外公法各书,使明公理之足贵。更折衷于古经古子之精华,略览格致各学之流别……乃从而摩激其热力,鼓厉其忠愤,使以保国保种保教为己任,以大局之糜烂为一身之耻疚。……设此课之意,全在广风气……每县自三人至五人,咨送来学,其风始广。……一年之后,风气稍成,即可以饬下各州县,每县务改一书院为学堂。三年之间,而谓湘人犹有嫉新学如仇,与新学为难者,其亦希矣"。

2.欲兴民权,宜先兴绅权;欲兴绅权,则宜定权限,开绅智。"欲兴民权,宜先兴绅权",这是"千古不可易之理",因为"……以数千里外渺不相属之人,而代人理其饮食讼狱之事,虽不世出之才,其所能及者几何矣。故三代以上,悉用乡官;两汉郡守,得以本郡人为之,而功曹掾史,皆不得用它郡人,此古法之最善者。今之西人,莫不如是。唐宋以来,防弊日密,于是悉操权于有司,而民之视地方公事,如秦越人之肥瘠矣。今欲更新百度,必自通上下之情始;欲通上下之情,则必当复古意,采西法,重乡权矣"。但兴绅权亦有两种担心,"一曰虑其不能任事,二曰虑其借此舞文","欲救前弊,则宜开绅智;欲救后弊,则宜定权限"。所谓定权限,就是像西人一样,将议事与行事分而为二,"议事之人,有定章之权,而无办理之权;行事之人,有办理之权,而无定章之权。将办一事,则议员集而议其可否,既可,乃议其章程,章程草定,付有司行之,有司不能擅易也。若行之而有窒碍者,则以告于议员,议而改之"。由于议事者为民间所举之人,对当革之弊、当兴之利、当筹之款等皆有清楚的了解,因此为民所信,"故有乡绅为议事,则无事不可办,无款不可筹,而其权则不过议此事之当办与否及其办法而已,及其办之也,仍责成于有司,如是则安所容其舞文也。至于讼狱等事,则更一委之于官,乡绅只能为和解,或为陪审人员,而不能断其谳,然则又何舞文之有乎"。之所以要开绅智,是因为"民间素不知地方公事为何物",因而不能骤然自办,必先使"民之秀者"即绅士举办,但今日中国之绅士若办公事有时还不如官员办好,"今其无学无智,既与官等,而情伪尚不如官之周知",故"欲用绅士,必先教绅士"。教绅士只有惟一一个办法,就是通过学会来进行,"先由学会绅董,各举所知品行端方、才识开敏之绅士,每州县各数人,咸集省中入南学会。会中广集书籍图器,定有讲期,定有功课,长官时时临莅以鼓励之,多延通人为之会长,发明中国危亡之故,西方强盛之由,考政治之本原,讲办事之条理,或得有电报,奉有部文,非极秘密者,则交与会中,俾学习议事。一切新政,将举办者,悉交会中议其可办与否,次议其办法,次议其筹款之法,次议其用人之法。日日读书,日日治事。一年之后,会中人可任为议员者过半矣。此等会友,亦一年后除酌留为总会议员外,即可分别遣散,归为各州县分会之议员,复另选新班在总会学习"。绅智既开,权限亦定,则"……办一省之事,除一省之害,捍一省之难,未有不能济者也"。

3.欲开民智、开绅智,必须以开官智为起点:"绅权固当务之急矣,然他日办一切事,舍官莫属也。即今日欲开民智、开绅智,而假手于官力者,尚不知凡几也。故开官智又为万事之起点。"官不能治事,是因为"未尝学问,无所知识",只能加以教之。教官的办法是速立"课吏堂",以抚部为校长,司道为副校长,删堂属之礼,以师弟相待,"堂中陈设书籍,张挂地图。各官所读之书,皆有一定,大约各国约章、各国史志,及政学公法、农工商兵矿政之书,在所必读。多备报章,以资讲求。各设札记,一如学堂之例。延聘通人为教习,评阅功课。校长及副校长随意谭论,随意阅札记,或阅地图,而与论其地之事,或任读一书,而与论其书之美恶。听其议论,而可以得其为人矣"。对于"关系尤重"的实缺各官,虽未能尽取而课之,亦必"限以功课,指明某书,令其取读,必设札记。读书治事,二者并见。须将其读书所有心得,及本县人情物产风俗,咸著之札记中,必须亲笔,查有代笔者严责……频颁手谕,谆谆教诲……或以严厉行之,或以肫诚出之,未有不能教诲者也"。

梁启超最后总结道:"以上三端,一曰开民智,二曰开绅智,三曰开官智,窃以为此三者,乃一切之根本。三者毕举,则于全省之事,若握裘挈领焉矣。"①

---

①　以上引文见梁启超著:《饮冰室合集》文集之三,中华书局 1989 年版,第 41~47 页。

第四章　成熟完备的变法观(下)
——变法方略和变法主张

依照其变法指导思想,岭南维新派还提出了较为具体、拟付诸实践的变法方略及变法主张。变法方略包括变法的纲领、次第和策略,变法主张则包括政治、经济、军事、文化教育等各个方面的变法设想。应说明的是,本章所述,主要是就"君权变法"即"变于上"而言,因为这是岭南维新派所力倡和所期待的理想变法方式,只有较少的内容才与"变于下"有关。

第一节　变法纲领及次第

严格说来,岭南维新派并未十分明确地提出统一的正式的变法纲领,因为维新派始终没有建立起具有政党性质的组织,以使纲领的制定必不可少。不过,岭南维新派对如何变法,仍有自己的基本方针和基本目标,具有纲领性的意义。

以康有为为主要代表所提出的变法纲领,可以《上清帝第五书》为界,大致分为两个阶段。前一阶段以改善君权、全面变法为中心内容,后一阶段则突出强调要学习日本"变政",通过设制度局等而对清朝进行体制上的重大改革。

一 上清帝一至四书的变法纲领

《上清帝第一书》(1888年)提出的变法纲领有三条,即"变成法、通下情、慎左右"。变成法就是要变祖宗或"列圣"之旧法,变六朝、唐、宋、元、明之弊政,"而采周、汉之法意……酌古今之宜,求事理之实,变通尽利,裁制厥中……尤望妙选仁贤,及深通治术之士,与论治道,讲求变法之宜而次第行之"。通下情就是要"霁威严之尊,去堂陛之隔,使臣下人人得尽其言于前,天下人得献其才于上",具体措施可仿周、汉之制"增设训议之官,召置天下耆贤,以抒下情"。慎左右就是"辨忠佞","承颜顺意者,佞臣也,弼违责难者,忠臣也;逢上以土木声色者,佞臣也,格君以侧身修行者,忠臣也;欺上以承平无事者,佞臣也,告上以灾危可忧者,忠臣也",要"去谗慝而近忠良,妙选魁垒端方通知古今之士,日待左右,兼预燕内以资启沃,则德不期修而自修矣"。①

《上清帝第二书》(1895年)将"变法成天下之治"作为"立国自强之策",提出了一个颇为全面系统的变法纲领:一是富国,其法有六,"曰钞法,曰铁路,曰机器轮舟,曰开矿,曰铸银,曰邮政";二是养民,其法"一曰务农,二曰劝工,三曰惠商,四曰恤穷";三是教民,先改革科举以开民智,次设报馆以裨政教,再次宣扬孔教以挽救风俗人心;四是变通国政以为"教养之本",一方面除内弊,其法为停捐纳、改官制、增俸禄,另一方面讲外交,其法为培养使才、遣宗室大臣及品官游历各国、鼓励士庶出洋学习;五是去隔塞以通下情,

---

① 汤志钧编:《康有为政论集》上册,中华书局1981年版,第57~60页。

其法是设"议郎";六是用府兵之法,讲铁舰之精。①

《上清帝第三书》(1895 年)对变法纲领略有调整补充:一是富国,二是养民,三是教民(又称教士),四是举治体(仅保留讲外交的内容②),五是修兵备(又称练兵)。紧接着康有为写道:"然凡此富国、养民、教士、练兵之策,所以审端致力者,则在乎求人才而擢不次,慎左右而广其选,通下情而合其力,三者而已。"可见此三者更为关键,是变法纲领中的核心内容。"求人才而擢不次"就是要皇上"垂意旁求,日夜钩访,某某有才,某某未用……尽知天下之名士,尽知其数,尽知其所在。悉令引见,询以时势,破除常格,不次擢用,或令翰林诸曹轮班顾问,或见下僚末秩,温颜谘询,或令九卿、翰詹、科道、督抚、司道荐举,专求草泽,禁见显僚,天下之士必踊跃奋发,冀酬知遇,必有豪杰出济艰难者",③ 此项为前两书所无;"慎左右而广其选"略同于《上清帝第一书》中"慎左右"一项,"通下情而合其力"与《上清帝第二书》中"去隔塞以通下情"一项相同。

《上清帝第四书》(1895 年)在变法纲领的表述上有较大变化,强调变法要"讲求体要","今审端致力之始,尤以讲明国是为先",所谓"国是"(即"体要")就是"尽弃旧习,再立堂构"(或说是"确知旧习之宜尽弃,补漏之无成功","涤除积习,别立堂基"),这是变法的总纲。在此总纲中,一方面包含着要全面、彻底变法的内容,例如欲救贫弱,就要改科举、增学校,就要立学会,就要改官制,特别

---

①　汤志钧编:《康有为政论集》上册,中华书局 1981 年版,第 123～135 页。

②　书中虽仍有"内弊既除"四字,但前后均无除内弊的具体内容,显然已删除。见《康有为全集》第 2 集,上海古籍出版社 1990 年版,第 148 页。

③　《康有为全集》第 2 集,上海古籍出版社 1990 年版,第 153、155 页。

是就要抑君尊。另一方面,包含着康有为提出的五项重大变法举措:一是下诏求言,"许天下言事之人到午门递折,令御史轮值监收,谓之上书处,如汉公车之例,皆不必由堂官呈递,亦不得以违碍阻格,永以为例。若言有可采,温旨褒嘉,或令台对,霁颜询问,庶辟门明目,洞见万里";二是开门集议,"令天下郡邑十万户而推一人,凡有政事,皇上御门令之会议,三占从二,立即施行,其省府州县咸令开设,并许受条陈以通下情"(此项略同于第二书、第三书中提出的"议郎"制);三是辟馆顾问,由皇上大开便殿,以顾问之员轮二十员分班侍值,"上以启圣聪,既广所未闻,下以观人才,即励其未学。令天下人才皆在左右,宰县奉使皆在特简,问其方略,责以成功,许其言事,严其赏罚",顾问之员取于翰林、荐举、上书和公推(此项略同于第三书提出的"求人才而擢不次");四是设报达聪,"宜令直省要郡各开报馆,州县乡镇亦令续开,日月进呈。并备数十副本发各衙门公览",外国新报其最著而有用者,令总署派人每日译其政艺,以备乙览,并多印副本,随邸报同发(此项第二书中列为"教民"的内容之一);五是开府辟士,枢臣"宜复汉制,令开幕府,略置官级,听其辟士,督抚县令,皆仿此制。其有事效,同升之公,庶几宰府多才,可助谋议"。① 此五项举措亦可视为变法总纲之下的分纲,其要旨与第三书中提出的"求人才而擢不次,慎左右而广其选,通下情而合其力"是完全一致的。

　　总括起来,一至四书中提出的变法纲领既有从富国、养民、教民(教士)到变国政、修兵备等全面系统的内容,又突出强调求人才、慎左右、通下情、抑君尊的重要性,尤其是将抑君尊视为变法的

────────────

① 汤志钧编:《康有为政论集》上册,中华书局 1981 年版,第 158~159页。

根本,而以"尽弃旧习,再立堂构"作为变法的最高追求。

二　从《上清帝第五书》起的新变法纲领

第五书上于1898年1月,距离第四书有两年多的时间。这两年中,全国救亡变法运动的高涨,岭南维新派政治思想的发展,使从第五书起所提出的变法纲领的面目焕然一新,发生了重大的改变。

《上清帝第五书》并未详述新变法纲领的具体内容,但对此纲领的根本特征作了相当清楚的阐明,这就是"择法俄日以定国是……以俄国大彼得之心为心法,以日本明治之政为政法",并强调"闻日本地势近我,政俗同我,成效最速,条理尤详,取而用之,尤易措手。……职尚有《日本变政考》,专明日本变政之次第,若承垂采,当写进呈。皇上劳精厉意讲之于上,枢译诸大臣各授一册讲之于下,权衡在握,施行自易;起衰振靡,警聩发聋,其举动非常,更有迥出意外者",对日本变政的经验表示了极大的羡慕。康有为将此新纲领称为变法的上策,此外还提出了变法的中策即"大集群才而谋变政,六部九卿诸司百执,自有才贤,咸可咨问……宜精选长贰,逐日召见,虚己讲求,若者宜革,若者宜因,若者当先,若者当后,谋议既定,次第施行",变法的下策即"听任疆臣各自变法。……宜通饬各省督抚,就该省情形,或通力合作,或持力致精,取用新法,行以实政;目前不妨略异,三年要可大同",认为"凡此三策,能行其上,则可以强,能行其中,则犹可以弱,仅行其下,则不至于尽亡,惟皇上择而行之"。①

---

① 汤志钧编:《康有为政论集》上册,中华书局1981年版,第208~209页。

新变法纲领是在康有为于1898年1月29日递交总理衙门代呈的《上清帝第六书》中正式提出的:"考日本维新之始,凡有三事:一曰大誓群臣以革旧维新而采天下之舆论,取万国之良法;二曰开制度局于宫中,征天下通才二十人为参与,将一切政事制度重新商定;三曰设待诏所许天下人上书,日主以时见之,称旨则隶入制度局。此诚变法之纲领,下手之条理,莫之能易也,伏愿皇上采而用之。"这是将日本维新之始所行三事作为中国变法纲领的三项内容。对此三项内容,书中结合中国国情作了进一步的设计:第一项,大誓群臣,"……择吉日大誓百司庶僚于太庙,或御乾清门下诏申警,宣布天下以维新更始,上下一心,尽革旧弊,采天下之舆论,取万国之良法,俾趋向既定,四海向风";第二项,开制度局,"用南书房、会典馆之例,特置制度局于内廷,妙选天下通才十数人为修撰,派王大臣为总裁,体制平等,俾易商榷,每日值内,同共讨论,皇上亲临,折衷一是,将旧制新政斟酌其宜,某政宜改,某事宜增,草定章程,考核至当,然后施行";第三项,设待诏所,"其午门设待诏所,派御史为监收,许天下人上书,皆与传达,发下制度局议之,以通天下之情,尽天下之才,或与召见,称旨者擢用,或擢入制度局参议"。新变法纲领与原来的变法纲领有一定的联系。在根本宗旨上,都是主张彻底变法,广求人才,尽通下情;在具体内容上,"大誓群臣"与"明定国是",开制度局与设议郎、"辟馆顾问"等,皆有相似之处,而设待诏所与第四书中提出的设上书处,几乎没有多大差别。但是,新变法纲领又在原来的基础上,有进一步的发展,集中表现在"开制度局"这一核心内容之上。除前述关于开制度局的设计外,第六书还对制度局的职能作了两项重要的规定:其一,制度局是专管"议论"变法新政的中枢决策机构。原有的中央机构只有六部、军机处、总署这些"行政之官"或"办事之官",而无"论思专官"或"议论之官","譬有手足而无心思,又以鼻口而兼耳目,不学问思辨而徒为笃行,夜行无烛,瞎马临池,宜其丛脞也。若开局讨论,专设一官,然后百度维新,可得精详"。这样就把原有的中央机构皆排除在新政的讨论和决策之外。其二,制度局之下设立专门的机构以推行新政。"其新政推行,内外皆立专局,以任其事。"内之专局即中央级的机构,共设十二局,即法律局、税计局、学校局、农商局、工务局、矿政局、铁路局、邮政局、造币局、游历局、社会局、武备局,"十二局立而新制举,凡制度局所议定之新政,皆交十二局施行"。外之专局即地方上的机构,分为新政局和民政局两级:"每道设一新政局,督办照主考学政及洋差体例,不拘官阶,随带京衔,准其专折奏事,听其辟举参赞随员,授以权任,凡学校、农工商业、山林渔产、道路巡捕、卫生济贫、崇教正俗之政皆督焉。每县设一民政局,由督办派员,会同地方绅士公议新政,以厘金与之。其有道府缺出,皆令管理。三月而责其规模,一年而责其治效,学校几所,修路几里,制造几厂,皆有计表上达制度局十二局、军机处,其治效著者,加秩进禄。"而原有的地方机构"直省藩臬道府皆为冗员,州县守令选举既轻,习气极坏,仅收税断狱,与民无关",虽一时难以"尽革",但可以采取"变官为差"的办法加以改变。这就意味着,原有的中央机构和地方政权机构亦皆被排除在新政的施行之外。①

上清帝第六书后,康有为还在多处对新变法纲领的内容和意义(主要围绕"大誓群臣"和"开制度局"两项)作了进一步的阐述,同时大声疾呼尽快将此变法纲领付诸实施。兹列举如下:

---

① 引见康有为:《外衅危迫,分割洊至,急宜及时发愤,大誓臣工开制度新政局折》,《杰士上书汇录》,故宫博物院藏本。

1.《译纂〈日本变政考〉成书,乞采鉴变法折》(光绪二十四年三月二十日)指出:"臣所谓变法者,非铁路、矿务穷年累月不能奏效之谓,乃请皇上纡尊降贵,采纳舆论,大誓群臣,与民更始,去束缚拘牵之例,改上下隔绝之礼,政府专意论思,勿兼数职,广罗才俊,勿蔽聪明。救急之方,保国之策,即由此出。"又说:"皇上乾纲独揽……但开制度民政之局,拔天下通达之才,大誓群臣以雪国耻,取日本更新之法斟酌草定,从容行之,章程毕具,流弊绝无,一举而规模成,数年而治功著,其治效之速,非徒远过日本,真有令人不可测度者。"①

2.《日本变政考》在评论日本变政史实时,有 10 余条按语论及变法纲领(大部分论制度局)。例如,论大誓群臣的重要性:"日主睦仁即位申誓,为维新自强之大基。……宗旨定而后令行速。提领寻纲,因端见绪,此固布政之先锋,行军之麾纛也。……国主祭天发誓,何等重事……人主有若是之举动,天下安有不感奋兴起者乎!誓词,禹、汤、武之圣所不废,《甘誓》、《汤誓》、《牧誓》、《泰誓》,此固吾经义。先圣于有大事、大危、大难,必用此乎!"论开制度局对变法的作用:"制度局撰叙仪制、官制诸规则,专立此局,更新乃有头脑,尤为变政下手之法。盖百司皆为手足,但为行法之官,非有制度撰叙如心之论思,则百司散乱,手妄持而足妄动,一二补苴,徒增流弊而已,岂能望自强乎?""维新之政,同于再造,事事草创,无旧章可由,故非别开一司,谋议商榷,草定章程,无以为施行之地也。……然非置在宫中,由人主朝夕亲临商榷之,则一二征士皆草茅游士,忽更大政,必见嫉于大臣,谤议沸腾,岂能任此巨重乎?且变政之始,旧有百官皆守旧之官,与新政相反,力加阻挠,即使极力

---

① 《杰士上书汇录》,故宫博物院藏本。

奉行,而不通新学,不能谋议,拘牵旧例,不能破除,故非别开一司,妙选通才,拔用新进,与咨新政,统筹大局,朝夕商榷,不能推行也。且百司皆行政之官,而非议政之官,无人专任论思者,故特开参与局以谋新政,实变法之下手也。日本变政之始,不复为一二补苴之谋,将全国制度,全行变革,既有总裁局定之,又有制度局撰之……议定新制,遂为维新所自始。"① "日本所以能骤强之故,或以为由于练兵也,由于开矿也,由于讲商务也,由于兴工艺也,由于广学校也,由于联外交也,固也,然皆非其本也。其本维何? 曰:开制度局,重修会典,大改律例而已。盖执旧例以行新政,任旧人以行新法,此必不可得当者也。故惟此一事为存亡强弱第一关键矣。"② 论设待诏所的渊源和作用:"待诏之制,起于汉代,有待诏公车、待诏黄门、待诏中书等名,任事之才,皆由此出,日本之设此局,实用我古法也。盖以天下之事,至繁至重,而惟与政府一二人谋画之,即使此一二人者皆公忠体国,而其智识固不足以尽策天下之事矣。况其人又皆年老精衰之人,不通新学者哉! 今草莽贤才皆得上书,所谓合天下之耳目以为耳目,诸事可以毕举也。"③ 等等。

3.《请讲明国是正定方针折》④ (代宋伯鲁拟,光绪二十四年四月二十九日。四月二十三日光绪帝已下"明定国是"诏)将"大誓

---

① 康有为著:《日本变政考》卷一按语,故宫博物院藏本。

② 康有为著:《日本变政考》卷二按语,故宫博物院藏本。参见该书卷九按语"变政全在定典章宪法"。

③ 康有为著:《日本变政考》卷二按语,故宫博物院藏本。

④ 康有为称:"时正月所上制度局之折,京师传之。御史杨漪川、宋芝栋、李木斋、王鹏运,学士徐子静,皆以制度局为然,我为之各草一折,于五月时分日而上,皆制度局之意也。"(《康南海自编年谱(外二种)》,中华书局1992年版,第50页)此即为代草五折中一折,其余未见。

群臣"作为"讲明国是之方":"臣愚谓下手之先,仍请皇上与诸臣早作夜思,讲明国是,正定方针而已。……其与百司讲明国是之方,则请皇上大誓群臣,特下明诏,著创巨痛深之言,发穷通变久之道,申明采集万国良法之意,宣白万法变新、与民更始之方。痛斥守旧拘墟之愚惑,严定违旨不更新改变之重罚。布告天下,咸令维新。"将开制度局(称之为立法院)与"三权鼎立之义"和"定宪法"直接联系在一起:"臣考泰西论政,有三权鼎立之义。三权者,有议政之官,有行政之官,有司法之官也。夫国之政体,犹人之身体也。议政者譬若心思,行政者譬如手足,司法者譬如耳目,各守其官,而后体立事成。……今万几至繁,天下至重,军机为政府,跪对不过须臾,是仅为出纳喉舌之人,而无论思经邦之实。六部、总署为行政守例之官,而一切条陈亦得与议,是以手足代谋思之任,五官乖宜,举动失措。臣愚以为骤变新法,皆无旧例可循,非有论思专官,不能改定新制。……今日岌岌救危,非有雷霆万钧之勇,不能振敝起衰;非设专一论思之官,不能改制立法。昔汉人以三公位尊年耄,乃立六百石之中书尚书;宋人以旧制紊乱,乃立三司条例使。圣祖仁皇帝以内阁官尊政散,乃选翰林才敏之士及西人艺士南怀仁、汤若望入直南书房。日本变法之始,特立参议局于宫中,选一国通才为参与。今欲改行新政,宜上法圣祖仁皇帝之意,下采汉、宋、日本之法,断自圣衷,特开立法院于内廷,选天下通才入院办事。皇上每日亲临,王大臣派为参议,相与商榷,一意维新。草定章程,酌定宪法,如周人之悬象魏,如后世之修会典。规模既定而条理出,纲领既举而节目张。"①

---

①　汤志钧编:《康有为政论集》上册,中华书局 1981 年版,第 261～263 页。

4.《推行新政，请御门誓众开制度局以统筹大局折》(光绪二十四年五月一日，上于光绪帝亲自召见康有为之后)对开制度局从"统筹全局"、"变定法度"的意义上作了颇为详尽的论述："窃伏愿皇上统筹全局而后可讲变法下手之方、先后缓急之理也。今之言变法者，皆非变法也，变事而已。言兵制，言学校，言铁路矿务，无论如何，大率就一二事变之，而不就本原之法变之，故枝枝节节，迄无寸效。皇上既统筹全局，臣谓下手之始，宜先变法，将内政外交一切法度尽行斟酌改定，使本末、粗精、小大、内外皆令规模毕定，图样写就，然后分先后缓急之序，次第举行，选天下通达之才与之分任，然后有效也。故必变定法度，而后徐图举事也。……故非特开制度局于内廷，妙选通才入直，皇上亲临，日夕讨论，审定全规，重立典法，何事可存，何法宜改，草定章程，维新更始，此所谓先写图样而后鸠工庀材也。……臣愚以为皇上不欲变法自强则已，若欲变法而求下手之端，非开制度局不可也。"对"大誓群臣"的必要性和内容，折中亦作了进一步的发挥："诚以数千年之旧说，数百年之积习，数千万守旧之人心，非常之原，黎民所惧，非能以一二言遽能易之也。非有雷霆霹雳之声光，风电震惊之气势，未能使蛰虫发动，草木甲坼，而万物昭苏也。臣又以为皇上不欲变法则已，若欲变法，请皇上亲御乾清门，大誓群臣，下哀痛严切之诏，布告天下。一则尽革旧习，与之更始；二则所有庶政，一切维新；三则明国民一体，上下同心；四则采万国之良法；五则听天下之上书；六则著阻挠新政，既不奉行，或造谣惑众，攻讦新政者之罪。诏书榜之通衢，令群臣具表签名奉行新政，咸发愤报国，不敢怠违。经此严切明白之诏，庶几天下改视易听，革面洗心，然后推行新政自能令下若流水，无有阻碍者矣。"①

5.《请御门誓众折》(代杨深秀拟,光绪二十四年五月初十日)强调通过"大誓群臣"而"大施赏罚":"夫数百年之旧说,千万人之陋习,虽极愚谬,积久成是,诚非一二言所能转易也。……若坐听群臣之迂谬亡国则已,若犹欲维新图存也,非有大誓群臣、大施赏新罚旧之举不可也。伏乞皇上采先圣誓众之大法,复祖宗御门之故事,特御乾清门,大召百僚,自朝官以上,咸与听对,布告维新更始之意,采集万国良法之意,严警守旧阻挠、造谣乱政之罪,令群臣签名具表,咸去守旧之谬见,力图维新。其有阴挠诋諆、首鼠两端者,重罚一人以惩其后,必使群僚震动恐惧,心识变易,然后举行新政,力图自强。"②

6.《恭谢天恩,并陈编纂群书,以助变法折》(光绪二十四年七月十三日)对光绪帝迟迟未能实施维新派的变法纲领多有批评,如说"况赏罚未行,群臣之醉梦阻挠诽谤如此,制度局不开,措施之散漫乖错延阁如彼,犹泛沧海而无航,经沙漠而无导,冥行乱驶而当风雨雾雪涛飓之交,而欲诞登彼岸,不致沉溺,岂可得哉","以皇上之圣德日新,可谓前代寡有伦比者矣,而未见盛治,且不能日强,甚至割地纷纭,失权失政……推求其原,得毋皇上于至明之中,未施大勇;虽悬日月之照,而未动雷霆之威;虽定国是之所趋,而未行御门之大誓;虽知新政之宜行,而尚以旧人充其任;虽知先后之当议,而未闻顾问之有人;虽能庶事之日新,而未为全局之通筹,故守旧者议论汹汹,诽谤百出……举事则零碎凑集,未尝绘图画则,定全局而后施行;用人则资格循常,未尝尊贤使能,擢通才而任新政。

① 《杰士上书汇录》,故宫博物院藏本。
② 汤志钧编:《康有为政论集》上册,中华书局1981年版,第292页。

恐空有变法之名而不收变法之实,自强之事仍是茫如捕风,一有外患,仍无所补,将来守旧之徒,归咎于变法之无益,益为借口而已,此臣所夙夜忧惧者也",要求皇上"赏罚必行,政事必举,选通才于左右以备顾问,开制度局于宫中以筹全局,坚如山岳,厉若风霆,则纲举目张,规条具举",警告"若仍左右无谋议之人,全局无统筹之计,因任守旧,零碎凑集,先后倒置,缓急失宜,变事而不变法,变法而不变人……则一旦强敌借端要挟,无可言者,恐……将为波兰之续;虽欲变而不能矣"。①

新政治纲领中"开制度局"一项,梁启超和康有为还曾在代人所拟的奏折中以"开懋勤殿"② 的提法来代替。先是梁启超代李端棻拟《变法维新条陈当务之急折》,于光绪二十四年六月初六日递上,主张"开懋勤殿,议制度",③ "请皇上选博通时务之人,以备顾问"。④ 随后,康有为代宋伯鲁拟《选通才以备顾问折》,于七月二十八日递上。此事《康南海自编年谱》中亦有记载,并言及他人请开懋勤殿之议,将懋勤殿与制度局名异而实同的关系讲得很清楚:"……四卿(指杨锐、刘光第、林旭、谭嗣同等军机四章京——引者注)亟亟欲举新政,吾以制度局不开,琐碎拾遗,终无当也,故议请开懋勤殿以议制度,草折令宋芝栋上之,举黄公度、卓如二人。王小航又上之,举幼博及孺博、二徐并宋芝栋。徐学士亦请开懋勤殿,又竟荐我。复生、芝栋召对,亦面奏请开懋勤殿,上久与常熟议

---

① 《杰士上书汇录》,故宫博物院藏本。

② 懋勤殿,宫殿名,位于北京紫禁城内乾清宫西庑正中。

③ 《康南海自编年谱(外二种)》,中华书局 1992 年版,第 50 页。

④ 中国第一历史档案馆藏:奕劻光绪二十四年六月十日《说片》,转引自孔祥吉著:《康有为变法奏议研究》,辽宁教育出版社 1988 年版,第 321 页。

定开制度局,至是得诸臣疏,决意开之。"①

康有为反复力陈的新政治纲领虽然从光绪皇帝处得到过一些反响,但由于事关清朝政治制度的重大改革,守旧派极力加以反对和抵制,因此没有一项内容得到实施。懋勤殿之议还直接触怒了慈禧太后,致使光绪帝惧而下"密诏"向维新派告急,成为政变迅速发生的重要原因之一。②

三 变法次第

所谓变法次第,就是变法的先后次序。康有为颇重变法次第,认为:"变法之道,必有总纲,有次第,不能掇拾补缀而成,不能凌躐等级而至。"③ 康有为首次明确提出变法的次第,是在《上清帝第四书》,指出皇上如果对"国是""讲明不惑,断然施行,而致力之先后,成功之期效,皆可为皇上次第言之",这就是:"先引咎罪己,以收天下之心,次赏功罚罪,以伸天下之气,然后举逸起废,求言广听,广顾问以尽人才,置议郎以通下情……三月之内,怀才抱艺之士云集都中,强国救时之策并伏阙下,皇上与二三大臣聚精会神,延引讲问,撮群言之要,次第推施,择群士之英,随器拔用,赏擢不次以鼓士气,沙汰庸冗以澄官方,于是简僚从,厚俸禄,增幕府,革官制,政皆疏通;立道学,开艺科,创译书,遣游学,教亦具举;征议郎则易于筹饷,而借民行钞皆可图,荣智学则各竭心思,而巧制精

---

① 《康南海自编年谱(外二种)》,中华书局 1992 年版,第 56~57 页。
② 参见孔祥吉著:《康有为变法奏议研究》,第七章第三节"从制度局到懋勤殿",辽宁教育出版 1988 年版,第 309~333 页。
③ 康有为著:《日本变政考》卷九按语,故宫博物院藏本。

工可日出。然后铁路与邮政并举,开矿与铸钱兼行,农学与商学俱开,使才与将才并蓄,皆于期岁之内,可以大起宏规。"① 这一"次第"与一至四书中的变法纲领所要实现的基本目标是相吻合的。

从《上清帝第五书》起,康有为提出的变法纲领发生了重要的变化。与此相适应,变法的次第也有了明显的不同。第五书认为,日本变政"成效最速,条理尤详,取而用之,尤易措手",而《日本变政考》一书则"专明日本变政之次第,若承垂采,当写进呈"。② 在《上清帝第六书》中,日本变政的纲领与次第是合为一体的,这就是大誓群臣、开制度局和设待诏所等三事,"此诚变法之纲领,下手之条理,莫之能易也"。③ 到戊戌年三月进呈《日本变政考》时,康有为则在序文中对日本变政的次第作了相当详细的阐述:"日本外有英、美之祸,内为将军柄政,封建遍国,人主仅以虚名守府,欲举国而变之,其势至难也。然一朝桓拨,誓群臣而雪国耻,聘万国而采良法,征拔草茅俊伟之士以升庸议政,开参议局、对策所、元老院以论道经邦,大派卿士游学泰西,而召西人为顾问,尽译泰西之书,广开大小之学,于是气象维新,举国奋跃矣。然尊卑犹隔,道路尚阻,新政虽美,不能逮于民也。乃尽去封建,以县令宣上而下达,开通道路,立巡捕,救患而防奸。于是一国之中,民情毕达,纤悉俱至矣。然守旧之党犹多,泰西情意未狎,阻挠之议亦甚,则易衣服,去拜跪,改正朔以率之;犹患众情未一,民情未洽,章程未立也,则开社会以合人才,立议院以尽舆论。大隈重信、伊藤博文实为会党之

---

① 汤志钧编:《康有为政论集》上册,中华书局 1981 年版,第 159 ~ 160页。

② 汤志钧编:《康有为政论集》上册,中华书局 1981 年版,第 208 页。

③ 康有为:《外衅危迫,分割洊至,急宜及时发愤,大誓臣工开制度新政局折》,《杰士上书汇录》,故宫博物院藏本。

魁首,草定议院之宪法。宪法既定,然后治具毕张,与万国通流合化矣。于是采德、法之兵制,师英国之商务,法美国之工艺,集罗马、英、法之律法,兼收东西之文学格致,精摹力仿,咄咄逼真。至今三十年,举国移风,俗化蒸蒸,万法毕新,工出新器,商通运学,农用机器,人士莘莘,皆通大地之故,兼六艺之学,任官皆得通才,以兴作为事,人主与群臣议院,日日讨论,孜孜不已,盖新政成矣。"①这段话概括了日本变政的全过程,大致可分作四步:第一步是维新之始,由朝廷采取有力措施造成变法的强大声势;第二步是自上而下推行新政,沟通民情;第三步是破守旧之阻挠,立议院定宪法,与万国通流合化;第四步是全面变器、变事,新政最后告成。在此次第中,前三步都是变政,第四步才是变器变事,由此亦可见变政在康有为心目中的分量。在《日本变政考》的跋文中,康有为再次论及日本变政的"大端"即变法次第中的重要事项:"其条理虽多,其大端则不外乎大誓群臣以定国是,立制度局以议宪法,超擢草茅以备顾问,纡尊降贵以通下情,多派游学以通新学,改朔易服以易人心数者。其余自令行若流水矣。我朝变法,但采鉴于日本,一切已足。"①当然,康有为并未全盘照搬日本变法的次第。鉴于中国的实际,他在戊戌年始终强调的是要做成大誓群臣和开制度局二事,这既是变法纲领,又是最重要的变法次第。

第二节　变法策略

所谓变法策略,是指为了达到既定的变法目标,根据实际情况而采取的某种变通的办法,以克服变法过程中存在的困难或障碍。

---

① 康有为著:《日本变政考》序,故宫博物院藏本。

整个来看,岭南维新派提出的变法策略不多,比较重要的约有两项。

一　君主以现有之权,行可变之事

按照康有为"君权变法"的理念和模式,君主本来应握有绝对的政治权力,只要君主痛下决心,变法就能易如反掌。但客观事实是,当时朝廷的大权并未掌握在光绪帝而是掌握在慈禧太后手中。对这一事实,康有为最初是从翁同龢口中得知的,但知之不深。到1898年6月16日光绪帝亲自召见之时,康有为才开始提出解决皇上权力不足问题的策略,这就是"就皇上现在之权,行可变之事"。[①] 这一策略后来又在《恭谢天恩,并陈编纂群书,以助变法折》中有所提及。现存文献中记载这一策略的地方不多,可见康有为对此策略似并不十分重视,策略本身也远不完善。所以,当光绪帝于政变前夕发出密诏,命康有为等人设法解决既要彻底变法又不能开罪慈禧太后的难题,否则皇位且将不保时,康有为等人毫无思想准备,惟有"跪诵痛哭",并于仓皇之中决定劝说袁世凯起兵勤王,此实为毫无把握、毫无可能成功之事。(参见本书第三章第二节第三点)

二　分别官差,以行新政

为了破除守旧大臣对变法的阻碍,早在《上清帝第六书》中,康有为就提出了"变官为差"的设想。(参见上节第二点)

---

① 《康南海自编年谱(外二种)》,中华书局1992年版,第42页。

　　随后,在光绪帝召见之时,他明确主张擢用小臣而姑存旧人(旧大臣),认为朝廷现有的大臣皆不能担当变法的重任:"惟方今大臣,皆老耄守旧,不通外国之故,皇上欲倚以变法,犹缘木以求鱼也。"这些大臣并非不想留心办事,"奈以资格迁转,至大位时,精力已衰,又多兼差,实无暇晷,无从读书,实无如何,故累奉旨办学堂,办商务,彼等少年所学皆无之,实不知所办也"。因此,"皇上欲变法,惟有擢用小臣,广其登荐,予之召对,察其才否,皇上亲拔之,不吝爵赏,破格擢用",而"其旧人且姑听之"。[①]

　　在《日本变政考》中,康有为就自古"官爵并行"[②] 之义写下了一段很长的按语,其中"爵"即同今日之"官","官"即同今日之"差","官爵并行"也就是要"分别官差"。(参见本书第五章第四节第三点)

　　戊戌七月,康有为专门上了一个《厘定官制,请分别官差以行新政折》,对此策略作了更加完整的阐述。

　　折中首先对许多人提出的"厘定官制,并裁冗署"的意见进行了评论,认为"言之是也,而今行之非其时也。夫立政变法有先后轻重之序,若欲厘定新制,须总筹全局,若者宜增,若者宜改,若者宜裁,若者宜并,草定宪法,酌定典章,令新政无遗,议拟安善,然后明诏大举,乃有实益。若稍革一二,无补实政,似非变法先后轻重之序也。然统筹全局,改定官制,事体重大,不能速举也"。这就是说,官制要改变得全部设计好了之后再彻底地整改,而这不是一下子就能做到的。所以今之施行新政,还不能先厘定官制、并裁冗署,而是应"专重差使"。

---

①　《康南海自编年谱(外二种)》,中华书局1992年版,第43页。
②　康有为著:《日本变政考》卷一按语,故宫博物院藏本。

接着,康有为指出"从古用人皆分官爵,爵以辨等,官以得才,二者不能偏废"。他举出三代之制、唐宋之制及泰西各国和日本的例子说明"官爵分途"的必要,"三代之制,公侯伯子男公卿大夫士,爵也,司徒司马司空司寇太史虎贲,官也。……皆以爵而充官也。……唐、宋皆以官爵分途,而宋世尤美……深得三代官爵并用之美。……泰西各国皆以爵任官,日本亦然",进而批评清朝"官差不别,品秩太峻","品秩峻则非积资累格不足以致大位,至是则年已老矣;官差不别则若尚书、侍郎既领枢垣译署之差,即不当复任本部任事,即不当充各要差。盖以一人之身,才力有限,精神无多,且皆垂老之年,而令其官差杂沓,并归一人,势必一切具文不办而后止。外省督抚亦以秩尊年老,积资选用,故亦一事不办。顷皇上欲行新政,屡下诏书,而无一能奉宣圣意,少有举行者,皆由官爵合一,不用古者分途并用之法,以高爵待耆旧,以差事任才能,故官至大僚皆年老精衰,畏闻事任也"。

针对"法弊至此"的状况,为了推行新政,康有为主张"采用三代官爵分途之制,宋及日本专用差使之法,汉、宋优待功臣之义",并具体建议"推行新政,先注意差使,令各政皆别设局差,如军机译署之列选通才行走,如宋及日本法,自朝官以上不拘资格任之,去卿贰大臣方任专差之例。若以积习相沿,骤难变易,则此专差人员皆赏给京卿御史职衔,准其专折奏事,自辟僚佐。其每直省亦派通才一人办理新政,体制亦同。若不设新局,则每衙门皆派人行走,其带本衙门之官照各部实缺郎中员外例,其无掌印主稿之差者不到署办事者听。凡官不得兼差,其有枢垣译署管学等差者亦无庸到本衙门办事,其年较耆老者不必劳以事任,赏给全俸,令奉朝请。

如此则耆旧得所,人才见用,新政能行,而自强可望"。① 这些建议实际上是《上清帝第六书》中提出的制度局之下设立专门的机构(中央设 12 专局,地方设新政局和民政局)以推行新政之主张的变通。

戊戌政变后,康有为对"分别官差"策略的提出和施行情况作过一段总结:"时奏折繁多,无议不有,汰冗官、废卿寺之说尤多,上决行之,枢臣力谏不获听,且曰:'康有为并请废藩臬道府,何为不可。'而吾向来论改官制,但主增新,不主裁旧,用宋人官差并用之法……专问差使,不拘官阶,故请开十二局及民政局,选通才以任新政,存冗官以容旧人。军机大臣廖仲山闻我论,托人来请我言之,吾乃草折② 言官差并用之制,引唐宋为法,举近事为例,乃言方今官制,诚不可不改,然一改即当全改。统筹全局,如折漕之去漕运,抽灶之去盐官,尤为要义也。上即大裁冗散卿寺,及云南、广东、湖北三巡抚,及各道各局并及漕运,西后不肯裁漕,而新局之置,上将有待也。廖乃咎我,将请吾谏止裁官,而吾乃请全裁。盖上于变政勇决已甚,又左右无人顾问议论,故风利不得泊也。"③

这段话有几处说得不尽准确。第一,康有为论改官制"但主增新,不主裁旧"是从《上清帝第六书》开始才明确表达的,在此之前,例如在上清帝第二书和第四书中,他曾坚决主张"裁旧"。④ 第二,康有为受廖寿恒(仲山)之请所上的《厘定官制,请分别官差以行新政折》,其主旨是官制不可速改,只宜分别官差;并且据《杰士上书

① 以上引文见《杰士上书汇录》,故宫博物院藏本。
② 此折即为前引《厘定官制,请分别官差以行新政折》。
③ 《康南海自编年谱(外二种)》,中华书局 1992 年版,第 55 页。
④ 汤志钧编:《康有为政论集》上册,中华书局 1981 年版,第 133、156 页。

汇录》，该折中并无去漕官、盐官等语。第三，因此，光绪帝大举裁冗等与康所上之折没有直接关系，而廖之咎康完全是一个误解，因为康折之意恰好是"谏止裁官"，而反对"全裁"。由上述这段话亦可看出，康有为提出的"分别官差"的策略最终并没有奏效。

第三节　变法主张

这里所说的变法主张，是指康有为提出的改革具体事项。从《上清帝第一书》到"百日维新"，康有为提出的变法主张内容极为丰富，许多主张前后一以贯之，也有不少主张具有明显的阶段性，限于篇幅，不能一一详述。其中，"百日维新"时期的变法主张最有代表性亦最引人注目，这里，主要根据康有为这一时期所上奏折（包括代拟的奏折），按时间顺序对其变法主张进行概述，并对每项主张开始提出的情况略加说明。

一　改革科举制

中心内容是废除八股，改试策论。早在《上清帝第二书》中，康有为就比较系统地提出了改革科举制的主张："今宜改武科为艺科，令各省、州、县遍开艺学书院。凡天文、地矿、医律、光重、化电、机器、武备、驾驶分立学堂，而测量、图绘、语言、文字皆学之。选学童十五岁以上入堂学习，仍专一经，以为根本，延师教习，各有专门。学政有司会同院师，试之以经题一论，及专门之业，通半中选，不限名额，得荐于省学，谓之秀才，比之诸生。……其文科童试，即以经古场为正场，自占经解一、专门之学一，二场试四书文一、中外策一、诗一，亦及格即取，不限名额。……其乡会试，头场《四书》义

一、《五经》解一、诗一,纵其才力,不限格法,听其引用,但在讲明义理,宗尚孔子;二场掌故策五道;三场问外国考五道,及格者中,不限名额。殿试策问,不论楷法,但取直言极谏、条陈凯切者入翰林。其文科、艺科愿互应者听。"① 这些主张中实际上已包含了废除八股、改试策论的内容,但提法尚不明确。

康有为明确提出废除八股始于光绪二十四年三月二十日(1898 年 4 月 10 日)向总理衙门呈递的《请照经济科例推行生童岁科试片》。该片指出:以经济六科试童生为"今日救贫弱之首务",而今生童岁科试仍以八股,势必使士子"颛愚无知,轻佻无耻,败人才而坏风气",因此,"请推行经济科之例,以经古场为正场,试专门一艺,时务策一艺,其专门若天文地舆、化光电重、图算矿律各占一门,取倍本额,而复试以五经题一艺,四书题一艺,取入如额。又略如论礼,以发明圣经六义为主,罢去割截枯困侮圣言之题,破承开讲八股之式,及连上犯下钓渡挽悖谬之法。其考官仍出割截题者,以违制论",县府试与上述办法略同。片中希望"立令直省学政考试照新章举行"。② 四月十三日(6 月 1 日),康有为代御史杨深秀草拟了《请厘定文体折》,强调科举制"非立法不善之为害,而实文体不正之为害也",为了厘正文体,就要废除八股,"其有仍用八股庸滥之格、讲章陈腐之言者摈勿录,其有仍用八股口气为代圣立言之谬说者,以僭妄诬罔、非圣无法论。轻则停廪罚科,重则或予斥黜"。但废八股不等于废经义,"因文体之极弊,而欲废四书文者,过激之说也;因四书之足贵,而并祖护今日之文体者,不通之论也。

① 汤志钧编:《康有为政论集》上册,中华书局 1981 年版,第 131 页。
② 《杰士上书汇录》,故宫博物院藏本。

厘正文体乃以尊四书,变通流弊乃以符旧制"。① 这表明了废八股
以变科举的限度。

康有为专项完整地提出废除八股、改试策论的主张见于他代
御史宋伯鲁所拟的《请改八股为策论折》。② 折中指出:"方今国事
艰危,人才乏绝,推原其由,皆因科举仅试八股之故。"请皇上"特下
明诏,永远停止八股,悉如圣祖仁皇帝故事,自乡会试以及生童科
岁一切考试,均改试策论,除去一切禁忌,义理以觇其本源,时务以
观其经济,其详细章程,应请饬部妥议,自庚子科为始,一律更
改"。③ 紧接着又自上一折,折中斥责八股之文"实为亡国亡教之
大者也",重申"停八股一事必皇上明降谕旨,乃足以风厉天下……
请特下明诏,立变科举八股之制,勿动于浮言,勿误于旧论"。④ 随
后在代侍读学士徐致靖所拟《请废八股以育人才折》(光绪二十四
年五月初四日)中,再次请求皇上"特旨明谕天下,罢废八股,自岁
科试以至乡会试及各项考试,一律改用策论,以明圣道,讲求时务,
则天下数百万童生、数十万生员、万数举人,皆改而致力于先圣之
义理,以考究古今中外之故,务为有用之学,风气大开,真才自奋
……臣愚以为新政之最要而成效最速者,莫过于此"。⑤

---

① 汤志钧编:《康有为政论集》上册,中华书局 1981 年版,第 247~249
页。

② 该折上于光绪帝召见康有为之后的第二天(四月二十九日)。关于
该折的作者,《康南海自编年谱》与梁启超《致夏曾佑书》中的记载不同,一为
康有为,一为梁启超。参见汤志钧著:《康有为政论集》上册,中华书局 1981
年版,第 265 页的"说明"。笔者此处姑据"自编年谱"。

③ 汤志钧编:《康有为政论集》上册,中华书局 1981 年版,第 265 页。

④ 康有为:《请商定教案法律,厘正科举文体折》,《杰士上书汇录》,故
宫博物院藏本。

⑤ 汤志钧编:《康有为政论集》上册,中华书局 1981 年版,第 286 页。

　　光绪帝接受康有为的请求下诏废八股、改策论之后,康有为一方面针对"诏书既下,而守旧之徒相顾失色,有窃窃然议阻此举者"的状况,激励皇上"持以毅力,勿为所摇,并申下谕旨,如有奏请复用八股试士者,必系自私误国之流,重则斥革降调,轻亦严旨申饬,庶几旧熠消沮,人心大定,而真才可以日出矣";① 另一方面进一步扩大成果,提出了一些新的建议。一是为了"会通"中西两学,请将经济岁举归并正科,"合并为一,皆试策论,论则试经义,附以掌故;策则试时务,兼及专门。泯中西之界限,化新旧之门户,庶体用并举,人多通才。且并两科为一科,省却无数繁费";二是新政宜速推行,请将正按旧制运作的各省岁科试迅即改策论,"除乡会试自下科为始改试策论外,其生童岁科试,即饬各省学政随按临所至,一经奉到谕旨,立即遵照新章,一律更改,经史时务,两者并重,庶学者不必复以帖括分心,得以专心讲求实学。至下科乡会试之时,而才已不可胜用矣";② 三是将优拔贡朝考亦改试策论,"请明降谕旨,将优拔贡朝考向用八股试帖楷法者,皆改试策论。策问时务,中外掌故皆可言;论发经义,四书五经皆可出。皆照乡会试例,预备誊录,以去认楷法递条子之积弊。其试帖亦请一律停止,以去送诗片及习浮华之积弊。一转移间而人才可得,风气先开,其于维新造士之意,必非小补"。③ 四是酌定各项考试策论文体,如乡会试都是两场,首场考时务,"试以五策,则通达中外之才出矣",第二场考经史论,"以四书题为首艺,五经题为次艺,史学题为三艺,凡

　　① 《请废八股勿为所摇片》(代宋伯鲁拟),汤志钧编:《康有为政论集》上册,中华书局1981年版,第296页。

　　② 《奏请经济岁举归并正科并各省岁科试迅即改试策论折》(代宋伯鲁拟),汤志钧编:《康有为政论集》上册,中华书局1981年版,第294~295页。

　　③ 《请将优拔贡朝考改试策论片》,《杰士上书汇录》,故宫博物院藏本。

论三篇,如此,则根据经义本原,圣道通达,掌故之才备矣",而"试帖诗赋,皆雕虫藻绘,不适于用,请各项考试一律停止",等等。①

二　尊崇孔教

早在《上清帝第二书》中,康有为就针对"风俗弊坏"、"外夷邪教,得起而煽惑吾民"等时弊,提出要大力宣扬孔子圣教。其办法有四:一是立道学科,"今宜亟立道学一科,其有讲学大儒,发明孔子之道者,不论资格,并加征礼,量授国子之官,或备学政之选。其举人愿入道学科者,得为州县教官。其诸生愿入道学科者,为讲学生,皆分到乡落,讲明孔子之道。厚筹经费,且令各善堂助之";二是改淫祠为孔庙,善堂会馆独祀孔子,"令乡落淫祠,悉改为孔子庙,其各善堂会馆俱令独祀孔子,庶以化导愚民,扶圣教而塞异端";三是奖励传孔道于外国,"其道学科有高才硕学,欲传孔子之道于外国者,明诏奖励,赏给国子监、翰林院官衔,助以经费,令所在使臣领事保护,予以凭照,令资游历。若在外国建有学堂,聚徒千人,确有明效,给以世爵。余皆投牒学政,以通语言、文字、测绘、算法为及格,悉给前例";四是于南洋派设教官、立孔庙,"南洋一带,吾民数百万,久隔圣化,徒为异教诱惑,将沦左衽,皆宜每岛派设教官,立孔子庙,多领讲学生分为教化。将来圣教施于蛮貊,用夏变夷,在此一举"。②

随后,在《两粤广仁善堂圣学会缘起》一文中,康有为又主张应

---

① 《请酌定各项考试策论文体以一风气而育人才折》(代徐致靖拟),汤志钧编:《康有为政论集》上册,中华书局1981年版,第315~316页。

② 汤志钧编:《康有为政论集》上册,中华书局1981年版,第132页。

"独尊孔子以广圣教",通过成立圣学会而"专以发明圣道,仁吾同类,合官绅士庶而讲求之,以文会友,用广大孔子之教为主"。为了表示对孔子的"尊亲",恢复善堂原有"庚子拜经"之规,"每逢庚子日大会,会中士夫衿带陈经行礼,诵经一章,以昭尊敬。其每旬庚日,皆为小会,听人士举行,庶以维持圣教,正人心而绝未萌"。①

百日维新开始后,康有为呈递了《请商定教案法律,厘正科举文体折》,对如何尊崇孔教提出了进一步的建议。这些建议有对内对外两方面的目的及具体设想。

对外是为了给教案的妥善处理提供一种"补救之策",具体方法是立孔教会、定教律,"以为保教办案亦在于变法而已,变法之道在开教会、定教律而已"。其方案是:(1)组织机构及经费:"令衍圣公开孔教会,自王公士庶有志负荷者皆听入会,而以衍圣公为总理,听会中士庶公举学行最高为督办,稍次者多人为会办,各省、府、县皆听其推举学行之士为分办,籍其名于衍圣公,衍圣公上之朝。人士既众,集款自厚。"(2)定教律之法:"听衍圣公与会中办事人选举学术精深、通达中外之士为委员,令彼教总监督委选人员同立两教和约,同定两教法律。若杀其教民,毁其礼拜堂,酌其轻重,或偿命偿款,皆有一定之法,彼若犯我教,刑律同之,有事会审如上海租界会审之例。……教律既定,从此教案皆有定式,小之无轻重失宜之患,大之无借端割地之害,其于存亡大计,实非小补。"(3)孔教会的地位:"教会之名,略如外国教部之例,其于礼部,则如军机处之与内阁,总署之与理藩院,虽稍听民举,仍总于衍圣公,则亦如官书局之领以大臣,亦何嫌何疑焉。"

---

① 汤志钧编:《康有为政论集》上册,中华书局 1981 年版,第 187～188 页。

对内是为了破除淫祀盛行、八股取士，而孔子圣道义理日渐沦亡废坠的积弊，通过尊崇孔教而维持人心、激厉忠义，"愚窃谓今日非维持人心、激厉忠义不能立国，而非尊崇孔子无以维人心而厉忠义，此又变法之本也"。其办法是：(1)废淫祠，改为孔庙。请皇上"举行临雍之礼，令礼官议尊崇之典，特下明诏，令天下淫祠皆改为孔庙，令士庶男女咸许膜拜祭祀，令孔教会中选生员为各乡县孔子庙祀生，专司讲学，日夜宣演孔子忠爱仁恕之道，其有讲学之士行高道明者，赏给清秩"。(2)厘正科举文体，废除八股。欲尊孔教，"其下手之始、抽薪之法，莫先于厘正科举及岁科试四书文体，以发明大道为主，必须贯串后世及大地万国掌故以印证之，使学通今古中外乃可施行，其文体如汉宋人经义……请特下明诏，立变科举八股之制"。①

三　奖励创新

康有为提出奖励创新，最早见于 1895 年春的《殿试策》，主张科举"或开鸿博之选，其能专著一书，发明新义，王制圣道，有所补益者，皆入翰林，量授庶常待诏，分班轮值，用备顾问"，并"募兴新艺"。② 在《上清帝第二书》中，奖励创新的主张有所扩充：以专利奖新制，"凡有新制绘图贴说，呈之有司，验其有用，给以执照，旌以功牌，许其专利"；科举之士"其有创著一书，发明新义，确实有用者，皆入翰林，进士授以检讨，举人授以庶吉士，诸生授以待诏"；纵

---

① 以上引文见《杰士上书汇录》，故宫博物院藏本。
② 汤志钧编：《康有为政论集》上册，中华书局 1981 年版，第 107～108 页。

民开设新报,"并加奖劝,庶裨政教";分遣品官和激励士庶出洋学习,"能著新书,皆为优奖,归授教习,庶开新学"。①《上清帝第三书》则补充了"募新制以精器械"一条,"吾器械朽钝,皆由官厂制造,不募民工之故,若既立艺学,募制机器,纵民为之,更悬重赏,有能制新械者,酌其用之大小,制之精否,与银币外,给以旗匾,俾荣于乡……虑不及事,先选出洋学徒入各国工厂学习讲求,归教吾民,中国民心思灵敏,树之高标,必有精器利械,日出不穷,足与西人争胜者"。②

奖励创新的主张在"百日维新"时所上的《请以爵赏奖励新艺新法新书新器新学折》中得到充分而集中的体现,折中认为"欧洲富强之原,由于厉学开新之故","皆由立爵赏以劝智学为之",中国"方今欲保国自立非强兵不可,强兵非练士数十万、铁舰百艘不可……欲设学购械非富国不可,欲富其国非智其士,智其农工,多著新书,多制新器不可,欲士民多出新书新器非去其八股白折之学,而悬新器新书之赏,驱数百万之人士、数万万之农工商转而钩心构思求新出奇不能为功"。因此提出:"伏愿皇上观古今之运,通中外之故,特立新器新书之赏,表高标以为招……请饬下总署议定劝厉制新器著新书专科,凡有新器新书呈学政或总署存案,由学政咨行督抚会衔加以奖厉,给予特许专卖执照,准其专利数十年,或用梁制二十四班,或用宋制流外官阶另制名号,以为荣奖,或用补服及外国宝星例,以花鸟为饰,分作数等,名为徽章,以昭宠异。其有能自创学堂、自修道路、自开水利,有功于民者,酌其大小给以世爵。

---

① 汤志钧编:《康有为政论集》上册,中华书局 1981 年版,第 127、131、132、134 页。

② 汤志钧编:《康有为政论集》上册,中华书局 1981 年版,第 143 页。

顷中国之大,尚无枪炮厂,宜募民为之。……今以世爵募民,必有精器出焉。"①

四 设立学堂

在《上清帝第二书》中建议改革科举制时,康有为曾提出"今宜改武科为艺科,令各省、州、县遍开艺学书院……分立学堂",这种学堂尚属与科举制紧密相连、用以教士选士的学堂。此外,书中还设想"若能厚筹经费,广加劝募,令乡落咸设学塾,小民童子,人人皆得入学,通训诂名物,习绘图算法,识中外地理、古今史事,则人才不可胜用矣"。②

这一普及民众教育的设想在"百日维新"时被扩充为专门的《请改直省书院为中学堂乡邑淫祠为小学堂折》。折中认为"泰西户口少而才智之民多,吾户口多而才智之民少……故欲富强之自立,教学之见效,不当仅及于士,而当下逮于民,不当仅立于国,而当遍及于乡……泰西变法三百年而强,日本变法三十年而强,我中国之地大民众,若能大变法,三年而强,欲使三年而强,必使全国四万万之民,皆出于学,而后智开而才足"。为此,折中提出了两项"兴学至速之法"。一是改书院等为学堂,将"省府州县乡邑公私现有之书院、义学、社学、学塾,皆改为兼习中西之学校,省会之大书院为高等学,府州县之书院为中等学校,义学、社学为小学","方今创办伊始,亦无高等学,凡有诸学略备者为中等学,粗知图算、舆象、语言、文字、政律者为小学,但以学规经费为等级,不论郡邑乡

① 《杰士上书汇录》,故宫博物院藏本。
② 汤志钧编:《康有为政论集》上册,中华书局1981年版,第132页。

落,不论公私官民,皆颁发大学堂章程,令其仿照办理,其力有不足,略减规模"。学费问题,"请严旨戒饬各疆臣,清查善后局及电报、招商局各溢款、陋规、滥费,尽拨为各学堂经费……并鼓动绅民,捐创学堂,其能自捐万金,广募十万金经费者,赏以御书匾额,给以学衔。其有独捐十万巨款,创建学堂者,请特旨奖以世职,以资鼓励";师资问题,"其院师学长,多八股之士,或以京秩清班,以空名领之,今宜皆更易,别聘通才";教材等问题,"其中学小学所读之书,所办之章程,皆特设书局,编辑中外要书,颁发诵读遵行"。二是改祠庙为学堂,"以公产为公费,上法三代,旁采西例,责令民人子弟年至六岁者,皆必入小学读书,而教之图算、器艺、语言、文字,其不入学者,罪其父母"。以上二法,折中请"明降谕旨,饬下各省督抚施行,严课地方官以为殿最,违者纠劾一二,以警其余",①可见甚为重视。

五　开报馆定报律

在《上清帝第二书》中,康有为已提出报馆"宜纵民开设,并加奖劝,庶裨政教"。② 随后在《上清帝第四书》中,将"设报达聪"列为五项重大变法举措之一。(参见本章第一节第一点)

"百日维新"时期,康有为代宋伯鲁拟《奏改时务报为官报折》,奏陈著名的维新报刊上海《时务报》因办理不善、经费不继、主笔告退而"将就废歇"的情况,请明降谕旨,将《时务报》改为《时务官报》,责成梁启超"督同向来主笔人等实力办理……其中论说翻译

---

① 《杰士上书汇录》,故宫博物院藏本。

② 汤志钧编:《康有为政论集》上册,中华书局 1981 年版,第 132 页。

各件,仍照旧核实,无得瞻顾忌讳。每出报一本,皆先进呈御览,然后印行,仍请旨饬各省督抚通札各属文武实缺候补各员一律购阅。……其京官及各学堂诸生,亦皆须购阅,以增闻见";官报移设京都,以上海为分局,饬梁启超往来京沪,总持其事,并负责"稽核"各省民间所设之报馆;量拨官款,以资经费。①

此折递上后,上谕将《时务报》改为官报,派康有为督办其事。康即上《恭谢天恩,条陈办报事宜折》(光绪二十四年六月十三日),就办报经费等问题陈明意见。并附《请定中国报律片》,针对孙家鼐所拟章程第一条,"有宜令主笔者,慎加选择,如有颠倒是非,混淆黑白,挟嫌妄议,一经查出,主笔者不得辞其咎等语",指出"惟是当开新守旧并立相轧之时,是非黑白未有定论。臣……昌言变法,久为守旧者所媢嫉,谤议纷纭。……他日或有深文罗织,诬以颠倒混淆之罪,臣岂能当此重咎",主张仿照"西国律例"制定报律,"由臣将其书译出,凡报单中所载,如何为合例,如何为不合例,酌采外国通行之法,参以中国情形,定为中国报律。缮写进呈御览,审定后,即遵依办理。并由总理衙门照会各国公使领事,凡洋人在租界内开设报馆者,皆当遵守此律令。各奸商亦不得借洋人之名,任意雌黄议论"。②

六　振兴商务

康有为最初仅在《殿试策》中提及"讲求商学"。在《上清帝第二书》中,则专项提出了"惠商"的主张,强调"必以商立国",建议"宜特设通商院,派廉洁大臣长于理财者,经营其事。令各直省设立商会、商学、比较厂,而以商务大臣统之,上下通气,通同商办,庶几振兴。……然后蠲厘金之害以慰民心,减出口之税以扩商务。此外发金银煤铁之利,足以夺五洲,制台舰枪炮之精,可以横四海"。①

这些主张在"百日维新"时所上的《请立商政以开利源而杜漏卮折》中得到扩展。该折以"商务不兴,民贫财匮,请立商政以开利源而杜漏卮"为主题,除阐明商与国的重大关系外,还指出"商之源在矿,商之本在农,商之用在工,商之气在路",将振兴商务的总体规划设计为"先出矿质,发农产,精机器之工,精转运之路,然后开商学、译商书、出商报以教诲之,立商律保险、设兵舰以保卫之,免厘金税、减出口征以体恤之,给文凭、助经费游历以奖助之,行比较赛珍会以激劝之,定专利、严冒牌以诱导之,定册籍草簿之式以整齐之"。为此,当务之急就是应"开局讲求","设专官以讲之"。具体办法是"令各省皆设立商务局,皆直隶总理衙门,由商人公举殷实谙练之才数人办理,或仿照广东爱育堂商董轮办章程办理。……每商局皆令立商学、商报、商会、保险公司、比较厂,其有能购轮驶行外国者,予以破格重赏";以上海为试点,令沈善登、谢家福、经元善等人"先行在上海试办商务局,令其立商学、商报、商会,并仿日本立劝工场及农务学堂,讲求工艺农学,所有兴办详细商程,令于两月内妥议,呈总理衙门,恭进御览酌定,诏下各省次第仿照

---

① 汤志钧编:《康有为政论集》上册,中华书局 1981 年版,第 108、128～129 页。

推行"。①

此后,康有为还在《万寿庆辰,乞许士民庆祝并刊贴新政诏书折》中提出以"昭信股票"② 惠商惠民的办法:"特下明诏,令昭信股票作民间起业公债,付之士绅富商,令其公议,各分作本地学堂、农学堂、工艺学堂、机器制造、轮船等商资,令妥议章程,以为将来归本之地,或仿照日本起业公债章程行之,而国家但与保护,不取其利,其或有要款须拨,亦必留其一半或三分之一以为民间士农工商起业之用。"③

七　禁止缠足

对禁缠足主张的源起,《康南海自编年谱》在"光绪九年癸未(1883年)"条下曾作过一段说明:"中国裹足之风千年矣,折骨伤筋,害人生理,谬俗流传,固闭已甚。吾乡无有不裹足者,亦以不裹足,则人贱为妾婢,富贵家无娶之者也。吾时坚不为同薇裹足,族人无不骇奇疑笑而为我虑之,吾不顾也。……时邻乡区员外谔良曾游美洲,其家亦不裹足,吾乃与商,创不裹足会草例。令凡入会者,皆注姓名籍贯、家世、年岁、妻妾子女,已婚未婚,约以凡入会者,皆不裹足,其已裹足者听,已裹而复放者,同人贺而表彰之。为

───────────────

①　《杰士上书汇录》,故宫博物院藏本。

②　昭信股票是清政府为偿付《马关条约》规定的赔款而举借的内债,也是旧中国最早发行的公债。1898年(光绪二十四年)发行,总额库平银一亿两。发行后所募款额不多,流弊不少,受舆论抨击。当年9月清政府被迫下令,除已认定款约二千万两照收、官员仍准请领外,民间停办。这些已认定之款虽有付息还本的章程规定,但后来大都成为变相捐输。

③　《杰士上书汇录》,故宫博物院藏本。

作序文,集同志行之。来者甚多,实为中国不缠足会之始。而区以会名虑犯禁,于是渐散去。至乙未年与广仁弟创办粤中不缠足会,实用此例及序文。后复推至上海,合士大夫为大会,广仁弟及卓如总其成。戊戌七月,吾并奏请禁缠足矣。"① 此请禁缠足的奏折即《万寿大庆,乞复祖制行恩惠,宽妇女裹足折》,折中指出从国家而言,妇女裹足有两大害:一是因"拱手坐食"而"累及其夫其子因而累及于国",使国家贫困,二是传种日弱,"致令弱其兵弱其士弱其官";从人道而言,裹足之事等于古之刖刑,"此诚亘古未有之酷毒,而全地球所笑之蛮俗也"。主张"特下明诏,禁止妇女裹足",具体办法是:"姑从宽典,准令妇女已缠足者宽勿追究。自光绪二十年以后所生之女不准缠足,如有违犯,不得给予封典。"②

八 振兴农业

关于农业,康有为最早在《殿试策》中提到"劝农以土化"及兴修水利等事。在《上清帝第二书》中,则专项提出"务农"之法,主张学习外国,"宜命使者译其农书,遍于城镇设为农会,督以农官。农人力薄,国家助之。……宜设丝茶局,开丝茶学会,力求振兴,推行各省"等。③

"百日维新"中,康有为上《请开农学堂地质局折》,为"兴农殖民而富国本"提出四项具体建议:一是各省府州县皆立农学堂,"酌

---

① 《康南海自编年谱(外二种)》,中华书局1992年版,第11页。
② 《杰士上书汇录》,故宫博物院藏本。
③ 汤志钧编:《康有为政论集》上册,中华书局1981年版,第108、126页。

拨官地公费,令绅民讲求,令开农报,以广见闻,令开农会,以事比较";二是每省开一地质局,"译农学之书,绘农学之图,延化学师考求各地土宜,以劝植土地所宜草木。将全地绘图贴说,进呈御览,并饬各州县土产人工之物,购送小样,到其省会地质局种植陈设,以广试验而便考求,扩见闻而兴物产";三是在通商口岸上海、广东设地质总局,"其有可推行外国者,皆令送小样至总局,以便外国人阅看购取,庶几商业盛而流通广,农业并兴";四是"可否立农商局于京师,而立分局于各省以统率之,出自圣裁"。①

九　设议政之官

康有为主张设议政之官可追溯到《上清帝第一书》,书中提及"汉有光禄大夫太中大夫议郎专主言议"。该书提出"增设训议之官"② 和上清帝第二书、第三书、第四书主张"设议郎",都含有设官议政之意,但宗旨还是为了"通下情"。第四书所建议的"辟馆顾问",可算是以"议政"为主。

从《上清帝第六书》起,康有为提出"开制度局"作为新政治纲领的核心内容,而制度局的主要职能之一就是议政。(但最重要的职能是对变法新政起决策和领导作用。参见本章第一节第二点。)

此外,康有为还专代翰林院侍读学士徐致靖上《冗官既裁请置散卿以广登进折》,该折原件未见,据协办大学士孙家鼐"遵旨议奏"时的转述,其大致内容为:"查原奏内称:自古设官,有行政之官,有议政之官。行政之官不可冗,议政之官不厌多。历引三代至

---

① 《杰士上书汇录》,故宫博物院藏本。
② 汤志钧编:《康有为政论集》上册,中华书局1981年版,第60页。

唐宋以来故事,欲仿其制,定立三四五品卿,翰林院衙门定立三四五六品学士,不限员,不支俸等语。”①

① 国家档案局明清档案馆编:《戊戌变法档案史料》,中华书局 1958 年版,第 176 页。康有为记述道:“吾以古者皆有散大夫以备讽议,盖有行政之人,而无议政之人,古今亦无此政体。乃请置三四五品散卿,三四五六品散学士,草折交徐子靖侍郎上之。”(《康南海自编年谱(外二种)》,中华书局 1992 年,第 56 页)与孙氏所述相合。

第五章　逐步深化的西学观

前述岭南维新思想——不论是其新思想体系还是其学术观和变法观——产生和发展的过程，也是岭南维新派受西学影响的程度不断加深，对西学的认识日益深化的过程。在当时接触和了解西学的条件还十分有限的情况下，岭南维新派为从西学中寻求救世济民、变法图强的真理而从多方面进行了艰苦的探索，作了巨大的努力。他们既从文化源流、今古嬗变的层面对中西进行了全面比较，又紧密结合中国的现实需要，总结了欧美之所以富强的种种原由，还特别注意依据中国的具体国情(尽管还是注意得不够)，通过研究日本变政的模式来找到更容易使中国变法成功的捷径。他们对西学的认识成为其维新思想的一个重要组成部分。

第一节　中西之学的全面比较

岭南维新派是在深受中国传统思想文化熏陶的基础上接纳西学的，怎样看待西学，西学与中学相比有何异同，两者怎样互相结合等，始终是他们十分关注的问题。在对这些问题不断进行思考的过程中，他们对西学的认识发生了根本的转变，对中西之间的关系提出了与传统观念截然不同的看法。

一　中西之异的辨析

像中国一般的士人一样,岭南维新派在接触西方文化之前,存在着惟有中国文化优越、轻视西方文化的传统心理。随着与西方文化接触的不断增多,这种心理逐渐发生明显的改变。由"伏处里闾,未知有西学也",① 变为"大购西书……大讲西学,始尽释故见","大攻西学书……新识深思,妙悟精理,俯读仰思,日新大进",并认为"中国西书太少……西学甚多新理,皆中国所无,宜开局译之,为最要事"。②

在高度重视、潜心钻研西学的基础上,岭南维新派清楚地看到中西之间存在着重大的差异,这种差异既有中西作为两大文化体系而存在的根本性质的不同,又更有现实层面上中西在各方面所表现出来的劣与优、弱与强、弊与利、愚与智的鲜明对比。他们通过对差异的辨析,充分肯定西学的先进性,强调中国必须向西方学习。

在明确提出中西文化性质不同之前,黄遵宪③ 开始是从中西某些传统思想相异的角度进行比较。

例如关于国债,他指出中国皆以负国债为耻,而西方对负国债则习以为常,"中国未闻有国债也。周既东迁,王室衰微,赧王负债,至筑台避之,天下后世以为耻笑,而周室亦随而倾覆矣。顾余

---

① 康有为:《答朱蓉生书》,《康子内外篇(外六种)》,中华书局 1988 年版,第 167 页。

② 《康南海自编年谱(外二种)》,中华书局 1992 年版,第 11、14 页。

③ 黄遵宪(1848～1905),字公度,广东嘉应州(今梅县)人。

考泰西诸国,莫不有国债,债之巨者以本额计到八亿万磅之多,以利息计乃至岁出二千七百万磅,以全国岁入计乃至尽五六年或七八年或十余年犹不足以偿,以全国户口计乃至每人负债一百一十余元,可谓夥矣"。西方借国债并不是因为"府藏空虚,国计窘迫",而是出于暂纾国家安危之急和为国民兴办重大公益事业两大原因,"一则内忧外患,纷争迭起,因以师旅,重以饥馑,当全国人民安危之所系,则议借债,此则暂纾目前之急,不得已而为之,如荷兰之叛西班牙,米利坚之拒英吉利是也。一则汽车、铁路、治河、垦田,经始大利,必集巨款,为全国人民公益之所关,则议借债,此则豫计后来之利,有所为而为之,如日耳曼之开矿山,俄罗斯之造铁路是也"。黄遵宪认为国债如果不是出于"治穷无术"则不应举,但如果是"因军事而借","由公益而借",则"偶一为之亦不妨也",而西方由于君臣上下一致,不仅借债不难,而且通过举借国债进一步加强了上下患难与同、忧乐与共的意识:"泰西政体,君臣上下休戚相关。富家巨室知国家借债,所以卫我室家,谋我田庐,而同袍同泽并力合作之气,一倡百和,未尝不辇金输粟,争先而恐后,则其称贷也不难。逮夫事既平定,出赀者岁给余息,尚有微利,与自营生计无异,则其征偿也亦不迫,既为诸国习见之事,又非计日促偿之款,第分其岁入之一二以为子金,则其供息也亦不甚累。又况富商巨室,屡输于公,则下之于上,患难与同,忧乐与共,相维相系之义日益深,而国本日益固。西人每谓社稷可灭,而国不可亡,国债亦居其一端。是故国之债虽高如山阜,浩如渊海,西人视之若寻常不为怪也。"①

————————

① 黄遵宪著:《日本国志》卷十八,上海图书集成印书局光绪二十四年版,台湾文海出版社印行本,第508～510页。

又如刑法,中国士夫重道德而以刑法为卑,西方论者则专重刑法,"中国士夫好谈古治,见古人画象示禁,刑措不用,则翛然高望,慨慕黄农虞夏之盛,欲挽末俗而趋古风,盖所重在道德,遂以刑法为卑卑无足道也。而泰西论者专重刑法,谓民智日开,各思所以保其权利,则讼狱不得不滋,法令不得不密,其崇尚刑法,以为治国保家之具,尊之乃若圣经贤传然"。中西立论之所以相背驰至如此者,"一穷其本,一究其用故也",而证之中国历史,愈到后世,立法愈密,乃不得不然之势,这表明西人所说"民智益开,则国法益详"是有道理的。黄遵宪称赞西方立法精密,"泰西素重法律,至法国拿破仑而精密。其用刑之宽严,各随其国俗以立之,法亦无大异。独有所谓治罪法一书,自犯人之告发,罪案之搜查,判事之豫审,法廷之公判,审院之上诉,其中捕拿之法、监禁之法、质讯之法、保释之法,以及被告辩护之法、证人传问之法,凡一切诉讼关系之人、之文书、之物件,无不有一定之法。上有所偏重,则分权于下以轻之,彼有所独轻,则立限于此以重之,务使上下彼此权衡悉平,毫无畸轻畸重之弊。窥其意,欲使天下无冤民,朝廷无滥狱。呜呼! 可谓精密也已"。又称赞西人好论权限,以法治国,"余闻泰西人好论权限二字,今读西人法律诸书,见其反复推阐,亦不外所谓权限者。人无论尊卑,事无论大小,悉予之权,以使之无抑;复立之限,以使之无纵,胥全国上下同受治于法律之中,举所谓正名定分、息争弭患,一以法行之。余观欧美大小诸国,无论君主、君民共主,一言以蔽之曰:以法治国而已矣。自非举世崇尚,数百年来观摩、研究、讨论、修改,精密至于此,能以之治国乎。嗟夫! 此固古先哲王之所不及料,抑亦后世法家之所不能知者矣"。①

康有为将中西之异的辨析,扩大到对中西文化整体上的比较。1891 年,康有为写了《与洪右臣给谏论中西异学书》,与京都谏官洪良品讨论如何看待中西文化的差异。洪良品与康有为虽为"至交",②但对西学的看法与康差别甚大。他曾致书康有为,"驳诘洋人政事制度,深斥洋学者之非,而发明先王及祖宗之大法,及中西强弱之故",康接书后颇不以为然,认为"所驳诘者,于洋人情事利弊,似未甚得其綮肯。既未足以折西人,亦不能服讲洋学者之心",而"仆迩者涉猎于洋学,稍反复中西相异之故,及其所以强之效,亦似稍得一二",于是复书加以商讨。

在康有为看来,"中西之本末绝异"者有二:一曰势,二曰俗。所谓势异,是指时势(国情政情等)及其所决定的治法的不同:"中国自从三代故为一统之国,地广邈,君亦日尊。以一君核万里之地,而又自私之,驾远驭,势有所限,其为法也守,其为治也疏,听民之自治。然亦幸赖其疏且守,若变而密,则百弊丛生矣。泰西自罗马之后,分为列国,争雄竞长,地小则精神易及,争雄则人有愤心,故其君虚己而下士,士尚气而竞功,下情近而易达,法变而日新。此势之绝异也。"所谓俗异,是指义理(政治和伦理观念等)及其所导致的风俗的不同:"中国义理,先立三纲,君尊臣卑,男尊女卑,积之久,而君与男子,纵欲无厌,故君尊有其国,男兼数女。泰西则异是。君既多,则师道大行,而教皇统焉,故其纪元用师而不用君。君既卑,于是君民有平等之俗。女既少,则女不贱,于是与

---

① 黄遵宪著:《日本国志》卷二十七,上海图书集成印书局光绪二十四年版,台湾文海出版社印行本,第 683~684 页。

② 参见汤志钧编:《康有为政论集》上册,中华书局 1981 年版,第 49 页。

男同业,而无有别之义。此俗之绝异也。"

　　由于存在这种重大差异,康有为明确指出两点:第一,对于中西,"不能以中国之是非绳之也";第二,中国势俗导致的结果必然是日弱,而泰西势俗导致的结果必然是日强,"夫中国之教,所谓亲亲而尚仁,故如鲁之秉礼而日弱。泰西之教,所谓尊贤而尚功,故如齐之功利而能强。所以至此者,盖由所积之势然,各有本末,中国、泰西,异地皆然",但也不能因此而简单地判定其是非("然不可一二言断是非也")。①

　　虽然康有为不主张对中国与泰西截然相反的势俗简单地作出是非判断,但对两者谁利谁弊是区分得非常清楚的。他通过辨析洪良品提出的两个观点而对此利弊作了充分的论述。一个观点是"中饱之说",认为中西强弱之故在于中国中饱之事多而泰西中饱之事少。康有为分析道,这只是现象,而"所以然之故"是在于"势与俗"所造成的利弊不同。中国之势俗弊端甚大,"中国以一君而统万里,虑难统之也。于是繁其文法以制之,极其卑隘以习之,故一衙门而有数人,一人而兼数差。故仆尝谓使周公为吏部,孔子为刑部,亦必不能为。虽欲不粉饰,得乎? 途杂而选极轻,官多而俸极薄,上尊而查之极难,虽欲不中饱,得乎? 昔唐太宗行四分("四分"似为"口分"之误——引者注)世业之田、府卫之兵,法至美矣,然甫至高宗……法已大坏,何哉? 三代分国,虽有闾里州党,以知夫家、人民、六畜之数,极其纤细,行之久而无弊者,有封建分之故。唐用兵制,乡成于县,县成于州,州成于户部,以一县令稽百里之乡

_____

　　① 之所以不能简单地断其是非,是因为强与弱不是判定是非的惟一标准和最高标准,泰西的"尊贤而尚功"有其不足,中国的"亲亲而尚仁"亦不无可取之处,最理想的境界是"三代之治"。这些后文将叙及。

民,势已不能,况以户部稽万里之户口乎? 不久即弊,故弊在制地太大,小官太疏也";泰西则不然,"政事皆出于议院,选民之秀者与议,以为不可则变之,一切与民共之,任官无二人,不称职则去,故粉饰者少,无宗族之累,无姬妾之靡,无仪节之文,精考而厚禄之,故中饱者少"。康有为特别强调"泰西非无贪伪之士,而势有所不行;中国非无圣君、贤臣精核之政,然而一非其人,丛弊百出,盖所由异也。幸先圣之学,深入于人心,故时清议能维持之。不然,由今之法,不能一朝居矣"。另一个观点是认为"西国之人专而巧,中国之人涣而钝",所以有强弱之别。康有为指出"此则大不然"。就聪明而言,中人决不下于西人,"我中人聪明为地球之冠,泰西人亦亟推之。自墨子已知光学、重学之法,张衡之为浑仪,祖暅之为机船,何敬容之为行城,顺席之为自鸣钟,凡西人所号奇技者,我中人千数百年皆已有之。泰西各艺皆起百余年来,其不及我中人明矣"。那么,为什么泰西能"以器艺震天下"而中国却不能呢? 根本原因还是在于"政教之异"(此为势俗之异的另一种提法),泰西对器艺能大加鼓励,"其设学以教之,其君、大夫相与鼓励之,其士相与聚谋之,器备费足,安得而不精",而中国"聪明之士,则为诗文无用之学,以其愚下者为之,即有精巧者,又未尝鼓励也,则安能致巧"。①

在现实层面上,岭南维新派对西方先进而强大和中国落后而虚弱这种差异讲得更加直截了当。

康有为在同样写于1891年的另一封信中,就对中西之间的反差作了更为鲜明的对照,对学习西方进行变法的必要性作了更加

①　以上引文见《与洪右臣给谏论中西异学书》,《康有为全集》第1集,上海古籍出版社1987年版,第535~538页。

充分的肯定。他指出今之西方与魏、辽、金、元、匈奴、吐蕃不同，而中国亦为"地球中六十余国中之一大国，非古者仅有小蛮夷环绕之一大中国也"。西方数十国"其地之大，人之多，兵之众，器之奇，格致之精，农商之密，道路邮传之速，卒械之精炼，数十年来，皆已尽变旧法……日益求精，无日不变。而我中国尚谨守千年之旧敝法。即以骑射之无用，人人皆知，而礼官尚动称守祖宗之旧，未肯少变。自沈幼丹言之，至于今盖三十八年矣。衣重裘而行烈日，披葛毂而履重冰，其有不死者乎？使彼不来，吾固可不变。其如数十国环而相迫，日新其法以相制，则旧法自无以御之"。康有为回顾了自第一次鸦片战争时期香港被割占至中法战争留给中国满目"疮痏"的列强入侵史，并举出土耳其因守旧不变而被列强挟制、"割疆失政，为人保护之属国"的"前鉴"，进一步驳斥了欲守中国旧法不变者之"虚"，力主通过学习西方而避免亡国亡教之祸："试问异日若有教衅，诸夷环泊兵船以相挟制，吾何以御之？……国亡教微，事可立睹。诸君子乃不察天人之变，名实之间，犹持虚说，坐视君民同灭而为奴虏，仆虽愚，不敢以二帝三王之裔，四万万人坐为奴虏，而徇诸君子之虚论也。……愿足下及天下之士，日思庚申八月十六日之事，则当必有转移之用，而必不肯坐守旧法之虚名，而待受亡国之实祸者，此仆所以取彼长技而欲用之也。"[1]

此后，在一系列上书和上奏中，康有为关于中西势异（回避了"俗异"）、中弊而西利、中国必须学习西方的治法等观点得到进一步的发挥，成为其变法指导思想中必变论的重要依据。（参见本书第三章第一节）

---

① 《答朱蓉生书》，《康有为全集》第1集，上海古籍出版社1987年版，第1037～1038页。

　　康门弟子韩文举① 对中西文化的现实差异亦作了多方分析，尤其对中国的严重滞后进行了尖锐的批评："中国多能八股，多能训诂，多能词章……西人多能格致，多能制器，多能电学，多能光学，多能化学，多能热学，多能动物学，多能植物学，为工为商为农为士，皆远逾中国亿万也。……使周公商高、管墨亢仓、公输王尔诞于今日，岂能唾西人为无用哉。今者书籍无藏，箝其思也；翻书无局，蔀其目也；新闻乏馆，囿其识也；讲学无会，塞其智也；议院不设，靳其权也。缚之于科举，奔之于官宦，趋之于酬酢，地广二万里，人众四万万，虽有同文馆、广方言馆、水师学堂、武备学堂、格致书院，而寥寥历历，几若晨星，其为泰西丑诋无怪也。又况束于势力，人分数等，奴仆居一，蛋民居一，役隶居一，苗民居一，乞丐居一，农居一，商居一，工居一，终身役役，不尊于乡里，不选于朝廷，未尝睹诗书、沐教化者，十居其九乎；不以识字为能，不以无学为耻，不以不才为不肖，营营衣食，自成自败，自生自灭，国家不一问，官长不一谋乎。谓为黑奴，谓为冰人，谓为红皮土番……虽似过之，而原其无学，无以异也。"②

二　中西之同的定位

　　岭南维新派在通过辨析中西之异而宣扬西方文化的先进性和学习西方的必要性的同时，还非常注意寻找中西文化的相同之点，发掘出孔教六经、三代之义、周秦诸书等等之中的种种材料，力图

---

　　① 韩文举(1864～1944)，字树园，号孔庵，广东番禺人，康有为弟子。

　　② 韩文举：《推广中西义学说》，《知新报》一，澳门基金会、上海社会科学院出版社 1996 年版，第 114 页。

把外来的西学解释为中国文化原本固有而后被他人发扬光大了的东西，化解"夷夏之辨"的心态，宣传"礼失求诸野"的道理，为西学的引入扫清障碍。

黄遵宪认为，中西文化在立教、制度、格致之学等方面都有相同之点。

首先，西学立教源出于墨子，西学即墨子之学。对此，他作了颇为系统的论证："余考泰西之学，其源出于墨子。其谓人人有自主权利，则墨子之尚同也；其谓爱汝邻如己，则墨子之兼爱也；其谓独尊上帝、保汝灵魂，则墨子之尊天明鬼也。至于机器之精、攻守之能，则墨子备攻备突、削鸢能飞之绪余也。而格致之学，无不引其端于墨子经上下篇。当孟子时，天下之言半归于墨，而其教衍而为七，门人邓陵、禽猾之徒且蔓延于天下。其入于泰西，源流虽不可考，而泰西之贤智推衍其说，至于今日，而地球万国行墨之道者，十居其七。距之辟之于二千余岁之前，逮今而骎骎有东来之意。"又进一步解释说："余足迹未至欧洲，又不通其语言文字，末由考其详。顾余闻东西之人盛称泰西者，莫不曰其国大政事、大征伐，皆举国会议，询谋金同而后行；其荐贤授能、拜爵叙官，皆以公选；其君臣上下无疾苦不达之隐，无壅遏不宣之情；其人皆乐善好施，若医院，若义学，若孤独园，林立于国中。其器用也，务以巧便胜；其学问也，实事求是，日进而不已。其君子小人，皆敬上帝，怵祸福。其法律详而必行，其武备修而不轻言战。余初不知其操何术致此，今而知为用墨之效也。"并总结说："余考泰西之学，墨翟之学也。尚同、兼爱、明鬼、事天，即耶稣十诫，所谓敬事天主，爱人如己。"①

---

① 黄遵宪著：《日本国志》卷三十二，上海图书集成印书局光绪二十四年版，台湾文海出版社印行本，第 787、807 页。

不过,黄遵宪对墨学并非全部认可,而是指出墨学与儒学虽有相合之处,其立教之要旨则大异,"流弊"不可胜言。

其次,在法制、官制、行政等方面,西方与中国多有相似之处,"其用法类乎申韩,其设官类乎《周礼》,其行政类乎《管子》者,十盖七八"。① 《周礼》设官之繁、赋敛之重,常为儒者所疑,但证之西方各国,皆同于《周礼》之制,"……余观泰西各国,其设官之繁,赋敛之重,莫不如是,而其国号称平治者。盖举一国之财,治一国之事,仍散之一国之民,故上下无壅财,国无废政,而民亦无游手,然则一切货贿之税,即以养此五万余人。以是知《周礼》固不容疑也"。在设官立政的许多规定上,西方与《周礼》相似到令人惊奇的程度,"泰西自罗马一统以来,二千余岁具有本末,其设官立政未必悉本于《周礼》,而其官无清浊之分,无内外之别,无文武之异,其分职施治有条不紊,极之至纤至细,无所不到,竟一一同于《周礼》,乃至卝人之司金锡,林衡之司林木,匠人、掸人之达法则诵王志,为秦汉以下所无之官,而亦与《周礼》符合,何其奇也"。②

再次,西方一切"格致之学",多散见于"周秦之书"。黄遵宪列举了许多具体的材料,说明中国古书的记载实为"化学之祖"、"重学之祖"、"算学之祖"、"光学之祖",最早发明"机器攻战"之器,最早提出"地球浑圆、天静地动"之说,最早"言电气"等等,"凡彼之精微,皆不能出吾书也"。之所以如此,是因为中国文明发展最早,"盖中土开国最先,数千年前,环四海而居者,类皆蛮夷戎狄,鹑居

① 黄遵宪著:《日本国志》卷三十二,上海图书集成印书局光绪二十四年版,台湾文海出版社印行本,第807页。

② 黄遵宪著:《日本国志》卷十三,上海图书集成印书局光绪二十四年版,台湾文海出版社印行本,第353~354页。

蛾伏，混沌芒昧，而吾中土既圣智辈出，凡所以厚生利用者，固已无不备。其时儒者能通天地人，农夫戍卒能知天文工，执艺事得与坐而论道者居六职之一，西人之学未有能出吾书之范围者也"。可惜的是，中国人未能将这些"实学"继承下来，"三代以还，一坏于秦之焚书，再坏于魏晋之清谈，三坏于宋明之性命，至诋工艺之末为卑无足道，而古人之实学益荒矣"。①

在论证西学本为失传之中学的基础上，黄遵宪提出应抛弃"用夏变夷"之说，大力学习先进的西方文化，用以自强，并赶超万国："百年以来，西国日益强，学日益盛，若轮舶，若电线，日出奇无穷。譬之家有秘方，再传而失于邻人，久而迹所在，或不惮千金以购还之。今轮舶往来，目击其精能如此，切实如此，正当考求古制，参取新法，借其推阐之妙，以收古人制器利用之助，乃不考夫所由来，恶其异类而并弃之，反以通其艺为辱，效其法为耻，何其隘也。夫弓矢不可敌大炮，桨橹不可敌轮舶，恶西法者亦当知之。特未知今日时势之不同，古人用夏变夷之说深入于中，诚恐一学西法，有如日本之改正朔、易服色、殊器械以从之者，故鳃鳃然过虑，欲并其善者而亦弃之，固亦未始非爱国之心。顾以我先王之道德涵濡于人者至久，本朝之恩泽维系于人者至深，所谓天不变道亦不变，终不至尽弃所学而学他人。彼西人以器用之巧，艺术之精，资以务财训农，资以通商惠工，资以练兵，遂得纵横倔强于四海之中，天下势所不敌者，往往理反为之屈。我不能与之争雄，彼挟其所长，日以欺侮我，凌逼我，终不能有簪笔雍容、坐而论道之日，则思所以捍卫吾道者，正不得不借资于彼法以为之辅。以中土之才智，迟之数年，

①　黄遵宪著：《日本国志》卷三十二，上海图书集成印书局光绪二十四年版，台湾文海出版社印行本，第807～808页。

即当远驾其上,内则追三代之隆,外则居万国之上,吾一为之,而收效无穷矣。……日本蕞尔国耳,年来发愤自强,观其学校分门别类,亦骎骎乎有富强之势,则即谓格致之学非我所固有,尚当降心以相从,况古人之说明明具在,不耻术之失其传,他人能发明吾术者,反恶而拒之,指为他人之学,以效之法之为可耻,既不达事变之甚,抑亦数典而忘古人实学、本朝之掌故也已。"①

　　与黄遵宪相比,康有为对中西文化的一致性作了更多的肯定,将中西之同的探讨深入到道德、纲常、人心风俗等颇为核心的层面。

　　康有为对中西之同的定位,是从比较泰西与三代的政教开始着手的。

　　在《与洪右臣给谏论中西异学书》中,他一方面指出西方比不上三代:"然泰西之政,比于三代,犹不及也。三代有授田之制以养民,天下无贫民,泰西无之。三代有礼乐之教,其士日在揖让中,以养生送死,泰西则日思机智,惟强己而轧人,故其教养皆远逊于我先王也。"但另一方面,又指出西方之所以强盛是因为与三代之"学行"(政教之意)相合,倒是三代的后人们背弃了自己的祖先而致弱:"然今之中国既大变先圣之法,而返令外夷迫之。譬如故家子,蒙祖父之荫,而悖祖父之学行,则不如白屋邻人,反得以其学行挺起,虽其先世出身卑贱,反而为之屈矣。故仆所欲复者,三代、两汉之美政,以力遵祖考之彝训,而邻人之有专门之学、高异之行,合于吾祖者,吾亦不能不节取之也。"②

---

　　①　黄遵宪著:《日本国志》卷三十二,上海图书集成印书局光绪二十四年版,台湾文海出版社印行本,第808～809页。
　　②　《康有为全集》第1集,上海古籍出版社1987年版,第537页。

在同年所写的《答朱蓉生书》中，康有为论中西之同涉及到相当广泛的方面。一是在"义理"（即各种做人的美德）方面，中西既然皆为人类的一部分，则必然遵循共同的准则："若夫义理之公，因乎人心之自然，推之四海而皆准，则又何能变之哉？钦明文思、允恭克让之德，元亨利贞、刚健中正之义，及夫皋陶之九德，《洪范》之三德，敬义直方，忠信笃敬，仁义智勇，凡在人道，莫不由之，岂能有中外之殊乎？"二是在"三纲五常"方面，也不能说中国独有，西方所无，根据对法国法律的考察，西方对纲常的规定亦比比皆是："至于三纲五常，以为中国之大教，足下谓西夷无之矣，然以考之则不然。东西律制，以法为宗。今按法国律例，民律第一条云：'此律例系由国王颁定，凡列名于法国版图中者，无一人不应钦遵谨守。'第十八条云：'凡形同叛逆，欲行谋害国王者，照弒父大逆重案科罪。'……第三百七十一条云：'凡一切子女，无论其人何等年岁，须于其父母有恭敬孝顺之心。'三百七十二条云：'凡一切子女，为其父母所管属。'第三百七十四条云：'凡为子女不能擅离父母之家，除有父命令其前往某处者，始可挪移。'第二百一十三条云：'凡为妇者，应为其夫者所管属。'第二百十五条云：'凡一切妇人不能自主作为，及事中见证，须有其夫之命，始得前去。'……由斯观之，岂非庄生所谓'父子天性也，君臣之义无所逃于天地之间，凡人道所莫能外'者乎！"[①] 三是在"人心风俗"、"礼义廉耻"方面，西方亦不可能有别于中国："至于人心风俗之宜，礼义廉耻之宜，则《管子》所谓'四维不张，国乃灭亡'。有国有家，莫不同之，尒无中外殊也。……彼惟

----

①　康有为此处论中西纲常相同与他在《与洪右臣给谏论中西异学书》中论中西"俗异"（见前文）略有矛盾。实际上他对同与异的论断是根据不同侧面的比较而得出的，有其特定的意义，这点他是没有讲清楚的。

男女之事,不待媒妁,稍异于吾道,自余皆无之。"此外,甚至西方基督教《新约》、《旧约》虽然"浅鄙诞妄",根本不能与中国六经的"精微深博"相比,但"其最大义,为矫证上天,以布命于下,亦我'六经'之余说,非有异论也",可见仍有相同之处。康有为得出结论说:"以西人之学艺政制,衡以孔子之学,非徒绝不相碍,而且国势既强,教借以昌也。(康有为自注:彼国教自教,学艺政制自学艺政制,亦绝不相蒙,譬之金元入中国,何损于孔子乎?)"①

此后,康有为多处强调西政西学如何与中国经义"暗合",并非西人独创。在《上清帝第四书》中,康有为总结了西方之所以富强的三个原因即尊贤保民、立科以励智学和设议院以通下情,然后紧接着指出:"然孟子云:'国家闲暇,明其政刑,尊贤使能,大国必畏。'《易》称:'开物成物,利用前民,作成器以为天下利。'《洪范》称:'大同逢吉,决从于卿士、庶人。'孟子称:'进贤杀人,待于国人大夫。'则彼族实暗合经义之精,非能为新创之治也。"在《上海强学会章程》中讲到"开大书藏"时,康有为对西政西学与中国之学的一致性有更明确的说法:"近年西政西学,日新不已,实则中国圣经,古孔子先发其端,即历代史书、百家著述,多有与之暗合者,但研求者寡,其流渐湮。今之聚书,务使海内学者知中国自古有穷理之学,而讲求实用之意,亦未遽逊,正不必惊望而无极,更不宜划界以自封。"② 康有为的中西"暗合"论与"西学中源"说有某种相似之处,但揆其宗旨,并不在于欲证明西学源出中国,而在于通过寻找中西学的相同点,一方面赋予中国经义以现实的新意,使人不必只知"惊

---

① 《康有为全集》第 1 集,上海古籍出版社 1987 年版,第 1038 ~ 1040 页。

② 《康有为全集》第 2 集,上海古籍出版社 1990 年版,第 170、197 页。

望"于日新不已的西学,另一方面更将西学"提升"到与经义相符的地位或者说将其融入于经义之中,使人不在中西之间"划界"。

作为康有为的弟子,梁启超论中西之同的观点与康颇为相似,但又有自己的引申和发挥。他在以下三个问题上的论述是很有特色的。

一是驳斥学西方是"用彝变夏"的指责,指出彝夏之间没有绝对的界限,圣人主张学于人,何况西学种种本为中国固有之物,不能当作"彝"物而弃之:"难者曰:子言辩矣,然伊川被发,君子所叹,用彝变夏,究何取焉。释之曰:孔子曰,天子失官,学在四彝;《春秋》之例,彝狄进至中国,则中国之。古之圣人,未尝以学于人为惭德也。然此不足以服吾子,请言中国。有土地焉,测之绘之,化之分之,审其土宜,教民树艺,神农后稷,非西人也;度地居民,岁杪制用,夫家众寡,六畜牛羊,纤悉书之,《周礼》《王制》,非西书也;八岁入小学,十五就大学,升造爵官,皆俟学成,庠序学校,非西名也;谋及卿士,谋及庶人,国疑则询,国迁则询,议郎博士,非西官也;(梁启超自注:汉制博士与议郎、议大夫同主论议,国有大事则承问,即今西人议院之意。)流宥五刑,疑狱众共,轻刑之法,陪审之员,非西律也;三老啬夫,由民自推,辟署功曹,不用他郡,乡亭之官,非西秩也;尔无我叛,我无强贾,商约之文,非西史也;交邻有道,不辱君命,绝域之使,非西政也;邦有六职,工与居一,国有九经,工在所劝,保护工艺,非西例也;当宁而立,当宸而立,礼无不答,旅揖士人,礼经所陈,非西制也;天子巡守,以观民风,皇王大典,非西仪也;地有四游,地动不止,日之所生为星,谶纬雅言,非西文也;腐水离木,均发均县,临鉴立景,蜕水谓气,电缘气生,墨翟、亢仓、关尹之徒,非西儒也。故夫法者天下之公器也,征之域外则如彼,考之前古则如此,而议者犹曰彝也彝也而弃之,必举吾所固有之物,不自有之,而甘心以让诸人,又何取耶。"①

二是宣扬中学内不仅包含着西学（"今之西学,周秦诸子多能道之"）,而且六经的微言大义比西学更为精深完善："今夫六经之微言大义,其远过于彼中之宗风者,事理至赜,未能具言,请言其粗浅者。生众食寡,为疾用舒,理财之术尽矣；百姓足,君孰与不足,富国之策备矣；谷与鱼鳖不可胜食,材木不可胜用,农务渔务林木三利辟矣；行旅皆欲出于其涂,道路通矣；通功易事,羡补不足,商务兴矣；使于四方,不辱君命,乃谓之士,公法之学行矣；以不教民战,是谓弃之,兵学之原立矣；国人皆曰贤,国人皆曰不可,议院之制成矣。（梁启超自注：以上仅证之于四书,又每事仅举其一条,其详具于专书。）又如《春秋》之义,议世卿以伸民权,视西人之贵爵执政分人为数等者何如矣；（梁启超自注：古之埃及、希腊,近今之日本,皆有分人数等之弊。凡国有上议院者,皆未免此弊,盖上议院率世族盘踞也。英至今未革,俄尤甚。）疾灭国,疾火攻,而无义战,视西人之治兵修械、争城争地者何如矣。自余一切要政,更仆难尽。夫以士无世官之制,万国太平之会,西人今日所讲求之而未得者,而吾圣人于数千年前发之,其博深切明,为何如矣。然则孔教之至善,六经之致用,固非吾自祖其教之言也。不此之务,乃弃其固有之实学,而抱帖括考据词章之俗陋,谓吾中国之学已尽于是,以此与彼中新学相遇,安得而不为人弱也。"②

三是认为就政制的源起而言,中西相同,但中国之政自秦汉后

①　《变法通议》,梁启超著：《饮冰室合集》文集之一,中华书局 1989 年版,第 6~7 页。

②　《西学书目表后序》,梁启超著：《饮冰室合集》文集之一,中华书局 1989 年版,第 127~128 页。

日趋衰败,而西方之政则合于公理,合于三代圣人之义,因而得以广泛传播:"政无所谓中西也。列国并立,不能无约束,于是乎有公法;土地人民需人而治,于是乎有官制;民无恒产则国不可理,于是乎有农政、矿政、工政、商政;逸居无教,近于禽兽,于是乎有学校;官民相处,秀莠匪一,于是乎有律例;各相猜忌,各自保护,于是乎有兵政。此古今中外之所同,有国者之通义也。中国三代尚已,秦汉以后,取天下于马上,制一切法、草一切律,则咸为王者一身之私计,而不复知有民事。其君臣又无深心远略,思革前代之弊,成新王之规,徒因陋就简,委靡废弛。其上焉者,补苴罅漏,涂饰耳目。故千疮百孔,代甚一代,二千年来之中国,虽谓之无政焉可已。欧洲各国土地之沃,人民之赜,物产之衍,匪有迈于中国也,而百年以来,更新庶政,整顿百废,始于相妒,终于相师,政治学院,列为专门,议政之权,逮于氓庶,故其所以立国之本末,每合于公理,而不戾于吾三代圣人平天下之义。其大国得是道也,乃纵横汪洋于大地之中而莫之制;其小国得是道也,亦足以自立而不见吞噬于他族。播其风流,乃至足以辟美洲,兴印度,强日本,存暹罗。西政之明效大验,何其盛欤!"①

康有为的另一名弟子刘桢麟亦明确指出"夫泰西诸学,为吾孔子六经所包,与吾周秦诸子相合",并针对有人"以西学为孔教之患",担心讲求西学会使西教盛行、孔教坠地的顾虑,详论西学与西方基督教无关:一是西方格致之学与西教无关,二是西方政治之学与西教无关,三是西学的兴起与西教无关,四是西学的盛行与西教无关。还认为即使西方传教士来华广设学校,华人趋之若鹜,也只

---

① 《西政丛书叙》,梁启超著:《饮冰室合集》文集之二,中华书局1989年版,第62~63页。

能说明中国自身急需兴学育才,而不能作为抵制倡导西学的借口:
"彼教士之设学塾于吾华也,不过推其爱人为善之心,见中国之不
自振,乃设学以倡之,冀以开风气。至于受教与否,彼未能强人以必
从也。然即入其学者,必从其教,亦彼西人之分事,而适形我中国之
不能兴学,自弃其民以与他人,而不能谓西学之累之也。且我既以
是为虑,则当亟求振作,大兴学校,取彼法而自用之,显以收育才之
效,隐以杜逃儒之渐。若拘牵忌讳,甘于自愚,不为亡羊补牢之计,
宁效渊鱼丛雀之驱,匪特国与教之难保,抑亦见笑于西人也。"①

三　力主中西结合

　　根据对中西之异的辨析和对中西之同的定位,岭南维新派认
为处理中西文化关系最好的办法就是将两者结合起来,以西学弥
补中学的不足,以中学作为接纳西学的根基;拒绝西学而固守中
学,或摆脱中学而单采西学,都是不可取的。具体的说法有多种:

　　康有为指出对西学不能采取"不大斥之,则大誉之"的态度,而
主张中西以"体"、"用"的形式相结合,"故仆以为必有宋学义理之
体,而讲西学政艺之用,然后收其用也。故仆课门人,以身心义理
为先,待其将成学,然后许其读西书也"。②

————————

　　①　刘桢麟:《论西学与西教无关》,《知新报》一,澳门基金会、上海社会科
学院出版社 1996 年版,第 621~622 页。
　　②　《康有为全集》第 1 集,上海古籍出版社 1987 年版,第 1038~1040
页。康有为所说的中西体用结合,显然不同于流行一时的"中体西用"论。如
前所述,他认为中西在义理、纲常等方面并无两样,但实际上,他尚未接触到,
也不知道有哪些西学"身心义理"之书,因此他相信中学之体也就是西学之
体,而不是以体用之别对中西学的性质和地位加以限制。

梁启超对中西结合作了更为详细的论述。

一方面,他发挥康有为上述"体"、"用"的说法,强调中西两学缺一不可,必须紧密结合,彼此"会通":"要之,舍西学而言中学者,其中学必为无用;舍中学而言西学者,其西学必为无本。无用无本,皆不足以治天下。虽庠序如林,逢掖如鲫,适以蠹国,无救危亡";① "……中国人才衰弱之由,皆缘中西两学不能会通之故,故由科举出身者,于西学辄无所闻知,由学堂出身者,于中学亦茫然不解。夫中学体也,西学用也,无体不立,无用不行,二者相需,缺一不可。今世之学者,非偏于此即偏于彼,徒相水火,难成通才……泯中西之界限,化新旧之门户,庶体用并举,人多通才";② "近年各省所设学堂,虽名为中西兼习,实则有西而无中,且有西文而无西学;盖由两者之学未能贯通……考东西各国,无论何等学校,断未有尽舍本国之学而能讲他国之学者,亦未有绝不通本国之学而能通他国之学者。中国学人之大弊,治中学者则绝口不言西学;治西学者,亦绝口不言中学;此两学所以终不能合,徒互相诟病,若水火不相入也。夫中学体也,西学用也。二者相需,缺一不可,体用不备,安能成才。……今力矫流弊,标举两义,一曰中西并重,观其会通,无得偏废;二曰以西文为学堂之一门,不以西文为学堂之全体,以西文为西学发凡,不以西文为西学究竟。宜昌明此

① 《西学书目表后序》,梁启超著:《饮冰室合集》文集之一,中华书局1989年版,第129页。

② 《奏请经济岁举归并正科并各省岁科试迅即改试策论折》(代宋伯鲁拟),汤志钧编:《康有为政论集》上册,中华书局1981年版,第294页。此折为康有为授意,梁启超起草,见同上书第295页的"说明"。

意,颁示各省"。①

　　另一方面,对中西如何结合,从"兴政学"、"经世"和"穷理"三个视角提出明确而具体的建议。在《变法通议·学校余论》中,以"兴政学"为题,提出在"治天下之道"、"治天下之法"和"治今日之天下所当有事"等三方面,都应以"中"为本,而以"西"为辅:"今中国而不思自强则已,苟犹思之,其必自兴政学始。宜以六经诸子为经……而以西人公理公法之书辅之,以求治天下之道;以历朝掌故为纬,而以希腊、罗马古史辅之,以求古人治天下之法;以按切当今时势为用,而以各国近政近事辅之,以求治今日之天下所当有事。"只有这样,才能真正造就"今日救时之良才"。②在《湖南时务学堂学约》中,以"经世"为题,重申了上述治道、治法、治事三者皆需中西结合之意,但提法略有改动,将西学西政直接纳入"经"、"纬"、"用"之中,加强了中西结合的密切程度:"居今日而言经世,与唐宋以来之言经世者又稍异。必深通六经制作之精意,证以周秦诸子及西人公理公法之书以为之经,以求治天下之理;必博观历朝掌故沿革得失,证以泰西希腊罗马诸古史以为之纬,以求古人治天下之法;必细察今日天下郡国利病,知其积弱之由,及其可以图强之道,证以西国近史宪法章程之书及各国报章以为之用,以求治今日天下所当有事,夫然后可以言经世。……今中学以经义掌故为主,西学以宪法官制为归,远法安定(胡安定,即胡瑗,北宋初学者、教育家——引者注)经义治事之规,近采西人政治学院之意……"在《万

────────────

①　《筹议京师大学堂章程》,中国近代史资料丛刊:《戊戌变法》第4册,神州国光社1953年版,第488～489页。此章程系梁启超代拟,见《戊戌政变记》,梁启超著:《饮冰室合集》专集之一,中华书局1989年版,第27页。

②　梁启超著:《饮冰室合集》文集之一,中华书局1989年版,第63～64页。

木草堂小学学记》中，以"穷理"为题，用"公理之学"亦即"实学"的概念将中国先王之意与西方穷理之风统一起来："法必变，所以立之故不变。六经诸子，古者皆谓之道术，盖所以可贵者，惟其理也。故曰：法先王者法其意。西人自希腊昔贤，即讲穷理，积至近世，愈益昌明。究其致用，有二大端：一曰定宪法以出政治，二曰明格致以兴艺学。挽近公理之学盛行，取天下之事物，古人之言论，皆将权衡之，量度之，以定其是非，审其可行不可行。盖地球大同太平之治，殆将萌芽矣。学者苟究心此学，则无似是而非之言，不为古人所欺，不为世法所挠，夫是之谓实学。"①

刘桢麟就中西如何结合提出孔子之道和西学皆需"大明"，才能使西学行之无弊和使孔子之道发扬光大，并对此作了较充分的论证："孔教者，我中国立国之命脉也。必孔子之道大明，然后西学乃行之而无弊；必西学大明，然后孔子之道乃比较而愈显。何也？孔子制作六经，其义理制度、大义微言，实足以范中外而治万世，其道不明，则世之见西学者，或震其精深，而以为不可学，或鄙其怪异，而以为不屑求，而不知反之诸经秘纬，皆吾教中所自有，是于孔子既有割地之憾，而于新政必有阻碍之端。新政不行，于是西学不明，西学不明，则彼中之良法美意吾既无所取裁，而彼教之条理，凡有合于我孔子与不及我孔子者，吾更无从考见，而孔子范围中外之教法暗吻不彰，坐令彼族雌黄，列中国为半教，訾儒者为无用，甚乃以中国科举之流弊，学校之痼习，而归咎于儒书之未善。如是，则彼教乃愈张而愈广，吾教乃愈抑而愈隘，是固可为大忧者也。夫兵家之义，知己知彼，百战百胜。我必自张其军，立于不败之地，然后

---

①　梁启超著：《饮冰室合集》文集之二，中华书局1989年版，第28、34~35页。

乃求胜于人；我尤必侦探乎敌，预操其可胜之券，然后乃足恃于己。今日之言西学，亦犹是也。不特此也，彼教之盛也，固由其人传道之坚毅，亦由其国政之能自强，故有恃而无恐。吾既惧吾教之陨坠，正当取师于彼，以强其国力，即以强其教宗。是西学不特为吾教借鉴之资，亦实为保守吾教之具也，夫又何疑欤。"①

第二节　《日本书目志》：中西比较的深化

　　岭南维新派对中西的比较在康有为所编的《日本书目志》一书中，有了进一步的发展，原有的一些基本论点得到了显著的扩充和更为具体的阐释。

　　《日本书目志》出版于1898年春，是康有为编写的一部日本书籍的目录书。康有为在该书《自序》中指出，中国欲自强，惟有译西书，但无论是"延致泰西博学专门之士"译书，还是中国自己培养西学人才译书，都为旷日持久之事，远不能适应中国急于兴西学以求自强的需要，最好的办法就是通过翻译日本书来求得西学，其理由是："……日本之步武泰西至速也，故自维新至今三十年而治艺已成。大地之中，变法而骤强者，惟俄与日也。俄远而治效不著，文字不同也。吾今取之至近之日本，察其变法之条理先后，则吾之治效可三年而成，尤为捷疾也。且日本文字犹吾文字也，但稍杂空海之伊吕波文十之三耳。泰西诸学之书其精者，日人已略译之矣，吾因其成功而用之，是吾以泰西为牛，日本为农夫，而吾坐而食之。费不千万金，而要书毕集矣。使明敏士人习其文字，数月而通矣，

---

　　①　刘桢麟：《论西学与西教无关》，《知新报》一，澳门基金会、上海社会科学院出版社1996年版，第622～623页。

于是尽译其书。译其精者而刻之布之，海内以数年之期、数万之金，而泰西数百年数万万人士新得之学举在是，吾数百万之吏士识字之人皆可以讲求之。"① 可见，翻译日本书的主要目的是为了求得西学。

康有为收集日本书目花了多年的时间。他自言："日人之祸，吾自戊子(即 1888 年——引者注)上书言之，曲突徙薪，不达而归，欲结会以译日书久矣，而力薄不能成矣。……购求日本书至多，为撰提要，欲吾人共通之。因《汉志》之例，撮其精要，剪其无用，先著简明之目，以待忧国者求焉。"② 在《日本书目志》中，康有为共辑录书籍 7768 种，分为生理、理学、宗教、图史、政治、法律、农业、工业、商业、教育、文学、文字语言、美术(方技附)、小说、兵书等 15 个门类，每个门类之下又分出若干细目，林林总总，包罗万象，蔚为西学之大观。书中撰有序文两篇(《自序》和《农工商总序》)，"提要"109 条。提要长短不一，大多为对有关书目的简要的点评，点评中充满对各门西学的由衷的赞美，大力主张采纳西学，从点评中亦可大略看出康有为对有关西学知识了解或认识的程度。

从对中西进行比较的角度看，康有为在《日本书目志》一书中深化了原有的认识，主要表现在以下几方面。

一　强调讲求西学的重要性

编写《日本书目志》的目的，是通过介绍日文书籍要目而使人

---

① 《康有为全集》第 3 集，上海古籍出版社 1992 年版，第 585～586 页。

② 《日本书目志》自序，《康有为全集》第 3 集，上海古籍出版社 1992 年版，第 586 页。

了解西学的概貌,进而通过翻译和研究,得到西学的精髓,因此,康有为在该书《自序》中,几乎通篇论的都是讲求西学的重要性。他认为西方之所以强大,根本原因就在于有西学:"……然泰西之强,不在军兵炮械之末,而在其士人之学、新法之书。凡一名一器,莫不有学:理则心伦、生物,气则化、光、电、重,蒙则农、工、商、矿,皆以专门之士为之,此其所以开辟地球,横绝宇内也。"相反,中国由于无"专学新书",因而多遭"亏败","……吾数百万之吏士,问以大地、道里、国土、人民、物产,茫茫如堕烟雾,瞪目挢舌不能语,况生物、心伦、哲、化、光、电、重、农、工、商、矿之有专学新书哉! 其未开径路固也。故欲开矿而无矿学、无矿书,欲种植而无植物学、无植物书,欲牧畜而无牧学、无牧书,欲制造而无工学、无工书,欲振商业而无商业("业"似应作"学"——引者注)、无商书,仍用旧法而已。则就开矿言之,亏败已多矣"。对西学的"精详",康有为极为推崇,以为决不能舍西学而别讲他学:"泰西于各学以数百年考之,以数十国学士讲之,以功牌科第激厉之,其堂室门户条秩精详,而冥冥入微矣。吾中国今乃始舍("始舍"似应作"始,舍"——引者注)而自讲之,非数百年不能至其域也。彼作室而我居之,彼耕稼而我食之,至逸而至速,决无舍而别讲之理也。"他对中国通过翻译日本之书而讲求西学将会获得的成功作了极为美好的预测,认为只要将西学"致之学校以教之,或崇之科举以励之",就会"天下向风,文学辐凑,而才不可胜用矣。于是,言矿学而矿无不开,言农、工、商而业无不新,言化、光、电、重、天文、地理而无之不入微也。以我温带之地,千数百万之士,四万万之农、工、商更新而智之,其方驾于英、美而逾越于俄、日,可立待也。日本变法二十年而大成,吾民与地十倍之,可不及十年而成之矣"。①

除《自序》外,康有为还在多条提要中从不同的方面反复论及讲求西学的重要性。

在《理学门》中,他将物理之学称为欧洲和日本所以盛强的"本原":"夫欧洲所以骤至盛强者,为其兵之练欤?为其炮械之精欤?为其机械之巧欤?昧昧我思之,其有不然欤!其有本原者存焉。日本蕞尔岛国,其地十八万方里,当中国之一蜀,而敢灭我琉球,剪我朝鲜,破我辽东,跶("跶"似为"轹"之误——引者注)我威海,虏我兵船,割我台湾。夫日本所以盛强者,为其兵之练欤?为以炮械之精欤?昧昧我思之,其有不然欤!其有本原者存焉。尝考欧洲所以强者,为其开智学而穷物理也,穷物理而知化也。夫造化所以为尊者,为其擅造化耳。今穷物理之本,制电、制雨、制冰、制水、制火,皆可以人代天工,是操造化之权也。操造化之权者,宜其无与敌也。昔吾中人之至德国也,必问甲兵炮械,日人之至德国也,必问格致。德相毕士马克曰:'异日者,中国其为日弱乎?'观日本讲求格致之书,诸学灿然,而理学之书繁博,分小学、高等之级,入门、读本之次,教授之法及其大学纪要之详。呜呼!吾其宜为日弱哉!夫今天下之战,斗智而不斗力,亡羊补牢,及今或犹可也。若犹但言军兵炮械而不兴物理之学,吾岂知所税驾哉!"②

在《农工商总序》中,指出西方及日本农工商三业之所以发达,亦由于大力讲学著书之故:"……泰西之农工商皆从士出,各业皆

①《康有为全集》第 3 集,上海古籍出版社 1992 年版,第 583～584、586页。

②《日本书目志》卷二,《康有为全集》第 3 集,上海古籍出版社 1992 年版,第 626 页。

有专书千数百种以发明之,国家皆有专门学校以教授之,举数十国又开社会以讲求之。其有新书、新器、新法为厚奖高科以诱劝之,大集赛会以比较之。故其民精益求精,新而又新,进而愈上,欲罢不能。其粗窳塞拙之旧无可为利用,则日变去之,而思所以争长竞巧者。故其为农也,刘禾则一人可兼数百工,播种一日可及数百亩,择种一粒可收一万八千粒。千粒可食人一岁,二亩可养一家。瘠壤变为腴壤,小种变为大种,一熟可为数熟。乃至牧畜佃鱼之法,养蜂种树之微,皆讲求至精。故其业丰溢增税数千万焉。若其制作之精奇,工厂之瑰伟,气球、铁轨、电器、机轮,游天缩地,惊犹鬼神。下至针线服器之物,莫不精新瑰丽,光采夺目,中乎人心。故流通无垠,周遍全地。若其商人,皆通万国之故,万货之情,童而学之,壮而行之。国家又设领事,以考求布兵船以保护(该句似应作"国家又设领事以考求,布兵船以保护"——引者注),故泰西之商,穷域绝岛,靡所不届。农出之,工作之,商运之,精血充溢,用致殷强,固有然也。……"日本"考其变法之故,特设农工商部,皆有学校以教之,禄赏以劝之,又有社会以讲求,赛会以激厉。今其农工商三业之书,泰西佳书,略以尽译。加以新得,分条析缕,冥冥入微。呜呼!观日本之所以强者,吾中国可以反而求之矣。"①

在《教育门》中,康有为将西方及日本的"学校教育"置于极为重要的地位,称之为"中西强弱之大键":"泰西之强,吾中人皆谓其船械之精、军兵之炼也,不知其学校教育之详也。故五十年来,吾中国亦渐讲军兵炮械,费帑万万,而益以借寇兵而赍敌粮耳。此中西强弱之大键,不可不明辨也。日人之变法也,先变学校,尽译泰西教育之书,学校之章程。倍根氏之《教育学》,为泰西新变第一

---

① 《康有为全集》第3集,上海古籍出版社1992年版,第816~817页。

书,鲁氏、如氏、麟氏条理尤详矣。若《教育学新论》、《原论》、《普通学》诸书备哉粲烂,无微不入矣。……试考各国教法之精粗疏密,可以知其国之强弱盛衰矣。……观国者必本于是焉。"①

二　考求西政西学与中国经义的"暗合"

在《政治门》中,康有为对西政西学与中国经义的"暗合"作了一段相当典型而完整的论述。

首先,总体指出西方之强无不与经义相合:"政治之学最美者,莫如吾《六经》也。尝考泰西所以强者,皆暗合吾经义也。泰西自强之本,在教民、养民、保民、通民气、同民乐,此《春秋》重人、《孟子》所谓'与民同欲,乐民乐,忧民忧,保民而王'也。"

接着,分若干方面对中西相合作了具体的列举。(1)教民:"其教民也,举国人八岁必入学堂,皆学图算,读史书,无不识字之人。其他博物院、藏书库、中学、大学堂,此吾《礼记》家塾、党庠、乡校、国学之法。"(2)养民:"其养民也,医院、恤贫院、养老院,以至鳏寡孤独皆有养。泰西皆无乞丐,法制详密,此《王制》、《孟子》恤穷民之义也。"(3)保民:"其保民也,商人所在,皆有兵船保护之。商货有所失,则于敌国索之,是韩起买环,子产归之,且与商人有誓,诈虞之约是也。"(4)通民气:"其通民也,合一国之人于议院,吾《洪范》所谓'谋及庶人'、《孟子》所谓'国人皆曰贤'也。"(5)同民乐:"其同民乐也,国都十里,五里必有公家之囿,遍陈花木百戏,新埠亦必有一二焉。"(6)礼拜日:"七日一息,则《孟子》所谓'囿与民

---

① 《日本书目志》卷十,《康有为全集》第3集,上海古籍出版社1992年版,第935~936页。

同'、《易》所谓'七日来复,闭关商旅不行'是也。"(7)君臣礼节:"国君与臣民见皆立,免冠答礼,吾《礼记》则'天子当宸而立,诸侯北面而朝'、《公羊》所谓'天子见三公下阶,见卿与席大夫抚席'也。"(8)兵农合一:"民皆为兵,是吾寓兵于农也。"(9)使用机器:"机器代工,是《易》之利用前民也。"(10)陪审制度:"其有讼狱,必有陪审官,《王制》所谓'刑人于市,与众弃之'也。"(11)从众:"谋事必有三人,《春秋》所谓'族会'、《洪范》所谓'三人占则从二人言'也。"(12)民主:"众立为民主,《春秋》卫人立晋美得众,《孟子》所谓'得乎丘民,为天子'也。"据此,康有为得出"故凡泰西之强,皆吾经义强之也"的结论,其实质性意义在于通过强调西政西学与中国经义的完全相符,证明它们都是恰当可行、值得效法的。

在肯定西政西学与中国经义一致的同时,作为对照,康有为指出现实的中国反而处处与经义相违背:"……中国所以弱者,皆与经义相反者也。《康诰》保民如赤子,而吾吏治但闻催科书;率作兴事,而吾吏道惟省事卧治;《孟子》尊贤使能,俊杰在位,而吾尊资使格,耆老在位,以崔亮停年之格,孙丕杨抽签之制为金科玉律也。《礼》'大夫七十而致仕',而今非七八十龙钟昏聩犹不服官政也。《中庸》称重禄劝士,《孟子》称君十卿禄,而吾大学士俸二百金,不及十日之费,仅比上农,知县养廉仅千,不及一幕友之脩也。《大学》称与国人交,而吾君与臣隔绝,官与民隔绝也。《礼》称司空以时平治道路,而吾莩秽不治也。《王制》选俊秀论材能而后授官,而吾鬻官也。故中国所以弱者,皆悖经义而致弱者也。"

根据对西方之强与经义的相合关系和中国之弱与经义的相背关系的论述,康有为进一步直言今日中国政学早非先圣经义之旧,倒是西政西学体现了中国经义之精,如要行经义,则必须师西方:"吾中国法古经之治足矣,本非取于泰西,所以可取者,参考其书,以著其治强之故，正以明吾经义之可行。近人习于国故而忘经义久矣，反以近时掌故自尊为中国之学，而诃斥外人。岂知吾之掌故，历秦、元诸霸朝，已非中国先圣经义之旧，而礼失求野，外国乃用吾经义之精。……然译泰西之书而能保养其民以自强，其政治亦可借鉴矣。"①

除了上述《政治门》中的典型论述外，《日本书目志》还从其他许多方面对西政西学与中国经义或中国文化相合的关系作了考求。

其一，《生理门》中生理学与《素问》的关系："如生理之学，近取诸身，人皆有之，凡学者所宜，尽人明之。吾《素问》少发其源，泰西近畅其流，鳖杰儿氏、兰氏、歇儿蔓氏，大唱元风，兰氏阐析尤精矣。"解剖学与《内经》的关系："吾《内经》之洞明人体者，岂真见垣一方哉？亦自解剖验之。全体未明，何以为治？近泰西解剖之学至精微，贤列氏其冠冕矣。"②

其二，《理学门》中历书与"三正"的关系："日本近改用俄历，然是建丑。泰西以冬至后十日为岁首，是建子，仍不出孔子之三正也。缅甸建四月，马达加斯加建九月，今皆灭矣。天下无出三正外者，信乎孔子之制远也。"气象学与"望气"的关系："太史《天官书》

---

① 以上引文见《日本书目志》卷五，《康有为全集》第 3 集，上海古籍出版社 1992 年版，第 743～744 页。康有为以"经义"作为衡量一切政学的最高准则，应与他对传统经学所作的批判和改造亦即他的新学伪经说和孔子改制说联系起来。实际上，其所言"经义"已不是传统意义上的经义，而是康有为企图借用其旧有的权威和资源，重建其体系和原则，重释其内容和精神的"经义"。参见本书第二章。

② 《日本书目志》卷一，《康有为全集》第 3 集，上海古籍出版社 1992 年版，第 594、596 页。

曰：'凡望云气，仰而望之，三四百里；平望，在桑榆上，千余里二千里；登高而望之，下属地者三千里。''云气各象其山川人民所积聚。故候息耗者，入国邑，视封疆田畴之正治，城郭室屋门户之润泽，次至车服畜产精华。实息者，吉；虚耗者，凶。'望气固吾中国旧学哉，今绝矣。……日本犹存之。"博物学与孔子等人的关系："孔子辨防风之骨、商羊之舞，子产以博物名。至教小子多识鸟兽、草木，岂非三古所贵耶？后儒不知天人之故，言义理则自隘其国土，言名物则虚考其文字，于是天下皆为愚，而无用之人甚或足己自尊矣。……圣人之师，万物也。泰西近日翻陈出新，皆从物理出。日本……近讲博物学，自童业至大学皆以为教……故举国皆智，而人才不可胜用矣。"心理学与儒家心学的关系："心学固吾孔子旧学哉！颜子三月不违，《大学》正心，《孟子》养心，宋学尤畅斯理。当晚明之季，天下无不言心学哉！……泰西析条分理甚秩秩，其微妙玄通，去远内典矣。……日人中江原、伊藤维桢本为阳明之学，其言心理学，则纯乎泰西者。"①

　　其三，《政治门》中议院与中国古代"议院"的关系："《尧典》曰：'辟四门，明四目，达四聪。'《盘庚》：'登进厥民，命众悉至于庭。'《洪范》：'谋及卿士，谋及庶人。'《孟子》：'左右皆曰贤，诸大夫皆曰贤，未可也；国人皆曰贤，然后用之。左右皆曰可杀，诸大夫皆曰可杀，勿听；国人皆曰可杀，然后杀之。'黄帝曰'合宫'，尧曰'总章'，三代曰'明堂'。中国古固有议院哉！通天下之气，会天下之心，合天下之才，政未有善于议院者也。泰西之强基此矣，日本又用之而强矣。"岁计学与中国古制的关系："善乎孟子之言曰：'莫善于助，

---

　　①　《日本书目志》卷二，《康有为全集》第3集，上海古籍出版社1992年版，第636～637页。

莫不善于贡。'贡者,校数岁之中以为常。吾中国征税,一切皆有常则,所谓贡也。泰西则不然,先岁户部会下岁之度支而议税焉,所谓助也。又《王制》冢宰制国用司会,会岁计法也。泰西行之矣。信乎! 经义之足以致用也,不通经义而徒闭于国故,宜其贫弱哉!"监狱法与仁政的关系:"《春秋》之义在于仁,霸、王之道皆本于仁。仁者,天心。仁莫大于爱人,故先王之于狱尤慎之。外国人以影法画吾之监狱而去,黑暗非刑,吏卒逼索,污秽臭毒,无辜而腴("腴"似为"瘐"之误——引者注)死者,岁不可胜数也。呜呼! 多士满朝廷,仁者宜战栗。……尝窥外国狱室洁净,而饮食有度,真得吾先圣仁政之遗哉! 日本昔与我同,维新后变之矣。法人昔与我同,乾隆时国会人破其大狱,其后无是狱矣。"经济学与经世学的关系:"《春秋》经世,先王之志,凡《六经》,皆经济书也。……泰西立为专门。其说原本天人,闳深著明……"统计学与《王制》的关系:"《王制》九官,皆于岁杪献成,而司会专其政,统计之义哉! ……观《日本政治年鉴》、《全国耕地人口比较图表》、《全国农产表》……揽全国之事若数掌上之螺纹,而后作之、鼓之、损之、益之,提絜而操纵之,惟为政者所欲为。呜呼! 日本所由骤强哉!"①

其四,《法律门》中法规与《春秋》之法的关系:"所谓法也,合人人而成家,合家家而成国,家与家交,国与国交,则法益生矣。《春秋》者,万身之法、万国之法也。尝以泰西公法考之,同者十八九焉。盖圣人先得公理、先得我心也,推之四海而准也。《春秋》之学不明,霸者以势自私其国,而法乱矣。泰西诸国并立,交际有道,故尤讲邦交之法,推而施及生民。……所谓宪法权利,即《春秋》所谓

<hr />

① 《日本书目志》卷五,《康有为全集》第3集,上海古籍出版社1992年版,第748、749、756、771、773页。

名分也,盖治也,而几于道矣。"①

其五,《农业门》中农学与后稷等人的关系:"泰西农学讲求日精,而斯氏之书六十四册,网罗宏大,实其领袖。……农本九流之一,昔吾后稷,实为农家之祖。农师、田畯,本用士人,亦何愧焉!考求农理,道参天地,岂可付之胼胝不识字之人哉!"农业化学与《周礼》土化之法的关系:"《周礼》草人掌土化之法,以化学为农业本,吾中土学也,惜不传矣。泰西穷极物理,皆可以化学分合变移之。造物者之神灵,亦不过造化而已。今泰西于制冰、制电,皆以人力代化工。化之为学,大矣哉!今泰西化学要书,日本皆已译之,戎氏农学尤其精绝,亦中国宜亟亟也。"土壤学与《管子》等的关系:"康有为曰:吾读日本所译《土壤篇》,何其暗与《管子》合也!泰西合数十国撢求之,益精详矣。又加以改良之书,则吾《周礼》辂刚用牛、赤绨用羊之法也。"圃业学与"老圃之学"等的关系:"樊迟请学为圃,孔子曰:'吾不如老圃。'此非逊词也。……老圃之学,盖周世有专书密传,故孔子自谓不如也。今之农政书时有一二及此者……《七月》之诗曰:'七月食郁及薁,五月烹葵及菽。七月食瓜,八月断壶,九月叔苴,采茶薪樗,食我农夫。'皆蔬学也,日本考之详矣。"农历学与中国古代历学的关系:"《书》称'敬授人时'。《夏小正》、《月令》、《时则》之篇,王者所最重。民非食不生,农非时不获。春兰秋菊,易时不生。夏麦秋禾,过时不育。此固吾土之旧学。日本年中行事之书,则精密矣。"畜牧学与孟子之说的关系:"昔孟子高谈王政,再三言母鸡、母彘,经济只此琐琐,尝窃疑矣。及读《史记》'陆地牧马二百蹄,牛蹄角千,千足羊,泽中千足彘,水居千石鱼

---

① 《日本书目志》卷六,《康有为全集》第3集,上海古籍出版社1992年版,第812页。

陂。皆与千户侯等'。班氏谷量牛马。近者美人有以养蜂、畜牛、卖乳富至数千万者,乃知孟子之说,真王道之本也。且美之富也,自棉、麦外,尤以牛羊富国。《诗》咏牧人,'三百其群,九十其犉',皆咏物产繁殖,以欣庆喜乐,岂非立国养民之道在是耶?后世经国者皆忘劝相利民之义,其高者谨廉寡过坐收赋税而已。其于民,若秦越人相视之肥瘠,岂尝一日为民谋身家之源利赖之道哉!"①

其六,《工业门》中工学与诸葛亮治蜀的关系:"《三国志》称诸葛之治蜀也,工械技巧,物究其极,今泰西得之矣。模氏、谔氏泰西工学之精者,日本皆已译其书。……劝工为'九经'之一,又为智民富国之本,而吾尚未之知也。"建筑学与明堂之制的关系:"孔子《春秋》为三统,董子《繁露》传其略,说明堂之制,法地者卑污方,法天者高大圆侈;又法天者椭圆,法地者习衡。是孔子之制,不限于卑宫矣。明堂之制,上圆下方,四阿重屋,三十六牖,七十二户。泰西宫室乃明堂之遗……"匠学与中国古代匠学的关系:"匠人、梓人,考工重之。梓庆斫镶,见者惊若鬼神。郢人垩鼻,运斤成风,尽垩而鼻不伤。公输为鸢,飞三日而不下。当战国之时,匠学尤精哉!能与人规矩,盖有专书矣。故实之录,极秘之传,绘样之集,日人其传之加精也。"②

其七,《教育门》中道德修身学与礼义廉耻的关系:"管子曰:'礼义廉耻,是谓四维。四维不张,国乃灭亡。'儒以忠信为甲胄,礼

---

① 《日本书目志》卷七,《康有为全集》第3集,上海古籍出版社1992年版,第823、828、831、839、845、851页。

② 《日本书目志》卷八,《康有为全集》第3集,上海古籍出版社1992年版,第864、873、879页。

义为干橹,自非生番野蛮之国,未有不贵道德修身者,此万国古今之通理。国之强盛弱亡,不视其兵甲之多寡,而视其风俗道德之修不修。近者泰西财富兵力方行四海,而推原治本,颇由其俗尚信义致然。"报馆与《诗经》采风的关系:"太师辖轩采风以知国政,吾中国固有报馆哉! 特古者谓之为风,今者谓之报耳。风者,讽也,谓其言相讽告,如风之周遍也。特古者以有韵之文,今者以无韵之笔耳。如《清庙》、《载见》、《鸳鸯》、《瞻卬》,皆宫门抄也。《车攻》、《采薇》、《六月》、《江汉》,纪田猎征伐也。《正月》、《旻天》,忧时事也。《谷风》、《氓蚩》、《新台》、《桑中》,纪民俗琐案也。《七月》、《载芟》,陈农务也。杂沓繁博,皆与今报体相同。古者万国是有万报馆也,诵《诗》闻国政,王者所以坐一室而知天下,以有万馆采风之故也。后世杜少陵之诗史,白居易之乐府,亦庶几知报馆之义哉! 泰西之强也,在开民智也。开民智之故,在报馆也。"①

其八,《文字语言门》中修辞演说与孔子四科的关系:"孔子四科,德行之后,以言语先政事、文学,窃尝怪之。春秋时会盟聘问,战国时飞辨骋辞。……泰西公议传教,犹尚演说之风,四科之一学,岂可忘哉!"速记法与草书的关系:"由繁而简者,天道之自然,人事之至情也。行草书行用之广,从事之敏,可增寿命。泰西多捷记法,亦吾草书之意……"②

其九,《兵书门》中马政与《月令》、《周官》的关系:"《月令》、《周官》之言马政详矣,而今乃无一书。治国之政,无所不治,下及牧

---

① 《日本书目志》卷十,《康有为全集》第3集,上海古籍出版社1992年版,第906、942页。

② 《日本书目志》卷十二,《康有为全集》第3集,上海古籍出版社1992年版,第1064、1085页。

畜,纤悉皆举,日人遂恢恢乎有其意矣。"①

上述关于西政西学与中国经义或文化相合关系的系统考求,牵强附会处甚多。但它清楚地表明了康有为对中西学关系的这样一种认识,即中国经义中本来蕴含着西学的根本精神,而这种精神却被中国人自己所丢失,反而在西方得到传承和发展,因此,学习西方不仅与遵循经义毫无抵触,而且是宏扬经义的最好办法和必由之路。

三　揭露中国历史和现实之弊

对西政西学康有为力赞其精良优越,对中国三代政教经义亦崇尚其精深博大,但对中国三代之后的历史,特别是现实的状况,则表示极为不满,多处力揭其弊。举其大者,则有:

1.农工商之弊:"吾中国非不言农工商也。天子与长吏岁且亲耕以率农,设大臣以通商,立部以督工。而农利日少,工益窳败无精器,商至无大公司立于外国。其事效与泰西悬绝相反若是,是遵何故哉? 则以泰西之农工商皆从士出……而吾中人之为农工者,皆愚惰之人,目不识字,况乎图算? 足不出乡,何有讲会? 即其农书,等于词章吟诵之学,而不能施之于用。即使可用,农工不能识考而施行之。况皆旧法,比于日新争巧者,相去亦远矣。百工规矩,更无专书。商贾贸迁,但知银算。既上无学校奖励之道,下无社会、赛会之方。凡此二者,一切皆付之小民,官无与焉,苟收其税而已。甚且入口轻而出口重,洋商可以三联票免厘,而内商则百重

---

① 《日本书目志》卷十五,《康有为全集》第 3 集,上海古籍出版社 1992年版,第 1216 页。

抽剥,贪官暴吏虎狼而强食之。而工皆惰窳,以磁器为中国之专利,犹且为日本所夺,日磁满布,其他可知。商贩不行,百货滞败。如此而欲农工商之家劝业以富其民也,此真南辕而北其辙也。三业俱败,民且狼顾,而谋国者尚弃置坐视。其愤发者,但谈军兵炮械,以思固其圉。岂知精华既竭,褰裳去之,民且不存,安有边圉?"①

2.礼法之弊:"礼自三代皆施之行用……后世礼学只为考据,而于施行无关。即国朝通礼,亦几等文具。而下男女礼俗士大夫所共奉行为金科玉律者,乃无一书。故虽以独精《三礼》卓然经师之士,苟非服官通籍或久游于外者,若仅挚经穷巷,即不能通当世之礼俗,而举动为人所诟笑者比比,而里闾之士无论矣。谈《三礼》则见道古而体尊,道今俗则为鄙琐而体卑,务无用而弃有用,务古而薄今,好虚而废实,能画鬼神而不能画犬马,吾土之学多类此,所以弱也。日人之言礼,皆从泰西矣。而适于时用,下逮于妇人女子,崇实而弃虚,其意则可采耳。"②

3.教育之弊:"吾中国以先圣之教为文化大国,然士人知国而不知教。故重人主之富贵,而轻圣人之道义。而前明朱元璋乃阴售其八股愚民之术,本朝未暇改之,而不肖有司乃增加大卷折子之楷,枯困割裂之题,务弊天下千百万人士之精神才力于无用之地。故危亡中国者,教为之也,非先圣之教也。割截枯困之文,大卷折子之楷,士人以此致贵,以此终老,求一稍通今古之故者,郡邑或无

---

① 《日本书目志》农工商总序,《康有为全集》第3集,上海古籍出版社1992年版,第816～817页。

② 《日本书目志》卷十,《康有为全集》第3集,上海古籍出版社1992年版,第926页。

一人焉，或一省无几人焉。况欲其明天人分际，达治教之原，通中外之故，小大精粗六通四辟者，安可得哉！野皆愚民，庠皆愚士，朝皆愚吏，于此而国不危也，可得乎？""吾中国所自尊者，非以广土众民也。以被服先圣之道，以教化最美自名也。然教士皆驱于八韵、八股、楷法之中，不得为教其农工，妇女不识字者十而九。而幼学无方，自髫龀之子，不审其才力，皆将授以《大学》、《中庸》、《书》、《易》之精深，而又诵文而不求解义，或教之属对、破承题、临帖，以待为八韵八股折卷之用也。故童学十年，而无所知识。幸而登高科，掇朊仕，其茫然于天地之大，古今之故，万国之事，犹其童学之颛愚也。然而不亟讲教育，而但问兵械，此泰西所以诋我以无教也，此吾中国所由弱亡也。"①

　　除了这些大段的论述外，《日本书目志》按语中言及中国历史和现实之弊的文字还有很多。而中国之弊归结到一点，就是与西政西学及三代政教经义正好相反，因此若要纠弊，就必须学习与中国经义不仅完全相合，而且将其体现得最为充分的西方。

第三节　西方富强之道的总结

　　岭南维新派对中西之学的比较带有相当浓厚的理论性和学术性，与此同时，他们又极为关注如何解决中国贫弱不堪这一十分现实的问题，对西方资本主义国家何以富强的实际条件、经验和做法等进行了持续不断的探索和总结，形成了内容相当丰富的西方富强观，成为其西学观的重要组成部分之一。他们将西方富强的原

---

① 《日本书目志》卷十，《康有为全集》第 3 集，上海古籍出版社 1992 年版，第 935、960~961 页。

因大致归结为以下数端。

一　诸国并立激发竞争

　　认为诸国并立之势令各国励精图治，互相交流而又互相竞争，因此日渐富强。这是从国家所处的外部条件对国家内部机制的制约方面所作的总结。

　　较早指明这一点的是黄遵宪。他在《日本国志》中论"交邻之益"即国与国之间互相交往的好处时写道："余闻之西人欧洲之兴也，正以诸国鼎峙，各不相让，艺术以相摩而善，武备以相竞而强，物产以有无相通得以尽地利而夺人巧。自法国十字军起，合纵连横，邻交日盛，而国势日强，比之罗马一统时，其进步不可以道里计云，其意盖谓交邻之有大益也。"他认为中国的战国时期与此略同，由于七雄并峙，竞争不已，造就了一大批名家，"德行若孟荀，刑名若申韩，纵横若苏张，道德若庄列，异端若杨墨，农若李悝，工若公输，医若扁鹊，商若计研范蠡，治水若郑白韩国，兵法若司马孙吴，辩说若衍龙，文词若屈宋，人材之盛，均为后来专家之祖"，其根本原因就在于"一统贵守成，列国务进取；守成贵自保，进取务自强，此列国之所由盛乎"。他还举出日本作为交邻有大益的例子："……以余所闻，日本一岛国耳。自通使隋唐，礼仪文物居然大备，因有礼义君子之名。近世贤豪，志高意广，竞争外交，骎骎乎进开明之域，与诸大争衡。向使闭关谢绝，至今仍一洪荒草昧未开之国耳，则信乎交邻之果有大益也。"①

---

① 黄遵宪著：《日本国志》卷四，上海图书集成印书局光绪二十四年版，台湾文海出版社印行本，第133～134页。

康有为对诸国并立之势与西方富强的关系讲得更为明确。他考察"泰西所以致强之由"，将"诸国并立"列为首条，认为西方"千年来诸国并立也，若政稍不振，则灭亡随之，故上下励精，日夜戒惧，尊贤而尚功，保民而亲下，其君相之于一士一民，皆思用之，故护养之意多而防制之意少，其士民之于其君其国，皆能亲之，故有情而必通，有才而必用，其国人之精神议论，咸注意于邻封，有良法新制，必思步武而争胜之，有外交内攻，必思离散而窥伺之。盖事事有相忌相畏之心，故时时有相牵相胜之意，所以讲法立政，精益求精，而后仅能相持也"。①

二　农、工、商、财皆行新法

认为西方在农、工、商、金融财政等方面皆有系统而成熟的新法，成为国家得以富强的根本保障。

黄遵宪曾率先对西方国家的"理财之道"加以论述："余观西人治国，非必师古，而大率出于《周礼》、《管子》。其于理财之道，尤兢兢致意，极之至纤至悉，莫不有册籍以征其实数。其权衡上下，囊括内外，以酌盈剂虚，莫不有法。"他将其主要做法概括为六条：一是"审户口"："国多游民则多旷土，农一食百，国胡以富？群工众商，皆利之府，欲问地利，先问业户。是在审户口。"二是"核租税"："惟正之供，天经地义，洒血报国，名曰血税。以天下财治天下事，虽操利权，取之有制。是在核租税。"三是"筹国计"："权一岁入，量入为出，权一岁出，量出为入，多取非盈，寡取非绌，上下流通，无雍

<hr />

① 《上清帝第四书》，汤志钧编：《康有为政论集》上册，中华书局1981年版，第149～150页。

无积。是在筹国计。"四是"考国债":"泰西诸国,尽负国债,累千万亿,数无涯际。息有重轻,债别内外,内犹利半,外则弊大。是在考国债。"五是"权货币":"金银铜外,以楮为币,依附而行,金轻于纸,凭虚而造,纸犹敝屣,轻重由民,莫能扼止。是在权货币。"六是"稽商务":"输出输入,以关为口,利来利往,以市为数。漏卮不塞,势且倾踣,虽有善者,何法能救。是在稽商务。"总之,"六者兼得则理财之道得,而国富矣。六者交失则理财之道失,而国贫矣"。①

康有为在经济方面对西方富强之由作过更多的探究。

1888 年他代御史屠仁守作《钱币疏》,谈到铸币与富强的关系:"日本崎岖一岛,国小民贫,然铸币十年,所出金钱已五千余万,银钱已三千余万,流溢至中国,小银钱尤多,国用富强。"② 在同时代拟的另一篇奏折中,他指出西方富强与铁路的修建密不可分,"夫铁路缩万里而为咫尺,去壅滞而便指挥,以足民则商贾日通,农利大辟,以立国则调兵立至,挽粟飞来,泰西纵横,略由于此"。③

此后,在《上清帝第二书》及其他相关的重要奏折中,他对西方经济上的富强之法作了比较系统而具体的论述,其大者有农、工、商三项。

1.农业方面,外国设立农学会讲求各事精益求精,发展迅速:"天下百物皆出于农……外国讲求树畜,城邑聚落皆有农学会,察土质,辨物宜。入会则自百谷、花木、果蔬、牛羊牧畜,皆比其优劣,而旌其异等。田样各等,机车各式,农夫人人可以讲求。鸟粪可以

①　黄遵宪著:《日本国志》卷十五,上海图书集成印书局光绪二十四年版,台湾文海出版社印行本,第 429 页。

②　汤志钧编:《康有为政论集》上册,中华书局 1981 年版,第 39 页。

③　《请开清江浦铁路折》,汤志钧编:《康有为政论集》上册,中华书局 1981 年版,第 41 页。

肥培壅,电气可以速长成,沸汤可以暖地脉,玻罩可以御寒气,刈禾则一人可兼数百工,播种则一日可以三百亩。择种一粒,可收一万八百粒,千粒可食人一岁,二亩可养人一家。瘠壤变为腴壤,小种变为大种,一熟可为数熟。"①

2.工业方面,机器制造业的兴起和发达造成了欧洲的强盛:"尝考欧洲所以骤强之由,自嘉庆十二年英人始制轮船,道光十二年即犯我广州,遂辟诸洲属地四万里。自道光二十五年后铁路创成,俄人以光绪二年筑铁路于黑海、里海,开辟基窪、阿尔霸等国六千里。其余电线、显微镜、德律风、传声筒、留声筒、轻气球、电气灯、农务机器,虽小技奇器,而皆与民生国计相关。若铁舰、炮械之精,更有国者所不能乏。……查美国岁给新器功牌一万三千余,英国三千余,法国千余,德国八百,奥国六百,意国四百,比利时、咥国、瑞士皆二百余,俄国仅百余,故美之富冠绝五洲。"② "原泰西所以强者,自英人倍根立劝工之法始也。倍根当明永乐之时,泰西之穷同中国也。倍根令工人能创新器新法者,皆赏功牌文凭,许其专利,于是举国鹜之。美之献新法者,岁三千余人,英千余人,法八百余人,德、奥六百余人,意、比利时皆四百余人。于是轮舟、轮车、电灯、电报、寄声、传声之器骤出并奏,而开辟地球矣,皆工之为之也。英人既以工富,其贫民食于工者亦富数倍。""泰西机器一厂,养贫民以万千计。士农商之业俱穷,正宜大辟工业,以养无限之贫

---

①　《上清帝第二书》,汤志钧编:《康有为政论集》上册,中华书局 1981年版,第 126 页。又见《请开农学堂地质局折》,《杰士上书汇录》,故宫博物院藏本。

②　《上清帝第二书》,汤志钧编:《康有为政论集》上册,中华书局 1981年版,第 127 页。

民。上以开新艺,下以销乱源。"① 机器制造业的有无,可见强盛弱亡之故:"昔伏读会典,见诸蕃入贡物,泰西则量天缩地之尺,地球珲("珲"应为"浑"——引者注)天之仪,千里显微之境("境"应为"镜"——引者注),皆人工者,无一天产之物也。缅甸、安南之贡,则象牙一双、孔翠几对,皆天产之物,无一人工者也。然而缅甸、安南已灭矣,泰西诸国横绝地球矣。呜呼! 强盛弱亡之故,以工占之。"②

3.商业方面,有设立商学、商会、博览会及政府大力保护等重要措施,使商业极为发达:"商学者何? 地球各国贸易条理繁多,商人愚陋,不能周识,宜译外国商学之书……商会者何? 一人之识未周,不若合众议,一人之力有限,不若合公股,故有大会、大公司,国家助之,力量易厚,商务乃可远及四洲。明时葡萄牙之通澳门,荷兰之收南洋,英人乾隆时之取印度,道光时之犯广州,非其政府之力,乃其公司之权。盖民力既合,有国助之,不独可以富强,且可以辟地,商会所关,亦不小矣。比较厂者何? 泰西赛会,非聘游乐,所以广见闻,发心思,辨良楛。凡物有比较,优劣易见,则劣者滞销,而优者必行,彼之货物流行中土,良由此法。"③ "泰西之为商也,有学校、有日报、有专书以教之,有商会以讲之,有比较会以励之,有官、有兵、有巡捕、有保险、有铁船以保护之,有游历使臣领事以

---

① 《日本书目志》卷八,《康有为全集》第 3 集,上海古籍出版社 1992 年版,第 863~864、881 页。

② 《日本书目志》卷八,《康有为全集》第 3 集,上海古籍出版社 1992 年版,第 882 页。康有为还详细考察了西方机器制造业的兴起发展过程,见《日本书目志》卷八,《康有为全集》第 3 集,第 870~871 页。

③ 《上清帝第二书》,汤志钧编:《康有为政论集》上册,中华书局 1981 年版,第 128 页。

查考之,有铁路、轮舟以通之,故其人皆通万国之故,解万货之情,进无所畏,退无所失,而商力能横绝地球如五印度者,则英直以商会成之矣。"① "……洋货所以越数万里而畅销者,在其国有商学以教之,有商报以通之,有商部以统之,有商律以齐之,有商会以结之,有比较厂以厉之,有专利牌以诱之。及其出国也,假之资本以厉之,轻其出税以便之,有保险以安其心,有兵船以卫其势,听其立商兵商轮以护其业。又有领事考万货之情,以资其事,官商相通,上下一体,故能制造精而销流易。视万里重洋若枕席,情信洽而富乐多,故筹兵饷重款若探囊,民足而君足,国富而势强,职商之故。"②

三　文教、科技开智创新

岭南维新派对从文化、教育和科技方面开启民智、奖励创新极为重视,将其作为西方国家之所以能够富强的根源或根本。

黄遵宪曾对"工艺之事"作过专门的探讨,认为后世所鄙视的"工艺"在古代其实是很受重视的,"……古人以其开物成务,尊为圣人。成周之制,官有六职,工与其一,而历世钟鼎奉为宗彝,令子孙宝用。盖古之人所以重工艺者如此",而"后世士夫喜言空理,视一切工艺为卑卑无足道,于是制器利用之事,第归于细民末匠之手,士大夫不复身亲,而古人之实学荒矣"。与中国截然相反的是

---

① 《日本书目志》卷九,《康有为全集》第3集,上海古籍出版社1992年版,第890~891页。

② 《请立商政以开利源而杜漏卮折》,《杰士上书汇录》,故宫博物院藏本。

西方对"工艺"(即科学技术)讲求极精，成效极大："今欧美诸国崇尚工艺，专门之学，布于寰区。余尝考求其术，如望气察色，结筋搦髓，破腹取病，极精至能，则其艺资于民生；穷察物性，考究土宜，滋荣敷华，收获十倍，则其艺资于物产；千钧之炮，连环之枪，以守则固，以战则克，则其艺资于兵事；火轮之舟，飞电之线，虽千万里，顷刻即达，则其艺资于国用；伸缩长短，大小方圆，制器以机，穷极便利，则其艺资于日用；举一切光学、气学、化学、力学，咸以资工艺之用。富国也以此，强兵也以此。其重之也，夫实有其可重者在也。……今万国工艺以互相师法，日新月异，变而愈上。"①

康有为对西方国家立学、开智、奖新的做法和意义尤为重视，先后有过一系列明确的论述。早在《上清帝第二书》中，就指出"穷理劝学"是西方富强的重要原因："尝考泰西之所以富强，不在炮械军兵，而在穷理劝学。彼自七八岁皆入学，有不学者责其父母，故乡塾甚多。其各国读书识字者，百人中率有七十人。其学塾经费，美国乃至八千万，其大学生徒，英国乃至一万余。其每岁著书，美国乃至万余种。其属郡县，各有书藏，英国乃至百余万册。所以开民之智者亦广矣。"② 随后在《上清帝第四书》中，将"立科以励智学"作为"泰西所以致强"的三大原由之一，③ 并追源溯流，谈古论今，对其作了详细的论述："泰西当宋元之时，大为教王所愚，累为回国所破，贫弱甚矣。英人倍根当明永乐时创为新义，以为聪明凿

---

① 黄遵宪著：《日本国志》卷四十，上海图书集成印书局光绪二十四年版，台湾文海出版社印行本，第987~988页。

② 汤志钧编：《康有为政论集》上册，中华书局1981年版，第130页。

③ 三大原由：一是诸国并立而能励精图治，二是立科以励智学，三是设议院以通下情。见汤志钧编：《康有为政论集》上册，中华书局1981年版，第149~150页。

而愈出,事物踵而增华,主启新不主仍旧,主宜今不主泥古。请于国家,立科鼓励,其士人著有新书,发从古未创之说者,赏以清秩高第,其工人制有新器,发从古未有之巧者,予以厚币功牌,皆许其专利,宽其岁年,其有寻得新地为人迹所未辟,身任大工为生民所利赖者,予以世爵。于是国人踊跃,各竭心思,争求新法,以取富贵。各国从之……至近百年来新法益盛。……合十余国人士所观摩,君相所激励,师友所讲求,事无大小,皆求新便。近以船械横行四海,故以薄技粗器之微,而为天下政教之大,人皆惊洋人气象之强,制造之奇,而推所自来,皆由立爵赏以劝智学为之。"[1] 撰写《日本书目志》时,更是反复强调西方强盛的"本原"、"关键"不是在于器物(兵器、机器等)的精巧,而是在于科学的发达、教育的发展和对创新精神的奖励。(参见本章第二节)百日维新期间康有为所上的《请以爵赏奖励新艺新法新书新器新学折》再次重申了"欧洲富强之原,由于厉学开新之故……皆由立爵赏以劝智学为之"的观点,并在前引《上清帝第四书》有关论述的基础上,补充了大量的西方近代科技史发展的材料,以说明奖励创新对国家富强的确极为重要。[2]

四　广设学会、社团、政党

　　指出设立学会、社团乃至政党是西方得以富强的一个极为重要的因素。

　　黄遵宪对此曾作过颇有概括性、代表性的论述,他首先泛论

---

①　汤志钧编:《康有为政论集》上册,中华书局 1981 年版,第 150 页。

②　见《杰士上书汇录》,故宫博物院藏本。

"联合力"的巨大作用："天之生人也,飞不如禽,走不如兽,而世界以人为贵,则以人能合人之力以为力,而禽兽不能故也。举世间力之最巨者,莫如联合力。何谓联合力? 如炽炭然,散之数处或数十处,一童子得蹴灭之。若萃于一炉,则其势炎炎,不可向迩矣。如束箸然,物小而材弱,然束数十百枝而为一束,虽壮夫拔剑而斫之,亦不能遽断。凡世间物,力皆有尽,独联合力无尽,故最巨也。"接着,指出西方强盛皆由立会结党的联合之力而成："余观泰西人之行事,类以联合力为之。自国家行政逮于商贾营业,举凡排山倒海之险,轮舶电线之奇,无不借众人之力以成事。其所以联合之故,有礼以区别之,有法以整齐之,有情以联络之,故能维持众人之力而不涣散。其横行世界莫之能抗者,恃此术也。尝考其国俗,无一事不立会,无一人不结党。众人习知其利,故众人各私其党。"同时,又指出立会结党所存在的弊端也是至为明显的："此亦一会,彼亦一会,此亦一党,彼亦一党,则又各树其联合之力,相激而相争。若英之守旧党、改进党,美之合众党、民主党,力之最大,争最甚者也。分全国之人而为二党,平时党中议论付之新闻,必互相排觚,互相偏袒,一旦争执政权,各分遣其党人以图争胜。有游说以动人心者,有行贿以买人心者,甚有悬拟其党人之后祸,抉发其党人之隐恶,以激人心者。此党如是,彼党亦如是。一党获胜,则鸣鼓声炮以示得意。党首一为统领、为国相,悉举旧党之官吏废而易置之,僚属为之一空。……举旧日之政体改而更张之,政令为之一变。譬之汉唐宋明之党祸,不啻十百千倍,斯亦流弊之不可不知者也。"①

---

① 黄遵宪著:《日本国志》卷三十七,上海图书集成印书局光绪二十四年版,台湾文海出版社印行本,第 913~914 页。

康有为、梁启超主要强调学会可以培养人才,拓展学识,从而收到富强之效。

康有为在 1895 年所写的三篇强学会序文中都谈到了学会的这种作用。《京师强学会序》指出:"普鲁士有强国之会,遂报法仇。日本有尊攘之徒,用成维新。盖学业以讲求而成,人才以摩厉而出,合众人之才力,则图书易庀,合众人之心思,则闻见易通。"《上海强学会序》更为明确地表述道:"尝考泰西所以富强之由,皆由学会讲求之力,传称'以文会友,以友辅仁',记称'敬业乐群',其以开风气而成人才,以应天子侧席之意,而济中国之变,殆由此耶?"《上海强学会后序》则举出美国之例:"美人学会繁盛,立国百年,而著书立说多于希腊、罗马三千年,故兵仅二万,而万国莫敢谁何,此以智强也。"①

梁启超将学会称之为"群心智之事",认为"学校振之于上,学会成之于下,欧洲之人,以心智雄于天下,自百年以来也","彼西人之为学也,有一学即有一会,故有农学会,有矿学会,有商学会,有工学会,有法学会,有天学会,有地学会,有算学会,有化学会,有电学会,有声学会,有光学会,有重学会,有力学会,有水学会,有热学会,有医学会,有动植两学会,有教务会,乃至于照像、丹青、浴堂之琐碎,莫不有会。其入会之人,上自后妃王公,下及一命布衣,会众有集至数百万人者,会资有集至数百万金者。会中有书以便翻阅,有器以便试验,有报以便布知新艺,有师友以便讲求疑义。故学无不成,术无不精,新法日出,以前民用,人才日众,以为国干,用能富强甲于五洲,文治轶于三古"。②

———————

① 汤志钧编:《康有为政论集》上册,中华书局 1981 年版,第 166、169、171 页。

② 《变法通议》,梁启超著:《饮冰室合集》文集之一,中华书局 1989 年版,第 31、33 页。

五　设议院以通下情、尊民权

康有为在《上清帝第四书》中将"设议院以通下情"列入"泰西所以致强之由",认为"筹饷为最难之事,民信上则巨款可筹,赋税无一定之规,费出公则每岁摊派。人皆来自四方,故疾苦无不上闻;政皆出于一堂,故德意无不下达;事皆本于众议,故权奸无所容其私;动皆溢于众听,故中饱无所容其弊"。① 陈继俨② 则将设议院与"尊民权"联系在一起:"西国何以强?强于尊民权也。民权何以尊?尊于开议院也。情患不通,询谋而佥同,则君民之情通。法患不立,集思而广益,则精美之法立。道取其平,意务其公,西方之所恃以强其国者,如斯而已。"③

第四节　《日本变政考》——实践和转换
　　　　西方富强之道的个案考察

在总结西方富强之道的过程中,岭南维新派逐渐发现要真正将其付诸实施,就有一个如何将这种富强之道联系实际进行转换的问题。因此,他们的眼光越来越注视于学习西方取得卓著成效的日本,通过总结日本富强的经验,进一步对西方富强之道作出可

---

① 汤志钧编:《康有为政论集》上册,中华书局 1981 年版,第 150 页。
② 陈继俨,字仪侃,广东南海人,康有为弟子。
③ 陈继俨:《中国不可开议院说》,《知新报》一,澳门基金会、上海社会科学院出版社 1996 年版,第 833 页。岭南维新派在维新运动中并不主张中国立即设立兴民权的议院,而是希望以君权变法,变法成功后再设议院。参见本书第三章第四节第一点。

行性更强的诠释。这种努力以康有为著成《日本变政考》一书为代表。

　　大致从 1898 年初的《上清帝第五书》开始，康有为对西方富强之道的认识发生了一个显著的变化，即着重总结和阐明日本变政的经验，在很大程度上以直接学习日本来代替以往的直接学习西方。他确认"今日泰西之法，实得列国并立之公理"，但又认为"泰西国数极多，情势各异，文字政俗与我迥殊，虽欲采法之，译书既难，事势不合，且其富强精巧，皆逾我百倍，骤欲致之，下手实难"，注意到中西国情的差异，承认对西方了解的不够。因此，转而主张直接学习文字政俗皆与中国相同，而以 30 年时间追摹泰西新法、维妙维肖的日本。早自《上清帝第四书》不达之后，康有为就留心研究日本变政史实，"三年来译集日本变政之宜，日夜念此至熟也"，确信"吾但假日本为向导，以日本为图样……取而誊写之"，就一定能"一举而规模成，数年而治功著，其治效之速非徒远过日本，真有令人不可测度者"。① 在奉诏进呈《日本变政考》一书时又云："其他英、德、法、俄变政之书，聊博采览，然切于中国之变法自强，尽在此书。臣愚所考万国书，无及此书之备者。虽使管葛复生，为今日计，无以易此。……若弃之而不采，亦更无自强之法矣。"② 可见，康有为对日本通过变政而富强的经验极为重视。

　　康有为对日本变政经验的总结和阐述主要见于《日本变政考》一书。这部书是康有为根据翻译过来的日文书而编纂的日本明治维新史，曾先后两次进呈光绪帝。书的内容大致可分为两部分：一

---

　　① 　康有为：《译纂〈日本变政考〉成书，乞采鉴变法折》，《杰士上书汇录》，故宫博物院藏本。
　　② 　康有为著：《日本变政考》跋，故宫博物院藏本。

是日本明治维新的史实,自明治元年至二十四年逐年记叙,按照康有为的需要加以取舍,这是书的主体部分;二是书中所加的按语,它是康有为对明治维新史的评论,在全书中具有提纲挈领、画龙点睛的作用,康有为对日本实践和转换西方富强之道的个案考察的基本观点,就体现在这些按语及该书的序和跋之中。这些按语及序跋包含的内容非常丰富,大至国政,小到都市清洁卫生,无不涉及,而它们都围绕着一个中心点,就是进行变法。变法才能富强,中国要转危为安、化弱为强,只有像日本那样变法,这是贯穿全书的中心思想。具体分析,康有为在按语中总结了日本在十大方面通过变法取得富强的经验。

一　变法总类

(一)以全变为目标

康有为陈述必须全变的理由说:"夫祖宗之法,行之久矣,何为而尽变之?以万国既通,则我旧日闭关自大,但为孤立一隅之见,其政治学识亦为一隅之见,而自以为天下一统,无与比较,必致偷安怠惰,国威衰微也。既知万国并立,则不得谓人为夷,而交际宜讲,当用彼此通流之法;既知比较宇内大势,则国体宜变,而旧法全除,宜用一刀两断之法。否则,新旧并存,骑墙不下,其终法必不变,而国亦不能自强也。"①

怎样才算全变尽变呢?康有为强调一是必须"改定国宪",也就是要制定能够"总摄百千万亿政事之条理,范围百千万亿臣民之心志"的宪法。对此"国宪",他联系古今作了解释:"自古受命之

---

① 康有为著:《日本变政考》卷一按语,故宫博物院藏本。

君,必与二三贤佐,损益前代,著为国制,以为天下后世法,孔子所谓周监于二代是也。其立法之心意有公私,则其后治效有深浅;规模有大小,则其后国势有强弱。然此国宪者,又非此二三人之所能强为也。必视其时之民情风俗,以为因革损益。其利也,其立法贵顺而因之;其弊也,其立法贵逆而去之。地球上无论何国,五洲未通,则其民情风俗必皆其国内之所有,故可以相承之旧法治之。然又必时时修改,然后可行。若通开互市之后,内人与外人情性风俗相渐相摩,其势必大有改易。若犹以旧法治之,是欲乘轩车而入海,披绨绤以御寒,有沉溺冻死而已,岂有当哉? 故古之有国者,承前朝之余,则监前代而已。今之有国者,五洲共处,则当监欧墨,此又势之所必然矣。"① 并进一步指出:"变政全在定典章宪法,参采中外而斟酌其宜,草定章程,然后推行天下。事关重大,每事皆当请上命核议,然后敢行,故非在宫中日日面议不可。日本选伊藤为之,至今典章皆其所定。我中国今欲大改法度,日本与我同文同俗,可采而用之。去其已经之弊,而得其最便之途。"②

二是既要变其一,又要变其百,一切皆要求变:"日本之变法也,精与粗而并举,小与大而皆立。自官制、兵制、禄制、学制、礼制、赋制、刑制诸法度,莫不屡变屡易,精益求精,至并法律命令之格式亦舍旧图新,制为定例焉。盖新与旧不两立,冰与炭不并用,裘与葛不两存,以新法、新律、新命、新令之屡下,而行以旧日格式,必有多见窒碍而相枘凿者。故变其一而不变其百不可以有成,变其百而不变其一亦难以尽利也。然自中国守旧迂谬者视之,方且

---

① 康有为著:《日本变政考》卷七按语,故宫博物院藏本。
② 康有为著:《日本变政考》卷九按语,故宫博物院藏本。

以为琐屑,与时务无关矣。"①

全变的目标还体现在日本变法的成效之中,如经过四年变法之后,"上之车马器服,皆从西式,下之民皆自由,华族亦降营农工商之业,渐至平等。新政日行,新法于是成矣",② 而经过 24 年变法之后,日本则"宪法大成,民气大和,人士知学,上下情通,而后议院立。礼乐莘莘,其君亦日益尊,其国日益安,此日本变法已成之效也"。③

(二)变法须有总纲次第

对此,按语中讲得非常明确:"变法之道,必有总纲,有次第,不能掇拾补缀而成,不能凌躐等级而至。经画土地之势,调剂人数之宜,学校职官之制,兵刑财赋之政,商矿农工之业,外而邻国联络箝制之策,内而士民才识性情之度,知之须极周,谋之须极审,施法有轻重,行事有缓急,全权在握,一丝不乱,故可循致而立有效。"康有为比较了泰西、日本和中国三者变法的情况:"泰西变法自培根至今五百年,治艺乃成者,前无所昉也。日本步武泰西三十年而成者,有所规摹也。我国自道、咸以来,已稍言变法,然成效莫睹,徒增丧师割地之辱者,不知全变之道。或逐末而舍本,或扶东而倒西,故愈治愈棼,万变而万不当也。夫我以日本十倍之地,十倍之人,使非有十倍倍(此处衍一"倍"字——引者注)之人才,数十倍之财赋,又加以百倍之勇猛智识,则变法诚极难矣。然苟得其道以治之,其效亦倍速。"④ 至于日本变法的总纲、次第为何,康有为在

①　康有为著:《日本变政考》卷十按语,故宫博物院藏本。
②　康有为著:《日本变政考》卷三按语,故宫博物院藏本。
③　康有为著:《日本变政考》卷十二按语,故宫博物院藏本。
④　康有为著:《日本变政考》卷九按语,故宫博物院藏本。

《日本变政考》序、跋及其他奏章中有专门的论述。(参见本书第四章第一节)

(三)变法要解决几个关键问题

要搞好变法,需要解决的问题很多,从变法全局看,有几个问题是比较关键因而在按语中被着重强调的。

一是申誓:"日主睦仁即位申誓,为维新自强之大基。当是时,幕府、朝廷两歧,闭关通商之论,守旧开新之议,向背顺逆之殊,纷如乱丝,莫知去就。且内外之交未睦,上下之情犹隔,存观望则误大基,异意见则生嫌隙。……故宗旨定而后令行速,提领寻纲,因端见绪,此固布政之先锋,行军之麾纛也。泰西即位,必将己所欲整顿,民所欲兴废,申其大旨,誓告天下,使一国之人知所趋就。自此上之施政,下之请求,咸奉是旨。日本之为政,盖深得西法之奥也。观其敕誓之言,兢兢乎忧国危亡,恶守旧之阻挠,发维新之大号,去尊重之积习,恶上下之相离,视国民皆一体,采良法于万国,言重意长,谆谆反复,诚心感动,百官动色,誓死相从,是皆在日主发愤之一心,而成今日富强之大业也。"[①]

二是得人:"……变法之始,首贵得人,君臣相得,有非常之任,然后有非常之功。"[②] 所得之人,既有藩侯,"日本变法之始,其赖藩侯之力。其藩侯犹我之督抚,力量可以办事也。日皇于诸藩之中,特委任萨摩、长门两藩,赖之以成大功";[③] 更有大批士人,"日人忧国,有投书议院而屠腹死者,士人爱国之诚如此。先是日本政

---

① 康有为著:《日本变政考》卷一按语,故宫博物院藏本。参见该书卷二按语"大久保为日本维新名臣"。

② 康有为著:《日本变政考》卷九按语,故宫博物院藏本。

③ 康有为著:《日本变政考》卷二按语,故宫博物院藏本。

权在大将军、将军,号称幕府,笃守旧法,其国主仅以虚名守府。……大将军保位守旧,仇视维新义士,诬以不道,屡兴狱,系者千人。日主孝明皇阴护开新尊王之士,屡诏赦之,义士愈激,至于杀幕府大臣。志士皆禁锢,而孝明皇未有不手诏释之,甚且召见,温谕优容,则其倚望开新尊王之士,有不言而喻者矣。……故士皆为之死,而收除幕维新之大效。……故日本自强中兴之故,孝明其功最伟哉!……故夫人主意之所向,如牧者之养羊,惟鞭所指,随意东西,升原降阿,无不如意"。①

　　三是果断施行:"号称变法之国多矣。考其设施,观其行事,则皆约略不齐,漫然无据。以捧土莳花之塞,御排山倒峡之流,其无益而为害也必矣。惟日本之变政也,勇于去弊,毅于兴新,陈请者即议施行,建白者即试擢用,至于选大臣亦无不从众举。盖虚心采纳,刚断施行,遂能三十年间,称雄东亚,而先其变法者,尚依然故我,皆目的未定,人心不一之故也。"② 不仅人主"决之极早,施之极勇",而且各级官员亦必须迅速将新法付诸实施:"盖凡百新法,便于民者则或不便于官,利于国者则或不利于官。疲玩不振之习,加以保利固宠之私,故其法之未立也,则思有以阻之,既立则缓延而耽搁之。或令下而不布告,或布告而不施行,及乎奉行不力,成效不见,而守旧迂拘之流,反得借口以变法之无益,复生阻挠,如是而日言维新不可得也。日本定例,法律命令,官必以布告,恐其隔而不通也。以报至各府县厅,以达日之后七日施行,恐其行之不勇

━━━━━━━━━━

　　① 康有为著:《日本变政考》卷二下按语,故宫博物院藏本。参见该书卷一按语"日本维新之功"。
　　② 康有为著:《日本变政考》卷二按语,故宫博物院藏本。

也,宜其令如流水而速于邮电矣。"①

四是严禁谣言:"《书》称:无稽之言勿听。泰西俗例,不得造无据之言,妄相是非,其罪极重。以谣言无据,最易惑人听闻,颠倒是非,变乱黑白也。既惑听闻,则能乱政,于用人行政,关系极大,故尤恶之。日人誓书,即发此旨,诚以非去谣言不能行新政也。"②"《书》言:'聖谗说'者,欲惩讹言。诚以造作言说,诋诽正人者,皆肖小之长技,其甚者可以摇惑人心,混淆国是,故泰西诸国皆有谗谤律。日本变法之始,方欲一民观听,先定此律,则谗言自去,而正论自伸矣。震惊朕师,从古已畏。我国尚无此律,故是非颠倒,流言之害甚于流贼,亟宜防之者也。"③

(四)变法应有的精神

一是有居安思危的精神:"列国并立,既已竞长争强,而保护人民,尤易随处生衅。日人居安思危,犹虑一朝不测,虑祸机,虞溃裂,君臣告戒,竭力警备。吾今无兵、无炮、无船、无械,敌衅一启,听客所为,自己无一可恃,而士大夫尚宴会谈笑,若庆太平,不外竞而内攻,穴中自斗而忘门外之火焚,绝不讲求保国御侮之术,岂不异哉?"④

二是有自强进取的精神:"万国竞立之世,最讲进取。比权量力,彼涨则此必缩,无可中立。故改革者所以谋自强,必自强乃可言进取。泰西各国皆有进步党,进步者天下之公理也。小之则一身一家,推而极之全球万国。无强则无弱,有愈强者则先之,强者

① 康有为著:《日本变政考》卷十按语,故宫博物院藏本。
② 康有为著:《日本变政考》卷一按语,故宫博物院藏本。
③ 康有为著:《日本变政考》卷六按语。参见该书卷九按语"盘庚三诰",卷十一按语"《书》云",故宫博物院藏本。
④ 康有为著:《日本变政考》卷十按语,故宫博物院藏本。

亦弱矣；无富则无贫，有愈富者则先之，富者亦贫矣；无智则无愚，有愈智者则先之，智者亦愚也。故进步者将尺寸比较，并驱争先。己国文学与外国文学比较，则欲其愈盛也；兵力与兵力比较，则欲其愈强也；物产与物产比较，则欲其愈多也；商务与商务比较，则欲其愈增长也；工艺与工艺比较，则欲其愈精良也。必使我之内涨力足敌乎外，且渐胜乎外，故不必兼并人土地，乃谓之进取也。日本开议会之始，伊藤卓识，深契此义，国事以是为宗主，人心以是为宗主。讲之极精，磨之极熟，虽欲不强盛文明，得乎?"①

三是有精益求精的精神："《易》言通变，专在宜民，无泥守之理。日主誓旨既定，百变不离其宗，谪戒百官，守持无惑，而制度期于尽善，不妨日更月改，所以精益求精也。水流不腐，户枢不蠹，未有以不变为宜者，况经一统竞长之世，固如冬裘夏葛之迥殊哉!"②

二　君臣关系

(一)君主纤尊降贵才能变法自强

日本变法，在君臣关系上经历了一个由"国主至尊"到君主纤尊降贵的转变，"日本旧俗，与我中国同，国主至尊，大久保利通所谓九重深邃，迥异人间，其得近黼座，不过公卿数人，固知上下否隔，旧国通例。……大久保利通所言，敬上爱下，人伦大道，然推尊过甚，为害甚大，至哉言也。故凡旧国非纤尊降贵，简易通达，不能为理。日主睦仁能听之，真能行非常之事者，其翻然能强，岂无故

---

① 康有为著:《日本变政考》卷六按语，故宫博物院藏本。
② 康有为著:《日本变政考》卷一按语，故宫博物院藏本。

哉!"①

　　日主纡尊降贵及其成效体现在"见农商,问父老,巡幸国中,颁像天下,召见各臣,晏语终日,会集草茅微士,悉心咨度,用能成维新之治,固于其君威未损,且益尊荣于万国也",②"新主睦仁,力矫昔习,用古巡狩之典,数巡览国中,几于比日阅军操,视学艺,吊忠魂,问疾苦,凡议院、学校、工局、铁道、博物院、作工厂落成,皆亲莅止,谆谆戒谕,以人主垂意,人人感激,无不尽心,不敢欺隐,故学术蒸蒸,工械技巧日新月异也"。③

(二)君主破格大用贤才,维新就能速收成效

　　关于君主破格用贤的按语有六条之多,其主旨皆为要破除各种资格的限制,大量启用有真才实学的草茅之士,这样维新就能速获成功。其中较有代表性的一段按语是:"……盖破除资格勋藩之旧,采用草茅才俊之言,此事最难。日本维新之始,乃能行之。于是官人之法,尽由荐举、选举两途。荐举则公卿推荐,选举则平民公举,亦征士、贡士之例也。夫培朝覆幕,何非处士之功;经世治邦,多是激徒之学。故维新首集,皆以处士而列朝班,参大议。……六经之义,但闻用才能而已,未闻资格也。闭关无事之世,用之犹可,若诸国并争之时,立功立事,竞长争高,非才不办,况于改制维新,重起天地,再造日月者乎?裁美锦为衣服,犹必择缝人而制之,庖人虽精,不使也;泛小舟于溪沼,犹必择榜人为之,舆夫虽捷,不用也。况于泛万里之大航,遇非常之风涛者,而敢轻以授未尝驾驶之人乎?日人维新之始,其主能大变旧习,扫除常格;其大

---

①　康有为著:《日本变政考》卷一按语,故宫博物院藏本。
②　康有为著:《日本变政考》卷一按语,故宫博物院藏本。
③　康有为著:《日本变政考》卷四按语,故宫博物院藏本。

臣能不存媢嫉,争荐才贤,宜其收效之速也。藩侯所贡之士为议事官,大臣所荐、国主拔于贡士者为征士,遽授参与,遂与公卿、诸侯平等任职。立贤无方,拔共大位,不限于资格,宜其维新收效之速也。……"①

三　政治改革

(一)官制改革

官制改革是政治改革最主要的内容。在按语中,康有为反复强调改革官制是日本变法之本,"……凡百政事,皆待官而始行。尝有泰西良法美意施诸中国,而辄成弊窦者,官制之积弊太甚也。彼日本所以能推行各种富强之政者,以改变官制、扫除积弊故也。然则吾若借鉴日本,其亦无舍其本而逐其末焉可矣。舍本逐末,非惟利不能兴,且弊滋甚焉,不可不察也。如谓变官制之为难,则日本又何以能变哉"?"日本变法之始,先正定官制,可谓知本矣。盖一切事皆待官而办,苟官制不改,以数千年积弊之衙门,只能舞弊,而必不能兴利。凡当官者,既学非所用,用非所学,又责任不专,俸廉极薄,仕途壅塞,胥吏阴持,拘文牵例,苟且偷安,未有能办事者也。日本变法所以能有成者,以其变官制也"。②

对日本变法以来变官制的情况,康有为作了一个总体上的概括:"日本之变法也,变贵贵而尊贤,变世卿而选举,其于官制亦几

_____

①　康有为著:《日本变政考》卷一按语,故宫博物院藏本。参见该书卷一按语"三条实美",卷一按语"一等官",卷一按语"参与史官之贵",卷一按语"副知事官即吾侍郎",卷二按语"待诏之制"。

②　康有为著:《日本变政考》卷二按语,故宫博物院藏本。

改定矣。废封建诸侯之称，废大夫、上士、中士之号，而旧俗革焉。立总裁、议定、参与之职，置集议、待诏、左右、元老、枢密之院，而新论辟焉。设神祇、会计、内国、外国、刑法、制度诸局，大藏、农商、工部、递信、海、陆、文部诸省，而新政行焉。然新政既行，而各官之职掌、各官之事务、各官之名号、各官之条例，尤必朝立而夕废，日增而月改者，盖欲由粗而求精，变通而尽利，故一官一制，既立之而尤必重裁定之也。"①

日本官制改革头绪繁多，经验丰富，康有为从以下六个方面进行了总结：

1.必须将议政与行政分开。

对此，康有为极为重视，写下一条颇长的按语加以论述。

首先，泰西之强不在其他，而在政体之善："泰西以财富兵力横行地球，越数万里而灭人国、削人土，咸惊其兵舰之精奇，或骇其制造之新巧。吾中国甲午以前所论西人，大率如此。近自甲午败后，讲求渐深，略知泰西之强，在其政体之善也。"

其次，泰西政体之善的表现就是实行三权分立："其言政权有三：其一立法官，其一行法官，其一司法官。立法官论议之官，主造作制度、撰定章程者也；行法官，主承宣布政、率作兴事者也；司法官，主执宪掌律、绳愆纠谬者也。三官立而政体立，三官不相侵而政事举。"

再次，在三官中，以立法最为重要："夫国之有政体，犹人之有身体也。心思者，主谋议，立法者也；手足者，主持行，行法者也；耳目者，主视听，司法者也。三者立以奉元首而后人事举。而三者之中，心思最贵。心不思而信足妄行，不辨东西，不避险阻，未有不颠

---

①　康有为著：《日本变政考》卷十按语，故宫博物院藏本。

仆者。三官之中,立法最要,无谋议以立法,则终日所行,簿书期会,守旧循常,乘轩泛海,五月披裘,惟有沉溺喝死而已。《书》云:谋及卿士,谋及庶人。上下局议事之义也,然既知有立法、行法二议矣。然心思虽灵,使之持行则无用;手足虽敏,使之谋议则无所知。各有其宜,不能兼用,亦不能互用。惟百体之中,以心为宣,故亦时有以心约束手足之处,以立法官兼行法者,必无以行法官兼立法之理。"

最后,中国有行法者而无立法者因此新政屡败,日本因定三权之官其政日新月异,故欲行新法非定三权不可:"今吾中国百司皆行法之官,无立法之官也。维新之际,由旧必蹶。而一切新政交部议之,是以行法官为立法官,犹以手足而兼心思,虽竭蹶从事,而手足之愚,岂能思乎? 惟有乱败而已。日人变法之始,即知此义,定三权之官,无互用之害,立参与,议立法官,故其政日新月异,而愈能通变宜民,盖得泰西立政之本故也。《书》之立政,三宅三俊;《诗》称三事,皆三权鼎立之义。唐人中书谋议,尚书行政,门下封驳,亦微有其意。但宗旨未大明,谋议未全归,用人未征草茅,此其所以异欤! 今欲行新法,非定三权,未可行也。"①

除此之外,康有为还在多条按语中对议政与行政必须分开的重要性及紧迫性加以重申和进一步的发挥。如说"维新之始,百事草创……而下手之始,画定宏规,非将议政、行政划为二事不可。无议政之局而遽谬然行政,仍属冥行而已";② "西国之制,议政、行政分为两官,朝廷固如是,各省亦复如是,各府、县亦莫不如是。盖两者不能偏废也","日本变法所以能有成者,以其变官制也。而

---

① 　以上引文见康有为著:《日本变政考》卷一按语,故宫博物院藏本。
② 　康有为著:《日本变政考》卷一按语,故宫博物院藏本。

其最要者,尤在分议政、行政为二官。盖行政官者,犹人之有肢体也;议政官者,犹人之有心思也。有肢体而无心思不能成人,有行政而无议政不能成国。今中国自总署各部,皆行政之官,而有事辄下之使议,是以手足而代心思之任,必不能当矣。故今日最急之务,当仿日本成法,设集议院以备顾问,然后一切新政皆有主脑矣",① 等等。

至于日本所具体设立的"议政之官",前后变化较大,并不统一,康有为提到的主要有制度局、参与局、上下议局、集议院等四种。②

2.官员必须实行专任专责制。

康有为分析了官员有专任专责与无专任专责的利与弊:"凡旧国积弊,必官吏纠纷,文书积压,冗员多而专任少。日本旧俗既然,我中国尤甚。一部而有数堂,一人而兼数差,一事而经数署。在当时立法日密,专为防弊,其后诸事压搁,驯至一事不办。每日文书盈尺,高可隐身,堂官到署,轮流画诺,案中之事,分毫不省。然每一事待诸堂官画押毕,已不知几何日矣。外官则知县以一人兼兵、农、钱、谷、刑狱、学校之任,书差压搁,百弊滋生。及有申陈,则由府转详道,而后达藩臬,藩臬会详而后达督抚。官级层累,道路辽阻,重重隔绝,节节迟延,务令事不能办而后已。凡此之弊,非分专司,汰冗员,去层隔不可。"③

而日本改革官制在专任专责方面有很多做法值得中国仿效,如"民事局之专任民事,商务局、农务局之专任农商,工务局之讲制

①　康有为著:《日本变政考》卷二按语,故宫博物院藏本。
②　康有为著:《日本变政考》卷一、卷二按语,故宫博物院藏本。
③　康有为著:《日本变政考》卷九按语,故宫博物院藏本。

造,地理局、地质局之讲地图、地学,山林局之讲山林种植、垦辟之事,水产局之专讲渔事,翻译与编辑分为二局,诚以翻译者专译外国之书,编辑者专编应读之书也。凡此数局,吾国皆宜行之",又如"日本常备、预备、后备,举国皆兵,战具之费,过于国用。海陆军强国之要,宜别而专。师范、高等、专门、大中小蒙、工商之学校,教导诱掖之费,半其国用。文学兴国之本,文部非专立不可也。植产惠工,辅商补业,富国之根,农商非专司不可也。电线邮政,开一国之听,审万国之情,则递信宜立专司也。平物价,理货币,总天下之出入,理财国之大政,大藏非专立不可也。简使臣,派领事,结条约,保商民,其所以重邦交,固亲睦,外务非专司不可也。至于民政之繁,法律之重,则内务司法之要,不俟言矣。既事有专而政有属矣,复恐其歧散,立内阁以总之"。①

3.必须改革县制。

康有为对日本"重县令"的做法非常重视,认为"今若变行新政,必自郡县之制始",②"日人新定府县制,而尽废旧制,诚得变政之本矣"。③

他指出日本县制的优越之处是县令地位高,上达下通皆少层隔:"知县为古诸侯之封,百里社稷,民人寄焉。汉令亦千石,当今正三品矣。日本以为第三等官,对外国称大臣,虽以炽仁亲王为之,如宋人宰相作知州,皇子作防御使,同以一知县上达于君,下领于民,中间无隔阂,宣上德而通下情,其势皆易,道莫便焉。"而中国

---

① 康有为著:《日本变政考》卷十按语,故宫博物院藏本。参见该书卷二按语"各官办事",卷五按语"日本之大政官",卷七按语"昔先王治天下"。

② 康有为著:《日本变政考》卷四按语,故宫博物院藏本。

③ 康有为著:《日本变政考》卷七按语,故宫博物院藏本。

县制存在着层隔多、用人滥、待遇极差又责任极重等弊端："我今知县秩七品，其上有府，府上有道，道上有藩、臬两司，司上有督抚，凡五重，然后达于天子。督抚管地太大，章疏无多，小民疾苦，地方事宜，但有隔绝，岂能上闻。至知县之下，一二杂流耳。而知县一官，选之既轻，任子捐班，皆可立得。养之极薄，虽陈仲子不能为。责之极重，赋税、讼狱、教化、道路、山林、学校、农田，无不责任之矣。此极不可解之事。新政虽议推行，及其下逮于民，必借知县行之。以此人才而欲其奉行新政，犹缘木而求鱼也。"因此，应当学习日本，对知县一职"极重其选"，具体设计则可加以变通："若以吾国太大，不能如日本，亦当用汉人太守领令之例，每道设一新政局，选通才为督办，如学政使差例，听辟参赞随员。每县立一民政局，听督办委员会同绅士办理。庶几学校、农桑、工商、水利、山林、道路、巡捕、监狱、教化，可以渐理，而新政乃可望行也。侍郎检讨可为学政，大学士可为总督，则此各道督办亦可听大学士尚书至七品京京（此处衍一"京"字——引者注）官为之。此亦地球各国之公理也。"①

4. 必须改革各种旧制陋习。

康有为提到的日本在变官制过程中对各种旧制陋习的改革涉及许多方面：(1)废藩，"日本变官制，其最难者，莫如废藩。故日本封建之制，相沿已八百年，诸侯各君其国，各子其民，欲改弦而更张之，真不易矣。而当时卒能毅然行，可见天下无难事，全在持之以定力耳"；②(2)废冗衙，如废掌祠祭之礼而"无关政体"的神祇省，

<hr />

① 康有为著：《日本变政考》卷一按语，故宫博物院藏本。参见该书卷七按语"后世君天下者"、"世之县令"。

② 康有为著：《日本变政考》卷二按语，故宫博物院藏本。

据此,主张中国"宜改礼部为教部";(3)改则例,"闭关旧国,六部则例,无论其拘牵琐碎,要必不可行于诸国竞长维新之时。所谓夏裘冬葛,势不两存者也。早改一日,则政事疏通而易行;迟废一日,则政事丛脞而紊坏。若以紊坏为不必改则可也,若必不能忍而不改,则日人之早改是也";① (4)除虚礼,"古国之旧,多虚文而鲜实事。故百官日奔走于簿书期会,拜往酬酢,而置实政于不问。若夫长官之出入举动,倾城候伺,废时失事,不知朝廷之设官以治民耶,以事长官耶?无理甚矣。日本尽除此礼,务从易简。必如此而后能去应酬伺候之繁文,而除敷衍粉饰之风俗,然后有日力以从事新政也";②(5)弃虚文,"设官所以治事也。古言尊贤使能,盖以贤者、能者必爱民,爱民必求所以养民、教民、保民也。而养民、教民、保民,必历历见诸实事,所兴者何利,所除者何弊,所成者何功,然后可称尽职,非如我大计之典,以数字考语模糊了之也。昔虞有考绩,汉有课最,盖必胪列政绩,综核名实,则尸素无所容,而贤能之士进矣。黜尸素而进贤能,弃虚文而求实政,乃日本所以为治也";③ (6)省冗费,"清明之国,冗费必省,诚至论也。我中国经三百年承平之旧,虚文暗耗,供亿繁文不知凡几。即如仓漕一事,岁费千万,进御之供,浮费尤甚。若官吏皆俸廉甚薄,而陋规极多,不明与之,而听其暗取之。若此冗费,不可胜纪,皆维新所不能容者也"。④

康有为还总结道:"国之所以贫者,在冗员、浮费、繁文三者,中

---

① 康有为著:《日本变政考》卷四按语,故宫博物院藏本。

② 康有为著:《日本变政考》卷五按语,故宫博物院藏本。

③ 康有为著:《日本变政考》卷六按语,故宫博物院藏本。

④ 康有为著:《日本变政考》卷九按语,故宫博物院藏本。参见该书卷十按语"吾中国直省经费"。

国此弊尤大。京朝官僚千数，自枢译两署各部一二掌印主稿外，几皆冗员，各省藩臬道府及各候补人皆是也。江南候补道乃至百余，州县乃至千余，则冗甚矣。若夫丧祭宾客虚文之典礼，供亿长官之浮费，闲客干脩之安插，皆为浮费繁文，耗损无限。国奢当示之以俭，宜皆加沙汰，痛为改除，去此浮蠹之文，以举有用之事，一变尽变，然后能行。从古新政，皆以蠲除繁苛为要义矣。"①

5.官员必须重选拔厚俸禄。

重选拔的目的是了改变仅以资格任职的做法，使所用官员具有真才实学："《书》称敷奏以言，明试以功。唐制以身言书判选吏，今制有出身人皆以资格。日本仕官必由试验，有专门之学，有普通之学。虽判任及流外委员，可谓至微矣，亦必有普通学乃用之，仅通一艺者不选，则微官末秩亦得通才矣。吾吏乃有不通文理者，何以任政？此国所由弱亡也。"② 而厚俸禄则是为了使官员无后顾之忧，真正做到清廉守法："《中庸》言忠信重禄，所以劝士。苟薄其俸禄，不足仰事俯畜，虽欲尽心清廉，得乎？与其阳奉法而阴虐民，何如厚其秩禄哉！西制无候补之员，无兼差之吏，有任满之禄以恤不足，有归田之禄以留子孙，厚其常俸，优其礼遇，使无后顾之忧，以尽心王事，犹吾古法也。日本维新之后，官制斟酌西法，禄制亦则于泰西也。"③

6.必须实行官爵（或官差）并行的制度。

对此，康有为作了长篇的论述。

---

① 康有为著:《日本变政考》卷十一按语,故宫博物院藏本。

② 康有为著:《日本变政考》卷九按语,故宫博物院藏本。

③ 康有为著:《日本变政考》卷三按语,故宫博物院藏本。参见该书卷十按语"大臣有终身年金之赐",卷十一按语"《王制》冢宰制国用"。

其要点一是官爵并行本为中国古制:"自古职制,皆官爵并行。官以任事奉职,非选贤才不可胜任也;爵以崇功优旧,非高秩厚礼不能允答也。然人之才有建某功于彼,而不能任某事于此;有少年才力可用,而垂老精力已颓者。弃逐则薄恩,任用则败绩,先圣知其然也,故官爵分为两途,不以相涸。……故能故旧不遗,庶官咸理,贵贵尊贤,其义并得也。……今之官亦与爵同,而亦以差为官。军机总署为内政外交之地,已变用差矣。大学士虽尊,但以优老,不以任事。盖官与爵二者并列,乃天理人情之必至,不能废者也。"

二是中国的官爵(或官差)制存在立义不明、专尊资格的弊端,与日本的做法甚为相反:"泰西各国,皆有爵甚夥,惟我中国廿四等爵最珍之,人不多有。而官则或真办事,与差同者,或仅带衔位,与爵同者,立义不明,故滞格尚甚,上之既未能为官得才,下之又未能优待勋旧,两者俱失。即有差事矣,而非公卿不得领差达于上。京卿间或擢用,自郎中以下,无得奉差者,庶士更无可言。日人变法之始,能别官于爵,别为九等,而参与、议长、办事、副知事、判官、权判官皆二三等官,对外国称大臣者,皆得以征士、庶人充之,与公、卿、诸侯、大夫并列,其惟才是用、破除常格如此。视我非尚书侍郎之资不能充军机总署大臣,非京卿道之资不能充出使及领各局,相反甚矣。彼之所以能举庶政,我之所以不能举庶政者,皆由于此。"

三是中国今欲行新政,宜分官爵二义,以新政之差为官,而以旧官为爵:"从古经义只闻尊贤使能,岂闻尊资使格乎!故吾今者欲举行新政,贵在得才,而勋旧满朝,义无遗弃,惟分官爵二义,以新政之差为官,稍采日本制,分九等叙之,以旧官为爵,分公卿、大夫、士五位叙之。……必如是而后可不遗勋旧,又可任官得人。前年法相笛弗耳举自学堂教习,美国公使举自一游历学人,皆无官者。日人能以征士庶人充大政官,举动如此,宜其盛也。"①

在另一条按语中,康有为更加明确地指出实行"差与官别"的主要目的是为了确保新法的推行:"官者,所以行其法也。其立官之制,皆与其立法之制相因,此亦为夏葛冬裘,各有其宜。苟易其时,皆宜全变,不能中立两存者也。日本变法,即大变官制,且日日议变之,务求美善。我今亦日日议变法矣,而官制未变,以旧人任旧官,据旧例而行新法,真所谓方凿而圆柄,却行而求及前也。若以旧官一时难裁,则惟立新政各局,以任内外之政。差与官别,宋太祖曾行之,以官优勋旧,以差待才能,则两不误矣。"②

(二)听取众议公议

康有为对日本重视采公议的历史进行了考察:"嘉永癸丑以降,外国难起,幕府措置失宜,天下哗然不悦,屡敕采公议以闻,于是公议二字渐重矣。幕府末季,皆由士之是非,朝议亦定于舆论。及乎立待诏,许建白,而国家之事,人皆得而议之。且日皇以此誓天下,舆论公议之字不绝于耳,敦促征士之诏不息于书,士庶所建请,社会所讨论,以至开议院,创国会,皆奉此旨。日本之谋及众庶以强国如此。"并根据中国的"经义",对照中国的政弊,对日本将国政尽付于众议公议的做法从总体上作了充分肯定的评价:"租税、驿递、货币、权量、结约、通商、拓疆、宣战、讲和、招兵、聚粮、定兵赋、筑城砦武库、两藩争讼,此何等大事,吾中国皆一二枢译大臣谋之者,余公卿无得与闻焉。而日本乃以此国家大政,尽付之天下之庶人贤士,而不以一大官干预其间,岂不异哉?泰西各国略如此,

---

① 以上引文见康有为著:《日本变政考》卷一按语,故宫博物院藏本。
② 康有为著:《日本变政考》卷三按语,故宫博物院藏本。

然而皆强矣。吾一二人谋之至重至密,然而割地失权,岌岌恐亡矣。《书》云:谋及庶人。孟子称:国人皆曰。盖真吾中国经义之精也。吾自弃之,而为元明败坏蔽之制所误耳。夫达聪明目,一人之才力闻见,与众人之才力闻见,孰短孰长,当不待辨。况当大地忽通,万法更新之际,一切新法新学,多非旧臣老耄所能知识者,而以一国之大事,付之彼一二人耳目之私,其能当乎? 日本维新之始,规模阔大、条理通达如此,宜其致治之速也。"①

此外,康有为还对日本采纳众议公议的各项具体做法进行了评述。如立对策所、公议所广通下情,"日本维新之始,乃能令诸藩各贡人士,特立对策所以待之,十日一问,且定所闻之大政,令诸贡士得考求以备论议,其能通下情、尽人言如此 ",② "公议所为日本最美之政矣。各衙门有一人,各省有一人,乃至各学堂有一人,此外凡有欲论时务者,皆可以建言,则凡有应兴革之事,莫不上达矣。此法之所以能变也";③ 君主凡举新政,皆策问臣僚士庶,博采众议,"以新政策问诸臣,此最善之法也。盖凡每举一事,其中条理皆极繁多,一人之心思有限,难以周知。故必博采群臣之议,则此事应办与否,及如何办法,皆粲然罗列,人主从而折衷之,斯算无遗策矣。且各人之意见不同,使之各以所见上陈,亦可以验其人之才智若何,择而用之也。此又一举两得之道也。昔唐虞之时,询于四岳,明目达聪,即是此意。我朝乾隆、康熙时亦常有此举,今尚可则向效之也","日皇于变法之始,屡将应办各事策问臣僚,此次乃更遍问国中士庶,令各建言上达,庶几古人下问察迩言之风矣。合

---

① 康有为著:《日本变政考》卷一按语,故宫博物院藏本。
② 康有为著:《日本变政考》卷一按语,故宫博物院藏本。
③ 康有为著:《日本变政考》卷二按语,故宫博物院藏本。

群智以自辅,抒下情使毕达,其骤强宜哉";[①] 通过议员和议院通达民情,"日主诏书频下,谆谆于召议员以达民情、兴公议,迫限行期,敦促东下,其求士广听之意,勤勤如此",[②] "日本有议院以议事,故以议院受建白之书,与众议员共决之,登日志公评之,则下情可通,而众议皆集矣"[③] 等。

康有为虽然十分赞赏日本的众议公议,但认为中国一时还难以仿效,只能将以君权雷厉风行与通下情结合起来:"惟中国风气未开,内外大小,多未通达中外之故,惟有乾纲独断,以君权雷厉风行,自无不变者。但当妙选通才,以备顾问。若各省贡士,聊广见闻而通下情,其用人议政,仍操之自上,则两得之矣。"[④]

(三)设立民选议院

康有为对民选议院制极为重视,称之为日本变法的"大纲领","日本维新之始基",从设议院的理论与历史依据、议院的性质和作用、设议院的必要条件及中国能否仿效日本开设议院等诸多方面进行了论述。(详细内容参见本书第三章第四节第一点)

四　民事改革

(一)重视民事

康有为认为,民事是国政的基本内容,"通国内外,皆民也;通国大小之事,皆民事也;通国上下之官,皆为民事设也",[⑤] 因而日本对

---

① 康有为著:《日本变政考》卷二按语,故宫博物院藏本。参见该书卷一按语"维新之始",卷二按语"日本变法之有成"。

② 康有为著:《日本变政考》卷一按语,故宫博物院藏本。

③ 康有为著:《日本变政考》卷四按语,故宫博物院藏本。

④ 康有为著:《日本变政考》卷一按语,故宫博物院藏本。

⑤ 康有为著:《日本变政考》卷六按语,故宫博物院藏本。

民事十分重视。其重视民事表现在：一是将民事作为变法之先务，"日本变法之始，不先买枪炮，不先置轮船，不先练洋操，而先留意于户籍、地图、备荒、赏罚、学校、商业等事，此皆孟子所谓民事不可缓也。盖国者积众民而成者也，未有不讲民事而国能富强者也"。[①]

二是置民部专理民事，"自汉至六朝，皆有民部省。盖国者积民而成，民富斯国富，民强斯国强。故滕文公问为国，而孟子告以民事不可缓也。后世有户部而无民部，失古人之意矣。日本之置民部，诚善举哉"。[②]

三是为通上下之情而排除各种障碍，"如官等高下，相见不必畏惮，政令不便于民者，可奏言不讳，详核户口、国籍、诉讼，无使壅蔽诸端，皆所以通上下之情，此政之最要者也"；[③] 改善县制，使知县有足够的权责以专治民事，"自废藩置县，始有亲民之官，亲王藩侯亦领牧民之任，总以内务省，直达无层累之隔，辅以县议会，处事无专肆之权。崇其位，妙其选，有试任、实任以考之；厚其禄，定其掌，有区长、郡长以佐之；且兵、刑、税不属，而治教则任之。上可通人主，下可亲小民，得从容为治，熟审得失，以敷教植民，其制诚善，盖专治民事故也"[④]等。

---

① 康有为著:《日本变政考》卷二按语，故宫博物院藏本。
② 康有为著:《日本变政考》卷二按语，故宫博物院藏本。
③ 康有为著:《日本变政考》卷二按语，故宫博物院藏本。
④ 康有为著:《日本变政考》卷三按语，故宫博物院藏本。康有为对中国的县制进行了反省，提出宜每道别开民政局以专任民政："惟吾县令之上，有督、抚、司、道、府，四累而后达于上，签选捐纳，正任非人，而又兵、刑、税一概责之，如之何其能任也。今莫若因而改之，每道别开民政局，选朝官为督办，专任民政，若学校、农、商、工业、山林、道路、开垦、土工等事，而暂听知县仍任讼狱赋税，则政体两不相碍，而民政可兴，富强可致，此变法下手之先务也。"(引同上)

(二)爱民保民

这是站在民本的立场上,强调将民众作为高度重视和密切关注的对象,为民众更好地生存发展提供良好的条件。爱民保民的举措主要有:

1.废除民众的流品之别以及改造乞丐,"六经只言爱民保民,同为天之所生,皆是民也,无有流品之别。……后世于平民之中,过分流等,吾今尚有蛋户、乐户、流氓、优倡、皂隶、民奴等,皆不得考试,不得齐于民数。日本秽多盖其旧民,如吾之猺獞,以种分尊卑,此等义理实不可解,废之是也。吾乞丐满道,非独辱示外国,以不能保民,亦坐废天生之才,日即废惰。泰西皆拘其人,教以工业,俾可自谋食,亦仁政之不可废者也"。①

2.设测候所、劝农局、植物图以便民,"孟子称民事不可缓,《论语》称不违农时,而《礼经》乃至以天子躬耕籍田以劝民。日本特立测候所测风雨云气,每月布告,又设劝农局、植物图以劝农学,其便民如此"。②

3.修路施医以保民,"泰西于保民之道盖周矣。欲得民而用之,必强其身体,除其疾病,而除疾病之法,必医学修明,道路整洁,乃能致之。泰西大小街衢皆填以碎石,疏以阴沟,夹植树木,行人左右,车从中央,整洁严肃,巡捕无日不督工经营之。医生皆由学出,又有施医院以济贫民。无乞丐于途,无垃圾于路。而吾中国上都隆视万国,乃道路荓秽,乞丐病者盈途卧路。日本新政尚能保民

---

① 康有为著:《日本变政考》卷三按语,故宫博物院藏本。参见该书卷四按语"六经无买人为奴隶之制"。
② 康有为著:《日本变政考》卷四按语,故宫博物院藏本。

而经营之"。①

4.为民预防水旱饥馑,"民以食为天,食以农为本。水旱饥馑,皆有国者所患。然与其绸缪于事后,莫如虑患于几先。日人于气候之不顺,即虞农作之有害,令民以勤俭,教民以储蓄。恐其令之不遍也,命官而巡视之;恐其民之不觉也,下书而训之。我则农学不讲,测候不精,丰歉既无以预知,备荒亦无善策。又且铁路未修,转运难达,及乎饥馑荐臻,饿殍载道,乃始集款捐赈。即使无官府之隐匿,无胥吏之侵渔,而民之转于沟壑者,不知凡几矣"。②

5.与民同乐,"《记》称张而不弛,文武不能,一游一豫,与民同乐。故文王之囿,刍荛者往,雉兔者往,与民同之。泰西有公家花园,听民游乐,令其从容燕息,神明愈强,而趋事赴功精力愈足,深得孟子与民同乐之理"。③

(三)除弊兴利以养民

这是指用积极的办法解决民众的生计问题,以防因贫困而导致的民乱。其法有二:

一是拓地移民,"日人维新之始,百事未遑,版图有限,即讲求开拓之事,可谓规模远矣,盖以为殖民移徙计也。天下无有欲乱之民者,保身家,恤妻子,谁肯冒大不韪而为乱乎?然数百年必一见者,盖民积数百年,生齿日繁,比开国时数倍,西人谓五十年人数一倍,若二百五十年则人数五倍矣。地不增多,而人增五倍,于何得食?安得不为乱乎?故西人孜孜讲养民之法、殖民移民之法,诚畏乱而思预弭之也。以养民、移民、殖民之故,农工商皆极讲求,而地

---

① 康有为著:《日本变政考》卷五按语,故宫博物院藏本。
② 康有为著:《日本变政考》卷十按语,故宫博物院藏本。
③ 康有为著:《日本变政考》卷十按语,故宫博物院藏本。

力究有限,人数无穷,不能不拓地以养之,此天理也"。①

二是增地力,用机器,使民众皆能就业,"西人善理财,产业与人数继长增高,永无退缩之理。盖民贫之道,厥有二端,其归一则人数日多,前一人之产,必不足以养数人,穷于生利,则无产者病矣。养既不足,则驱其心思能力以竞于分利,于是以无业之人蠹有产之人,而有产者亦病。西人知其然也,劳于用心,逸于用力,讲求土化,所以增无数之地力也,讲求机器,所以减无数之人力也。然后以所减之人力加所增之地力,互相牵引,展转无穷,又复修明政教,使人人各有执业。故二弊悉除,百利具兴。日本置劝业专官,即其意也"。②

(四)国事公之于民以开民智通下情

康有为论述了国外商情政情和国内财政两方面。

国外方面,他主张将领事对外考察报告登于官报局而布告全国以开启民智,"领事之设,不能自治其人民,专为考外国之商务而设,且为考外国之政治而设。既考而报诸外务,又非仅欲一二大臣通达之而已。盖欲吾民皆通之,而后士人能知彼己,而讲政治之比较,农工商皆通之,而勤垦殖、制造、转运以讲商务之比较,故必登之官报局,布告国中,而后能启国民之智也。故日民于外国政治之学、商务之情皆了然,今商务来中国者日盛,美人亦让之矣。吾官书局报亦可谓官报局,而领事旬月不报,报而束之高阁,不报告于国中,甚非开民智、设领事之义矣"。③

————————

①　康有为著:《日本变政考》卷一按语,故宫博物院藏本。参见该书卷六按语"人民蕃息之数",卷七按语"日本幅员之广"。

②　康有为著:《日本变政考》卷七按语,故宫博物院藏本。

③　康有为著:《日本变政考》卷一按语,故宫博物院藏本。

　　国内方面,他主张将赋税收支情况公之于众,做到家国一体、上下一心,"泰西赋极繁而民不见其苦,税甚重而民不以为苛,盖由能以民之财而兴民之利。凡有所举动糜费,无非为民兴利除弊而设,而岁终会计又印报以告之国中。凡度支之多寡,人员之进退,事务之兴废,民之耳闻而目见之,皆如其一家之事。故家国一体,上下一心,而民无不服也。日本以会计印报告于天下……今又复定官制,令判任之形状,临时之事务,雇员之日数,金额之细分,以印报告于天下……而欧美之良法且遍于国中矣"。①

五　经济改革

(一)讲求农商

　　康有为指出,讲求农商关系到立国,"国之能立,在于农商,以民生所托、财富所出也",中国古代颇重农商,但现在即"皆听民自为之,未尝设官讲求"。② 日本则不然,为讲求农商而采取了许多有效的措施,如:

　　1.设农商局力劝农商,"日本农商务局之刻书多矣。吾唐宋时皆有劝农使,农官尤吾旧法也。其要者尤在设学校,赐机器,立章程,劝保护,教制造土产。商局则考天产人工之种类,物价出入,而专意于便民生、图公益之事,则山林、道路、园圃之政自生。为政者但注意于便民公益,以为宗旨,斯日见其进矣"。③

_____

　　① 康有为著:《日本变政考》卷十按语,故宫博物院藏本。参见该书卷二按语"西国每年入款出款皆开具清单"。
　　② 康有为:《日本变政考》卷八按语,故宫博物院藏本。
　　③ 康有为著:《日本变政考》卷三按语,故宫博物院藏本。参见该书卷二按语"此即西国商部大臣之职也"。

2.立商社研考商务，"日本以区区三岛，与欧墨诸大国驰骋商战之场，不稍蹉跎，其国茶丝、纺织、绸锦……皆有会社，炉灶林立，工艺精良，至明治十九年输出物价逾入口一千六百余万，推原其始，皆由大藏大辅井上馨立商社、考商务有以致之。彼大藏大辅如我国户部侍郎之职，其极力讲求如此。观其所以保商人，兴商利，除商害，助商本，一切推行，意美法良，无遗憾矣。自古能致富强，未有无其本者也"。①

3.多方面讲求通商之术，"外国于通商之术，讲求备矣。上有商部、商律，下有公司、学堂，操业审慎，条理繁密。轮船出海，必慎选船主，其船主须由驾驶学堂学成，熟精天算海道，领有文凭者始可充当。船经国家验准，船身机器周固无误，船上诸事俱不违式者，始可放行。大小千百艘，往来数十国，行度皆定有期限，编次清册，时候无爽，来往最便，宜其商旅之多而财政之雄也"。②

4.设劝业赛珍会(即博览会——引者注)以促进农工商不断进步，"《中庸》之论劝百工，在日省月试。西人有劝业赛珍会，皆大陈百货，农工、美术、文艺、什器皆陈焉，以时开之，前后比较，而后知农工商百业之进退，而求增益，而知耸惧焉，以为富国智民之大政，君臣临观之。我国尚无此举，故百业不增，民愚国贫，此亦当举行者也"。③

(二)善理财政

在此方面康有为指出了两条总的原则：一是利权操之国家，"金币、货物、工业三者，常相为消息，善理财者，利权操之国家，则

---

① 康有为著：《日本变政考》卷六按语，故宫博物院藏本。
② 康有为著：《日本变政考》卷七按语，故宫博物院藏本。
③ 康有为著：《日本变政考》卷八按语，故宫博物院藏本。

周转自如,流通无滞;若仅付之市侩,拥赀兑换,涨落盈虚之故,国家不一为过问,则壅塞销蚀,百弊丛生矣";二是以本地之财济本地之用,"西国凡有大政事、大工程,虽极烦费,然举重若轻者,盖有公理存焉。凡人知识非极开,仁心非极大,则其心之度量必有所限,而财物又其所重也,使取之而彼不知其用,用之而彼不见其效,必群相疑怨,莫肯拔其一毛。为之定一例曰:以本地之财济本地之用,则此例之理与其心适相入,利弊轻重为其心目所习见。……今为中国谋自强,无他术焉,亦曰:以本地之财济本地之用"。①

此外,康有为还从设立银行、发行纸币、改革税制、募集国债、搞好预算和统计、统一权量等六个具体方面总结了解决财政问题的经验,并提出卖边地亦为兴内利的一项善法。②

六　文教改革

(一)广兴学校

日本变法之始,就能迅速兴学:"日本变法,汲汲于开学集才,尚虑筑室迟迟,玩时惕日,乃假亲藩之邸、出梶井之宫以为学舍,集天下之才而讲之,其兴学之速如此。"③

日本重视兴学,一是因为学校与培养人才有密切的关系,"泰西之强,由于人才,人才出于学校。日人变法,注意于是,大聘外国专门教习至数十人,小学有五万余所,其余各学,皆兼教五洲之事。又大派游学之士,归而用之,数年之间,成效如此。我自乙未败于

---

①　康有为著:《日本变政考》卷七按语,故宫博物院藏本。
②　康有为著:《日本变政考》卷七按语,故宫博物院藏本。
③　康有为著:《日本变政考》卷一按语,故宫博物院藏本。

日后,议开学校,至今三年,绪端未起。至师范学校,尤为小学之根,我更未能立,如之何而得人才也? 盖日主于教部书院皆躬诣之,以作人心而厉士气致之欤"。①

　　二是因为兴学是开启民智的必由之路,"诸国并立竞长,务在爱护其民,务在智其民、才其民而用之,智其民、才其民必由教学始。泰西兵之强也,不强于其训练器械船舰也,而强于其童幼入学,能识字、图算、粗通天文地理也。夫吾中国何从而觅识字、绘图、解算、粗通天文地理之兵哉? 泰西之农工商亦皆有专门之学,吾中国何从而得此农工商哉? 推原其故,泰西有公款以立小学,有法律以限民入学,故举国无不入学识字之人,故举国之民无不有才可用。……今吾民四万万,倍于欧洲十六国,而兴事举学乃叹乏才,何论于农工商兵者乎? 日本汲汲于限民六岁入学,男女并教,无一人之遗,至今三十年,人才蒸蒸,著述如林。农工商兵皆已有学,故耕植、制造、转运之业日益精新,骤强之故由此哉"。②

　　康有为盛赞日本兴学所取得的显著成效,"若其学制之美,皆斟酌欧美。以区区三岛地,当吾国十一,而大学堂七区,盖不以京城限也。若以吾国地论,则大学堂应有七十区矣。……其小学教科书至精详矣。其官学、公学所费至千万,乃至官给补助,小学者亦五十余万,而幼稚园、蒙学、工学、盲哑学尚不在内,其学费过我多矣。男女既皆就学,而女子为师者遂有二千人,女生徒亦五十余万,则人无弃材;有动植物、金石土木型模、古器物以备考验,则物无遁形。……夫学校之设,何国无之,而成效之异,盖观其重视学与否,教法何如耳。知之深而后视之重,视之重而后为之真,为之

────────────

① 康有为著:《日本变政考》卷四按语,故宫博物院藏本。
② 康有为著:《日本变政考》卷五按语,故宫博物院藏本。

真而后得其道,得其道以教育斯民,而国收其用",① 并特别指出其对女学的重视,"泰西各国,无男女皆教,凡男女八岁不入学者,即罪其父母。其女学则于闺范教育、修身、女红诸学皆学焉,其天文、地舆、格致诸学无男女皆学焉。计国中男女读书识字、通图算者,百之九十人。故于下少一坐食无用之人,即于上收一兴产植业之益。日本变法,亦重女学,女生徒至二百余万,女教习至千余员,女学校至千余所,其教法与西国略同。盖恐其民之多愚而寡智,故广为教育,使男女皆有用。中国以二百兆之女子,曾无一学校以教之,则不学者居其半,是吾有民而弃之也。……且人生幼时,半借母教,其母不学,则自胎孕至总角,气质之禀赋既关德性,陋俗之见闻濡染尤易,是不徒弃此二万万之妇女,并二万万之男子而亦弃之矣"。②

(二)译书编书

兴学离不开译书,"有学校而不译书,则不知泰西新政、新学、新法,无以为教之之地",③ 而译书的办法则是开局编译,"变法之始,欲采鉴外国,惟西文难译,人主欲广法戒,开闻见,亦无从得。故维新之始,先开局编书,妙选通才领之,并听其以书局自随,所以优待儒臣、广求新学至矣。宋时哲宗命司马光编《资治通鉴》,光罢归,亦听其带书局自随,听其辟刘邠、范祖禹、刘恕为分纂,凡十九年,故成书极精。日主此举,可与斯比"。④

(三)多派游学

① 康有为著:《日本变政考》卷五按语,故宫博物院藏本。
② 康有为著:《日本变政考》卷三按语,故宫博物院藏本。
③ 康有为著:《日本变政考》卷五按语,故宫博物院藏本。
　 康有为著:《日本变政考》卷一按语,故宫博物院藏本。参见该书卷
　 书有赏"。

　　派游学是学习西方、造就变法之才的捷径，"泰西自倍根变法，政艺之学日新而奥，阅今五百年，乃成此治体。东方各国若舍而自讲，亦非阅五百年不能成。今但取资各国，十年可毕，而非派亲贵游学为之先导，以朝臣从之，并多派朝士游学，不能成就改治之才，而应变法之急。吾同治十二年，但派学童出洋数岁，其业未就而返，故成就无几。日本派亲王故藩及群臣留学，多派及大臣，故归而百政具举，诸学并通。吾今出洋游学之事亦必不能已，但必宜派通学妙年之士大夫，若翰林部曹、候补道府州县、上及近支亲郡王、贝勒、贝子、公、将军，皆出学外国，分习诸科，则归来执政，人才不可胜用矣"。①

　　游学的内容极为广泛，而每项内容又非常专门，"日本之变政，微特议院、学校、军制、电信、铁道、邮政、工艺之大端，其官禄、礼刑制度、宪章历法、权量、货币、衣服，莫不摹拟欧风，是效是则，而其一法一制未尝约略形似，皆有专员查考，归而施行。出则专习一课，不得参猎以杂之，归则详陈所得，由议院议而行之。是故有专练之任，而政得其要，无虚糜（"糜"原文作"縻"，误。——引者注）之费，而用得其才，此其制法之所以精详也。若其游学之人，多用藩主阅历已深、志趣学术已成者，归即任政，故成效尤速哉"。②

（四）设立学会

　　设立学会可以弥补游学人数有限的不足，进一步广开民智，"……游学之人有限，出学之人亦不多，非开学会，无以合群而智其

----

　　①　康有为著：《日本变政考》卷二下按语，故宫博物院藏本。
　　②　康有为著：《日本变政考》卷二下按语，故宫博物院藏本。参见该书卷三按语"游学之使"、"大久保利通、伊藤博文为日本之名相"，卷四按语"一船业之微而特发诏书"，卷九按语"日人每立一法"，卷十按语"日本之遣游学"。

民众也。……若各学会则合大众之聪明才力,同讲一艺,精益求精,合大众之心思才力同举一事,则尽善尽美。……若夫虑学会之聚众,又疑其作奸,则日本之得失如何可以为鉴"。①

康有为还对兴学之道从设学校到立学会作了一个总的概括:"日本之骤强,由兴学之极盛。其道有学制,有书器,有译书,有游学,有学会,五者皆以智其民者也,五者缺一不可。"②

(五)奖励创新

奖励创新是西方国家学术繁荣发达的重要原因,"泰西学术之精深,非天使之然也;聪明才力,非彼独智也。盖诱之有方,励之有法,日无遗晷,习无遗工,人无遗才,事无遗憾也。人徒知泰西之强,弗知其强由于学也;知其强由于学,未知其学所由精也。自倍根创鼓励之法,而欧洲始兴著书有版权,创艺得专业,得新理新学者授以高科博士,励以金币功牌,使举国倾心有用之学,以争名誉、取富贵,不敢自暴自弃。是以新理迭出,新器骈起,以之利身、利家、利国、利及天下,凌逼邻国,皆由此故也"。而日本同样如此,"日本之创版权,广书藏,开博览会,毫末新学,皆有重赏,故其工艺之盛,将夺英美,盖有由也。夫人君以虚名位亿兆之上,而能威加四海、震动天下者,以独操绝特褒贬、赏罚、劝勉之大权也,能强其国者,亦善用其大权而已"。③

(六)重视地图学和医学

---

① 康有为著:《日本变政考》卷五按语,故宫博物院藏本。
② 康有为著:《日本变政考》卷五按语,故宫博物院藏本。关于"书器",该按语指出"有译书而无博物藏书各书器,则无以为教之实验",据此书器似指藏书和与书本知识密切相关的各类实物及仪器。
③ 康有为著:《日本变政考》卷二按语,故宫博物院藏本。参见该书卷一按语"泰西各国为教皇所愚",卷六按语"泰西近百年来讲求新学"。

地图学与政事密切相关,"地图学之于国至重矣。司徒知广轮之数,管子审辕辕之险。近世西人妙精斯学,点线尺寸至精至悉,山川林木、阡陌庐舍毕备其中,千里万里之地案图可稽,坐一室而知天下利病,故一切政事易举也。昔萧何入关,得秦图书,遂知天下险厄,户口多少,强弱之处,民所疾苦。德将军毛奇微服至法测地绘图,某水某山,一村一镇,无不毕悉,故德法之战,间道用兵,法遂大败。今者外人游历遍我内地,海水之浅深,道路之遐迩,所至绘图,通国大势了如指掌,而我公卿士夫犹或懵焉。夫疆界不正,则良吏无所援以断竞争之狱矣;险要不明,虽名将无所据以施防维之法矣。且赋税不易均,旱潦不易稽,一切地利水利皆无从周知而经营之矣。日本维新之始,将据以画府县、均地租、筑铁路,新政既多,首修全图,诚知要矣"。①

医学中国不修而日本重之,"中国医学不修,医者皆考试不售,改业弋利,或且医书不读,摭拾方书以行世,不独《灵枢》《素问》不知,即朱张刘李四家亦未识,而国家不为之教学,不予以凭证限禁,宜其人自贱,无仁心妙术,而但苟利也。日人重之,领以文部省,与诸学同科,国家重之,医者亦自重之矣"。②

七　社会改革

(一)立士民之会

士民之会是政治性的团体,与前述学会不同。康有为论日本立士民之会,认为有多种重要作用。

---

① 康有为著:《日本变政考》卷六按语,故宫博物院藏本。
② 康有为著:《日本变政考》卷六按语,故宫博物院藏本。

一是可激发砥砺士气,"日本承二百五十余封建之残局,坏乱极矣。幕府末路,游士纵横,劫师船,攻使馆,毁教堂,使英佛得所借口,受挟制,遭挫辱,屡矣。卒能起八洲三岛之人才,与之一德一心,力图新政,不二十年而致富强,抗衡欧墨大国,则岂非士气之昌,而立志会有以激发砥砺之耶?使日本而禁制其士民之会,虽至今以弱亡可也"。①

二是可聚民得民,"自古有国者,莫不思所以聚其民,列国竞立之世,得民尤急。凡日夜经营,政教并施,皆所以使民相亲相爱,合手足以捍头目,则内讧可息,外患可防,圣王有金城汤池,比物此志也。夫勤王敌忾,同袍偕作,此秦之所以强;百姓逃叛,事等鱼烂,从中而立,《春秋》所以书梁亡也。昔普受拿破仑之扰乱,其相赐德鹰设立良民会,然后群起而抗之;俄之灭波兰也,先劫散其议会,以计笼络其民,离间其爱国之心,乃从而分割之,此皆往事之足鉴者也。览古今之变,伤民心之离,得以使之比闾族党相保相救;听竽笙箫管之声,则思畜聚之臣,有如日本之立共爱会者,亦谋国之急务矣"。②

三是有利于新政的施行,"凡新政之行,必须博访周咨,然后举行其法,不宜用官衙,而当用会。但会长命于朝廷,而会长与诸会员商略其事,无堂属之隔,无威福之专,则情易通而谋易集。西人各会皆有一权贵人领之,此可为新政施行之良法也"。③

四是能推动国家进步,增强君国实力,"变政之始,必有新旧相攻、分党排击之患,及新政行之渐久,旧党渐变而为新矣。变政之

---

① 康有为著:《日本变政考》卷六按语,故宫博物院藏本。
② 康有为著:《日本变政考》卷八按语,故宫博物院藏本。
③ 康有为著:《日本变政考》卷九按语,故宫博物院藏本。

后,新政之中必有意见不同,又有摩荡冲突之事,讲求久之,去小异,取大同,而后有融洽之政,其下手全在人主监督调护之而已。其谓国家之行政与人之会进步相并而行,则为至理。国家新政多行一分,人民才识长一分,而议论增长;议论增长,国家政治亦随议论而增长。中间虽疏通停滞,时时冲突,人主以坚毅行之,则必日起有功也。若夫人民爱国之心,人人有之,为其与身家相切,此如爱父母同发于自然者,但在国家推诚相与。人主爱民如保赤子,则人民之忠君爱国亦如为其父母、为其身家矣。人民合其大众,合其亿万,各出其心力以为其君,其国谁得而攻之削之"。①

士民之会的主要任务是议论、讲求朝政,"日人政会所议皆朝廷大政、变法大事……吾国士夫饮食宴会,以不谈国政为俗,其贤者亦尽心奉公守职而已,未能讲中外古今之故,而求其变法之宜也。士愚如此,国何以立! 听士大夫日日讲求而朝廷采用焉,子产不毁乡校,其在此夫"。对士民之会国家可以加强管理,但不应禁止,"日人听其士民开政会,而有律法以治之,又有警察署以监临之,如此正不必加禁,而民智日开,爱国之心日盛,与敛钱惑众者固异矣。凡政必因民之情,顺民之欲,凡外人所行而无弊者,我皆可用之,但皆当设律以镇抚之耳","日本会党至盛,然其士民益智,其国益强,其主益尊,未闻有一酿乱之事,亦可以鉴矣。盖民智则安处善乐循理,忠君爱国之心益固,虽诲之为乱,亦所不愿,《传》所谓有耻且格,岂待鳃鳃然为之防制哉"。②

(二)设置巡捕

康有为反复说明,设置巡捕,变法新政才能有效地施行,"日本

---

① 康有为著:《日本变政考》卷十按语,故宫博物院藏本。
② 康有为著:《日本变政考》卷十二按语,故宫博物院藏本。

变法,而下之有司,率不能行,以新政纤悉,施之于民者稍疏,则百病作矣。乃亟立巡捕,巡捕立而纤悉皆理,新政乃行。故变法之条理,先后互相补救,必全体举之,乃见效验,若节取其一端,终无成功也",① "巡捕如周之虞衡、汉之游徼,所以整肃街衢,巡禁盗贼,城邑镇市每数十户以一人,计时更代,彻夜不倦,号令明肃,颇能弊绝风清。日本变法,始多窒碍,后立巡捕,然后贯行"。②

(三)改造华族

华族为日本的贵族,对于华族的无德无学、无用无知,康有为作了大段的抨击:"《书》云:世族之家,鲜克由礼。骄淫矜夸,以荡陵德。恃其有世爵也,可不经学问而自致富贵;恃其有世禄也,可不习事业而不忧饥寒。自致富贵则秉国钧、管藩翰,皆其自然;不忧饥寒则饰车裘、纵诡随,无所不至。相率成风,相习成俗,视为固然。姻亲友朋,援引津要,遍于当路,耳闻目见,掩聪塞明。夫以秉国钧、管藩翰,国家所倚为腹心、耳目、爪牙也,而皆不学愚蔽之徒,但知家人筐箧,岂能识万国政教! 即有告以大地之说者,亦谁何而不信,非惟不能开新,并且无以守旧,激成众论,仇视新政。若不先教之学术,使其渐明,是维新之才畏之而不敢任事,而新政亦不能不委任之,是使新政终无自行也。其余徒加豢养,游食仕宦,不为士农工商,既非生众食寡之道,亦失教诲学业之理。"因此,"日人定华族之法,开学校以教之,俾讲学术、慎理行,听其营农工商之业,所以安华族者,颇为曲当矣"。③

---

① 康有为著:《日本变政考》卷四按语,故宫博物院藏本。

② 康有为著:《日本变政考》卷六按语,故宫博物院藏本。参见该书卷七按语"昔汉郡县之内"、"凡百政事"。

③ 康有为著:《日本变政考》卷九按语,故宫博物院藏本。

康有为强调改造华族的主要办法是使其与平民通婚、修四民之业、讲有用之学："日本华族者，皆宗室后族、诸藩之族也，如今满洲八旗之世爵、内务府上三族之大家、近支之宗室，《周书》所谓以其世臣达大家者。凡此华族，向不与平民结婚，如吾六朝时；又不勤学问，开智识，不知外国开化之故，讲有用之学，愚骄侈溢，自私最甚。故日本变法，欲与外国并驰，皆力矫之，务令国民一体，皆通婚姻，皆修士农工商之业，皆游外国，并携妻女，俾开其知识，此最要之事也。"①

（四）改僧侣制

其法是收其田产，令僧侣归俗："东方各国世家释教之盛唯日本，若辈田园土地十居其九，耗有用之财以养无用之人，饱食终日，无所用心，以蠹国，以穷邦，甚无益也。故维新以后，收家禄僧田，易以禄债廪米赐之，令僧侣蓄发归俗二十余万，与门第世臣皆令自谋生植。盖骤增养数百万人之财产，而去数十万无业之民也，诚得生众食寡之义，筹饷之善经矣。"②

（五）广通婚姻及易服断发

广通婚姻既符合人类平等之理，又能收睦民强国之效："天之生人，并皆平等，故孔子谓四海之内皆兄弟也，而亲通之故，全在婚姻。《传》称男女同姓，其生不繁，异族通姻，其生最美。……若一国之中，婚姻尤宜交通，以生亲睦。其别异多者，其民不亲，国必弱；其亲通多者，其民必睦，国必强。泰西各国皆互通婚姻，盖皆兄弟甥舅之国，故情意愈密，易联密盟，虽有微嫌，易归于好。日本知万国交通，一国不能独立，既不闭关而采西法，故并婚姻一例通

① 康有为著：《日本变政考》卷三按语，故宫博物院藏本。
② 康有为著：《日本变政考》卷七按语，故宫博物院藏本。

之。"而易服断发则是为了与西人相亲,但亦有移易人心的作用:
"若夫礼服尽改西式,日主亲自断发,并其太后、后妃并去粉黛,皆
用西式,与欧西人无异,以示与相亲,此则与治法无与。我中国地
大物博,一变法则能自立,原不待衣服之变,亦不必曲示相亲,但孔
子明新王改制必易服色、异器械,意者以移易人心耶。"①

八　法律改革

根本精神是要重教轻刑,减轻刑律:"治术贵乎教导,刑法之施
出于不得已。……泰西刑法,最大则缢,次则徒,次则重禁锢,次则
轻禁锢。违规犯规则必有罚金,其轻禁之犯,程以工作,教之事业。
监狱之洁过于巨室,起居之厚等于小康。讯犯有陪审之员,辩诉用
法律之师,未判定不得用刑,已裁决不得私死。文治之国,其教必
重,其刑必轻。以廉节相励,以耻辱相戒。稍知自爱,即畏清议,或
犯轻罪,亲故远之,刑轻而犯鲜者盖由此也。"对于亚洲国家来说,
要改变治外法权的不平等,必须减刑轻律:"欧美通商亚洲,皆自治
其民,谓之治外法权。凡施此权者,不与对等权利,有兵事于其国,
得暴遇其民,盖以野蛮相待,莫大之耻也。遇有交讼、控诉,同犯一
事,客国处以轻,而主国处以重,不平孰甚。然而自我法律之严酷,
无足怪乎彼也。欲免不平而去大辱,则减刑轻律而已。"为此,康有
为对中日作了比较,一方面是中国刑律最重,毫无改变,"吾中国刑
律最重,监狱污秽,狱卒酷暴,有司以醉饱之余,肆用威福,榜掠非
刑。故无论良歹,一至讼堂,如入地狱,地球各国未有如此之酷毒
者。若夫政之不修,民之不教,弗以节相尚、耻相畏,则不逞之徒益

---

① 　康有为著:《日本变政考》卷五按语,故宫博物院藏本。

肆无忌，是则不能遽用轻刑，而野蛮之大辱乌能受哉"？另一方面是日本的大力整改，"日本之所以力整国政，博采宪法，大改欧风，广兴教育，用代言人，设陪审员，免拷问及口供，编布民法、商法、刑法、裁制所控诉法之亟亟不能缓须臾者，亦欲改条约，以免此不公不平之大耻大辱也"。①

此外，康有为还专条提到日本的陪审制度："疑狱众共，此乃我中国经义，后世渐失其道，于是听讼判狱，概以亿万人之身家性命听法堂一吏之独断，欲求其审情实，免冤抑，盖万万不可必得之数矣。日本宪法五十九条，仿泰西各强国，判狱设陪审之官，公选熟谙下情者充之，可谓知务矣。"②

九　军事改革

主要做法是实行"民兵"制："三代以前，皆民兵也。泰西自德为法弱，限其兵额，德相毕士麻克作内政，寄军令，轮充为兵，故额不逾限，而举国皆兵。同治九年，既破法后，诸国效之。同治十二年，英人先变。十三年，法、俄、意、奥继变，西班牙、瑞典从之。至光绪四年，地球各国皆变民兵矣。日本当同治十四年，即变民兵，其法度之密可见。今惟我中国未变耳。然官制学校不变，遽变兵制，亦无用也。"③

此外，陆军将领"皆游学欧西"，而"军将则非从武备学出者不

---

①　康有为著：《日本变政考》卷八按语，故宫博物院藏本。

②　康有为著：《日本变政考》卷十一按语，故宫博物院藏本。

③　康有为著：《日本变政考》卷四按语，故宫博物院藏本。

得充,此其兵所由强也"。①

十　外交改革

中心内容是废除治外法权,其办法是能有效而合理地管辖保护外人:"外人之旅于其国者,即受其国管辖保护,此泰西之公例也。管辖之权,由保护而生。日本通商之始,英佛诸国见其兵政之不修也,则建成营索费;又因其刑律之异制也,则其国人不受日本管辖。遇有讼狱,日官无审讯之权,其受侮与我等耳。乃亟亟治镇台,设巡捕,而西人受其保护矣;改刑律,除酷法,而西人归其审讯矣。欲收管辖外人之权,必先尽保护外人之责,日本之自强,诚足法哉。今我在外者,皆受彼国之治,而外人之在我国者,若别辟一小国,岂不可畏哉!"②

康有为还认为,参用民权对外交有很大作用,"日本外交参用民权,故其国势大振,能与泰西各国更定条约,渐复本国自主之权,盖民权之收效如是其可贵也",但要用民权必先开民智,"民智不开,遽用民权,则举国聋瞽,守旧愈甚,取乱之道也"。③

以上十大方面的变法经验,实际上也是康有为百日维新时期提出的变法主张的蓝本,不过,这些经验涉及的领域更加广泛,展示的变革更加深刻。按照康有为及岭南维新派的理想,他们不仅希望实现百日维新时的变法主张,而且希望进一步照走日本全面

---

① 康有为著:《日本变政考》卷十按语,故宫博物院藏本。

② 康有为著:《日本变政考》卷六按语,故宫博物院藏本。参见该书卷十按语"日本变法至是已极"。

③ 康有为著:《日本变政考》卷十一按语,故宫博物院藏本。

彻底变法的道路,使中国真正通过变法而摆脱困境,改变旧貌,获得新生。然而,由于维新运动的失败,他们的理想无法见诸现实。尽管如此,这并不能表明其理想的完全破灭。因为,无论是在岭南维新派提出的比较具体的变法主张中,还是在他们宣扬的比较抽象的变法理论中,乃至在本书所述及的其整个维新思想中,都包含了许多合理的、有远见有价值的甚至是相当深刻的东西,它们所显示出来的灿烂光彩在中国近代历史上是永远不会磨灭的。

主要参考书目

姜义华、吴根梁编校:《康有为全集》第 1 集,上海古籍出版社 1987 年版。

姜义华、吴根梁编校:《康有为全集》第 2 集,上海古籍出版社 1990 年版。

姜义华编校:《康有为全集》第 3 集,上海古籍出版社 1992 年版。

汤志钧编:《康有为政论集》上册,中国近代人物文集丛书,中华书局 1981 年版。

康有为著,章锡琛、周振甫校点:《大同书》,古籍出版社 1956 年版。

康有为著:《孔子改制考》,中华书局 1958 年版。

楼宇烈整理:《论语注》,康有为学术著作选,中华书局 1984 年版。

楼宇烈整理:《〈孟子微〉〈礼运注〉〈中庸注〉》,康有为学术著作选,中华书局 1987 年版。

楼宇烈整理:《康子内外篇(外六种)》,康有为学术著作选,中华书局 1988 年版。

楼宇烈整理:《〈长兴学记〉〈桂学答问〉〈万木草堂口说〉》,康有为学术著作选,中华书局 1988 年版。

楼宇烈整理:《春秋董氏学》,康有为学术著作选,中华书局1990年版。

楼宇烈整理:《诸天讲》,康有为学术著作选,中华书局1990年版。

楼宇烈整理:《康南海自编年谱(外二种)》,康有为学术著作选,中华书局1992年版。

康有为著:《日本变政考》,故宫博物院藏本。

康有为著:《波兰分灭记》,故宫博物院藏本。

《杰士上书汇录》,故宫博物院藏本。

黄彰健编:《康有为戊戌真奏议》,台湾商务印书馆1974年版。

梁启超著:《饮冰室合集》第1册,中华书局1989年版。

丁文江、赵丰田编:《梁启超年谱长编》,上海人民出版社1983年版。

黄遵宪著:《日本国志》,上海图书集成印书局光绪二十四年版,沈云龙主编:《近代中国史料丛刊续编》第十辑,台湾文海出版社有限公司印行。

中国史学会主编:中国近代史资料丛刊《戊戌变法》第3册,神州国光社1953年版。

国家档案局明清档案馆编:《戊戌变法档案史料》,中华书局1958年版。

《〈强学报〉〈时务报〉》,中国近代期刊汇刊,中华书局1991年版。

《知新报》,澳门基金会、上海社会科学院出版社1996年版。

汤志钧著:《戊戌变法史论丛》,湖北人民出版社1957年版。

黄彰健著:《戊戌变法史研究》,台湾商务印书馆1970年版。

汤志钧著:《戊戌变法人物传稿》(增订本),中华书局1982年版。

　　胡绳武主编:《戊戌维新运动史论集》,湖南人民出版社 1983
年版。

　　汤志钧著:《康有为与戊戌变法》,中华书局 1984 年版。

　　汤志钧著:《戊戌变法史》,中国近代史研究丛书,人民出版社
1984 年版。

　　丁宝兰主编:《岭南历代思想家评传》,广东人民出版社 1985
年版。

　　钟珍维、万发云著:《梁启超思想研究》,海南人民出版社 1986
年版。

　　马洪林著:《康有为大传》,清史研究丛书,辽宁人民出版社
1988 年版。

　　孔祥吉著:《康有为变法奏议研究》,辽宁教育出版社 1988 年
版。

　　孔祥吉著:《戊戌维新运动新探》,湖南人民出版社 1988 年版。

　　钟贤培主编:《康有为思想研究》,广东高等教育出版社 1988
年版。

　　黄明同、吴熙钊主编:《康有为早期遗稿述评》,中山大学出版
社 1988 年版。

　　汤志钧著:《近代经学与政治》,中华近代文化史丛书,中华书
局 1989 年版。

　　陈汉才编著:《康门弟子述略》,广东高等教育出版社 1991 年
版。

　　李锦全、吴熙钊、冯达文编著:《岭南思想史》,广东人民出版社
1993 年版。

　　李喜所、元青著:《梁启超传》,人民出版社 1993 年版。

董士伟著:《康有为评传》,国学大师丛书,百花洲文艺出版社1994年版。

耿云志、崔志海著:《梁启超》,广东人民出版社1994年版。

陈慧道著:《康有为〈大同书〉研究》,广东人民出版社1994年版。

刘圣宜、宋德华著:《岭南近代对外文化交流史》,广东人民出版社1996年版。

[美]萧公权著、汪荣祖译:《近代中国与新世界:康有为变法与大同思想研究》,海外中国研究丛书,江苏人民出版社1997年版。

后　记

　　本书写作之前，按广东炎黄文化研究会的计划，是拟用《岭南维新思潮》作书名的。但动笔之后，我发现要写成一部与此真正名实相符的学术专著，以本人的学识和现有的条件，恐非一件易事。略加变更，做自己力所能及之事，于是便有了现在的以康梁为中心。

　　追溯起来，我开始研究康梁，还是在近 20 年前读硕士研究生期间。导师何若钧教授既引领我进入学术之门，又指导我完成了主要是研究康梁政治变革思想的学位论文。此后我在执教之余，陆续发表、出版了一些论文、论著，亦大多与康梁（特别是康有为）相关。尽管有一定的研究基础，用学术志的方式来写作本书，对我来说仍是一个新的尝试。我一直感到写得很苦也很笨，只会对大量的史料进行细嚼慢咽式的阅读解析，然后力图主要通过史料本身繁复的重组来展现特定研究对象的原貌和全貌，而未能想出较为轻松或灵巧一些的法子。在我自己，由于沉迷其中，自然会因为用此种苦笨的研究法毕竟获得了对康梁为代表的岭南维新思想的许多新的理解和认识而觉得有所值有所慰，但学界同行及一般读者对我的工作能否接受认可以及接受认可到何种程度，我是完全没有把握的。我期待着大家的指教。

　　由于经费发生困难等原因，这本原定由广东炎黄文化研究会资助出版的书稿现改由作者所在的工作单位华南师范大学人文学院提供经费上的支持。我仍然非常感谢研究会的欧初先生、张磊研究员、黄明同研究员、林康裕教授等对本人的帮助。正是由于他们作出的编纂计划和最初的启动,才使本书稿的写作成了我近数年来中心的科研任务。当然我还要深切地感谢本人所在单位的领导和同事,他们对学科建设的高度重视,使得本书稿终于得以问世。

作　者

2001 年 9 月 17 日